KB131177

TL 소설 속
시녀가
되었습니다

3

다나리 장편소설

TL 소설 속
시녀가
되었습니다

3

위즈덤하우스

차례

28

가까이 와라, 토끼야

발걸음이 무거웠다. 나는 사비나 님을 따라가며 한숨을 내쉬었다.

'아니 왜 여기로 부르고 그래.'

5년 동안 성에서 지내서 그런지, 이제 구석구석을 잘 알았다. 지금 가는 길목은 폐하의 공적인 공간이었다. 이쪽 통로는 그의 침실이나 집무실밖에 없었다.

'도망가고 싶다.'

저녁 식사가 끝나고 책상에서 약초 효능을 정리하고 있는데, 사비나 님이 내 방문을 열고 들어오셨다.

"폐하께서 부른단다."

최고 권력자가 오란다면 갈 수밖에 없었다. 옷매무새를 다듬자, 그녀가 말했다.

"벌을 준다고 하더구나."

올 게 왔구나. 그래, 그 사람이 그냥 넘어갈 리 없지.

'하긴. 머리카락을 잡아당겼는걸.'

며칠간 곱씹으면서 무슨 벌을 줄까 즐겁게 고민했을 폐하가 눈에 선했다.

한숨이 저절로 나왔다.

'제발 감봉만은 막자.'

잘못했다고 빌자. 의외로 친애하는 폐하께서는 애원에는 약하잖아. 호랑이에게 물려가도 정신만 차리면 산다잖아. 손이 닳도록 아부를 하면 어떻게든 될 거야.

"들어가렴."

나는 열린 문을 보고 한쪽 손으로 가슴을 눌렀다. 그래도 심장이 두근거렸다.

'집무실이네.'

중요한 서류가 많아서 원래대로라면 기미 시녀는 발 들일 일이 없는 곳이었다. 두 번째이긴 했지만 두렵기 짝이 없었다. 나는 겨우 다리를 움직였다. 정말이지 들어가기 싫었다.

좁은 통로를 지나니, 빽빽한 책들이 보였다. 나는 작게 숨을 내쉬었다. 그래도 폐하의 집무실이어서인지, 우리 연구실처럼 정신없지 않았다.

'여기도 책은 되게 많네요.'

고급스러운 책들이 단단한 책장에 빈틈없이 채워져 있었다.

저거 다 중요한 거겠지?

나는 제목을 읽지 않으려고 노력했다. 기다란 책상을 몇 개나 지나니, 드디어 그가 보였다.

'일하고 계시네.'

검은 나무 책상 위에서 서류를 보고 있는 남자는 퍽 유능해 보였다. 촛불 아래 비치는 남자가 너무나 아름다워서 나는 우물쭈물 그에게 다가갔다.

'혼자 보기 아깝네요. 폐하.'

잘생기고 몸이 좋으면 평범하게 책상에 앉아서 일하는 것도 이렇게 멋있을 수 있군요. 미모란 위대하네요.

나는 고개를 저으며 생각을 털어 냈다.

'정신 차리자. 또 현혹된다.'

진짜 저 겉가죽은 악마나 다름없었다. 나는 억지로 마음의 평정을 위해 두근거리는 심장을 내리눌렀다.

"왔군."

나는 살짝 웃으면서 다리를 굽혔다가 폈다.

"가까이 와라."

정말 내키지 않았지만, 명령이라 별수 없었다. 나는 몇 걸음 더 그에게 다가갔다. 거리는 얼마 되지 않았다. 걸음을 멈추자 그가 말했다.

"더."

이것보다 더?

쭈뼛쭈뼛 몇 걸음 더 걸어가자, 큰 손이 어깨를 잡아끌었다.

"폐, 폐하!"

몸이 훌쩍 들렸다. 버둥거릴 틈도 없었다. 단단한 팔로 허리를 감싸 안더니 이내 손깍지를 끼고 밀착시켰다.

세상에. 이게 무슨 짓인가요.

'다리 위에 앉혔잖아!'

나는 당황해서 우왕좌왕하는데, 그는 만족스러운 듯 웃었다. 너무 가까이 있어서 숨을 구석도 없었다.

"토끼."

"예. 폐하."

"벌을 받아야지."

"각오하고 오긴 했는데요……."

나는 그의 깍지낀 손을 풀려고 했다. 하지만 뜨끈한 그의 체온만 닿아 올 뿐 손가락 하나도 움직일 수 없었다.

전생에 논개셨나요. 손힘도 세시네요. 가락지 낀 것도 아닌데 어떻게 덩굴처럼 엮어서 꼼짝도 안 하시나요.

'미치겠다.'

빈틈없이 딱 붙어 있어서 그런지, 숨결마저 느껴졌다. 나는 속으로 중얼거렸다.

미모에 속지 말자. 미모에 휘둘리지 말자. 미모에 넋 나가지 말자. 차라리 눈을 감자. 그래 눈을 감으면 될 거야!

그러자 이번에는 낮은 목소리가 속삭였다.

"각오하고 왔다니 잘됐군."

시야를 차단하니 청각이 문제였다. 서둘러 몸을 피했지만, 그래 봤자 폐하의 무릎 위였다. 나는 울상인 얼굴로 눈을 떴다. 조용히 고개를 돌려 그를 바라보니, 수려한 미모를 가진 폐하께서는 퍽 즐거워 보였다.

'벌이 날 놀리는 건가?'

어떻게 가지고 노실 건가요. 마음의 준비를 한다고 했는데다 소용없네요. 진짜 간이 토끼만 한가. 매번 놀라.

"토끼는 여전히 작군."

"많이 컸는데요."

"힘도 약해."

"그, 그렇게 약하진 않아요."

그래도 일반 성인 여성 정도는 되지 않을까요? 아니다. 그거보단 약한가? 하긴. 세 시녀님은 그 무거운 욕조를 번쩍번쩍 잘도 들더라. 그러고 보니 이베리아의 시녀님들은 체력이랑 근력이 강한 것 같아. 체구들이 근육질이야.

나는 조용히 내 팔을 내려다보았다. 시녀복 사이로 보이는 팔은 가늘기 짝이 없었다.

'니나는 살도 안 찌지만 근육도 안 생기네.'

나름 체력 키운다고 방에서 푸쉬업을 했지만, 근력이 세지진 않았다. 몇 번 반복하다 어제와 똑같은, 늘어날 생각을 안 하는 체력을 느끼며 조용히 현상 유지에 집중했다. 새삼스럽지만 첫 만남 때 기사가 되고 싶다는 소망을 만류해 준 레오에게 감사했다.

'근육이 형편없어서 여기사는 못 된다더니……'

역시 그는 전문가였다. 그리고 각 분야 전문가의 말은 웬만하면 따르는 게 좋았다.

나는 다시 폐하에게 시선을 돌렸다. 그러고는 순순히 고백

했다.

"아니네요. 약한 것 같습니다. 폐하."

몸에 미약한 떨림이 느껴졌다. 솔직히 이제는 익숙했다.

폐하. 뭐가 재미있는지 모르지만, 웃으시는군요. 그래요. 웃
으세요. 포기했습니다.

"이렇게 약하니 벌을 주기 겁나더군."

나는 활짝 웃었다. 이게 무슨 횡재야. 세상에 저질 체력이 도
움될 때도 있다니! 폐하. 잘 생각하셨어요. 니나는 약하잖아요.
체력적으로 힘든 벌은 주지 마세요.

"토끼."

"예. 폐하."

"날이 더워지더군."

벌써? 하긴 이제 막 초여름이긴 했다. 요즘 몸이 시도 때도
없이 떨려서일까. 더워진다는 게 영 와닿지 않았다.

나는 내 배에 깍지 끼고 있는 손을 물끄러미 바라보았다.

'폐하의 체온은 항상 뜨거워.'

그러고 보면 이 사람의 원래 속성은 불이라고 들었다. 언제
부터인가 닿으면 뜨끈뜨끈한 찜질을 하는 것 같았다.

"짐의 토끼는 항상 청량하지."

깍지 낀 손이 풀어지고, 손가락이 볼에 닿았다. 이때다 싶어
서 무릎에서 내려오려고 했지만, 다른 쪽 팔에 막혔다.

와, 너무하다. 진짜. 온몸과 정성을 다해 빠져나가려고 하는
데 어떻게 팔 하나에 막히냐.

"그만 바르작거려라. 토끼야."

"좀 내려 주세요!"

"보는 이가 없는데도 부산스럽군."

순간 깜짝 놀랐다. 와, 이 사람 대단하다. 내가 누가 볼까 봐 주위를 둘러보는 것도 아는구나.

'관찰력이 굉장하시네요.'

멈추지 않는 건 둘째 치고라도 말이죠.

그는 피식 웃으며 내 볼을 매만졌다. 손길은 느긋하기 짝이 없었다. 천천히 내려온 손길은 곧 턱 아래로 내려왔다.

저절로 어깨에 힘이 들어갔다. 그의 체온이 지나치게 의식이 되었다.

'간지러워.'

예전에는 안 그랬는데, 어느 순간부터 이상하게 긴장이 되었다.

"폐하. 저도 이제 스무 살인데요."

그가 나를 바라보았다.

나는 어색하게 웃으면서 말했다.

"이제 그만해야 할 나이 아닌가요? 저 성인이에요."

폐하는 여전히 웃으면서 내 목을 손가락으로 쓸었다. 아, 좀 안 하는 시늉이라도 하면 어디 덧나나요. 나는 오싹거리는 걸 참느라 눈을 질끈 감았다.

"우습군."

친애하는 폐하, 뭐가요. 아, 진짜. 또 주어가 없어.

"짐이 너를 만진 건 한두 해가 아니다."

나는 고개를 끄덕였다. 그렇긴 하네요. 첫 만남부터 쭉 만지지 않은 적이 없네요.

"그런데 이제 와서 관두라고?"

"제가 성인이니까요."

그는 웃으면서 내 코를 톡 건드렸다.

"토끼는 참 신기하군."

아니 이건 무슨 소리야. 왜 갑자기 그쪽으로 빠져.

"다 자란 사람이 나이대에 맞춰서 연기하면, 딱 너 같겠군."

순간 깜짝 놀라서 눈이 휘둥그레졌다.

"무, 무슨 말이신가요."

"예전부터 느꼈다. 너는 지나치게 어른스러워. 생각하는 거 자체가 어린애답지 않아. 보는 것도, 판단하는 것도 다 신기하더군."

와, 진짜 초능력 쓰시나요. 저 소름 돋았습니다. 세상에 얼마나 통찰력이 좋으면 그걸 다 아나요.

"너는 열다섯답게, 열여섯답게, 열일곱답게 행동하려 애쓰더군."

왕은 웃으면서 내 머리카락을 쥐었다.

"기대되는군. 스무 살답게는 어떻게 행동할 거지?"

그, 글쎄요. 나는 마른세수를 했다. 와, 진짜. 이제는 이 남자가 무서웠다. 세상에 언제 거기까지 생각한 거야.

'스무 살이라. 그때 내가 뭐했지.'

대학 가서 힐 신고 뛰어가다 다리 접질리고, 기숙사에서 사발면 끓여 먹다가 걸려서 혼쭐이 났었지. 아, 첫 남자친구도 그때였나. 한두 달 사귀었었지.

'하도 일에 치여서 잊고 있었는데 니나도 이제 청춘이구나.'

공부하고 일하느라 뒷전이었는데, 진지하게 생각해 봐야겠다. 젊어서 놀아야 하는데, 니나는 노동만 했어.

니나야, 너 좀 놀래?

'뭘 해야 하나? 취미 생활?'

얘가 취미라고 할 게 있나?

'이화윤일 때 내 취미는 19금 소설 보는 거였는데, 니나는 그것조차 없구나.'

순간 서러움이 울컥 올라왔다. 취미는커녕 공부하기 바쁜 나날이었다. 게다가 각종 위험이 널려 있었다.

"연애라도 할까?"

가볍게 남자라도 사귈까? 결혼은 안 하더라도 말이야. 그러고 보니 세 시녀님도 결혼은 만류해도 연애는 나쁘지 않다고 했었어.

그때였다. 낮은 목소리가 귓가에 속삭였다.

"토끼."

숨결이 닿아서 등이 꼿꼿이 섰다.

"예? 예! 폐하!"

"지금 뭐라고 했지?"

나는 고개를 살짝 돌렸다가 화들짝 놀랐다.

'표정이 왜 저래?'

붉은 눈이 지옥의 화염불처럼 이글이글했다. 입가는 웃고 있지만 그래서 더 무서웠다.

'왜 화를 내는 거지?'

무서워서 몸을 떼려고 했다가, 억센 힘에 몸이 더 붙어 버렸다. 친애하는 폐하께서는 내 목을 단단하게 고정했다. 이제는 고개를 돌리지도 못했다.

"스무 살이면, 연애할 나이잖아요."

"언제부터 짐의 나라에 그런 풍습이 생겼지?"

이, 이베리아는 연애 안 하나? 하긴 귀족은 정략결혼이 대세인 거 같더라. 그런데 시녀님들은 알음알음 많이 하시던데.

"다, 다들 하던데요."

"이런 짐의 성이 그렇게 문란해졌을 줄이야."

순간 등에 식은땀이 났다.

'나 사고 친 거 같다.'

연애 금지령이라도 선포하시려나? 세상에! 성에서 연애하는 모든 연인에게 무슨 짓을 한 거야. 나 때문에 다들 로미오와 줄리엣 찍으면 어떡해!

모골이 송연해졌다.

'분노한 연인들이 나한테 돌 던질 거 같아.'

이를 어째. 겨우 평판 올려놨는데! 하여간 주둥아리가 문제야!

'시간을 오 분 전으로 돌리고 싶다.'

이 일을 어떻게 수습하지.

"그, 그냥 해 본 말이에요."

변명 잘해야 한다, 이화윤. 네 세 치 혀에 카스텔리움성에서 연애할 자유가 달렸어!

"스무 살이면 이제 결혼도 가능하잖아요. 남들 하는 건 다 해 봐야 하니, 연애도 해 볼까 싶어서요. 아, 생각해 보니까 저는 너무 바쁘네요. 아직 약초에 관해서 공부할 것도 많고요. 연애는 뒤로 물리겠습니다."

필사적으로 변명했지만, 폐하의 미소가 사라지지 않았다.

"왜 남들 하는 건 다 하려고 하지?"

그, 그거야 당연히……

'니나가 해 보고 싶었을 거 같아서요.'

이 아이는 서쪽 탑에서 이끼와 함께 살다가 죽었어요. 얼마나 남들 하는 거 다 해 보고 싶겠어요. 예쁜 옷도 입고 싶고, 맛있는 음식도 먹고 싶고, 연애도 한번 해 보고 싶겠죠.

'이렇게 말하면 안 되겠지?'

머리가 돌아가지 않았다. 아무리 생각해도 적당한 단어가 떠오르지 않았다. 어떤 변명을 해야 할까.

'상대가 너무 강해.'

귀신같은 통찰력을 가진 사람이었다. 입술을 달싹이며 고민할 때였다.

"너는 내 관심을 받는 토끼다."

"네? 네."

"짐의 관심을 받으면서 남들이 하는 걸 다 해 보고 싶다니,

토끼는 가끔 어리석군."

나는 폐하의 시선을 피해 눈을 돌렸다. 혼란스러운 상황이었지만 희한하게도 고까움이 움터서 싹이 났다.

이걸 뭐라고 해야 하나. 책임감을 가지라는 뜻으로 이해하면 되나?

'왕의 관심이 뭐라고 거기에 목을 매.'

당신이 왕이면 왕이지, 그깟 관심 받는다고 쌀이 나와, 떡이 나와. 터놓고 말해 봅시다. 폐하. 멀리서든 가까이서든 당신은 나나 인생에 도움이 안 돼요.

그때, 다시 왕은 내 코를 톡톡 쳤다.

"불경한 눈빛이군."

어쩔 수 없었다. 나는 다시 활짝 웃었다. 그래요. 뭐 어쩌겠어요. 당신은 절대 권력자인데요. 뜻대로 하시죠.

"농담이었다."

"네?"

"웃지 않는군."

나는 이마를 짚었다. 왠지 골치가 아팠다.

어디서부터 농담이라는 거야.

'어디 가서 개그 하지 마세요.'

진짜 뭐든지 잘하시지만, 웃기는 건 아닌 거 같아요.

'이 사람의 약점이 농담이란 건 아무도 모를 거야.'

내가 고개를 저으니, 그는 내 뺨을 쓰다듬었다. 사락거리는 검은 머리카락을 보며 나는 작게 한숨을 쉬었다.

'좋아 보이시네.'

해가 진 집무실에서 내 몸을 만지는 남자는 퍽 만족스러워 보였다. 나는 몇 번 더 나가려고 꼼지락거리다가, 결국 포기했다.

이왕 있으려면 편하게 있자. 나는 아예 그의 몸에 등을 기댔다.

'따듯하다.'

요즘 몸이 떨려서 그런가. 폐하의 온기가 참 기분 좋았다. 그래. 좋게 생각하자. 참 호사스럽다. 미남 의자라니! 살다 보니 별일이야. 절세미남 무릎에 앉을 일도 있고 말이야.

폐하의 손이 내 귓가를 쓸었다. 그가 뭔가를 보고 있었다. 나는 살짝 고개를 돌렸다. 책상 위에는 지도가 한 장 놓여 있었다.

어딘지는 금방 알았다.

'국경이구나.'

폐하가 보는 건 성국과 이베리아의 경계였다. 그는 내 볼을 매만지며 말했다.

"어딘지는 아는 것 같군."

"약초 때문에 알아요. 스승님이 절 얼마나 잘 가르쳐 줬는데요."

그는 피식 웃으면서 알겠다는 듯 내 어깨를 토닥였다.

나는 계속 왕의 몸에 몸을 지지면서 지도를 바라보았다.

'국경지대. 트리메탄 나무. 얇게 저며서 말리면 호흡기에 좋음. 사용 방법은 중탕하고 물을 한번 버린 후에 끓인다.'

역시 암기 과목은 외우는 게 최고였다. 나는 계속 그쪽 지방에서 나는 자생초를 떠올렸다.

"국경 너머에는 성지가 있다."

나는 눈을 동그랗게 떴다.

"십이 대 교황이 죽은 곳이라고 하더군."

"죽으면 성지가 되나요? 성스러운 곳인가? 가면 기적이라도 일어난대요?"

그는 고개를 저었다.

별로 영양가 있는 곳은 아니구나. 나는 흔들리는 검은 머리카락을 바라보았다. 결 좋아 보이는 머리카락은 퍽 매끄러워 보였다.

"원래는 성지가 아니었다. 이백 년 전부터 멋대로 성지가 되었지."

나는 다시 지도를 바라보았다. 꽤 넓은 지역이었다.

'대강 알 것 같다.'

성지라고 공표해 버리면 군사를 보내기 좋겠지. 그래서 억지로 이유를 붙여서 성지로 만들어 버렸구나.

"교황의 별장이 있다더군."

"별장 세우려고 성지로 만들었대요? 구실을 붙이려면 제대로 붙이지. 하여간 교단놈들 하는 짓 참 별로네요."

이왕 세우려면 병원이나 고아원을 만들든가.

'뭐, 바랄 걸 바라자.'

애들 팔아먹는 집단에 뭘 바라.

"신전도 있긴 하지만, 다른 것으로 더 유명하지."

뭐로 유명한 걸까.

그는 대답하지 않았다. 피식 웃으면서 내 머리를 매만질 뿐이었다.

아, 또 머리 엉망 되겠다. 나는 한숨을 쉬면서 흘러내린 그의 머리카락을 손에 감았다.

'은근히 감촉이 좋아.'

폐하의 긴 생머리는 잘 휘어지지도 않았다. 탱탱해서 감촉이 참 남달랐다. 이거 관리를 어떻게 하시는 걸까.

"토끼는 짐의 머리카락을 좋아하는군."

나는 피식 웃으면서 고개를 끄덕였다.

"폐하도 토끼털을 좋아하시잖아요."

그의 몸이 살짝 떨렸다. 이제는 보지 않아도 알았다. 뭐가 재미있는지 모르지만 웃으시는군요.

"짐은 오늘 할 일이 많다."

나는 겹겹이 쌓인 서류를 보며 고개를 끄덕였다.

"저 서류 더미를 다 하셔야 하나요? 많아 보이네요."

"밤을 새워야 할지도 모르겠군."

그러신가요. 참 안타깝네요. 과로하는 폐하, 파이팅! 힘내세요! 당신의 손에 이베리아의 미래가 달려 있습니다!

'참 영혼 없는 응원이다.'

나는 그를 올려다보았다. 날카로운 턱선과 살짝 내리깐 눈매가 예술이었다.

'이러니저러니 해도 능력 면에서는 훌륭한 왕이야.'

뭔가 목표가 있으니까 이렇게 열심히 일하는 거겠지? 서양쪽 역사에서 왕은 놀고먹는 존재였는데, 참 희한해.

"만약 군사를 일으킨다면 성지부터 이베리아의 영토가 되겠지."

"황제가 되시게요?"

그는 웃으면서 내 볼을 쓰다듬었다.

"나쁘지 않군. 하지만 점령하려면 좀 더 넓은 쪽이었으면 좋겠군. 좁은 성지 따위로 되는 황제가 되고 싶진 않다, 토끼야."

훌륭하시네요. 하긴 목표는 큰 게 좋죠. 나는 다시 지도를 바라보았다. 성지 너머로 펼쳐진 곳은 곡창지대였다.

'노른자 땅이긴 하네.'

이 사람이 진정으로 원하는 건 저곳이구나. 나는 살짝 그를 훔쳐보았다. 폐하의 눈동자가 먼 곳을 향해 있었다.

차근차근 노력하는 사람이긴 하지.

'당신이 저 땅에 가 있을 때 나는 없겠지만 말이야.'

나는 그에게 편하게 등을 기댔다. 여전히 체온이 뜨거웠다.

'앞으로 5년만 버티려고요.'

그 뒤에는 멀리 떠날 예정입니다. 폐하.

'당신이 결혼하는 것까지는 보겠네요.'

잘하면 아이가 태어나는 것도 보려나. 이왕이면 그 전에 떠나는 게 좋을 것 같아. 무슨 영화를 보겠다고 이 사람을 지켜봐. 내 마음만 아프지.

'각자 잘 삽시다. 폐하.'

우린 그래야 할 거 같아요.

"새와 토끼가 있다면 가능하지."

나는 생긋 미소 지었다.

"새만 있어도 가능하죠. 토끼는 그냥 토끼죠."

그의 눈이 새초롬하게 내리깔렸다.

나는 웃으면서 다리를 흔들었다. 솔직히 당신의 대업은 세라피만 있어도 가능합니다. 폐하. 저는 빼 주세요.

"토끼. 네가 필요하다."

"새 다음으로요?"

나는 그의 머리카락을 매만졌다. 시선이 따끔따끔했지만 절대 돌아보지 않았다.

한참 그렇게 있자, 폐하께서 고개를 저으셨다. 손에 쥐고 있던 머리카락이 나풀나풀 멀어졌다. 나는 조용히 손을 내렸다.

그때였다. 폐하께서 갑자기 몸을 일으켰다. 나는 양팔로 균형을 잡으며 순순히 바닥으로 내려왔다. 이제 슬슬 남쪽 끝방으로 돌아가도 되려나.

"토끼."

"예. 폐하."

"벌을 받아야지."

아, 잊고 있었다. 나는 살짝 뺨을 긁었다. 죄인은 할 말이 없었다. 살짝 시선을 위로 올리니, 친애하는 폐하께서는 환한 미소를 머금고 계셨다.

'저렇게 웃을 때는 높은 확률로 힘들어지던데!'

나는 살짝 뒷걸음질쳤다. 생각 같아서는 도망가고 싶었다.

"가까이 와라. 토끼야."

오라니까 갑니다만 또 무슨 짓을 하시려고 그러신가요. 나는 뒷걸음질친 만큼 앞으로 걸어갔다. 조용히 마음의 준비를 했지만, 괜히 심장이 두근거렸다.

그때 갑자기 몸이 들썩거렸다. 익숙한 힘을 느끼면서 나는 한숨을 쉬었다.

'또 들어올리시네.'

도대체 이게 몇 번째일까. 나는 폐하를 힐끗 바라보았다. 친애하는 폐하께서는 나를 들어올려야 되는 병이라도 걸리신 걸까. 또 어디로 나를 옮기시나요.

다행히 목적지는 가까웠다. 폐하는 나를 책상 위에 앉혔다. 나는 엉덩이 아래로 깔린 지도가 바스락거렸다.

"이거 망가지면 어떡해요!"

"지도는 많다. 명령이다. 내려오지 마라, 토끼야."

책상이 높아서일까. 다리가 땅에 닿지 않았다. 도무지 영문을 알 수 없었다. 왜 갑자기 책상에 앉히는 건데?

그는 피식 웃으며 제자리에 앉았다.

'이게 뭐하는 짓이야.'

나는 폐하를 아래위로 훑어보았다. 의자에 앉은 남자의 긴 다리가 참 눈에 띄었다.

작게 심호흡을 했다. 등불이 흔들릴 때마다 넓은 어깨 위로 뻗은 목선이 눈에 띄었다. 내가 만지고 논 탓에 흘러내린 긴 머리카락을 쓸어 올리는 남자는 한 폭의 그림 같았다.

"짐의 일이 끝날 때까지 거기 있어라."

나는 주위를 둘러보았다. 쌓여 있는 서류가 눈에 띄었다.

"폐하, 오늘밤 새우신다면서요."

그는 턱을 괴고 느긋하게 웃었다. 나는 그제야 이 사람이 무엇을 원하는지 알았다.

'같이 밤새우자는 건가?'

시험 전날 암기 과목 벼락치기를 같이 하자는 그런 마음이신가? 이런 내 생각을 아는지 모르는지, 그는 서류 한 더미를 내 손에 쥐여 줬다.

"첫 장부터 들고 있어라. 짐이 손짓하면 한 장씩 넘겨. 할 수 있을 거다. 토끼야."

그야 할 수는 있겠죠. 힘든 일은 아니니까요.

졸지에 자동 서류꽂이가 되었다. 세상에. 창의력 대장이시네요. 어떻게 이런 걸 생각하셨나요.

그는 손가락 하나를 까딱했다. 나는 냉큼 다음 장으로 넘겼다. 이왕 하는 거 폐하가 보기 편하도록 각도까지 맞춰 줬다.

그가 피식 웃었다. 나는 미간을 찌푸렸다. 뭐가 즐거우십니까, 폐하.

"토끼는 참 여전하군."

어디가 여전하다는 걸까. 5년이란 시간 동안 니나의 몸이 쑥쑥 자란 거 안 보이시나요.

그가 다시 검지를 까딱했다. 자동 서류꽂이는 다시 종이를 넘겼다.

"싫은 일을 시켜도, 항상 남을 배려하더군."

나는 미간을 찌푸렸다.

싫은 일을 시킨 건 알긴 하나 보네요. 저는 모르시는 줄 알았죠.

"제가 좀 착합니다. 배려도 잘하고, 선량하고 재미있어요. 귀엽기도 하고요. 그래서 사랑스럽대요."

자화자찬하니 조금 부끄러웠다. 그러자 그가 나를 바라보았다. 나는 친애하는 폐하의 표정을 보고 그의 심중을 읽을 수 있었다.

'무슨 소리냐는 얼굴이시네.'

나는 어깨를 으쓱했다. 덕분에 서류가 약간 올라갔다 내려왔다.

"그런 칭찬을 들어서요."

"누가 했지?"

레오라고 대답하면 분위기가 또 이상해지겠지?

"누구였더라. 하도 여러 명에게 들어서요."

"레오나 디오겠군."

어떻게 맞춘 걸까. 나는 애써 눈길을 피했다. 진짜 귀신이 따로 없었다.

그가 다시 손가락을 까닥했다. 나는 재빨리 서류를 넘겼다.

"토끼야."

"예. 폐하."

"가끔 이렇게 해야겠군."

무슨 말인지 통 알 수 없었다. 그는 나를 보며 예쁘게도 웃었다.

"토끼의 얼굴이 잘 보여."

"이, 이건 벌 아니었어요?"

그는 내 말을 듣지 않았다.

"하긴, 요즘 토끼의 얼굴을 느긋하게 볼 시간이 없었지."

폐하는 의자 손잡이에 턱을 괴었다. 그러고는 내 얼굴 구석구석을 응시했다. 아니, 이 양반이 왜 이러시는 거지. 나는 고개를 푹 숙였다.

"일에 집중하셔야죠."

그는 다시 손가락을 까닥했다. 나는 재빨리 다음 장으로 넘겼다.

"충분히 집중하고 있다."

진짜일까.

시선이 따끔따끔했다. 누군가가 대놓고 쳐다본다는 건 부끄럽기 짝이 없었다. 나는 결국, 점점 고개를 숙이고 말았다.

"본인이 귀엽고 사랑스럽다고 말한 사람치고는……."

다시 손가락을 움직여다. 나는 서류를 주섬주섬 다음 장으로 넘겼다.

"부끄럼을 잘 타는군."

나는 어색하게 웃었다. 죄송합니다. 낯짝이 두껍지 못해서요. 다음번에는 아주 도톰하게 만들어 오겠습니다, 폐하.

그는 그런 나를 보며 피식 웃었다. 그러더니 내가 붙들고 있던 서류를 빼앗아 다른 쪽에 놨다.

"토끼."

"예. 폐하."

"네가 있으니 집중이 안 되긴 하는군."

그는 자신의 무릎 위에 서류를 놓고 한 장 한 장 확인했다. 집중하는지 서류가 무서운 속도로 줄어들었다.

'속독 잘하시나 보다.'

하긴 매일 하는 일이니까 느는 게 당연하겠지. 게다가 이 사람은 굉장히 머리가 좋으니까.

나는 주섬주섬 옆에 있는 서류를 끌어다가 다시 폐하에게 건넸다. 그는 아무렇지도 않게 다 본 것과 내가 준 서류를 바꿨다.

나는 폐하가 다 본 서류를 책상 한쪽에 차곡차곡 쌓아 놨다.

'그나저나 이런 거 기밀일 거 같은데……'

그래도 한때 스파이 혐의가 있었는데, 이렇게 막 보여 줘도 되는 건가요. 아무리 의심이 풀렸다지만 너무 저를 믿는 거 아닙니까.

이런 내 마음을 아는지 모르는지 그는 서류만 열심히 봤다. 나는 다시 건네줄 서류를 쥐고 조심스럽게 그를 바라보았다.

'이 사람은 집중하는 모습도 멋있네.'

얼굴이 다 하네요. 사실 멋있기보다는 섹시하세요. 지적인 분위기와 잘생김이 섞이니까 이루 말할 수 없이 아주 좋아요.

'일하는 모습이 요염한 남자라니, 꿈에 나왔으면 좋겠어.'

나는 서류로 얼굴을 반쯤 숨기고 계속 그를 관찰했다. 눈매와 이어진 턱선은 5년이 지나도 예술이었다.

'지나치게 잘생긴 사람이야. 이러니까 세라피도 반했겠지.'

성녀님도 나처럼 얼굴에 약한가. 그런데 사람이라면 누구나 얼굴에 약하지 않을까.

나는 다리를 살짝 흔들었다. 그가 정무에 집중해서인지 이상하게 심심했다. 몇 번 서류를 건네주다가 깨달았다.

'이상해.'

왠지 웃음이 나왔다. 나는 다시 폐하를 바라보았다. 그는 여전히 서류를 넘기고 있었다.

'처음 봤을 때, 무섭기만 했어.'

그래서 이런 관계가 될 줄 몰랐어. 속을 알 수 없는 남자를 좋아하게 될 줄이야. 아니다. 잘생겼으니까 좋아하게 되는 건 어쩔 수 없다 쳐도 말이야…….

'편해질 줄이야.'

5년의 시간이 부린 마법이었다. 나는 이 사람이 이제 편했다. 두렵거나 떨리지 않았다. 오히려 그를 보는 게 기대될 정도였다.

'있잖아요. 폐하.'

먼 훗날 제가 당신을 떠나게 되면, 지금 이 순간이 그리울 것 같아요. 사람이 죽을 때는 주마등을 본다고 하잖아요. 어떤 주마등이 떠오를지는 모르지만, 좋은 쪽으로든 나쁜 쪽으로든 당신이 나올 거 같아요.

'스물다섯까지 첫사랑이라니 비효율적이지만 바람직하긴 하네.'

딱 그 나이답고 좋네. 뭐. 물론 이화윤이라는 속 나이는 무시무시하지만 넘어가자.

이런저런 생각을 할 때였다. 그의 낮은 목소리가 울려 퍼졌다.

"토끼."

"예, 폐하? 아, 드릴게요."

나는 서둘러 얼굴을 가리고 있던 서류를 건넸다. 그는 새 서류를 받으며 나에게 시선을 돌렸다. 나는 작게 웃으며 변명했다.

"죄송합니다. 잠깐 다른 생각을 했어요."

"짐을 앞에 두고 집중을 안 하는 건 여전하군."

송구스럽습니다, 폐하. 하지만 당신 생각하느라 그런 거니까 용서해 주세요.

'이 말은 못 할 거 같지만요.'

나는 그 사람한테 받은 서류를 정리했다. 다시 고개를 돌리니, 폐하는 여전히 나를 빤히 보고 있었다.

"뭐 시키실 거라도 있나요?"

"그렇군."

뭐가 그렇다는 걸까.

"크긴 했군."

그는 확인 안 한 서류를 책상에 두며 말했다.

"여전히 작지만 말이야."

나는 그가 무슨 말을 하는지 겨우 알았다.

"이제 스무 살이라고 했잖아요."

"와닿지 않았다."

나는 고개를 숙이고 웃었다. 하긴, 자라는 걸 계속 보면 알기 힘들긴 하지. 저도 조카 보면서 느꼈었답니다, 폐하.

"폐하도 나중에 아실 수도 있으시네요."

나는 다리를 흔들면서 손에 깍지를 꼈다.

"항상 뭐든지 다 아시는 분 같아서요."

"나도 사람이다, 토끼야."

그 말을 듣는 순간, 웃음이 나왔다. 불기둥이랑 구름 기둥을 다루면서 사람이란 소리를 잘도 하시네요.

'뭐, 부작용이 있는 능력이긴 하지.'

하지만 폐하. 왕의 능력은 둘째 치더라도 말이죠. 당신의 귀신같은 능력은 범상치 않아요. 진짜 폐하는 뭐라 해도 항상 꼭대기에 있으실 거예요.

'왕이란 직업이랑 참 잘 어울린다고 말하면 어떤 표정을 지으실까.'

웃고 넘기고, 내 코를 한번 건드릴까.

깍지를 풀고 책상을 짚으니 깔고 앉은 지도가 부스럭거렸다. 나는 조심스럽게 지도를 쓸었다. 종이 결이 꽤 거칠었다.

'황제가 되시는 게 목표일까.'

정복왕이라도 되시려나. 하긴 그것도 잘 어울렸다. 폐하가 세우는 계획이니 어련하겠어. 한번 나아가면 걸리는 게 없을 거야.

'세라피의 성력에 대해서 얘기해야 하나.'

나는 디오의 만류가 떠올라서 살짝 고개를 저었다. 스승님 말 듣자. 이화윤. 게다가 말이야. 이런 생각은 좀 우습긴 하지만……

'왠지 이 사람 그것에 대해서도 대비해 놨을 것 같아.'

성녀가 스물다섯이 지나면 은퇴한다는 걸 알면, 바로 다음

타자를 대비하지 않았을까.

쓸쓸함이 왈칵 올라왔다. 정말인지 무서운 사람이었다.

앞에서 했던 말 취소입니다. 편하긴 뭐가 편해. 당신은 처음부터 끝날 때까지 무섭습니다, 폐하.

"왜 그런 표정이지?"

폐하의 체온이 볼에 닿았다. 나는 웃으면서 말했다.

"폐하. 폐하께서는 큰 목표가 있으시죠?"

그는 대답하지 않았다. 왜 말이 없으신가요. 너무 당연해서 그러신가요.

"가끔 생각해요. 폐하께서도 마음대로 안 되는 일이 있으실까?"

나는 살며시 그를 바라보았다. 수려한 미간이 좀 찌푸려져 있었다.

"없으시죠? 그런 거?"

살짝 고개를 기울였다. 볼을 매만지던 손이 움직이지 않았다. 오히려 그는 팔을 내렸다.

이상한 침묵이 내려앉았다.

무례한 질문을 한 걸까. 나. 아이고. 사고 쳤네. 지금이라도 별거 아니라고 슬쩍 방향을 돌릴까.

"하나 있군."

조금 놀랐다. 와, 폐하께서도 마음대로 안 되는 게 있으신가요.

"너다. 토끼."

순간, 어깨가 움찔했다. 이번에는 제대로 놀랐다.

'거, 거짓말이겠지?'

마음대로 안 된다니. 그러기에는 나, 이 사람 말 참 잘 듣지 않나?

"마음에 드는 걸 살리는 게 이렇게 힘든 줄 처음 알았다."

아, 그런 의미구나. 나는 피식 웃었다. 제가 좀 삶이 격하긴 하네요. 재수가 많이 없어요. 왜 이렇게 다치는 게 일일까요.

"아니요. 그런 거 말고요. 하지 말아야 하는데, 너무나 간절해서 참을 수 없는 거요. 모든 판단이 하면 안 된다고 막아서는데, 할 수밖에 없는 거, 있으세요?"

당연히 없으시겠지. 절대 권력자가 뭐가 그렇게 가지고 싶겠어. 여자면 여자, 금이면 금 다 널려 있을 텐데. 하긴 그런 거에 비하면 금욕적인 사람이야. 충동적으로 행동하는 건 한 번도 못 본 것 같아.

그는 내 말에 깊게 생각에 잠겼다. 왠지 할 말이 없었다.

"……이상한 걸 물어서 죄송합니다."

다시 정적이 맴돌았다. 그는 상념의 바다에서 빠져나올 생각을 하지 않았다. 이게 이렇게 심각하게 생각해야 하는 일인가?

'하긴……'

이 사람, 처절했던 과거가 있었지. 변경에서 날름이랑 나란히 굶어 죽을 뻔했다고 들었어. 낳아 준 어머니도 선왕비 때문에 죽었으니 사실 길은 하나밖에 없었을 거야.

'왕의 길 아니면 죽음밖에 없었구나.'

나는 조용히 기다렸다. 진짜 쓸데없고 이상한 걸 물었구나, 이화윤.

폐하의 낮은 목소리가 벽에 부딪혔다 사라졌다.

"그것도 하나밖에 없군."

나는 고개를 들어 그를 바라보았다. 입가에 희미하게 머물던 웃음이 사라져 버렸다.

나는 조용히 기다렸다. 이 사람 무슨 말을 할까.

"또 너군."

"네?"

"토끼에 관해선 항상 그렇군. 너만 보면 지극히 충동적인 선택을 하게 돼."

그, 그런 것 치고는 이용 잘하시지 않나요. 마음에도 없는 말도 청산유수로 하시던데?

왕의 손이 내 볼을 쓸었다. 항상 날 만지는 사람이라 익숙할 법한데도 손가락 끝으로 매만지는 감촉은 이상하게 긴장이 되었다.

'진짜일까?'

머릿속에 그간 당해 온 게 파노라마처럼 펼쳐졌다. 순간, 피식 웃음이 나왔다.

그럴 리가.

"그렇군요."

나는 내 볼을 만지는 그의 손을 톡톡 두들겼다.

"영광입니다. 폐하."

"너는 짐이 얼마나 참는지 모른다."

"당연히 모르죠. 제가 어떻게 아나요."

나는 다리를 살짝 흔들며 그를 바라보았다. 왠지 웃음이 나왔다.

'참 쓸데없는 걸 물었어.'

얼마나 그렇게 있었을까. 그가 자리에서 일어났다. 카펫이 깔렸는데도 바닥을 끄는 의자의 소리가 귓가에 울렸다.

"그렇군."

볼에만 맴돌던 손길이 목덜미 사이로 들어왔다. 닿지 않았던 곳에서 뜨거운 체온이 느껴졌다.

나도 모르게 몸이 떨렸다.

"폐하?"

"너는 모르는군."

폐하의 다리가 무릎에 파고들었다. 멈출 줄 알았는데 그러지 않았다. 모았던 다리가 저절로 벌어졌다.

'왜 이러시지?'

목덜미에 파고든 체온은 끈질겼다. 손가락 하나하나가 피부를 쓸었다.

이상한 느낌이 들었다. 나는 이게 뭔지 알았다. 이건 애완동물을 쓰다듬는 손길이 아니었다.

이런 식으로 만지면 안 돼.

"놔, 놔주세요. 폐하. 이건 아니에요."

체온은 기다렸다는 듯 금세 사라졌다. 다행이다 싶어서 고개를 들 때였다. 갑자기 거센 힘이 온몸이 요동쳤다.

우당탕-!

책이 떨어지는 소리가 요란했다. 무슨 일이 벌어진 것인지 알 수 없었다. 정신을 차렸을 때는 이미 모든 것이 강한 힘에 옥죄어 있었다.

꼼짝도 할 수 없었다. 양팔이 깍지를 낀 그의 힘에 막혀 있었다. 나는 눈을 깜박였다. 지금 일어난 일을 믿을 수 없었다.

"니나 케이지."

낮은 목소리가 귓가를 간질였다. 숨결이 피부에 닿았다 흩어졌다.

"폐하?"

등에 닿은 건 바로 전에까지 앉아 있던 딱딱한 책상이었다. 나는 손을 움직여 봤다. 하지만 그의 팔에 가로막혔다.

갑자기 온몸이 떨렸다. 그는 희미하게 웃는 게 느껴졌다.

"알게 해 주지."

수려한 얼굴이 지나치게 가까이 다가왔다. 황급히 고개를 돌려 시선을 피하자, 그가 속삭였다.

"짐을 봐라, 니나."

아무 말도 떠오르지 않았다. 나는 천천히 그를 향해 고개를 돌렸다. 지나치게 준수한 얼굴이 나를 직시했다.

그의 붉은 눈동자 속에 내 모습이 보였다. 백금발의 머리카락을 가진 예쁜 아이는 어찌할 줄 모르는 표정으로 그를 보고 있었다.

'무슨 말이라도 해야 돼.'

이 순간을 피하고 싶었다.

그때였다.

입술에 부드러운 것이 닿았다. 처음에는 깃털 같았지만, 닿은 입술은 무자비하게 안쪽으로 파고들었다.

그의 혀가 입천장을 쓸어내렸다. 어깨를 움찔거리자, 잡은 손이 더 강하게 깍지를 꼈다.

시간이 지날수록 나는 더 울고 싶었다. 그는 내 안쪽을 마음대로 유영했다.

숨을 쉴 수 없었다. 눈가에 맺힌 눈물 때문에 시야가 뭉그러졌다. 눈물이 볼을 타고 흘렀을 때쯤에야, 그는 겨우 나를 놔줬다.

"이런……."

그는 흘러내린 눈물을 손으로 훑었다.

"놀랐구나. 토끼야."

그는 내 입술을 살짝 깨물었다 놔주었다. 나는 겨우 한마디 내뱉었다.

"왜……."

"짐은 너를 볼 때마다……."

낮은 목소리가 속삭였다.

"이런 충동이 든다."

숨결이 닿았다가 떨어졌다.

"니나 케이지."

그의 팔이 내 얼굴을 고정했다.

"네가 보는 짐은 어떤 사람이지? 뭐든 상관없지만, 필시 네 생각과 다를 거다."

목덜미가 따끔했다. 순간 온몸이 움찔거리자 웃음소리가 들렸다.

"짐은 네 생각보다 흉폭하다."

목을 감쌌던 손이 내 머리카락을 한 움큼 쥐었다.

"나풀거리는 백금발도……."

그의 손가락이 입술을 스쳤다.

"오물오물 움직이는 입술도 다 사랑스러워서……."

폐하의 손바닥이 목선을 따라갔다.

"너를 만지고 싶은 충동을 겨우 참고 있단다. 참 훌륭한 왕이지 않으냐."

그는 흘러내린 내 눈물을 손가락을 훑더니, 입가로 가져갔다. 그러고는 만족스럽게 웃으며 말했다.

"단내를 풀풀 풍기더니, 이젠 눈물마저 달콤해졌구나."

나는 고개를 저었다. 앞에 있는 사람이 너무나 무서웠다.

"그러니까, 토끼야. 쓸데없는 생각 말아라."

"폐, 폐하……. 저는……."

"교단에서 무슨 속셈으로 너를 내 곁으로 보냈는지 모르지만, 이제는 다 상관없는 얘기다. 네 조그마한 머릿속에서는 여러 가지를 생각하는 모양이지만, 짐은 허락하지 않을 거야."

세상에. 어떻게 그것까지 아는 걸까.

"너를 그대로 내버려두는 건, 네 사랑스러움 때문이다. 그러니, 짐을 자극하지 말렴."

그는 웃으면서 내 몸을 일으켰다. 그러고는 소년처럼 천진하게 웃었다.

"속마음을 다 말한 건 오랜만이군."

부드러운 손길이 다시 목덜미를 쓸어 올렸다.

"왕이 된 뒤로는 처음이야."

그는 내 귓불을 매만지다 이마에 살짝 입맞춤했다.

부드러운 것이 닿았다가 떨어졌다.

"계속 여기 있으면, 짐이 계속 너를 만질지도 모른단다. 토끼야. 이만 네 둥지로 가 보렴."

나는 떨리는 손으로 그의 머리카락을 꽉 쥐었다.

"폐하."

그는 대답 대신 내 목덜미에 손을 넣었다.

"저, 절 또 이용하시는 건 아니죠?"

칼라 사이로 들어간 손길은 느긋했다.

"그때 약속했지 않느냐."

폐하는 희미한 미소를 머금고 말했다.

"믿으렴, 토끼야."

나는 작게 숨을 내쉬었다. 살짝 고개를 끄덕이자, 그는 내 몸을 책상 위에서 내려 줬다. 나는 조금 비틀거리며 집무실 밖으로 걸어 나왔다.

이마가 뜨거웠다. 머릿속이 텅 비어서 어떤 생각도 할 수 없었다. 나는 벽을 짚고 겨우 걸어갔다.

'가슴이 타는 것 같아.'

나는 주먹을 꽉 쥐었다. 후들거리는 다리로 겨우 걸었지만,

결국 넘어졌다.

'무서워.'

아무 생각도 들지 않아. 아무것도 모르겠어.

'그 사람이 낯설어.'

왜 이제는 편하다고 생각했을까.

나는 결국 복도에 주저앉았다. 지나가는 병사들이 일으켜 줬지만, 몇 걸음 못 가서 다시 넘어졌다.

복잡한 상념이 허공을 부유하다 가라앉았다. 머리가 너무나 어지러웠다. 나는 울고 싶었다. 확실한 것은 그것밖에 없었다.

"무슨 짓을 하신 겁니까?"

시녀장은 돌아오자마자 엉망이 된 집무실에 소리 없는 비명을 질렀다. 서류는 반쯤은 바닥으로 떨어져 있었고 지도는 꾸깃 꾸깃했다.

'나갈 때는 이러지 않았는데? 몸싸움이라도 하셨나?'

사비나는 일단 바닥에 있는 서류를 서둘러 주웠다. 차례대 로로 정리해 뒀지만, 이미 다 흐트러져 있었다.

부산스러운 시녀장과 다르게 그녀의 주인은 말이 없었다.

"폐하?"

그는 턱을 괴고 생각에 잠겨 있었다.

아니 왜 넋이 나가 계시지. 시녀장은 폐하의 앞으로 성큼성큼 걸어가 박수를 쳤다.

짝!

그제야 폐하가 돌아보았다.

"왜 이렇게 된 겁니까?"

"아, 그렇군."

"'아, 그렇군'이 아니에요! 주변 사람 물리고 니나만 들어오
게 하라고 해서 보내 놨더니, 왜 집무실이 엉망이 됐나요!"

그는 고개를 저으며 말했다.

"다시는 둘만 두지 마라."

사비나의 미간이 찌푸려졌다.

"무슨 말씀이신가요?"

"자제를 못 하겠더군."

그는 작게 한숨을 내쉬었다. 그리고 자신의 손과 엉망이 된
책상을 번갈아 바라보았다.

"폐하?"

"아, 토끼가 도망가지 못하도록 신경 쓰도록."

어째 점점 더 이상했다. 사비나는 다시 박수를 쳐야 하나 고
민했다.

"폐하. 몸이 아프신가요?"

"짐의 몸은 괜찮다."

"왜 넋이 나가신 거죠?"

그는 충실한 신하의 말에 대답하지 않았다. 그저 깊은 한숨
만 내 쉴 뿐이었다.

'어, 어라?'

뭔가 굉장히 고민하는 얼굴이어서, 사비나는 고개를 갸웃거렸다. 시녀장이 된 지 10년이나 지났는데, 처음 보는 표정이었다.

"그렇군. 이게 넋이 나간 거로군."

아니, 왜 내 말에 깨닫고 그러지? 도대체 무슨 일이야. 독이라도 드셨나. 아니, 잠깐. 왕의 문장 때문에 웬만한 독도 끄떡없을 텐데?

그녀는 서둘러 뒤돌아서서 따듯한 차를 가져오라고 지시했다.

"사비나."

"예. 폐하."

"큰일이다."

시녀장은 화들짝 놀랐다. 항상 큰일을 별거 아닌 일처럼 말하는 남자였다. 그런데, 폐하께서 큰일이라니!

"자제하기 싫어."

"폐하. 알아듣게 얘기해 주세요."

"토끼를 만졌다."

"폐하께서는 항상 니나를 만지시잖아요. 어제오늘 일이 아닌데 왜 그러신가요."

그는 멍하니 허공을 바라보았다. 사비나는 점점 무서웠다. 항상 총기로 빛났던 눈의 초점이 지금은 흐릿했다.

"사고를 쳤다는 게 이런 거군."

전담 시녀가 서둘러 차를 들고 왔다. 사비나는 찻잔에 찻물을 가득 담고 폐하에게 들이밀었다. 이거라도 마시고 진정하라는 신하의 정성 어린 충심을, 그는 손짓 하나로 물렸다.

"차는 필요 없다."

"지금 어느 때보다 절실하게 차가 필요하세요."

그는 깊게 한숨을 내쉬었다.

아무리 마시라고 빌어도 친애하는 폐하는 거들떠보지 않았다.

"짐이 토끼에게, 아니 니나에게……."

시녀장의 손이 조금 떨려서 찻잔을 놓은 쟁반이 이상한 소리를 냈다. 그녀는 서둘러 빈자리에 찻잔을 올려놓았다.

'지금 폐하께서 니나라고 하신 거 맞지?'

항상 토끼라고 선을 그어 놓던 분이었다. 그런 사람이 지금 이름을 번복했다.

왕은 사비나를 향해 작게 속삭였다.

"입을 맞췄다."

순간 사비나는 지금 자신의 손에 찻잔이 없어서 다행이란 생각이 들었다.

"왜, 왜 갑자기 그러셨나요. 이, 이유가 있으신가요?"

"사랑스럽더군."

참 대단한 이유였다.

"억, 억지로 하셨나요?"

그는 턱을 괴고 중얼거렸다.

"반쯤은?"

강제로 했다는 말이었다.

"폐하! 억지로 하시면 어떡해요!"

"끔찍했겠지?"

"당연히 끔찍했겠죠!"

그는 어지러운지 이마를 짚었다. 사비나는 급히 심호흡했다.

"신기하군. 짐이 끔찍할 수도 있군. 짐을 싫어하는 여자는 여태 없었다."

시녀장은 기가 막혀서 친애하는 폐하를 바라보았다.

'하긴 없긴 했지.'

저 잘생긴 외모 때문에 폐하를 싫어하는 여자는 없었다. 솔직히 이베리아에서 왕을 싫어하는 이는 손에 꼽을 정도였다.

"폐하. 그게 아닙니다."

하지만 이건 아니었다. 시녀장은 지극히 상식적인 말을 했다.

"니나에게 사과하셔야죠."

"아, 절차가 그렇게 되는군."

"억지로 했다면서요. 사과도 안 하시려고요?"

시녀장은 순간 화가 치솟아서 주먹을 꽉 쥐었다.

왕은 또 멍청한 눈빛으로 허공을 바라보았다.

"사과하고 싶지 않다."

이분이 진짜 토끼한테 따귀를 맞고 싶은 건가?

"한 번 하고 나니, 계속하고 싶더군. 자제할 수가 없어."

아니 그건 당신 감정이고! 시녀장은 답답해서 가슴을 몇 번 두들겼다.

"니나도 하고 싶대요?"

"그건 모르겠군."

사비나는 격하게 심호흡을 했다. 화딱지가 나서 죽을 거 같았다.

"폐하. 제가 충심으로 조언합니다."

초점이 나갔던 눈이 그녀를 바라보았다. 시녀장은 아예 한쪽 무릎을 꿇었다.

"일단 사과하세요! 그렇지 않으면 큰일나요!"

"사비나. 사과란 건 재발을 방지해야 의미가 있다."

그는 깊게 한숨을 내쉬었다.

"짐은 자신을 잘 안다. 이미 늦었어. 참을 수도 없고, 참고 싶지도 않다."

참 일관성 있게 뻔뻔했다.

사비나는 침착하게 말했다.

"아니요. 폐하. 차라리 그때그때 사과하시는 게 나을 겁니다."

"이유가 뭐지?"

"재발 방지보단, 니나의 동의에 초점을 맞추세요."

넋 나간 절세미남이 느릿하게 고개를 끄덕였다.

"그렇군. 그렇게 하겠다."

다행이다. 설득했어. 말이 통했어!

사비나는 뒷목을 잡으며 한숨을 폭 내쉬었다. 오밤중에 찬물을 뒤집어쓴 거 같았다.

"아니, 여태 잘 참으셨잖아요. 왜 못 참고 일을 벌이셨나요."

왕은 눈을 살짝 내리깔았다. 아니, 왜 약한 척이야. 사비나는 제법 긴 속눈썹을 보며 고개를 절레절레 저었다.

"사랑스럽더군."

"니나는 항상 그랬잖아요."

"참을 수 없을 만큼 사랑스러워졌다."

시녀장의 얼굴이 일그러졌다. 어떻게 해석해야 하는 걸까. 예뻐졌다는 뜻으로 알아들으면 되나?

"사비나, 이제 짐은 참고 싶지 않다."

"언제는 참으셨나요?"

그는 멍하니 천장을 바라보았다.

"나는 어렸을 적 변경의 하늘에서 눈사태를 본 적 있다. 꼭대기에서는 작았던 눈이 굴러가며 점점 커지더군. 그러더니 결국 밑에 처박혔지."

귀를 찢는 굉음이 요란했다. 어린 왕 아니, 소년 리카르도는 그리핀을 타고 산의 지형이 바뀌는 것을 실시간으로 바라보았다. 날름이는 위험하다며 자꾸 방향을 돌렸지만, 그는 그 장면에서 눈을 뗄 수 없었다.

"웃기군. 지금 생각나는 게 눈사태밖에 없다니……."

단 한 번의 충동으로 깨달아 버렸다.

"폐하?"

"좀 쉬어야 할 것 같군. 사비나. 토끼를 부탁한다. 감시든 뭐든 좋으니까 신경 쓰는 게 좋을 거 같군."

그는 비틀비틀 일어나서 문으로 걸어갔다.

사비나는 기가 막혀서 한숨을 내쉬었다. 폐하를 모신 지 10년이 지났지만, 알아서 쉬러 가는 경우는 처음이었다. 폐하는 여러 가지 의미로 지치지 않는 사람이었다.

'이게 무슨 일이야.'

그녀는 일단 구겨진 지도를 치웠다. 왕의 모습이 사라지자, 사비나는 가져온 차를 꼴깍꼴깍 넘겼다.

"고작 입맞춘 거 하나로 저렇게 되실 리가……"

있구나.

마음속에 겨우 남은 먼지만 한 양심 때문에 아이의 볼이나 뺨만 만졌는데, 한번 입을 맞추니까 눈덩이처럼 굴러가며 자각하신 건가.

"내 감이 맞았네."

이를 어떡하지.

시녀장은 쪼그리고 앉아서 서류를 주웠다.

"세상에서 제일 냉정한 남자가, 곁에 둘 수 없는 애를 좋아하게 되면 어떻게 되는 거지?"

등에 소름이 돋았다. 그녀는 그 감각을 잊기 위해서 필사적으로 종이를 주웠다.

'큰일났네.'

사비나는 바닥에 아예 주저앉아서 이마를 짚었다. 정말이지 골치가 아팠다.

"이제 와서 인간적인 척하면 어떡합니까, 폐하."

실컷 일 벌여 놓고 말이죠.

'게다가 당신 계획에 니나는 없잖아요.'

어떡하시려고 그러세요.

시녀장의 한탄이 카펫 사이로 숨었다 사라졌다. 이 사태의 방향을 도무지 알 수 없었다. 그저 자신이 할 일은 밝고 성실한 아이를 감시하는 것뿐이었다.

"으이구!"

한탄을 해 봤자 소용없었다. 시녀장은 주위에 있는 서류를 주우면서 다시 한번 긴 한숨을 내뱉었다. 왕의 명령대로 아이의 동선을 주의해야 했다. 충격을 받은 니나가 도망이라도 가려고 하면, 일이 복잡해졌다.

'내 일만 느는구나.'

사비나는 고개를 푹 숙였다. 자신에게도 휴식이 절실하게 필요했다.

29

그 길에 너는 없어

검은 돌이 매끈거렸다. 레오는 비석을 매만지며 쓰게 웃었다. 더위를 식히는 바람이 불자, 무덤가의 꽃들이 흔들렸다.

그는 잠시 눈을 감았다. 이맘때의 바람은 마치 그의 여동생처럼 느껴졌다.

손가락 사이로 흐트러질 뿐, 잡을 수 없었다. 그의 여동생도 그랬다. 지금 불어온 바람처럼 마음속에서 몰아쳤지만, 잡으려고 하면 아무것도 없었다.

"엘레나란 이름이었어."

그의 목소리가 흩어졌다. 막 성인이 된 아이는 머리카락을 뒤로 넘기며 말했다.

"예쁜 이름이네요."

아이의 목소리가 듣기 좋았다. 레오는 감았던 눈을 뜨고 니나를 바라보았다. 자신이 선물해 준 하얀 옷이 그린 듯이 잘 어울렸다.

하얀 치마가 바람결에 흩날렸다. 햇살 사이로 흐트러지는 백금발을 보며, 기사는 검은 돌에서 손을 뗐다. 원피스 아래로 드러난 팔이 너무나 가늘었다. 새삼스럽지만, 그의 꼬맹이는 너무 예쁘게 자라서 항상 걱정이었다.

"이분이 매년 제가 고른 선물의 주인이네요."

아이는 여전히 작았다. 가끔은 잡을 수도 없을 만큼 연약해 보였다. 그런 자신을 아는지 모르는지, 니나는 주저앉아서 비석을 읽었다.

"어릴 때 잠들었네요."

검은 비석에 쓰여 있는 나이는 열여섯이었다. 레오는 고개를 끄덕였다. 그러고 보면 엘레나도 항상 작게만 느껴졌다. 항상 이 꼬맹이는 언제 크냐며 머리를 쓰다듬으면, 아이는 곧 자랄 거라고 쓰다듬는 손을 치우곤 했다.

"놀랐어요. 갑자기 레오 님이 저택으로 끌고 와서요."

붉은 눈동자가 반짝였다.

그는 니나의 얼굴을 바라보았다. 조막만 한 얼굴에 눈코입이 다 있는 게 신기했다.

"화가 나서 말이야."

"뭐가요?"

"네가 나한테 집중하지 않는 게 화가 나."

복숭앗빛 뺨이 붉게 물들었다. 레오는 싱긋 웃으며 아이의 조근거리는 입술을 바라보았다. 요 조그마한 녀석은 또 어떤 변명을 할까.

"죄송해요, 레오 님. 제가 요즘 정신이 없어요."

"왜?"

"그럴 일이 생겼어요. 정신이 쏙 빠지게 고민해도 결론이 안 나요."

"나한테도 얘기 못 해?"

아이는 자신의 분홍빛 입술을 깨물었다. 이 아이는 곤란한 일이 있으면 항상 이랬다.

'무슨 일이니, 꼬맹아.'

오랜만에 하는 외출인데, 아이는 도통 집중을 못 했다. 길에서 넘어지려고 해서 팔을 잡아끌어 당긴 적이 한두 번이 아니었다.

꼬맹이는 그때마다 죄송하다고 말했다. 하지만 그 일은 몇 번이고 반복되었다.

'누가 너를 이렇게 만들었을까?'

니나는 섬세했지만, 어떤 면에서는 둔한 아이였다. 남을 잘 배려하긴 했지만 맺고 끊는 게 확실했다.

'너를 당황하게 할 사람은 몇 없잖아.'

기껏해야 디오 정도였다.

'아니군.'

그는 피식 웃었다. 아주 막강한 사람이 하나 더 있었다.

"폐하냐?"

아이의 어깨가 떨렸다. 레오는 자신이 말한 게 정답이란 걸 확신했다.

"폐하가 뭐라고 하셨어?"

니나는 고개를 푹 숙였다. 풀어 내린 백금발이 나풀거리며 흐트러졌다.

"뭐라고 하신 건 아닌데요."

"그럼 뭔가를 하신 거군."

아이의 어깨가 다시 떨렸다. 레오는 한숨을 내쉬었다.

"저, 레오 님. 이상한 거 물어봐도 돼요?"

그는 대답 대신 아이의 머리를 쓰다듬었다. 손가락에 감기는 아이의 머리카락은 퍽 부드러웠다.

"폐하는 어떤 사람인가요?"

너 그 질문 나한테 몇 번 했었단다, 니나.

"강하고 빈틈이 없지."

"그, 그렇죠. 사람 머리 꼭대기에 있으시죠. 혼자 다 알고 있어요."

"세상에서 제일 강한 사람 중 한 명이라고 생각해."

"나머지 사람은 누군데요?"

아이가 살짝 고개를 들었다. 반짝이는 붉은 눈이 자신을 바라보자, 레오는 어색한 미소를 지었다.

"교황?"

"아, 교황. 그러네요. 강하겠네요."

"막상 교황의 힘은 알려진 게 별로 없지만 말이야. 아주 꼭꼭 숨어 있지."

"자료도 안 남아 있어요?"

그는 아이의 머리에서 손을 뗄까 말까 고민했다. 슬슬 떼야 하는 걸 아는데, 그러기가 싫었다.

"학자들이 열심히 파고 있긴 하지. 우리 쪽도 필사적으로 첩자를 보내서 정보를 알아내려고 하지만, 저쪽이 워낙 크잖아. 그래도 이번에는 성과가 좀 있다고 들었어."

아이가 고개를 갸웃거렸다. 덕분에 머리에 있던 손이 귓가에 닿았다.

'어?'

보드라운 볼이 검을 쥐는 손에 닿자, 이상하게 얼굴이 화끈거렸다.

기사단장은 얼굴이 괜히 다른 곳을 바라보았다. 모르는 척하면서 손을 떼지 않을 작정이었다.

"저, 레오 님. 그렇게 강하신 분은요. 고민할 게 별로 없겠죠?"

아이는 자신의 손을 신경 쓰지 않았다. 오로지 질문에 집중했다.

'이래서 화가 나는 거야. 꼬맹아.'

너 이런 내 마음은 모르지?

"글쎄. 난 폐하가 아니라서, 왜 폐하께서 고민하셨으면 좋겠어?"

아이는 다시 입술을 깨물었다.

레오는 손을 움직여서 니나의 말캉한 얼굴을 쓰다듬었다.

'정답인가 보군.'

무슨 일을 하셨나? 우습군. 상황이 상황인지라, 손을 대지는 못하실 줄 알았는데…….

'어차피 곁에 둘 수 없지 않습니까. 폐하.'

10년이 넘은 세월을 그의 충신으로 살았다. 그래서 알았다. 폐하는 이 아이를 취할 수 없었다. 만약 그럴 생각이라면 지난 5년 동안 이미 하고도 남았을 것이다.

'그런데도 주지 않으셨지.'

다시 한번 달라고 하면 어떨까. 그때처럼 피를 핑계로 안 된다고 하기에는 시간이 지나 버렸다.

'완전히 아는 건 무리지만, 저도 어느 정도는 읽을 수 있습니다. 폐하.'

처음 성녀를 납치해 왔을 때, 레오는 바로 그의 계획을 알아챌 수 있었다.

이베리아에는 왕비가 필요했다. 하지만 적당한 이는 없었다. 원래대로라면 왕자 시절부터 정략혼이 걸려 있어야 하지만 그는 변경에서 다 죽어 가던 사람이었다.

리카르도 왕자는 왕이 되자, 자신의 정략결혼을 미끼로 여러 세력을 끌어들여서 이용했다. 사람을 모르고 이리저리 달라붙었던 것들은 곧 권력을 잃고 본래 가야 할 자리로 돌아갔다.

'성녀를 왕비로 삼을 생각 아니었습니까?'

그녀는 참 조건이 좋았다. 왕국 내 지지기반은 없지만, 구실이 괜찮았다. 성국의 보물은 세기의 로맨스로 치장하기 참 좋았다.

'후계도 나쁘지 않아.'

성력과 마력을 가진 아이가 태어난다면 그것도 괜찮았다. 성력과 마력을 쓰는 후계자라니, 몸이 오싹할 정도였다.

자신도 생각한 걸, 왕이 고려하지 않았을 리 없었다. 하지만 5년 간 왕은 성녀를 왕비로 삼지 않았다.

'꼬맹이 때문일까?'

레오는 쓰게 웃었다. 리카르도 폐하가? 단지 시녀인 꼬맹이 때문에 거사를 미룬다고?

'중간에 약혼으로 몇몇 가문의 손발을 꺾긴 했지.'

특히 아이에게 칼을 휘둘렀던 가문은 완전히 몰락했다. 나름 목에 힘줬던 백작가는 이제 분해되어 흔적도 찾을 수 없었다.

'성녀를 왕비로 삼아도, 너를 놓지 않으실까?'

레오는 손끝으로 니나의 눈가를 쓸었다.

"레오 님?"

이제야 조금 당황한 모양이었다. 그는 씩 웃으며 말했다.

"무슨 일인데?"

"제가 사고를 쳤어요. 별거 아닐 줄 알았거든요. 그래서 어설 프게 팠는데, 용암이 터졌어요!"

기사는 나오려는 웃음을 참았다. 무슨 표현이 그러냐, 꼬맹아.

"시뻘건 게 막 터져 나오는데 도망갈 수도 없어요. 고민해 봤 자 결론은 하나예요. 이건 용암 탓이다!"

그렇지. 네 탓은 아니지.

"꼬맹이는 제법 중심을 잘 잡고 있다고 생각했는데……."

그는 아이의 볼을 쓰다듬었다. 폐하처럼 청량함은 느껴지지 않았다. 하지만 가장 부드럽고 연약한 걸 만지는 느낌이 들었다.

"폐하한테는 어지간히 휘둘리네."

"사람의 힘으로 안 돼요."

"그렇긴 하지. 그분이 제대로 흔든다면 버틸 사람은 별로 없어."

아이는 먼 곳을 보며 허탈하게 웃었다. 레오는 다른 한 손도 니나의 얼굴에 댔다. 여전히 말캉한 감촉이 느껴졌다.

"엘레나는 선왕 때문에 죽었어."

아이의 시선이 자신을 바라보았다. 이제야 나를 보는구나. 꼬맹아.

"왜인지는 몰라. 열여섯 살 밖에 안 된 아이가 선왕의 눈에 들었어. 선왕은 뭐든 시큰둥한 사람이었지. 왕비가 자신의 아이를 낳은 사람을 학대하고 내쳐도 그냥 내버려둘 정도였지."

"그, 그건 알아요. 들었어요."

"폐하에게 직접?"

니나는 고개를 끄덕였다.

레오는 손에 닿은 아이의 얼굴을 바라보았다. 엘레나보다 자랐어도, 아직도 이렇게 작았다.

"그런 사람이 엘레나를 보자마자 좋은 향기가 난다고 집착하더군. 늙은 왕은 성에 처음 간 그 어린아이를 안쪽 방으로 밀어넣고 가둬 버렸지."

"이유가 뭐죠?"

레오는 쓰게 웃었다.

"없어. 왕 앞에서 엘레나의 손이 베이는 실수를 했다고 들었지만, 그게 그럴 이유는 아니잖아. 환각제에 미쳤는지, 실성했는지 알았을 때는 이미 늦었어."

아무리 기사라도, 높은 자리에 있어도 힘이 부족했다. 유일한 방법은 왕을 바꾸는 것뿐이지만 그건 가문이 추구했던 이상과 맞지 않았다.

"엘레나는 안쪽 방에서 죽었어. 어떻게 죽었는지는 몰라. 꼬맹아, 그거 아니? 이 일은 참 짧았어."

성안이 발칵 뒤집혔지만, 보름도 안 되는 시간 사이에 벌어진 일이었다.

"엘레나가 죽으니까, 늙은 왕도 시름시름 앓더군."

"노망이라도 났던 걸까요."

"이미 환각제에 미친 사람이긴 했지. 세상 모든 것에 무감각한 사람이 미친 듯이 집착하다가 죽는다는 게 이상하지 않니?"

아이는 고개를 끄덕였다.

"꼬맹아. 더 웃긴 건 말이야."

레오가 니나의 백금발을 귀 뒤로 넘겼다. 머리카락의 감촉은 퍽 부드러웠다.

"그도 왕자였을 때는 영민한 이였단다."

아이는 분홍빛 입술을 스스로 깨물었다. 내가 너무 심각한 얘기를 했구나.

"폐하만큼은 아니지만 말이야."

"왜 그렇게 된 걸까요. 문장의 힘 때문에 그런 걸까요?"

"중독은 사람을 망가트리지."

니나의 붉은 눈동자에 물기가 어렸다.

레오는 조금 머쓱했다. 울리고 싶던 건 아닌데 말이야.

"꼬맹아. 내가 말하고 싶은 건……."

그는 작게 한숨을 내쉬었다.

"폐하는 모든 걸 다 알고 있어. 게다가 본인이 직접 겪으셨지."

변경에서 뼈만 남은 왕자를 주웠을 때 알았다. 이 소년이 왕이 된다면 더없이 강건한 왕이 되겠지. 그렇게 되면 나는 진정으로 무릎을 꿇게 되겠군.

'진정한 주군을 섬기는 건 기사로서 행운이지.'

그래서 항상 기뻤다.

"그분은 왕이야."

리카르도 왕은 그런 모든 이의 기대를 더없이 충족시켰다. 수도와 그 바깥쪽, 변경에 이르기까지 현명하지 않은 게 없었다.

"이베리아의 유일한 희망이지."

그런 사람이 흔들린다고? 자신이 디디는 땅과 위치를 무서울 정도로 잘 아는 사람이?

"항상 왕다운 선택을 할 거야. 인간의 감정을 버렸다 싶을 정도로 냉철한 분이니까. 꼬맹아, 나는 네가……."

니나의 눈가에 어린 물방울이 주르륵 흘러내렸다. 햇살에 비친 눈물이 너무나 아름다워서 레오는 그 눈물을 손안으로 받았다.

"상처받지 않았으면 좋겠어."

자그마한 물기가 보석처럼 느껴졌다.

'너는 영리한 아이니까, 내 말을 알겠지.'

처음 만났을 때는 엘레나처럼 연약하게 느껴졌다. 그게 화나서 짓궂게 굴다가 깨달았다. 니나는 엘레나와 달랐다. 더 영리해서 주위를 볼 줄 알았다.

"그는 왕이고, 끝까지 왕일 거야. 그 길에 꼬맹이 너는 없어."

니나는 고개를 푹 숙였다. 볼 사이로 눈물이 계속 흘러내렸다.

'왜 그를 마음에 둔 거야.'

그러지 마.

'너를 좋아하는 사람이 이렇게 많은데…….'

소중해서 손을 대지도 못하고 바라보는 사람이 얼마나 많은 줄 아니? 병사고 기사고 내가 한두 명 치운 줄 알아?

레오의 손은 점점 더 축축해졌다. 그는 작게 한숨을 내쉬었다.

아이의 목소리가 닿았다 사라졌다.

"웬만하면 돌려 말해 주셨을 것 같은데……."

니나는 울면서 조금 웃었다.

"너무 솔직하게 말씀하시네요. 저도 어렴풋이 생각했던 거지만요."

레오는 쓰게 웃었다. 역시 이 아이는 엘레나가 아니었다. 항상 자신이 놀랄 정도로 힘차게 움직였다.

'아무나 약초 연구원이 될 수 있는 게 아니긴 하지.'

그것도 시녀 일을 하면서 말이야.

"꼬맹아. 상처받았니?"

"상처랄 게 있나요."

아이는 거칠게 눈물을 훔쳤다. 발긋해진 눈가를 보며 레오는 작게 한숨을 내쉬었다.

"레오 님은 절 위해서, 있는 사실을 그대로 말해 준 거잖아요."

니나는 작게 심호흡했다.

레오는 아이의 입술을 손가락으로 쓸었다.

"레오 님?"

이제야 인식해 주는 거야? 그는 피식 웃었다.

"피난다, 꼬맹아."

"아, 또 깨물었나 보네요. 이 버릇 고쳤다고 생각했는데……."

니나는 조금 웃었다. 억지로 미소 짓는 게 눈에 보여서, 레오는 눈을 가늘게 떴다.

"자꾸 도지네요. 당황하면 이러는가 봐요."

레오가 피 묻은 손가락을 혀로 훑으려고 하자, 니나가 그의 팔을 잡았다.

"하지 마세요! 제 피는 위험해요!"

"아, 그거……. 그러네."

"아니 그걸 왜 입으로 가져가요."

"글쎄. 왜일까. 깜박했어."

네 모든 걸 입으로 가져가고 싶다고 말하면, 너는 어떤 말을 할까? 당황해서 물러날까?

"아시는 분이 왜 깜박하세요!"

"기껏해야 잠드는 것뿐이잖아."

"누구나 잠들게 하잖아요. 이 피는 위험해요."

레오는 고개를 저었다. 그건 그냥 핑계였다. 수면 효과, 그 뒤에 오는 중독도 다 왕의 변명이었다.

작은 목소리가 나직하게 귓가에 울렸다.

"저, 레오 님. 레오 님의 말은요."

닿았던 손이 떨어졌다. 체온이 사라진 자리가 유난스럽게 컸다.

"폐하의 길에 저는 없다는 말이죠?"

살짝 고개를 끄덕이니, 아이는 다시 입술을 깨물었다. 레오는 손으로 그녀의 입술을 쓸었다. 그제야 니나는 깨물던 입술을 놓았다.

"응."

"혹시, 그 길에 성녀님은 계신가요?"

이건 조금 놀랐다. 가끔 예리하다고 생각 했지만 이 정도일 줄은 몰랐다.

순간, 손이 조금 떨리자, 아이가 피식 웃었다.

"강하네. 진짜."

뭐가, 꼬맹아?

"더럽게 강하네. 와, 진짜 이럴 줄은 몰랐는데 그렇구나."

아이는 흘러내린 머리를 뒤로 넘겼다.

"어쩐지. 잘도 다른 쪽으로 굴러간다 싶더라."

"꼬맹아?"

"이야. 대단하네. 와, 허무해. 이게 이럴 수도 있구나."

레오는 손을 떼고 가만히 아이를 지켜보았다. 갑자기 그의 꼬맹이는 부산스러워졌다. 머리를 쥐어뜯기도 했고, 발을 동동

굴렀다.

"그렇게 악착같이 기어갔는데 끝은 이거야?"

니나는 주먹을 꽉 쥐었다가 놨다. 그러더니 갑자기 그 자리에 풀썩 주저앉았다.

말려야 하는 걸까. 지켜봐야 하는 걸까. 아이는 머리를 쥐어뜯다가 깊게 한숨을 내쉬었다.

"뛰어 봤자 벼룩이라는 거야?"

신기한 표현이었다. 레오는 고개를 갸우뚱했다. 벼룩은 꽤 높이 뛰던데?

"진짜 서럽다. 서러워. 이건 너무한 거 아니야? 무서워서 살 수가 없어."

니나가 크게 심호흡했다. 그는 아예 팔짱을 끼고 아이를 바라보았다. 무슨 말을 해야 할지 감이 잡히지 않았다.

그때 아이가 자신을 올려다보았다. 눈물로 엉망이 된 얼굴이 귀여워서, 레오는 나오려는 웃음을 애써 참았다.

"있잖아요, 레오 님."

"왜?"

"폐하의 길에 성녀님이 있다는 거 누가 알아요?"

"글쎄? 아는 사람은 별로 없을 거야."

그분은 어려운 사람이란다, 꼬맹아. 아마 몇몇 빼고는 모를 거야.

"디오나 베아토는 알 거야. 아, 사비나도 알겠지."

"제 주위는 다 안다는 거잖아요."

"그게 그렇게 되나?"

꼬맹이는 다시 한숨을 내뱉었다. 그러고는 바로 일어나서 치마를 털었다.

다시 바람이 불었다. 레오는 그녀를 바라보았다. 백금발 머리카락이 흔들렸다가 다시 돌아왔다. 손을 뻗어서 잡을까 했지만, 그는 그러지 않았다.

아이의 시선은 다시 비석에 닿았다.

'꼬맹아, 넌 말이야……'

그녀는 가끔 놀랄 만큼 어른스러운 표정을 지었다. 조금 전까지 어린아이 같던 걸 잊을 만큼, 니나의 표정은 더없이 진지했다.

"힘드셨겠네요."

아이의 손이 검은 돌에 닿았다.

"레오 님의 여동생이었다면, 좋은 가문의 귀한 아가씨였을 텐데. 끔찍한 일을 당했네요."

니나는 반들반들한 돌을 쓸었다.

꼬맹아. 네 일도 힘들 텐데 날 걱정하는 거야?

"레오 님도, 가문도 정말 혼란스러우셨겠어요. 성이 아니라서 하는 얘기인데요. 저라면 짜증나고 서러워서, 다른 생각을 했을 거 같아요."

기사단장은 피식 웃었다.

'배신이나 반역 말하는 건가.'

니나는 엉망이 된 얼굴을 손수건으로 거칠게 문질렀다. 덕분에 눈가는 여전히 발긋했다.

"우리는 엘레나를 사랑했어."

그는 자신의 손을 비석을 쓰다듬는 아이의 손에 겹쳤다. 작은 체온이 꽤 따듯했다.

"하지만 각자의 인생도 사랑했지."

니나가 자신을 바라보았다. 붉은빛이 예쁜 눈이 햇살에 반짝였다.

"아버지는 여자아이 한 명 때문에 가문의 모든 걸 거는 건 어리석다고 했지."

아이의 손은 작기만 했다. 왜 니나는 스무 살이 되어도 이렇게 조그마한 걸까.

"반박을 못 했어. 왜냐하면, 그 말을 하시던 아버지도 울고 계셨거든."

왜 이런 일이 일어났는지 수도 없기 곱씹었다. 가문도, 기사란 작위도 아무것도 소용없다는 건 인생을 뒤흔들 만한 충격이었다.

"레오 님이 가만히 있었을 거 같진 않아요."

그는 피식 웃었다.

아이는 자리에서 일어나서 레오를 빤히 바라보았다.

"흉터가 그때 생긴 건가요?"

"묻지 마라, 꼬맹아."

"비밀인가요?"

기사단장은 어깨를 한번 으쓱했다.

"나중에 내 아내에게만 알려 줄 거야."

니나는 밝게 웃으며 원피스 치맛자락을 잡았다. 그러고는 한쪽 다리를 굽혔다가 폈다.

"와. 그렇군요. 실례했습니다."

레오는 아이의 머리를 쓰다듬었다.

'여기서 네게 말하고 싶다고 하면, 넌 어떤 표정을 지을까?'

곤란한 얼굴로 고개를 저을까? 그 예쁜 입술에서 거절의 단어가 나오겠지?

레오는 작게 한숨을 내쉬었다. 그 어떤 괴조보다 요 꼬맹이가 더 무서웠다.

'빨리 마음을 돌려.'

폐하를 보지 마.

그는 아이의 손을 잡고 한쪽 무릎을 꿇었다.

"호위를 허락해 주시겠습니까?"

니나는 작게 속삭였다.

"허락합니다."

그는 아이의 손등에 입맞춤했다. 평소와는 다르게 길게 입술에 대고 있자, 아이가 한 걸음 물러섰다.

피부가 너무나 부드러웠다. 꼬맹아. 너는 어디에 닿아도 이렇구나.

"레오 님?"

"이만 가자. 성에 돌아가야지."

니나가 고개를 끄덕였다.

"또 그리핀을 타고 가야 하나요?"

"당연하지."

"으아, 또 납작 엎드려 있어야겠네요."

레오는 피식 웃었다. 기사들도 처음 훈련할 때 그 자세부터 시작하는데, 꼬맹이는 참 싫어하네.

"게다가 레오 님의 릴리는 저를 싫어하는 것 같아요."

기사단장은 턱을 쓰다듬었다. 릴리는 성격이 나쁜 그리핀이 아니었다. 무난한 애인데, 꼬맹이를 싫어한다고?

"날름이는 저를 좋아하는 거 같은데, 릴리는 뭐랄까, 레오 때문에 억지로 태워 주는 거 같아요."

아, 그거로군.

이유를 알지만, 그는 말하지 않았다.

'그리핀 기사는 그리핀을 연인이라고 부른다, 꼬맹아.'

온몸을 맡기는 존재였다. 웬만한 친우보다 그리핀이 더 가까웠다. 그래서 릴리가 꼬맹이를 싫어하는 이유는 간단했다.

'내가 널 좋아하는 걸 알아서야.'

왜 그리핀도 아는 걸 너는 모르냐. 가끔은 섭섭해.

'좀 더 확실하게 말하면, 날 봐줄 거냐?'

이럴 줄 알았으면 마음이 가기 시작했을 때 바로 청혼하는 건데 말이야. 그때 무릎 꿇고 기사의 맹세를 했으면, 너는 내 옆에서 웃었을까.

잡은 손은 보들보들했다. 거친 자신의 손이 신경 쓰일 정도로 아이는 모든 게 보드랍고 연약했다.

'소중하고, 또 소중해서……'

손도 댈 수 없다는 마음과 매만지고 싶은 마음이 충돌했다.

레오는 아이를 데리고 그리핀에게 갔다. 창공을 날던 그리핀은 레오가 오자마자 땅으로 내려왔다.

그리핀의 날갯짓에 아이는 눈가를 가렸다. 그는 피식 웃으면서 망토로 아이를 가려줬다.

-끼아악!

그게 마음에 안 드는지 릴리가 불만스럽게 울었다. 그는 자신의 연인인 릴리의 털을 쓰다듬었다.

"좀 봐주라."

릴리가 눈을 깜박였다. 레오는 한숨을 폭 내쉬었다. 저건 나중에 단둘이 데이트를 안 하면 가만 안 두겠다는 엄포였다.

그는 알았다는 듯 릴리의 눈가를 쓰다듬었다. 그제야 릴리는 다리를 굽혔다. 레오는 초보자용 안장을 점검하면서 말했다.

"릴리가 기분이 안 좋나 봐."

"그, 그런가요. 제가 보기에는 마치……"

"기분이 안 좋은 거야."

억지로 고집하니 니나는 고개를 끄덕였다. 레오는 그런 아이의 엉덩이를 받치고 들어올렸다.

"으앗!"

"여전히 가볍구나. 꼬맹아."

"꼬맹이가 아니라니까요. 저 이제 스무 살이에요."

그는 니나를 얌전히 그리핀 위에 올려놓았다. 아이는 한숨을 폭 내쉬고 그리핀 위에 납작 엎드렸다.

레오는 그 모습을 물끄러미 보다가 턱을 쓰다듬었다.

"그 자세 싫어?"

"그렇게 싫은 건 아니에요. 하지만 개구리가 된 기분이에요."

"허리 들어 볼래?"

니나는 바로 허리를 폈다. 그는 등자에다가 아이 다리를 묶었다. 나풀거리는 원피스가 걱정스러웠지만, 자신이 있으면 괜찮겠지.

"중급자용 자세긴 한데, 대신 나한테 기대야 한다?"

"중급자용이 다리만 묶는 건가 봐요."

레오는 고개를 끄덕였다. 그리핀은 처음 탈 때는 납작 엎드리고, 좀 익숙해지면 등자에 다리만 묶는다. 그리고 대부분은 그때 그리핀의 기사가 되는 것을 포기한다.

그런 그리핀의 기사단장은 아이 뒤에 가볍게 뛰어올랐다. 익숙한 등자에 다리를 넣고 한쪽 팔로 아이의 몸을 당겼다.

니나는 놀랐는지 몸이 조금 떨었다. 레오는 그런 아이의 귓가에 속삭였다.

"붙으라고 했잖아."

너무 가까웠는지, 아이는 고개를 푹 숙였다. 레오는 피식 웃으며 그리핀을 고삐를 잡아당겼다.

릴리는 천천히 날개를 움직였다. 익숙한 바람을 맞으면서 그는 아이를 바라보았다. 머리카락에 가려져서 드러나지 않았지만, 보지 않아도 알았다. 복숭앗빛 뺨이 조금은 붉게 물들었겠지.

아무리 스무 살이 되었어도 여전히 품에 쏙 들어왔다. 레오는 자꾸 떨어지려는 아이를 다시 잡아당기며 말했다.

"떨어지면 안 돼. 위험해."

니나는 발긋해진 얼굴로 살짝 돌아보았다. 그 모습이 귀여워서, 레오는 환하게 웃었다.

사실 이렇게까지 붙어 있지 않아도 되는 건, 비밀이었다.

그리핀이 천천히 하강했다. 풀이 젖혀지는 걸 보고 나는 눈을 감았다가 떴다. 치마를 둥그렇게 퍼졌다가 다시 가라앉았다.

서둘러 손으로 치마를 눌렀다.

'레오는 뭐랄까 참······.'

그리핀을 탈 거라면 말을 하지. 그러면 바지를 입고 왔을 텐데. 속바지를 챙겨 입었다지만, 치마가 나풀거리는 게 얼마나 신경 쓰이는지 알긴 아는 걸까.

'모르는 거겠지?'

그리핀이 땅으로 내려오자 그는 훌쩍 뛰어내려 다리에 묶은 등자를 풀어 줬다. 처음에는 그러려니 했지만, 좀 부끄러웠다. 웬만하면 내가 하고 싶었지만, 매듭 자체가 특이해서 엄두가 나지 않았다.

그리핀을 관리하던 병사들이 우르르 다가왔지만, 그는 손들

들어 사람을 물렸다.

"다 됐다, 꼬맹아."

사람 좋게 웃는 걸 보니 할 말이 없었다. 그는 내 허리를 들어서 바닥으로 내려줬다.

'그냥 부축만 해 줘도 될 텐데……'

그리핀이 무릎을 꿇어서 그렇게 높지는 않았다. 미끄러지듯 내려오는 거 나도 할 수 있는 데 말이야.

'아, 치마 때문에 안 되나?'

그래서 나를 직접 내려 준 걸까.

나는 릴리를 쓰다듬는 레오를 바라보았다. 눈가에 흉터가 매력적인 남자는 자신의 그리핀에게 다정하게 속삭였다.

'좋은 사람이야.'

그러니까 나한테 숨기지 않고 얘기해 준 거겠지.

나는 가슴을 내리눌렀다. 이곳이 시리도록 아팠다.

'어떡하지.'

너무 힘들어.

'빌어먹을 원작.'

달라진 게 아니라 숨어 있던 거였구나.

나는 주먹을 꽉 쥐었다. 손이 살짝 떨렸다. 솔직히 허무하기 그지없었다. 어떻게 이 세계는 이렇게나 확실하게 정해져 있는 책인 걸까.

'아니, 그게 맞긴 하는데……'

애초에 TL 소설이긴 했지. 그래도 이건 아니잖아.

나는 오랜만에 『묶인 새』를 떠올렸다. 아름다운 기적의 성녀와 절세미남의 왕이 몸으로 시작했다 마음으로 끝나는 이야기였다.

일단 몸이 시작도 안 했었다.

'그래서 둘의 감정이 달라진 줄 알았어.'

하지만 성녀님은 결국 책처럼 왕을 사랑하게 되었다.

'새삼스럽지만, 이 이야기는 둘이 잘 먹고 잘 사는 얘기가 맞구나.'

줄거리가 달라져도 결말이 같아. 나는 마른세수를 했다. 머리가 너무 복잡했다.

'『묶인 새』와 지금 상황이 달라진 게 뭐지?'

나는 가슴을 주먹으로 톡톡 두들겼다. 결론은 허무할 정도로 빠르게 나왔다.

'폐하와 나만 다르구나.'

쓸쓸함이 올라왔다. 성과가 없진 않았다. 서쪽 탑에 갇혀야하는 니나는 이렇게 약초 연구원도 되었고 그리핀도 탔다. 주급과 월급을 받는 탓에 앞으로도 넉넉하게 살 수 있었다.

그런데 왜 난 이렇게 힘든 걸까. 노력한 대로 됐잖아. 그런데왜 그래.

'억울해.'

이상하게 슬퍼. 내가 한 모든 게 가치 없이 느껴져. 녹슨 10원짜리가 된 기분이야.

나는 왜 달라졌다고 생각했던 걸까. 왜 그랬어, 이화윤.

"바보."

멍청해. 어리석어.

그때였다. 가슴을 두들겼던 손이 누군가에게 잡혔다. 돌아보자 레오가 내 손을 잡고 긴 한숨을 내쉬었다.

"멍들겠다. 꼬맹아."

나는 서둘러 고개를 저었다.

"속이 좀 답답해서요."

"나이 든 사람들이 가끔 이러던데, 갓 스무 살 된 애가 왜 이런 걸 하냐."

나는 조금 웃었다. 이럴 때는 나이 든 티가 나나 보죠, 뭐.

"가자. 데려다줄게."

"괜찮아요. 돌아가는 길 알아요."

"내가 데려다주고 싶어서 그래."

내가 지금 상태가 많이 안 좋아 보이나 봐.

여전히 착한 사람이었다. 처음 만났을 때부터 쭉, 이 기사님은 참 선량했다.

나는 쓰게 웃으면서 살짝 발걸음을 옮겼다. 우리를 태우고 왔던 릴리는 안장을 벗고 저 멀리 날아갔다.

'날름이가 있는 그 호숫가로 날아가는 걸까.'

나는 주위를 둘러보았다. 폐하랑 한 번 와 본 곳이었다. 그러고 보면 여기에서 주근깨의 오빠를 만났었다.

'그렇게 죽을 줄이야.'

성녀의 도주 속에 니나가 빠지자, 그 조각이 주근깨로 메워질 줄은 상상도 못 했다.

나는 작게 숨을 내쉬었다. 숨을 쉬기가 힘들었다.

"꼬맹아?"

"조금 피곤한가 봐요."

진짜 내 마음을 내가 알 수 없었다. 하던 대로 다 잘됐다. 목숨은 구했고, 직업도 가졌다. 내가 좋아하는 사람도, 나를 좋아하는 사람들도 잔뜩 있었다.

'아무 생각 없이 행복하게 살면 되는데⋯⋯.'

니나야. 난 왜 허무한 걸까. 심지어 무력하기도 해. 손에 잡히는 게 아무것도 없는 것 같아.

바람이 목덜미를 간질였다. 햇살이 너무 눈부셔서, 나는 눈가를 가렸다. 춥지도 않은데 긴장되어서인지 갑자기 몸이 파르르 떨렸다.

"감기야? 몸이 안 좋니?"

"그건 아닌 것 같아요. 그래도 쉬면 바로 나을 거예요. 요즘 이유 없이 이래요. 걱정 마요. 레오도 제 체질 알잖아요."

나는 손바닥으로 다른 쪽 팔을 문질렀다. 이상하게 떨림이 가시지 않았다.

'스트레스 때문인가. 요즘 잦네.'

계속 오들오들 떠니 레오가 자신의 망토를 벗어서 내게 둘렀다.

"정말 괜찮아요!"

"덮고 있어."

나는 긴 망토에 둘러싸인 채 조금 웃었다. 레오의 키가 커서일까. 마치 긴 털을 뒤집어쓴 병아리가 된 기분이었다.

"레오 님 냄새가 나요."

마치 이 사람 품에 안겨 있는 느낌이었다. 약초 냄새를 많이 맡아서일까. 레오의 체향은 부드러운 흙냄새와 비슷했다.

망토의 냄새를 계속 맡으며 걸어갈 때였다. 옆을 보니 레오가 없었다.

"레오 님?"

덩치가 커다란 기사님이 얼굴을 가린 채 저 멀리, 미동도 없이 서 있었다. 어디 아픈가. 나는 그에게 서둘러 달려갔다.

"꼬맹이, 너……."

레오는 얼굴부터 목까지 빨개진 채였다. 나는 고개를 갸웃거렸다. 아니 왜 그렇게 당황하세요. 혹시 냄새난다고 해서 그런 건가요?

나는 서둘러 변명했다.

"이상한 냄새 아니에요!"

그는 나를 보지 않고 계속 얼굴을 가렸다.

"오히려 좋은 냄새예요. 진짜예요! 계속 맡고 싶은 냄새라니까요!"

레오는 고개를 푹 숙였다. 나는 그의 발긋해진 귓가를 바라보았다. 아니 진짜 위생적으로 더러운 냄새가 아닌데!

레오가 아주 작게 중얼거렸다.

"계속 맡게 해 주고 싶네."

"네?"

그는 손을 내리고 고개를 들었다. 그러고는 자신의 망토를 입은 나를 보며 긴 한숨을 내쉬었다.

"가자, 꼬맹아. 널 얼른 데려다줘야지 내가 살겠어."

레오는 성큼성큼 다가와서 내 어깨를 잡았다. 그러더니 자신의 몸에 딱 붙게 했다.

"꼬맹아. 여기서도 말이야. 다 널 보고 있어."

나는 주위를 둘러보았다. 그러고 보니 병사들이 저번보다 몇 배나 더 많았다.

'인원을 늘렸나?'

눈이 마주친 사람이 대여섯이 넘었다. 고개를 갸웃거리자, 레오가 중얼거렸다.

"저번 훈련이 약했나. 이것들을, 진짜."

"레오 님?"

"아주 목숨이 간당간당할 정도로 굴려야 정신을 차리지."

내 어깨를 안은 그가 주위를 둘러보자, 병사들이 방충제를 뿌린 것처럼 우르르 흩어졌다.

'뭐가 뭔지 모르겠지만 일단 내가 여기 있으면 안 된다는 건 알 거 같아.'

나는 서둘러 발걸음을 옮겼다. 폐하에게 안겨 갈 때는 몰랐는데, 그리핀이 착지하는 곳은 꽤 넓고 길었다.

한참을 걸어가도 길이 끝나지 않았다. 그때였다.

낯선 바람이 머리카락을 흩날렸다. 질질 끌리던 레오의 망토가 바람을 맞아 흔들렸다. 그러자 레오는 더 안쪽으로 끌어당겨 몸으로 바람을 막아 줬다.

눈을 뜰 수 없는 바람은 한참을 지나서야 사라졌다. 나는 겨우 고개를 들고 엉망이 된 머리카락을 쓸어 올렸다.

"고마워요, 레오 님."

하지만 그는 내 말에 대답하지 않았다. 낮은 목소리가 귓가에 울릴 뿐이었다.

"이런……."

"레오 님?"

빼꼼 고개를 들어 보니 그가 다른 곳을 보고 있었다. 나는 레오가 주시하는 방향으로 고개를 돌렸다.

'그리핀?'

새하얀 그리핀이 무릎을 꿇었다. 그 위에 탄 사람은 안장을 풀고 훌쩍 뛰어내렸다. 몸무게를 느낄 수 없는 가벼운 몸짓이었다.

"어?"

나는 한 발자국 걸어갔다.

날렵한 체구를 가진 청년이 그리핀을 쓰다듬었다. 스무 살 정도 되었을까. 환한 햇살 사이로 금발이 밝게 빛났다.

늘씬한 청년은 그리핀을 달래고 돌아섰다.

"혹시?"

나는 몇 걸음 더 걸어갔다. 병사들이 우르르 몰려가자 청년은 고삐를 건네고 돌아섰다.

바람이 불었다.

하나로 묶은 그의 머리카락을 가볍게 흐트러트린 바람은, 내 앞에도 닿았다 사라졌다. 나는 멍하니 남자를 바라보았다.

키가 꽤 큰 사람이었다. 검은 옷이 균형 잡힌 체구에 잘 어울렸다. 그제야, 그 사람이 나를 향해 시선을 돌렸다.

신록의 녹음을 담은 눈동자가 흔들렸다 반짝였다.

다시 바람이 불었다. 변덕스러운 바람은 거칠게 왔다가 방향을 바꿨다. 덕분에 레오의 망토가 거의 벗겨질 뻔했다. 나는 치마가 흔들리는 것도 아랑곳하지 않았다. 그저 그 청년만 바라보았다.

나는 이 사람을 알았다.

"알렉?"

눈이 마주치자, 그 남자가 해사하게 웃었다.

'세상에!'

이게 몇 년 만이야.

나는 남자에게 달려가려 했지만 걸음을 멈출 수밖에 없었다. 단단한 팔이 내 어깨를 잡아끌었다. 익숙한 팔이어서, 나는 돌아서서 말했다.

"레오 님? 팔 좀……."

그는 팔을 풀지 않았다. 그저 다가오는 사람만 바라볼 뿐이었다.

'아니, 왜 표정이 저렇지?'

레오는 난생 처음 보는 얼굴이었다. 영문을 알 수 없어서 눈을 깜박이자, 그는 부드럽게 내 머리를 쓸어내렸다.

낮은 목소리가 귓가에 울렸다.

"못 가."

아니, 왜?

레오는 다시 알렉을 바라보았다. 긴 금발을 하나로 묶은 청년은 가벼운 발걸음으로 내게 다가왔다.

나는 레오에게 어깨가 잡힌 채, 한쪽 무릎을 굽혔다가 폈다.

그리웠던 목소리가 나를 만류했다.

"오랜만이네요. 니나."

와, 진짜 알렉이네. 그때 그 소년이 변하지 않았구나.

대공은 내 앞에 섰다. 나는 어깨를 잡은 레오의 팔을 풀려고 했지만, 그는 절대로 놓지 않았다. 이런 내 상황을 아는지 모르는지 알렉은 기사를 보며 밝게 웃었다.

"레오 경도 오랜만입니다."

"건강하셔서 다행입니다."

"폐하의 은혜죠."

알렉은 내 어깨를 잡은 레오의 손을 내려다보았다.

"레오 경도 여전하시네요."

살짝 내리깐 눈이 예뻐서, 나는 멍하니 그를 바라보았다.

"기사의 삶은 비슷합니다. 지금 오신 겁니까?"

"네. 굉장히 오랜만이네요."

"선왕비님을 뵈시려면 빨리 가셔야겠군요."

알렉은 피식 웃었다.

"이미 시체일 텐데 급히 간다고 해서 달라질 게 있을까요."

분위기가 심상치 않았다. 아니, 이 사람들 사이가 나빴나. 왜 날을 세우고 그러지.

알렉이 나를 보며 밝게 웃었다.

"니나."

대공 전하라고 해야 할까? 알렉이라도 해도 되나? 아니 근데 이미 알렉이라고 말했잖아!

살짝 휘어진 눈이 너무 예뻤다. 와, 어렸을 때 미소년이 자라면 이렇게 되는구나. 반짝반짝 빛나는 금발도, 초록색 눈도 다 예뻐서 눈을 뗄 수 없었다.

"대, 아니 알렉 맞죠?"

나도 그를 보며 웃었다.

"맞아요. 니나. 당신은 정말이지……."

그의 웃음이 진해졌다. 아니, 왜 청년이 웃는데 꽃이 보이는 걸까. 이 사람 보게. 뭐 이리 좋지?

"제 상상보다 더 아름다워졌네요?"

아니, 알렉만 할까요!

"그, 그 말은 제가 하고 싶은데요."

어떻게 이렇게 자랐나요.

'가, 감사합니다.'

누구한테 고마운지 모르지만, 난 알렉을 자라게 해 준 공기와 물과 식량에게 고마웠다. 감사합니다. 고맙습니다. 복 받으세요. 세상은 참 밝고 아름답네요.

멍하니 보고 있는데, 긴 한숨 소리가 들렸다. 살짝 고개를 돌리자, 레오가 가자미눈을 뜨고 날 보고 있었다.

'주책없었나 보다.'

나는 뺨을 살짝 긁었다. 그러자 레오는 내 머리를 쓰다듬으며 중얼거렸다.

"하여간 손이 많이 가."

죄송합니다. 하지만 이베리아 왕족 유전자는 참 좋네요. 저렇게 다 잘생길 필요가 있나요.

'폐하랑 좀 닮았나?'

다시 알렉의 얼굴을 보려고 하자, 커다란 손이 눈을 가렸다. 나는 손가락을 잡고 말했다.

"왜 가려요?"

본다고 닳는 것도 아니잖아요!

"너, 눈이 불순해."

순간, 할 말이 없었다. 왕족관음죄가 있다면 끌려갔겠네요. 죄송합니다.

그때 레오의 손이 확 치워졌다. 갑작스러운 빛에 눈을 깜박이자, 방긋 웃는 알렉이 보였다.

"불순한 눈 아니잖아요."

지금 막 불순해졌습니다, 알렉! 세상에 또 꽃이 보여! 미청년 참 좋네요! 가슴이 두근거렸잖아요! 알렉!

"대공 전하, 자중하십시오."

"다시 만나서 반가워요, 니나."

"저도요!"

"옷차림을 보니 외출하셨군요. 어디 갔다 왔나요?"

레오가 낮은 목소리로 말했다.

"데이트했습니다."

목소리가 마치 맹수가 으르렁거리는 거 같았다. 레오, 왜 화가 났어요.

'아니, 웬 데이트?'

넓은 의미에서는 맞긴 하는데, 제가 간 곳은 그저 레오의 저택 뒤뜰이잖아요.

"저희 집에 갔습니다."

나는 깜짝 놀라서 레오를 바라보았다.

기사님 뭐 잘못 드셨나요? 왜 이러세요. 이러다 오해하겠어요.

알렉은 여전히 환하게 웃었다.

"그렇군요. 니나, 하얀 옷이 잘 어울려요."

"제가 선물한 옷입니다."

이 양반이 왜 이래 진짜! 맞긴 하지만 생일이란 말이 없잖아요! 누가 들으면 진짜 연인인 줄 알겠어!

나는 레오의 소맷자락을 잡아당기며 말했다.

"레오 님!"

"우리 꼬맹이 예쁘죠? 제가 그래서 걱정이랍니다."

"그렇군요. 저도 걱정해도 되나요?"

알렉은 그 말을 하면서 주위를 둘러보았다. 뭔가 아까 전과 다른 게 있나 싶어서 나도 고개를 빼꼼 빼고 조금 놀랐다.

'구, 구경났나 봐.'

알렉 얼굴에 정신이 팔린 상태여서 몰랐다. 병사들이 한 겹도 아닌 두 겹으로 둘러싼 채 우리를 보고 있었다.

레오는 깊게 한숨을 쉬더니 내 귀를 막고 외쳤다.

"다들 한가한가?"

그러자 병사들이 순식간에 사라졌다. 나는 어색하게 웃었다.

내가 잘못한 거 같아. 빨리 갔어야 했어.

그때였다. 갑자기 알렉이 내 귓가에 속삭였다.

"니나. 밤에 창문을 열어 두세요."

갑작스러운 목소리에 깜짝 놀라 돌아보니, 알렉이 환하게 웃었다.

"대공 전하!"

"잊지 마세요, 니나."

"알렉?"

도통 무슨 말인지 알 수 없었다. 그래서 알렉을 붙잡고 물어보려고 했지만, 레오의 팔에 막혔다.

"대공 전하. 5년 전이랑 다릅니다."

레오는 나를 팔 안에 가두며 말했다.

"안 보냅니다. 제 마음이 변했습니다. 전하."

낮게 울리는 목소리에는 독기가 가득했다. 아니, 레오 아까부터 왜 이래요.

"레오 경."

기사단장과 다르게 대공 전하는 여유가 넘쳤다.

"그래 보이는군요. 잘 알겠습니다."

알렉은 웃고 있었지만, 눈초리는 예리했다. 레오는 새끼를 지키는 맹수처럼 눈빛이 매서웠다.

또 싸울 거 같았다. 나는 한숨을 쉬고 레오에게 말했다.

"레오 님. 저 가요."

"으, 응?"

내가 걸어가니 레오는 내 어깨에 손을 올린 채 따라왔다. 나는 계속 걸어가다, 피식 웃었다. 덩치는 산만 한 남자가 소라껍데기를 이고 사는 소라게처럼 나를 따라왔다.

아니다. 내가 소라게고, 레오가 소라껍데기인가?

등뒤에서 알렉의 목소리가 들렸다.

"잊지 마세요, 니나!"

알았다고 표시하고 싶지만, 괜히 레오를 자극할 거 같았다. 나는 대답 대신 어깨를 잡은 레오의 팔을 치웠다.

"레오 님……."

"미, 미안."

마치 딸 지키려는 아버지 같네요. 잘 모르지만, 그거 비슷한 거 맞죠? 왠지 웃음이 나왔다. 아니. 아무리 대공께서 반짝반짝해도 제가 얼굴만 보고 반하겠어요?

'아니다.'

생각해 보면 폐하라는 전적이 있구나. 내가 얼굴에 많이 약하긴 하지. 나는 살짝 뺨을 긁었다.

"레오는 딸 생기면 안 되겠어요."

"뭐?"

"너무 과보호해서 귀여운 딸한테 '아빠 너무해' 소리 들을걸요?"

갑자기 갑옷이 움직이는 소리가 들리지 않았다. 나는 걸음을 멈추고 돌아섰다. 잘 따라오던 기사님이 또다시 얼굴을 가리고 서 있었다.

"꼬맹아, 너……."

나는 어깨를 으쓱하고 다시 걸어갔다.

'덩치만 크지 부끄러움 많이 탄다니까.'

그게 당신의 매력이긴 합니다. 기사단장님.

한참 걸어가는데 등뒤에서 레오가 뛰어 왔다. 나는 돌아서서 그를 향해 밝게 웃었다. 웃음은 전염되는 법인지, 레오가 따라 웃었다.

우린 같이 걸어갔다.

'좋은 사람이야.'

그러니까 나한테 진실을 알려 준 거겠지.

잊고 있던 것들이 하나둘 떠올랐다. 나는 작게 숨을 내쉬었다. 밝혀지는 게 싫어서 포장지로 살짝 가려 놨던 것을 풀어야 하는 시간이었다.

'방법도 하나고, 길도 하나일까.'

결국, 내가 아는 그거 맞겠지?

나는 밝은 햇살 사이를 거닐면서 주먹을 꽉 쥐었다. 참 인정하기 싫고, 받아들이기도 어려웠다.

30

반가워요 니나

'왜 창문을 열어 두라는 걸까.'

알렉은 빈말하는 사람이 아니지. 나는 고개를 갸웃거리며 창문을 열었다. 시원한 바람이 목덜미를 스치자, 순간 몸이 움츠러들었다.

'추워!'

초여름인데 왜 이렇게 추운 걸까. 나는 서둘러 폭신폭신한 스웨터를 껴입었다. 빨간 실로 된 스웨터는 메어리 님이 보내 주신 거였다.

"나 진짜 몸에 문제 있는 거 아닐까?"

보양식이라도 먹어야 하나. 왜 이렇게 몸이 떨리지.

'약초즙이라도 먹을까.'

이럴 때는 왠지 인삼이 그리웠다. 몸에 열을 내 주는 약초가 뭐가 있더라. 에메리 잎이랑 펀시즈 뿌리였나.

나는 약초 이름을 중얼거리며 방 안을 정리했다. 돈 모으려고 필요 없는 물건은 안 샀지만, 그래도 오랫동안 있어서일까. 꽤 많은 물건이 쌓여 있었다.

"다 들고 갈 수는 없겠지."

나는 옷가지를 확인하면서 작게 숨을 내쉬었다.

"일단 큰 트렁크를 사야겠어."

작은 건 있지만, 이제는 큰 게 필요하니까. 바퀴 같은 거 꼼꼼하게 살펴봐야겠다. 다음 휴일이 언제더라. 빠르면 빠를수록 좋으니까 그냥 세 시녀님께 부탁할까.

'그러면 말해야겠지?'

나는 침대에 앉아서 흔들리는 촛불을 바라보았다. 마치 내 마음 같아서 조금 웃음이 나왔다.

"떠난다는 말을 잘할 수 있을까."

말할 때 울 거 같아. 미리 연습이라도 할까. 최대한 별거 아닌 것처럼 보이고 싶은데, 이놈의 얼굴이 제대로 따라 줄까.

나는 침대에 팔을 벌리고 가로로 누웠다. 방 천장이 오늘따라 높게 보였다.

흔들리는 빛 사이로 천장 얼룩이 도드라지게 보였다.

'저거 점점 심해지네.'

그러고 보면 카펫 청소할 때 바닥에도 저런 얼룩이 있었다. 곰팡이인가 싶어서 카펫 걷어 주고 약도 뿌렸지만, 얼룩은 가시지 않았다.

'습기 문제도 아닌 것 같은데……'

웬만하면 지우고 싶었는데, 통 없어지지 않았다.

나는 천장을 바라보다 다시 침대에서 일어났다.

"아무리 생각해도 결론은 하나겠지?"

나는 다리를 쭉 폈다. 스트레스를 많이 받아서인지 온몸에 근육이 딱딱하게 굳어 있었다.

"떠나자, 니나야."

여긴 우리가 있을 곳이 아닌 것 같아.

한숨이 저절로 나왔다. 솔직히 꽤 예전부터 생각해 왔던 것이기도 했다.

'니나야. 이 이야기는 그냥 폐하와 성녀님이 잘 먹고 잘 사는 얘기 같아.'

내 역할이 좀 달라졌지만, 그렇게 굴러가네. 아니라고 생각했던 적도 있지만, 오늘 확실하게 깨달았어.

'아프고 쓰라리고 슬프고 온갖게 몰아치는데 말이야……'

그래도 내가 디디고 있는 게 어떤 땅인지는 알아야 할 것 같더라. 마른 바닥인지, 늪인지, 뻘인지 살펴보고 나니까 깨달았어.

내가 폐하를 좀 좋아하긴 하지만 그 사람 곁에 있으면 다치기만 할 것 같아.

"그 사람 길에 내가 없대."

레오가 말해 준 말이 가슴을 파고들었다. 하지만 반박은 할 수 없었다. 듣는 순간 알았다. 이건 진실이었다.

"솔직히 별거 아니긴 하네."

나는 다시 침대에 누웠다. 긴 머리카락이 나풀거리며 콧잔등으로 흩어졌다. 나는 머리카락을 한 꼬집 집어서 입술을 쓸었다.

보들보들한 머리카락의 감촉이 느껴졌다.

여기에 폐하의 입술이 닿았다.

경황과 두서가 없긴 했지만, 맞아. 키스했었어.

나는 얼굴을 가리고 침대에 돌아누웠다. 오한이 들었던 몸에 열이 확 올라왔다.

'참 폐하다운 키스였어.'

백 점 만점에 칠십 점은 드릴게요. 그런데 좀 더 잘하실 줄 알았는데 의외로 거칠더라고요. 기술 점수가 왕창 감점입니다. 그래도 감촉이랑 기타 등등이 꽤 좋아서 추가 점수가……

나는 손부채로 얼굴을 식혔다. 아, 내가 지금 이럴 때가 아닌데 왜 이러는 걸까.

나는 시트를 꽉 쥐었다. 쓸데없는 생각을 하면서 별거 아닌 것처럼 행동하려는 버릇이 또 나왔다.

솔직히 그렇게 웃긴 일은 아니잖아. 이화윤.

그 폐하가, 급하게 나한테 키스한 게 중요한 거지. 그것도 반쯤은 강제로.

'아, 생각해 보니 좀 열받네.'

그때 뭐라고 중얼거렸더라? 항상 이러고 싶었다고 했나? 아니, 그게 핑계가 될 수 있나? 아이고, 그동안 어떻게 참으셨습니까. 참 안타깝네요 라고 위로라도 했어야 할까.

'당연한 걸 뭐 대단한 것처럼 난리야.'

그렇게 살지 마세요. 폐하.

'그걸 생각해도 떠나야 하긴 하네.'

이런 게 깊어지면 어떻게 되는 걸까. 나는 몸을 부르르 떨었다. 그건 정말 무서웠다.

'그럴 사람은 아니지만 말이야.'

그 점에서는 정말 믿고 있지만요, 폐하.

나는 천장을 보면서 중얼거렸다.

"이화윤. 만약, 그가 너를 사랑한다고 하면 어떻게 할 거야?"

순간 웃음이 나왔다. 설마 그런 벌어질까.

'나한테 마음이 없지는 않겠지.'

솔직히 생각해 보자. 여태 끼고 산 걸 보면 맞을 거야. 직접 구하고 살렸고, 떠나지 말라고 엄포 놓은 거 보면 토끼든 뭐든 좋아한 건 맞아.

"하지만 아무 관계도 아닌걸."

그렇다고 내가 왕비가 될 수 있겠니? 약혼자 후보 여러 명 둔 거 보면 몰라? 여긴 정략결혼을 하는 곳이야. 그리고 그 왕비는 말이야 높은 확률로⋯⋯.

'세라피가 될 테지.'

성녀가 왕비가 되면 좋은 게 많은 걸까.

나는 긴 한숨을 내쉬었다. 듣고서는 머리에 벼락을 맞은 느낌이었다.

'처음부터 그럴 목적이었을 거 같아.'

충동적으로 납치했다는 거, 안 믿었어. 사람 머리 꼭대기에 앉아서 모든 걸 조정하는 남자가 그럴 리 없지.

결론은 나왔다. 오른쪽으로 가도 떠나야 했고, 왼쪽으로 가도 도망쳐야 했다.

현실적으로든, 감정적으로든 상황이 이렇게 변했다.

나는 작게 중얼거렸다.

"사실, 떠나기 싫어."

밥 세끼 꼬박꼬박 나오고, 기미와 약초학 양쪽 다 인정받고 있잖아.

"그런데 내가 있을 곳이 아니야."

오히려 내가 떠나야지 모든 것이 순조롭게 돌아갈 거 같아.

"괜찮아. 괜찮아."

나는 이제 어디서든 잘 살 거야. 행복하게 살 자신도 있어. 메어리 님 댁에 가서 농사를 도우며 약사를 해도 충분히 즐거울 거야.

나는 입술을 꽉 깨물었다.

'그런데 왜 이렇게 슬픈 건데……'

살 수는 있는데 살기가 힘들 거 같아. 밥 잘 먹고 잘 자면 그뿐이잖아. 게다가 이제는 기술 배워서 잘살 수도 있잖아.

나는 눈가를 꽉 내리눌렀다. 아직 계획만 잡은 일이었다. 벌써 울 수 없었다.

'다 해결되면 울자.'

트렁크를 끌고 다른 곳에 도착하면 실컷 울자. 이화윤. 지금 지치면 안 돼.

나는 침대에서 벌떡 일어나서 이리저리 스트레칭을 했다. 뭐든지 체력이 필요했다. 건강해야 스트레스도 견딜 수 있었다.

그때 배 속에서 꼬르륵 소리가 났다.

'내 정신 좀 봐.'

그러고 보니 먹은 게 없었다. 세상에. 이화윤. 정신 차리자. 다 먹고 살자고 하는 짓인데, 식사를 거르면 어떡해.

다행히 이 방에 먹을 게 꽤 있었다. 나는 서랍을 열어서 초콜릿 상자를 꺼냈다. 그러고 보면 아직도 몇 개 남아 있었다. 나는 상자째 탁자에 올려놓았다 로미 잎을 넣은 찻잔까지 두니, 야식으로 꽤 훌륭해 보였다.

초콜릿을 하나 입에 넣고, 차를 들이켰다. 달콤함이 혀끝부터 안쪽까지 퍼져 나갔다.

폐하는 복잡하고 슬프지만, 먹는 건 죄 없어. 아주 입에서 살살 녹네.

그때였다.

탁-.

가죽이 부딪치는 소리가 났다. 나는 무심코 고개를 돌렸다가 깜짝 놀랐다.

순간, 미청년이 다급하게 속삭였다.

"니나, 소리 지르지 마세요!"

세상에 이게 무슨 일이야.

나는 초콜릿을 오물오물 씹어 넘기며 고개를 끄덕였다. 지금 내가 본 것을 도저히 믿을 수 없었다.

'사람이 도둑고양이마냥 쑥 들어왔어!'

창문으로 청년의 발이 보이더니 곧 온몸이 밀고 들어왔다.

너무 갑작스러워서 비명을 지를 틈도 없었다. 그는 이런 내 마음을 아는지 모르는지, 가볍게 착지해서 긴 끈을 돌돌 말았다.

'저 끈으로 뭘 한 건가요, 알렉!'

혼란스러워서 우왕좌왕하는데, 알렉은 모자를 벗고는 상큼하게 웃었다. 촛불 사이로 눈부신 금발이 흐트러졌다.

"아, 알렉 맞죠?"

"네. 나나, 놀랐죠? 미안해요."

도대체 어디서부터 말을 해야 할지 영 감이 잡히지 않았다.

'한밤중에 공중 곡예를 한 거? 아니면 금남의 구역인 시녀의 숙소에 들어온 거?'

알렉은 환하게 웃었다. 해사하고 예쁜 미청년이 미소 지어서일까. 나도 멍하니 따라 웃고 나서야 아차 싶었다.

'이 형제들은 다 위험해.'

너무나 내 취향의 얼굴이야. 한 명은 절세미남이고, 다른 한 명은 꽃이 날아다닐 것 같은 미청년이었다. 유전자가 참 좋네요. 이베리아 최고! 얼굴만으로도 보존 가치가 있습니다. 만세!

나는 입안에 남은 초콜릿을 다 넘기고, 차도 꿀딱꿀딱 다 마셨다. 그러고는 깊게 심호흡을 했다.

침착하자. 이화윤. 얼굴에 흥분하지 말자.

나는 목을 가다듬었다.

"어서 와요, 알렉."

알렉은 그런 내 손등에 입을 살짝 맞췄다.

"반가워요, 니나."

입술이 퍽 부드러웠다. 나는 헤실헤실 풀리려는 얼굴을 애써 바로잡았다.

"이렇게 올 줄 몰랐어요. 창문을 열어 두라는 게 이런 의미였어요?"

그는 웃으면서 주위를 둘러보았다. 순간 아차 싶었다. 이럴 줄 알았으면 청소라도 할걸. 나는 책이 쌓여 있는 책상을 보며 지금이라도 치워야 하나 살짝 고민했다.

"니나다운 방이네요."

"좀 정신없죠?"

"아니요. 이 방은 여전히 혼자 쓰나요?"

"네. 어쩌다 보니 그렇게 됐어요."

나는 탁자 옆으로 의자를 끌어왔다. 그러고는 찻잔에 로미잎 차를 한가득 부었다.

"드세요."

알렉은 나무상자에 있는 초콜릿을 하나 집었다.

"초콜릿이군요."

"네. 이거 비싸죠?"

"폐하께서 많이 주문하셨다는 건 들었는데, 니나 선물이었군요."

그, 그걸 어떻게 아나요?

나는 고개를 갸웃거렸다.

알렉은 차를 한 모금 머금으며 말했다.

"제 영지에서 만든 특산품이에요. 제 영지는 남쪽이라서 습하고 더워요. 원래는 일사병으로 쓰러진 사람에게 먹이던 거예요."

"그런데 우리야즙이랑 섞으면 달콤해진다는 걸 알았고, 이렇게 가공하게 되었죠?"

나는 초콜릿 조각을 다시 하나 입안에 넣었다.

"잘 알고 있네요?"

"저 이래 봬도 약초 연구원이에요. 기미 쪽도, 약초 쪽도 둘 다 제 분야입니다!"

알렉은 웃으면서 책상을 가리켰다.

"저게 다 약초에 관한 서적이군요. 디오 밑에서 제자가 되었다는 얘긴 넌지시 들었어요."

"부족한 제자예요. 저 때문에 디오 님도 이상한 말 많이 들었어요. 지저분한 쪽으로요."

"사람들 말 많은 건 여전하네요."

어딜 가나 다 그렇죠. 소문이나 가십은 세상이 멸망할 때까지 무성하지 않을까요.

나는 차를 한 모금 넘기고, 알렉을 바라보았다. 몸에 딱 붙는 검은 옷을 입어서일까. 알렉의 몸이 그대로 드러났다.

'좋다. 참 좋다.'

마른 근육과 쭉쭉 뻗은 긴 다리가 눈이 부셨다. 게다가 하나로 묶은 긴 금발 머리라니. 조합마저 훌륭했다.

문득 소년이었던 알렉이 생각났다. 그때도 참 예쁜 소년이었지.

"어떻게 지냈어요? 험한 변경에서 괜찮았어요? 어디 다친 곳은 없죠?"

내 질문에 알렉은 웃기만 했다.

나는 그를 아래위로 훑어보았다. 그러고 보면 아까 빠르게 잘 움직였었지. 적어도 근육은 다친 게 없나 보다.

"니나는 여전하네요."

알렉은 차를 한 모금 머금으며 말했다.

"이렇게 아름답게 변했는데, 제가 그리워했던 건 하나도 달라지지 않았네요."

나는 피식 웃었다.

"제가 좀 예쁘긴 하죠."

니나가 정말 예쁘더라고요. 지금이 딱 미소녀에서 미인으로 변하는 시기인데요, 지금도 너무 귀여워요.

'진짜 조카였다면 맨날 안고 다니며 자랑했을 거야.'

가끔 이 몸을 내가 써도 되는 걸까 미안할 정도예요. 이 미모를 위하여 나름대로 신경 쓰긴 했지만, 공부다 뭐다 해서 막 쓰는 감도 있었다.

알렉은 나를 보며 조심스럽게 말을 꺼냈다.

"성국에서 첩자를 했어요."

놀라서 눈이 휘둥그레졌다. 아니, 뭐라고요? 첩자? 그걸 왜 대공이 하나요? 이베리아는 사람이 그렇게 없나요?

"알고 싶은 게 있었어요. 그 바람을 이루려면, 성국으로 들어가는 수밖에 없었어요."

"세상에! 알렉!"

나는 벌떡 일어나서 알렉의 어깨와 팔을 매만졌다.

"진짜 어디 다친 데 없는 거 맞아요? 꼭 말해요. 저 약초 좋은 거 많이 알아요. 성국이 어디라고 거길 들어가요! 거기 세뇌가 넘실거리는 곳이잖아요!"

그는 내 손을 잡으며 아이처럼 웃었다.

"정말 니나는 여전하네요. 아픈 곳은 없어요."

나는 안도의 한숨을 내쉬었다. 저 예쁜 얼굴과 신체가 멀쩡하다니 그나마 다행이었다.

"세뇌가 기본인 곳을 겁도 없이 갔네요."

"니나, 저는 왕족이에요."

그렇죠. 알렉은 왕족이죠.

나는 눈을 깜박이다 손으로 입을 가렸다. 순간 터져 나온 웃음을 참을 수 없었다.

알렉은 그런 나를 보며 고개를 저었다.

"니나……."

"죄송해요. 옛날 생각이 나서요."

그러자 이번에는 알렉의 웃음이 터져 버렸다. 찻잔을 손에 쥔 탓에 찻물이 조금 흘렀다. 나는 계속 웃으면서 손수건으로 알렉의 손을 닦았다.

그는 그런 나를 보며 말했다.

"마력을 가진 사람은 세뇌하기 힘들어요."

나는 고개를 갸웃거렸다. 아니, 주근깨 오빠는 잘도 세뇌되던데?

"아, 정정하죠. 강한 마력을 가진 사람은 웬만하면 성력에 당하지 않아요. 그런 의미에서 저는 첩자로서 굉장히 유용하죠. 게다가 속성이 바람이잖아요."

"알렉은 문장이 없어도 괜찮은 거예요?"

알렉은 고개를 저었다.

"형님이 흔쾌히 허락하셨어요. 덕분에 문장을 다시 새겼어요."

와우. 대단하네요.

"그거 다시 만들 수도 있는 거였어요?"

생각보다 별거 아니네요. 아니 그런 거라면 선왕비는 왜 날 뛴 건가요. 으슥한 곳에서 하나 새기면 되는 건데.

그는 자신의 어깨를 쓰다듬었다. 아, 저쪽에 문장이 있구나.

"네. 효율은 많이 떨어지지만요. 새길 때는 전문가들이 많이 필요했어요. 좀 약하지만, 첩자를 하기에는 충분했어요."

알렉은 어깨를 펴고 의자에 바로 앉았다. 나는 그의 빈 잔에 다시 찻물을 채웠다.

"처음에는 변경에 갔었어요. 거기서 유적을 발견하고 바로 첩자 훈련을 시작했어요. 유적의 벽에는 고어가 빼곡했는데, 이건 왕족만 배우거든요."

"뭔가 밝혀진 건가요?"

"네. 왕과 반려에 대해 좀 알게 됐어요."

알렉은 내 손을 잡았다. 그때보다 훨씬 큰 손이었다.

"전설이 아니었어요. 왕의 되면 제일 힘든 게, 마력에 따른 고통이잖아요. 그래서 선조들은 이 고통을 희석할 존재를 만들었어요. 그것이 반려예요."

"반려가 있으면 어떻게 돼요?"

"고통이 없어지고, 제대로 된 잠을 잘 수 있어요. 그리고 반려는 왕의 상처를 치유할 수 있다고 하더군요."

사기네. 이건 완전히 사기야.

나는 초콜릿 하나를 입에 넣었다.

'왕이랑 반려만 있으면 세계 정복도 가능하겠는데?'

그 좋은 반려를 왜 희생시킨 걸까. 그 왕은 고통을 좋아하는 변태였대요?

"그렇게 귀한 존재를 왜 없앤 걸까. 저도 니나처럼 궁금했어요."

그러게요. 뭔가 좀 알아냈나요?

"성국 짓이었다고 하더군요."

이건 좀 놀랐다. 초콜릿에 든 견과류가 부서지는 소리를 들으면서 나는 눈을 동그랗게 떴다.

"강력했던 왕을 어떻게든 세뇌했다고 하더군요. 이런저런 상황이 섞였는지도 모르지만, 그렇게 우린 반려를 잃었고 도약할 계단을 영원히 잃어버렸어요."

나는 작게 숨을 내쉬었다.

'이베리아가 강해질 거 같으니까, 교황이 수를 쓴 건가?'

넓게 보면 굉장히 효율적인 방법이었다. 하긴 왕이 고통스러우면 약에 빠질 테고, 약에 빠지면 현상 유지도 힘들어지겠지. 제대로 무릎을 꿇게 했네. 참 머리도 좋아.

"저, 알렉. 이런 거 저에게 말해 줘도 돼요?"

대공 전하는 내 손을 살짝 흔들며 상큼하게 웃었다.

"네. 차례대로 공개하기로 한 내용이니까요. 지금이야 혼란을 위해 조금 막아 뒀지만, 천천히 알려질 거예요."

알려지면 성국과 사이가 안 좋아질 텐데, 괜찮나 보네요.

'아니다. 그래서 공표하는 건가?'

성국에게 이베리아 나라 사람들이 반감을 품게 하려고 일부러 알리는 거겠지?

"이베리아는 성국이랑은 좀 멀어져야 돼요."

나는 고개를 갸웃거렸다. 이미 충분히 서로 원수 아닌가요?

"니나. 이건 비밀인데요."

알렉은 작게 속삭였다.

"사실 이베리아는 성국이랑 사이가 나쁘지 않았어요. 겉으로는 안 좋은 척 굴었지만, 물밑으로는 서로 접촉을 많이 했어요."

아니, 이게 무슨 말이야. 나는 조금 놀랐지만, 금세 수긍했다. 그럴 법했다.

'하긴. 사이 겉으로는 죽이네 살리네 해도, 정작 자기들끼리는 잘 먹고 잘 사는 경우도 있지.'

외교의 한 단면이라고 하더군요. 신문 많이 보면 느껴지긴 했어요. 정권에 따라 다르지만 죽네 사네 해도 사실 친할 것들은 친한 거 같더라고요.

'생각해 보면 당연하다.'

이베리아와 성국은 오랫동안 전쟁이 없었다. 그리고 양국을 돌아다니는 상단도 있었다. 사이가 안 좋다고 하지만 물자 교류가 없진 않았다.

'그 물자 교류 중에 대표적인 게 환각제지만 말이야.'

약초를 공부하다가 환각제 때문에 놀라는 경우가 많았다. 유용한 건 연구 결과가 쥐꼬리만큼 있는데, 환각제 연구는 너무나 자세해서 기가 막혔다.

'하지만 폐하는 환각제를 엄중하게 금지했지.'

나는 작게 한숨을 내쉬었다. 스승님과 나는 여러 가지 약물을 실험하면서, 환각 증상을 저지할 수 있는 약물도 열심히 만들었다. 안타깝게도 이것만큼은 내가 실험할 수 없었다.

'기껏 만들어도 효과가 미미하단 보고만 받았어.'

현 상태에서는 강하게 제재하는 것밖에 할 수 있는 게 없었다. 나는 작게 한숨을 내쉬었다. 사실 환각제만 아니었어도 폐하의 일 반절이 사라졌겠지 싶었다.

"니나, 그거 아세요?"

알렉이 귓가에 속삭였다.

"사실 어머니와 성국은 친했어요. 제가 왕이 되었으면 굉장히 긴밀한 관계였을지도 몰라요."

나는 쓰게 웃었다. 선왕비라면 그러고도 남을 거 같긴 하네요. 잘 모르지만 제가 그분에게 다쳐 봤잖아요. 뒤로 호박씨도 잘 까셨을 것 같아요.

"하지만 형님이 왕이 되었죠. 성국도 이렇게 될 줄 몰랐을 거예요."

"아, 그래서 폐하는 성녀를 납치한 건가요?"

"일종의 선전포고이긴 했어요. 성녀야 성국에서 얼마든지 만들 수 있으니까요. 물론 희생이 필요하지만요."

나는 고개를 갸웃거렸다. 도대체 그 희생이 뭘까. 성녀 자체도 스물다섯이 넘으면 그냥 죽이는 것 같던데.

"니나. 교황의 힘 대부분은 희생이 필요해요. 보통 성력은 피로 발동하죠. 일반 사제의 피가 동력이라면, 교황은 그 성력을 마음대로 배분할 수 있는 조절자죠."

나는 눈을 가늘게 떴다. 피라. 그러고 보면 니나의 피도 굉장히 특이했다.

"피가 성력을 품고 있거든요. 사제의 피에는 성력이 가득해요. 성녀를 어떻게 만드는지 모르지만, 사제 몇 명을 희생시키면 만들 수 있나 봐요."

알렉은 가볍게 말했지만 나는 등골이 오싹했다.

혹시 그 희생이란 거, 혹시……

나도 모르게 알렉의 소매를 잡았다. 그는 살짝 고개를 숙였다.

"니나가 생각하는 거 맞아요."

나는 눈을 감았다. 속이 쓰라렸다.

'고아원에 있던 애들을 그런 식으로 사용했었나 보네.'

숨이 턱 막혔다. 나는 이마를 짚고 한숨을 내쉬었다. 교단은 사람을 마치 가축같이 취급했다.

알렉이 작게 속삭였다.

"품종을 고르고 교배를 해서 힘을 가진 아이를 만든다. 지침에는 그렇게 쓰여 있었어요. 니나. 제가 이걸 얘기한 이유는……"

나는 고개를 살짝 끄덕였다.

"저도 시네리필 고아원 출신이잖아요. 알아요. 알렉."

한숨이 저절로 나왔다. 손이 저절로 떨렸다.

그랬구나.

니나는 이용하려고 모아 놓은 아이였구나. 이베리아로 오게 된 게 성당의 계략이라고는 생각했지만, 태생부터가 그런 줄 몰랐네.

"성력은 혈계로 이어지나요?"

"네. 마력이랑 마찬가지예요."

"갑자기 부모님은 어떤 사람일까 궁금해지네요."

니나는 기억은 고아원에서 시작이었다. 나는 양손을 내려다보았다. 처음 만났을 때보다 많이 자란 손은 곱고 예뻤다.

손가락을 오므렸다가 폈다.

'어라?'

그러고 보니 좀 이상했다.

'니나의 기억이 아홉 살부터네?'

아무리 머릿속을 헤집어 봐도 더 어렸을 때는 없었다.

"저, 알렉. 성당은 세뇌가 특기죠?"

"고위급 추기경만이 할 수 있긴 하지만 머리를 뒤집을 수 있죠."

"혹시 기억을 지울 수도 있나요?"

내 말에 그는 생각에 잠겼다. 그리고 한참 뒤에 말했다.

"세뇌를 할 수 있다면 기억도 지울 수도 있겠군요. 확실히 밝혀진 건 없지만요."

어머나 세상에. 아이고 머리야.

나는 머리카락을 쥐어뜯었다. 복잡하기 그지없었다.

"알렉의 말을 요약하면 제가 이베리아에 오지 않았어도, 그 희생에 끼어 있었을 수도 있단 얘기네요."

"높은 확률로 니나도 거기에 들어갔을 겁니다. 다른 용도로 사용하기 위해 뺐을 뿐이죠."

와, 니나야. 네 인생 왜 이러냐. 서럽다 진짜. 어느 길로 가도 가시밭길이네.

'여기서 떠나면 이런 거 다 상관없어지려나?'

그냥 기미 능력 있는 평범한 약초 연구원이 되고 싶다. 성당의 희생물은 진짜 싫어. 걔넨 진짜 왜 그렇게 사냐. 천벌이 아니라 만벌을 받아야 할 거 같아.

"떠나고 싶네요."

손이 떨려서 찻잔을 들 수 없었다.

"성당이랑 관련된 거 때문에 이런 건 아니지만요. 아니다. 떠나고 싶다기보다는 떠나야 하지만요."

나는 서둘러 고개를 저었다.

"니나?"

"복잡하네요. 진짜."

"무슨 일 있었나요?"

알렉의 말에 나는 쓰게 웃었다. 새삼스럽지만 일이야 항상 벌어졌다.

"죄송해요. 그냥 말이 헛나왔어요."

그는 나를 물끄러미 바라보았다.

나는 뺨을 살짝 긁었다.

"제가 좀 놀랐나 봐요. 신경 쓰지 마세요."

"니나."

떨리는 손에 온기가 닿았다. 부드럽게 잡은 손은 조금 거칠었지만, 따뜻했다.

"제 영지로 오세요."

"네?"

"형님이 니나를 놓을 거 같진 않아요. 아마 평범한 곳에 간다면 높은 확률로 다시 카스텔리움성으로 끌려갈 거예요. 만약 다시는 이곳으로 오고 싶지 않다면, 제 영지로 오세요. 꼭꼭 숨겨줄게요."

나는 조금 웃었다.

"안 돼요. 알렉에게 폐를 끼칠 거예요."

"당신은 제게 어떤 의미인지 아세요? 니나? 개인적인 감정을 배제해도 그대는 그럴 만한 가치가 있어요."

나는 고개를 저었다. 얼굴만큼 예쁜 말을 하시네요. 대공 전하.

"니나는 능력 있는 약초 연구원이잖아요. 성과도 훌륭하다고 소문이 자자해요. 제 영지로 오세요."

조금 부끄러웠다. 이거 노골적인 헤드헌팅인 걸까.

'아니, 그보다 폐하가 날 놓지 않는다고?'

아니 그 사람이 무슨 자격으로 날 잡는다는 거야. 자기는 세라피랑 결혼할 거면서 나를 끼고 산다고?

'나는 그렇게는 못 삽니다. 폐하.'

누구 좋으라고 그렇게 삽니까. 진짜 기가 막히네. 아무리 절대 권력자라지만 이건 아니잖아요.

"생각해 볼게요. 아직 시간은 많아요. 알렉."

"꼭 제 영지로 와야 돼요, 니나."

그의 눈이 예쁘게도 휘어졌다. 너무 달콤해서 꿀이 떨어질 것 같은 미소였다. 그래서일까. 달콤함이 전염되어서 나도 따라 웃었다.

"그런데 괜찮아요? 폐하랑 척지면 안 되잖아요."

"괜찮아요. 첩자로서 공을 많이 세웠으니까요."

아, 그런 거구나. 하긴, 나도 여기 와서 알았다.

'이베리아는 공을 세우면 소원을 들어주지.'

공을 많이 세운 기사는 신하는, 왕에게 무릎 꿇고 정식으로 소원을 말한다. 들어주는 건 왕의 자유지만, 웬만하면 보상으로 들어준다고 전해졌다.

"아니, 생각해 보니까 안 돼요! 귀한 보상을 왜 저를 위해 쓰세요!"

"니나에 관한 소원을 쓰게 되면 영광일 거 같은데요?"

"알렉이 힘들게 일해서 낸 성과잖아요! 저로 날려 버리면 허무해요! 하지 마세요. 차라리 폐하에게 돈을 뜯어내세요!"

내 말에 그는 입을 가리고 웃었다. 나는 미청년이 웃는 모습을 보며 찻잔을 다시 들었다. 알렉 때문인지 이제 손이 떨리진 않았다.

"어떤 공을 세웠어요?"

"아, 별거 아니에요. 성녀에 관해서 좋은 정보를 찾았어요."

별거 아닌 게 아니라 대단한 거잖아요.

"재미있는 걸 발견했어요."

아니, 뭐가 그렇게 재미있나요. 그나저나 알렉, 비밀 같은데 저한테 막 얘기해도 되나요?

만류하려고 입술을 달싹일 때 그가 먼저 말해 버렸다.

"성녀는 등장부터 참 희한해요. 저는 여태까지 성녀는 성력을 지닌 여성이라고 생각했어요. 하지만 의문이긴 했죠. 보통 성력은 세뇌나 교란이잖아요. 병자를 치유한다니 성국에서 성녀만 너무나 이질적이에요."

나는 고개를 끄덕였다.

그러게요. 기억 교란이나 세뇌나 뭐 그런 종류만 사용하다가, 갑자기 어떤 상처도 낫게 하는 기적의 힘을 사용한다니 좀 생뚱맞긴 하네요.

"깊숙한 곳에 숨겨진 고대 문서를 보다가 알았어요. 성녀는요. 이베리아의 반려가 사라진 후 몇십 년 뒤에 등장했어요. 그때까지는 없던 존재예요."

나는 미간을 찌푸렸다. 단순한 우연 같지는 않았다.

"왜 하필 반려가 사라지고 성녀가 등장한 걸까요."

알렉은 진지한 눈빛으로 나를 바라보며 말했다.

"성녀가 반려라는 얘기인가요?"

"그렇게 속단할 수는 없어요. 지금 학자들이 열심히 연구 중이에요. 저는 적어도 반려랑 관련 있다고 생각해요."

아, 그래서 요즘 베아토를 볼 수 없었구나. 대기실에서 책을 보던 교수님이 요즘 얼굴 보기 힘들더니 그 이유였네.

'『묶인 새』와도 좀 연관이 있나?'

마력에 따른 고통을 덜어 줘서 납치하는 게 이야기의 시작이었지. 소설 속에서 성녀와 왕은 만리장성을 쌓으면서 오해도 있지만 잘 먹고 잘 살았었어.

만약 성녀가 왕의 반려라면?

'퍼즐이 딱 맞는 거 같아.'

둘이 잘 사는 얘기 맞는군요. 제대로 손잡으면 세계 정복도 가능하겠어요.

나는 한숨을 폭 내쉬었다. 너무 생각을 많이 해서인지 당이 떨어진 기분이었다. 나는 상자 안에 든 초콜릿을 꺼내 오물오물 씹었다.

'다 나와는 상관없네.'

나는 그냥 기미 능력이 있는 시녀일 뿐인걸.

"알렉. 비밀로 해야 할 얘기를 너무 많이 푼 거 아니에요?"

"성녀에 대한 건 그러네요."

"첩자 실격이에요."

미청년은 웃으면서 다시 차를 한 모금 머금었다.

"이젠 간자가 아니에요. 다시 대공이지요. 어머니의 장례식이 끝나면 제 영지로 돌아갈 예정이에요."

그렇구나. 선왕비가 죽었지.

'나한테는 날 죽였던 미친 노인이지만, 알렉에게는 그래도 어머니니까.'

그러고 보니 이 미청년은 어머니의 임종을 보지 못했다. 나는 그게 안타까웠다. 그래도 보고 싶지 않았을까. 핏줄이란 건 그런 거니까.

"알렉, 괜찮아요?"

그는 고개를 갸웃거렸다.

"당연히 괜찮죠. 왜요?"

"슬플 거 같아서요."

알렉은 웃으면서 고개를 돌렸다. 그가 젖은 꽃처럼 웃어서일까. 마음이 조금 아렸다.

"니나는 그녀한테 죽을 뻔했잖아요."

"저야 그렇지만, 알렉에게는 어머니잖아요. 그녀를 안타깝게 생각하지 않아요. 그저 알렉이 슬플까 봐 그게 걱정이에요."

"니나……."

알렉은 내 머리카락을 끝을 잡았다.

"사실 복잡해요. 안타까운데 슬프지는 않아요. 과거는 되돌릴 수 없잖아요. 아마 제가 어머니의 계략이 성공해서 왕이 되었어도 말예요."

그는 작게 속삭였다.

"그녀가 바라는 왕은 못 됐을 거예요. 능력이 없어서 중간에 무릎을 꿇었을지도 모르지만, 저는 어머니와는 가는 길이 달라요. 그렇게 살 수는 없어요."

알렉은 내 머리카락에 살짝 입맞춤했다.

"니나, 고마워요."

어떤 게 고맙다는 걸까. 전혀 짐작이 가지 않았다.

"니나 덕분에 제가 변했어요."

"알렉⋯⋯."

"미안해요. 그때는 아무것도 몰랐어요."

나는 고개를 저었다.

"그때도 알렉 탓이 아니라고 했잖아요."

"고마워요. 아무것도 몰랐던 무능한 대공을 용서해 줘서."

알렉은 내 머리카락을 놓고 고개를 숙였다.

"힘들 때마다 그때 보았던 하늘을 생각했어요. 말린 꽃잎들이 떨어지는 순간을 생각하면, 어떤 것도 견딜 수 있었어요."

대공은 웃으면서 나를 바라보았다.

"사랑스러운 것도, 아름다운 것도 니나 때문에 안 것들이에요. 그것이 제게 어떤 의미인지 알면, 니나는 깜짝 놀랄 거예요."

나는 초록빛 눈을 반짝였던 대공님을 떠올렸다. 아름다웠던 소년이 흩어지고 앞에 있는 청년이 되었다.

"꼭 내게 와요, 니나. 당신이 살 곳은 만들어 둘게요."

"알렉⋯⋯."

"니나는 제게 그런 존재예요. 니나를 위해서라면 어떤 소원도 쓸 수 있어요."

그는 자리에서 일어났다. 나는 창가로 가는 알렉을 물끄러미 바라보았다. 늘씬한 청년은 웃으면서 나를 바라보았다.

"또 올게요, 니나."

"여기로요?"

그는 고개를 저었다.

"레이디가 머무는 곳을 무단으로 올 정도로, 그렇게 경우 없진 않아요."

아니, 대공님. 훌륭한 개구리 됐다고 올챙이 적 잊으셨나요. 5년 전에 갑자기 들어와서, 제 머리를 깨뜨린 건 다 까먹으신 건가요!

알렉은 나를 보며 환하게 웃었다. 나는 그제야 알았다.

'농담이구나!'

아니, 이 형제들은 어디에 가서 절대 개그 하지 말아야 해. 알아듣기 힘들어!

'그래도 소재는 어설펐던 과거의 자신이네. 폐하보단 나은가?'

폐하는 진짜 뜬금없지.

나는 피식 웃으며 그의 손을 잡았다.

"기다리겠습니다. 대공 전하."

"알렉이라고 불러 주세요. 어머님 유해를 수습할 때까진 성에 있을 겁니다."

"네. 또 봬요."

그는 허리에 묶은 줄을 능숙하게 풀었다. 처음에는 그저 밧줄인 줄 알았는데 다시 보니까 좀 달랐다.

'와이어에 가까운데?'

가늘지만 강해 보였다. 게다가 투명하지만 빛나지도 않았다.

"첩자들이 쓰는 줄이에요. 에렉투라의 실로 만들죠."

"아, 변경에 있다던 큰 거미 말하는 거죠?"

"네. 극독은 아니지만 신경독이 있어서 구하기가 어려워요."

할 일 없으면 거미 능력 있는 제가 사육하는 것도 나쁘지 않겠네요. 사업 아이템으로 괜찮네. 한번 해 볼까.

나는 밧줄로 능숙하게 내려가는 알렉에게 손을 흔들었다. 어떻게 했는지 모르지만, 획- 탁- 훅 같은 소리만 들렸다.

열린 창문 사이로 바람이 불었다. 그래도 건물 4층에서 5층 높이는 될 텐데 아무렇지도 않게 내려가네요.

'아, 마력으로 바람을 쓸 수도 있겠구나.'

혹시라도 균형을 잃으면 마력을 쓸 수도 있군요.

"진짜 스파이 같네요. 대공님."

어쩌면 천직이었겠네요. 나는 웃으면서 창문을 닫았다. 초여름 밤 초대받지 않은 손님이 예뻐서인지 자꾸 미소가 지어졌다.

나는 탁자를 정리하고 침대에 누웠다. 예쁜 스파이가 내게 풀었던 정보들이 머릿속에서 빙글빙글 맴돌았다.

'이베이라와 성국은 으르렁거렸지만, 사이가 나쁘지 않을 때도 잦았고요. 어쩌면 성녀가 반려일지도 모른답니다.'

간추려 놓으니 간단했지만, 굉장히 머리가 아팠다.

"잘 먹고 잘 살겠네요. 폐하."

좋으시겠어요. 반려 찾았잖아요.

'생각해 보니까 반려의 능력이 다 있긴 하다.'

잠도 재워 주고 고통도 줄여 주며 상처도 낫게 하네.

'근데 성녀가 옆에 있어도 아주 깊이 푹 잠드시지는 못한다고 들었는데……'

그나마 낫다고 듣긴 했었다. 나는 작게 한숨을 내쉬었다. 그러고 보면 이베리아는 왕이 되면 영원히 잠들지 못하는 건가?

'잠깐잠깐 눈 붙일 수는 있지만, 푹 잠들지는 못한다고 들었어.'

생각해 보니 미치지 않은 게 다행이었다. 역대 왕들이 환각제를 먹는 건 수면욕 탓도 컸겠네.

'그걸 맨몸으로 버티다니. 폐하, 당신 대단하긴 하네요.'

얼마나 큰 각오가 있어야 그런 걸 다 견디는 걸까.

"그 길에 내가 없는 것도 당연해."

미련 갖지 말자. 이화윤.

나는 살짝 입술을 깨물었다. 이상하게 어깨가 무거웠다. 커다란 돌이 내리누르면 이럴까.

또다시 몸이 떨렸다. 나는 시트에 들어가 눈을 감았다. 생각을 끊고 싶었지만, 상념이 가라앉지 않았다. 폐하와 성녀가 계속 스쳐 지나갔다.

"싫다, 진짜."

무엇이 싫은지는 알 수 없었다. 꾹꾹 내리눌렀지만, 알 수 없는 게 자꾸 튀어나왔다.

나는 양팔을 부여잡았다. 떨림은 오랫동안 멈추지 않았다.

한밤중 연구실은 여전했다. 그나마 착실한 제자가 들어와서, 산더미 같던 책들은 책장으로 들어갔지만, 한결같이 어수선했다. 꽤 정리했지만, 그래도 수많은 책들에게 압사당할 것 같은 느낌을 주는 곳이었다.

레오는 한 손에 술병을 들고 문을 열었다. 연구실의 주인은 고개를 들지 않았다.

'하긴 이 시간에 여기 올 사람은 나밖에 없지.'

기사단장은 준비한 술을 책상에 놓았다. 안경을 쓴 의사는 그제야 고개를 들었다.

"또 술이군요."

"한잔하자."

디오는 일어나서 유리잔을 가져왔다. 레오는 의자를 끌어와서 맞은편에 앉았다. 언제나 느끼는 것이지만 자신의 커다란 덩치에 비해 의자가 너무 작았다.

"의자 좀 큰 거 없어?"

"그 의자는 제 제자의 것입니다."

어이쿠야. 그럼 어쩔 수 없지. 레오는 어깨를 으쓱했다. 자꾸 꼬맹이라고 불러서 그런가. 아직도 작기 그지없었다.

어린아이도 아닌데 이런 작은 의자를 쓰다니. 어째 꼬맹이는 나이를 먹어도 큰 것 같지 않았다.

유리잔 안에는 얼음이 들어 있었다. 이럴 때 보면 참 손발이 잘 맞았다.

'독한 거 가져온 거 아나 보네.'

레오는 술을 거칠게 부었다. 황금빛 술이 얼음 위로 부서졌다.

"향이 좋군요."

"여기 올 땐 좋은 것만 가져와."

"그렇습니까."

두 사람은 각자 술을 머금었다. 진한 향이 목구멍을 타고 내려갔다. 레오는 씩 웃으며 말했다.

"사냥은 어땠어?"

"잡을 만큼 잡았습니다."

"디오 너 말이야. 사냥 가는 날이 정해져 있다?"

의사가 한쪽 눈을 찌푸렸다. 레오는 능글맞게 속삭였다.

"내가 꼬맹이랑 데이트할 때마다 가더라?"

디오는 술을 한 모금 더 넘겼다.

"그날마다 열이 받거든요."

"애먼 짐승 죽이면서 화풀이하는 거야?"

"반쯤은요. 실력이 녹슬까 봐 하는 것도 있지만요."

레오는 턱을 괴고 의사 선생님을 바라보았다. 성에서는 연구실에 콕 박혀 있었지만, 변경에서는 꽤 대단한 사수였다. 먹을 것이 필요해지면, 의사 선생님은 붕대를 놔두고 활을 들었다.

"다시 변경 갈 일은 없잖아. 사냥이 필요한 날이 있겠어?"

"그럼, 그냥……."

의사는 빈 잔에 술을 더 부었다. 얼음은 아직 녹지도 않았다.

"열받아서 피를 보고 싶었다고 치죠."

"솔직하긴."

레오는 피식 웃었다. 하긴 꽤 화가 났겠지. 자신도 대공과 있는 꼬맹이를 보니, 뱃속이 뒤틀렸다.

"그래서 화는 좀 나아졌어?"

디오는 눈을 가늘게 떴다. 그랬다면 얼마나 좋을까.

"아니요. 더 짜증이 나더군요. 레오 님은 좋았습니까?"

"좋았지."

"레오도 무슨 일 있었군요."

눈치가 빨라서 좋은 친구였다. 기사단장도 다시 잔에 술을 부었다. 별일 없었다면 자신이 이곳에 찾아오지도 않았을 것이다.

"대공이 왔더군."

"생각보다 늦게 왔군요."

"장례식까지는 있겠지. 대공 전하는 꼬맹이를 잊지 않았더군."

디오는 다시 술을 한 모금 머금었다. 비싼 술답게 향이 좋았다.

"꽃잎을 뿌려 준 이를 어떻게 잊겠습니까."

"꽃잎은 내가 릴리 타고 날아가서 뿌렸는데?"

둘은 피식 웃으며 각자의 술을 넘겼다.

"그러게 그런 부탁은 왜 들어준 겁니까."

"일이 이렇게 될 줄 알았나. 게다가 꼬맹이 부탁인데 어떻게 안 들어줘."

"저라면 안 했을 것입니다."

레오는 고개를 저었다.

"꼬맹이가 그 예쁜 눈을 반짝이면서 이런 부탁은 나한테밖에 못 한다고 그러는데, 거절할 수 있어?"

디오는 곰곰이 생각에 잠겼다.

레오는 한숨을 폭 내쉬었다.

"거절 못했을걸."

"그렇군요."

"꼬맹이 부탁은 안 된다고 하기 힘들어. 어차피 많은 걸 바라는 애도 아니지만……."

디오는 의자에 등을 기댔다. 취기가 조금 올라왔다.

"그 부탁을 들어준 대가로 애를 데리고 나갈 수 있는 거군요."

하여간 눈치도 빨라.

레오는 고개를 끄덕였다. 하긴 그 뒤로부터 휴일 날 아이와 성 밖에서 만났다.

"자주자주 데이트하고 싶으니까 꼬맹이한테 공부 좀 그만 시켜."

"저는 강요한 적 없습니다."

"진짜?"

"훌륭한 제자가 되고 싶다면서, 심하다 싶을 정도로 열심히 하더군요. 굳이 시험에서 수석을 하지 않아도 괜찮은데 말이죠."

디오는 작게 한숨을 내쉬었다.

"덕분에 애먼 녀석이 그 아이에게 반했더군요."

"아, 들었어. 집안 대대로 안주인에게 내려온다는 장신구를 생일 선물로 보냈다며?"

디오는 빈 잔에 다시 술을 부었다. 얼음이 잔에 달그락거렸다.

"쓸데없는 시비를 걸더니만, 속셈이 웃기더군요."

"애들이 다 그렇지 뭐."

"나이는 제 제자보다 많습니다."

"나이도 먹은 놈이 그게 뭔 짓이야."

관심을 끌고 싶었는지 모르지만, 아이는 모욕을 당했다면서 그날부터 모든 시간을 약초학에 쏟았다. 얼마나 의지가 강한지 말릴 수도 없었다.

"못난 놈이네."

"장신구는 돌려줬습니다. 알아듣게 편지까지 써 줬으니 알아서 하겠죠."

레오는 피식 웃었다. 자신만 바쁜 줄 알았는데 디오도 성가신 일이 참 많아 보였다.

"내 쪽은 더 힘들어. 매일같이 굴려도 정신을 못 차리더군."

"병사들 말입니까?"

"기사도 포함이야."

레오는 이마를 쓸었다. 이것들이 나름 기사라고 용기가 참 대단했다. 일부러 병동에 찾아오지 않나, 꼬맹이가 오가는 길목에서 꽃을 건네질 않나. 아주 가관이었다.

"병동은 정말 성가셨습니다."

"그건 미안. 나도 그럴 줄 몰랐어."

"없던 상처를 만들어 오더군요."

레오는 헛웃음을 지었다. 그런 놈이 한두 명이 아니었다. 덕분에 참 많은 인원을 연병장에서 굴려야 했다.

"내 밑에 있던 것들도 그럴 줄이야."

"좀 더 굴리십시오."

"그러려고. 계속 굴려도 미인을 보고 싶다고 난리가 나더군."

디오는 피식 웃었다. 하긴 자신의 제자는 멀리서도 눈에 띄는 미인이었다.

"보면 볼수록 예뻐져서 큰일이야."

"뒤에 폐하가 계시다는 걸 알아도 그 모양이라니 기사들의 만용이 대단하군요."

레오는 다시 유리잔에 술병을 기울였지만, 술은 더 나오지 않았다. 디오는 천천히 일어나서, 서랍에 감추어 둔 술을 가져왔다.

"아, 고마워."

"좋은 술은 아닙니다."

레오는 새 술을 유리잔에 담고 한번에 쭉 넘겼다. 확실히 맛이 좀 껄끄럽긴 했다. 하지만 도수는 자신이 가져온 것보다 더 강했다.

"의사가 독한 걸 먹네."

"취하는 게 목적이니까요."

"취하고 싶은 날이 있나 봐?"

디오는 턱을 괴고 잔에 남은 술을 들이켰다.

"있긴 있더군요."

둘은 서로를 마주보았다. 기사단장과 의사는 알고 있었다.

레오가 어깨를 펴면서 말했다.

"왜 폐하를 좋아하는 걸까."

디오는 고개를 숙였다가 들었다. 절실하게 그의 말에 동의했다.

"아무나 골라도 될 텐데 유일하게 불가능한 사람을 좋아하다니⋯⋯."

자신의 보물은 폐하를 마음에 담았다. 그것이 불가능하다고 넌지시 알려 줘도 단념하지 않았다. 알았다는 듯 고개를 끄덕이지만, 포기하지를 못했다.

"지칠 겁니다."

"폐하의 의중은 어때?"

"놓지 않으셨습니다."

"방법이 없잖아."

기사단장의 말이 맞았다. 디오는 작게 숨을 내쉬며 창밖을 바라보았다. 살짝 열린 창문 사이로 시원한 바람이 불어왔다.

"레오 말이 맞습니다. 방법이 없어요."

"성녀를 빨리 왕비로 들여야 할 상황일 텐데 말이야."

"미동도 안 하십니다."

"꼬맹이 탓인가?"

디오는 고개를 끄덕였다.

"그런 것 같습니다."

"이야. 우리 꼬맹이 대단하네."

"하지만 시간문제죠."

의사는 유리컵을 놓았다. 안에 든 얼음이 달그락거렸다.

"결국 성녀를 왕비로 맞이할 겁니다."

훨씬 오래전에 그렇게 정해져 있었다.

"나쁘지 않은 선택이시지. 번거로운 세력도 없고, 성격도 온순하니까."

"애초에 그래서 납치한 거니까요."

만약 자신의 제자가 없었으면 벌써 그러고도 남았을 것이다.

"답답해. 두고 보는 수밖에 없다니 말이야."

"정해져 있는 책입니다. 차례대로 다가올 것입니다."

레오는 눈을 감았다. 하얀 원피스를 나풀거리던 자신의 꼬맹이가 눈에 선했다.

항상 웃으면 얼마나 좋을까. 아픔과 슬픔이 삶의 거름이 된다고 해도, 그래도 기사는 붉은 눈의 니나가 계속 행복하길 바랐다.

"난 꼬맹이가 상처받길 원하지 않아."

넌 얼마나 울게 될까.

"어쩔 수 없습니다."

"디오. 난 답답해."

레오는 남은 술을 한번에 들이켰다.

"정해져 있는 책을 왜 빤히 바라보고 있어야 하지?"

"사냥감을 잡으려면 정해진 순간이 있습니다. 적을 상대하는 기사가 그런 말을 하다니 우습군요."

"니나는 사냥감이 아니잖아. 사람이야."

기사는 긴 한숨을 내쉬었다.

"이런 부분에서 갈리는군."

"그렇군요."

디오는 병에 있는 술을 유리잔에 다 부었다. 너무 빨리 마신다는 생각이 들었지만, 속도를 늦출 수가 없었다.

"상처받을 걸 아는데 어떻게 기다려."

레오가 아는 꼬맹이는 이상할 만큼 혼자 견디는 아이였다. 상처를 받아도 혼자 끙끙 앓겠지. 그래서 더 안쓰러웠다.

"성녀에 관해서는 알고 있었을 겁니다."

디오는 작게 중얼거렸다.

"기절했으니까요."

"뭐?"

"성녀와 폐하가 나란히 오는 걸 보고, 복도에서 기절했더군요. 눈치가 빠른 아이니까요. 아무도 몰랐을 겁니다. 니나는 피곤해서라고 핑계를 대더군요. 실제로 피곤했기도 합니다만 진짜 이유는 따로 있었습니다."

레오는 이마에 손을 얹었다. 꼬맹이는 그럭저럭 감이 좋았다. 의식하지는 못해도 무의식적으로 뭔가 깨달았을 수도 있었다.

"꼬맹이…… 앞으로 어떻게 견디려고 그러나."

"옆에서 지켜봐서 압니다."

디오는 조금 비틀거리며 일어나, 찬장에서 술 한 병을 더 꺼냈다.

"생각보다 강한 아이입니다. 끈기도 있고, 상황 판단도 빨라요."

"그래서 잘 버틸 거라고?"

레오는 디오가 가져온 술을 유리잔에 쏟아부었다.

"견딘다고 상처를 안 받는 건 아니잖아. 니나가 웃어넘기는 걸 믿으면 안 돼."

감옥에 있어도 웃던 아이였다. 그 아이가 불안함을 말하지 않는 건, 자신에게 의지하고 있지 않다는 증거이기도 했다.

디오는 주먹을 꽉 쥐며 말했다.

"별수가 없습니다."

"모든 것은 폐하의 손에 달렸군."

"그쪽에서 잡고 있으니까요."

두 사람은 서로를 바라보았다. 시선이 부딪치자, 먼저 피한 건 디오였다.

"너는 기다릴 셈이네?"

레오는 한숨을 내쉬었다. 그는 고개를 한번 숙였다가 다시 들었다.

"나는 기다리지 않을 거야."

기사는 천천히 자리에서 일어났다. 독한 술을 연달아 부었지만, 화가 나서 취하지도 않았다. 그때 디오가 말했다.

"참 이상한 아이입니다."

의사는 레오의 뒷모습을 보며 다시 술을 넘겼다.

"어디에서 뚝 떨어진 아이 같습니다. 왜 고아원에서 자란 아이가 그렇게 밝은 걸까요."

기사는 천천히 돌아섰다.

"뭐든지 열심히 합니다. 그렇게 노력할 필요도 없는데, 폐를 끼쳤다면서 몸을 사리지 않더군요."

디오는 아이와 같이 있던 순간순간이 떠올랐다. 제자가 된 순간부터 그 아이는 작은 의자에서 열심히 공부하고 연구했다. 약초의 효능에 관한 결과가 나온 날은 예쁜 눈이 반짝반짝 빛났다.

니나 케이지는 하루를 1년 같이, 그렇게 노력했다.

처음 봤을 때부터 싫어하기 힘든 아이였다.

"디오……."

"제 마음이 가볍다곤 하지 마십시오."

디오는 아예 술을 병째 들이켰다.

기사단장은 숨을 깊게 내쉬었다. 숨결에 술 냄새가 나서, 쓴 웃음 밖에 나오지 않았다.

"잘 있어."

디오는 고개를 살짝 숙였다가 들었다. 덕분에 붉은 머리카락이 흔들렸다. 레오는 비적비적 돌아서서 걸음을 옮겼다.

'의사 선생님께서, 내일 일어나기 힘들겠군.'

아무리 술이 강해도 병째 들이켜고 당해 내는 사람은 없었다. 덩치 큰 기사는 복도를 가로 질렀다.

촛불 사이로 그리핀 휘장이 어른거렸다. 그는 잠시 걸음을 멈추고 창밖을 바라보았다. 쏟아질 거 같은 별빛 속에서 구름 속에 가려졌던 달이 드러났다.

'꼬맹아. 어떻게 할 거니?'

너는 어떤 선택을 할까.

"뭐든 좋으니까, 아프지 마라."

순간 피식 웃음이 나왔다. 펵이나 그러겠다. 그렇게 말했지만, 기사도 막상 그 아이가 누군가에게 간다고 하면 머리끝까지 화가 치솟았다.

바람이 불었다. 슬슬 돌아갈 시간이었지만, 발걸음이 떼어지지 않았다. 그는 계속 팔짱을 끼고 달을 바라보았다.

밤하늘에 별이 눈부시게 반짝였다. 시원한 바람 앞에서 그는 고개를 숙였다가 겨우 들었다.

그는 긴 한숨을 내뱉었다. 그래도 속이 가라앉지 않았다.

31

이제 폐하가 하실 건 없어요

어렸을 적, 어머니는 말씀하셨다.

"왔던 자리 그대로 떠나야 해, 화윤아."

일곱 살이었나, 그 전이었나. 아무튼, 미취학 아동일 적이었다. 엄마는 식당에서 일어나면서 나를 붙잡고 진심 어린 충고를 했다. 칭찬받기 좋아하는 나는 그 말에 조용히 앉았던 의자를 다시 들이밀었다.

엄마는 그런 나를 보며 활짝 웃었다.

"참 잘했다. 우리 화윤이."

그때부터였을까. 칭찬은 고래를 춤추게 한다고, 나는 항상 뒷정리를 신경 썼다. 물론 자라고 나서도 울 엄마는 나를 충분히 칭찬해 줬다.

'엄마가 이번에도 칭찬해 줄까.'

물론 바로 듣지는 못하겠지만 말이다.

'그런데, 엄마. 힘들어요.'

나는 조용히 고개를 돌렸다. 그러자 바로 잔소리가 날아왔다.

"안 돼! 니나야! 그림 그리는 중이잖아!"

나는 눈물을 머금고 다시 처음의 방향으로 머리를 움직였다.

어쩌다가 이렇게 되어 버렸을까. 분명 올 때는 마음을 다잡고 힘차게 안쪽 방문을 열었다.

내 목적은 분명하고 확실했다.

'성녀의 힘이 쇠퇴한다는 거, 성녀님이 직접 폐하게 말하세요!'

게다가 성녀의 힘이 반려와 관련이 있을지도 모른대요! 그런데 이건 확실하지 않아요! 아무튼, 성녀님은 정해진 대로 왕비가 되신다고 합니다!

그러니까 둘이 해결해요! 난 몰라!

'복잡하다.'

어쨌든 교통정리는 하고 떠나야 할 것 같아서, 마음을 다잡고 왔다. 하지만 오고 나서야 아차 싶었다.

'여기에서 비밀 얘기 못 해!'

여기는 문 안쪽과 바깥에 병사가 있고, 적어도 시녀가 한 명은 상주하는 곳이었다.

오랜만이라고 인사하는 세라피는 퍽 반가워 보였다. 나는 요령껏 눈치를 보며 틈을 살폈지만, 셸리의 눈빛이 참 독했다.

그녀는 성녀와 나를 단둘이 두지 않았다.

나는 깊게 한숨을 내쉬었다. 참 답답했다.

"니나야! 한숨 쉬지 마! 얼굴 움직였어!"

나는 다시 고개를 원상태로 되돌렸다. 처음 알았다. 와, 모델
은 아무나 하는 게 아니었어. 침대에 가만히 누워 있는 것도 꽤
힘든 거구나.

'어쩌다 이렇게 되었더라.'

성녀님은 밝게 웃으면서 그림을 그리고 있다고 했다. 그러
고는 나를 보며 모델을 해 달라고 부탁했다. 무리한 자세는 힘
들다고 하자, 그녀는 침대에 누워 있으라고 나를 다짜고짜 데려
갔다.

'성녀님…… 이상한 미적 감각이시네.'

그녀는 나를 침대에 눕히고 손을 가지런히 모으게 했다. 그
러고는 심심하다며 장식한 꽃을 침대 위에 뿌렸다.

"음, 물도 뿌리면 예쁠 텐데."

거기까지는 섬세한 예술 감각이구나 하며 이해할 수 있었
다. 하지만 다음에 나온 말에 나는 자리에서 벌떡 일어났다.

"이왕이면 니나의 맨몸을 그리고 싶어."

그건 안 된다며 필사적으로 만류하자, 성녀님은 농담이라며
까르륵 웃으셨다. 순간, 기운이 쭉 빠졌다. 아니 이분들이 왜 이
러시지. 알아들을 수 없는 개그를 하고 혼자 웃는 게 이베리아
의 유행인가.

'결혼할 거라더니 폐하와 닮아 가네.'

두 분 다 어디 가서 개그 하지 마세요. 아무도 안 웃어요. 아니, 못 웃어요.

나는 손을 꼼지락거리며 고개를 저었다. 볼에 닿은 꽃잎이 간지러웠다. 하지만 치울 수도 없었다.

'아르바이트 비용이라도 주려나.'

아무래도 공짜겠지?

나는 멍하니 천장을 바라보았다. 겹겹이 친 캐노피가 바람결에 흩날렸다.

'여기서 잤을 때 생각난다.'

그게 벌써 5년 전이구나. 폐하 팔에 볼을 비비면서 일어났지. 와, 지금 생각해도 당황스러워. 그런데 한편으로는 피할 수 없으니, 좀 더 즐길걸.

나는 바로 반성했다.

즐기긴 뭘 즐겨. 즐길 걸 즐겨라. 그게 즐겨지냐?

'너 왜 그래, 이화윤.'

정신 차리자. 왜 갑자기 삼천포로 빠지니. 혼란스러운 건 알겠지만, 너 지금 비상사태야. 지금 한 선택이 평생을 좌우할지도 몰라.

'아니, 그런데 선택지가 있긴 한가.'

밀려다가 어쩔 수 없이 흘러가는 기분인데.

참 마음대로 할 수 있는 게 없었다. 이룬 것은 있지만, 왜일까. 여기 처음 왔을 때랑 달라진 게 없었다.

'여전히 기미 시녀네.'

그러고 보면 니나는 스무 살이지. 이제 막 대학교 갈 나이구나.

'역시 학교 갈 시기에는 학교에 가야 해.'

노동하는 건 뭔가 섭섭해. 하지만 여기는 대학을 아주 소수만 가긴 하더라.

'약초학은 평생 공부해야 하는 과목이긴 하지.'

원 없이 궁둥이 붙이고 외우긴 했었다. 나는 허리가 뻐근해서 조금 돌아누웠다.

"니나야!"

"죄송합니다."

나는 몸을 다시 원상태로 돌렸다.

얼마나 그렇게 있었을까.

안쪽 방은 여전히 조용했다. 종이에 목탄이 스치는 소리를 들으며 나는 천장만 바라보았다.

"니나야. 할 말이 있니?"

순간 깜짝 놀랐다.

"어떻게 아셨어요?"

"니나는 표정에 다 드러나."

이거 고친 줄 알았는데 여전하구나. 나는 고개를 끄덕였다. 아주 중요한 할 말이 있어서 여기에 왔습니다. 성녀님. 그런데 상황이 여의치가 않네요.

성녀님 옆에는 목탄을 지울 빵조각을 건네주는 셸리가 있었다. 한숨이 저절로 나왔다. 단둘이 있을 방법이 없구나.

"성녀님과 단둘이 오붓하게 있고 싶어요."

"어머나, 왜?"

셸리의 눈이 날카로워졌다. 아이고, 안 잡아먹습니다. 째려 보면 어쩔 거야.

"유혹하게요."

내 말에 성녀님은 배를 잡고 웃으셨다 은쟁반에 굴러가는 옥구슬 같은 웃음소리를 들으며 나는 눈을 깜박였다.

"니나가 유혹하면 깜박 넘어갈 거 같아."

"기회가 된다면 온 마음과 정성을 다해 노력할게요!"

"기대할게!"

셸리는 화가 났는지 얼굴이 시퍼레졌다. 앤 왜 이래. 농담인 거 모르니. 설마 내가 진짜 유혹하겠니. 게다가 성녀님은 폐하 를 좋아하잖아.

"다 됐다!"

세라피의 말에 나는 자리에서 벌떡 일어났다. 머리에 붙은 꽃잎을 하나하나 골라내고 있는데, 성녀님은 그림을 들고 침대 위로 다가왔다.

"어때?"

속눈썹이 긴 미소녀가 침대에 오도카니 누워 있었다. 나는 고개를 갸웃거렸다. 전문가가 아닌 사람이 그린 그림치고는 굉 장히 훌륭했다.

"왜, 이상해?"

"아니요. 성녀님 구도가 정말 좋아요. 그림 볼 줄 모르지만, 배운 지 몇 년 안 됐는데 이 정도라니 대단하세요."

"그런데 왜 고개를 갸웃거려?"

나는 피식 웃으며 말했다.

"그림 속에 제가 너무 어려 보여서요."

성녀는 내 말을 듣고 까르륵 웃음을 터트렸다.

"어머나. 니나야! 너 엄청 어려 보여. 내 그림보다 더 어리게 보는 사람도 있을걸?"

나는 미간을 찌푸리고 침대에서 일어났다. 셸리를 성큼성큼 지나치셔 다가간 건 거울이 있는 공간이었다.

나는 눈에 힘을 주고 거울을 노려보았다. 머리에 꽃잎이 몇 개 붙은 아이는 참 예쁘기 그지없었다.

'어려 보이나?'

몸을 움직여 봤다. 가느다란 아이는 나비처럼 나풀거렸다.

나는 억지로 웃었다. 거울 속에 미소녀가 어색하게 입꼬리를 올렸다.

'와, 새삼스럽지만……'

정말 예쁘구나. 니나야. 나 반할 뻔했어.

나는 사랑의 총을 한번 쏘고, 윙크했다. 거울 속에 미인은 이런 푼수 짓을 해도 깨물고 싶을 정도로 귀엽기 짝이 없었다.

'인류의 보배야.'

하늘하늘한 백금발의 붉은 눈 조합도 훌륭한데, 발그스레한 볼 때문일까. 아이는 생기발랄하고 굉장히 선량해 보였다.

'개미 한 마리 못 죽일 것 같은 인상이야.'

고아원에서 니나가 그렇게 살긴 했지. 내가 와서 인성이 더

럽혀지긴 했지만, 나나도 참 착하긴 했어.

한참을 이리저리 보고 있는데, 왠지 뒤통수가 따가웠다. 돌아보지 않아도 알았다. 거울 사이로 팔짱을 끼고 날 노려보는 셸리가 보였다.

'얜 또 왜 이렇게 기분이 안 좋니.'

나는 천천히 돌아섰다. 오늘도 어떤 시비를 거실 겁니까. 시녀님.

"얼굴이 마음에 들어?"

나는 순순히 고개를 끄덕였다. 아주 마음에 듭니다. 예쁘잖아요. 왜, 보태 줬니.

"성녀님은 그림을 마무리하고 계셔."

아, 그렇구나.

웬만하면 쓸데없는 갈등은 피하고 싶었다.

세라피에게 가려고 발걸음을 뗄 때였다. 갑자기 셸리가 말했다.

"너 말이야. 사람 기분 나쁘게 하는 재주가 아주 뛰어나."

아니. 이건 또 무슨 그린 듯한 멍멍이 소리야.

나는 눈을 가늘게 뜨고 그녀를 바라보았다가 깜짝 놀랐다. 셸리는 무시무시한 표정으로 나를 노려보았다.

'누가 보면 내가 가족이라도 해친 원수인 줄 알겠어.'

나는 침착하게 생긋 웃었다. 왜 나한테 길길이 날뛰는지 모르지만, 일부러 받아 줄 필요는 없었다.

"너 때문에 누가 죽었어."

와우. 이건 또 무슨 봉창 두드리는 소리야. 정말 예상치 못한 말이라 황당했다.

"그럼, 너도 죽는 게 당연하지? 그렇지?"

어머나. 얘 왜 이러지. 뭐 잘못 먹었나. 호러 영화 찍니? 참 어디로 튈지 모르는 사고방식이구나.

"글쎄. 일단, 진짜 내가 죽였니?"

나는 미간을 찌푸렸다.

"진짜 나 맞아? 그리고 너, 날 굉장히 내려다본다? 왕이라도 되는 것처럼 행동하네?"

"뭐?"

"네가 뭔데 죽어라 마라야."

남의 목숨으로 뭔데 명령이지. 생뚱맞아서 진짜. 왜 이런 얘 길 하는 걸까. 요즘 스트레스가 심한가. 주근깨와는 다른 또라 이력에 나는 몸을 살짝 떨었다.

"머릿속을 탈탈 털어도 누구 죽인 기억이 없어서 그래. 백번 양보해서, 그럼 내가 직접 한 게 아니란 얘기 맞지? 그럼 나도 타의로 연루된 셈이고 직접 죽인 사람은 따로 있는 거 아니야?"

셀리는 말이 없었다.

"그럼 그 사람한테 뭐라 그래. 나한테 화풀이하지 말고. 너 내가 되게 만만한가 보다. 약해 보여서 화풀이하는 거 맞지?"

정말 신선한 분노였어. 살다 보니 이런 일도 있구나. 병동을 거들 때도 사람을 살리면 살렸지, 죽여 본 적은 없었다.

왜 기억에도 없는 일로 이상한 질문을 받아야 하는 걸까.

똥 밟았다 치자. 말해 봤자 입이 아팠다. 나는 그녀를 스쳐 지나갔다.

그때 셸리가 말했다.

"그래. 그럼 질문을 바꿀게. 니나 케이지."

아니, 얘는 왜 내가 대답할 거로 생각하지. 질문을 바꾸면 뭐가 달라지니.

"사랑하는 사람을 위해서는 한 사람을 죽여야 돼. 그러면 넌 그 사람을 죽일 거야?"

얼굴을 잔뜩 찌푸려졌다. 웬 귀신 씻나락 까먹는 소리야.

나는 셸리를 바라보았다. 희한하게도 조금 전까지 짙게 깔렸던 분노가 보이지 않았다.

왜 저래. 이거 진지하게 묻는 건가. 그러고 보면 좀 익숙한 질문이었다.

"이베리아 신화 말하는 거야?"

"나라를 위해서 반려를 죽였다는 멍청이? 아니야. 전혀 다른 거야."

"비슷한 걸? 그런데 이거 너 나한테 진지하게 묻는 거야?"

셸리는 아무 말도 하지 않았다. 진짜, 왜 물어보는 걸까. 나는 뺨을 살짝 긁었다.

"왕은 한 사람을 죽이면 나라를 구할 수 있다고 믿어서 그러겠다고 했을걸. 하지만 그 한 사람이 설마 자신에게 소중한 반려일 줄은 모르지 않았을까."

"그래서 넌 안 죽이겠다는 거야?"

"사랑하는 사람을 위해서 한 사람을 죽였다고 치자. 하지만 그 사람이 가족이면 어떡해?"

그 괴리를 어떻게 감당하려고? 게다가 아무리 천 년의 사랑을 하는 연인이라도 말이야. 식거나 헤어지면 그뿐 아닌가?

"나라면 둘 다 살리기 위해 노력할 거야."

"멍청한 답이네."

"멍청한 게 아니라 당연한 거야. 사랑하는 사람을 위해 내 목숨은 줄 수 있다 쳐도, 애먼 남의 생명을 바치는 건 좀 너무하지 않아?"

셀리는 아무 말도 하지 않았다.

나는 작게 숨을 내쉬었다. 가뜩이나 복잡해 죽겠는데 앤 왜 입 아프게 쓸데없는 걸 묻는 걸까.

"나 돌아갈게. 성녀님께는 잘 말해 줘."

그녀는 알았다는 듯 고개만 까닥거렸다. 뭔가 묘하게 얌전해서, 나는 고개를 갸웃거리며 문 쪽으로 걸어갔다.

'뭐라는 거야.'

나는 성녀님을 지키는 병사들에게 눈인사했다. 그들은 친절하게 웃으며 화답했다.

복도를 멍하니 걸어갔다. 흘러내린 머리카락을 뒤로 넘기고서야 깨달았다.

'이상하게 열받네.'

나 굉장히 무례한 질문 받은 거 같아. 묘하게 너 죽고 나 살자며 싸워야 할 순간에 합의금으로 만 원 건네준 기분이야.

'좀 짜증도 나는 거 같고…….'

찝찝하기 그지없었다. 나는 고개를 저으며 생각을 털어냈다. 별거 아닐 거야. 별거 아니어야 해. 집중하자 이화윤. 지금 네가 이런 거 신경 쓸 때가 아니야.

'지금 내 상황이 뭐였더라.'

나는 자리에 멈춰 섰다. 그리고 조용히 머리카락 끝을 잡아당겼다.

'어느 날, 갑자기 폐하가 키스했지.'

얼굴이 화끈 달아올랐다. 나는 급히 벽을 향해 빙글 돌아섰다.

'그런데 곁에 있으면 안 돼.'

왜냐하면, 그 사람은 성녀랑 결혼할 예정이니까.

입술을 살짝 깨물었다. 그래. 이게 큰일이었어. 내가 바보지. 이 일에 집중해야 하는데 말이야. 쓸데없는 거 신경 쓰지 말고 이거나 해결하자.

나는 벽에 이마를 댔다.

'해결 방법은 하나밖에 없지만 말이야.'

거친 돌이 이마에서 버석거렸다. 하지만 차가워서 조금 살 것 같았다.

'그게 최선입니까. 이화윤 씨.'

솔직히 최선 같지는 않았다. 아니, 사실 선택이 최선일 필요는 없었다. 뭐든 하면 그뿐이었다.

나는 알고 있었다.

'해야 하는 거랑 하고 싶은 거랑 달라서 고민하는 거잖아.'

떠나기 싫어. 여기 있고 싶어.

나는 돌아서서 창문을 바라보았다. 드넓게 펼쳐진 파란 하늘 아래, 새 한 마리가 힘차게 날아갔다.

'성에서는 의식주가 한 번에 해결돼서 편하지.'

친해진 사람들이 많은 것도 여기 있고 싶은 이유겠지.

그렇지만요. 폐하. 더 중요한 이유는 따로 있어요.

"당신을 더 보고 싶어."

그림자도 보이기 전에 도망가야 했다. 계속 있으면 상처받을 것도 뻔했다. 그런데 왜일까. 했던 고민이 무색하게 결심이 서지 않았다.

'이러면서 떠날 자리는 청소하네.'

정리는 미리미리 하는 게 좋긴 하지. 그래도 참 바보 같다, 너.

나는 고개를 저었다.

'괜히 땅 파지 말자.'

나 자신을 탓하면 어떡해. 가뜩이나 상황이 거지같은데 자책해 봤자 쌀이 나와 떡이 나와. 근본적인 원인은 폐하잖아.

나는 작게 심호흡을 했다. 그래. 사람이 살다 보면 그럴 수도 있지. 좀 바보 같으면 어때. 사랑을 처음 한 건 아니지만, 상대방 스펙이 높아서라 치자. 버거운 상대를 좋아하면 안 되는데, 마음이란 게 녹록지가 않네.

나는 살짝 발걸음을 뗐다. 기운이 없지만, 그래도 한참을 걸어갔다.

그때였다.

먼 곳에서 언뜻, 친숙한 호위 기사님의 실루엣이 보였다. 나는 황급히 돌아서서 모퉁이로 달려갔다. 오늘따라 왜 이래. 왜여기에서 갑자기 폐하가 나와.

한참을 달려가다 멈춰 섰다. 나는 숨을 고르며 조용히 시선을 내렸다. 지금 내가 밟고 있는 곳은 녹색 카펫이었지만, 조금 전까지 붉은 카펫 위였다.

'그래도 동선이 겹칠 줄이야.'

한때는 하도 만나서 만남의 광장인 줄 알았지만, 의외로 폐하를 보는 건 힘들었다. 그래서 마음 놓고 돌아다녔는데 하필 제일 보고 싶지 않을 때 부딪치다니!

'아니야. 아직 만난 건 아니잖아.'

나는 벽에 기대서 주위를 둘러보았다. 좀 으슥한 곳이긴 했다. 창고로 향하는 쪽이라, 여긴 절대 폐하가 다니지 않는 길이었다.

'사실 시녀들도 안 다니긴 하지.'

병사들이 순찰을 하긴 하지만.

이 정도로 도망쳤으니까, 만나지 않겠지. 아, 상상만 해도 싫어. 그 어색한 분위기 어쩔 거야!

그때, 낮은 목소리가 울려 퍼졌다.

"잘도 도망가는군."

순간 깜짝 놀라 어깨가 움찔 떨렸다. 나는 조용히 고개를 들었다. 다리도 길쭉하고 어깨도 넓은 폐하께서 태양을 등지고 다가오셨다.

'눈도 좋아!'

호위 기사까지만 보고 열심히 도망쳤는데, 그새 또 보셨어요?

폐하는 주위 사람을 손짓 하나로 물렀다. 나는 천천히 뒷걸음질 쳤지만, 곧 등이 벽에 닿았다.

'지금이라도 피할까?'

살짝 주위를 둘러보다 고개를 푹 숙였다. 그러지 말자. 이화윤. 뒷감당이 안 된다.

'솔직히 잘못한 것도 없고 말이야.'

나는 천천히 얼굴을 들었다. 그래. 따져 보자. 키스한 쪽은 저쪽 아닌가요? 내가 왜 피하지? 내가 먼저 덮친 것도 아니잖아.

나는 의연하게 서 있기로 했다. 그사이에 폐하는 내 앞으로 바짝 다가왔다.

"더 도망갈 줄 알았는데?"

나는 눈을 가늘게 떴다.

"생각해 보니까, 잘못한 게 없어서요."

그는 팔을 벽에 얹어 놨다. 와, 입이랑 행동이랑 따로 노시네요. 방금 단단한 팔로 제 퇴로를 차단하신 거 맞죠?

'이 자세 많이 봤는데……'

나는 그의 팔을 흘겨보았다. 아, 맞다. 그러고 보니 이거 쌍팔년도 벽치기 자세다.

'그래도 팔뿐이라면 도망갈 수 있을 거 같다.'

살짝 다리를 굽혀서 아래를 공략하면 가능하지 않을까.

그때였다. 이번에는 긴 다리가 내 허벅지를 눌렀다.

'눈치도 빨라.'

아래쪽도 완벽하게 막혔다. 나는 기가 막혀서 폐하를 빤히 바라보았다. 새삼스럽지만 철두철미하시네요.

그는 예쁘게도 웃으며 말했다.

"도망갈 테면 가 봐라."

"다 막아 놓으셨잖아요!"

나를 내려다보는 남자는 참 즐거워 보였다. 나는 가자미눈을 뜨고 그를 바라보았다. 되게 질 낮아 보이십니다. 폐하.

"왜 도망갔지?"

"피하고 싶었으니까요."

"짐을?"

"네. 그런 일이 있었는데 어떻게 평소처럼 봐요."

폐하는 피식 웃으며 고개를 저었다. 덕분에 흘러내린 긴 머리카락이 내 뺨을 살짝 스쳤다.

"토끼는 잘 잊어버린단 말이야."

"네. 네. 폐하. 제가 또 뭘 잊었나요."

"짐은 항상 참고 있었다. 그런 충동은 한두 번이 아니야."

얼굴이 완전히 일그러졌다. 그래요. 폐하. 잘 말씀하셨습니다. 우리 대화 좀 해 봐요.

"그걸 제 동의도 없이 강제로 하신 게 문제죠."

그는 잠시 생각에 잠겼다.

나는 한숨을 폭 내쉬었다. 네네. 평소처럼 그럴듯한 핑계를 대시겠죠. 구렁이 담 넘어가듯 은근슬쩍 넘어갈 거 저도 압니다.

'그러니까, 제가 어쩔 수 없잖아요.'

나는 침을 꼴깍 삼켰다. 그때 폐하가 말했다.

"그렇군. 네 말이 맞다."

어라?

"짐도 반성했다. 강제로 한 걸 사과한다."

폐하 뭘 잘못 드셨나요? 이런 사람이 아닌데? 어디 아프신가? 혹시 닮은 사람은 아니겠지?

나는 그의 머리카락을 만졌다. 트리트먼트에 돈 백은 들었을 것 같은 이 머리카락은 폐하가 맞았다.

'맞긴 하는데, 진짜 이상하다. 이거 꿈꾸는 거 아니지?'

나는 내 볼을 꼬집었다. 아픈 게 확실히 꿈은 아니었다.

"짐이 잘못했다."

낮은 목소리가 귓가에 속삭였다.

"어떤 벌도 달게 받겠다."

나는 눈을 깜박였다. 긴 속눈썹이 나풀거리는 걸 보며, 나는 손을 오므렸다가 폈다.

'이 사람, 진짜 대단하다.'

세상에, 자기 얼굴을 활용하고 있어. 내가 얼굴에 약하다는 거 도대체 언제 안 거야.

나는 작게 심호흡을 했다. 외모에 속지 말자. 악마가 유혹한다고 생각하자. 이화윤. 폐하는 이러고 얼렁뚱땅 넘어가려는 거야.

"저, 폐하."

나는 가슴을 내리누르며 말했다.

"진짜 어떤 벌도 달게 받으실 거예요?"

"토끼가 주는 벌이라면 뭐든지."

순간 엉덩이로 이름 쓰기 같은 게 생각났다. 나는 어색하게 웃었다. 이 양반 보게. 내가 뭘 바랄 줄 알고 이런 말을 해.

"어떤 벌을 줄 거지?"

낮은 목소리가 감미롭게 속삭였다. 늑대인 줄 알았는데, 여우이시군요. 둘 다 개과이긴 합니다만, 처음 알았네요.

나는 침착하게 마음을 다잡았다.

'어떻게 하면 좋을까.'

반쯤은 장난일 수도 있지만, 어쩌면 활용 가능한 카드를 잡을 수도 있었다.

'아니다. 어설프게 머리 쓰면 안 돼.'

앞에 있는 이 사람이 그걸 모를 거 같지 않아.

한숨이 저절로 나왔다. 인성 실험하냐며 따지고 싶었지만, 그래도 5년을 넘게 옆에 있어서 알았다.

'나름대로 진심일 거야.'

이상한 개그와 농담을 하며 속이긴 하지만 거짓말을 하는 사람은 아니었다.

'아니다. 깜박했다. 거짓말도 하긴 하지.'

나는 폐하를 아래위로 흘겨보았다. 뭐야. 생각해 보니까 당신, 쓸 만한 게 겉모습밖에 없네요. 속 알맹이는 아주 별로야.

왜 이런 사람한테 반한 걸까. 지금이라도 진심으로 다시 생각해 볼까.

"눈빛이 이상하군."

그럼, 이 상황에서 제가 웃을까요.

"폐하의 사과는 어쩐지 조금 미흡해요."

내 말에, 그는 고개를 끄덕였다.

"네 말이 맞다. 미숙하지. 짐은 이런 사과를 처음 한다."

뭐야. 이 사람, 아무리 그래도 사과가 처음이야? 그게 말이 돼?

"짐은 애초에 이런 일을 만들지 않는다."

그게 가능합니까? 당신은 실수도 안 해요? 그게 가능해요?

'귀신같은 통찰력 때문인가?'

나는 얼굴이 일그러지는 걸 참을 수 없었다. 이 정도면 정말 대단하시네요. 폐하. 성은이 망극해서 몸 둘 바를 모르겠어요.

나는 긴 한숨을 내쉬었다. 이런 사람한테 어떤 벌을 주는 게 나은 걸까.

'직구는 안 돼.'

무조건 변화구여야 해. 깨어나라, 내 머릿속 아이디어야. 꼭 꼭 숨지 말고 튀어나오렴.

"지금 생각하기 힘들면, 나중에 말해도 된다."

친애하는 폐하의 배려가 참 달콤했다. 나는 물끄러미 그를 바라보았다. 살짝 내리깐 눈이 예쁘기 그지없었다.

그러고 보면, 나는 꿈이 하나 있었다. 이화윤 시절부터 소중하게 간직했던 꿈이었다.

'해도 될까?'

이루어질 거라고 생각도 안 했기 때문에, 조금 뜬금없긴 했다.

'인생에서 단 한 번인데, 내 욕심대로 해도 되겠지?'

나는 침을 꼴깍 삼켰다. 이래도 한세상, 저래도 한세상이었다. 젊은 혈기로 한번 질러도 되는 걸까.

"저, 폐하. 방금 생각났어요."

"뭐든 말해라."

"단순하면서도 복잡한데요. 폐하. 일단, 저랑 자리를 바꿔 보세요."

그는 팔과 다리를 치우고 천천히 나랑 자리를 바꿨다. 나는 아차 싶었다.

'사람이 참 크다.'

니나가 작은 걸까, 이 사람 키가 큰 걸까. 아, 폐하가 큰 거구나. 니나는 여기서 평균이었지.

하는 수 없었다. 나는 간곡히 부탁했다.

"저, 폐하 다리를 굽혀 보세요. 힘드시면 넓게 벌리셔도 돼요."

그는 벽에 등을 기댄 채 앞으로 한쪽 다리를 뻗었다. 아, 눈높이만 맞추면 되니까 이래도 되는구나.

'참 그림 같은 분이네.'

폐하는 뒤로 굽힌 다리로 균형을 잡으며 내 눈높이까지 시선을 내렸다. 나는 그런 그를 아래위로 훑어보았다. 무슨 잡지 화보 같네요. 꽃 들고 있으면 딱 맞겠어요. 물론, 노출은 많을수록 좋아요!

순간, 아까 전 나를 모델로 그림을 그리던 성녀님이 떠올랐다. 나는 살짝 뺨을 쓸어내렸다. 사람 생각하는 건 다 비슷하구나.

"또 뭘 하면 되지?"

저절로 웃음이 나왔다.

"이제 폐하가 하실 건 없어요."

이해가 안 되는지 그가 고개를 갸웃거렸다. 나는 조용히 까치발을 들고 팔을 벽 위에 얹어 놨다.

'세상에!'

너무 기뻐서 팔이 부들부들 떨렸다. 마음을 가라앉히려고 조용히 심호흡했다. 신이여, 감사합니다. 제가 이걸 하게 될 줄 생각도 못 했어요!

나는 애써 표정을 정리하고 그를 내려다보았다. 절세미남은 내가 뭐하는지 모르겠다는 표정이었지만, 나는 아랑곳 하지 않았다.

'좋다.'

너무 좋아서 죽을 거 같았다. 나는 찬찬히 그를 바라보았다. 폐하의 잘생긴 미모가 오늘따라 참 보기 좋았다.

'세상에, 미남에게 하는 벽치기라니.'

제가 이젠 죽어도 여한이 없어요. 이런 날이 올 줄은 몰랐어요. 착하게 살겠습니다. 성실하게 살게요. 세상의 모든 신님, 복을 주셔서 감사합니다.

"뭘 하는 건지 모르겠군."

"감사합니다."

"얼굴이 왜 붉어졌지?"

"감사합니다. 폐하."

내 표정이 심상치 않은지 그가 내 이마에 손을 얹었다.

"열은 안 나는군."

"폐하. 저는 지금 그 어느 때보다 정상이랍니다."

단지 소원이 이루어져서 너무 기쁠 뿐이에요.

"이런 게 소원인 건가?"

"네. 네. 폐하. 감사합니다."

"욕심이 없군."

"아니요. 폐하. 저는 지금 이 순간 세상에서 제일가는 욕심쟁이예요."

나는 다시 폐하를 아래위로 훑어보았다. 수려한 눈매와 입가에 걸린 비웃음이 참 완벽했다.

너무 기뻐서 눈물이 나올 거 같았다. 니나야, 날 여기로 데려와 줘서 고마워. 열심히 살다 보니 이런 일도 있나 봐.

"이해가 안 되는군."

"폐하. 이건 아무나 못 해요."

그거 아시나요. 폐하. 의외로 미남은 흔하지 않답니다. 신기하죠. 미인은 생각보다 흔한데 말이에요. 전 옛날부터 꿈을 꿨어요. 딱 한순간이어도 좋아요. 미남을 벽에 가두는 거요.

'아, 그러고 보니 벽치기에 기본은 협박이지.'

어떤 협박이 좋을까.

"토끼. 넌 지금 눈이 풀렸다."

"미친 건 아니에요. 폐하."

"이상하단 자각은 있나 보군."

"가만있어 봐요. 생각 중이니까요."

어떤 게 협박이 될 수 있을까. 머릿속을 샅샅이 뒤져봐도 아이디어가 떠오르지 않았다.

"폐하. 폐하가 세 번째로 싫어하는 게 뭔가요?"

"타는 듯한 작열통이 싫다."

"그렇군요. 저, 폐하. 아까 뭐든 말하라고 하셨죠? 지금 말할게요."

나는 작게 심호흡을 하며 말했다.

"앞으로 제가 하는 말은 그냥 넘겨 주세요. 아주 짧아요. 게다가 별거 아니에요."

그는 미간을 찌푸렸다. 압니다. 폐하. 제가 좀 이상하죠? 조금만, 아주 조금만 더 참아 주세요.

"욕이라도 한다는 건가?"

"설마요. 그럴 리가요. 저 그런 사람 아니에요. 믿으세요. 폐하. 저, 그럼 합니다? 놀라지 마세요?"

나는 깨금발을 더 들고 그에게 얼굴을 확 들이밀었다. 그러자 폐하의 한쪽 눈썹이 더 찌푸려졌다.

죄송합니다. 불편하시죠. 심정은 압니다. 하지만 조금만 더요. 몇 초면 돼요. 폐하께서 조금만 더 참으시면 제 소원이 이루어져요!

환한 웃음이 저절로 나왔다. 이 순간이 왔다는 걸 믿을 수 없었다.

나는 작게 속삭였다.

"내가 평생 타는 듯한 작열통을 없애 줄 테니까……."

나는 폐하를 찬찬히 바라보았다. 숨결이 닿을 듯한 거리에서 붉은 눈동자가 퍽 아름다웠다.

너무 기뻐서 목소리가 살짝 떨렸다.

"내 거 할래?"

심장이 두근거렸다. 나는 조용히 이 순간을 음미했다.

신이시여, 감사합니다. 엄마, 아빠, 동생아. 내가 해냈어. 평생의 소원을 드디어 이루었어.

"토끼?"

기뻐서 눈물이 나올 거 같았다. 그렇다고 울 수는 없었다. 나는 바로 한 발자국 물러섰다. 그러고는 다리를 굽혔다.

"감사합니다! 폐하! 평생소원이었어요!"

성은이 망극합니다. 이베리아 만세! 폐하 만세! 절세미남 만세!

심장이 두근거렸다. 나는 한쪽 손으로 가슴을 눌렀다. 환희로 가득 찬 세상에서 나는 심호흡을 했다.

"이런 게 소원인가?"

"네, 폐하. 제 소원이요. 미남을 벽에 밀치고 협박하는 거예요."

"이런 게 협박인가?"

"네. 원래는 '내가 잘해 줄게'까지 해야 하지만요."

그의 눈빛이 이상해졌다. 나는 기도하듯 손에 깍지를 꼈다. 이상하죠. 압니다.

"무례하긴 하군."

"그렇죠."

"당황스럽군."

"죄송합니다."

이상한 애로 봐도 할 말이 없었다. 하지만 소원을 이룬 탓인지, 내 마음은 지금 충족감에 전율했다.

'아, 지금 죽어도 좋을 거 같아.'

좋은 삶이었어.

아직도 여운이 가시지 않았다. 나는 두근거리는 심장을 애써 가라앉혔다. 슬슬 수습해야 하는데 정신이 돌아오기까지 오래 걸렸다.

그때였다. 그가 나를 불렀다.

"토끼."

"네. 폐하."

"가까이 와라."

나는 비적비적 앞으로 걸어갔다. 원래의 키로 돌아온 남자는 내가 다가가자, 양손으로 어깨를 잡았다.

"너는 이제 짐이 쉽나 보군."

입이 열 개라도 할 말이 없었다. 나는 고개를 폭 숙였다.

"죄송합니다."

"무례하기 짝이 없어. 네가 지금 무슨 일을 저질렀는지 아는지 모르겠군."

거듭 사죄합니다. 아니, 그래도 뭐든 해도 된다면서요.

'그래도 폐하에겐 이건 아닌 건가.'

어떡하지. 무릎 꿇고 빌까. 나는 그를 살짝 올려다보았다. 여전히 감정을 읽을 수 없는 남자였다.

어쩌지. 소원을 이룬 대가가 참 크다. 역시 무절제하고 방탕한 삶은 안 되는 거야. 인생은 계획적으로 살아야 해.

한참 고민할 때였다. 갑자기 꽃대가 확 꺾이듯, 그가 고개를 푹 숙였다.

"폐, 폐하?"

왜 이러세요. 어디 아프세요?

그의 손이 부들부들 떨렸다. 나는 내 어깨를 잡은 손에서 그의 몸까지 차츰차츰 시선을 돌렸다.

'뭐, 뭐야.'

낮은 웃음소리가 귓가에 울려 퍼졌다. 오늘따라 아무도 지나가지 않는 복도에서 나는 눈만 깜박였다.

'왜 웃지?'

그가 잘생긴 얼굴을 천천히 들었다. 그걸 본 순간 깜짝 놀랐다.

'지, 진심으로 웃잖아.'

항상 머리 꼭대기에 있는 양반이, 정말 즐거운 듯 웃고 있었다. 물론 이 사람이 날 보고 웃을 때야 많긴 했지만, 지금은 좀 이상했다.

'도무지 영문을 모르겠네.'

아니, 조금 전까지 화냈잖아요. 그런데 왜 이러세요.

그는 한참을 웃다가 멈췄다. 그러더니 갑자기 잡고 있던 나를 끌어당겼다. 나는 힘의 방향대로 그대로 밀렸다.

순식간에 눈앞의 세계가 폐하의 품이 되었다. 단단한 팔이 등에 둘러지는 걸 느끼며 나는 눈을 감았다.

처음 인식한 건 온기였다.

'따뜻해.'

벌벌 떨렸던 몸이 언제 그랬냐는 듯 순식간에 녹아내렸다. 게다가 넓은 품에서는 좋은 냄새가 났다.

나는 눈을 감았다. 또다시 심장이 두근거렸다.

어떡하지.

'좋아.'

아까처럼 너무 좋아. 좋아하는 사람이 나를 품에 안는 게, 이렇게 좋은 거였어?

나는 그의 품에서 살짝 얼굴을 비볐다. 딱딱한 보석이 닿았지만, 몸에 나른해서일까. 마치 고양이가 된 기분이었다.

"토끼."

"예. 폐하."

"참 희한하군. 알 수 없는 짓을 당했는데, 기분이 좋아."

그는 내 머리카락을 매만지며 속삭였다.

"너라서 그런 걸까?"

등을 두르고 있던 손이 점점 내려갔다. 나는 아무 말도 할 수 없었다.

"귀엽고, 또 귀여워서……."

허리에 있던 손에 더 힘이 들어갔다. 나는 그의 품안에 더 바짝 붙었다.

"네가 뭘 하든 사랑스러워서 큰일이야."

그의 손길이 기분 좋았다. 나는 살짝 눈을 떴다. 녹을 거 같은 온기가 이상하게 애달팠다.

왜일까.

'조금 슬퍼.'

이 온기가 내 것이었으면 좋겠어. 방금 한 어설픈 협박처럼 폐하가 내 사람이면 얼마나 좋을까.

순간, 눈가가 시렸다. 나는 입술을 깨물었다.

'폐하의 길엔 제가 없다면서요.'

그러면 이렇게 안으면 안 되잖아요. 당신은 내 마음이 다치든 아프든 상관없나요? 아니면 이것조차 뭔가를 위한 초석인가요.

알아요.

멀어져야 해요.

지금이라도 나는 당신 품에서 빠져나와야 해요.

'그런데 못하겠어요.'

심하게 깨물었는지 피 냄새가 났다. 나는 작게 숨을 내쉬다, 또다시 눈을 감았다.

까만 세상에는 그의 온기밖에 없었다.

"내 곁에 있어라. 사랑스러운 토끼야."

피식 웃음이 나왔다. 사랑 고백처럼 들리지만, 찬물이 등뒤에 부어지는 거 같았다.

머리가 차가워지고 가슴이 식어 갔다.

'폐하의 품은 가슴 아픈 천국이네요.'

모든 것이 아름다운데 쉴 수가 없는 곳이에요.

'어떤 형태로 곁에 있으라는 걸까?'

설마 불륜 같은 말도 안 되는 형태는 아니죠? 저는 그렇게는 못 살아요. 아무리 당신이 좋아도 그건 아니에요.

"왜 대답이 없지?"

"사람 일은 모릅니다. 폐하."

등에 둘렀던 팔의 힘이 강해졌다. 나는 그의 품안에서 중얼거렸다.

"너무하네. 진짜."

얼굴을 한번 비볐다가 천천히 팔에 힘을 줘서 밀어냈다. 옥 죌 줄 알았던 팔은 순순히 나를 놔줬다.

"그렇게 얼굴만 믿고 살지 마세요."

"뭐?"

"됐어요. 제가 무슨 말을 해요. 사과하고 반성하셨으니 다시는 그러지 마세요."

나는 몇 걸음 물러났다. 그리고 그를 향해 예의 바르게 다리를 굽혔다가 폈다.

"그럼, 폐하. 소원을 이루어 주셔서 감사합니다. 이만 물러나겠습니다."

나는 빠르게 달려갔다. 뒤에서 멈추라는 폐하의 목소리가 들려왔지만, 아랑곳하지 않았다. 다행스럽게도 친애하는 폐하께서 긴 다리로 쫓아오는 거 같지는 않았다.

숨이 차서 눈가가 시큰거렸다. 나는 눈을 꾹꾹 누르며 남쪽 끝방 문을 쾅 닫았다.

"진짜, 기가 막혀."

좋았던 만큼 추락하는 것도 참 빨랐다. 나는 신발을 벗고 침대 위로 올라갔다. 화가 나서일까, 또다시 몸이 떨렸다.

나는 침대를 손으로 때렸다. 시트의 먼지가 부유하다가 사라졌다.

속이 답답했다. 나는 침대 위에서 발버둥을 치다가 멈췄다. 애써 참았지만, 결국 눈물이 또르륵 떨어졌다.

"욕이 나와."

한숨을 쉬어도 마음이 가라앉지 않았다. 아무리 내가 생각해 봤자, 결국 모든 것은 원상태로 돌아갔다.

나는 자리에서 벌떡 일어나서, 바퀴가 달린 가방을 꺼냈다. 그러고는 중요한 것만 차곡차곡 정리했다.

'지금 바로 나간다는 건 아니야.'

하지만 짐이라도 싸 둬야 내 현실을 붙잡을 수 있을 것 같았다.

나는 계속 가방을 정리했다. 버릴 수 있는 것과 아닌 것을 고르면서 턱에 흘러내린 눈물을 닦았다.

'이게 무슨 청승이야.'

열심히 살았는데 이상하게 비참했다. 아무리 감정을 내리누르려고 했지만, 슬픔이 계속 차올랐다.

'그래. 그렇구나.'

여기 있으면 내가 이런 걸 계속 느끼는구나.

나는 침을 꼴깍 삼켰다. 이제야 좀 정신이 들었다. 나는 바닥에 주저앉아서 무릎에 이마를 댔다.

오늘따라 바다에 얼룩이 유난히 눈에 띄었다. 나는 어깨를 감싸 안으며 중얼거렸다.

"그래서 떠나야 하는 거구나."

저울이 한쪽으로 기울었다. 그것이 어떤 쪽인지 너무나 잘 알았다.

남은 눈물이 바닥으로 떨어졌다. 나는 한참을 그렇게 있었다.

당연히 성녀다

이화윤일 때 들었던 욕이 하나 있었다.

'가족 잡아먹은 년.'

친척한테 돈을 안 주겠다고 하자 돌아온 말이 저거였다. 그 말을 듣는 순간, 나는 기가 막혀 웃음만 나왔다. 나를 그렇게 취급했구나. 부모님 돈을 그냥 당신네들 돈으로 생각했구나.

나를 그렇게 생각했구나. 신경 쓰지 말자, 이화윤. 세상 모든 사람이 좋을 순 없잖아. 나쁜 사람을 만난 거야. 안 주면 그뿐이지.

필사적으로 마음을 추스르고 잘 먹고 잘 자려고 노력했다. 가끔은 침대에 누워 울었지만, 나는 알았다.

이 말이 듣기 싫어서 돈을 주면 더 비참해질 거야.

나는 행복해지기 위해 살았지만, 사실은 덜 불행해지기 위해 살았던 것이다. 씩씩하게 내일을 바라봤지만, 점점 겁쟁이가 되는 건 막을 수 없었다.

불행해지는 게 너무 무서웠다. 아프거나 외로운 것도 싫었다. 하지만 제일 싫은 건 배신이었다.

그런 일을 겪은 뒤에 사람을 사귀지 못한 건 그 탓도 컸겠지.

결국, 결론은 하나였다.

"떠나자."

더 불행해지기 전에, 감정이 깊어지기 전에 빨리.

나는 책상의 책을 정리하며 중얼거렸다.

"이왕이면 계획 이민이 좋지. 아니다. 이민은 아닌가."

이건 전직에 가깝네. 어떤 곳이 좋을까. 시골이 좋을까, 그래도 사람이 있는 곳이 좋을까. 아무래도 치안을 최고로 쳐야겠지?

"메어리 님 댁에서 천천히 찾는 것도 나쁘지 않아."

메어리 님이 사과 농장을 하는 곳은 수도와 가까운 근교이긴 했다. 나는 한숨을 쉬며 책상을 깨끗한 걸레로 문질렀다.

뻐근한 어깨를 살살 돌렸다.

그 뒤로 며칠이 지났다. 틈날 때마다 쓸고 닦아서인지 방 안이 반짝반짝했다.

'선왕비의 장례식을 일주일이나 할 줄은 몰랐어.'

덕분에 지금 성은 죄다 검은 물결이었다. 나는 내가 입은 시녀복 치마를 쓸어보았다. 평소보다 뻣뻣한 재질의 천이 느껴졌다.

'날 죽이려고 했던 사람 때문에 상복을 입을 줄이야.'

세 시녀님은 다른 사람은 몰라도 너는 평소처럼 있어도 되는 거 아니냐며 농담했다. 나는 이왕 이렇게 된 김에 드레스를 입고 돌아다니고 싶다고 대답했다. 이 얘기를 스승님께 하자, 그는 진지하게 안 된다고 만류했다.

"농담이에요. 스승님."

디오는 기분은 이해한다며 내 어깨를 토닥였다.

이상한 사람의 장례식이지만 그래도 사람이 죽어서일까. 성 안의 분위기는 우중충하기 짝이 없었다. 그리고 그와 동시에 절차가 있어서인지, 폐하와 어머니를 잃은 대공도 바빠 보였다.

나는 의자에 앉아서 허리를 쭉 폈다. 우두둑거리는 소리가 심상치 않았다.

"그렇게 도망갔는데 부르지도 않고 말이야."

딱 그 정도의 가치라 이건가.

나는 고개를 저었다. 떠나려는 마당에 그게 무슨 상관이야. 이화윤 씨. 미련을 버리세요.

'그런데 떠난다고 하면 순순히 보내 주려나.'

나는 다리를 쭉 폈다가 다시 오므렸다.

'왕이면 왕이지, 자기가 뭐라고 안 보낸다 난리야.'

내가 간다면 가는 거지.

그런데 생각은 해 봐야겠어. 아주 낮은 확률이지만 날 안 보낸다고 하면 어떻게 해야 하나. 억지로 도망가도 절대 권력자라 잡히겠지?

"든든한 뒷배가 필요해."

나는 턱을 괴고 중얼거렸다.

"적당한 사람이 있긴 하죠."

그분이 성녀 세라피이자, 예비 왕비님이라고 차마 말은 못 하지만요.

'그러려면 세라피와 의논해야 하는데, 통 시간이 안 난단 말이야.'

성녀님께 가까이 가면 셀리가 대놓고 경계했다. 그 시녀는 나와 세라피 단둘이 있는 꼴을 못 봤다.

"굳이 성력이 아니더라도 탁 터놓고 얘기할 기회가 생겨야 할 텐데……."

그런데 틈이 생기질 않았다. 성녀님을 납치라도 해야 하는 걸까. 나는 땅이 꺼지라 한숨을 내쉬었다.

"그래도 잘하고 있어."

정신없는 거 알지만, 평소처럼 효율적으로 사는 게 나다워. 어딜 가도 잘 살 거니까 걱정하지 말자. 쓸데없이 고민하며 괜히 땅 파지 말고, 씩씩하게 살아야지.

내 자존감을 위해 계속 중얼거릴 때였다. 갑자기 문밖에서 노크 소리가 들렸다.

'누구지? 세 시녀님? 아니면 사비나 님?'

누구든 좋았다. 백지장도 맞들면 낫다고 시원하게 수다라도 떨면, 길이 보일 거 같았다.

'물론 자세한 건 얘기 못 하겠지만 말이야.'

나는 달려가서 문을 열었다가 순간, 깜짝 놀랐다.

"세상에!"

상상도 못 한 사람이 문 앞에 서 있었다. 그 사람은 재빨리 내 입을 손바닥으로 막고, 검지를 입으로 가져갔다.

조용히 하라는 몸짓에 고개를 끄덕였다.

'아니, 어떻게?'

여기에 올 수 없는 사람이었다. 나는 재빨리 다른 사람이 없나 까치발을 들어서 확인했다. 안타깝게도 그녀 외에는 다른 사람이 보이지 않았다.

"조용히 해야 해. 비밀이거든!"

입이 막혀 있어서 대답할 수 없었다. 다시 고개를 끄덕이자, 그녀는 순순히 손을 내렸다.

"나 왔어. 니나야."

그녀가 웃었다. 예쁜 눈매가 부드러운 곡선을 그리자, 환한 백금발이 촛불 사이로 반짝였다.

오늘도 천사처럼 예쁘네요. 성녀님. 그런데요. 세라피.

나는 고개를 푹 숙이며 작게 속삭였다.

"어떻게 오셨어요?"

"비밀이야."

"성녀님, 이거 큰일이에요. 당신이 어떤 보호를 받는지 아시면서, 이렇게 돌아다니시면 어떡해요."

"비밀이라니까!"

그녀는 배시시 웃으면서 내 방을 둘러보았다.

"여기가 니나가 사는 곳이구나. 깨끗하고 아늑하다."

세라피는 이곳저곳을 돌아다니면서 내 물건을 만져 보았다. 성녀님은 탁자를 보기도 했고, 침대에 앉기도 했다. 서랍을 열고 물건을 꺼내는 그녀를 보며 나는 이마를 짚었다.

'어쩌지.'

바로 나가서 보고해야 하나. 누구한테 말하지? 사비나 님?
이런 건 조심스럽게 해결해야 하나, 호들갑을 떨어야 하나.

"이거 귀엽다."

이런 내 마음을 아는지 모르는지 성녀님께서는 만들다가 만
천 인형을 들고 환하게 웃으셨다.

'미, 미치겠다.'

이런 와중에 왜 이렇게 귀여우십니까. 성녀님!

나는 그녀 앞으로 재빨리 다가가서 속삭였다.

"도대체 어떻게 오신 거예요!"

"비밀이라고 했잖아."

"아니, 이러시면 안 돼요. 저랑 빨리 돌아가요."

"니나는 생각보다 담이 작구나."

세라피는 내 볼을 쓰다듬으며 웃었다.

"괜찮아. 그가 허락했으니까."

뭔 소리야. 여기서 그가 누구예요. 기사님? 병사님?

"폐하가 허락했어."

"네?"

"그 사람이 내 제안을 들어줬어. 안 그러면 여기 올 수 없잖아."

아니, 진짜 폐하가 이걸 허락했어?

세라피의 맑은 눈이 반짝였다. 거짓말을 할 사람이 아니긴
하지. 나는 이마를 짚으며 침대에 앉았다. 왠지 머리가 어지러

웠다.

이런 나를 아는지 모르는지, 성녀님은 내 천 인형을 만지작거렸다.

"그런데 셸리에겐 비밀로 해 줘."

맑은 목소리가 작게 속삭였다.

"셸리와 니나는 사이가 안 좋지?"

"그쪽에서 일방적으로 시비를 걸어서요."

내 말에 성녀님은 까르륵 웃었다.

"저번에 니나 그림 그렸을 때 기억나? 내가 그림 보여 주면서 니나 귀엽지? 하고 물어봤어."

사이 안 좋은 걸 알면서 왜 물어보세요. 셸리라면 보나 마나 악담을 거하게 했겠네요.

"셸리가 짜증내면서 귀엽긴 하다고 하더라."

아무래도 먹고 떨어져라 같은데요. 저, 성녀님. 그건 대답하기 싫어서 대강하고 넘어간 거 아닐까요.

"둘이 왜 사이가 안 좋은지 모르겠어."

나는 어색하게 웃었다. 그러게요. 처음 만났을 때는 부축도 해 주고 괜찮았는데, 다음에 만날 때는 사람이 변했던데요. 안 좋은 소문이라도 들은 걸까요.

세라피는 내가 만든 천 인형을 계속 조몰락거렸다. 나는 그녀 옆에 앉으며 말했다.

"드릴까요?"

"내가 가져도 돼?"

"네. 대신 좀 더 예쁜 거로 만들어 드릴게요. 토끼를 만드는데 귀가 삐뚤어져서요."

세라피는 방긋 미소 지으며 말했다.

"난 이걸 가지고 싶은데 어쩌지?"

"그럼, 이름은 비비로 해 주세요. 애칭은 비비안이요."

"귀여운 이름이네!"

아이고. 머리만 있는 천 인형보다 당신이 더 귀엽습니다. 세라피.

여전히 사랑스러운 사람이었다. 나는 그녀를 따라 웃었다.

이상하게 그녀 옆에 있으면 맑고 따듯한 곳에서 몽실몽실한 솜사탕을 먹는 기분이 들었다. 처음 만났을 때부터 쭉 아로마테라피 같은 사람이었다.

"니나야."

"예. 성녀님."

"유혹 안 해?"

순간 뭔 말인가 싶었다.

"나 여기 오면 유혹한다고 했잖아."

나는 손뼉을 한번 쳤다.

"아, 그거요!"

"나 기대하고 왔단 말이야."

원하신다면 보여 드리는 게 인지상정. 당신을 위해서라면 제가 뭘 못하나요. 뭐든지 해 드리죠.

"어떤 유혹이 좋으신가요. 여러 가지가 있어요."

"니나가 제일 자신 있는 거로 해 줘."

이 양반 보게. 내가 무슨 일을 할 줄 알고!

"그럼 날이면 날마다 오는 게 아닌 거로 가져올게요."

그녀는 예쁜 눈을 반짝이며 고개를 끄덕였다. 나는 자리에서 일어나 서랍에서 술을 한 병 꺼냈다. 세 시녀님이 탐냈지만, 향이 좋은 거라서 좀 아껴 둔 것이었다.

"딱 한 잔만 해요."

"그거 술이지?"

"네. 혹시 안 되시나요?"

성녀님은 재빨리 고개를 저었다. 덕분에 그녀의 백금발이 허리 위에서 나풀거렸다.

"희석된 와인은 먹어 봤지만, 진짜 술은 처음이야."

"강한 술은 아니에요."

나는 머그잔에 술을 부어서 탁자에 놓았다. 그녀의 눈이 별처럼 빛났다.

'술을 한번 먹으면 뇌가 영원히 기억한다던데……'

왜 하얀 눈밭에 발자국 남기는 기분이 드는 걸까. 내가 지금 순수한 걸 더럽히는 게 아닐까? 지금이라도 말릴까. 알코올은 영원히 몰라도 상관없는 거잖아.

막 말리려고 할 때였다. 그녀는 머그잔에 있던 걸 홀짝홀짝 들이켰다.

"천천히 드세요! 안주도 드세요!"

나는 혹시나 세라피가 잘못될까 싶어서 입에 치즈를 밀어넣었다. 그녀는 내가 건네준 치즈도 오물오물 잘 씹어 넘겼다.

'착하기도 해라. 햄스터를 보는 기분이 들어.'

그녀가 빈 머그컵을 내밀었다. 나는 이번에는 반만 채워 줬다.

"천천히요. 술은 도망가지 않아요."

"니나야, 이거 너무 맛있어."

세라피는 머그컵을 두 손으로 잡았다. 그 모습도 참 깜찍했지만, 눈이 반쯤 풀린 성녀님을 보며 난 이마를 짚었다.

'도, 돌이킬 수 없는 짓을 한 거 같아.'

어쩌지. 지금이라도 말려야 하나.

"니나 나빠! 이걸 여태 혼자 먹었던 말이야?"

"죄, 죄송합니다!"

"치사해. 치즈도 더 줘!"

나는 벌떡 일어나 치즈와 크래커를 더 가져왔다. 그녀는 손가락에 묻은 치즈까지 먹고는 배시시 웃었다.

"맛있다!"

생각해 보면, 눈물 없이 보기 힘들었다. 인생 대부분을 걸그룹 식단만 드신 분이었다. 그런 분이 처음 먹는 진짜 술이 얼마나 달고 맛있을까.

"더 드릴 테니까, 물도 드세요."

"응, 응!"

"제발 천천히 드세요."

나는 그녀의 입가에 묻은 치즈를 닦아 줬다. 세라피는 그런 내 손을 잡고 배시시 웃었다.

아이고, 이분 아기가 다 됐네.

나는 그녀를 물끄러미 바라보았다. 생각해 보면 참 귀중한 기회였다.

"성녀님. 뭐 하나 물어도 돼요?"

"니나는 여러 개 물어도 돼."

착하기도 하셔라. 나는 작게 심호흡을 했다. 이제야 드디어 물어볼 수 있었다.

"왜 저보고 폐하께 얘기하라고 한 거예요?!"

세라피는 고개를 갸웃거렸다. 그러더니 잡고 있던 내 손등에 뽀뽀를 세 번 했다.

마치 새 부리가 쪼는 듯한 가벼운 입맞춤이었다.

"내가 니나를 좋아하니까?"

"저도 성녀님을 많이 좋아합니다. 하지만 설명이 필요해요!"

"음, 그렇구나. 어디서부터 해야 하나. 있잖아. 니나야. 폐하는 널 좋아해."

굉장히 뜬금없었다. 관련이 없는 건 아니지만, 왜 갑자기 폐하가 나와요?

"너만 돌아오면 시선이 획획 돌아가. 나 그거 좀 서럽다? 니나야 나 매력 없니? 안 예쁜가?"

"성녀님이 안 예쁘면 누가 예뻐요!"

"그치? 나 예쁘지?"

나는 그녀의 손을 잡고 고개를 끄덕였다. 세라피는 활짝 웃다가, 다시 침울해졌다.

"나도 그 사람 좋아하는데, 나는 안 보더라고."

역시 폐하를 좋아하시는군요. 알고는 있지만 좀 새삼스럽네요.

"참 이상하더라. 폐하가 좋아하는 건 니나인데, 나도 폐하를 좋아해. 서러워! 비참해! 짜증나! 그런데 문제는 말이야."

성녀님은 내 손등에 다시 뽀뽀 두 번을 했다.

"나도 니나를 좋아해!"

순간, 가슴속에 묵직한 돌이 하나 떨어졌다. 나는 치맛자락을 꽉 잡았다.

가벼운 말이 아니었구나.

'나를 좋아한단 말이 정말 무거운 말이었구나.'

나는 그녀를 바라보았다. 백금발이 아름다운 성녀님은 내 손에 볼을 비비면서 중얼거렸다.

"그 사람이 날 여기에 두는 이유는 고통을 없애 주기 때문이지. 나도 알아. 이것저것 해 달라는 거 다 해 주는 것도 이 능력 때문이지."

"성력이 쇠퇴하면 그 능력도 없어져요?"

"몰라. 스물다섯 넘은 성녀가 없어서 물어볼 사람이 없어."

나는 억지로 물잔을 건넸다. 세라피는 착하게도 물도 꼴깍 꼴깍 잘 마셨다.

"니나도 그 사람 좋아하지?"

피식 웃음이 나왔다. 알고 계시네요. 성녀님.

"둘이 서로를 사랑하는데, 나 때문에 안 되는 거지?"

나는 입술을 살짝 깨물었다.

그건 아닙니다. 솔직히 폐하와 저와의 미래가 없는 건, 이베리아 때문이에요.

'그 사람이 왕이어서예요.'

환각제에 중독된 국민을 지닌 왕. 책임감과 중압감을 어깨에 짊어진 사람. 그래서 그것이 최우선인 사람.

"그래서 니나가 말해 줬으면 좋겠어. 나만 없으면 되잖아. 솔직히 가슴은 아픈데, 나는 폐하를 사랑하지만 니나도 좋아한단 말이야."

그랬구나. 그래서 나한테 말하라고 했던 거구나.

세라피의 눈가에 눈물이 그렁그렁했다. 조심스럽게 손수건을 건네줬지만, 그녀는 받지 않았다.

"니나가 닦아 줘."

아이고. 이 언니 취하면 애가 되나 보네.

'선량하고 착하고 예쁜데 귀엽기까지 해.'

나는 그녀의 눈가를 손수건으로 살살 쓸어내렸다. 눈물로 얼룩지는 천 조각이 가슴이 아팠다.

'이런 사람을 싫어하는 건 정말 힘들 거 같아.'

세라피는 나와는 다르게 성안에서 평판이 굉장히 좋았다. 성녀님이어서인지 쓸데없는 질투도 받지 않았다. 그녀를 싫어하는 이는 없었다.

'기적보다 더 강력한 힘이라니까.'

이런 사람을 어떻게 싫어해. 나밖에 모르는 이기적인 애도 성녀를 돕고 싶은데, 다른 사람들은 오죽할까.

눈물을 다 닦자, 그녀가 환하게 웃었다. 그 모습이 너무 예뻐서 나도 웃을 수밖에 없었다.

오랜만에 원작이 떠올랐다.

가끔 『묶인 새』에 성녀님이 어떻게 됐을까 궁금했다. 그 성녀님은 성력이 쇠퇴한 스물다섯 살 이후에도 왕의 사랑을 받았을까. 소설 속 절륜했던 폐하는 사랑의 맹세를 끝까지 지킨 걸까.

'눈앞에 있는 세라피가 소설 속에 성녀님이라면, 당연할 거 같아.'

아주 당연히, 그들의 사랑은 영원했겠지.

'나는 떠날 생각을 했는데…….'

나는 그녀의 흘러내린 머리카락을 뒤로 넘겨 주었다.

'세라피는 물러날 생각을 했구나.'

쓴웃음이 나왔다. 죄 많은 남자시군요. 폐하. 백금발의 아름다운 여자들에게 사랑받아서 참 좋으시겠어요.

"죄송해요. 성녀님."

"뭐가?"

"뭐든지 다요."

제가 당신의 자리를 어설프게 침범한 것 같아요. 소설 속에 폐하는요, 이베리아보다 당신이 우선이었어요. 그 사람은 당신을 되찾기 위해서 산을 넘고 강을 건넜거든요. 다른 성녀를 납치하는 게 훨씬 쉬운 선택지였는데 말이에요.

원작 속 그 사람은 꼭 당신이어야 했어요.

'저만 없었으면…….'

원작처럼 됐겠죠. 저는 여태까지는 소설 속에 당신이 불행할 거라 생각했어요. 하지만 지금에 와서야 소설 속 당신이 지금보다 훨씬 행복하지 않았을까 싶어요. 죄송해요. 성질이 못되고 멍청해서, 이제야 이런 생각을 하네요.

'사람의 삶이 한 권의 책이라면, 제가 당신의 책을 망쳤어요.'

미안해요. 미안해요. 세라피.

"니나야."

"예. 성녀님."

"내가 니나를 왜 좋아하게?"

"그, 글쎄요."

세라피는 내 볼을 쓰다듬으며 웅얼거렸다.

"머리카락 색이 같아서? 니나가 귀여워서? 아, 그게 이유 중 하나긴 하다."

그녀는 활짝 웃으면서 머그잔에 있던 술을 넘겼다.

"니나는 솔직해."

그게 이유예요? 좀 의외였다. 나는 메어리 님과 주근깨 그리고 셸리를 떠올렸다. 다들 그럭저럭 솔직한 사람들 아니었나?

"나는 성녀여서 치유를 위해 존재해. 그저 병을 낫게 할 뿐인데, 사람들은 각자의 바람에 나를 투영하지. 승리의 여신, 기적의 성녀. 다 그래서 나온 말이야. 그런데 니나만 나를 성력을 지닌 사람으로 보더라."

세라피는 턱을 괴고 치즈를 한 점 베어 먹었다.

"진심으로 안타까워하는 게 눈에 보여서, 너무 귀엽더라! 나

170

보다 나이도 어리고 몸도 작은 애가 말이야!"

맑은 웃음소리가 들렸다. 나는 크래커를 먹으면서 고개를 끄덕였다. 제가 주제도 모르고 당신을 멋대로 여리다고 생각하긴 했어요. 뚜껑을 까고 보니까, 당신은 정말 강한 사람이었는데 말이어요.

"니나야. 술 떨어졌어."

나는 쓰게 웃으면서 술병을 그녀의 컵에 기울였다.

"그런데 아까부터 생각했는데 말이야."

"예, 성녀님."

"툭툭거리는 소리 안 들려?"

나는 고개를 갸웃거렸다. 귀를 기울여 봤지만 아무 소리도 들리지 않았다.

"전 모르겠어요."

"이 방에 오니까 들리던데, 그렇게 크진 않아. 작은 동물이 지나가는 소리 같아."

순간 쥐가 생각났다. 성에서 한 번도 본 적 없지만, 이 방은 워낙 특수한 구조니까 들어올 수도 있었다.

나는 서둘러 일어나서 카펫을 걷어 보았다. 큰 가구에 막힌 부분은 걷을 수 없었지만, 바닥을 볼 수는 있었다.

움직이는 건 없었다. 그저 바닥에 수상쩍은 얼룩만 있었다.

왜 그런 소리가 들리는 걸까.

"제방 구조가 특이해요. 남쪽의 끝방인데요, 멀리서 보면 벽에서 툭 튀어나온 구조예요."

평범한 벽에 사각형 박스를 끼운 듯한 방이었다. 지붕이 따로 있어서 처음에는 몰랐지만, 나중에 알고는 깜짝 놀랐다.

'그래서 독방인 걸까.'

시녀님들에게 물어보니 원래 대대로 혼자 쓰는 방이라는 대답이 돌아왔다. 처음에는 여러 명이 쓰는 방이 좋을 거 같았지만, 약초 공부를 해야 해서 일부러 바꿔달란 말을 하지 않았다.

'세 시녀님이 코골이 하는 룸메이트 만나면 숙면이 어렵다는 충고도 해 줬지.'

알고 보니 시녀들 사이에서는 꽤 인기 많은 방이었다. 부럽다는 말도 꽤 들었다.

"그런데 좀 익숙한 소리야."

나는 고개를 갸웃거렸다. 성당에 쥐가 많다는 소리인가요? 하긴 니나 기억을 뒤져보니 쥐를 본 적이 많긴 하네요.

"성력을 쓰면 이런 소리가 들려."

"네?"

"그래서 이상해. 여긴 이베리아잖아. 성력을 가진 사람은 나밖에 없는데, 왜 이런 소리가 들리지?"

나는 카펫을 꽉 붙잡고 외쳤다.

"저, 저 성녀님 자세히 설명해 주세요!"

"성력을 쓸 때는 작은 동물의 발소리가 들려. 내가 사람을 치유할 때도 이런 소리가 들리거든. 다른 수녀님께 물어보니까 회로를 돌리는 소리라고 했어."

그녀는 치즈를 오물거리며 내 옆에 섰다.

172

"회로를 가진 사람이라고 다 들리는 건 아니래. 성력이 강하고 예민한 사람만 들린다고 했어. 그래서 이번 성녀는 성력이 강하다며 굉장히 좋아하셨어."

"그런데 지금 그 소리가 들린다고요?"

"응!"

순간 등에 찬물을 뒤집어쓴 거 같았다. 감이 좋지 않았다. 갑자기 불안감이 넘실거렸다. 나는 서둘러 그녀의 손을 잡았다.

"니나야?"

"저, 성녀님. 일단 모셔다 드릴게요. 뭔가 이상해요."

초조해서 정신을 차릴 수 없었다. 나는 심호흡을 하며 그녀의 손을 잡아끌었다. 일단 성녀님을 안전한 곳으로 피신시키는 게 먼저였다.

"꼭 그 소리라고 할 수는 없어."

"아니에요. 그래도 돌아가는 게 좋겠어요. 이상한 예감이 들어요."

그녀의 손을 잡고 성큼성큼 걸어갔다. 문을 열기 위해 손잡이에 막 손을 뻗을 때였다.

믿을 수 없는 일이 일어났다.

처음 들린 건 굉음이었다.

쾅- 하는 울림이 귓가를 때렸다. 저절로 머리를 가리고 주저앉을 때였다. 가린 팔 사이로 드러난 바닥이 희미하게 빛났다.

'저게 뭐지?'

이성보단 본능이 빨랐다.

순간이 조각조각 끊겼다. 위험하다는 생각에 온몸에 소름이 돋았다. 생각할 시간이 없었다. 나는 서둘러 일어나 문을 열었다. 그러고는 세라피의 손을 잡고 힘차게 발을 떼었다.

'마, 말도 안 돼.'

복도로 겨우 나간다 싶은 순간이었다. 갑자기 발밑이 내려 앉았다.

정신을 차릴 수 없었다. 계속해서 쾅쾅거리는 소리가 들렸다. 굉음 속에서 나는 오른손에 집히는 걸 꽉 잡았다.

도무지 믿을 수 없었다. 디디고 있던 것을 완전히 잃었다.

몸이 바닥으로 뚝 떨어졌다.

그제야, 그녀가 떠올랐다.

'세, 세라피!'

다행히 왼손으로 그녀의 손을 붙잡고 있었다. 세라피의 비명 이 들렸다. 왼쪽 팔에 반동을 느끼며 나는 겨우 숨을 내쉬었다.

'뭐가, 어떻게 된 거지?'

찬바람이 다리에 닿았다. 나는 미간을 찌푸렸다. 오른팔에 찢어질 듯한 고통이 느껴졌다. 팔이 떨어질 것 같았다.

아픔 속에서 겨우 주위를 둘러보았다. 도무지 믿을 수 없었다.

'내 방이 무너졌어.'

방금 전까지 머물렀던 공간이 부서져서 바닥으로 떨어졌다. 나는 숨을 몰아쉬었다. 마치 꿈을 꾸는 거 같았다.

"악몽?"

하지만 돌이 떨어지는 소리가 끊임없이 들렸다. 게다가 양팔이 떨어질 듯 아팠다. 나는 서둘러 상황을 파악하려고 노력했다.

방이 무너진 게 중요하지 않았다.

'매달려 있어.'

발밑에는 아무것도 없었다. 게다가 왼쪽 팔에는 세라피가 매달려 있었다. 그녀는 무서운지 비명을 질렀다.

나는 고개를 들어 위를 보았다. 떨어질 때 손목에 감은 건, 평소에 내가 밟고 다닌 녹색 카펫이었다.

'아파.'

양쪽 팔에 느껴지는 고통이 너무 심했다. 이럴 줄 알았으면 운동이라도 하는 건데. 나는 한 사람의 체중을 감당할 만한 힘이 없었다.

'어떡하지?'

내 왼팔에 매달린 세라피는 계속 소리를 질렀다. 식은땀이 등을 타고 내려갔다. 위로 올라가고 싶었지만, 도저히 할 수 없었다.

돌이 떨어지는 소리는 여전했다. 나는 입술을 깨물었다.

'일단 버텨야 돼.'

지금 여기서 떨어지면 안 돼. 어깨가 부서지더라도 팔이 떨어지라도 버텨야 돼.

그때, 눈앞에 불이 번쩍했다. 나는 작게 숨을 내쉬었다. 깜깜했던 밤이 밝아졌다. 눈물 어린 시야에 밝은 불기둥이 보였다.

'저건 왕의 기둥이야.'

그가 알았어.

사람들이 달려오는 소리가 들렸다. 팔이 찢어지는 거 같았다. 아파서 온몸이 부들부들 떨렸다. 내가 얼마나 버틸 수 있을까.

'아래에는 호수가 있어.'

내 방은 사오 층 높이에 있었다. 운 좋게 나무나 땅에 부딪히지 않고 호수에 빠진다고 해도 문제였다. 그렇게 깊은 호수가 아니었다.

병사들의 소리가 들렸다.

-성녀는?

-찾을 수 없습니다.

성녀님 여기 있어요. 내가 잡고 있어요. 제발 구해 줘요.

소리를 지르고 싶은데 목소리가 나오지 않았다. 아니다. 소리는 그녀가 열심히 지르고 있지. 내 밑에서 비명을 지르는 성녀님을 떠올린 순간이었다.

병사의 목소리가 들렸다.

"저기입니다!"

그나마 다행이었다. 매달린 우리를 발견했구나. 이화윤. 조금만 더, 조금만 더 버티면 돼. 그가 구해 줄 거야.

그렇게 끊임없이 되뇔 때였다. 순간, 폐하의 목소리가 들렸다.

"토끼!"

나는 입술을 깨물었다. 눈물이 볼을 타고 흘러내렸다. 맞아요. 폐하. 나 여기 있어요. 살려 주세요. 구해 주세요. 저 아파 죽을 거 같아요.

"그리핀을 데려와라!"

"폐하, 그때까지 저 아이는 못 버팁니다."

"뭐든 해라! 젠장! 토끼!"

"저대로라면 떨어집니다!"

팔이 떨어질 것 같았다. 너무 아파서 숨도 쉴 수 없었다.

그때 그의 목소리가 들렸다.

"폐하, 누구를 우선시할까요?"

나는 얕은 숨이 헐떡였다. 갑자기 온몸이 떨렸다. 무서워서인지, 힘들어서인지는 알 수 없었다.

이마 위로 땀이 주르륵 흘렀다.

"당연히 성녀다."

못 들었다면 좋았을 텐데.

뭉그러진 시야가 흐트러졌다. 나는 필사적으로 중얼거렸다. 안 돼, 버텨야 해. 이화윤, 포기하지 마.

그런데 아파. 너무 아파.

팔이? 마음이?

바람결에 다리가 흔들렸다. 잡고 있던 카펫이 뜯어지는 소리가 점점 커졌다.

왜 몰랐을까. 내가 아무리 붙잡고 있어도, 두 사람의 체중을 견디는 건 무리였다.

몸이 점차 계속 아래로 떨어졌다. 그리고 결국 우두둑거리는 소리와 함께 오른손은 자유가 됐다.

'아⋯⋯.'

떨어지고 있었다. 온몸이 붕 뜨면서, 몸이 뒤집히는 게 느껴졌다.

　시간이 길게 늘어졌다. 무너진 성과 하늘이 보였다. 눈물 섞인 시야에서 나는 겨우 한마디 중얼거렸다.

　"미안, 니나야……."

　추락하는 것에는 날개가 없었다. 휘날리는 백금발을 보며 나는 끝을 생각했다.

　'이렇게 죽을 수도 있구나.'

　기억들이 하나하나 떠올랐다. 그의 품과 향기가 스쳤다가 뭉그러졌다. 그리고 마지막 목소리가 떠올랐다.

　"당연히 성녀다."

　아, 그랬다. 그랬었다.

　니나야, 정말 미안해.

　열심히 했는데 이 이야기는 달라지지 않았나 봐.

　그때, 무거운 바람이 등을 잡아끌었다. 이질적인 바람은 내 몸이 떨어지는 것에 한껏 저항했다. 순간 사는 건가 싶었지만, 추락하는 걸 막을 수는 없었다.

　풍덩-.

　검푸른 물보라가 몰아쳤다. 갑자기 숨을 쉴 수 없었다. 나는 알았다. 운 좋게도 떨어진 세상이 흙바닥이 아니라 물속이었다.

　'정말 살게 될까?'

　이상하게 웃음이 났다.

물보라가 괴상한 소리를 냈다. 그것이 내 마지막 숨결이란 걸 이제야 깨달았다. 검푸른 호수 밑으로 병사들이 물 안으로 들어 온 것이 보였다. 아직 의식이 있어서 나는 그들을 향해 오른손을 내밀었다. 하지만 병사들은 내 손을 사납게 쳐냈다. 그들은 성녀만 안고 위로 올라갔다.

다시 물방울 소리가 들렸다.

병사의 손힘이 매서워서 나는 물속에서 반쯤 굴렀다. 점점 숨이 막혔다.

이제야 알았다.

살 수 없어. 죽을 거야.

'그렇구나.'

이제 드디어 죽는구나.

아무 생각이 들지 않았다. 그냥, 쉴 수 있구나. 그런 생각만 들었다.

엄마, 아빠, 동생아.

이번에는 날 데리러 와 줘. 날 기다렸지? 그랬을 거야. 나도 이제 갈 테니까, 다시는 혼자 남겨 두지 말아 줘. 나 사는 거 사실 너무 힘들었어. 하지만 칭찬해 줘. 나는 마지막까지 포기하지 않았어.

장하다고 해 줄 거지? 애썼다고 안아 줄 거지?

그래도 노력했어요. 계속 달렸어요. 바보 같았지만요. 그래도 괜찮죠? 나 열심히 살았던 거 맞죠?

숨이 막혔다. 이상하게 고통이 달콤하게 느껴졌다.

괜찮아. 지금 죽는 것도 나쁘지 않아.

사실, 꽤 오래전에 지쳤거든.

나는 천천히 마지막을 받아들였다. 이제는 다시는 눈을 뜨고 싶지 않았다.

혼자라는 게 참 싫었다.

알긴 했다. 나에겐 유산과 학력이 있었고, 직업과 여유도 있었다. 세상에는 이렇게 운 좋은 고아는 흔치 않았다.

하지만 싫은 건 싫은 거였다. 아무리 운이 좋다고 되뇌어도 나는 겁쟁이였다. 사실은 살아갈 용기가 없었다.

그렇다고 살기 싫은 건 아니었다. 당연히 절실하게 살고 싶었다. 희망도 있었다.

언젠간 괜찮아질 거야. 이것 봐, 벌써 괜찮아졌잖아. 별거 아니야. 힘내자. 이화윤.

나는 알았다.

이대로 아무 일 없으면 10년이고 20년이고 잘 버티지만, 무슨 일이 생기면 바로 무너지겠지. 그것까지 견딜 힘은 없으니까, 그러니까…….

"일어나기 싫어."

나는 작게 속삭였다.

부드러운 손길이 이마에 닿았다. 나는 다시 칭얼거렸다.

"눈 뜨기 싫어."

몸이 너무나 추웠다. 떨림이 아까부터 계속되었다. 그러자 따듯한 것이 온몸을 감싸 안았다. 나는 웃으면서 두 팔로 그걸 안았다.

이건 뭘까. 뭔지 모르지만 좋아. 따듯해. 떨림이 사라져.

"너 나랑 영원히 붙어 있으면 안 될까?"

내가 잘해 줄게. 날 떠나지 마.

아무리 무서워도, 그래도 꿈은 있었다.

언젠가 이런 나를 이해해 줄 사람을 만나면 좋겠다. 재산 가진 고아여서 뜯어먹을 인간만 잔뜩 붙지만, 그래도 기적처럼 만날 수도 있잖아.

꿈은 꿔도 좋으니까. 바람 정도는 가져도 되겠지?

그럼 그 사람과 붙어 있을 거야. 매번 있겠다는 게 아니야. 그냥 절실하게 필요할 때 손을 잡아 줬으면 좋겠어.

안심하고 믿을 수 있는 사람과, 이렇게 따듯하게 계속 같이 있으면 얼마나 좋을까.

하지만 소원은 소원일 뿐이었다. 이루어지지 않았다.

몸이 너무 추웠다. 그런 사람은 결국 없었다.

문득, 그가 생각났다.

'당신이 나쁘다고는 생각하지 않아요.'

하지만 좋아하면 안 되는 거였는데 싶어요. 아니, 감정이야 내 마음대로 안 된다고 해도, 의지하지는 말았어야 했어요.

위험할 때, 당신이 날 많이 구해 줬지.

'내가 당신을 많이 믿었나 봐요.'

나도 모르게 너무 의지했어요. 그래 봤자 당신에게는 중요한 게 따로 있었는데 말예요.

'도망갔어야 했어요.'

당신을 보는 게 좋았나 봐요. 조심스럽게 눈치만 봤지만, 사실은 많이 사랑했나 봐요.

내 것이 아닌데, 내 것이 될 수 없는데 말예요. 몸이 어려졌다고, 마음이 더 여려진 걸까요. 아무렇지도 않게 넘어가야 하는 게, 사실 쉽지 않아요.

따듯했던 것이 사라졌다. 몸의 떨림은 계속 이어졌다. 별거 아닌데, 서러워서 눈물이 났다.

이것 봐. 당연한 거야. 없어졌잖아. 네 것이 아니야. 디디고 있는 땅을 잘 봤어야지. 항상 다짐하면 뭐하니. 자꾸 잊는데.

그러니까, 이화윤.

그러니까…….

나는 눈을 깜박거렸다. 가물거리는 시야는 쉽게 초점이 잡히지 않았다. 작게 숨을 내쉬는 게 고작이었다.

'아…….'

목소리를 냈지만, 이상한 쇳소리가 났다. 나는 필사적으로 초점을 맞췄다. 다행히도 곧 사물을 구별할 수 있었다.

'그렇구나.'

나는 천장을 바라보았다.

'살았구나.'

익숙한 무늬가 눈에 띄었다. 주위를 둘러보지 않아도 알았다. 이곳은 단독 병실이었다.

"니나?"

나는 희미하게 웃었다. 아는 목소리가 퍽 반가웠다.

촛불 사이로 붉은 머리카락이 반짝였다. 곧 그가 내 손을 잡았다. 미미한 온기가 떨림을 사라지게 하지는 않지만, 한결 나았다.

나는 조용히 입술을 달싹였다.

"스승님."

디오는 조심스럽게 내 허리를 일으켰다. 나는 조금 웃었다. 왠지 면목이 없었다.

"마셔라."

그가 물잔을 입에 대 줬다. 나는 살짝 고개를 끄덕였다. 곧 끔찍한 맛이 입안을 타고 내려갔다. 이게 무엇인지 이제는 잘 알았다.

목이 적셔지니 한결 말하기 편했다. 나는 다시 속삭였다.

"스승님."

촛불 사이로 그의 얼굴이 보였다. 고통스러운 걸 참는 듯한 표정에 아무 말도 할 수 없었다.

그가 잡은 손이 살짝 떨렸다. 이번에는 내 떨림이 아니었다.

"네가 죽는 줄 알았다."

저도 죽을 줄 알았어요.

"얼마나 잠들어 있었는 줄 아느냐?"

나는 고개를 저었다. 기껏해야 반나절처럼 느껴지는데, 꽤 오랫동안 정신을 잃었나 봐요?

"2주다."

피식 웃음이 나왔다. 길긴 하네요.

나는 내 손을 바라보았다. 찢어질 거 같은 고통이 떠올랐다. 조심스럽게 손가락을 움직였다. 다행히 아픔이 느껴지지 않았다.

"팔과 어깨 근육이 많이 찢어졌다. 정신을 차린 성녀가 성력을 퍼부어서 금방 나았지만, 도통 정신을 차리지 않더군."

나는 조심스럽게 왼쪽 손목을 쓸었다. 정말 아팠는데, 다행히 멀쩡했다.

기운이 없어서인지 온몸이 나른했다.

"일어나지 못할 줄 알았어요."

그런데 이렇네요. 어쩐지 가족이 보이지 않더라고요. 마중 나올 줄 알았는데, 은근히 만나기가 어렵네요.

"운이 좋았다."

순간 피식 웃음이 나왔다. 이 모양 이 꼴인데, 정말 운이 좋은 걸까요.

"방 창가 쪽에 있었으면, 그대로 돌무더기에 깔렸을지도 모른다."

아, 그런 의미군요.

나는 고개를 살짝 끄덕였다. 하지만 스승님.

"무너진 거 맞죠?"

애초에 왜 방이 무너졌을까요.

손을 잡은 악력이 강해졌다. 보지 않아도 느껴졌다. 아직 밝혀진 게 없나 봐요. 하긴 2주째면 한참 수습 중이긴 하겠네요.

"다친 사람이 있나요?"

"자잘한 부상자는 있지만, 사상자는 없다."

"다행이네요."

나는 길게 숨을 내쉬었다. 기운이 없어서일까. 아무것도 생각하기 싫었다. 나는 천장을 보고 중얼거렸다.

"스승님. 저요. 일어나기 싫었어요."

그는 다시 만나가 섞인 물잔을 건네주었다. 나는 착하게 받아 마셨다. 비리고 쓴 물이 느껴졌다.

"걱정했다."

나는 물잔을 놓고 고개를 푹 숙였다.

"죄송합니다."

"이번 일은 사고다. 너를 노렸는지, 성녀를 노렸는지는 몰라. 네 잘못은 없어."

"제 잘못이라고 누가 그래요?"

디오는 말을 하지 못했다. 나는 쓰게 웃었다.

"누가 그러나 봐요."

"말이 많은 것뿐이야."

"너무하네요. 나름대로 최선을 다했는데요."

그때 봤으면 내가 성녀님을 끝까지 놓지 않았다는 거 알 텐데, 내가 꾸민 음모래요? 그것참 억울하네요. 근육 찢어진 대가가 이런 거라니, 허무해요.

나는 눈을 감았다. 기껏 일어났는데 역시 별로 좋은 소식을 듣지 못했다.

"극히 일부다."

"사실 상관없어요. 일부이든, 전부이든 멋대로 지껄이라고 해요."

나는 작게 한숨을 내쉬었다.

"지쳤어요."

차가웠던 검푸른 물이 떠올랐다. 매섭게 쳐낸 손과 가라앉던 몸이 아직 생생했다. 그리고 마지막으로 목소리가 기억 속에서 울려 퍼졌다.

"폐하, 누구를 우선시할까요."

"당연히 성녀다."

눈가가 시큰거렸다. 나는 조용히 손에 얼굴을 묻었다.

"쉬어라. 의식을 차렸다는 얘긴 하지 않으마."

"감사합니다. 스승님."

디오는 날 다시 침대에 눕혀 줬다. 나는 시트를 머리끝까지 올렸다. 세상이 하얀 시트로 뒤덮이자, 좀 살 거 같았다.

나는 기억 속에 남은 말을 작게 속삭였다.

"당연히, 성녀다."

피식 웃음이 나왔다.

'싫다, 진짜.'

몸은 물 위로 떠올랐는데, 마음은 더 깊은 곳으로 가라앉은 거 같아. 아주 묵직한 돌을 매달았나 봐. 올라오지 않아.

사실은 올라오고 싶지도 않았어.

눈물이 볼을 타고 내려왔다.

'시간이 지나면 이것도 괜찮아질까?'

아무렇지도 않게 밥을 먹고, 잠을 잘 수 있을까? 그러면 그때가 언제일까. 내일? 모레? 나는 또 빨리 괜찮아져서, 다친 다리로 달려야 해?

나는 눈을 감았다. 까만 어둠이 내려앉자 다시 몸이 떨렸다. 나는 조용히 숨을 몰아쉬었다.

'괜찮아질 거야.'

괜찮아지지 않으면 어쩌겠어. 살았잖아. 사지 멀쩡하게 살아 있는데 좋아해야지. 왜 그래.

'몰라.'

이젠 다 모르겠어.

나는 시트를 꽉 붙잡았다. 계속 피했던 것이 나를 마주보는 게 느껴졌다. 나는 울면서 고개를 숙였다.

'폐하.'

작게 속삭였다.

"리카르도, 폐하."

가슴이 너무 아팠다. 나는 시트를 그러모아서 꽉 안았다.

그래. 그래, 이화윤.

"다 끝났어."

니나 케이지를 제게 주십시오

'아수라장이군.'

영민한 폐하의 지휘로 회의는 순조롭게 진행이 되었다. 하지만 탁자 아래 숨쉬는 공기는 텁텁하기 그지없었다.

그리핀 제1 기사단장, 레오메데 델 벤셀은 주위를 둘러보았다. 각자 열심히 지껄여 댔지만, 결론은 하나였다.

'대비할 수 없다.'

어떻게 그들이 성을 무너트렸는가에 대해서, 부서별로 아수라장이 벌어졌다. 대책 회의였지만, 이런 건 늘 그렇듯 '내 책임이 아닙니다'로 흘러갔다.

"그래서……."

낮은 목소리가 묵직하게 내려앉았다. 기사단장과 신하들은 상석에 앉은 왕을 바라보았다.

"아주 긴 시간을 들이지 않으면 불가능하다는 거군."

성력을 연구하는 학자는 자리에서 일어나 고개를 숙였다.

"네, 폐하. 잔재들을 조사한 결과 시녀의 방은 사제의 피를 가공한 무언가가 뿌려져 있었습니다. 이 벽돌에 얼룩으로 확인했습니다."

각 부서는 서로의 얼굴을 쳐다보며 웅성거렸다. 도대체 어떻게 성당 것들이 카스텔리움성에 사제의 피로 얼룩을 만든 걸까.

"뚫린 줄 알았지만 대단하군. 이만하면 됐다. 해산한다."

기사들과 대신은 각자 자리에서 우르르 일어났다. 사실 모여서 얘기해 봤자 입만 아픈 안건이었다. 지금이라도 성 전체의 카펫을 걷어내고, 얼룩을 확인하는 게 할 수 있는 일의 전부였다.

다른 때 같으면 같이 나갔겠지만, 레오는 이번에는 나가지 않았다. 그는 상석에 앉아 있는 왕을 바라보았다. 수려한 얼굴을 잔뜩 찌푸린 남자는 굉장히 심기가 어지러워 보였다.

쓴웃음이 저절로 나왔다.

"레오 경은 왜 나가지 않지?"

"드릴 말씀이 있습니다. 폐하."

미미하게 드러났던 감정이 사라졌다. 레오는 탁자에 턱을 괴며 말했다.

"별별 말이 다 나왔습니다."

왕은 대답하지 않았다.

"잘 참더군."

"폐하께서도 참으시니 저도 참았습니다."

초반에는 엉뚱한 말이 많이 나왔다.

"성당의 음모입니다."

"그 시녀가 관련되어 있을 것입니다. 출신이 성당 아닙니까."

"그 시녀가 성녀를 죽이려고 한 것일지도 모릅니다. 잘못되어서 본인도 죽을 뻔했을지도 모릅니다. 어설픈 술수에 속지 마십시오. 폐하."

무조건 범인을 시녀로 몰아댄 사람은 세 번째 약혼녀 후보의 가문이었다. 그 헛소리를 왕은 묵묵히 들었다.

동조하는 사람도 있었고, 아니라고 하는 이도 있었다. 레오는 알았다. 왕은 그들의 반응을 꼼꼼히 기억했을 것이다.

폐하의 복수는 항상 이랬다. 지켜보고 기억했다가 최고의 순간에 발밑을 무너트렸다.

"세 번째 약혼녀 후보 가문께서 열변을 토하시더군요."

"꽤 머리가 돌아가는 모양이야. 짐에게 토끼가 중요하단 걸 알다니, 제법이야."

"폐하."

레오는 작게 한숨을 내쉬었다.

"이번 일은 어떡하실 겁니까."

"별걸 다 묻는군. 토끼에게 보상금을 줘야겠지."

기사단장은 한숨을 내쉬었다. 왕의 말하는 바는 '시녀에게 보상금을 주는 일' 정도로 축소한다는 얘기였다.

"꽤 오랫동안 끈질기게 얼룩을 만들었다고 하더군."

"꼬맹이를 노린 거군요."

"성녀까지 노린 거 같진 않아. 그날 새가 있던 건 우연인 것 같더군."

시야를 확보하기 위해 세운 불기둥으로 매달린 아이를 봤을 때는 피가 거꾸로 솟는 거 같았다. 순간 생각을 잃고, 사고가 멈췄다.

"착하게도 끝까지 버티더군."

빨리 떨어졌으면 떨어지는 돌에 맞았을지도 몰랐다. 하지만 니나 케이지는 카펫을 붙잡고 끝까지 버텼다.

"처참했다 들었습니다."

왕은 주먹을 꽉 쥐었다. 기사의 말이 맞았다.

성녀야 빨리 나왔지만, 니나 케이지는 꽤 오랫동안 호수 속에 있었다. 급히 인공호흡으로 물을 토해내게 했지만, 그 뒤도 문제였다.

"손목부터 팔의 근육과 뼈까지 다……."

디오는 즉시 치료를 시작했다. 하지만 치료라고 해 봤자 부목으로 고정해 두는 게 다였다. 아이의 자체 치유에 매달릴 수밖에 없단 걸 관련자들은 잘 알았다.

"깨어난 성녀가 성력을 퍼부었죠."

새 쪽은 생채기 하나 없이 멀쩡했다. 하지만 그녀는 소리치면서 정신을 잃은 아이를 찾았다. 그러고는 하얀 빛을 계속 부었다.

살과 뼈는 순식간에 나왔다. 하지만 지금까지 니나 케이지는 일어나지 않았다.

"대공이 계셔서 살았습니다."

왕은 흘러내린 머리를 쓸어올렸다. 기사 말이 맞았다. 알렉시스 대공의 바람이 아니었다면, 그 둘은 호수로 떨어지지 못했을 것이다.

"토끼는 운이 좋은 건지, 나쁜 건지……."

왕의 한탄이 공기 속으로 사그라들었다. 기사는 눈을 가늘게 떴다.

"아끼시긴 합니까?"

"무슨 말을 하는지 모르겠군."

"폐하께서도 뭔가를 아끼시는 마음이 있긴 합니까?"

왕은 피식 웃으면서 고개를 저었다.

'참았다는 건 압니다.'

세 번째 약혼녀 후보의 가문이 말도 안 되는 소리를 할 때, 레오는 왕의 표정을 읽었다. 평소처럼 무표정했지만, 눈빛이 날카로웠다.

오랫동안 그를 모셔서 알았다. 이 남자는 그때부터 지금까지 쭉 참고 있었다.

"레오 경."

"예, 폐하."

"테이블이 새 것이다."

그는 조용히 탁자를 내려다보았다. 그러고 보면 전에 있던 것과 미묘하게 색이 달랐다.

왕은 자리에서 일어났다. 기사는 탁자를 손으로 쓸었다.

"사비나가 그만 좀 부수라고 애원하더군."

"몇 번째입니까?"

왕은 씩 웃으면서 기사를 지나쳤다. 레오는 작게 한숨을 내쉬었다. 한두 번이 아니었나 보군.

"아직 일어나지 못했다고 들었다."

"네. 그렇습니다."

"보러 가지도 못했어."

"신하들이 말렸다고 들었습니다."

"이제 와서 위험하다더군."

탁자를 부술 만했다.

"잘도 참고 계시는군요."

왕은 대답하지 않고 문밖으로 나갔다. 레오는 텅 빈 회의장에서 탁자를 주먹으로 두 번 두들겼다. 단단한 나무의 감촉이 느껴졌다.

"꼬맹아."

왜 안 깨어나는 거니. 내가 아는 너는 아무렇지도 않게 일어나서 운이 없다고 한탄할 거 같은데, 이번 일은 조금 다르니?

레오는 자리에서 일어났다. 폐하와는 다르게 아이를 보러 간다고 해서 말릴 이가 없었다.

'폐하는 폐하.'

자신은 자신이었다.

꼬맹이는 지금 아무도 볼 수 없었다. 절대 안정이라며 스승인 디오가 모든 사람을 다 막았다. 아직 의식을 잃고 있다는 소식이 간호사를 통해 간간이 들렸다. 그는 조용히 자리에서 일어났다.

'더는 두고 보지 못하겠다고 하면, 너는 어떤 표정을 지을까.'

그 아이가 다칠 때마다 가슴이 아팠다. 처음에는 나쁜 우연이 겹친다고 생각했지만, 지금은 생각이 달랐다.

꼬맹이가 아픈 건 순전히 친애하는 폐하 때문이었다.

"이제는 내가 한계야, 꼬맹아."

더는 다치고 아파하는 걸 두고 볼 수 없었다.

그는 천천히 문밖으로 나갔다. 아이에 대한 마음만큼, 조바심이 커졌다. 게다가 용기가 필요했다.

레오는 고개를 저으며, 창밖을 바라보았다. 건조한 바람이 목덜미를 스쳤다.

"기사한테 용기라니……."

우리 꼬맹이가 대단하긴 하구나.

그는 평소처럼 조금 웃었다. 제발 내 마음 좀 알아줘라. 꼬맹아. 누구 하나 붙잡고 한탄하고 싶은 이 마음을 네가 알까.

그는 어깨를 펴고 계속 걸어갔다. 이러니저러니 해도 꼬맹이를 한번 보고 싶었다. 정신을 잃은 모습이라도 좋았다. 디오가 막을지도 모르지만, 도저히 참을 수 없었다.

"누구를 우선시할까요?"

"당연히 성녀다."

나는 창문을 바라보았다. 환한 햇살에 먼지가 둥둥실 떠다녔다. 물끄러미 바라보다 살짝 눈을 비볐다.

또 눈물이 주르륵 흘렀다. 나는 내 볼을 타고 흘러내리는 눈물을 손가락으로 쓸었다. 왠지 울고 있는 내가 낯설게 느껴졌다.

'남 일 같아.'

머릿속에는 그때의 폐하의 말이 먼지처럼 둥둥 떠다녔다. 나는 작게 웃었다. 참 이상했다. 이쯤 되면 살겠다고 마음을 다잡아야 할 텐데, 아무것도 하기 싫었다.

"나답지 않아."

억지로라도 일어나서 걸어야지. 할 수 있는 일을 해야지. 나 그렇게 살았잖아.

알아. 아는데, 지쳤어.

'아무것도 하기 싫어.'

나는 내 손을 내려다보았다. 햇살 사이에 니나의 손은 여전히 곱고 예뻤다.

살짝 쥐었다가 펴 봤다. 손끝이 분홍빛으로 살짝 물들었다가 다시 변했다.

'다 엉망이었데. 니나야.'

간호사 언니는 팔과 어깨가 찢겨 나갔다고 했다. 이렇게 움직이는 게 기적 같다며, 내 앞에서 억지로 수다를 떨었다.

장단을 맞춰 주고 싶은데, 단어가 생각나지 않았다.

나는 다른 게 궁금했다.

"어떻게 호수에서 나온 걸까."

누군가 물에서 건져 올리긴 했구나.

"성녀님 다음으로?"

쓴웃음이 머물렀다 사라졌다. 다시 그의 목소리가 울렸다가 사라졌다. 그래도 구해 줘서 감사하다고 해야 하나.

'싫다, 진짜.'

왜 이렇게 비참할까. 별거 아니라고 넘어갈 수는 없는 걸까.

나는 고개를 푹 숙였다. 진짜 엉망이다 못해 진창인 느낌이었다.

또다시 눈물이 주르륵 흘러내렸다. 이제는 눈가를 매만질 힘도 없었다. 나는 그냥 내버려 뒀다.

'고장났나 봐.'

눈가도, 마음도, 나도 다.

그때였다. 누군가가 들어왔다. 간호사나 스승님이겠지 싶어서 돌아보지도 않았다. 하지만 철이 부딪치는 이질적인 소리가 들렸다.

'설마, 폐하?'

서둘러 고개를 돌렸다. 하지만 문을 열고 들어온 이는 폐하가 아니었다.

다시 눈물이 볼을 타고 흘렀다. 내 얼굴을 본 사람은 놀랐는지 들어오질 못했다.

"아, 레오 님."

나는 서둘러 눈물을 훔쳤다. 내가 우는 걸 보고, 덩치가 커다란 기사는 멍하니 바라보기만 했다.

아, 놀랐나 보다. 어떡하지.

나는 억지로 웃으며 말했다.

"안 좋을 때 들어오셨네요."

입술이 말라 있어서, 목소리가 갈라졌다. 나는 작은 탁자에 놓은 만나 섞은 물을 꼴깍꼴깍 넘겼다. 그러곤 다시 눈물을 훔쳤다.

"왜 이럴 때 들어오셨어요. 부끄럽잖아요. 레오 님. 오랜만이에요. 잘 지내셨어요? 저는 그럭저럭 괜찮은 거 같아요."

레오는 아직도 들어오지도 못했다. 나는 얼룩진 뺨을 살짝 매만졌다. 마를 틈도 없이 눈물이 계속 흘러내렸다.

"생각보다 멀쩡하죠? 진짜 운이 별로예요. 저 2주나 의식이 없었대요. 스승님께 한소리 들었지만, 대단하지 않아요? 몇 번째 다친 사람치고는 쌩쌩해요."

말을 하는 건 나인데, 내가 무슨 말을 하는지 알 수 없었다.

"운이 정말 없나 봐요. 어떡하면 좋을까요. 저 이러다 혹 가면 어떡하죠? 왜 거기 서 있으세요. 가까이 오세요. 오랜만에 레오 님 얼굴 보니 좋네요. 몸은 곧 회복할 거 같아요. 좀 기운 없긴 하지만 고기 먹으면 낫겠죠. 그리고 보면 이번에는 내장이 다친 게 아니니까, 멀건 수프부터 시작하지 않아도 되겠네요. 와, 이런 일도 여러 번 겪으니까 막 요령이 생겨요!"

목소리가 다시 갈라졌다. 나는 다시 유리잔을 들었다. 하지만 이번에는 손에 힘이 없는지, 유리잔에 손에서 미끄러졌다.

쨍그랑.

침대 밑으로 투명한 조각이 흐트러졌다. 나는 쓰게 웃으면서 눈가를 가렸다.

눈물이 다시 바닥으로 떨어졌다.

'어떡하지.'

유리잔은 깨졌고, 눈물은 멈추지 않았다.

"꼬맹아……."

만나를 섞은 물만큼 쓴웃음이 나왔다.

"아직, 괜찮지 않나 봐요."

그가 가까이 다가왔다. 나는 작게 한숨을 내쉬었다. 목소리가 떨려 왔다.

"죄송해요. 레오. 나중에 뵈면 안 될까요."

"꼬맹아."

커다란 손이 눈을 가렸다. 이 사람, 지금 나한테 빛보다 어둠이 나은 걸 어떻게 안 걸까. 새로운 눈물이 손을 적실 텐데도, 그는 손을 내리지 않았다.

"어떡하죠. 레오?"

나는 무릎을 감싸 안고 중얼거렸다.

"괜찮아지지 않아요. 저답지 않아요. 사실 별거 아니잖아요. 아프기는 예전이 훨씬 아팠어요. 그런데 지금은 일어날 수 없어요."

도무지 알 수 없었다.

상황이 나쁘지 않았다. 자잘한 의심은 받고 있지만, 언젠가 사라질 혐의였다. 상처도 다 나았다. 기운은 없지만, 곧 회복하겠지.

그런데 왜 그래?

"사실……."

"당연히 성녀다."

그 말 하나로 무너진 거야?

'별거 아니구나. 이화윤.'

계속 눈물이 흘러내렸다. 등뒤에서 따듯한 것이 꽉 껴안았다. 나는 내 눈을 가린 그의 손을 붙잡고, 온몸을 기댔다. 넓은 몸은 내가 기대기에는 충분했다.

"믿었어요."

나는 작게 중얼거렸다.

"날 좋아한다고, 사실 그건 자신 있었어요."

따지고 보면 처음부터 끝까지 다 이상하잖아요. 왕이 일개 시녀에게 왜 선물을 줘요.

'핑계를 왜 대고, 원하는 걸 들어주겠다고 하는 거 호의가 아니면 불가능하지 않나요?'

물론 처음에는 함정도 섞여 있었을 거예요. 하지만 첩자 혐의가 벗겨진 뒤부터, 그 사람은 그런 걸 따지지 않았어요.

따졌다고 하면 할 말은 없지만요.

"성녀님이 계시단 걸 알아요."

언젠가 원작처럼 될 거야. 왕의 길에 세라피가 있어. 수없이 되뇌었다. 하지만 마음 한구석에는 다른 말을 속삭였다.

'알아. 알지만 저 사람 지금은 나를 좋아해.'

눈빛을 보면 다 티가 나. 처음에는 몰랐지만, 지금은 알아. 연기가 아니야. 연애해 봐서 알잖아. 이화윤.

네가 지금 왕이랑 하는 거, 연애랑 비슷하지 않니?

떠나자고 해 놓고 발걸음도 떼지 못했다.

떠나야 한다고 다짐해도 자꾸 되돌아갔다.

"꼬맹아……."

"그런데, 아니더라고요."

왕의 길에 '성녀'가 있다는 게 문제가 아니었다.

'왕의 길' 자체가 문제였다.

성녀님이 기적의 힘을 못 쓰면 다른 사람을 구해다 그 자리에 넣겠지. 그 사람은 왕이니까. 그러니까, 그러니까, 그러니까…….

"폐하는 영원히 왕이겠죠?"

그러니까 안 되는 거야.

조각조각 나누어졌던 생각이 맞춰졌다. 내가 억지로 고개를 돌렸던 것은 크고 거대한 것은 아니었다. 하지만 뭔가를 무너트리기에는 충분했다.

'나이 먹고 잘하는 짓이다.'

눈물이 끊임없이 떨어졌다. 온몸에 힘이 하나도 없었다. 레오에게 기대어 있지 않으면, 앉아 있지도 못했을 것이다.

"꼬맹아."

레오는 부드럽게 내 머리를 뒤로 넘겨줬다.

"네 말이 맞아. 폐하는 영원히 왕이야."

나직한 목소리가 귓가에 울려 퍼졌다.

"그래도 아직도 사랑하니?"

피식 웃음이 나왔다. 그거 때문일까. 그의 등에 기댄 머리가 미끄러져 아래로 주르륵 내려갔다.

"별거 아닐지도 모르지만요. 레오."

나는 그의 손을 살짝 치웠다. 눈물에 짓무른 눈가는 엉망이 었지만 더는 시야를 가리는 게 싫었다.

"저 자존심 있거든요."

한숨이 폭 나왔다.

그래요. 망할 자존심이요. 비록 돈과 지위에는 먼지처럼 날 아가던 거지만요. 그래도 가장 중요한 건 한 번도 날려 본 적 없 거든요.

"아, 그렇지."

"생존이라든가, 먹고 사는 것에 대해서는 살짝 눈감긴 했어 요. 아니다, 생각보다 더 눈감고 있긴 했다."

그래도 엄마 아빠가 뜨신 밥 먹이면서 귀하게 키웠거든요. 그런데 여기는 아무래도 내가 살던 곳은 아니니까요. 신분제 사 회에서 무슨 권리냐 싶어서 열심히 눈감았지만요.

"그래도 내가 변하진 않은 거 같아요."

아닌 건 아닌 거죠.

"꼬맹아. 그거 아냐?"

"뭐가요?"

"위험해, 너."

참 뜬금없었다. 무슨 말이에요?

"왜 네가 위험한지 몰랐는데, 지금 절실히 깨달았다. 정말 넌 어디에서 뚝 떨어진 애 같아."

뭘 보고 그런 생각을 하는 건가요. 레오.

"사고방식 자체가 너무 이질적이야. 아마 네 그런 점이……."

나는 눈을 가늘게 뜨고 고개를 갸웃거렸다. 레오는 길게 한숨을 내쉬었다.

"다 정신을 못 차리게 하는 거겠지."

"저, 레오 님 무슨 말인가요."

"꼬맹아."

"네?"

기사는 부드럽게 웃으면서 말했다.

"도와줄까?"

나는 눈을 깜박였다. 환한 햇살에 그의 미소가 썩 보기 좋았다.

"도와준다고 했잖아."

"저, 레오 님……."

남은 눈물이 눈가를 타고 흘러내렸다. 나는 울면서 조금 웃었다.

"폐 끼치기 싫어요."

"니나 케이지!"

"레오 님이 두른 갑옷이랑, 휘장이 뭘 뜻하는지 모르지 않아요. 레오 님은 기사잖아요."

그것도 한 가문이 가주잖아요. 그거 통솔자란 얘기 맞죠?

"가족 묘지도 있는 유서 깊은 가문의 수장이, 시녀를 돕겠다는 거 좀 이상하잖아요. 레오 님 그러다 결혼 못 해요."

나는 조용히 그의 등에서 몸을 뗐다.

"레오 님 덕분에 정신이 번쩍 드네요."

깊은 한숨이 저절로 나왔다. 나는 눈물을 훔치며 숨을 골랐다.

"나답지 않았어요. 깜빡했어요."

내가 왜 잊고 있었을까. 세상은 제로가 있으면 마이너스도 있는 법인데 말예요. 떨어졌을 때 정신 똑바로 차리지 않으면 코 베어 가는 게 세상인데 말이죠.

"도와줄 건데?"

갑자기 억센 힘이 어깨를 끌어안았다.

"네?"

"멋대로 도와줄 거야."

"레오 님?"

낮은 목소리가 귓가에 속삭였다.

"이제는 나도 못 참겠거든."

"뭐, 뭐가요?"

"글쎄."

작은 목소리여서 그런 걸까. 이상하게 조마조마했다.

낯선 침묵이 내려앉았다. 그가 잡은 내 어깨를 살살 쳤지만,

힘은 약해지지 않았다.

"처음 얘기를 들었을 때는, 정신 못 차리는 꼬마인 줄 알았어. 뭐든 폐하의 관심을 받았으니 꽤 같잖은 힘을 휘두르겠구나 싶었지."

도대체 언제 얘기를 하는 건가요, 레오.

"하지만 가까이서 보니까 전혀 그렇지가 않더라. 오히려 아무 관계없다고 바락바락 외치는 게 꽤 귀여웠어. 재미있어서 어디까지 올라가나 봤는데, 희한하게 말이야."

부드러운 손길이 머리카락을 매만졌다.

"머리끝까지 올라오더라. 나보고 잘생겼다, 사람들이 보는 눈이 없다, 엄청 얘기했잖아. 생각해 보니 태도도 이상하네. 꼬맹아 너 그때 진짜 열네 살 맞았니?"

아, 그때 연기는 완전히 실패였구나.

"그런데 그게 좋아서, 계속 만나러 오게 되더군. 잠시 잊었다 치면 다치고, 아프고, 성안의 모든 곳에서 네 얘길 했었어. 잊지도 못하겠더라. 그러다 알았지. 어린 대공의 아무것도 아닌 명령인데 말이야. 놓기가 싫어졌어."

왠지 얼굴이 화끈거렸다. 서둘러 그의 팔에서 벗어나려고 했지만, 놔주지 않았다.

"아, 이 아이는 나만 예쁘다고 생각하는 게 아니구나. 정말 이상한 작은 시녀라고 생각했는데, 정신 차리고 보면 다들 너를 보고 있더군."

"레오 님, 그건 이 얼굴이 좀 예뻐서예요."

"내가 겉모습 하나로 이럴 거 같아? 꼬맹아? 나는 기사야. 예쁜 얼굴도 추악한 얼굴도, 칼로 벗겨 보면 그냥 살가죽일 뿐이야."

부드러운 손길은 여전했다.

"이제는 안 돼. 내 멋대로 도와줄 거야."

"레오 님!"

"이젠 너도 못 막아. 뻔하지. 너는 아무도 의지하지 않아. 그 감옥 속에서도 안 그랬던 애가, 지금이라고 달라질까."

"당신은 기사단장이잖아요. 괜히 평판 깎이지 마세요. 절 제자로 들인 스승님이 이상한 소리를 얼마나 많이 들은 줄 아세요?"

귓가에 레오가 웃는 소리가 들렸다.

"그 정도라고 생각하는 게, 참 너답다. 꼬맹아."

아니, 이건 또 무슨 말이지. 그 정도라니. 제자로 삼는 것보다 더한 걸 하겠다는 말이야?

"폐하가 널 좋아하는 걸 알았으면서, 다른 사람들이 널 어떻게 여기는지는 생각 안 해 봤어?"

"네?"

"조금 섭섭한걸?"

둘렀던 팔이 풀렸다. 나는 다시 눈을 쓸었다. 어느 순간 눈물은 순식간에 멈춰 있었다.

"똑같은 말을 들을 줄 몰랐는데 말이야."

"저, 레오 님. 저 아무것도 지금 모르겠지만, 레오 님을 말려야 할 거 같아요."

기사는 수려한 얼굴로 부드럽게 미소 지었다.

"이 흉터가 어떻게 생겼는지 알아?"

레오는 눈가를 살짝 쓸었다. 나는 고개를 저었다. 당신이 말안 해 줬잖아요.

"난 그때, 아버지의 말을 듣지 않았어. 도저히 여동생을 포기할 수 없었거든."

기사는 담담하게 말을 이었다.

"이중, 삼중으로 겹쳐져 있는 병사를 헤치고 안쪽 방으로 달려갔지. 그때 적극적으로 막았던 병사는 부상이 꽤 심했을 거야. 지금 생각하니까, 반쯤은 반역이 아니었을까 싶네. 사실 죽여 버리고 싶었거든. 자식이 둘이나 있는 늙은 선왕이 왜 내 여동생을 농락하고 취하는지 말이야. 그게 피가 달다는 핑계라니 웃기지도 않아."

그는 눈가에 닿았던 손을 내렸다. 머쓱하게 쳐다보는 건, 여태까지 내가 아는 레오가 맞았다. 하지만 이상하게 너무나 낯설었다.

"병사의 피를 묻히고 안쪽 방문을 열었어. 물론, 문은 안 열렸지. 하지만 벽도 안 열리는 건 아니잖아? 도끼를 가져간 게 다행이었어. 아예 벽 한쪽을 부쉈지."

충동적으로 한 일이 아니었다. 눈앞에 있는 기사단장은 그런 사람이 아니었다.

'죽을 각오였구나.'

그 정도로 여동생을 아꼈구나. 하긴. 레오라면 그랬을 거 같아.

"그렇게 여동생한테 갔는데, 아이가 그러더라."

레오는 피식 웃으며 어깨를 폈다.

"'오빠는 날 돕지 못해. 나 하나 때문에 가문이 없어지면 안 되잖아. 없는 사람인 셈 쳐.'"

나는 시트를 꽉 쥐었다. 레오 여동생의 말이 참 가슴 아팠다.

'나가고 싶었을 거야.'

당연히 그랬겠지. 아무것도 모르는 생기발랄한 귀족 영애가 갑자기 늙은 왕에게 못된 꼴을 당한 거잖아.

'하지만 벤셀 가문을 생각했구나.'

여린 사람이었지만, 그 뒤를 생각하는 아가씨였구나.

"여동생은 방 밖으로 한 발자국도 나가지 않았어. 곧 왕의 화염이 날 덮쳤지만, 여동생이 왕을 말렸지. 그래서 이 정도로 끝났어. 몸 군데군데 흉터가 남아 있지만 말이야."

레오는 어깨를 한번 으쓱하더니 긴 한숨을 내뱉었다.

"이번에도 그래 볼까 해."

"레오 님?"

"도끼를 들고 성벽을 부수는 정도로 해 보려고."

나는 급히 침대에서 일어났다. 몇 발자국 가다가 넘어지려고 하자, 그는 자연스럽게 내 몸을 받쳤다.

"유리 조각도 있는데, 넘어지면 안 되지. 꼬맹아."

나는 그의 옷을 잡고 급히 외쳤다.

"레오 님! 뭔지 모르지만 하지 마요!"

"뭔지 모르는데 말리는 거야?"

이대로 보내면 안 돼. 나는 침착하게 숨을 골랐다.

"레오 님. 잊지 마요. 레오 님이 지켜야 할 건 제가 아니잖아요."

나는 레오의 휘장을 손가락으로 가리켰다.

"벤셸 가문! 기사단장! 여동생분이 지키려고 했던 건 당신이 잖아요. 정말 죽을 만큼 싫은 선왕한테도 빌었다면서요! 그런 데 왜 저를 위해 쓸데없이 손해를 보려고 하세요."

귀한 사랑을 받고 산 사람이 왜 이렇게 값어치 없는 일을 하려는 걸까. 혈혈단신도 아닌데 레오는 너무 무모했다.

"시녀 한 명 때문에 폐하한테 이상한 짓 당하지 마세요. 동생분이 얼마나 아까워하겠어요. 가뜩이나 잘생긴 얼굴에 흉터도 생겼잖아요! 제가 레오 때문에 죽겠어요, 슬픔에 빠졌는데 땅팔 시간도 없어!"

한숨이 저절로 나왔다. 나는 미간을 찌푸린 채 고개를 들었다. 진짜 이 사람이 큰일날 짓을 하네. 나는 무릎을 툭툭 털고 다시 한 발자국 내디뎠다.

그때, 웃음소리가 들렸다.

그는 큰 손으로 내 머리를 쓰다듬으며 속삭였다.

"싫다면?"

"네?"

아니, 이건 또 무슨 소리야.

"나도 잘생겼니 꼬맹아?"

"당연히 잘생겼죠? 무슨 소리예요! 진짜! 그게 중요해요?"

"중요하지. 네가 나한테 부탁하지 않으니까, 내가 멋대로 할 수밖에 없는 거야. 꼬맹아."

커다란 팔이 나를 꽉 껴안았다. 무슨 소리냐고 묻고는 한껏 버둥거렸지만, 그는 팔을 풀지 않았다.

"사실 꼬맹이가 아닌 건 아주 예전부터 알았지."

낮은 목소리가 귓가에 울렸다.

"니나 케이지."

볼을 쓰다듬는 손길이 조심스러웠다. 그는 웃으면서 가볍게 날 놔줬다. 나는 그를 바라보았다. 수려한 얼굴에는 평소처럼 웃음이 가득했다.

"나중에 올게."

"레오 님! 저랑 약속해요! 하지 마세요! 뭔지 모르겠지만, 아무튼 하지 마세요."

"약속은 못 하겠는데?"

그는 병실 문을 열면서 환하게 미소 지었다.

"레오 님!"

"아, 꼬맹아."

"왜요!"

문은 닫혔다. 나는 억지로 따라 나가려다가, 유리 조각을 밟고 넘어졌다. 내 몸이 넘어지는 소리 사이로, 그의 목소리가 들렸다.

"좋아해. 아주, 많이. 네 생각보다 더."

도저히 가만있을 수 없었다. 서둘러 문을 열고 달려 나가려고 했지만, 병동 문을 지키는 병사가 급히 막았다.

순간 당황했다. 나가지 않아서 몰랐다. 아니, 왜 병사가 지키고 있는 거야. 설마 여태까지 쭉 이랬던 걸까.

"레오 님!"

"나중에 보자."

그는 성큼성큼 앞으로 나갔다. 서둘러 손을 뻗었지만, 병사
들은 비킬 생각을 하지 않았다.

나는 끝까지 외쳤다.

"하지 마세요! 절대로 하지 마세요!"

나는 병사들의 갑옷 너머로 사라지는 레오를 바라보았다.
환한 햇살 속에서 걸어가는 남자는 이상하게 홀가분해 보였다.

'웃고 있을 것 같아.'

무슨 생각인 거예요. 어떤 일을 벌이려고 하나요. 레오.

"안 되는데……."

기운이 없어서 그대로 주저앉았다. 병사들이 혀를 찰 때, 간
호사 언니가 서둘러 달려왔다. 나는 그녀의 부축을 받으며 깊게
한숨을 내쉬었다.

속이 너무나 답답했다. 주먹으로 가슴을 두들겼지만, 나아지
지 않았다.

"실패했습니다."

쥬시는 무릎을 꿇었다. 셀리라고 불리는 사람은 아무 말도
하지 않았다. 그녀는 창가에 앉아서 다리를 흔들 뿐이었다.

쥬시는 얼굴을 땅에 댔다. 셀리는 그런 쥬시를 보지도 않았다. 교황은 그저 밤하늘만 바라보았다.

"성하……."

"네게 화나지 않았어."

셀리는 기지개를 피면서 계속 밖을 바라보았다. 초여름의 시원한 바람이 귓가를 간질였다. 그는 눈을 감고, 손가락을 깨물었다. 송곳니에 찢긴 피부 사이로 비릿한 피 냄새가 났다.

"니나 케이지는 운이 참 좋아."

살아남고, 살아남고, 또 살아남았다.

"신기하다니까. 그게 뭐라고 일을 그르치게 되는 걸까."

셀리라고 불린 남자는 붉은 눈을 가진 시녀를 떠올렸다. 작은 머리통을 가진 기미 시녀는 조잘조잘 말도 잘했다.

"기껏해야 대용품 주제에 말이야."

여동생 일은 둘째 치고라도 이쯤 되면 신기했다. 세라피의 탈출부터, 지금까지. 그 아이만 엮이면 일이 이상해졌다.

"이번 일은 제 불찰입니다. 설마 그 시간에 성녀님이 계실 줄은 꿈에도 생각 못 했습니다."

"네 탓이 아니라니까. 나도 몰랐어. 왜 세라피가 거기에 있던 거지."

"왕의 허락이 있었다고 합니다."

셀리라고 불린 남자는 허탈한 웃음이 저절로 나왔다. 정말 니나 케이지는 지긋지긋하게 운이 좋았다.

"꽤 오랫동안 준비한 게 수포가 되었어."

"죄송합니다. 성하."

"니나 케이지가 살아난 건 그렇다고 쳐도 말이야."

교황은 턱을 괴고 한숨을 내쉬었다.

"큰일났어."

그는 바람에 흘러내린 머리를 쓸어 올렸다. 상황이 골치 아파졌다. 5년 동안 세라피의 성력이 돌아오도록 길을 터놨는데, 다 쓸모없어졌다.

"성녀의 회로를 되돌리는 건 내 본체가 필요해. 코페이스트한 이 몸으로는 무리야."

교황은 다시 다리를 흔들었다. 이렇게 된 거, 생각보다 일을 일찍 터트려야 했다.

"성지에 사제가 몇 명이지?"

"이천 명쯤 됩니다."

"이베리아 왕은 충분히 막겠네."

쥬시는 고개를 푹 숙였다. 자신의 신이 지금 무슨 말을 하는지, 숙련된 부하는 너무나 잘 알아들었다.

"만약 성지에 조금이라도 마음이 쓰이는 자가 있다면 빼 놔. 다 죽을 거야."

"감사합니다만, 성하."

쥬시는 쓰게 웃으면서 고개를 들었다.

"성국에 제 사람들은 이미 없습니다."

그녀는 자리에서 천천히 일어났다.

"이제 성하 외에는 아무도 없습니다."

셸리의 몸을 한 남자는 피식 웃으며 다시 창밖을 바라보았다. 하긴 자신도 마찬가지였다. 세라피와 앞에 있는 부하 외에는 성국에서 가치 있는 거 따위는 아무것도 없었다.

"하긴 그렇지."

"그들은 타락하여 우리의 피로 살아남은 자들입니다. 성하."

교황은 창가에서 가볍게 내려왔다. 그는 손으로 달빛을 가렸다가 다시 내렸다. 그러고 보면 이 몸이랑도 이제 이별이었다.

"여자 몸은 힘들었어."

"고생하셨습니다."

"고생이랄 거까지 있나. 은근히 재미있었어. 성국이 이베리아만큼이나 정상적인 곳이었다면 참 좋았을 텐데 말이야."

쥬시는 입을 가리고 웃었다.

"여기도 파 보면 마찬가지일 텐데요."

"성국보다야 낫잖아."

그녀는 고개를 끄덕였다. 그건 교황의 말이 맞았다. 세상 대부분이 성국에 속해 있는데, 그곳보다 더러운 곳은 없었다.

"준비하겠습니다."

"필요한 건 세라피와, 니나 케이지. 그리핀과 너."

그녀는 웃으면서 셸리라 불리는 사람에게 무릎을 꿇었다.

"예, 성하."

"죽지 마. 부하가 너밖에 없는데, 죽으면 안 돼."

"무리하지 않겠습니다."

"참 희한해. 내 부하는 너 말고도 몇 명 더 있었는데, 이베리아에 박아 놓은 너만 살아남다니 말이야."

교황은 몸을 쭉 피면서 중얼거렸다.

"다 나를 위해 죽었어."

"성하⋯⋯."

"성지라고 불리지만 퇴폐적인 곳이지. 그곳에 이천 명이나 모여 있다니 잘하는 짓이다."

"타락한 곳이죠."

교황은 밝게 웃으면서 손을 털었다.

"전대 교황 때문에 내 몸이 거기 있어서 다행이야. 잘됐어. 니나 케이지만큼은 아니더라도, 운이 좋은걸."

"신의 가호가 따를 겁니다."

교황은 묵묵히 고개를 끄덕였다. 오물 바닥을 기면서 수없이 생각했다.

'사실 신도 질렸을 거야.'

신이 있다고 믿지도 않았다.

존재한다면 진작에 멸망시켜야 하는 걸 왜 내버려둘까. 썩은 내가 나는 걸 그대로 두다니, 참 이상해.

'신은 하늘에 계시고 땅에는 인간들뿐이지.'

이젠 웃음도 나오지 않았다. 교황은 잊고 싶었던 기억을 꺼내며 눈을 감았다. 쥬시는 그런 성하의 어깨에 이마를 댔다.

"이만 가 보겠습니다."

"수고해."

초여름의 밤하늘은 아름답기만 했다. 셀리라고 불렸던 교황은 휘파람을 불었다. 바람결에 흩어지는 소리는 망자의 비명처럼 들렸지만, 곧 사라졌다.

"세라피, 너만은 행복하게 해 줄게."

오물 속에서 그녀만이 밝게 빛났다. 교황은 어깨를 으쓱하며 다시 창밖을 바라보았다. 별이 너무 눈이 부셔서 그는 눈을 감았다.

바람결에 등불이 흔들렸다. 왕은 의자에 앉아서 마지막 서류를 읽고 넘겼다. 사비나는 서류를 받아서 가지런히 정리했다. 그때, 호위가 그녀에게 눈짓했다. 능숙한 시녀장은 고개를 살짝 숙이고 물러났다. 그러고는 재빨리 문밖을 향해 달려갔다.

그녀는 문밖에 서 있는 자를 보며 조금 놀랐다.

"레오 경이십니까."

"폐하는 안에 계십니까."

"계십니다. 전해 드릴까요?"

레오는 사람 좋은 미소를 지으며 고개를 저었다. 사비나는 눈을 가늘게 떴다. 지금 시각에 그리핀 제1 기사단장이 폐하를 뵐 일은 아무리 생각해도 없었다.

"급한 용무이십니까?"

설마 해서 살짝 운을 뗐지만, 기사단장은 대답하지 않았다.

"저에게는 살짝 급합니다."

뭔가 이상했다. 사비나는 팔을 들어 기사단장을 막았다.

"폐하의 심기가 좋지 않으십니다. 급한 일이 아니면, 다음에 하시는 걸 권해 드립니다."

레오는 머쓱한지 망토를 털었다.

"죄송합니다. 사비나 님. 이쪽도 더없이 급합니다."

"그렇게 급한 일입니까?"

시녀장은 한숨을 내쉬었다. 아무렇지도 않게 모든 일을 소화하고 있지만, 폐하의 심기는 절대 좋지 않았다.

'매사 부글부글 끓으시던데…….'

레오 경의 용무가 무슨 일인지는 몰랐지만 웬만하면 말리고 싶었다. 하지만 이 기사도 꽤 완강해 보였다.

오랫동안 이 일을 해서인지, 폐하를 찾아온 신하의 용무는 대강 예측 가능했다. 하지만 지금은 무슨 일인지 도통 알 수 없었다.

'별일은 없겠지.'

다른 사람도 아니고 레오 경이었다. 시녀장은 한숨을 쉬며 길을 터줬다. 기사는 사람 좋은 미소를 지으며 안으로 들어갔다.

사비나는 문을 닫으면서 고개를 살짝 저었다. 들여보냈지만, 묘하게 감이 좋지 않았다.

레오는 거침없이 안으로 들어갔다. 서류를 끝낸 왕은 의자에 기대어 있다, 들어온 이를 보며 턱을 괴었다.

"의외군."

더없이 충실한 기사가 이 시간에 자신을 찾아올 줄이야. 기사는 주인에게 다가갔다.

"후회하지 않으십니까?"

레오는 왕 앞에서 섰다. 지나치게 가까운 거리였다.

낮은 목소리가 벽에 부딪혔다.

"폐하께서는 저에게 성안 어디든 돌아다닐 자유를 주셨죠."

왕은 피식 웃음이 나왔다. 꽤 오래전 이야기였다. 변경의 거지 왕자가 왕이 되었을 때였다. 그가 제일 처음 한 일은 선왕에게 험한 꼴을 당한 반셀 가문의 수장에게 '약속'하는 일이었다.

"경에게 성안 어디든 돌아다닐 자유를 주지."

왕의 바라는 바는 명확했다. 반셀 가문의 복권이자, 여동생을 위해서 안쪽 방의 벽을 부쳤던 기사의 죄를 지워 준 것이다. 게다가 '약속'은 자신의 생에는 그런 일이 없을 거라는 선포이기도 했다.

"별거 아닌 거로 좋은 기사를 얻었지."

선왕의 치부로 꽤 남는 장사를 했다고 지금도 생각했다. 반셀 가문은 좋은 가문이었다.

"기대를 충족시키는 사람은 별로 많지 않아서 말이야. 귀하게 쓰고 있다."

"폐하의 기대라니 어깨가 무겁군요."

"기껏 자유를 줬는데 경은 별로 쓰지도 않더군."

레오는 쓰게 웃었다.

"이번 왕은 제 여동생을 납치하지 않더군요. 이젠 납치될 여동생도 없지만요."

"참 애석한 일이군."

레오는 자신의 주인을 바라보았다. 지나치게 수려한 왕은 느긋하기 짝이 없었다.

"폐하 그거 아십니까? 별거 아니긴 합니다."

바람결에 촛불이 흔들렸다. 레오는 계속 말을 이었다.

"제 죽은 여동생은 폐하를 사모했습니다. 풋사랑이었지만요."

정말 별거 아닌 이야기였다. 왕은 느긋하게 의자에 머리를 기댔다.

"그랬군."

"폐하를 모시게 된 건, 기사로서 더없는 행운이라 생각합니다. 폐하는 꽤 이상적인 군주이십니다. 판단력도, 지휘도. 폐하의 검으로 사는 건 꽤 만족스럽습니다."

거짓은 결코 아니었다. 레오는 정말 그렇게 여겼다. 눈앞에 있는 이자는 가문과 자신의 구원자나 다름없었다.

"원하는 게 있군."

"제 충성으로는 모자랄 거 압니다."

기사는 칼을 뽑았다. 흔들리는 불빛 사이로 은빛 칼날이 번들거렸다.

쿵.

철갑옷이 바닥에 부딪히는 소리가 묵직했다. 레오메데 델 벤셀은 그 자리에서 한쪽 무릎을 꿇었다. 그러고는 등에 있는 마력을 회전시켰다.

팔과 손등을 타고 내려온 붉은 빛은, 곧 그가 들고 있는 검에 감겼다. 레오는 그 검을 성 바닥 깊숙이 찔렀다.

돌이 베이는 소리가 꽤 기묘했다. 왕은 느긋하게 그 모습을 지켜보았다.

일반적인 칼이 성의 바닥에 꽂힐 리 없었다. 하지만 그는 가능했다.

무기에 마력을 담아서 무시무시한 힘을 내는 건, 반셀 가문에서 내려오는 마력이었다.

"원하는 게 뭐지?"

"기사 레오메데 델 벤셀이 청합니다."

그는 고개를 숙였다. 어둠 속에서 엘레나의 미소가 눈앞을 스쳤다. 그리고 그 모습은 그가 사랑하는 꼬맹이의 모습으로 바뀌었다.

'끝까지 말렸지.'

그의 아이는 은근히 감이 좋았다. 레오는 쓰게 웃었다. 미안하게도 그 부탁은 들어줄 수 없었다.

그는 고개를 들었다. 의자에 앉은 왕의 입가에는 희미한 미소가 걸려 있었다.

레오는 알았다.

'당신도 마음에 안 들 때 웃지.'

그래서 레오도 웃었다.

희한하게도 그가 사랑하는 두 여자 다 이자를 좋아했다. 그는 씁쓸함을 느끼며 오래전 기억이 떠올랐다. 엘레나가 리카르도 왕자를 좋아한다는 걸 알았을 때, 그는 위험하다며 진심으로 말렸었다.

'그래. 꼬맹아.'

너도 이 사람을 좋아하지. 주위에 너를 좋아하는 이가 잔뜩 널려 있는데, 이 사람을 바라보더구나.

사람 마음은 길을 따라가지 않았다. 아이가 폐하의 눈에 더 들기 전에 자신이 데려가 미리 피하게 했다면 괜찮았을까. 때늦은 후회를 느끼며 레오는 고개를 숙였다.

"니나 케이지를 제게 주십시오."

낮은 목소리가 벽에 부딪혔다.

희미했던 웃음이 짙어졌다. 레오는 달콤한 침묵 속에서 조용히 기다렸다. 결과가 어떻게 될지는 그도 알았다.

"고개를 들어라."

기사는 왕의 명령을 충실히 이행했다. 두 사람은 웃으면서 서로를 바라보았다.

"언젠가 이런 일이 생길 줄 알았지만……."

붉은 눈이 부드럽게 휘어졌다.

"진짜 이런 날이 올 줄은 몰랐군."

"이제는 그 아이를 두고 볼 수 없습니다."

"짐은 경에게 이유를 묻지 않았다."

"압니다. 궁금하시지도 않으시겠죠."

기사는 넉살 좋게 웃으면서 말을 이었다.

"니나는 폐하 옆에 있으면 안 됩니다."

레오는 작게 숨을 내쉬었다.

왕의 미소가 더욱 짙어졌다. 그는 목덜미를 쓸었다.

'잘하면 떨어지겠군.'

어느 정도 각오했다고 말하면, 너는 웃을까?

"못 버팁니다."

"정말……."

왕의 표정이 점점 사라졌다. 수려한 얼굴에 감정이 지워졌을 때, 기사의 주인이 말했다.

"별로 궁금하지 않은 얘길 잘도 하는군."

"폐하의 길에 아이가 없는 것 압니다. 제게 주십시오. 저는 그 아이를 행복하게 해 줄 수 있습니다."

왕의 미간이 살짝 찌푸려졌다.

"폐하는 아이에게 안식을 주실 수 없습니다. 보십시오. 또 다쳤습니다."

왕이 아이에게 마음을 쓰는 건 오래전에 알았다. 어떤 의미인지는 도통 알 수 없었다. 하지만 토끼이든, 여자이든 니나 케이지가 다치면 그토록 강성한 이 사람도 안절부절못했다.

"곁에 두는 것도 이제 한계인 거 잘 아시지 않습니까."

"웃기는군."

"이제는 어떤 형태로 곁에 두실 겁니까. 설마……."

레오는 목을 쓰다듬으며 밝게 웃었다.

"폐하와 같은 아이를 또 만들 셈입니까?"

왕의 표정이 사라졌다. 기사는 고개를 숙였다가 들었다.

"죽고 싶은 모양이군."

"시녀의 배에서 태어나서 얼마나 고생하셨습니까. 또 같은 굴레를 반복하실 게 아니라면, 제게 주십시오."

왕은 대답하지 않았다. 무거운 적막이 어깨를 내리눌렀다. 그리핀 제1 기사단장은 눈을 가늘게 떴다.

침묵을 깬 이는 왕이었다.

"경은 착각하고 있어."

왕은 자리에서 일어났다. 의자가 끌리는 소리가 요란했다.

"짐의 토끼는 그대의 여동생이 아니다."

마음에 안 드는 말이었다. 레오는 고개를 저었다.

"그대가 지키고 구해 낼 대상이 아니야."

"제가 착각 때문에 이런다고 생각하십니까?"

"아니. 경이 그럴 리 없지."

기사의 주인은 서슬이 퍼런 미소를 베어 물었다.

"하지만 그렇게 공표하는 게 나을 거 같군."

"폐하!"

"그대는 짐의 좋은 검이었다."

왕은 흘러내린 머리를 뒤로 쓸어 올렸다. 그는 검을 땅에 꽂은 기사에게 등을 돌렸다. 레오는 그런 왕을 보고 자리에서 벌떡 일어났다.

그때, 왕의 목소리가 들렸다.

"짐은 선왕을 결코 이해하지 못했어."

왕은 레오가 땅에 꽂은 칼을 바라보았다. 은빛 검이 촛불 사이로 어른거렸다.

'그래, 그런 일이 있었지.'

왕은 기억 속의 아버지를 떠올렸다. 환각제 때문에 삐쩍 마른 노인이었다. 젊었을 때는 그토록 강성했다고 들었지만, 그의 기억 속에 선왕은 한결같았다.

하지만 그는 더럽게 교활하기 짝이 없었다. 신하의 알력을 조절하는 건 범접할 수 없을 정도로 능했다.

하지만 어느 날, 늙은 선왕은 무도회에 온 반셀 가문의 영애를 억지로 가뒀다. 그 뒤에 성은 발칵 뒤집혔다. 웃기게도 선왕은 환각제에 취해서 시녀를 다치게 한 적은 있어도, 귀족영애를 억지로 취한 적은 한 번도 없었다.

"짐도 매우 어리석은 짓이라 여겼지."

방식이 선왕이랑 맞지 않았고 상식과도 너무 어긋나 있었다. 그래서 도저히 이해할 수 없었다.

"토끼를 발견하기 전까지는 말이야."

순진하게 단내를 풍기면서, 눈치를 보던 그 작은 존재가 눈에 박히는 순간이었다. 왕은 그때 난생 처음 선왕을 이해했다.

아니라고 생각했다. 쉽게 치울 수 있는 존재라고 여겼다. 인정할 수 없어서, 이용하자고 다짐했다. 하지만 밀쳐내고 떨쳐내도 눈이 갔다. 희한하게 먼 곳에서도 그 아이만을 발견했다.

만지면 곤란한 표정을 지었지만, 손길을 피하지 않았다. 처음에는 청량함을 품었던 피부는, 날이 갈수록 다른 욕망이 더해졌다.

토끼야. 너를 안으면 어떤 것이 느껴질까. 지금도 짐을 흔드는데, 한번 안고 나면 그 욕망은 없어질까, 더해질까.

손을 뻗으면 취할 수 있는 존재였다. 하지만 그러지 못했다. 그 이유는 토끼를 지극히 생각해서가 아니었다.

기사의 목소리가 들렸다. 왕은 천천히 고개를 돌렸다.

"엘레나처럼 만들 셈입니까?"

왕은 웃으면서 자신의 입가를 매만졌다.

"아쉽게도, 레오 경. 짐은 그토록 어리석지 않다. 경도 알지 않는가."

그래. 환각제 때문에 미친 선왕과는 다르지.

"그 아이는 나를 마음에 뒀다."

"그걸 아셨습니까?"

"모를 리가 있나. 짐의 토끼는 경계심이 심하다. 아무나 매만지게 내버려두지 않지."

토끼를 생각하니 피식 웃음이 나왔다. 잔뜩 경계하면서도 손길을 피하지 않는 게 참 재미있었다. 하지만 자신의 토끼는 참 희한하기도 했다.

수없이 달콤한 말로 흔들었지만 한 번도 넘어가지 않았다. 가끔은 놀라울 만큼 어른스럽기도 했다. 매사가 조심스러워서, 가끔은 아이의 탈을 쓴 성인처럼 보이기도 했다.

"큰일이야. 금을 주고, 보석을 줘도 필요 없다고 고개를 저어서 말이야."

"아이는 그런 걸 원하지 않습니다."

"짐도 안다. 그러니 애가 타는 것은 짐이더군."

그런 걸 바라는 아이였다면 금방 질렸을지도 몰랐다. 하지만 애석하게도 아이는 그로서는 전혀 이해할 수 없는 것을 중요하게 여겼다.

"손을 내밀면 모든 것이 굴러올 텐데, 쓸데없는 것만 바라더군."

그래서일까. 니나 케이지는 자꾸 손바닥 밖으로 빠져나갔다. 가두어 둘까 했지만, 울까 봐 그러지도 못했다. 이상하게 아이가 눈물을 흘리면 당해내지를 못했다.

"레오 경. 짐은 그대에게 무기한 자택 근신을 명령한다."

"목을 날릴 줄 알았는데 생각보다 관대하시군요."

왕은 고개를 저었다.

"짐은 악취미가 하나 있어서 말이야."

그는 가볍게 흘러내린 머리를 뒤로 넘겼다.

"가끔은 지켜보는 게 더 고통스럽다는 걸 아주 잘 알지."

레오는 성큼성큼 걸어가 바로 왕의 팔을 잡았다. 하지만 그는 가볍게 팔을 털었다. 별거 아니었지만, 몸을 단련한 기사가 한 발자국 물러서기에는 충분했다.

"뭘 하실 생각입니까?"

"무엇을 하던 경에게는 괴롭기 짝이 없겠지."

"하지 마십시오."

"짐은 그때 분명히 경고했었다. 경은 토끼에 관해서는 권력 놀음도 하겠다는 말이 농담인 줄 알았나 보군."

"폐하!"

불줄기가 기사의 목에 감겼다가 사라졌다. 왕은 싱긋 웃으며 고개를 저었다.

"다음에도 이런 일을 한다면, 짐은 경을 태울지도 몰라."

왕은 바닥에 꽂힌 칼을 가볍게 뽑아서, 레오에게 던졌다. 기사의 칼은 바닥에 쭉 밀리다 벽에 부딪혔다.

"그대가 왜 이런 짓을 벌였는지 안다. 선전포고 비슷한 거겠지. 어쩔 셈이지, 레오 경? 토끼를 데리고 그리핀을 타고 도망이라도 치겠다는 건가? 가문과 집안 식구를 저버리다니, 그건 조금 놀랐군. 짐이 아는 경은 그런 자가 아니어서 말이야."

레오는 목덜미를 쓸었다. 금방 없어졌지만, 목에 있는 화상 자국이 붉게 빛났다.

"폐하의 뜻을 잘 알겠습니다."

"명을 잘 따르도록. 적당한 때에 풀어 주겠다."

레오는 조용히 자신의 검을 주웠다.

"잘도 풀어 주시겠군요."

왕은 문을 열면서 피식 웃었다.

"경을 진짜 태우면 토끼가 울겠지."

"이유가 정말 니나 때문입니까?"

왕은 대답하지 않았다. 그는 조용히 호위 기사에게 눈짓했다. 기사는 즉시 다가왔다.

"일주일 가두고 자택으로 모셔라. 머리를 식히게. 레오 경."

"참으로 감사합니다. 폐하."

병사들이 우르르 다가왔다. 레오는 쓰게 웃으며 검을 호위 기사에게 건넸다. 왕을 모시는 호위 기사는 잠시 묵례하고 말했다.

"직접 모시겠습니다."

레오는 그의 주인을 바라보았다. 왕은 자신을 따라오는 시녀장에게 말했다.

"사비나. 내가 명령한 대로 해라."

"하지만, 폐하 그건······."

왕은 돌아서서 자신의 기사를 바라보았다.

"조금 전까지는 네 말을 들었을지도 모른다. 사비나. 하지만 짐은 더는 참지 못하겠군."

시녀장은 사색이 된 채 왕을 바라보았다. 기사는 더는 웃지 못했다.

"바로 토끼를 데려와라."

왕은 돌아서서 걸어갔다. 시녀장은 쫓아가며 애원했지만, 그는 듣지 않았다. 레오는 그 모습을 보고 바로 따라가려고 했지만, 날카로운 검이 목을 찔렀다.

호위 기사가 외쳤다.

"레오 경!"

병사들이 창을 들고 이중으로 에워쌌다. 레오는 이마에 손을 얹었다. 땀이 바닥으로 후드득 떨어졌다.

방금 그가 한 말이 생각났다.

"가끔은 지켜보는 게 더 고통스럽다는 걸 아주 잘 알지."

레오는 손을 내리고 에워싼 병사들을 바라보았다. 그러고는 침착하게 숨을 골랐다.

'뭘 하실 생각이십니까.'

시간이 없었다. 그가 손을 내리자 병사들은 창을 내렸다. 호위 기사는 한숨을 쉬며, 그의 팔을 뒤로 묶었다.

"경, 왜 그러셨습니까."

레오는 쓰게 웃었다. 호위 기사는 고개를 저으며 앞으로 나아갔다. 레오는 묶인 줄의 강도를 확인하며 앞으로 나아갔다.

그가 뭘 하려는지 모르지만 한 가지는 확실했다. 지금 시간이 없었다.

34

그래도 네가 영원히 변하지 않을까?

"처음부터 병사가 지키고 있었어요?"

이마를 짚으며 묻자, 스승님은 고개를 끄덕였다. 한숨이 저절로 나왔다. 설마설마했는데, 나 진짜 선량한 피해자가 아니었구나.

'어쩌다가 이렇게 된 거지?'

5년 전에 해결된 첩자 의혹이 다시 생겼을 리도 만무한데 말이야. 한숨이 저절로 나왔다. 사람이 힘들어서 자빠져 있는 사이에 참 많은 일이 생겼다.

'상관없긴 해.'

성 밖으로 나간다면 이래도 그만 저래도 그만이었다. 하지만 레오가 마음에 걸렸다. 도대체 그 기사님은 무슨 일을 한다는 걸까.

'왜 이렇게 물가에 애 내놓은 거 같지?'

불안하기 짝이 없었다. 초조해서 머리카락을 끝을 매만지자,

디오가 말했다.

"니나 케이지."

"예? 예. 스승님."

스승님은 침대에 앉은 내 맨발을 잡았다. 나는 어색하게 웃었다.

'아, 아까 다쳤지.'

아무리 의사라도 발에 닿은 건 조금 부끄러웠다. 나는 웃으면서 말했다.

"제가 할게요. 약 좀 주세요."

슬쩍 발을 뺐는데, 스승님은 손을 놓지 않았다. 그는 한숨을 쉬며 천에 라마즙을 적셨다.

"유리 조각이 박혔을지도 모른다."

맞다. 유리 밟았지. 나는 뺨을 살짝 긁었다. 스승님은 상처난 부위를 자세히 보더니, 적신 천을 댔다. 알싸한 통증이 느껴졌다.

"레오가 무슨 말을 했지?"

나는 한숨을 폭 내쉬었다. 자세한 것은 아무리 스승님이라도 말할 수 없었다.

"저를 돕겠대요."

요약하면 이렇게 간단한데, 얽혀 있는 게 참 많았다.

'더 말려야 했어.'

감이 좋지 않았다. 그래서일까, 또 한기가 몰려왔다. 몸이 자꾸만 벌벌 떨렸다. 스승님은 붕대를 감아 주며 나를 바라보았다. 나는 몸을 움츠리며 속삭였다.

"요즘 계속 이래요."

"이상하군."

"저, 스승님."

나는 그의 소매를 잡았다.

"저 성이 아닌 다른 곳에서 살려고요."

외알 안경 안에 있는 눈이 가늘어졌다. 나는 고개를 들 수 없었다. 몇 년간 가르쳐서 겨우 쓸 만해졌는데, 독립이라니. 나라도 참 괘씸할 것 같았다.

그래서 그에게는 꼭 말해야 한다고 생각했다.

"언제 갈 거지?"

"나중에요. 다 정리되면요. 설득이 필요하신 분도 있어서요."

스승님은 내 옆에 앉았다. 그러고는 부드럽게 내 머리를 쓰다듬었다.

"죄송해요."

"네가 죄송할 건 없다."

"저, 정말 열심히 가르쳐 주신 거 알아요."

"어디로 갈 셈이지?"

나는 웃으면서 고개를 저었다.

"정해진 곳이 없어요. 생각만 해 뒀어요."

"같이 가자."

순간, 깜짝 놀라 되물었다.

"네?"

"아직 네게 가르쳐야 할 게 많다. 게다가 여자 혼자 살기에는 치안이 좋지 않아. 나갈 때 말해라. 나와 함께 가자."

너무나 의외여서 머릿속이 하얗게 됐다. 저, 스승님은 성의 연구자시잖아요. 아니, 저와 함께 나간다는 게 말이 되나요.

"왜, 왜요?"

그는 내 머리카락 끝을 쥐고 속삭였다.

"이곳은 나쁘지 않지만, 네가 없으면 의미가 없어. 연구야 어디를 가도 할 수 있는 거고, 의사는 어디든지 필요하지."

"디오 님까지 나갈 필요는 없어요. 저야 어쩔 수 없으니까 나가려는 거구요."

"나가려면 꽤 많은 걸 준비해야겠군. 마련해 두겠다."

나는 고개를 들어 그를 바라보았다. 긴 붉은 머리를 대강 묶은 의사는, 고민조차 하지 않았다. 마치 당연한 것을 한다는 태도였다.

"스승님? 정말 저와 같이 나가실 거예요?"

디오가 고개를 끄덕였다. 나는 다시 이마를 짚었다. 정말 너무 의외였다.

"혼자 나갈 생각하지 마라."

나는 스승님의 손으로 시선을 돌렸다. 사람을 참 많이 살린 손이었다.

'디오가 있으면 든든할 거야.'

하지만 성은 이 사람이 필요하지 않을까. 나야 떠나도 상관없겠지만, 스승님이 나와 함께 사라지면 학계의 큰 보물이 사라지는 셈이었다.

작게 심호흡을 했다.

'사람이 염치가 있지.'

잠시라도 혹했던 내가 싫었다. 정신 차리자. 내 평안을 바라자고 스승님을 험지로 내몰 수는 없잖아.

나는 웃으면서 말했다.

"네, 때가 되면 꼭 말할게요."

"네가 무슨 생각을 하는지 모르지만……."

그때였다. 갑자기 병실 문이 열렸다. 나는 안으로 들어온 이를 보고 고개를 갸웃거렸다.

"사비나 님?"

그녀는 성큼성큼 들어와서 나와 스승님 앞에 섰다.

'표, 표정이 왜 이러시지?'

꼼꼼하게 넘긴 머리는 여전했지만, 얼굴에는 약간 홍조가 있었다. 굉장히 복잡해 보여서, 말이 잘 나오지 않았다.

"자, 잘 지내셨어요?"

"니나야."

"예? 예."

사비나 님은 스승님을 보고, 다시 나를 바라보았다.

"폐하의 명령입니다. 데려오라고 하더군요."

"제 제자는 아직 몸이 낫지 않았습니다."

나는 팔을 쭉 뻗어서 손가락을 오므렸다가 폈다. 좀 기운이 없고 나른하긴 했다. 하지만 움직이지 못할 정도는 아니었다.

'갑자기 막 몰려오네.'

이상하게 올게 왔다는 느낌이 들었다. 나는 한숨을 쉬고 사비나 님을 바라보았다.

"갈게요. 제 시녀복이 여기에도 있나요?"

스승님이 내 손을 꽉 잡았다. 난 웃으면서 말했다.

"괜찮아요. 저도 폐하께 꼭 전할 말도 있고요."

게다가 레오도 걱정되어서요. 왠지 사고 쳤을 거 같다는 생각을 지울 수 없어요.

'떠날 자리는 청소를 잘해 놔야겠지?'

나는 마른세수를 했다. 곧 간호사 언니가 내 시녀복을 안고 다가왔다. 나는 나를 생각해 주는 이들을 보며 조금 웃었다.

"갈아입고 갈게요."

감이 너무나 좋지 않았다. 하지만 그렇다고 명령을 거부할 수도 없었다.

'생각해 보면 이것부터 문제였어.'

그가 왕이고 내가 시녀인 것부터 안 될 일이었어.

사람들은 문밖으로 나갔다. 나는 잠옷 끈을 풀었다. 맨살에 닿는 공기는 여전히 차가웠다. 나는 옷을 갈아입고 머리를 매만졌다. 거울이 없어서 얼굴을 확인할 수 없었다.

'됐어. 뭐 묻어 있으면 누가 알려 주겠지.'

구두를 신고 방문을 열자, 사비나 님이 보였다. 그녀가 내 손을 잡자, 병사들은 가뒀던 나를 순순히 보내 줬다.

우리는 천천히 걸어갔다. 하지만 뭔가 이상했다.

'어라?'

등뒤에 병사들이 따라 왔다

"저, 사비나 님. 아직도 첩자 의혹이 가시지 않았나요?"

사비나 님은 뒤따라오는 병사들을 힐끔 바라보다 한숨을 내쉬었다.

"좀 이상하긴 하구나."

병사들의 시선이 나에게 몰려 있어서인지 등뒤가 따끔따끔했다.

"첩자 의혹은 아닐 거다."

"그런데 왜 병사님들이 따라오나요?"

"글쎄."

사비나 님은 내 손을 잡아끌면서 말했다.

"무슨 일이 벌어진 것 같기도 하구나."

감이 더욱 좋지 않았다. 따라가면 안 된다는 생각이 자꾸 들었다.

"어떻게 되었나요? 범인은 아직도 못 잡았나요?"

그녀는 고개를 끄덕였다. 그렇구나. 나는 입술을 살짝 깨물었다.

그렇게 큰일이 벌어졌는데, 아직도 범인을 못 잡았구나.

'그럼 일이 어떻게 되는 걸까?'

범인은 무슨 목적으로 내 방을 무너트린 걸까. 그들의 목적은 성녀님이었을까? 그럼 나는 휘말린 게 되나?

'그건 아닌 거 같아.'

그날 밤 성녀님이 내 방에 계신 건, 우연이었다. 과연 범인이 그것까지 계산했을까?

한참 생각에 빠져 있는데, 시녀장이 말했다.

"니나야."

"예. 사비나 님."

"느낌이 별로 좋지 않구나. 일단 네가 알아 두어야 할 게 있어."

사비나 님의 손이 작게 떨렸다. 아니, 언니. 무슨 일이신가요.

"폐하께서 화가 많이 나셨단다."

나는 순순히 고개를 끄덕였다. 하긴 당연히 화가 나셨겠지. 피 한 방울 나 보신 적 없는 귀한 성녀님이 큰일날 뻔했으니까.

'괜찮으시다고 하던데…….'

정신을 차리고 내 몸에 성력을 퍼부었다고 들었다.

'세라피에게도 사과해야겠다.'

괜히 내 방에 왔다가 봉변당한 거 같아. 그 선량하신 성녀님이 얼마나 무서웠을까. 하긴 나도 그때 매달렸던 거 생각하면, 아직도 소름이 돋았다.

"십여 년간 폐하를 모셨지만, 오늘처럼 혼란스러운 날은 처음이야."

"무슨 일이 더 있었나요?"

"레오 경을 만나고 더 화가 나셨단다. 말려도 듣지 않으셔."

나는 발걸음 멈추고, 사비나 님 손을 잡아당겼다.

"레오 님이 무슨 일을 하셨나요? 안 그래도 좀 이상했어요."

뒤따라오던 병사들이 걸음을 멈췄다. 사비나 님은 내가 잡은 손과 뒤에 있는 병사들을 바라보았다.

"미안하구나. 네게 말할 수 없어."

나는 눈을 가늘게 떴다. 도대체 어떤 일이 벌어진 걸까. 사비나 님이 따라오는 병사들 때문에 말도 못 한다고? 여태 그런 적 있던가?

나는 이상했던 레오를 떠올렸다.

"좋아해. 아주, 많이. 네 생각보다 더."

그의 목소리가 아직도 선했다. 나는 앞치마를 꽉 쥐었다. 서글서글한 기사님은 고백을 가볍게 하는 이가 아니었다.

무슨 일이 생긴 걸까. 혹시 심각한 일인 걸까.

"제가 폐하께 부탁하면, 상황이 나아질까요?"

나는 쓰게 웃었다. 내가 말했지만 참 바보 같았다.

'부탁한다고 들어주실 리가 있나.'

내가 뭐라고 그런 말을 해. 나는 한숨을 내쉬었다. 혼란스럽기 짝이 없었다.

사비나 님은 다시 앞으로 나아갔다. 그러고는 작게 속삭이셨다.

"하지 마렴."

나는 고개를 끄덕였다. 내가 생각해도 참 어이없었다.

"니나야."

그녀는 내 손을 살짝 잡아당겼다. 사비나 님은 다른 손으로 내 손등을 감쌌다. 그러곤 당부하듯 속삭였다.

"이것만 알아 두렴. 레오 경에게는 큰일이 벌어졌고, 폐하께
서는 화가 나셨단다. 게다가 내가 한참을 말렸지만, 듣지 않으
셨어."

"도대체 무슨 일이신가요."

"나는 막지 못한단다. 이럴 줄 알았으면 널 그때 먼 곳으로
보낼 걸 그랬어."

"사비나 님?"

"미안하다. 니나야."

그녀는 초조하고 혼란스러워 보였다. 사비나 님은 내게 할
말이 많은 거 같지만, 고개를 푹 숙이시더니 방문을 여셨다.

'어?'

그리고 보면 폐하가 보자고 했지만 어디로 가는지는 알지
못했다. 나는 복도를 둘러보았다. 뭔가 좀 이상했다.

'여기는 폐하의 침실이 있는 곳인데?'

바닥에는 붉은 카펫이 깔렸고, 복도는 금으로 장식되어 있
었다. 무엇보다 이곳은 그리핀 휘장이 쳐진 곳이었다. 내가 어
디로 가는지 조금 더 알고 싶었지만 사비나 님이 내 손을 잡아
끌어서 살펴볼 겨를이 없었다.

다행히 병사들은 따라 들어오지 않았다. 그녀는 나를 한번
보더니 휙 뒤돌아섰다.

"여기가 앞으로 네가 머물 곳이란다. 나는 이만 나가 보마."

"사비나 님?"

"미안하다. 미안하다, 니나야."

잡을 겨를도 없었다. 사비나 님은 곧바로 문을 닫고 나가 버렸다. 나는 그녀의 빈자리를 바라보았다.

"내가 머물 곳이라고?"

폐하의 침실이 있는 복도가?

등뒤가 섬뜩했다. 나는 재빨리 주위를 둘러보았다. 처음 보는 공간이긴 했다. 하지만 아무리 봐도 시녀가 머물 곳으로는 보이지 않았다.

"붉은 휘장이 있어."

침대는 넓었고 카펫은 섬세했다. 금박으로 장식된 가구는 화려하기 짝이 없었다. 아무리 봐도 이곳은 왕족이 기거하는 곳으로 보였다.

"아⋯⋯."

고급스러운 책상에는 익숙한 것들이 보였다. 나는 서둘러 책을 폈다. 약초의 효능이 적힌 이 책은, 남쪽 끝방에 있던 내 것이 맞았다.

'어떻게 가져온 거지?'

책에는 여기저기 찍힌 자국이 즐비했다. 무너진 잔재 속에서 꺼내온 건가? 나는 책상 여기저기를 다 살펴보았다. 서랍을 열자 자질구레한 내 물건들이 보였다.

다 여기다 가져다 놓은 거 같아. 왜 이곳이지? 시녀들이 머무는 곳이 다 무너졌다고 해도, 왜 이렇게 화려한 곳에 둔 거지?

나는 입술을 살짝 깨물었다. 이상하게 초조했다. 뭔가 일어나서는 안 되는 일이 벌어지는 느낌이었다.

나는 방을 둘러보았다.

"이곳에서 살라고?"

불안해 보이셨던 사비나 님이 떠올랐다. 나는 바로 문 쪽으로 뛰어갔다. 뭔지 모르지만 여기 있으면 안 될 거 같았다.

그때, 갑자기 문이 열렸다. 덕분에 들어오는 사람이랑 어깨가 조금 부딪쳤다.

'아······.'

나는 황급히 몇 걸음 물러났다. 그러고는 들어온 이를 보고 살짝 무릎을 굽혔다가 폈다.

낮은 목소리가 귓가에 울렸다.

"오랜만이군."

부드러운 손길이 뺨에 닿았다. 나는 천천히 그를 바라보았다. 처음 만났을 때처럼 수려한 외모가 한눈에 들었다.

붉은 눈이 마주친 순간, 나도 모르게 뒷걸음질쳤다. 그가 닿은 체온이 순식간에 멀어졌다.

폐하는 허공에 남은 자신의 손을 바라보았다. 나는 서둘러 사과했다.

"죄, 죄송합니다. 이제는 안 될 거 같아서요."

나는 그가 닿은 내 뺨을 쓸어내렸다. 온기가 잔재처럼 남아 있었다.

"성인이잖아요. 게다가 폐하도 약혼자 후보도 계시는데요."

"별걸 다 신경 쓰는군. 짐의 약혼자 후보는 없던 날이 없었다."

나는 앞치마를 꽉 잡았다. 그랬죠. 그래서 더 안 된다는 거예요. 폐하.

"그래도 애완동물 쓰다듬듯 만질 나이는 지났잖아요. 지금부터라도 안 하시는 게 좋을 거 같아요. 괜한 오해를 사게 될지도 모르잖아요."

무엇보다 제가 착각하잖아요. 그래서 자꾸 실수해요.

그는 자신의 손을 내리고 나에게 시선을 돌렸다. 나는 어색하게 웃었다.

'화나셨다고 들었는데…….'

폐하는 평소와 다를 바 없어 보였다.

"그렇군."

그는 그렇게 말하고 망토를 벗었다. 붉은 천이 폐하의 손길 한 번에 몸을 타고 바닥으로 떨어졌다. 나는 고개를 갸웃거렸다.

'왜 옷을 벗지?'

화려한 카펫에 떨어진 망토가 유난스레 눈에 걸렸다. 나는 조심스럽게 그의 옷을 들고 주위를 둘러보았다. 어디에다가 놔야 할지 알 수 없었다. 하는 수 없이 티 테이블 위에 올려 두었다.

폐하는 그런 나를 바라보기만 했다.

'조금 이상해.'

무슨 말을 해야 할지 통 알 수 없었다. 나는 어색하게 웃으며 말했다.

"별거 아니었네요."

나는 그가 만진 뺨을 손가락으로 톡톡 두들겼다.

"그냥 제가 닿지 말아 달라고 하면 다 해결될 일이었어요."

내가 부탁하고 그가 수긍하면 다 끝나는 일이었구나. 나는 왜 이걸 여태까지 하지 못했을까. 이렇게 별거 아닌데 말이야.

가슴 한구석이 쥐어짜지는 거 같았다. 나는 고개를 저었다. 진정하자. 이화윤. 네가 슬퍼 봤자 나오는 거 아무것도 없어.

잘됐잖아. 어쩌면 모든 게 더없이 깔끔할지도 몰라. 심지어 빠를 거 같아.

'5년 동안 옆에 있었지만 5분 만에 끝나려나.'

진짜 허공에다 삽질 한번 거하게 했구나. 쓴웃음이 저절로 나왔다.

"무슨 말을 하는지 모르겠군."

"별거 아니에요."

정말 별거 아닌 거 같아요. 당신에게는요.

나는 꽉 쥐었던 앞치마를 놓았다. 그리고 살짝 눈치를 봤다. 그는 화가 났다고 들었는데 더없이 평온해 보였다.

"토끼의 말은 가끔 알아듣기 힘들군."

"저도 폐하의 말은 항상 가늠하기 어렵던데요."

주어가 없고 항상 추리해야 해서요.

"처음에는 습관인 줄 알았는데, 곁에 좀 있어 보니 겨우 깨달 았어요. 일부러 그렇게 말씀하시는 거죠?"

신하들이 고민하라고요. 그러다 헛짚으면 헛짚는 대로 뭔가를 하시려고 하는 게 아닌가. 그런 생각이 몇 년 만에 겨우 들었어요.

'처음부터 알았다면 좋았을 텐데.'

나는 그가 이용하려고 내밀었던 것들을 떠올리며 쓰게 웃었다.

아니다. 알아도 소용없었을 거 같아. 이 사람이 나를 이용하려는 걸 깨달아도 좋아했잖아.

'바보다. 진짜.'

나는 이마를 짚었다.

지금 이렇게 된 건 내 어리석음의 대가일지도 모르겠다. 다 자업자득인가 봐.

'그러니까 그만 아파하자.'

가슴이 찢어질 거 같았다. 나는 다시 폐하를 바라보았다. 내가 사랑했던 남자는 이 와중에도 수려해서 입술을 깨물었다.

'얘기를 꺼내야 하는데, 말이 잘 안 나와.'

어떻게 하면 설득할 수 있을까. 레오에 대해서도, 떠난다는 얘기도. 왠지 이 상황에는 어울리지 않았다.

"그럴지도 모르지. 그래서 토끼는 고민했나 보군."

"당연하죠."

"그렇군. 하긴 토끼는 명확하게 알려 주지 않으면 항상 헤매더군."

나는 작게 숨을 내쉬었다. 폐하는 소매의 단추를 풀면서 내게 다가왔다.

'한 번도 의관을 푸는 걸 본 적이 없는데?'

아까 망토도 그렇고, 갑자기 왜 이러시지?

그의 드러난 손목이 신경이 쓰였다. 나는 다시 뒷걸음질쳤다. 하지만 방은 넓어도 도망갈 곳은 별로 없었다. 등이 벽에 닿았다. 곧 폐하의 몸이 도망갈 곳을 막았다.

그는 천천히 내 손목을 잡았다. 다행히 얼굴은 아니었다. 조금 안심했지만 뜨거운 체온이 족쇄처럼 얽혔다.

'어?'

손가락 하나가 소매로 들어왔다. 그는 다른 손으로 내 소매쪽 단추를 풀었다. 천이 헐거워진 순간 손이 조금 더 위쪽으로 들어갔다.

"폐하?"

"짐에게 원하는 게 뭐지?"

"네?"

갑자기 왜 이런 걸 묻는지 알 수 없었다. 손은 점점 올라가서 팔꿈치 쪽에 닿았다.

"넌 항상 짐이 줄 수 없다고 하지."

"아, 그건……."

"하지만 언제부터인가, 짐에게 원하는 것이 있을 것 같더군. 말해 봐라. 토끼야. 그게 뭐지?"

도통 갈피를 잡을 수 없었다. 지금 무슨 말을 하시는 걸까.

'원하는 거라니……'

나는 그를 바라보았다. 마주친 붉은 눈동자에 내 모습이 오롯이 비쳤다.

왜 이런 질문을 하는 걸까.

'하나 있긴 하지.'

쓴웃음이 나왔다. 그걸 말하면, 이 사람은 내가 원하는 것을 줄까?

'당신을 원해요.'

약초 연구원이고 시녀인데, 폐하를 원합니다. 당신이 약혼자 후보들도, 성녀님도 다 포기하고 나를 바랐으면 좋겠어요.

'되게 부끄러운 소원이다.'

폐하가 주실 수 있는데, 폐하가 주실 리가 없네요.

"네 방이 무너졌다. 성국의 짓이지."

다른 손이 내 뺨에 닿았다. 뜨거운 체온이 부드럽게 쓰다듬 었다.

"이상한 걸 발견했다."

순간, 깜짝 놀랐다. 뭐지? 이번에도 아티팩트를 발견한 건 가? 또 내가 이상한 것을 내 방에 가져온 건가요? 그걸로 성녀 님을 위험하게 만든 거예요?

고의가 아니라는 변명을 하려고 입술을 달싹일 때였다.

"무너진 잔재 속에 짐이 생각지도 못한 게 있더군."

"폐하?"

"왜 가방을 싸 둔 거지?"

깜짝 놀라 어깨가 움찔했다. 돌 더미가 바닥으로 떨어졌을 텐데, 어떻게 가방을 발견한 걸까.

"짐의 토끼가 어디를 가려고 했던 모양이야."

"폐하, 그건……."

이렇게 들킬 줄 상상도 못 했다. 나는 순간 입술을 세게 깨물었다. 덕분이 비릿한 피맛이 입안에 맴돌았다.

'이왕 이렇게 된 거 말할까?'

나는 작게 심호흡했다. 얼굴을 매만지던 손길은 피가 난 입술에 맴돌았다.

"폐하. 폐하께서는 소원이 있으신가요?"

그는 내 피가 묻은 손가락을 바라보았다. 내가 닦으려고 팔을 내밀었지만, 그는 피 묻은 손가락 자신의 혀로 핥았다.

"단내가 나."

폐하는 나를 보며 희미하게 웃었다. 그 모습을 보는 순간 주먹을 꽉 쥐었다. 아차 싶었다. 그가 팔을 잡고 있어서, 당황한 걸 들켜 버렸다.

낮은 목소리가 귓가에 속삭였다.

"그래. 토끼야. 대답해 주마."

뜨거운 체온이 다시 뺨을 어루만졌다. 침착하자. 이화윤. 여기서 당황하면 안 돼. 나는 숨을 고르고 그를 바라보았다.

"짐의 소원은 최후를 스스로 선택하는 것이다."

의외라는 생각은 들지 않았다. 오히려 너무나 폐하다웠다. 그는 희미하게 웃었다.

"짐은 항상 살기 위해 발버둥쳐야 했다. 썩은 고기를 물어뜯어야 할 때도 있었지. 주린 배를 안고 칼을 휘두르며 생각했다. 최후는 내가 선택하고 싶다고 말이야."

폐하의 손가락이 칼라 사이로 들어왔다. 뭔가 이상했다. 손가락이 목선을 타고 살짝 내려갔다.

체온이 쇄골까지 닿았다. 툭- 힘을 못 이긴 칼라의 단추가 풀어지는 소리가 너무 생생했다.

'만지는 방식이 이상해.'

한 번도 이렇게 닿지는 않았어.

"왕이 되든, 되지 못해서 서쪽 탑에서 굶어 죽든, 짐에게는 어차피 인간의 길은 없었다."

무서워서 고개를 들 수 없었다. 나는 티 테이블에 놓인 그의 망토와 쇄골까지 내려간 그의 팔을 바라보았다.

몸이 살짝 떨렸다. 나는 작게 심호흡을 했다.

"저는······."

겨우 한마디 내뱉었다.

"부끄럽게 살고 싶지 않습니다. 폐하."

나는 내려간 그의 팔을 잡았다. 그러고는 겨우 폐하를 바라보았다. 내가 사랑한 남자의 눈빛이 너무나 낯설었다.

또 입술을 깨물어서 피맛이 느껴졌다. 나는 두근거리는 심장은 내리눌렀다.

"제가 짐을 싼 이유는 그래서예요."

내가 이 사람을 설득할 수 있을까.

"꽤 오래전부터 생각했어요. 폐하를 마음에 두었지만, 같이 있을 수 없다는 것을요."

이상하게 웃음이 나왔다. 나는 그제야 그와 눈을 마주쳤다.

"폐하의 말은 어려워서, 어디까지가 진심이고 어디까지가

거짓말인지 모르겠다고 생각했어요. 하지만 처음에 저를 속이
려고 하신 건 맞죠?"

지금 생각해도 지나치게 달콤했던 말이었다.

"단순한 흥미이시면 곧 질리시겠지 싶어서 계속 기다렸지
만……."

나는 눈을 감았다. 자꾸만 목소리가 떨렸다.

"그래도 폐하를 마음에 두었습니다. 아마 폐하도 아실 거라
생각해요. 저는 표정을 못 숨기니까요. 하지만 폐하, 이 마음의
끝이 부끄러움밖에 더 있을까요."

그래도 당신도 나를 좋아한다고 생각했다. 그래서 조금만이
라도 이 성에 더 머물고 싶었다. 그 마음이 가볍지 않기를 기도
했지만, 결국 들어 버렸다.

"당연히 성녀다."

결국, 부끄러움밖에 남지 않았다. 그제야 깨달았다. 폐하는
다른 여자와 결혼할 이구나. 그 사람이 성녀님이 될지 약혼자
후보가 될지 모르지만, 당연히 그렇게 되는 거구나.

'그럼, 나는 뭐지?'

불륜?

이 마음이 깊어지면 그렇게 되나? 하지만 그런 짓이나 하려
고 열심히 산 건 아니었다. 이 사람을 정말 사랑하지만, 그렇게
는 살 수 없었다.

'돌아가신 엄마 아빠 욕 먹일 일을 제가 어떻게 해요.'

자랑스러운 딸은 못 되어도, 불륜한 딸은 너무하잖아요. 우리 엄마가 천국에서 울 거야. 여기서야 고아지만, 저 나름대로 따뜻한 밥 먹고 잔소리 들으면서 컸습니다. 폐하. 아, 정말 불륜이라니, 단어도 생각하기 싫다.

"폐하께서는 언젠간 결혼을 하실 테고, 그럼 제가 떠나는 것밖에 답이 없잖아요."

바보 같지만 그래서 다른 경우의 수도 생각했었다. 하지만 언제나 끝은 똑같았다.

나는 안쪽으로 파고드는 그의 팔을 두 손으로 잡아 뺐다. 움직이지 않을 줄 알았는데, 허무할 정도로 내 힘에 잘 따라왔다.

이상하게 웃음이 나왔다.

"어차피 그렇게 깊은 마음은 아니시죠?"

가벼웠을 거로 생각해요. 설사 폐하 마음이 조금 무거웠다고 해도 당신의 길에 방해된다면 바로 치울 수 있는 무게였죠?

"뭘 원하느냐 물으셨죠? 처음이랑 똑같습니다. 폐하. 저는 결국 바라는 게 없어요."

바라서도 안 되지만요. 애초에 애정이든 호감이든 뭐든 주겠다는 것 자체가 이상하다고 생각해요.

그저 속이려고 하셨던 말이었다면, 어쩔 수 없지만요.

'애초에 당신 외에 제가 진정으로 바라는 건 너무 멀리 있어요.'

나는 너무나 멀리 있는 내 가족을 생각하며 그의 손등에 살짝 입맞췄다.

"만약 있더라도 폐하께서 주실 수 없어요."

하지만 폐하, 당신은 가벼웠겠지만요. 저는 나름대로 무거웠답니다. 진짜 말도 안 되는 걸 고민할 만큼요.

"그렇군."

그는 손등에 입맞춤한 내 입술을 살짝 매만졌다.

"토끼."

"예, 폐하."

폐하는 흘러내린 머리를 뒤로 넘겼다.

"언제 나가려고 했지?"

"여건이 된다면 되도록 빨리요."

나는 가슴을 내리눌렀다. 아, 설득이 통했나 보다. 정말 다행이다.

'하긴 그동안 위험하긴 했지.'

수면효과와 중독성이 있는 피는 사실 위험하기 짝이 없었다. 누구든지 이 몸을 이용하면 아무리 강한 사람이라도 잠재울 수 있었다.

'아무리 지속 시간이 짧더라도 말이야.'

니나의 피를 이용하면 성이 뚫리는 건 시간 문제였다.

안심해서인지 몸에 긴장이 풀렸다. 나는 쓰게 웃으며 그를 바라보았다.

'어?'

순간 깜짝 놀랐다.

"폐하?"

입가에 걸린 웃음이 낯설었다. 아니, 지금 눈앞에 있는 사람이 너무나 낯설었다.

그가 작게 중얼거렸다.

"선왕이 이런 기분이었나 보군."

폐하는 자신의 웃옷을 거칠게 잡아 뜯었다. 보석으로 장식된 단추가 바닥으로 떨어졌다.

"정말 너는……."

보석들은 땅에 빙글빙글 돌다가 멈췄다. 나는 멍하니 그것을 바라보았다.

나는 앞으로 달려갔다.

내가 왜 이러는지 몰랐다. 단지 본능이 생각보다 빨랐다. 정신을 차렸을 때 이미 문 쪽으로 달려가고 있었다.

"짐을 이상하게 만들어."

하지만 내 도약은 허무하게 막혀 버렸다. 그는 한쪽 팔로 나를 끌어당겼다. 순식간에 잡힌 몸은 질질 끌려갔다.

"폐, 폐하……."

"네가 이겼다. 니나 케이지. 짐이 졌어. 하지만 너는 짐이 했던 말을 기억 못 하는 것 같군."

한번 공중에 들려진 몸이 내려앉았다. 등에 푹신한 것이 닿는 순간, 바로 일어나려고 했다. 하지만 강한 힘이 어깨를 눌렀다.

'이건…….'

심장이 요동쳤다. 나는 뜯어진 소매와 풀어진 칼라를 바라보았다.

몸이 떨렸다. 어깨를 누르는 팔을 잡았지만, 힘이 풀어지지 않았다.

'설마. 아니야.'

믿을 수가 없었다. 다 끝난 거 아니었어? 왜 갑자기 이런 일이 벌어지는 거지?

그때 천 자락이 스치는 소리가 들렸다. 나는 떨리는 눈으로 그를 바라보았다. 상의를 찢듯이 벗어 버린 남자가 내 양손을 잡았다.

시선을 돌리면 드러난 상체가 고스란히 보였다.

"네가 생각하는 게 맞다. 토끼야."

체중이 실린 악력은 무거웠다. 눈물이 흘렀는지, 시야가 우그러졌다.

'왜, 왜 이렇게 된 거지.'

나는 고개를 저으며 눈물을 털어냈다.

침착하자. 침착해야 해. 이럴 때가 아니야.

"짐의 곁에 있으란 말이 농담인 줄 알았나 보군."

폐하의 숨결에 얼굴에 닿았다. 나를 누르고 있는 남자가 다른 사람처럼 보였다.

그의 맨살이 촛불에 흔들렸다. 나는 작게 숨을 골랐다.

"폐하. 제가 생각한 것이 맞다면요."

눈물이 볼을 타고 내려갔지만 그를 노려보았다.

"뭐가 달라지나요?"

"뭐?"

입가가 파르르 떨렸지만, 억지로 웃었다.

"이런다고 뭐가 변하나요? 폐하께서 저를 취한다면 제 결심이 사라지나요?"

생각해 보니 기가 막혔다. 그래요. 폐하. 우리가 잔다고 해서 뭐가 달라지나요?

"당신은 영원히 폐하고, 저는 떠나려는 시녀일 뿐이잖아요. 하룻밤 보냈다고 제가 새장 속에 갇힌 새처럼 엉엉 울 거 같나요?"

당연히 울겠지. 억울하고 비참해서 많이 울 거야. 피해자가 되는 거니까. 하지만 첫사랑과 비참하게 갔다고 해서 내가 더러워진 건 아니잖아. 잔 건 그냥 잔 것일 뿐이잖아.

처음에는 억지로 웃었지만, 지금은 정말 웃음이 나왔다.

"갑자기 왜 이러시는지 모르겠지만요."

양손을 잡았던 힘이 없어졌다. 다행이네. 나는 웃으면서 일어나서 내 옷의 단추를 풀었다.

"그래요. 이왕 한다면 저도 즐기는 게 낫겠네요."

반쯤 드러난 시녀복이 우스웠다. 나는 구두와 앞치마를 거칠게 벗었다. 마지막으로 폐하 때문에 풀어졌던 칼라 아래의 단추를 하나하나 끌렀다.

몸이 점점 드러났다. 나는 조용히 그를 노려보았다.

"폐하께서 원하는 게 이런 것인가요?"

화를 낼 거라 생각했다. 하지만 그래도 상관없었다.

맞아. 정말 그러네?

'이게 뭐 대수라고.'

내가 애인이 몇 명이었는데. 니나의 몸으로는 처음이긴 하지만, 사랑도 연애도 헤어지면 그뿐 아닌가?

'실컷 자면, 이번에야 질리려나?'

마지막 단추가 풀어질 때였다. 무심코 폐하를 봤다가 조금 놀랐다.

'왜 표정이 그래요?'

수려한 얼굴에 드러난 건, 난생 처음 보는 남자의 얼굴이었다.

왜 이래요. 권력과 협박에 못 이겨서 억지로 옷 벗고 있는 건 난데, 왜 당신이 비참한 표정이야?

그래서일까. 기가 막혀서 조금 웃음이 나왔다.

"너는 정말 나를 패배자로 만드는군."

그때였다. 그의 눈빛이 순식간에 변했다. 폐하는 조용히 내 뺨을 매만졌다. 뜨거운 체온 때문에, 갑자기 온몸을 움츠렸다.

"그래. 토끼야."

낮은 목소리가 귓가에 속삭였다.

"네 말이 맞을 수도 있겠지."

손길이 목을 타고 점점 밑으로 내려갔다. 살짝 몸을 떨자, 그가 웃었다.

"그런데 네가 생각하지 못한 게 있구나."

또다시 온몸이 침대에 눕혀졌다. 그는 위로 올라와 내 팔에 깍지를 꼈다.

"왜 하룻밤이라고 생각하지? 짐이 너를 갈구하는 건 그 정도가 아니다."

그는 내 손끝에 입맞추면서 아름답게 웃었다.

"막상 만지면 떠는 주제에, 말은 잘하는구나. 그래, 짐의 토끼는 이랬지."

커다란 손이 발끝을 잡았다. 차 버리려고 했지만, 발목을 잡고 있는 힘은 강하기만 했다.

"하룻밤일 리가 없지 않으냐. 네 말대로 하룻밤이면 잊을 수도 있겠지. 하지만 매일 밤 끊임없이 이곳으로 온다면 어떻겠느냐. 그래도 네가 영원히 변하지 않을까?"

옷이 스치는 소리가 들렸다. 천들이 몸에서 사라졌다. 동시에 그의 숨결이 점점 가까워졌다. 움직이려고 한 시도는 허무하게 가로막혔다.

"짐을 봐라. 너도 짐을 사랑하지 않느냐."

깍지를 낀 손이 위로 들려졌다.

입술은 살짝 닿았지만, 곧 거칠게 파고들었다. 내 신음은 그의 입맞춤으로 가로막혔다. 혀끝이 천천히 입천장을 쓸어 올리자, 눈물이 주르륵 흘렀다.

몸이 떨렸다.

폐하의 손가락이 천천히 내려왔다. 옷을 헤치는 손가락은 아름다웠지만, 지금은 악몽처럼 무서웠다.

완전히 드러난 알몸 사이로 손끝에 가슴이 스쳤다. 부드러운 손길이었지만 지금은 피하고만 싶었다.

그는 한없이 여유롭게 내 나신을 바라보았다.

다리를 모으려고 했다. 하지만 허무할 정도로 가볍게 젖혀졌다. 그는 드러난 모든 것을 주시했다.

결국, 폐하의 목소리가 침묵을 깨트렸다.

"아무에게도 이 몸을 보이지 마라."

안 돼.

그가 보고 있던 게 어떤 건지 알았다.

"그만둬요. 폐하. 제발요."

그가 들어줄 거로 생각하진 않았다. 그러나 그의 반응은 내가 예상한 거와 달랐다.

폐하는 웃었다. 더없이 기쁘게.

"니나. 니나 케이지."

긴 머리카락이 내 나신에 흩어졌다. 그의 혀끝이 비부에 닿은 걸 안 건, 시각보다 촉각이 먼저였다.

"웃……."

간지러움에 몸이 흠칫 떨렸다. 이게 어떤 건지, 알아서 더 힘들었다. 다리로 그의 어깨를 밀어내려고 했지만, 발목을 잡은 힘에 허무할 정도로 모든 저항이 흩어졌다.

허리가 떨렸다.

'마, 말도 안 돼.'

그의 혀가 집요하게 쓸어내렸다.

'안 돼, 이러지 마.'

느끼지 마. 제발. 부탁이야.

하지만 예민한 곳은 금세 축축해졌다. 저항을 잃은 다리가 벌벌 떨렸다. 그는 조용히 얼굴을 들었다.

그는 입꼬리를 올리며, 애액이 묻은 입술을 살짝 쓸었다.

"귀엽게도 느끼는구나. 토끼야."

나는 바로 고개를 돌렸다. 수치스러웠다. 낮은 웃음소리가 귓가에 들렸다. 그는 내 다리를 더 활짝 벌렸다.

"좁고, 작아. 하지만 잘 젖어."

고개를 저으며, 비명을 지르려고 했다. 하지만 그의 손가락이 예민한 곳을 한번 쓸었다.

"꼭 니나 케이지, 너 같군."

눈물이 흘렀다.

"울지 마라. 안타깝게도 짐은……."

손가락이 비부를 벌렸다. 그는 애액이 묻은 손으로 내 코를 살짝 쓸었다. 미끈한 손가락에, 다시 몸이 움찔 했다.

"멈추지 않아."

안 돼. 나는 바로 고개를 흔들었다. 본능적으로 몸을 뒤틀며, 벗어나려고 했다. 하지만 그는 여유롭게 나를 끌어당겼다.

포식자에게 먹히는 거 같았다. 모든 저항이 막히고, 어떤 것도 통하지 않았다.

그때였다.

갑자기 쿵- 하는 소리와 함께 벽이 흔들렸다.

"폐하!"

누군가 문을 열고 들어왔다. 낯선 목소리였다. 그는 들어온 사람에게 바로 외쳤다.

"나가라. 방해하지 말라고 했다."

왕은 멈추지 않았다. 그는 타인의 시선을 아랑곳하지 않고, 다시 내 몸을 만지려고 했다. 하지만 낯선 목소리가 서둘러 말했다.

"폐하, 레오 경께서 감옥을 부쉈습니다."

폐하의 모든 행동이 멈췄다. 그는 천천히 고개를 뒤도 돌렸다.

"게다가 성안 마력의 흐름도 이상합니다. 가 보셔야 합니다! 폐하!"

쿵─ 하는 울림이 또 벽을 뒤흔들었다. 탁자에 놓인 등이 흔들릴 정도였다. 그는 벽의 진동을 보면서 흘러내린 머리를 뒤로 넘겼다.

"도움이 안 되는군."

병사가 가까이 다가오자, 폐하는 시트로 내 드러난 몸을 가렸다. 그는 내 상처 난 입술을 매만지며 속삭였다.

"아쉽지만 곧 다시 오겠다. 얌전히 기다려라."

그는 손끝으로 내 눈물을 쓸면서 자리에서 일어났다. 폐하의 모습이 멀어지자, 문이 닫히는 소리가 들렸다.

빈 방에 정적이 내려앉았다.

나는 시트로 가린 내 몸을 내려다보았다. 믿을 수 없었다. 모든 일이 악몽 같았다.

'왜……'

왜 갑자기 이러시는 거지?

잡힌 어깨와 팔에는 자국이 남아 있었다. 조금 젖은 시트가 눈에 띄었다. 나는 입을 가리고 숨을 막았다. 소름이 온몸을 타고 내려왔다.

"일, 일단 오, 옷은……."

나는 떨리는 손으로 옷을 주워 입고 단추를 잠갔다. 그러고는 커다란 침대 위에 놓인 앞치마까지 다시 걸쳤다. 하지만 자꾸만 손이 엇나갔다.

머릿속은 새하얗기만 했다.

'어떡하지?'

방법이 있기는 한가?

나는 고개를 들어 그가 나간 문을 바라보았다. 방금 폐하는 금박으로 장식된 화려한 문을 열고 나갔다.

'도망가고 싶어.'

그러면 저 문을 열고 나가면 돼. 하지만 병사가 지키고 있을 거야. 병실에도 있었던 병사가, 이곳을 지키지 않을 리 없잖아.

'하지만, 혹시라도…….'

나는 맨발로 문 쪽으로 걸어갔다. 혹시나 싶어서 문에 손을 댔을 때였다. 갑자기 문이 활짝 열렸다.

"어머나?"

내가 문에 너무 가까이 있어서인지, 들어온 사람은 조금 놀란 거 같았다. 나는 조심스럽게 그 사람의 이름을 말했다.

"쥬시?"

너무 의외였다. 왜 쥬시가 여기에 있는 걸까.

"음, 안녕?"

인사가 어색했다. 그러고 보면 몇 달 정도 못 봤던 사람이었다. 정원 일을 한다는 시녀와는 쭉 친분을 유지했지만, 많이 가까워지진 않았다.

'오히려 라라랑 더 친했지.'

만나면 인사하고, 가끔 선물은 주지만 그뿐인 사이. 그러고 보면 몇 년 전에 라라가 쥬시는 요즘 자기보다 더 친한 시녀가 생겼다며 투덜거렸었다.

"안녕하세요. 그런데 왜 여기에 오셨어요?"

쥬시는 활짝 웃으며 자신의 뒷목을 주물렀다.

"아, 그러니까 음, 청소?"

정원 일을 하는 시녀한테, 청소를 시킨다고?

"보직을 바꾸셨나요?"

쥬시는 계속 어깨를 주무르면서 어색하게 웃었다. 그녀는 방을 쭉 둘러보며 문을 닫았다.

"무슨 일이 있었던 거 같네?"

순간 아차 싶었다. 이 방에는 지금 왕의 옷들이 바닥에 떨어져 있었다.

"저, 그게……."

"뭐, 내가 알 바 아니긴 하다. 아, 니나야."

그녀는 앞치마에서 작은 인형을 하나 꺼냈다. 자그마한 초록색 뭉치는, 내가 몇 년 전에 만들어준 거북이 인형이었다.

"이거 고마워."

"오래전에 드렸는데요. 아직도 좋아해 주시네요."

"귀여워서 매일 가지고 다녔어. 지금 아니면 얘기 못 할 거 같아서. 고마워. 마음에 드는 거 가져 본 적이 손에 꼽을 정도라서 말이야. 앞으로도 소중하게 간직할게."

"예?"

갑자기 왜 쥬시가 이 방에 들어와서 이런 얘기를 하는 걸까? 정말 청소를 하러 왔다고 믿고 싶어도, 청소용구가 하나도 없었다.

"저, 쥬시, 도대체 왜 오신 건가요. 정말 청소 때문인가요?"

"니나는 둔한데 눈치는 좀 빠른 거 같아."

"네?"

"미안해. 미리 사과할게."

도대체 뭐가 미안하다는 건지 알 수 없었다. 다시 물으려고 그녀의 팔을 잡으려 할 때였다. 갑자기 그녀가 움직였다.

'뭐, 뭐지?'

갑자기 목 뒤에서 따끔거리는 게 느껴졌다. 무심코 손을 가져가자 손바닥에 피가 베어져 나왔다.

피를 보고 나서야 그제야 알았다.

"쥬시?"

그녀가 뭔가를 휘둘렀고, 그 탓에 뒷덜미에 피가 났다. 그리고 갑자기 시야가 뭉그러졌다.

"왜?"

무릎에 힘이 빠졌다. 중심을 잡으려 했지만, 몸이 바닥으로 떨어졌다.

"니나를 위해서 특별히 만들었어. 네 몸은 특이하잖아."

시야가 깜깜해지고 쥬시의 목소리가 들렸다. 몸이 바닥으로 떨어졌는데, 아프지가 않았다. 아니, 아예 아무것도 느껴지지 않았다.

그녀는 내 몸을 받아 들면서 속삭였다.

"곧 소리도 들리지 않을 거야."

그녀의 말 대로였다. 쥬시의 목소리도 곧 흐트러졌다.

'정신이, 이상해.'

눈을 뜬 건지 감은 건지 알 수 없었다. 시야가 차단되고, 아무것도 들리지 않았다. 마치 마취제를 맞은 거 같았다.

'아니. 마취가 맞아.'

갑작스럽게 다가온 침묵에 당황할 겨를도 없었다. 모든 생각이 바닥으로 떨어졌다.

'안 돼……'

그것을 마지막으로 결국 나는 정신을 잃었다.

35

납치

왕이 거침없이 나아가자, 뒤에서 시녀가 덮을 것을 가져왔다. 그는 물리려고 했지만, 사비나의 얼굴을 보고 조용히 내버려두었다. 몇 년간 충성스럽게 자신을 보필해 온 시녀장의 얼굴은 사색이 되어 있었다.

"할 말이 많아 보이는군."

"폐하, 니나를!"

"대답하지 않겠다. 사비나."

왕은 빠르게 걸어가기만 했다. 사비나는 초조하게 그의 뒷모습을 바라보았다. 그녀는 손을 가만히 두지 못했다. 아무리 눈치 없는 사람이라도, 왕의 모습을 보면 누구나 짐작할 것이다.

'정말 취하신 것입니까?'

가슴이 턱 막혔다. 시녀장은 간절하게 빌었다. 머릿속에 작았던 아이의 모습이 스쳤다.

"사비나."

"예, 폐하."

"토끼에게 가 있어라."

왕의 뜻을 잘 알 수 없었다.

"그 방에 가서 달래라. 명령이다."

하지만 사비나는 무슨 뜻이냐고 묻지 않았다. 이건 물어봤자 소용없어. 그녀는 즉시 고개를 숙이고 물러났다. 그러고는 반대편으로 뛰어갔다.

'달랜다고, 달래질 리가요.'

정말 그 일을 벌이셨으면, 참혹하기밖에 더하겠습니까. 폐하.

하지만 그 말조차 할 수 없었다. 그래서 숨이 찼지만 사비나는 멈추지 않았다.

충직한 신하가 멀어지는 소리를 들으면서 왕은 다시 돌아섰다.

그는 계속 걸어갔다. 맨살에 공기가 닿았지만 달아오른 피부는 식히지 못했다. 머리가 끓는 걸까, 감정이 타오르는 걸까. 왕은 머릿속에 수를 계산하면서도 알 수 없다는 생각을 했다.

'미치겠군.'

머릿속에는 아까 보았던 니나 케이지의 모습만 떠올랐다. 아이의 말투와 표정, 그리고 눈물이 계속해서 떠올랐다. 그는 주먹을 꽉 쥐었다. 끓어오르는 건 점점 더 심해졌다.

그때 병사가 이곳이라고 외쳤다. 그는 피식 웃었다. 서른 명 가까이 되는 병사들이 그를 에워싸고 있었다.

왕이 손을 드니 겹겹이 에워싼 병사가 물러났다. 그는 여유롭게 기사에게 걸어갔다.

"내단하군."

지하감옥 안쪽 벽이 완전히 무너져 있었다. 레오는 사슬을 매만지며 사람 좋게 웃었다.

"오셨습니까."

"무슨 짓인가, 레오 경."

왕은 흘러내린 머리를 뒤로 넘겼다. 왕의 기사는 그를 보며 무릎을 굽혔다가 폈다.

"이건 예상 못 하셨습니까?"

"생각해 보긴 했지. 하지만 지금은 후회하고 있다. 짐이 경을 너무 믿은 모양이야."

반셀 가문의 가주이자, 그리핀 제1 기사단 단장은 매우 위험한 능력을 지니고 있었다. 그의 손에 들어가면 모든 것이 흉기가 되었다. 날 조각부터, 돌멩이, 하다못해 종잇장까지 마력을 담아서 던지면 무시무시한 파괴력을 자랑했다.

"머리를 식히라는 의미란 걸 압니다."

레오는 풀어진 사슬을 바닥으로 던졌다. 성벽을 부순 것이 저것이군. 왕은 즉시 불의 벽을 만들어서 그의 퇴로를 막았다.

"기대에 못 미쳐서 죄송합니다. 폐하."

왕은 레오를 바라보았다. 죽이기에는 쓸모가 많은 기사였다. 그와 동시에 그가 무엇을 원하는지 알아서 죽여 버리고 싶기도 했다.

"왜 이런 짓을 벌인 거지?"

"꼬맹이 외에 다른 이유가 있겠습니까?"

비린 웃음이 나왔다. 조금 전에 자신의 품에 있던 니나 케이지를 생각하니 가슴속에 무언가 타올라서 끓어 넘쳤다.

순간, 이상한 생각이 들었다. 과연 그 아이는 저 남자에게도 자신에게 했던 말을 했을까.

"미쳤군."

"죄송합니다. 폐하."

레오는 돌멩이를 허공에 던졌다가 다시 받았다.

"저는 아주 오래전에 미친 것 같습니다."

"무엇이 경을 미치게 했는지 궁금하군."

"아시는 것을 괜히 물으시는군요. 폐하의 총명한 혜안이면 이미 아시지 않습니까."

왕은 피식 웃으며 병사의 칼을 뽑아 던졌다. 땅바닥에 떨어진 검을 보며 레오는 허리를 굽혔다.

"충성의 대가치고는 호화롭군요. 은혜에 감사합니다. 폐하."

"경은 눈치가 빨라."

"그럼, 지금이라도 니나를 제게 주십시오."

왕은 흘러내린 머리를 뒤로 넘겼다.

"늦었다. 레오 경. 그 아이는 이미 짐의 여자가 되었어."

레오는 왕의 의관을 바라보았다. 그가 신하를 만날 때는 옷차림이 흐트러진 적이 없었다. 하지만 지금은 지나치게 간소했다.

그것이 어떤 의미인지, 레오는 모르지 않았다. 그는 즉시 검을 치켜들었다.

"빠르시군요."

"아직 침대에 짐의 것을 남겨 두었다. 달아오른 것이 식지 않았으니, 이런 시답지 않은 일은 일찍 끝내야겠군."

왕은 검을 뽑아 들었다. 레오는 검에 마력을 담아서 진심으로 휘둘렀다. 그의 검을 막은 왕은 미간을 찌푸렸다.

"경은 정말 미친 모양이야."

"이미 그런 것 같다고 말씀 드렸는데요, 폐하."

기사의 눈이 붉게 타올랐다. 저쪽이 진심이면, 더는 볼일이 없었다. 왕이 불을 회전시켰다. 레오가 움직이면 즉시 왼쪽 가슴에 박아 넣으려고 했다.

그때였다.

"폐하!"

시녀장의 목소리가 들렸다. 하지만 두 남자는 아랑곳하지 않았다. 서로의 움직임을 노려보기만 했다. 팽팽한 긴장감이 계속 이어졌다.

"니나가! 사라졌습니다."

긴박했던 실이 순식간에 끊어졌다. 한껏 타오르던 마력도 마찬가지였다. 두 남자는 동시에 목소리가 울려 퍼진 곳으로 고개를 돌렸다. 달려온 시녀장은 바닥에 주저앉아 외쳤다.

"사라졌습니다. 그 방에 없어요."

사비나는 그 말을 마치고 정신없이 기침했다. 시녀장의 콜록거리는 소리만이 잔재만 남은 공간에 가득 찼다.

얼마나 그렇게 있었을까.

왕의 불이 허공에서 사라졌다. 레오의 눈도 곧 제 색으로 돌아왔다.

"당장 성문을 봉쇄해라!"

왕이 손을 털자, 겉옷이 펄럭였다. 병사들은 왕의 명령을 이행하려 흩어졌다. 두 남자는 당장 시녀장을 향해 걸어갔다.

"보고해라, 사비나."

"없습니다. 지키던 병사들도 잠들어 있었어요."

두고 볼 것도 없었다. 왕은 즉시 마력을 회전시켰다. 성 너머로 불이 얇은 벽을 만들어 겹겹이 에워쌌다.

"수색해라."

타오르는 불의 벽 때문에 밤이어도 사방이 밝았다. 병사들이 흩어지는 걸 보며, 왕은 기사단장을 향해 고개를 돌렸다.

불길에 비친 남자는 한 손을 이마에 짚은 차였다. 왕은 천천히 뒤돌아섰다.

"일단 돌아와라."

"대단히 감사합니다."

"언제든지 죽일 수 있어서 살려 두는 것뿐이다. 경은 쓸 만하지만 대신할 이가 없지는 않다."

레오가 피식 웃으면서 왕을 노려볼 때였다. 병사 한 명이 급하게 그들에게 다가갔다.

"폐하! 부인께서 사라지셨습니다!"

아주 가지가지 하는군.

왕은 주먹을 꽉 쥐었다. 아무리 명석한 왕이라도 지금 상황을 파악하는 게 힘들었다. 토끼의 방이 무너졌고, 새와 토끼가 동시에 사라졌다.

'교단인가.'

교단밖에 없겠지. 하지만 여태 가만히 있던 집단이었다. 이제 와서 스물다섯이 넘은 성녀를 납치한다고? 앞뒤가 맞지 않았다.

"폐하. 죄송합니다만……."

레오는 그를 스쳐 지나가며 중얼거렸다.

"대체 가능한 건 왕도 마찬가지입니다. 폐하."

왕은 피식 웃었다. 이제야 기사의 진심이 전해졌다.

"그럴 각오였는지는 미처 몰랐군. 짐의 실책이야."

"저도 선왕 때 했던 결심을 또 하게 될 줄은 상상도 못 했습니다. 폐하."

참으로 우스운 일이었다. 왕은 레오를 돌아보지 않았다. 지금 그가 집중해야 하는 건 토끼를 탐내는 기사가 아니었다. 모든 일에는 순서가 있었다. 제일 중요한 것은 따로 있었다. 그래서일까. 끓어올랐던 감정은 언제 그랬냐는 듯 더없이 냉정해졌다.

정신없이 기침했던 시녀장이 다가왔다. 왕은 그제야 자신이 예전으로 돌아왔다는 걸 깨달았다.

"피 때문일 겁니다."

사비나의 말이 맞았다. 조사해 보면 드러나겠지만, 니나 케이지의 피는 누구든 잠들게 할 수 있었다.

"사비나. 신하들을 소집해라."

"네, 폐하."

그가 앞으로 나아가려 한 순간이었다. 오랜 동한 보필해 온 충직한 시녀장이 물었다.

"폐하. 니나는 무사하겠죠?"

순간, 왕은 움직일 수 없었다. 오랫동안 잊고 있던 감정이 스멀스멀 올라왔다. 그는 멍하니 뒤를 돌아보았다.

"폐하?"

자신의 토끼가 어떻게 되었을지 수많은 상상이 머릿속을 뒤덮었다. 지금은 쓸모없는 생각이라고 밀어 두려고 해도, 불안이 마음을 순식간에 잠식했다.

그는 한 손으로 자신의 눈을 가렸다. 허무한 웃음이 새어 나왔다.

불안하고 초조했다. 아무렇지도 않아야 하는데, 그렇지가 않았다.

니나의 목소리가 머릿속에 울려 퍼졌다.

"당신은 영원히 폐하고, 저는 떠나려는 시녀일 뿐이잖아요. 하룻밤 보냈다고 제가 새장 속에 갇힌 새처럼 엉엉 울 거 같나요?"

그때 아이는 어떤 표정이었지? 울었던가?

"잘 기억이 안 나는군."

그 이유가 무엇인지는 안타깝게도 너무나 잘 알았다.

불길이 넘실거리는 벽이 열기를 뿜어냈다. 왕은 잠시 불의 벽을 바라보았다.

"너무 늦게……."

그는 조용히 팔에 힘을 뺐다. 팔은 몇 번 허공 속에서 흔들리다 멈췄다.

"폐하?"

시녀장이 소매를 잡아당겼지만, 그는 미동도 하지 않았다. 그저 쓴웃음만 나왔다. 정말 왜 지금 깨달았는지 알 수 없었다. 수 싸움에 능했지만, 이렇게 될 거라고는 생각지도 못했다.

"웃기는군."

그는 나직하게 중얼거렸다.

"진짜 웃기는 일이야."

왕의 목소리가 점점 사그라졌다. 그는 자신을 보는 사비나를 바라보았다. 안타깝게도 충직한 시녀의 말이 맞았다.

"네가 예전의 한 말이 옳았다. 사비나."

"니나에 관한 걸 말씀하시는 건가요?"

왕은 살짝 고개를 끄덕이며 돌아서서 걸어갔다. 사비나는 걱정스럽게 그의 뒷모습을 바라보았다.

'예전에 했던 말이라니…….'

니나에 관해서는 참 많은 말을 했었다. 그중에 어떤 걸 말하는 걸까.

'이제 와서…….'

그런다고 뭐가 달라지나요. 늦었다는 생각은 안 하시나요.

'머리가 아파.'

무슨 일이 벌어진 걸까.

'너무 많은 것이 한꺼번에 일어났어.'

니나는 어떻게 된 걸까. 폐하랑은 또 어떻게 된 걸까. 레오
경이 일을 벌인 것도 니나 때문이겠지?

'왜 그렇게 된 걸까.'

그녀는 재빨리 걸어가며 고개를 들었다. 불의 벽에 올라온
열기 때문에 피부가 따끔거렸다. 넘실거리는 불길을 바라보자,
이상하게 옛 생각이 났다.

손을 붙잡고 따라오던 아이가 기억 속에서 어른거렸다. 그
땐 참 작았는데. 사비나는 마른세수를 했다. 이번 일을 말리지
못했다는 죄책감이 마음을 콕콕 찔렀다.

'내가 널 폐하께 데려가지 않았으면……'

그랬다면 뭔가 달라졌을까?

사비나는 고개를 저으며 생각을 털어 냈다. 말도 안 되는 이
야기였다. 눈물이 날 것 같지만, 그래 봤자 시간을 되돌릴 수는
없었다.

폐하를 말리지 못했고, 자신은 그 아이를 직접 데려갔다.

상념이 머릿속에 휘몰아쳤다. 사비나는 숨을 몰아쉬었다. 이
런 건 감정은 아무런 도움이 되질 못 했다.

시녀장은 침착하게 자신의 할 일을 정했다. 일단 회의실을
열어야 했고, 폐하의 의관을 챙겨야 했다. 그녀는 울음을 참으
며 손가락으로 해야 할 일을 하나씩 꼽았다.

그러지 않으면 도저히 견딜 수 없었다. 하지만 결국 눈물 한
방울이 손등을 타고 내려왔다.

'피부가 따가워서야.'

절대로 이건 죄책감이 아니야. 그녀는 그렇게 중얼거렸다.

아무것도 보이지 않았다. 깜깜한 세상에서 생각마저 멈췄으면 좋았을 텐데, 이상하게 소리만 들렸다. 하지만 지금 내가 의식이 있는 건지 아닌지도 알 수 없었다.

'죽지는 않은 거 같은데, 살아 있긴 한 걸까?'

나는 의식을 잃기 전 마지막으로 봤던 것을 떠올렸다.

맞아. 쥬시가 나를 기절시켰어.

뭐가 어떻게 된 걸까. 오감 중 유일하게 청각만이 살아 있었다. 나는 열심히 귀를 기울였다.

여러 소리가 들렸다. 부스럭거리는 소리, 바람 소리, 장작이 타닥거리며 타는 소리가 들렸다.

하지만 제일 많이 들리는 건 역시 사람의 목소리였다.

촉각이 느껴지지 않아서 내가 어떻게 되었는지는 몰랐다. 하지만 익숙한 목소리가 계속 재잘거렸다.

"이야. 이베리아 왕은 대단하네. 봐 봐. 불의 벽이야."

"조금만 늦어도 큰일날 뻔했어요."

"니나 케이지의 피가 없었으면 빠져나가지도 못했을 거야."

순간 깜짝 놀랐다. 니나의 피? 수면 효과가 있는 그거?

말을 할 수 있으면 소리를 낼 텐데, 몸이 움직이지 않았다.

몸부림을 치고 싶어도 손가락 하나 까딱할 수 없었다.

"고마워. 니나."

쥬시의 목소리가 들렸다.

"이베리아 왕은 굉장히 영리한 녀석인데, 가끔은 바보 같아. 니나 케이지를 왜 시녀로 내버려둔 걸까. 누군가 애의 피를 이용할 거란 걸 몰랐을 거란 생각은 안 드는데 말이야."

"성하도 아시다시피 소문이 무성했잖아요. 이베리아 왕이 니나를 좋아한 거 아닌가요? 그러니까 위험해도 곁에 둔 거겠죠. 성하! 아, 좀! 잘 업으세요! 그러다 니나 목 빠지겠네."

"빠져도 앤 모를걸. 아무것도 안 느껴질 거야."

"제가 성녀님을 업은 거처럼, 좀 잘 업어 봐요."

쥬시가 투덜거리자, 낯선 여자가 말했다.

"세라피와 얘가 같냐?"

"그래도요. 띠가 불편하시면 제가 다시 감아 드릴게요. 정 힘드시면 바꾸실래요?"

"됐어. 세라피보다 얘가 더 가볍잖아."

쥬시가 가볍게 웃었다. 나는 낯선 여자의 목소리에 집중했다. 참 이상했다. 누구인지는 모르지만 어디서 들어 본 거 같았다.

'그런데 말투가 이상해.'

여자 목소리였지만, 이상하게 남자 말투처럼 느껴졌다.

"이베리아 왕이 앨 정말 좋아했어?"

"맨날 안고 다녔어요. 뭐, 니나는 아니라고 했지만요."

"둘이 했나?"

"저질입니다. 성하, 알아서 뭐하시게요."

"넌 안 궁금해? 난 궁금한데?"

"궁금하지만 본인이 있는 데서 얘기하는 건 미안하잖아요. 게다가 왕이 니나를 마음에 뒀다 치면, 우리만 더 힘들어져요. 죽자 살자 쫓아올 테니까요."

쥬시의 말에 조금 기가 막혔다. 본인이 있는 데서 얘기하는 걸 미안해 하는 것보다는, 날 납치한 것에 죄책감을 느끼면 안 되는 걸까.

'이상해.'

쥬시는 아무렇지도 않게 낯선 여자랑 얘길 했다. 별로 대화는 많이 한 건 아니지만, 정원 일을 한다던 시녀는 꽤 조심스러운 편이었다.

'하지만 지금은 자유로워 보여.'

지금이 본래의 모습이라서 그런 걸까? 그럼 쥬시의 정체는 역시…….

'스파이?'

나는 병사가 지키고 있던 방에 들어온 쥬시를 떠올렸다. 신기하게도 순순히 납득이 갔다.

'쥬시가 내 방을 무너트렸고, 날 납치한 걸까?'

잘 와닿지 않았다. 그렇게 심한 일을 아무렇지도 않게 할 사람처럼은 보이지 않았다.

'아니었으면 좋겠다.'

날 힘들게 한 사람이 아는 사람이란 건 조금 슬펐다.

'뭐, 가까운 사람이 날 아프게 한 건 좀 익숙하긴 해.'

나는 부모님의 재산을 노렸던 친척들과 돈 밝혀서 헤어졌던 개새끼를 떠올렸다. 참 이상했다. 5년 동안 니나의 몸에 있어서 인지, 그들의 얼굴이 가물가물했다.

하지만 그 사람의 모습은 너무나 쉽게 떠올랐다.

'폐하.'

내가 사랑했던 사람은 왜 다 나를 아프게 하는 걸까. 폐하는 정말 그때 억지로라도 날 안을 생각이었을까.

가슴이 너무나 아팠다. 어차피 떠날 생각이었는데 꼭 이렇게 끝날 필요는 없잖아요. 도대체 나한테 원하는 게 뭐였어요?

'토끼 토끼 하더니, 진짜 토끼인 줄 알았나.'

그동안 날 사람으로 보지 않은 거예요?

최악의 결과를 뒤집은 느낌이었다. 일찍 도망갈걸. 좀 더 그에게 벗어날걸. 쓸데없는 말 하지 말걸. 마음에 후회가 겹겹이 쌓여서 무너질 거 같았다.

"쫓아올까?"

"글쎄요."

"재미있네. 우리 내기하자. 난 왕이 앨 사랑했다는 것에 전 재산 건다."

"저도 한다면 니나에게 마음이 있었다는 것에 걸게요. 성하, 그런데 아까 전이랑 얘기가 다르잖아요. 왜 갑자기 왕이 니나를 좋아했다는 쪽이에요."

"뭐야. 같은 쪽이면 내기하는 의미가 없잖아. 아니. 네 말 들으니까, 진짜 그런 거 같아서 말이야."

두 사람의 웃음소리가 들렸다.

"가끔 봤는데, 눈빛이 이상했어."

"어땠는데요?"

"눈은 사랑스러워 죽겠는 걸 보는 것처럼 무지하게 촉촉한데, 표정은 딱딱해서 괴상했어. 괴리가 심해서 처음에는 쟬 싫어하는 줄 알았다니까."

쥬시의 웃음소리가 들렸다. 깔깔거리는 소리가 귀에 유난스레 거슬렸다.

"걸리는 게 많잖아요. 시녀랑 결혼할 수도 없고요."

"진실을 알면 결혼할 수도 있었을 텐데 말이야."

"그러게요. 그건 그러네요."

순간, 깜짝 놀랐다. 이건 무슨 말인 걸까.

"어?"

"성하, 왜 그러세요?"

"아니, 얘가 좀 움직인 거 같아서. 머릿속을 확실히 휘저었는데 이상하네. 전에 이런 적이 없었는데?"

"의식이 좀 깨어 있는 거 아닐까요? 거의 성녀가 되기 전이었잖아요."

"뭐, 움직이지 않으면 된 거지. 어이, 니나 케이지, 듣고 있어? 아, 듣고 있어도 말은 못 하겠구나. 미안!"

또다시 웃음소리가 들렸다.

와, 열받아. 아주 둘이 북 치고 장구 치고 난리가 나네.

도대체 뭐 사람들이기에 나와 세라피를 납치한 걸까. 교단에 있는 이들이란 건 알겠는데, 성격이 굉장했다.

'사이코 같아.'

욕도 안 하고, 천박한 말도 안 하는데 도망가고 싶은 부류였다.

"왜 결혼할 수 있는지 궁금하겠지?"

"당연히 궁금하겠죠."

"설명하려면 좀 길어지는데, 여행길의 여흥으로 딱 좋겠네."

바람 소리와 여자의 목소리가 섞였다. 솔직히 궁금하긴 했다.

"어디서부터 말해야 하나. 간단하게 줄이면, 성녀는 원래 반려야."

아니, 이건 또 무슨 말이야.

"너무 간단하잖아요."

"그런가. 그럼 좀 자세하게 설명해 줄게. 옛날 옛적에 이베리아의 반등을 두려워한 교황은 계략을 썼어. 이베리아의 왕을 미치게 한 건데, 이게 어떻게 했는지 몰라도 성공했단 말이야. 솔직히 이렇게 훌륭하게 먹힐지는 몰랐을 거야. 미쳐서 뇌가 이상해진 이베리아 왕은 반려의 핏줄을 죄다 도륙했지."

"어떤 세뇌가 그렇게 잘 먹힌 걸까요."

"글쎄. 비밀문서를 봐도 자세한 건 없더라. 그때 이베리아 대부분의 반려 가문이 횡령도 저지르고 권력을 사유화했다고 쓰여 있긴 해. 그래도 그렇게 죽일 필요는 없었을 텐데 말이야."

쥬시와 정체를 모르는 여자는 수다 떨듯이 가볍게 얘기했지만, 나는 알았다. 이들이 주고받는 말은 이베리아에서 오랫동안 조사해 온 선조의 이야기였다.

'진짜일까?'

그건 둘째 치고라도, 어째서 이들은 이런 걸 알고 있는 거지?

"그 시대 교황은 좀 똑똑했나 봐. 교단은 은밀하게 반려의 핏줄을 연구했지. 아마 그때부터였을 거야. 이런저런 실험을 시작했을 때가. 그런데 반려의 능력을 변형시키면, 누구든 치유할 방법이 나와 버렸네?"

"대단하네요."

"간단하게 말했지만 이 년쯤 연구했을걸. 그 뒤로는 성녀가 탄생했지. 이베리아 왕은 반려가 없어서 약쟁이가 됐지만, 우리는 성녀로 장사 잘해 먹었지."

"부작용도 있잖아요."

"억지로 회로를 변형시킨 힘이어서인지 단명하더라고. 성녀는 스물다섯 살이 넘으면 서서히 힘이 약해지지. 하지만 그쯤이야 교단에서는 얼마든지 해결할 수 있었어. 까짓것 많이 만들면 그뿐이잖아."

그들의 웃음소리가 귓가에 유난스레 거슬렸다.

"성하, 간단하다는 듯이 얘기하지 마세요. 그 회로 만드는데 얼마나 많은 피가 필요한데요."

"한 열두 명쯤 죽이면 되던데? 생각보다 적더라고."

"진짜 적네요? 자그마한 회로를 만드는데도 수십 명이 죽어야 하던데, 성녀는 참 효율이 높네요."

이들의 대화를 들어 보면 공포 영화에 들어온 것 같았다. 사람을 죽이네 살리네를 아무렇지도 않게 얘기했다.

'이상해.'

하지만 이야기의 내용은 자체는 굉장히 흥미로웠다. 신뢰는 가지 않았지만 묘하게 그럴듯했다.

"미안, 미안. 또 우리만 아는 얘기를 했네. 별거 아니야. 사실 회로를 만드는 건 피가 필요하거든. 성력을 가진 성직자의 피로 만드는데, 복잡할수록 많이 필요해."

"그래서 교단은 성력을 가진 아이들을 인위적으로 만들어 냈어. 시네리필이 대표적인 곳이고, 몇 군데 더 있죠?"

"하버필이랑, 칼레시도 있지. 그런데 니나 케이지, 네 고향인 시네리필은 좀 특별해. 거긴 순도가 높은 애들을 모아 놨거든."

"추기경이 된 애들도 있을걸요. 서류상으로는 양자에 편입되어 있었지만요."

"나는 하버필 출신이야. 이야, 그래서 올라가는 데 힘들었어."

"저는 칼레시 출신이에요. 저는 올라가지도 못하고 여태 구르잖아요. 성하. 생각해 보니 억울하네요."

전혀 재미있지 않은데 괴상한 웃음소리가 들렸다.

"성녀가 왜 반려인지는 이해했지? 아, 이걸 얘기 안 했다. 니나 케이지, 넌 사실 세라피의 스페어였어."

"만약 성녀님이 어디 다치면 네가 성녀가 되는 거지. 원래는 다른 성녀가 되어도 괜찮은데, 나이대가 어설프게 걸렸거든."

"뭐, 세라피가 어디 다쳐도 네가 성녀가 될 일은 없었을 거야. 내가 세라피를 사랑하니까 말이야."

"열렬하셔요!"

박수 소리가 울려 퍼졌다. 이들이 괴상한 행동이 너무나 이상했지만, 정보를 무시할 수 없었다.

'니나가 성녀 대체품이었다고?'

아이의 피의 효능을 생각하면 이상하게 이해가 갔다.

"성녀가 되는 조건은 반려의 피와 성력이 함께 있는 거야. 그래서인지 너 같은 애들은 심장이 약해. 원래 섞여서는 안 되는 힘이어서 그런가, 성녀가 되지 못하면 십대 후반에 요절하지."

"사실 네가 스무 살까지 살아 있는 건 대단한 거야. 네 심장 세라피 님이 치료해 줬지?"

"그게 문제였어. 성녀의 계승식은 전대 성녀가 후대 성녀의 심장을 치료해 주는 것부터 시작하거든."

"어설프게 회로가 건너가 버렸어. 그뿐이면 좋은데 네가 많이 다쳐서 성녀님이 치료를 많이 해 주셨잖아. 그럴 때마다 회로가 계속 흘러가서, 결국 세라피 님의 힘이 쇠퇴해 버렸지. 나중에는 너랑 닿기만 해도 회로가 옮겨가더라."

나는 점점 이들의 이야기에 빠져들었다. 아니라고 하기에는 너무나 앞뒤가 딱딱 맞았다.

'나는 세라피와 닿으면 몸이 이상해졌어.'

쓰러지기도 하고, 잠이 들기도 했다. 스승님은 그 이유가 성력과 마력이 불안정해서라고 했었다.

"니나 케이지. 넌 참 거슬리는 존재야. 세라피의 힘을 야금야금 차지하는데 처치할 수가 없더라고."

"이베리아 왕의 비호를 받고 있었으니까요."

"5년 만에 겨우 기회가 와서 방을 아예 무너트려 버렸는데, 거기서도 살아남더라?"

쥬시가 한숨 소리가 들렸다.

"맞아. 니나야. 내가 널 죽이려고 선왕비의 뇌에 암시도 넣었었어. 그랬지만 그것도 성녀님이 고쳐 주는 바람에 수포가 됐지만 말이야. 아, 맞다! 그 두 번째 약혼자 후보가 칼질한 것도 내 덕분이야. 물론 이것도 세라피가 고쳐 줘서 악순환이 반복됐지."

"네 방을 무너트리는 건 정말 힘들었어. 얘가 얼마나 열심히 준비했는데 어떻게 거기서 안 죽는 것인지 원. 게다가 세라피와 같이 있었다니, 나 진짜 소름 돋았잖아. 이쯤 되면 굉장하더라. 니나 케이지."

그들은 무섭다며 작은 비명을 질렀다. 하지만 그렇다고 정말 무서운 것 같지는 않았다. 이들이 이러는 건 한편의 싸구려 연극 같았다.

"그래도 고맙기는 해. 두 번 정도는 세라피를 지키려고 했잖아."

"세라피 님 지키느라 칼 맞았고, 방 무너졌을 때 붙들고 있느라 팔 근육도 엉망 됐잖아요. 솔직히 근성은 인정해요."

"그래서 네게 나름대로 잘해 주는 거야. 얼마나 좋아. 옛날 얘기도 해 주고 말이야. 이거 이베리아에서는 눈에 불을 켜고 달려들 진실 아닌가?"

"질기게 살았지만 이제 곧 죽을 테니까요. 니나야, 미안해. 이번에야말로, 너는 죽을 거야."

그들은 그렇게 말하고 또다시 까르륵 웃었다. 싸구려 공포
영화를 보는 느낌이라서 이제는 무섭지도 않았다. 그저 기괴할
뿐이었다.

"성하께서는 니나를 싫어했지만, 저는 좀 좋아했어요. 얘가
착해요."

"난 얘 무서워. 얘 말을 하게 하면 안 돼."

"왜요?"

"말을 너무 잘하더라. 솔직히 왜 이베리아 왕이 얠 끼고 도는
지 몰랐거든. 세라피도 니나 케이지를 너무 좋아해서 이상했는
데, 얘길 해 보니 알겠어."

"희한하죠?"

"응."

쥬시가 입을 가리고 웃는 게 느껴졌다. 이건 좀 이상했다. 나
에 대한 감상은 둘째 치고, 뭐지. 이 사람 나랑 대화해 본 적 있
던가?

'누구지?'

머릿속에 여러 사람이 떠올랐지만 도통 생각나지 않았다.

"왕이 니나를 좋아한 건 예뻐서 아닌가요?"

"뭐, 성녀들이 예쁘장하긴 하지."

"딱 봐도 미인이잖아요. 니나는 피부도 되게 좋아요. 목소리도
예쁘고요. 성안에서 니나 싫어하는 사람도 외모는 인정했어요."

"이베리아 왕이 얼굴 때문에 좋아했을 거 같진 않은데?"

내가 수산 시장에 놓인 고등어인가. 사람 마비시켜 놓고 품

평질을 왜 하는 거지.

"남자인 내 감으로는 아니야. 왕이 앨 좋아한 건 특이해서야."

"에이. 교황님. 그건 좀 아니에요."

순간, 깜짝 놀랐다. 성하라는 말은 몰랐는데, 교황이란 단어는 알았다.

아니, 왜 교황이란 말이 나와?

'교황이라면『묶인 새』에 나왔어.'

나는 오랜만에 원작을 떠올렸다. 그래. 분명히 거기에서는 교황이 나왔다.

'마지막 장면이었나?'

『묶인 새』에서 세라피는 이베리아를 탈출한다. 그렇게 할 수 있었던 건, 교황이 직접 구하러 왔기 때문이었다. 무슨 수를 썼는지 모르지만, 교황은 세라피를 성국으로 데려갔다. 그리고 그녀를 찾기 위해 왕은 또다시 산을 넘고 강을 건넜다.

'마지막 장면이 성지였었나?'

교황은 세라피를 사랑해서, 왕을 죽이려고 했었다. 하지만 왕은 TL 소설 남자 주인공답게 세라피를 되찾았고, 교황을 해치웠다.

'내가 왜 원작을 생각 못 했지.'

5년이라는 시간이 지나서 가물가물했지만, 그래도 엔딩이었는데! 물론『묶인 새』를 볼 때는 왜 갑자기 교황이 툭 튀어나온 건지 알 수 없어서, 스마트폰 액정 화면에 물음표를 그렸었다.

'별로 중요한 게 아니긴 했어.'

솔직히 교황이 춤을 추는 장면이 나와도 상관없긴 했다. 내가 보고 싶은 건 세라피와 왕이 어떻게 이어지느냐였고, 그 뒤에 나오는 씬이었으니까.

'이런 이유였구나.'

교황이 세라피를 사랑했다는 뒷얘기가 있었구나.

그런데 정말 이상했다. 청각만 살아 있어서 눈을 뜨지 못한다고 해도, 들리는 건 여자 목소리뿐이었다.

'교황이 여자였나?'

소설에서는 분명히 남자였는데?

"날 안 믿는 거야?"

"믿습니다. 성하."

"그나저나 어깨가 뻐근하다. 다 와 가?"

"아니요. 멀었어요. 숲에서 노숙해야 할 것 같아요."

"여자의 몸은 불편해. 쉽게 피로해져."

"그런 것 치고는 적응 잘하시던데요."

여자가 웃는 소리가 들렸다. 그때였다. 감각이 없었던 피부에 바람이 느껴졌다.

'오감이 돌아오나?'

한번 돌아온 감각은 갑자기 예민해졌다. 세찬 바람이 이마가에 닿았다. 소름이 돋았다가 사라지고 식은땀이 났다.

"섬세하게 적응하진 못하겠더라. 나도 여자 몸은 처음이라서 말이야."

"병사의 몸을 준비할 걸 그랬나 봐요."

"아니야. 세라피 옆에 있으려면 시녀가 더 좋지. '코페이스트' 할 몸인데 남자면 어떻고 여자면 어때. 쓰고 버릴 건데."

거친 천 조각의 얼굴에 닿았다 사라졌다. 잘 모르지만, 이 여자는 내 얼굴을 닦고 매만지기까지 했다.

"니나 케이지, 코페이스트가 뭔지 궁금하지? 알려 줄게. 교황의 능력 중 하나야. 다른 사람 몸에 들어가는 거지. 뭐, 별거 아니긴 해."

"그게 어떻게 별거 아니에요. 교황님."

"아무리 그래도 본체가 죽으면 나도 죽잖아. 신이 우리에게 한 권의 책을 주셨고, 신의 대리자인 교황은 아무 책에나 들어가서 이야기를 쓸 수 있지만 그뿐인걸. 참 쓸데없다고 생각해. 니나 케이지, 교황 능력 별거 없어. 이것 외에는 사제의 피로 이것저것 하는 게 다려나. 아, 한꺼번에 사제를 죽일 수 있다는 게 대단한가?"

"대단한 거죠."

"쓰레기를 치우는 게 뭐가 대단해."

"쓰레기 치우시려고 힘들게 교황 자리에 오르셨잖아요."

"그건 그래."

교황이라고 불리는 여자는 계속 내 뺨을 매만졌다. 맨살이 닿는 것을 보니, 장갑을 벗은 모양이었다.

"피부 좋다더니 말랑말랑하네."

"니나 얼굴 빨개져요."

"성력이랑 마력 섞인 사람을 처음 보는 건 아닌데, 좀 특이하다. 뭔가가 느껴지진 않지만 묘하게 이질적이야."

교황이라고 불린 여자는 내 얼굴 여기저기를 매만졌다.

"뭔가 세상의 것이 아닌 거 같아. 묘하네. 코페이스트 한 내 몸을 만지는 느낌이야."

"에이. 그건 말도 안 돼요."

"설마. 아니겠지. 진짜 이상한 애긴 하네. 죽이기는 좀 아까워."

"싫다고 짜증내셨으면서 평가가 후해지셨네요."

여자는 내 머리카락을 쓰다듬었다.

"세라피를 놓지 않은 건 칭찬할 만하잖아. 그래도 죽여야겠지만 말이야."

그 사람은 내 코를 톡톡 건드렸다.

"미안. 니나 케이지. 앞에 말했다시피 널 죽일 거야."

"미안해. 니나야. 세라피 님의 빼앗긴 힘을 다시 돌려놔야 하거든."

"본체로 돌아가면, 바로 할 거야. 미안하니까 또 다른 진실을 얘기해 줄게."

그 사람은 다시 내 볼을 콕콕 찔렀다.

"성녀의 회로는 좀 거추장스러워. 우리는 그것을 '달란트'라 부르지. 가만있어 보자. 또 옛날이야기를 해야 할 거 같네."

"복잡한 얘기이긴 하죠."

"이베리아의 반려 의식부터 설명해야겠다. 이베리아 왕은 반려를 어떻게 만드는지 아니? 그쪽은 서로의 피를 교환하지. 피가 몸안으로 들어오면 반려가 뿅 하고 돼. 왜 그런지는 나도 몰라."

"어, 그래요? 저도 그건 몰랐어요. 그러면 동성도 가능하겠네요?"

"보통은 여자로 해. 왕은 보통은 남자니까. 문헌 보니까 여왕의 사례도 없는 건 아니더라. 일단 반려가 되면 지나치게 가까워져. 살갗을 대고 있어야 하니까 원수라도 친해지지 않을까? 그런 의미에서는 동성도 있긴 있겠지. 어쨌든 왕은 반려 덕분에 고통도 줄고, 잠도 잘 수 있게 되잖아. 반려는 오직 왕을 위한 사람이야. 아니다. 왕의 문장을 위해 있다고 하는 편이 맞네."

그 사람의 손길이 얼굴에서 떨어졌다. 나는 머리카락이 콧잔등에 닿는 걸 느꼈다.

"개인적으로는 반려가 이베리아 왕을 보좌하는 동시에 나라를 위해서 있는 존재라고 생각해. 이베리아는 왕에게 너무 많은 걸 의지하잖아."

"왕의 문장은 진짜 신기해요. 가뭄도 해결해, 식량도 만들어. 그게 어떻게 가능한 걸까요."

"사기적인 능력이지. 반려가 없어서 이베리아가 반등을 못 했지만, 그 문제가 해결되면 성국의 지배도 끝날 거야. 아, 그 전에 내가 성국을 끝낼 거지만!"

두 사람은 또 까르륵 웃었다. 아까는 그냥 넘어갔지만, 좀 이상했다.

'이 사람 교황이라며?'

그런데 왜 성국을 끝낸다고 하는 걸까. 무슨 권력의 수장이 이래? 세상 모든 것이 교황 발아래 엎드려 있을 텐데, 스스로 파괴한다고?

"어쨌든 성녀의 힘은 반려에서 나와서 말이야. 회로를 돌려서 왕에게만 쓸 수 있는 능력을, 모든 사람에게 베풀게 하는 거지."

"스물다섯에 힘이 약해지는 이유는 그 탓이죠? 억지로 돌려서요."

"응. 그래서 스물다섯 이전에 다른 성녀에게 회로를 건네지. 웃긴 건 말이야. 확실히 이질적인 힘이어서 그런지 부작용이 만만치 않아."

누군가가 내 머리를 쓰다듬었다. 거친 손길이어서 머리가 이리저리 흔들렸다.

"전대 성녀가 다음 대 성녀에게 회로를 건네주기 싫어하면 힘이 반으로 줄어 버려."

"왜요?"

"몰라. 그래서 회로를 건넬 때는 반쯤은 세뇌해서 건네주게 해. 성녀에게 청빈과 희생을 요구하는 건 이 탓도 커. 삶의 즐거움을 모르게 해야 힘을 고스란히 넘겨주니까."

이 말은 나도 들은 적 있었다. 5년 전이어서 잘 기억이 안 나지만, 세라피도 비슷한 말을 했었다.

"그럼 넘겨주는 걸 적극적으로 희망하면 어떻게 돼요?"

"여태 그런 성녀가 없어서 모르겠는걸. 네가 해 볼래?"

"어머나, 성하! 농담도! 전 스물다섯 이미 넘었잖아요!"

"아, 그렇지. 깜박했네."

두 사람은 또 까르륵 웃었다. 유난히 귀에 거슬리는 웃음소리를 들으면서 나는 이제야 왜 내가 죽는지 깨달았다.

'성녀의 회로를 뽑으면 죽는다고 했어.'

이미 내 안에 회로가 흘러왔었지. 이걸 세라피에게 되돌려주니까, 내가 죽는 거구나.

이상하게 마음이 가라앉았다. 당연히 죽기 싫은데, 묘하게 차분해졌다.

'정말 죽을까?'

그렇게 되나?

갑자기 머릿속에 니나로서 살아 왔던 날들이 펼쳐졌다.

이제 무너져서 없어진 남쪽 끝방의 햇살과 디오와 함께 있던 실험실, 세라피의 부드러운 목소리와 레오의 손길이 떠올랐다 흩어졌다.

하지만 마지막으로 기억나는 건 친애하는 폐하셨다.

'우리 되게 지저분하게 끝나네요.'

이렇게 이상하게 될 줄이야.

'그러고 보니 왕은 세라피를 구하러 성지까지 올까?'

원작에서야 세라피를 구하러 산을 넘고 강을 건넜지만, 지금은 조금 달랐다. 폐하는 세라피를 왕비감으로 생각했지만, 사랑하는 것 같지는 않았다.

'오지도 않겠네.'

성녀가 더 있으니까. 날 찾아서 올 이유가 없긴 하네. 새로운 성녀 납치하고 끝나려나.

'허무하네.'

잘 먹고 잘 사시겠네요. 폐하.

'왜 일이 이렇게 된 걸까.'

진짜 당신과 제가 그렇게 끝나는 건가요?

갑자기 가슴에 커다란 가시가 하나 콱 박혀 오는 거 같았다. 너무 따끔하고 시린데 아무런 방법이 없었다.

'진짜 너무하다.'

억울해. 그 남자가 날 사람 취급 안 했다는 게 짜증나. 그런데 마음 한구석에는 폐하가 잘 먹고 잘 살아서 다행이란 생각이 들어.

'바보냐. 이화윤.'

호구도 이런 호구가 없었다. 진저리치며 싫어해야 하는데, 왜 이래, 진짜.

'다 상관없어. 이제는 다시는 안 볼 거잖아.'

뜨거운 눈물이 왈칵 올라왔다. 그래. 그렇구나. 여기서 죽으면 그뿐이긴 하네. 이제 다시는 안 보겠네.

꾹꾹 눌러 왔던 게 다 올라와 버렸다. 가슴속에 시큼함은 점점 커졌다. 청각과 시각만 겨우 느껴지는 세상 속에서 나는 진저리를 쳤다.

"어라?"

"왜 그러세요, 성하?"

"니나 케이지가 우는데?"

낯선 손가락이 내 얼굴을 이리저리 돌렸다.

"진짜네요?"

"뇌를 만졌는데도 이러네. 코페이스트 한 몸이라서 그런가. 그런데 전에는 이런 적 없었어."

"그러게요. 어휴. 안쓰러워라. 왜 우니, 니나야."

눈가에 거친 천이 닿았다 떨어졌다.

"설마, 감각이 살아 있나?"

"그냥 꿈을 꾸는 거 아닐까요?"

"그렇지? 더 건드릴까? 음, 안 할래. 예의를 지켜야지. 니나 케이지가 세라피를 여러 번 지켜서 그런가. 이상하게 관대해진단 말이야."

천 조각이 얼굴에서 떨어졌다. 낮은 체온을 가진 사람은 계속 내 눈가를 매만졌다.

"성하. 여태 힘을 건네주는데 저항이 없던 성녀는 없었죠?"

"그렇지?"

"니나는 정말 착하거든요. 성녀를 위해서라면 저항 없이 건네줄지도 몰라요."

"아무리 착해도 목숨이 달려 있는데 그럴 리가 있겠어?"

"그런데, 그러면 어떻게 될까요?"

갑자기 둘은 말이 없었다. 나는 참 기가 막혔다. 너희들이 뭔데 내 생각을 마음대로 재단해. 그리고 아무리 내가 호구 같아도 목숨을 가져가는 힘을 저항 없이 넘길 리 없잖아.

'그런데 좀 이상하긴 하다. 내가 죽으면 세라피가 사는 거야?'

반대로 내가 살면, 세라피가 죽는 거야? 저 사람들은 그래서 나와 세라피를 납치한 거고? 참 아이러니하네. 쟤네로서는 내가 귀한 세라피 피 빨아먹는 모기 같겠다.

'그런데 깊게 생각하니까 되게 힘들다.'

당연히 죽기 싫었다. 아무리 나라도 살고 싶었다. 써 보지도 못한 돈과 그동안 한 노력이 이렇게 사라지는 건 싫었다.

'세라피가 소중하긴 한데, 목숨만큼은 아니야.'

하지만 그녀의 죽음을 나 몰라라 하고 건 또 다른 이야기였다. 그렇게 살 수 있느냐고 물어보면 나는 대답을 할 수 없었다.

"모르지. 달란트가 어떻게 변할지. 그런데 뭐든 세라피에게 좋을 거 같은데."

"그렇네요."

"상황이 웃기네. 성서 구절 같잖아."

부드러운 손길이 내 머리카락을 쓸어 넘겼다.

"만약 한 사람을 희생시키면 아흔아홉 명을 살릴 수 있습니다. 그 사람을 죽이겠습니까? 한 사람을 희생시키면, 당신이 사랑하는 사람을 지킬 수 있습니다. 그 사람을 죽이시겠습니까? 만약 당신이 죽으면, 당신이 사랑하는 사람을 지킬 수 있습니다. 당신은 희생할 수 있나요? 그 사람을 죽이면, 당신은 살 수 있습니다. 그 사람을 죽이시겠습니까? 만약 모든 이를 살릴 수 있는데, 당신이 사랑하는 사람을 죽여야 한다면 그 사람을 죽일 수 있나요?"

낭랑한 목소리가 울려 퍼졌다. 교황이라고 불린 여자는 내 볼을 톡톡 두드리며 말했다.

"이베리아 신화랑도 좀 비슷하지? 난 성서의 이 구절을 읽을 때마다 좀 짜증나더라."

"희생에 관한 얘기 아닌가요?"

"희생보다는 모순에 관해서 얘기하는 거 아닐까? 아니다 역설에 가깝나? 어쨌든 이 구절을 보고 결심했어. 난 세라피를 위해서라면 뭐든 희생시킬 수 있어."

심각한 얘기를 하는 거 같은데 맑은 웃음소리가 들렸다. 교황이라고 불리는 여자일까, 아니면 쥬시일까. 바람 소리가 섞여서 누가 웃는지는 알 수 없었다.

"니나 케이지, 내가 전에 너에게 물어본 거 같은데, 기억 안 나?"

이런 걸 물어본 사람이 있었나? 나는 머릿속을 필사적으로 헤집었다.

딱 하나 걸리는 게 있었다.

"사랑하는 사람을 위해서는 한 사람을 죽여야 돼. 그러면 넌 그 사람을 죽일 거야?"

그래. 그런 질문을 들었었다. 나는 그제야 교황이라고 불리는 사람의 정체를 깨달았다.

'셀리였어.'

사사건건 시비를 걸었던 세라피 전담 시녀. 갑자기 성격이 변해서 이상했는데, 세상에! 당신이었어?

"난 성지로 가면 모든 사제를 희생시켜 보호막을 만들 거야."

"이베리아 왕 때문에요?"

"응. 혹시라도 쳐들어오면 어떡해. 뭐든 철저한 게 좋잖아. 세라피의 회로를 되돌리는 건 아주 중요한 일이잖아."

"거기 성직자가 이천 명쯤 있을 텐데요."

순간 소름이 돋았다. 이 사람 이천 명을 다 죽이겠다는 얘기일까.

"타락한 쓰레기들 따위, 이렇게라도 유용하게 쓰이면 다행이지."

"하긴 성지는, 그냥 거대한 매음관이잖아요."

"권력 있는 성직자들이 노예를 매매해서 즐기는 곳이지. 그런데 이건 비밀도 아니잖아. 워낙 잘 알려져서 말이야."

"전대 교황도 성지를 참 좋아했죠."

두 사람은 또 까르륵 웃었다. 이 사람들은 사람을 죽이는 게 아무렇지도 않은 걸까. 나는 조금 무서웠다.

"니나 케이지. 너도 시네리필에 계속 있었으면 성지로 팔려 갔을지도 몰라."

"거긴 니나 너 같은 애들이 많거든."

"네 피가 수면과 중독이라 그랬나? 내가 장담하는데 거기로 갔으면 지옥보다 더 지옥 같았을 거야. 니나 케이지, 너는 정말 세라피에게 감사해야 해."

두 손바닥이 내 볼을 눌렀다가 났다.

"애초에 이베리아로 온 것부터가 너한테는 행운이야. 그것도 세라피 덕인데, 심장까지 고쳐 줬잖아. 몇 년 못 살 거 치료까지 해 줬네?"

"그렇게 생각하니까 니나가 운이 좋네요?"

"수없이 죽을 뻔했는데, 그것도 세라피가 고쳐 줬잖아. 그동 안 너는 뭘 했니?"

"에이, 교황님. 니나도 세라피 님을 열심히 지켰잖아요. 대신 칼 맞고, 떨어질 때 손도 안 놓고요."

"아, 그랬나?"

그녀는 나를 세게 껴안았다가 놨다.

"그럼 마지막 말은 취소! 너도 애썼지. 깜박했네. 어쨌든 너 는 세라피가 아니면 진즉에 죽었을 거야."

그건 나도 알아.

나는 언제나 상냥했던 성녀님을 떠올렸다. 이 사람들은 모 르겠지만, 나는 그녀를 언니 같은 동생으로 생각했다.

'그리고 미안했어.'

원작의 세라피가 마냥 행복했을 것이라 생각하지는 않았다. 하지만 지금의 세라피도 과연 행복한 걸까. 내가 왕비가 될 세 라피를 이도 저도 아닌 사람으로 만들어 버렸다.

'내가 둘의 관계를 망쳤어.'

그녀는 폐하를 좋아했다. 그리고 니나도 좋아했다.

'나도 세라피를 좋아해.'

참 웃기는 관계였다. 어떻게 이런 게 가능하지. 나는 나 스스 로에게 물어봤다.

'세라피 죽이고 네가 살 수 있어?'

힘들 거 같아. 몰랐어. 내가 그녀의 성력을 야금야금 가져가고 있을 줄이야. 진작 알았다면 뭐라도 했을 텐데.

'우리 둘이 다 사는 방법은 없는 걸까.'

꼭 하나만 살아남을 수 있는 거야?

참 웃겼다. 사실 선택지가 없었다. 교황과 쥬시는 나를 죽이려고 했다. 그리고 니나를 구하러 올 사람은 없었다.

'어차피 죽는 거라면 장기 기증이라고 생각하면 되나.'

그렇게 생각하니 편하긴 하네. 삶에 미련이 없는 건 아닌데, 막상 그렇게 되면 어쩔 수 없지 뭐. 이 힘이 뭔지는 모르지만, 세라피에게 간다면 말리지 않을 거야.

문득 세라피가 했던 말이 생각났다.

"니나야. 제발 부탁이야. 날 위해서는 이제 아무것도 하지 마."

되게 묘한 상황이네요. 세라피. 혹시 당신은 이런 상황이 올 줄 알았나요?

'그런데 그거 못 들어줄 거 같아요.'

선물 같은 거로 생각하세요. 기왕 받는 거 좋게 사용하세요. 이 사람들은 당신을 아끼는 거 같아요. 당신은 어떻게 될까요.

'행복했으면 좋겠어요.'

더는 메여 있지 마세요. 당신은 『묶인 새』이지만 이제는 자유잖아요. 폐하를 선택하는 건 성녀님의 자유지만, 저는 당신이 파란 창공으로 날아갔으면 좋겠어요.

그때 쥬시의 목소리가 들렸다.

"세상에, 교황님! 이것 봐요."

"뭔데?"

"성녀님이 울고 계세요."

"아니, 왜 이러지. 분명히 지금은 아무것도 못 느낄 텐데?"

그들이 당황한 게 나에게까지 전해졌다.

"설마 지금 얘길 다 듣고 있는 건 아니겠지?"

"에이. 그냥 꿈꾸시는 것일 수도 있어요."

"니나 케이지도 그렇고, 이상하네. 진짜 내 솜씨가 녹슬었나. 뇌 만지는 건 내 특기인데. 세라피, 울지 마. 꿈에서라도 슬퍼서 울면 안 돼. 내가 세라피를 위해 얼마나 많은 걸 준비했는지 알아? 나는 당신을 위해서 지옥에서 올라왔어."

목소리가 침울하기 짝이 없었다.

"세라피, 너는 나를 구해 줬어. 물론 기억에는 없을 거야. 전대 교황이 지워 버렸거든. 걱정하지 마. 내가 다시 되돌려 줄게."

말투가 묘하게 어린애 같았다. 셀리라고 불린 교황은 계속 칭얼거렸다.

"내가 그냥 실험체일 때, 날 치료해 준 이는 너밖에 없었어. 수녀들은 쓸데없는 것에 성력을 낭비하지 말라고 했지만, 너는 나를 계속 되살렸어. 세라피, 내가 그 구렁텅이에서 기어 올라온 이유는 너를 다시 만나고 싶어서야. 아니다. 나는 너를 구해 주고 싶어. 그 옛날 네가 나를 구원해 준 것처럼."

묘하게 구구절절했다. 짧았지만 이유를 알기에는 충분했다.

'그래서 이런 짓을 한 거구나.'

오로지 세라피를 위해서 시녀로 잠입했구나.

좀 놀랐지만 이상하진 않았다. 저런 연유라면 십분 이해가
갔다.

'세라피는 참 대단해.'

선량함과 밝음이 그녀를 생존과 구원으로 이끌어 주네. 역
시 여주인공다운 것 같아. 니나야, 미안해. 나름대로 노력했는
데, 너를 살릴 수 없는 거 같아.

'나 아닌 다른 이가 네 몸에 들어왔다면 좀 달랐을까.'

나름대로 노력했는데, 이상한 방향으로 했나. 좀 멍청했을
수도 있겠다.

'어디서부터 잘못된 걸까.'

왕을 좋아했을 때부터 이미 망한 걸까, 나.

그때 쥬시가 외쳤다.

"교황님! 성녀님이 계속 울어요! 어떡하죠?"

"세라피, 왜 우는 거야."

두 사람은 또다시 호들갑을 떨었다. 되살아난 감각 때문에
세찬 바람이 느껴졌다. 이마 가에 흔들리는 머리카락을 느끼면
서, 나는 조용히 생각들을 지웠다.

'이제 끝이야.'

첫 죽음은 갑작스러웠지만, 두 번째는 준비할 시간이라도
있네.

묘하게 허무했지만, 다 내려놔서 시원하기도 했다. 삶의 미

련은 가득했지만 더는 앞으로 어떻게 살아야 할까 고민하지 않아도 되는 게 이상하게 후련했다.

'일단 불륜은 안 하겠다.'

다행이야. 인간의 존엄성은 지켰어.

"세라피 님, 왜 자꾸 우세요."

"세라피, 울지 마."

게다가 성녀님이 행복해지면 된 거지 뭐. 저 사람들은 좀 이상해 보이지만요, 그래도 당신을 위해서라면 뭐든 할 거 같아요. 그래서요, 성녀님. 저는 마음에 짐을 한결 덜었어요. 솔직히 이룰 걸 다 이룬 기분이에요.

'폐하는 마음에 걸리지만요.'

살면서 최악의 연애만 골라서 한 거 같네요. 이번 생도 글렀어. 박복하다. 이화윤. 왜 이렇게 사니.

"어라, 교황님. 니나 케이지는 웃네요?"

"진짜 꿈을 꾸나. 왜 이래 진짜. 안 되겠다. 다시 만져야겠다."

그들의 목소리가 멀어졌다. 생각이 점점 사라지는 게 느껴졌다. 왜일까. 자꾸만 웃음이 나왔다.

'막판에 착한 일도 보따리로 했으니, 좋은 곳으로 가겠지.'

종교는 없지만, 천국이랑 비슷한 곳이었으면 좋겠다.

그들의 목소리가 점점 멀어졌다. 그 생각을 끝으로 나는 완전히 의식을 잃었다.

36

변한 건 짐이더군

불의 장막은 이틀 뒤 없어졌다. 성문을 봉쇄한 것도 같은 시기에 풀렸다. 신하들을 소집한 회의에서는 별다른 말이 나오지 않았다. 그들은 아무렇지도 않게 후속 대책을 의논했다.

몇몇은 심각했고, 대부분은 심드렁했다. 하지만 신난 사람도 분명 있었다.

"약혼식을 서두르는 게 좋겠습니다."

그 말을 들은 이베리아의 왕은 조용히 웃기만 했다. 레오는 가만히 그들을 지켜보았다. 약혼자 후보의 가문은 속이 훤했지만, 왕 쪽은 아무것도 내비치지 않았다.

그리핀 제1 기사단장은 눈을 가늘게 떴다.

냉정하게 생각하면 성안이 뚫린 것은 심각한 일이었다. 하지만 그렇게 급한 사안은 아니었다. 오히려 서쪽 지역 가뭄이 더 중대했다.

'내가 아는 걸 폐하가 모르진 않겠지.'

그 난리를 폈는데도 저 남자는 언제 그랬냐는 듯 평온했다. 겉으로는 평소와 다름없었다. 저 남자는 언제나처럼 이베리아의 왕이었다.

"다른 성녀는 지금 아라페 지방에 있다고 합니다."

"꽤 멀군요."

왕은 가만히 듣고 있었다. 신하들은 다른 성녀를 납치하라는 왕의 명령을 기다렸다.

'무슨 속셈이시지.'

레오는 왕을 바라보았다. 수려한 외모를 가진 남자는 천천히 신하들을 바라보았다.

"그대들은 지극히 효율적이군."

더없이 황송한 칭찬이었다. 신하들은 사안을 구체적으로 논의하기 시작했다. 막 그리핀을 사용하자는 말이 나올 때였다.

드디어 왕이 자기 생각을 드러냈다.

"짐은 다른 성녀를 데려오지 않는다."

순간, 신하들은 서로의 눈을 바라보았다.

'올게 왔군.'

레오는 팔짱을 끼고 왕을 바라보았다.

"짐은 지금 그리핀 1사단을 데리고 성지로 간다."

웅성거리는 소리가 들렸다. 레오는 눈을 감았다. 당연히 만류하는 목소리가 여기저기서 튀어나왔다.

"그곳에 새와 토끼가 있다."

그리핀 제1 기사단장은 천천히 눈을 떴다. 성지에 꼬맹이가 있다는 걸 어떻게 아는 걸까. 아직 첩자도 보내지 않은 일이었다.

레오는 팔짱을 끼고 말했다.

"딱 잘라서 단정하시는군요."

왕은 희미하게 웃었다. 그는 여유롭게 충실한 신하에게 이유를 알렸다.

"그리핀이 성지에서 멈췄다. 경도 알 거다. 5년 전에 세뇌된 기사가 그리핀을 이용해서 새를 납치하려고 했었지."

레오는 고개를 끄덕였다.

"그 뒤에 비밀리에 조치했다. 짐은 그리핀 안장에 위치를 알려 주는 마력석을 박았지. 덕분에 그리핀들이 어디 있는지 생생하게 알 수 있다."

기사단장은 입을 가렸다. 헛웃음이 저절로 나왔다.

"그걸 여태 숨기고 계셨습니까."

"아, 걱정되더군. 그대들 중 한 명이라도 성국과 내통했으면 어쩌나 무서워서 말이야."

잘도 무서워하겠군. 저 말은 신하 중 한 명에게라도 저 정보가 빠져나가면 소용없게 되어서 숨겼다는 뜻이었다. 레오는 팔짱을 끼고 왕을 바라보았다.

남자는 느긋하게 말했다.

"짐은 성지로 갈 것이다."

마치 산책하러 가는 것처럼 가벼운 말투였다. 신하들은 바보가 아니어서 각자의 자리에서 일어나 항의했다. 하지만 왕은 웃기만 했다.

신하들은 귀가 아플 정도로 소리를 질렀다. 그 무리에서 평온한 건 왕과 그리핀 제1 기사단장밖에 없었다.

"짐은 갈 것이다. 이 말까지는 안 하려고 했지만……."

왕은 일어나서 항의하는 신하를 바라보며 나른하게 웃었다.

"앞으로의 일을 불문으로 부치겠다. 짐의 명령에 다들 부디 입을 조용히 다물었으면 좋겠군."

다시 웅성거림이 심해졌다. 눈치 빠른 신하 몇몇은 생각에 잠겼지만, 나서기 좋아하는 이들은 왕의 말을 듣지 않았다.

신하의 소음 속에서 왕의 목소리가 나직하게 울려 퍼졌다.

"그대들은 한 명쯤 목이 잘려야 명령을 들을 건가?"

회의실에는 순식간에 정적이 내려앉았다. 레오는 기가 막혀서 쓰게 웃었다. 폭군이 따로 없었다.

'여태 이런 적이 없긴 하지.'

신하들은 사색이 된 채로 침묵을 지켰다. 왕은 조용함이 마음에 드는지, 탁자에 턱을 괴며 말했다.

"앞으로의 절차는 성지로 가는 인원들과 결정하겠다. 그대들은 물러나도 좋아."

신하들이 우르르 회의장을 나갔다. 문밖에서는 왕이 실성했다는 소리가 들렸다. 레오는 자리에서 일어나지도 않았다. 회의실에 단둘만 남자, 왕의 얼굴에 미소가 사라졌다.

"퍽 여유로워 보이십니다."

"그렇게 보인다면 다행이군."

"이베리아에는 좋은 신하가 많습니다."

"짐을 말린 신하들은 다 좋은 이들이지."

"바보 같은 명령이란 건 알고 계신 모양이군요."

왕은 웃지 않았다. 그는 여전히 턱을 괸 채 피곤한 듯 눈을 감았다.

"차라리 제게 명령하시지 그랬습니까."

"좋은 생각이긴 하군."

"대가로 제 꼬맹이를 달라고 하겠지만 말입니다."

왕은 레오의 도발에 응하지 않았다. 그는 계속 눈을 감고 있을 뿐이었다.

"왜 직접 찾으러 가시는 겁니까."

기사의 질책에, 그가 중얼거렸다.

"경은 기사이긴 하군. 힘들겠어. 나라와 짐, 그리고 짐의 토끼를 동시에 생각하려면 말이야."

레오는 자리에서 일어나 왕에게 다가갔다. 그는 발걸음 소리를 들어도 눈을 뜨지 않았다.

"폐하답지 않으십니다."

왕은 이번에는 피식 웃었다.

"그렇게 보이긴 하겠군."

"왜 그러십니까."

그는 천천히 눈을 떴다. 눈앞에는 며칠 전에는 목숨을 걸고 싸웠던 부하가 있었다. 그런 기사 앞이어서 그런 걸까.

왕은, 아니 리카르도는 드물게도 솔직하게 말했다.

"레오 경. 선왕은 어리석었지."

기사단장은 선왕과 여동생을 떠올리며 얼굴을 찌푸렸다.

"하지만 꽤 능글맞은 노인네였어. 정치적 수 싸움은 혀를 내두를 정도로 훌륭했지. 그런 사람이 한순간에 무너지더군. 솔직히 이상했지. 여자 하나 때문에 닦은 지반을 무너트리다니, 환각제 때문이라고 넘어가도 이상하더군."

"지금 제 앞에서 선왕을 옹호하시는 겁니까."

"반셀 가문은 좋은 가문이지. 어린 영애 한 명 때문에 버리기는 지나치게 아까운 가문이란 뜻이다. 레오 경."

비슷한 말은 레오도 많이 들었었다. 기사는 숨을 몰아쉬었다. 왕이 무슨 말을 하는지 여전히 감을 잡을 수 없었다.

"선왕은 그대의 여동생에게 한순간에 뒤흔들렸던 거야."

왕은 흘러내린 머리카락을 뒤로 넘겼다.

"한번 흔들리면 아무 생각도 들지 않는군."

"무슨 소리이십니까. 그때 제게 말한 게 진심이셨습니까."

"놀랍게도 경, 진심이다."

레오는 미간을 찌푸렸다. 그때는 자신을 도발하려고 하는 말인 줄 알았다.

"지금 그래서 어찌시겠다는 겁니까."

"토끼를 찾으러 갈 거다."

"말이 되신다고 생각하십니까?"

"안 되면 되게 해야지."

레오는 기가 막혔다.

"니나를 좋아하십니까?"

대답을 안 할 거라 생각했다. 하지만 의외로 고백은 담백하게 나왔다.

"사랑한다."

"미치셨군요."

"엉망인 명령을 내릴 정도로 사랑한다."

"실성하셨습니다."

"영광이군. 그래도 아직은 왕이다."

왕은 그렇게 말하며 밝게 웃었다. 부서지는 햇살 아래 미소 짓는 왕을 보면서 레오는 주먹을 꽉 쥐었다.

"무슨 생각이십니까."

"알렉은 아직 카스텔리움성 안에 있다. 이베리아를 위해서 그 아이를 남겨 놓을 예정이다. 하지만 그대는 짐과 함께 성지로 가야겠다."

왕의 어조는 평온하기 그지없었다. 하지만 듣는 처지에서 그렇지 못했다.

"지금, 혹시 모를 사태에 대비하시는 겁니까?"

"참 훌륭한 왕이지 않느냐."

레오는 기가 막혀서 헛웃음이 나왔다. 기사는 이마를 짚었다. 참 이상했다. 속을 알 수 없던 주군이 지금은 다 내려놓은 것처럼 보였다.

"폐하는 미치셨습니다."

"그럴지도 모르겠군."

"왜 이렇게 되셨습니까."

"눈을 뗄 수 없었어."

왕은 다시 눈을 감았다.

레오는 탁자를 주먹으로 두들겼다. 쾅- 하는 소리가 울려 퍼졌다.

그 뒤에는 이상한 침묵이 내려앉았다. 기사단장은 고개를 천천히 숙였다. 속에서 뜨거운 것이 왈칵 올라왔다.

"이게 다 눈을 떼지 못해서 생긴 일이더군."

"폐하!"

"그대도 마찬가지 아닌가."

레오는 천천히 그를 바라보았다. 왕은 놀랍게도 평온해 보였다.

"저는 니나를 행복하게 해 주고 싶습니다."

"그대는 확실히 짐보다 나은 사람이야."

왕은 자리에서 천천히 일어났다.

"짐은 욕심이 많아서 말이야. 그저 옆에 두는 것만 생각했었지."

"그래서 지금이라도 제게 주실 겁니까?"

"그 욕심은 사라지지 않더군. 레오 경. 짐이 살아 있는 한 토끼의 머리카락 하나도 그대에게 주지 않을 거다."

왕은 창문을 바라보았다. 더운 여름 한낮의 햇살이 성안으로 들어왔다. 황금빛 햇살을 보면서 그는 자신의 토끼를 떠올렸다. 니나 케이지는 밝은 햇살을 닮은 머리카락을 지니고 있었다.

그는 살짝 고개를 숙였다. 자신의 토끼의 모습이 떠올랐다 사라졌다.

"준비를 부탁한다. 빨리 성지로 날아가고 싶군."

"그리핀이면 반나절이면 됩니다."

"빠르면 빠를수록 좋다."

"지금이라도 명령을 거두십시오. 도대체 왜 이러시는 겁니까."

왕은 피식 웃으며 햇살 아래에 손을 내밀었다. 그 머리카락을 마음대로 잡았던 순간이 순식간에 흐트러졌다.

"경이 한 말이 맞아."

그는 나직하게 중얼거렸다.

"짐은 미쳤어. 하지만 아직도 왕은 왕이니, 경은 짐의 명령을 듣는 게 나을 거다."

왕은 주먹을 쥐었다.

"한시가 급하다. 레오 경."

"폐하!"

"그런 예감이 든다. 경은 알지 않는가. 짐의 감은 잘 맞는다."

니나 케이지를 빨리 찾고 싶은 건 레오도 마찬가지였다. 기사는 조용히 고개를 숙이고 물러났다. 멀어지는 신하의 뒷모습을 보면서, 왕은 드러난 모든 표정을 지웠다.

지독하게 피곤했다. 대꾸조차 번거로웠다.

곧 사비나가 안으로 들어왔다. 복잡한 표정의 시녀장은 왕에게 할 말이 많아 보였지만, 고개를 휙 돌렸다.

그녀는 한참을 손을 부들부들 떨었다.

"이러려면 왜 그러셨습니까."

"후회하고 있다."

"제가, 제가 말해 드렸잖아요."

"미안하군. 신하의 충언을 잘 듣는 게 왕의 의무인데 그러지 못했어."

왕은 가볍게 사비나의 어깨를 치고 앞으로 나아갔다.

"부탁한다, 사비나."

등뒤에서 시녀장이 외쳤다.

"뭘 부탁한다는 거예요!"

"전부 다. 사비나. 모든 걸 다 부탁한다."

발걸음은 가볍기 짝이 없었다. 왕은 다시 웃었다. 이번에도 진실된 웃음이었다.

무엇이 이득이고 무엇이 손해인지 계산하는 걸 끝내니, 생각할 게 너무 없어져서 바보가 된 기분이었다. 단 한순간도 이렇게 살아 본 적 없어서 신기하기까지 했다.

'처음부터 다 버리고 널 찾으러 갔으면 좋을 텐데……'

아직 그것까지는 무리였다. 왕은 고개를 들어 다시 하늘을 바라보았다. 서쪽의 가뭄을 알리는 여름이 다가왔다. 그는 조용히 눈을 감았다.

'미리 해 놓는 게 낫겠지.'

그는 문장으로 마력을 회전시켰다. 희미한 빛이 몸에 엉기었다 사라졌다. 새도 토끼도 없어서 몇 시간 후는 지옥이겠지만, 차라리 지금은 그게 나았다.

구름 기둥이 이동하는 걸 알게 된 사비나가 달려오는 소리가 들렸다. 또 한소리 듣겠다 싶어서 그는 웃기만 했다.

준비는 빨리 끝났다. 왕은 그리핀을 타고 천천히 날아올랐다. 레오는 릴리를 타고 그의 뒤를 따라갔다. 1사단의 기사들은 선두에 선 그들을 초조하게 지켜보았다.

"너무 앞으로 가십니다."

"주의하지."

하지만 왕은 속도를 물리지 않았다. 레오는 릴리의 깃털을 쓰다듬으며 말했다.

"차라리 제가 앞으로 가겠습니다."

"괜찮다."

"설마, 아직도 마력 때문에 고통스러우십니까?"

왕은 옅게 웃었다. 레오는 눈을 가늘게 떴다. 곁에서 보기에는 아무렇지도 않아 보였다. 하지만 고삐를 쥔 손에 힘이 많이 들어가 있었다.

"고통은 조금 뒤에 끝난다."

"쉬셔야 하는 거 아닙니까?"

"지금은 쉬는 게 더 힘들다."

"도대체 왜 이러십니까."

왕은 흩날리는 머리카락을 뒤로 넘겼다.

"같은 걸 몇 번 묻는 건지 모르겠군."

그리핀의 속도는 전혀 줄지 않았다. 레오는 왕의 그리핀을 보고 미간을 찌푸렸다. 평소에는 폐하와 앙숙이었지만, 지금은 순한 양처럼 말을 잘 들었다.

"레오 경. 짐에 대한 생각은 거둬라. 우리가 걱정해야 할 대상은 토끼다."

레오는 기가 막혔다. 그러고 보면 좀 이상했다. 레오는 앞에 있는 왕이, 토끼를 구하러 간다는 자신을 말릴 줄 알았다.

"저도 물론 걱정됩니다."

"다른 이는 몰라도, 그대는 짐의 마음을 알 것 같군."

"굉장히 감사합니다만, 꼬맹이를 걱정하는 건 저뿐만이 아닙니다."

레오는 깊게 한숨을 내쉬었다.

"아이를 아는 사람은 다 마찬가지겠죠."

그리핀은 날개를 멈추었다가 다시 날아올랐다. 레오는 눈을 가늘게 뜨고 앞에 가는 왕을 바라보았다.

"그런가. 다행이군."

무엇이 다행이란 건지 알 수 없었다.

"폐하답지 않으십니다."

"그렇군."

"제가 아는 분이 아닌 것 같습니다."

"저런. 유감이군."

하지만 왕은 속도를 늦추지 않았다. 레오는 힐끔 뒤를 돌아보았다. 그리핀 기사단 전체가 뒤처진 채였다.

"진짜 왜 이러십니까."

"전혀 믿질 않는군."

"폐하께서 그런 감정을 느끼실 수 있는 분이십니까?"

왕은 피식 웃었다. 신하의 만류가 너무나 당연해서 할 말이 없었다.

"짐은 그 아이가 별거 아니라고 생각했다."

초록빛 숲이 아래에 펼쳐졌다. 왕은 여전히 그리핀의 속도를 놓치지 않았다.

"별거 아니라고도 믿었다."

숲은 끝나지 않았다. 아마 그리핀이 없었다면 성지로 가는 길은 며칠이 걸렸을 것이다.

"나중에는 별거 아니었으면 하고 간곡히 빌게 되더군."

리카르도가 부드럽게 웃었다. 생각해 보면 정말 별거 아닌 이야기였다.

"경도 알다시피, 모든 것을 머릿속에서 생각하다 보면 진심은 중요하지 않은 법이다. 짐은 그렇게 살았고, 앞으로도 그렇게 살다가 죽을 거라 여겼지."

그 아이를 만나기 전에는 그렇게 생각했다. 아니, 그 아이를 만지면서도 달라지지 않았다.

"이용하는 것도, 이용당하는 것도, 머릿속에 길을 따라가다 보면 다 그저 그럴 뿐이지. 감흥도 없고, 받아들이기만 하면 되는 지저분한 잔재들뿐이야."

그 폐허 속에서 작은 아이가 나타났다. 니나 케이지는 처음부터 자신을 뒤흔들었다. 그런데도 리카르도는 한 발자국 물러서서 방관했다. 언제든지 버릴 수 있는 패라 생각했다. 심지어는 성녀 대신 당해도 좋다고 여겼다.

하지만 자신과 다르게 아이는 솔직했다. 그리고 매번 왕의 뜻대로 성녀 대신 다쳤다.

뜻대로 되었어도, 기쁘지 않았다.

"언제부터 진심이었을까."

언제부터 자신이 했던 말에 거짓이 없어졌을까.

언제부터 아이와 함께할 방법을 찾았을까. 그리고 그 방법이 없다는 것을 깨달을 때마다 묘하게 지쳐 갔다.

"위험 요소, 오점, 실수, 실책. 그렇게 여겨야 하는데, 결국 토끼를 찾는 건 짐이었어."

계획대로라면 아주 예전에 성녀를 왕비로 만들어야 했다. 후계자를 만들어야 하고, 그에 따른 권력의 분산을 생각해야 했다. 하지만 그 생각은 번번이 막혔다.

'그렇게 하면 그 아이는 떠나겠지.'

모르지 않았다. 오히려 절실하게 알았다.

"곁에 둘 방법이 없어도 아이를 놓을 수 없었다."

감정을 우습게 여겼다. 자신도 언젠가 질릴 거라 생각했다. 하지만 아이에 대한 생각은 더 깊어졌다.

"그러려면 차라리 저에게 주시지 그랬습니까."

"아, 그건 죽기보다 싫더군. 그때 허락했더라도, 언젠가 레오경을 이유를 붙여서 죽였을 거야."

레오는 미간을 찌푸렸다. 왕은 작게 웃었다.

"상황을 만들어서라도 토끼는 다시 성에 두었겠지. 짐은 이 제는 토끼 없이 살 수가 없으니까 말이야."

"제가 폐하에 대해서 너무 어렵게 생각했습니다."

레오는 따라오는 기사단에게 수신호를 했다.

"의외로 평범하시군요. 그저 더럽게 치졸하며 저급할 뿐이 지 않습니까."

"그것이 경의 실책이지."

"아쉽군요. 시간을 되돌린다면 실수를 안 할 수 있을 텐데 말 입니다."

"늦었다. 레오 경."

푸른 숲의 끄트머리에 짙은 강이 보였다. 그리핀을 이렇게 정신없이 몰아 본 적은 참 오랜만이었다. 리카르도는 그리핀의 털을 쓰다듬었다.

"사실 그것도 짐의 속셈이었지."

"무엇이 말입니까."

"짐이라고 모든 이의 생각과 간계를 알 수 있을 리가. 무언가 있을 것이라고 믿게 하는 것이, 왕 노릇의 성공 비결이더군. 의 외로 아무도 눈치 못 챘어."

레오는 미간을 찌푸렸다.

"아니군. 알아챈 사람이 있어."

"누구입니까?"

왕은 피식 웃으며 대답했다.

"짐의 토끼다."

아무도 몰랐던 것을 사랑스러운 아이는 알았다. 어떻게 안 걸까. 영리한 사비나조차 눈치채지 못했는데 말이다.

"그 아이는 사람을 위로 보지도 아래로 보지도 않아. 신분이 있는데도 다 똑같다고 생각하더군."

"폐하도 느끼셨습니까?"

"짐이 앞에 있어도 하찮은 늙은 시녀만 생각하더군. 정에 약한가 싶었지만, 그건 또 아니었어. 곧 변할 거라고 여겼지만, 달라지지도 않더군."

리카르도는 나오는 웃음을 막지 않았다. 정말인지 사랑스러운 아이였다. 권력을 주겠다, 보석을 선물하겠다 계속 속삭여도 항상 고개를 저었다.

"그렇게 5년이 지나니 변한 건 그 아이가 아니라, 짐이더군."

보석을 줘도 마다하니, 결국 남은 건 외모뿐이었다. 다행히도 토끼는 자신의 얼굴을 좋아했다.

"난생 처음, 짐은 외모에 감사해지더군."

그러고 나서 바로 깨달았다. 감정에도 승자와 패자가 있다면, 토끼에게는 영원히 자신이 패자가 된다는 것을 말이다.

"그 정도였습니까?"

"그 정도였다."

"믿기지 않습니다."

하지만 이해는 되었다. 레오는 쓴웃음을 지으며 뒤를 돌아봤다. 따라오는 기사단과는 또 멀어져 버렸다.

'하긴 꼬맹이에게는 내가 가진 것들이 전혀 도움이 되지 못

했어.'

아이는 스스로가 속물이라고 했지만 그런 것 치고는 너무나 성실하고 부지런했다. 편해질 방법은 널려 있지만, 오로지 자신의 힘으로만 나아갔다.

"사랑스럽고 또 사랑스러워서……."

왕은 허공에서 중얼거렸다.

"짐이 짐임을 잊게 한 주제에 혼자 걸어가다니……."

그는 웃으면서 앞을 바라보았다.

"짐의 토끼는 가끔 너무하더군."

미리 짐을 싸 놓은 것을 알자 참을 수 없었다. 니나 케이지가 자신을 마음에 둔 것을 알아서, 더 의외였다.

왕은 파란 강물을 바라보았다. 유유히 흐르는 긴 강의 끝에는 성지가 있었다.

'날 용서하지 않겠지.'

왕의 목소리가 창공에 흩어졌다. 레오는 눈을 가늘게 떴다.

'하지만 그럼에도 놓을 수가 없다면 너는 무슨 말을 할까.'

리카르도는 자신의 토끼를 떠올렸다. 백금발의 붉은 눈이 예쁜 토끼가 할 말은 자신이 잘 알았다. 욕심이라고 쏘아붙이고 다시는 안 본다고 할 것이 뻔했다.

그런 짓을 본인이 저질렀다.

왕은 쓰게 웃으며 그리핀을 쓰다듬었다. 오랜만에 나는 그리핀은 기다렸다는 듯 하늘 위를 훨훨 날았다.

레오는 그의 뒷모습을 따라가며 물었다.

"폐하, 혹시 짐작이라도 하십니까."

"무엇을 말이지?"

"교단에서 왜 성녀님과 니나를 납치한 겁니까."

"경은 이유가 뭐라고 생각하지?"

왕은 여전히 그리핀의 속도를 늦추지 않았다. 레오는 고개를 잠시 숙였다가 다시 들었다.

"모르겠습니다. 폐하도 모르십니까?"

왕은 조용히 숲을 바라보았다. 긴 숲은 아직 끝날 기미가 보이지 않았다.

"생각해 보지 않았다."

레오는 왕의 대답에 깜짝 놀랐다.

"토끼의 방을 무너트리고, 새와 같이 납치한 자가 교단의 인물인지도 의문이더군. 카스텔리움성에 잠입하여 그런 일을 벌일 자들이 성당밖에 없어서 범인이라 추측하지만, 이번 일은 좀 이상해. 굳이 그럴 이유가 있을까?"

레오는 고개를 끄덕였다. 이번 일은 수상하기 그지없었다.

"하지만 굳이 내가 범인을 생각해야 할 이유가 없더군."

레오는 고개를 절레절레 저었다. 왕이 무슨 말을 하는지 이제야 알았다.

"상황은 벌어졌고, 나는 토끼를 찾아야 한다. 범인이 누구든 상관없어."

"왜 하필 성지일까요."

"누군지는 모르지만, 성지에서 살거나 성지에서 뭔가를 할 수 있는 자겠지."

레오는 곰곰이 생각에 빠졌다.

"설마 성지의 주인인 교황일까요."

"성지의 용도를 레오 경도 알지 않는가."

"윤락가라고 들었습니다."

"그래서 더 조급해지는군."

기사는 고개를 끄덕였다. 왕의 말이 맞았다. 성지라고 지칭
되는 윤락가에 들어간 여인들의 삶은 지옥보다 더 지옥 같았다.

"레오 경. 부탁이다."

왕은 나직하게 속삭였다.

"짐을 말리지 마라."

"무엇을 하실 생각입니까."

"할 수 있는 한 모든 것을 할 거다."

저 멀리 성지가 보였다. 왕은 눈을 가늘게 뜨고 그가 가야 할
곳을 바라보았다.

한때는 꿈이었던 곳이었다. 저곳을 정복하고 그 너머로 나
아간다는 바람을 품었었다. 그것만이 자신이 존재하는 이유라
고 믿었다.

왕은 씩 웃었다. 기분이 나쁘지 않았다. 오히려 어깨가 가벼
웠다. 아직도 마력의 회복에 따른 부작용 때문에 작열통이 남아
있지만, 이제는 다 상관없었다.

"함구하고, 최대한 빨리 성지로 간다. 속도에만 집중해라."

"예, 폐하."

레오는 뒤로 물러났다. 그는 선봉에 선 폐하의 모습을 보며 고개를 저었다. 부관이 다가와서 여러 가지를 캐물었지만, 사실 대답할 수 있는 것도 별로 없었다.

바람이 불었다. 그는 고개를 숙였다가 들었다.

'꼬맹아, 지금 나는 너만 생각해야 할까?'

혼자 가는 것만 생각했다. 그래서 1사단 전체가 가는 건 생각해 본 적 없는 행운이었다. 레오는 철저하게 이익이 뭔지 손에 꼽아 보았다. 답은 명확하게 나왔다. 그 아이를 구하려면 왕이 미쳐 날뛰는 걸 방관해야 했다.

'내가 기사이긴 한가 보군.'

그래서일까. 이베리아와 왕과, 꼬맹이가 동시에 걱정이 되었다.

'네가 돌아오면, 꼬맹아.'

왕은 어떻게 변할까. 지금 아무것도 안 보이는 것 같은데 말이야. 너는 어떤 선택을 할까.

'걱정된다, 정말.'

꼬맹이가 행복해지려면, 내가 널 데리고 도망이라도 가야 할까?

레오는 쓰게 웃었다. 묘하게 갇힌 느낌이었다. 하나만 선택해야 했다. 분명히 꼬맹이가 납치되기 전까지는 기사도는 멀리 던진 거 같았는데, 왜 갑자기 던졌던 애가 돌아온 걸까.

진정으로 충실한 기사라면 왕을 말리는 게 옳았다. 자신이 막고 있지만, 뒤에 따라오는 그리핀 기사들도 넌지시 그것을 바랐다.

'날 왜 데려왔나 싶더니, 이런 이유였나.'

폐하께서는 내가 꼬맹이를 위해서 뒤따라오는 잔소리를 막을 걸 알았군.

'모든 생각을 버린 사람치고는 철저하잖아.'

머릿속이 복잡했다. 레오는 고삐를 고쳐 쥐고, 날고 있는 릴리의 깃털을 쓰다듬었다. 깊은 한숨이 찬바람 속에 섞였다.

지금 상황에서는 그의 뜻대로 하는 게 나았다.

레오는 왕의 뒷모습을 바라보았다. 붉은 망토가 휘날리는 뒷모습은 전과 다름없었다. 하지만 중요한 게 송두리째 달라져 버렸다.

상관이 충동적이면, 부하라도 철두철미해야 했다. 하지만 지금의 자신도 니나가 걱정되어서 애가 탔다.

'성지라니……'

왜 그렇게 문란한 곳으로 납치한 걸까. 안 좋은 생각이 겹겹이 쌓여 갔다. 결국, 당장 구하고 싶다는 생각밖에 남지 않았다.

상념에 빠지자 시간이 훌쩍 갔다. 저 멀리 있던 성지도 이제는 코앞에 있었다.

레오는 다시 뒤를 돌아보았다. 기사단은 저 멀리 있었다.

막 기다리라는 말을 하려 할 때였다. 왕이 그리핀을 고삐를 잡아당기며 바로 하강했다.

"폐하!"

만류했지만 듣지 않았다. 하는 수 없이, 레오도 고삐를 잡아당겨 하강했다.

"들킵니다. 폐하."

"상관없다."

"아무리 문란한 곳이라도 표면상으로는 성지입니다!"

적어도 매복이라도 해야 했다. 하지만 왕은 요지부동이었다. 왕을 말리던 레오는 곧 그 이유를 알 수 있었다.

'저게 뭐지?'

성지라고 불리는 거대한 신전 위로 초록색 막이 파란 하늘 위까지 뻗어 있었다.

왕은 서둘러 그리핀을 하강시켰다. 그는 땅에 닿자마자 초록 빛 막에 손을 댔다. 초록빛 막은 번개처럼 리카르도를 밀어냈다.

"폐하!"

초록빛 막 옆에는 신전으로 들어가지 못하는 사람들이 잔뜩 있었다. 초록빛 막을 두들기는 이들도 여럿이었다. 왕은 흘러내린 머리카락을 뒤로 넘겼다.

"레오 경. 봐라."

초록색 막 밖에 있는 성지 입구에는 사제가 쓰러져 있었다.

"어떻게 된 거죠?"

"고어로 남아 있는 문서를 읽어 본 적 있다. 사제의 성력을 마음대로 쓸 수 있는 이는 교황뿐이지. 교황이 성지를 지키고자 사제를 죄다 희생시켰군."

"안에는 누가 있는 거죠?"

"성력을 쓰기 위해 희생된 사제들과 이곳에서 일하던 이들이 있겠군."

"살아 있을까요?"

그때 왕의 눈이 잠시 빛났다. 그는 왕의 문장을 이용해서 만나의 결정체들을 한쪽에 쌓아 두었다.

왜 갑자기 그리핀의 먹이를 쌓아 두는 걸까. 레오는 즉시 반문했다.

"폐하?"

"저 안에 니나가 있다."

"그걸 어떻게 아십니까?"

"5년 전에 토끼에게 목걸이를 줬지. 그때 추적할 수 있는 마력석을 안에 넣었다."

레오는 깜짝 놀랐다. 그 목걸이는 자신도 본 적이 있었다. 니나는 왕이 쓸데없는 것을 줬다고 툴툴거려도, 항상 목에 걸고 다녔다.

"그럼, 니나가 어디 있는지 여태 알고 계셨습니까? 왜 말을 안 하셨습니까?"

왕은 쓰게 웃으며 다시 초록색 막을 만졌다. 오로라처럼 뻗어 있는 막은 마력을 무섭게 밀어냈다.

"레오 경. 뒤를 부탁한다."

"무슨 소리입니까!"

"경을 여기까지 데려온 이유가 이거였다. 아, 그렇군. 하나 더 부탁한다."

레오는 주변의 마력이 끓어오르는 것을 느꼈다. 거대한 힘이 묵직하게 어깨를 눌렀다.

"이곳에서 니나 케이지만 홀로 나올 수도 있다. 그렇게 되면 이베리아에서 토끼에 대한 취급이 좋지 않을 거야. 그때는 그대가 니나를 지켜라. 그대의 바람이 아이의 행복이라면······."

초록색 막 위로 거대한 마력이 부딪쳤다. 엄청난 소리와 함께 땅이 흔들렸다. 초록색 막 주위에 있던 사람들은 쓰러졌고, 레오도 겨우 몸을 지탱하는 게 다였다.

"그대가 이루어라."

"미치셨습니까!"

레오는 이제야 왕이 한 짓을 알았다. 불을 이용해서 겉을 태운 것도 아니었다. 그는 순수한 마력을 끌어올려서 성력과 부딪치게 하였다.

그 결과 왕은 피를 왈칵 토했다. 하지만 효과는 분명히 있었다. 그는 천천히 막 안쪽으로 들어갔다.

"폐하!"

완전히 미친 짓이었다. 막 안쪽은 성력의 농도가 높았다. 마력을 가진 사람이 들어가는 건 자살 행위나 다름없었다.

레오도 들어가려고 했지만, 손가락 하나도 들이밀 수 없었다. 거대한 마력이 부딪친 탓에 성력의 막은 잠시 흐트러졌지만, 곧 다시 수복했다.

"이런! 폐하!"

왕은 비틀거렸지만, 앞으로 나아갔다. 성력의 농도가 얼마나 높은지 숨을 쉬기도 힘들었다. 게다가 구름 기둥을 움직이느라 소모했던 마력도 다 회복되지 않았다.

그는 입가에 묻은 피를 닦으며 계속 앞으로 나아갔다. 다행히 자신의 토끼가 어디에 있는지는 절실하게 느껴졌다.

한 걸음 한 걸음 떼기가 힘들었다. 마치 칼날 위를 걷는 것 같았다. 마력에 따른 작열통인지, 아니면 다른 것인지 갈피를 잡을 수 없었다. 온몸이 타들어 가는 고통 속에서 리카르도는 자신의 토끼를 생각했다.

이상하게 웃음이 나왔다.

"짐이 곧 갈 테니까……."

제발 무사히 있어 주렴.

매번 살리느라 힘들었지만, 그래도 너는 항상 살아났다. 이번에도 그럴 테니까, 안심해라. 토끼야.

"이젠 짐의 옆에 없어도 된다."

널 위해서라면 뭐든 해 줄 테니까. 제발 기다려라.

왕은 걸음을 멈추지 않았다. 그는 계속 앞으로 나아갔다. 숨이 막혔지만 아랑곳하지 않았다. 뭔가에 걸려 넘어져서 기어가더라도 리카르도는 아이 옆으로 가야만 했다.

다시 토혈이 나왔지만, 왕은 계속 걸어갔다. 저 멀리에서 마력석의 존재가 느껴졌다.

그는 웃었다. 왠지 모든 것이 만족스러웠다.

37

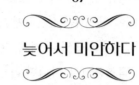

늦어서 미안하다

머리가 웅웅거리고 눈앞이 흐릿했다. 나는 정신없이 눈을 깜박였다. 초점이 한 바퀴 빙 돌아갔다가 겨우 정상으로 돌아왔다.

"깼구나?"

아는 목소리였다. 나는 고개를 들어 쥬시를 바라보았다. 시녀복이 아닌 꽉 끼는 바지를 입은 그녀가 예전처럼 웃었다.

"쥬시?"

"목소리도 나오네? 희한하네. 니나 너는 성력이 잘 안 듣는 체질이구나."

"여기는 어디죠?"

나는 주위를 둘러보았다. 한 번도 본 적 없었던 것들이 눈앞에 펼쳐졌다.

모든 것이 하얀 곳이었다. 색채라고는 붉게 깔린 카펫과 단상에 놓인 성화밖에 없었다. 조각들도, 신도들이 앉는 의자도 죄다 하얀색이었다.

"성지의 신전이야."

쥬시는 나를 달랑 들어다가 기둥 앞에 앉혔다. 그러더니 단상 위에 앉아서 턱을 괴고 나를 바라보았다.

"거기 앉힌 건, 내 나름대로 배려야. 곧 신전이 무너질 거거든. 기둥이 넓고 크지? 그쪽에 있으면 그래도 육신이 온전하게 죽을 확률이 커."

신전이 무너진다고?

바로 도망가고 싶었다. 나는 일어서려고 다리에 힘을 주었다. 하지만 발가락 하나도 까딱하지 않았다. 내 마음대로 움직이는 건 목 위뿐이었다.

'걸을 수가 없어.'

교황이 한 짓일까.

나는 고개를 돌려 쥬시에게 시선을 돌렸다. 옛정에 호소해서 도망치게 해 달라면 어떤 표정을 지을까.

'안 되겠지?'

포기하자. 이화윤. 어째 상황이 오감이 되살아난 것만 해도 의외인 거 같아.

"곧 교황님이 오실 거야."

그 말을 한 쥬시는 밝게 웃었다. 표정만 봐도 알았다. 교황이랑 되게 친해 보시네요. 쥬시가 스파이였나요.

"그동안 날 죽이려고 했던 게 쥬시 맞나요?"

"응. 미안해."

그녀는 단상 위에 앉아서 다리를 흔들었다.

"일찍 죽었어야 하는데, 질질 끌어서 여기까지 왔네. 미안해. 고통 없이 죽이는 게 그나마 내가 할 수 있는 전부였는데, 건물 잔재에 깔려 죽게 해서."

"안 죽이는 방법은 없어요?"

내 말에 쥬시는 배를 잡고 웃었다. 깔깔거리는 웃음소리가 둥근 천장에 부딪혔다.

"그러게? 없네?"

나는 한숨을 쉬고 고개를 위로 올렸다. 신전이라서 그런지 색색의 유리로 장식된 천장이 퍽 아름다웠다.

"예쁘지?"

"네."

"겉으로 보기에는 여긴 참 예뻐. 자정이 넘으면 굉장히 문란한 곳이 되는데, 그건 그냥 모르는 게 나을 거 같다, 니나야."

아, 그렇구나.

어떤 곳인지 대강 알 것 같았다. 교단은 참 대단하구나. 어떻게 대놓고 이런 짓을 하는 걸까.

그때 제단 쪽으로 한 소년이 걸어왔다. 십대 후반쯤 되었을까. 세라피를 안고 걸어오는 소년의 발걸음은 퍽 경쾌해 보였다.

'저 사람이 교황인 걸까.'

교황은 다 쪼글쪼글한 할아버지인 줄 알았는데, 너무나 어려 보았다. 나와 눈이 마주친 소년은 밝게 미소 지었다.

"니나 케이지의 몸이 벌써 풀렸어?"

"하반신은 아직인 것 같아요."

"너무 걱정하지 마. 곧 다 풀릴 거야. 물론 그 전에 신전이 무너질 테지만 말이야."

이 사람들은 이리 가도 죽고 저리 가도 죽는다는 말을 아무렇지도 않게 하는구나.

소년은 세라피를 상석에 앉히고 밝게 웃었다.

"뭐, 그전에 성녀의 인장을 뺏겨서 죽겠지만 말이야."

이제는 할 말도 없었다. 나는 눈을 가늘게 뜨고 교황을 바라보았다. 소년은 아직 어리지만 제법 해사한 생김새였다.

'백금발에, 붉은 눈?'

니나랑 똑같았다. 이 조합 되게 특이하다고 들었는데? 은근히 흔한 건가.

"5년 만에 원래 몸이네. 역시 남자 몸이 편해."

"코페이스트에서 돌아온 걸 감축드립니다. 성하."

"여자 몸은 은근히 불편했어. 아, 니나 케이지. 아까 내가 한 말 기억하지?"

나는 미간을 찌푸렸다. 무슨 말을 기억하냐는 거야. 아까 당신 한 말 아주 많았잖아.

"회로 순순히 넘기는 거다?"

아, 그 말이구나. 나는 조용히 되물었다.

"당신이 교황 맞아?"

대답은 담백하기 그지없었다.

"응."

묻고 싶은 것이 참 많았다. 그때 내게 한 말은 다 사실일까.

무슨 말을 해야 하나 고민하다 나는 작게 숨을 몰아쉬었다. 왠지 다 부질없었다.

충동적으로 내뱉은 말은 내가 생각해도 이상했다.

"좀 닮았네요."

코랑 입매가 정말 똑같았다. 먼 친척이라도 되나. 내 말에 교황은 고개를 갸웃거렸다.

"성하. 정말 닮았네요."

"정말?"

"네. 니나가 좀 더 순해 보이긴 하지만요."

"그래? 원래 몸에 잘 안 들어가서 몰랐어. 그래서 좀 귀여워 보였나?"

교황은 니나의 얼굴을 빤히 바라보았다.

"피가 좀 섞였을 수도 있겠네. 그래 봤자 달라지는 건 없지만 말이야."

"슬슬 시작해요. 성하. 누가 올까 봐 겁나요."

쥬시의 말에, 교황은 밝게 웃었다.

"그럴 리가 없잖아. 올 사람은 없어. 내가 다 죽였는걸."

소년은 아무렇지도 않게 얘기했지만, 나는 심장이 두근거렸다. 다 죽였다고? 정말?

"놀라지 마. 니나 케이지. 내가 말했잖아. 쓰레기들이야."

"사제가 성지로 가는 건 주로 안식년이야. 그런데 이곳에서 뭘 하겠어. 많이 노셨을걸?"

"장담컨대, 니나 케이지. 네가 생각하는 것보다 더 더럽고 끔찍할 거야. 나는 쓰레기 좀 치운 것뿐이야."

나는 고개를 저었다. 나도 문란한 사제들 따위야 알 바 아녔다.

"사제들밖에 없는 건 아니었잖아요."

쥬시와 교황은 서로를 바라보았다.

"다른 사람도 없었다고 장담할 수 있어요?"

"아, 그런가?"

두 사람은 서로를 보며 깔깔거리며 웃었다.

"그러게. 청소부나 상인도 있었겠지?"

"성기사를 세뇌해서 다 해치우긴 했어요."

"깜박했네. 진짜."

그들의 웃음소리를 들으며 나는 입술을 깨물었다. 진짜 사이코들이었다. 이봐요! 작작 좀 하세요. 상관없는 사람도 같이 죽었잖아!

"그래도 그들이 마냥 죄 없는 존재들은 아닐걸?"

"청소부도, 상인들도 이곳이 있는 의미를 모를 리 없잖아."

"반쯤은 관계자들이죠."

"그러니까 그런 눈으로 보지 마. 니나 케이지. 나 상처받았어."

퍽이나 상처받겠습니다. 아무래도 상관없는 주제에 말은 참 잘한다, 진짜.

"슬슬 시작해야지. 섬세한 작업이니까, 엄호를 부탁해."

"네. 성하. 제가 지켜 드릴게요."

교황의 손에 초록색 빛이 어른거렸다. 아지랑이처럼 피어오르던 빛은 갑자기 동그랗게 뭉쳤다. 소년은 나를 보며 생긋 웃었다. 그러자 갑자기 초록색 빛줄기가 내 가슴에 닿았다.

'미친!'

극심한 고통이 느껴졌다. 가슴이 죄어지다 터질 거 같았다. 상체 전체가 너무 아파서 신음 하나 낼 수 없었다.

"인장이 꽤 동화됐네. 니나 케이지. 부탁이야. 저항하지 마. 이거 원래 다 세라피 거야."

나는 식은땀을 흘리며 의자에 앉은 세라피를 향해 고개를 돌렸다. 내가 좋아하는 성녀님은 정신을 잃은 채 눈물을 흘리고 계셨다.

'우리 둘 중의 하나는 죽어야 하는 운명이래요. 세라피.'

진짜 얄궂네요. 왜 이렇게 됐을까요.

성녀님이 계속 울어서일까. 나도 눈물이 났다.

사실은 저항하고 싶어요. 내 목숨이 얼마나 귀한데요. 더 살고 싶어요. 포기하고 싶지 않아요. 아직 하고 싶은 게 많아요.

'그런데요, 당신을 죽이고, 내가 살고 싶진 않아요.'

왜 내가 당신의 인장을 가져간 걸까요. 미리 알았으면 막을 방법을 찾았을 텐데.

'저, 당신을 정말 좋아해요.'

나는 고개를 숙였다. 눈물이 바닥으로 뚝뚝 떨어졌다.

"진짜, 착하네? 저항을 관뒀구나."

시끄러워. 교황놈아, 나 네 말 듣고 그러는 게 아니야.

'내가 세라피를 좋아해서야.'

생각해 보면 그녀는 나만큼이나 하고 싶은 게 많았다. 성녀에 대한 진실이 밝혀지고, 그녀는 새로운 것을 열심히 배우고 익혔다.

'괜찮아. 이화윤.'

넌 할 만큼 했어. 장기 기증이라 생각하자. 사실 원작 주인공의 자리를 뺏은 게 찝찝했잖아. 괜히 나 때문에 세라피와 폐하의 관계가 어그러진 거 같아서 죄책감이 무거웠는데 그나마 다행이야.

'니나한테는 미안해.'

좀 더 그 아이가 하고 싶은 일을 해 주고 싶었는데, 미안해. 니나야. 언니가 멍청한가 봐. 열심히 피했는데, 마지막은 도저히 피할 수가 없어.

초록빛이 점점 강해졌다. 고통은 조금 줄었지만, 나는 입술을 깨물었다. 비릿한 혈향이 입안 가득 맴돌았다.

식은땀이 이마를 타고 바닥으로 떨어졌다.

그때였다.

갑자기 거대한 힘이 신전을 뒤흔들었다. 덕분에 땀에 젖은 머리카락이 눈앞에서 흔들렸다가 겨우 돌아왔다. 초록색 빛이 어그러지자, 교황이 외쳤다.

"젠장! 뭐야, 이건!"

"뭔가 부딪쳤어요. 성하."

"마력인가? 이거 완전히 미친놈 아니야!"

"누구죠?"

"몰라. 이런 걸 하면 본인도 무사하지 못할 텐데? 젠장. 어떤 새끼지. 완전히 죽을 각오인가 본데?"

벽에 붙어 있는 성화 하나가 바닥으로 떨어졌다. 교황은 심호흡하며 다시 힘에 집중했다.

"큰일이네요. 회로를 조절하는 건 복잡한 일이잖아요."

"미치겠네. 힘은 잘 들어가는데 세라피가 자꾸 울어."

교황은 진짜 초조한지 침을 꼴깍 삼켰다. 나는 계속되는 고통 속에서 겨우 숨을 내쉬었다. 그때 기침이 났다. 무심코 토혈을 막고서야 깨달았다. 드디어 나는 팔을 쓸 수 있었다.

'기어갈까?'

기어가면 여기서 빠져나갈 수 있을까?

교황은 초조하게 벽을 보다 고개를 저었다. 그러곤 재빨리 달려가서 우는 성녀님을 안아 들었다.

"다 하셨어요?"

"마무리가 약하지만 괜찮을 거야. 거의 다 했어. 빨리 도망가자."

쥬시는 고개를 끄덕였다. 교황의 손에 초록색 빛이 사라지자. 가슴을 찢는 듯한 고통이 줄어들었다. 나는 천천히 고개를 들었다. 머리 위에서 가루들이 날렸다.

'왜 이런 게 흩날리지?'

손등에 자꾸 가루가 묻었다. 나는 천천히 팔을 움직였다. 피가 묻은 손으로 땅을 짚었지만, 온몸에 힘이 없었다.

쥬시가 밝게 인사했다.

"니나야, 나는 이만 갈게."

"수고했어. 니나 케이지."

"그 기둥 아래 있으면 그래도 천천히 죽을 거야."

뭐라는 거야. 진짜. 기운 없는 웃음이 저절로 나왔다. 그때 유리 천장이 부서지면서 잔해가 흩날렸다. 세라피를 얹은 교황은 옷으로 그녀를 가리고 정신없이 뛰어갔다.

유리 조각이 팔에 스쳤다. 다리 쪽에 몇 개가 박힌 거 같은데, 감각이 없어서 아프지는 않았다. 나는 다리에 박힌 유리 조각을 몇 개 빼냈다. 손과 다리, 잘 모르지만, 내장에서조차 피가 나는 듯했다. 굳이 건물이 무너지지 않더라도 피가 너무 많이 나와서 죽을 거 같았다.

나는 천천히 허리를 들었다. 신의 여정을 담은 성화들이 하나둘씩 떨어졌다. 이 커다란 신전이 무너지고 있었다.

또다시 유리 조각이 천장에서 떨어졌다. 햇살에 비친 조각들이 이상하게 예쁘게 보였다. 그래서일까. 왠지 웃음이 나왔다.

이렇게 죽는 걸까, 나.

이마에 피가 흘러서 시야를 가렸다. 나는 손으로 피를 닦았다. 손안이 온통 붉었다. 그러고 보면 참 익숙한 색이었다. 나는 이 색을 가진 눈동자를 알았다.

사실 그의 눈동자가 좋았다.

"바보인가 봐요."

폐하가 생각났다.

"얼굴만 잘생긴 멍청이가 떠올라."

그래도 사랑이라고, 막판에는 폐하인가. 나는 허탈하게 웃었다. 뭐가 예쁘다고 지금 떠올리고 그래. 그냥 엄마 아빠나 생각하지.

천장에서 돌덩이가 떨어졌다. 등뒤에 기댄 기둥이 점점 떨렸다. 나는 고개를 숙였다가 다시 들었다.

'내가 없어도 잘 살겠지, 그 사람은.'

아무렇지도 않게 어제와 같은 오늘을 살 거야. 늘 그렇게 한치의 오차도 없이, 잘 먹고 잘 살겠지.

"그래서 다행이야."

조금은 날 그리워 해 줬으면 좋겠지만, 폐하는 그렇게 사는게 어울려. 시간이 나면 욕을 한 바구니 하고 싶은데, 이렇게 끝나네.

'잘 있어요. 폐하.'

부디 하시는 일 다 잘되길 바라요. 범접할 수 없는 느낌이었지만, 그래도 당신이 애써 온 모든 것이 다 이루어지길 빕니다.

'레오도, 스승님도 다 평안하세요.'

고아인 어린 소녀에게 참 친절하셨죠. 좋은 사람들 만나기쉽지 않은데, 그래도 괜찮은 사람들과 엮여서 좋았어요.

'그만큼 제가 잘하고 싶었는데……'

기회가 없네요.

나는 작게 숨을 내쉬었다. 숨소리에 피 냄새가 났다. 다시 웃음이 나왔다. 열심히 살아서인지, 미련이 뚝뚝 떨어지지만, 마음은 그럭저럭 괜찮았다.

천장에서 돌덩어리가 계속 떨어졌다. 다리는 여전히 움직이지 않았다.

'하얀 신전과 같이 죽다니 관치고는 좀 크다.'

뒤에 있는 기둥이 진동했다. 쥬시의 말처럼 이곳에서 있으면 그나마 온전하게 죽게 될까.

'누가 발견하기라도 할까.'

한번 죽어 봐서 알았다. 죽으면 남겨진 것 따위는 다 쓸모없었다. 남은 몸 따위 무슨 상관이야. 그래도 다행이야. 경험이 있어서, 이번에는 유언장을 작성해 놨지.

나는 옷 속에 숨겨 둔 목걸이를 꺼냈다. 받았을 때는 한소리했는데, 마지막에 내 옆에 있는 건 얘뿐이었다.

나는 붉은색 목걸이를 꼭 쥐었다.

피를 많이 흘려서인지 의식이 흐릿했다. 편안히 눈을 감고 있으려 할 때였다. 저 멀리서 검은 것이 어른거렸다.

'뭐지?'

검은 인영은 점점 가까워졌다. 나는 눈을 깜박이다 거칠게 비볐다. 하지만 그것은 사라지지 않았다.

"신기루?"

다가오는 사람은, 내가 사랑하는 사람을 닮아 있었다. 나는 작게 속삭였다.

"폐하?"

내가 그 사람을 못 알아볼 리 없었다.

허리까지 내려오는 검은 머리카락도, 어깨 너비와 걷는 습관까지 저 사람은 폐하와 꼭 닮아 있었다.

그것은 비틀비틀 계속 걸어왔다. 나는 그의 옷에 묻은 핏자국을 바라보았다.

'환상? 주마등?'

저 사람이 여기 왜 있어.

그는 중간에 걸음을 멈춰 서서, 고개를 들었다. 나는 멍하니 폐하를 바라보았다. 그는 나와 눈이 마주치자, 희미하게 웃었다.

천장에서 돌덩이 하나가 더 떨어졌다. 가루를 내며 부서지는 돌을 보며 나는 중얼거렸다.

"안 돼……."

안 돼요. 폐하. 환상이라도 신기루라도 안 돼요.

'여기 있으면 안 돼.'

신전이 부서진다고 했어. 건물이 무너지고 있잖아. 아무리 폐하라도 꼼짝없이 죽을 거야.

'소원이 있는 사람이야.'

나는 집무실에서 그가 보여 준 지도를 떠올렸다. 그래. 그런 사람이야. 그러니까…….

나는 손가락을 들어서, 교황과 성녀가 빠져나간 방향을 가리켰다. 손에 힘이 없어 부들부들 떨렸지만, 그래도 아직은 목소리가 나왔다.

"저, 저기로 갔어요!"

폐하의 발걸음이 멈췄다.

"저쪽으로 가면 성녀님이 계셔요! 폐하."

그는 내가 가리킨 방향으로 고개를 돌렸다. 나는 그제야 웃을 수 있었다. 그래요. 폐하. 쫓아가세요. 그렇게 하면 당신이 원하는 걸 이룰지도 몰라요.

"교황이 같이 있어요. 지금이라면 성녀님을 구할 수도 있어요."

완벽히 힘을 되찾은 그녀가 있어요. 그러고 보니까 성녀님도 당신을 좋아하네요. 당신도 영 마음이 없는 건 아니죠? 그래도 신경 썼잖아요.

"가세요. 폐하."

나는 활짝 웃었다. 조금 바보 같았다. 어쩌면 환상에게 이런 말을 하는지 몰라. 신기루에 대고 떠들다니, 이상해.

'하지만 가세요. 폐하.'

상처 난 입술이 따끔거렸다. 그는 다시 나를 바라보았다.

"저는 금방 따라갈게요. 아, 상처는요. 괜찮아질 거예요. 지금 좀 지쳐서 이러고 있는 것뿐이에요. 제 체질 아시죠? 금방 낫잖아요."

그러니까 제발 도망가요. 그들이 떠났을지도 모르지만, 저쪽이 무너지는 신전 밖으로 나갈 수 있는 길인 것 같아요.

당신이 환상이라도 제발 가세요. 폐하는 여기 있으면 안 돼요.

'이베리아의 왕이잖아요.'

거긴 당신이 없으면 안 되잖아.

다행히 환상은 더 다가오지 않았다. 그는 내가 가리킨 방향을 계속 바라볼 뿐이었다. 나는 안심하고 손을 내렸다. 사실 이젠 말할 힘도 없었다.

힘이 없어서 눈가가 파르르 떨렸다. 이상하게 졸음이 왔다. 마지막으로 그의 환상을 한 번 더 바라볼 때였다.

그는 고개를 돌렸다. 그러고는 비틀거리며 다시 걸어왔다. 나는 눈을 가늘게 뜨고 그 모습을 바라보았다.

다시 만류해야 하는데, 큰 목소리가 나오지 않았다.

환상은 내 어깨를 잡고 주저앉았다. 낮은 목소리가 귓가에 속삭였다.

"미안하다."

나는 고개를 저었다. 무엇을 사과하는지 알 수 없었다. 분진이 머리 위로 내려앉았다. 더는 시간이 없었다. 나는 그의 옷자락을 꽉 잡았다.

"가세요."

그는 고개를 저으며 천천히 나를 안았다. 익숙한 체향과 온기가 느껴졌다.

"설, 설마, 진짜 폐하세요?"

내가 이럴 줄 몰랐는지, 그의 몸이 살짝 떨렸다. 그는 웃으면서 나를 품에 안았다.

"가짜인 줄 알았나 보군."

"안, 안 돼요. 폐하. 지금이라도……."

"네가 움직일 수 없는 걸 안다."

목소리가 살짝 떨렸다. 나는 애원을 멈췄다.

"네가 여기서 죽으려는 것도, 짐을 여기서 보내려는 것도 모를 리가 없지 않으냐."

눈물이 볼을 타고 흘러내렸다.

"그, 그런데 왜 여기 계세요. 이곳은 무너져요."

"안다."

"저기에 교황이랑 성녀가 있어요. 잘되면 당신의 꿈이 이루어질 수도 있어요. 교단이 가진 영지를 정복하고 싶어하셨잖아요."

"아, 그랬지."

그때 그의 몸이 거칠게 흔들렸다. 그는 황급히 입을 막았지만, 손가락 아래로 붉은 피가 뚝뚝 떨어졌다.

피가 폐하의 손등을 타고 내려와, 내 입술에 닿았다. 나는 그제야 알았다.

"아까, 그 진동, 폐하께서 하신 거예요?"

그는 웃으면서 내 볼을 쓰다듬었다. 나는 그의 피를 혀로 핥았다. 그저 피일뿐인데 이상하게 뜨겁게 느껴졌다.

이 사람을 어떡하지?

"사랑한다."

눈물이 뚝뚝 떨어졌다. 그는 환하게 웃으면서 속삭였다.

"사랑한다. 니나 케이지."

나는 울면서 웃었다.

"폐하도 참 바보예요."

"늦어서 미안하다."

나는 고개를 저었다.

"늦지 않았어요."

요란한 굉음이 들리며 천장에서 커다란 돌덩이가 떨어졌다. 그는 나를 품에 넣었다. 나는 무너지는 세상을 보며 중얼거렸다.

"저도 사랑해요. 폐하. 아니……."

건물의 잔재가 그와 나를 덮쳤다. 나는 웃으면서 속삭였다.

"리카르도."

익숙한 체온이 느껴졌다. 나는 눈을 감았다. 떨어지는 돌들을 보며 나는 눈을 감았다.

그의 숨소리가 들렸다. 그것이 내가 느낀 마지막이었다.

맑은 목소리가 들렸다.

"언니."

누가 부르는 걸까.

처음에는 낯설다고 느꼈다. 하지만 곧 생각이 바뀌었다. 나는 이 목소리를 아주 잘 알았다.

"니나?"

목소리의 주인을 아는 순간, 눈앞이 빛으로 가득 찼다. 참 이상했다. 나는 두 손을 내려다보았다. 익숙한 내 손이 보였다.

'이화윤의 손이네.'

나는 조금 웃었다. 5년 동안 다른 곳에 있었다고, 왠지 이 손이 낯설게 느껴졌다.

나는 몸 이곳저곳을 만져 보았다. 실감이 나지 않았다. 하지만 파마해서 망한 내 머릿결을 손에 쥔 순간, 정말 이화윤의 몸이구나 싶었다.

"저, 또 기억 못 하죠? 우리 가끔 만났는데요."

그랬어?

"미안해. 니나야. 정말 기억이 안 나."

"항상 그렇더라고요. 사실 코페이스트한 몸에 원래 인격은 사라지는 게 맞아요. 그런데도 제가 여기 있는 건요."

니나가 맑게 웃으며 나를 껴안았다. 온기가 느껴지지 않았지만, 왠지 마음이 따듯했다.

"언니가 가끔 저를 불러 주셨잖아요. 그래서인가 봐요."

목소리가 퍽 따듯했다. 하긴 내가 니나의 이름을 많이 부르긴 했지. 주로 사과를 했지만, 그거라도 도움이 돼서 다행이네.

"여긴 어디야?"

니나는 대답하지 않았다. 그저 웃기만 했다. 아이는 내 가슴을 가리켰다. 초록색 아지랑이들이 내 심장 가에서 우글거렸다.

"이거 왜 이래?"

"성녀님이 인장의 힘을 거부하셨어요. 교황이 준 회로도 다 내쳤나 봐요. 그분도 언니를 희생시키면서까지 살고 싶진 않았던 모양이에요."

나는 이마를 짚었다. 아이고, 성녀님. 왜 그러셨어요. 사후 장기 기증인데, 그냥 받으셔도 되는데요.

온몸에 하얀빛이 잔뜩이었다. 나는 이게 무슨 힘인지 알았다.

'세라피의 성력인데?'

아니 이분은 문장인지 회로인지, 둘 다 안 받으셨다면서 왜 내 몸에 성력을 퍼부으시는 걸까.

"덕분에 틈이 생겼어요."

"틈이라니?"

"저와 언니가 얘기할 틈이요."

니나는 맑게 웃었다. 심장에 놓은 아지랑이들은 점점 더 우글거렸다.

"고맙다는 말을 하고 싶었어요. 저 때문에 억지로 낯선 곳으로 떨어지셔서 고생 많으셨죠?"

좀 의외여서, 나는 볼을 살짝 긁었다.

"왜 이렇게 된 거야?"

"저는 죽기 전에 신에게 빌었어요. 제 몸에 있는 성력이 생각보다 강했나 봐요. 책장을 되돌리고, 화윤을 코페이스트시켰어요. 저는요. 행복해지는 이야기를 원했거든요."

나는 어색하게 웃었다. 조금, 아니 많이 미안했다.

"미안해. 기대에 부합을 못 한 거 같다."

할 말이 없었다. 나름대로 노력했지만, 스무 살까지밖에 못 살고, 건물 잔재에 깔려 죽어 버렸다.

'게다가 폐하까지 끌어들였어.'

잘은 모르지만, 후대에 멀쩡한 왕 끌어들여서 같이 죽은 마녀로 기억되지 않을까. 왠지 이베리아 사람들에게 한없이 미안했다.

"아니요. 충분히 행복해지는 이야기였어요."

"그, 그렇지는 않을걸."

"저 많이 복잡했잖아요. 사실 풀기 어려운 이야기였어요."

나는 고개를 끄덕였다.

"그건 그래! 사실 나 아직도 이해 못 했어! 그렇다고 바보로 보진 말아 줘. 이래 봬도 머리는 그럭저럭 굴러갔는데, 영 힘을 못 쓰는 거 같아."

내 말에 니나는 입을 가리고 웃었다.

"복잡한 건 몰라도 돼요. 이제는 하나만 기억하면 돼요."

뭘 기억하라는 걸까. 고개를 갸웃거리자. 니나가 손을 잡았다.

"이제 언니는 이베리아의 반려예요. 반려는요. 만나를 달게 만들고, 왕의 모든 부상과 병을 고쳐요. 왕을 잠들 수 있게 하고, 왕이 겪는 마력에 의한 고통을 없애 줘요."

"만나 빼고는 성녀랑 비슷하네."

"원래는 왕을 위한 힘이었으니까요. 성당이 억지로 인장을 박고 회로로 돌린 존재가 성녀예요. 언니, 기억해요. 언니의 기미 능력은 없어져요. 사실 원래 반려의 증거는 기미 능력이에요. 세라피도 성녀가 되기 전에는 기미 능력이 있었어요."

나는 고개를 끄덕였다.

"어떻게 이런 걸 아는 거야?"

내 물음에 니나는 밝게 웃었지만 대답하지 않았다.

"언니, 저는요. 워낙 바보같이 살아서요. 선하게 산다거나, 착한 일을 하면 좋은 일이 있다는 걸 믿지 않았어요."

니나는 내 가슴에 요동치는 초록빛을 보며 말했다.

"하지만 언니를 보면 아닌 거 같아요. 언니!"

니나는 다시 나를 끌어안았다.

"행복해져요. 이제."

나는 멍청하게 눈만 깜박였다. 뭔가 더 많은 것을 물어봐야 했다. 하지만 이상하게 내키지 않았다.

"이제, 가세요."

"어디로?"

"그의 곁으로요."

나는 니나의 손을 덥석 잡았다. 하지만 눈앞이 점점 밝은 빛으로 가득 찼다.

안 돼, 시간이 없어. 이상해.

나는 급히 속삭였다.

"다시 만날 수 있어?"

내 물음에 니나가 웃는 게 느껴졌다.

"아니요."

니나의 목소리가 먼 곳에서 울렸다. 나는 아이의 손을 놓지 않았다.

"이제는 제가 있을 곳으로 가야죠."

눈물이 왈칵 쏟아졌다. 고개를 저으며 잡은 손에 힘을 줬다.

"아마 이게 마지막일 거예요. 이제는 정말 다른 삶이니까요. 언니."

니나의 모습이 보이지 않았다. 손에 잡히는 것도 이제는 느껴지지 않았다. 오로지 마지막 남은 목소리만 들렸다.

"정말 고마워요."

눈물이 볼을 타고 흘러내렸다. 밝은 빛은 금방 사라졌다. 나는 니나의 이름을 목이 터져라 불렀지만, 아이는 웃기만 했다.

깜깜한 어둠이 밀려왔다. 어디선가 맑은 웃음소리가 들렸다. 나는 기도하듯 손을 모았다.

'뭐가 뭔지 모르지만, 네가 가는 곳이 좋은 곳이었으면 좋겠어.'

이왕이면 천국보다 더 아름다웠으면 좋겠어. 네가 좋아하는 단 것이랑 꽃이 잔뜩 있고, 네가 보고 싶은 사람들이 있는 곳이면 얼마나 좋을까.

이제는 니나가 느껴지지 않았다. 나는 눈을 깜박였다.

왕과 반려

눈물이 흐른 눈가를 닦았다. 나는 움직이는 내 손을 바라보았다. 말라붙은 피딱지가 잔뜩 묻어 있었다.

나는 손을 쫙 폈다가, 다시 접었다. 5년 동안 내가 써 온 익숙한 손이었다.

'돌아왔구나.'

니나의 목소리가 아직도 선했다. 나는 두 손을 내려다보았다. 잡히는 건 아무것도 없었다. 처음 니나의 몸에 들어왔을 때 손을 쥐었다 폈던 기억이 떠올랐다.

그때, 정신이 들었다.

"아……."

이러고 있을 때가 아니었다. 나는 서둘러 고개를 돌렸다.

"세상에!"

폐하가 나를 감싼 채, 정신을 잃고 있었다. 나는 허둥지둥 그의 가슴에 귀를 대었다. 다행히 아직 심장이 뛰었다.

'내가 할 수 있을까?'

어떻게 쓰는지 몰랐다. 하지만 왠지 할 수 있다는 느낌이 들었다.

손에 붉은빛을 모았다. 나는 그 빛을 그의 몸에 보냈다. 둥글게 모였던 빛들은 빙글빙글 돌며 그의 몸을 타고 내려왔다. 나는 그의 팔에 난 상처가 낫는 것을 내 눈으로 확인했다.

'이게 맞나 봐.'

감으로 한다는 게 이런 거구나. 나는 빛줄기를 그의 안으로 보냈다. 폐하는 작게 신음하면서 눈을 깜박였다. 그는 눈이 초점이 맞자마자, 다짜고짜 나를 껴안았다.

"토끼?"

조금 웃음이 나왔다.

"환상인가?"

이번에는 제대로 터졌다. 내가 크게 웃자 그는 내 얼굴을 쓰다듬었다.

"환상은 아닌가 보군."

"그런 것 같아요. 폐하."

"무엇이 어떻게 된 거지?"

나는 웃으면서 주위를 둘러보았다. 상황은 좋지 않았다. 빛줄기가 들어오긴 했지만, 어두컴컴했다. 게다가 숨쉴 때마다 분진 가루가 느껴졌다.

"우리, 산 것 같아요. 폐하."

"잔재에 깔린 것 같군."

역시, 이 남자는 상황 판단이 빨랐다. 나는 고개를 끄덕이며 다시 손에 붉은빛을 모아서, 그의 몸으로 보냈다.

그는 자신의 움직이는 팔을 보며 내 볼을 쓰다듬었다. 나는 다시 웃었다.

"왜 안 물으세요? 제가 이 빛으로 폐하를 치료했잖아요."

"그렇군."

"그런데요, 폐하. 우리 이대로 있다가는 살았어도 죽을 것 같아요. 아마 굶어 죽지 않을까요?"

사람이 물이 없으면 며칠 살더라.

그는 이런 내 마음을 아는지 모르는지 고개를 끄덕였다. 손안에 맴도는 붉은 빛이 더는 그의 몸으로 들어가지 않았다. 치유가 다 된 건가. 처음 써 봐서 어떻게 하는 건지 영 알 수 없었다.

"기다려야겠군."

"기다리면 누가 올까요?"

그는 내 뒷덜미를 매만지며 생각에 잠겼다. 그러더니 피식 웃으며 속삭였다.

"다 포기하고 홀가분해졌는데, 다시 해야 할지도 모르겠군."

"뭐가요?"

그는 들어오는 빛줄기를 보며 중얼거렸다.

"왕 노릇."

나는 고개를 갸웃거렸다. 왜 갑자기 거기로 가? 아니 이 양반이 혼자서만 몇 수 앞으로 가네. 같이 가요. 좀!

"일단 우리가 사는 거 먼저 생각해야 하지 않을까요?"

그는 느긋하게 내 목을 쓰다듬기만 했다. 더는 참을 수 없었다. 나는 그의 품에서 바르작거리다가 검은 머리카락을 한 뭉텅이 잡았다.

"폐하. 이참에 얘기하는데요. 주어 없이 알쏭달쏭하게 얘기하는 버릇 좀 고쳐요. 진짜 알아듣기 힘들거든요?"

나는 그의 머리카락을 살살 잡아당겼다.

"계속 그러시면 이거 뽑을 거예요?"

그는 피식 웃으며 내 어깨를 꽉 안았다.

"무섭군."

"나름대로 협박인데요."

그는 내 볼에 입맞추며 말했다.

"노력해 보겠다."

"다른 사람한테는 모르겠는데, 저한테는 그러시지 마세요."

나는 이리저리 둘러보았다. 쥬시 말이 맞는지 넓고 굵은 기둥이 우리 둘을 받친 채였다. 정말 저래서 산 걸까. 빛은 들어오지만 어떻게 무너졌는지 도통 알 수 없었다.

"너무 걱정하지 마라. 상황은 나쁘지 않아."

"왜 그렇게 자신하세요?"

"왜냐하면……."

그때였다. 갑자기 빛줄기가 강해졌다. 그는 느긋하게 내 얼굴을 매만졌다.

"구하러 올 것이기 때문이지."

갑자기 눈앞에서 빛줄기가 세게 들어왔다. 맑은 공기가 폐속으로 들어왔다. 나는 눈을 비볐다가 활짝 웃었다. 폐하가 귓가에 속삭였다.

"짐의 말이 맞지?"

덩치가 커다란 기사는 무릎에 손을 얹고 한숨을 쉬었다. 나는 폐하의 품에서 꼬물꼬물 빠져나가서 그에게 달려갔다. 레오의 땀이 바닥으로 뚝뚝 떨어졌다.

"레오 님!"

그는 숨을 몰아쉬며 물었다.

"어떻게 된 겁니까?"

나는 팔을 벌려 레오를 안았다. 기사단장은 몇 걸음 뒷걸음질쳤지만, 곧 단단한 팔이 내 어깨를 둘렀다.

"보는 대로다. 살았다."

"설명하려면 길어요!"

레오는 나를 들어올렸다가 바닥으로 내려놓았다. 내가 밝게 웃자, 그는 내 볼을 콕콕 찔렀다.

"얼마나 걱정한 줄 알아?"

"자세한 설명은 나중에 할게요. 일단 살았어요. 저도 폐하도 건강해요. 그런데 어떻게 찾았어요?"

폐허 밖에는 레오만 있는 게 아니었다. 갑옷을 벗은 기사들이 이마에 땀을 훔치고 있었다. 나는 그제야 상황을 얼추 알아챘다.

'아예 기사단이 왔구나.'

저 기사단이 잔재들을 치우며 폐하를 찾았구나.

멀리서 그리핀이 보였다. 아, 그리핀 기사단이구나. 그런데 어떻게 알고 우리를 찾은 걸까.

"폐하의 불이 보였어."

순간 깜짝 놀랐다. 아니 이건 또 뭐야.

등뒤에서 익숙한 목소리가 들렸다.

"아, 정신을 차린 순간부터 하늘에 불줄기를 내보냈다."

그렇게 위치를 알린 거구나. 아니, 그러면 나한테도 말해 줘야지. 나는 잠시나마 굶어 죽을 거 걱정했는데 말이야.

나는 레오 품에 안겨서 그를 흘겨보았다. 나의 매서운 눈초리에도 그는 폐허에서 나와서 태연하게 흘러내린 머리를 뒤로 쓸어 넘겼다.

"꼬맹아. 뭐가 어떻게 된 거냐."

레오가 내 귓가에 속삭였다. 나는 어디서부터 설명해야 할지 영 알 수 없었다. 반려? 성녀? 회로? 머릿속에 단어들이 빙글빙글 돌아서일까, 적당한 단어가 떠오르지 않았다.

그때였다. 폐하의 날름이가 멀리서 다가왔다.

'그래도 주인이 살았다고 오는구나.'

불쌍한 날름이. 날름아, 내가 폐하 머리카락 잡아당겨서라도 예쁜 이름으로 다시 지어 달라고 할게. 너처럼 늠름하고 아름다운 그리핀에게 날름이가 뭐니. 진짜 취향하고는.

나는 레오 품에서 빠져나와 날름이에게 다가갔다. 푸른 서클릿을 쓴 그리핀은 여전히 아름다웠다.

막 손을 내밀려고 할 때였다. 갑자기 날름이가 무릎을 꿇었다.

"어?"

너 왜 이러니? 자존심도 강한 애가 왜 무릎을 꿇어?

순간 건물 잔재를 훑어보던 기사들이 웅성거렸다. 날름이는 고개마저 바닥으로 숙였다가 다시 들었다.

"저, 저 폐하. 날름이 뭐 잘못 먹었어요?"

그는 아무렇지도 않게 다가와서 나를 들어올렸다. 폐하는 기사들을 보면서 말했다.

"그렇게 된 모양이군."

나는 즉시 그의 머리카락을 잡아당겼다.

"뭐가 그렇게 된 건데요! 설명 좀 해 줘요!"

"아프다. 토끼야."

레오는 완전히 당황했는지, 표정이 이상했다. 주위의 그리핀 기사들은 날름이와 내 모습을 번갈아 바라보았다.

"왕의 그리핀은 반려에게 무릎을 꿇지. 우리에겐 유명한 얘기다."

"저, 전설로 내려와."

나는 이제야 이들이 왜 이리 당황하는지 알았다. 왕은 나를 안고 주위를 둘러보며 말했다.

"토끼가 짐의 반려가 되었다."

"바, 반려라니요!"

왕은 손바닥에 하얀 결정체가 생겼다. 나는 그것이 만나라는 걸 알았다. 그는 조용히 손가락을 입으로 가져갔다.

"달군."

웅성거리는 소리가 더 커졌다. 나는 이마를 짚었다. 예방 접종 좀 하고 알려 주지, 너무 막 나가는 거 아닙니까? 폐하?

"설명이 필요 없어서 좋긴 한데요. 좀 살살해요."

"왜 이렇게 된 건지는 나중에 듣겠다. 지금은 돌아가 봐야 할 거 같군."

정신 차린 지 몇 분이나 되었다고, 폐하는 벌써 예전으로 돌아와 있었다. 철두철미한 그 모습이 참 재수 없어서, 나는 그의 머리카락을 확 잡아끌었다.

"아프다. 토끼야."

"반려라면 토끼 소리도 그만해야 하는 거 아닌가요?"

"그렇군."

왕은 나를 날름이 위에 태웠다. 그러자 기사단 몇 명이 우물주물거리며 내 다리를 등자에 묶었다.

"왕비라고 하는 게 낫겠군."

이번에는 내가 깜짝 놀랐다. 황급히 고개를 돌리자, 그는 아이처럼 웃으며 날름이의 고삐를 잡아당겼다.

순식간에 날름이가 날아올랐다. 나는 고개를 푹 숙이며 외쳤다.

"진짜요?"

"짐은 거짓말은 하거나, 남을 속이지 않는다."

"웃기고 앉아 있네. 픽이나 그러시겠습니다."

그는 계속 웃으면서 계속 하늘로 날아올랐다. 폐하가 서두르자, 자신의 그리핀을 찾는 기사들의 기다려 달란 외침이 들렸다. 그는 드넓은 창공에서 한 바퀴 돌았다.

"네가 아니면 안 된다."

낮은 목소리가 귓가에 닿았다.

"네가 아니면 짐은 평생 혼자 살 거다."

"약혼자 후보들은 다 어쩌고요?"

"후보들일 뿐이지."

어쭈? 와, 이 남자 고단수로 나오네. 가끔 생각하지만, 언어의 마술사 같아.

폐하는 느긋하게 나를 끌어당겼다. 말로 현혹하더니, 이제는 스킨십으로 넘어가려는 모양이었다.

그렇다면, 저도 가만있을 수 없습니다. 폐하.

"저는 결혼 생각 없는데요?"

자연스럽게 내려오던 왕의 손이 멈칫했다. 나는 배시시 웃으며 그를 돌아보았다.

"이유가 뭐지?"

"일단 스무 살밖에 안 됐어요."

이베리아의 결혼 적령기가 몇인지는 몰랐다. 하지만 시녀님들을 보고 살아서 그런가 스무 살에 코 꿰이기에는 니나는 너무 어렸다.

"게다가 결혼할 상대는 좀 믿을 수 있는 사람이었으면 좋겠어요."

사기꾼은 좀 아니지 않을까요.

나는 힐끔 폐하를 바라보았다. 날름이의 고삐를 쥔 그는 보기 드물게 멍청한 표정을 하고 계셨다.

'그러게 죄를 짓지 마시지.'

왠지 웃음이 나왔다. 자업자득입니다. 폐하.

"이왕이면 레오 님 같은 분이 좋아요. 성실하고, 선량하며, 믿음이 가는 사람이요."

그럼, 그럼. 레오 같은 사람이라면 당장에 내가 시집가지. 집안 빵빵해, 얼굴 잘생겼어, 성실하고 선량해. 얼마나 좋아.

딱 붙어 있어서인지 그의 몸이 굳는 게 느껴졌다. 나는 웃음을 멈출 수 없었다.

"게다가 시녀님들이 그러셨어요."

나는 파란 하늘을 보며 중얼거렸다.

"조건이 좋아졌다고 얼씨구나 하고 달려드는 남자는 영 못 쓴대요."

나는 다시 그를 돌아보았다. 절세미남인 폐하의 표정은 진짜 혼자 보기 아까울 정도였다.

'얼굴이 일그러졌어!'

폐하도 저런 얼굴을 하는구나. 보기 드물게 멍청한 표정이어서, 나는 고소해 죽을 거 같았다.

'그러게 왜 혼자 넘겨짚어요!'

떡 줄 생각도 없는데 혼자 김칫국부터 들이키더니, 잘하는 짓입니다. 폐하.

"뭐, 무엇을 원하지?"

폐하의 목소리 끝이 살짝 떨렸다. 나는 피식 웃었다.

"항상 그 말밖에 안 하시네요."

솔직히, 폐하께서는 사람 구슬리는 게 그 방법밖에 없나 봐요? 밑천 다 털리셨습니다. 폐하. 다른 방법을 찾아보시는 게 어때요?

힐끔 돌아보니, 폐하는 안절부절못하는 얼굴로 나를 쳐다보고 있었다. 나는 코웃음을 치며 어깨에 힘을 뺐다. 그사이에 기사단의 그리핀도 날아올랐다.

그가 작게 속삭였다.

"모르겠군."

당연히 모르시겠죠. 폐하는 고민 좀 해야 돼요.

"어떻게 하면 짐의 곁에 머물 거지?"

"말하면 들어 주실 건가요?"

"뭐든 들어주겠다."

나는 입을 가리고 웃었다. 공수표를 남발하시는 걸까, 진심일까. 나는 넓은 아량으로 조금 양보하기로 했다.

"앞으로 잘하세요."

나, 진짜 관대하다. 착하다. 착해. 천사가 울고 갈 거야. 복 받겠어.

등뒤에서 그가 작게 속삭였다. 귀를 기울여야 들을 수 있는 아주 작은 속삭임이었다. 그 말을 듣는 순간, 나는 조금 양보하기로 했다.

"하는 거 봐서요."

당황했는지 그의 근육이 뻣뻣하게 굳는 게 느껴졌다. 와우.

나 이런 게 취향인가 봐. 약점이 없이 고고한 분이 이러지도 저러지도 못하는 게 즐겁기 짝이 없었다.

'의외로 협박에 약하셨군요.'

알았다면 전에 미리 써먹는 건데, 이제 알아서 슬프네요.

나는 먼 하늘을 바라보았다. 구름 한 점 없는 파란 창공은 눈이 트일 만큼 시원했다. 온몸을 그에게 기댄 채 숨을 몰아쉬니, 맑고 청량한 공기가 느껴졌다.

모든 게 다 좋았다. 그래서 자꾸만 웃음이 나왔다.

에필로그 1

베아토는 자신의 새로운 제자를 바라보았다. 백금발에 동그스름한 붉은 눈동자를 지닌 그녀는, 고급스러운 흑단목 책상에 앉아서 손을 꼬물거리고 있었다. 그 모습은 매우 귀여웠지만, 눈앞에서 웃으면 실례였다.

학자는 헛기침으로 애써 웃음을 눌렀다. 그러자 붉은 눈이 예쁜 제자는 고개를 들어 자신을 바라보았다.

"그만할까요?"

니나가 바느질감을 한곳으로 치웠다. 베아토는 서둘러 고개를 저었다. 제법 영리한 새 제자님은, 자신이 바느질을 만류하는 것처럼 느낀 모양이었다.

"제가 니나의 숙제를 점검하는 시간입니다. 니나에겐 쉬는 시간인데, 뭘 하든 상관없어요."

자신의 말에 니나 케이지는 활짝 웃었다. 옛날부터 느꼈지만 참 웃음이 많은 아이, 아니 이제는 예비 왕비님이었다.

그녀는 다시 손을 꼬물거리며 바느질을 했다. 손안에 작은 천 인형은 막 눈이 생기고 있었다.

"성녀님께 드릴 거예요."

베아토는 니나의 숙제를 점검하며 고개를 끄덕였다.

"전서구가 날아왔다고 들었습니다."

"네. 그 뒤로 성녀님이 어떻게 됐는지 걱정이었는데, 다행히 소식이 왔어요."

예비 왕비님은 작게 한숨을 내쉬었다.

"같이 있는 사람들이 제정신이 아닌 거 같은데, 성녀님에게는 순한 양인가 봐요."

"양은 의외로 성격이 좋지 않습니다."

"그런가요? 어쨌든 전 세계를 여행 다니고 있대요. 세라피의 꿈이 이루어지긴 한 것 같은데 이걸 좋아해야 하나요, 슬퍼해야 하나요. 영 갈피가 잡히지 않아요."

베아토는 숙제에서 눈을 떼고 그녀를 바라보았다.

"뭔가 걱정거리가 있나요?"

"베아토. 좀 속물 같지만요."

그녀는 천 인형의 귀를 바늘로 다듬으며 기운 없이 말했다.

"저, 직업을 잃었어요. 기미 시녀를 할 수 없어요! 이제 성에는 기미할 분이 안 계시잖아요!"

베아토는 웃음이 나오는 걸 애써 참았다.

"이건 심각한 일이에요! 물론 약초 연구원이란 직업도 있지만요. 그런데 이것도 위험해요."

그는 입술을 파르르 떨면서 겨우 물었다.

"왜요?"

"스승님이 먼 곳으로 여행을 떠나실지도 모른대요. 직업에 충실하려면 스승님을 따라가야 하는데요."

"그, 그건 안 됩니다."

베아토는 순간 식은땀이 났다. 그녀가 없는 카스텔리움성을 생각하니 끔찍하기 짝이 없었다.

"폐하께서 절대로 허락 안 하실 겁니다."

니나는 바느질감을 놓고 턱을 괴었다. 표정만 봐도 그녀가 무슨 생각을 하는지 알 것 같았다.

'알게 뭐냐 표정이군요.'

베아토는 고개를 절레절레 저었다. 눈앞에 있는 예비 왕비님은 예쁘고 사랑스럽고 영리하며 성실했지만, 이런 점이 유일한 단점이었다.

"반려가 없으면 왕은 큰일납니다."

"여태 반려 없어도 잘 해먹으셨잖아요."

베아토는 주위를 둘러보았다. 누가 들을까 봐 겁이 났다.

"니나. 잘 들으세요. 몰라서 없는 것과 있는데 뺏긴 건 매우 달라요."

"뺏기긴 뭘 뺏겨요. 제가 무슨 물건이에요?"

학자는 어색하게 미소 지었다. 맞는 말이라서 부정하기가 힘들었다.

"어쩌다 보니 반려가 됐다고 제가 이대로 눌러앉으리란 생각은 오산 중의 오산이에요. 폐하가 뭐가 예쁘다고."

그녀는 툴툴거리면서도 다시 천 인형을 꼬물거렸다. 스게르토인 베아토는 어떤 말을 해야 할지 가늠이 되지 않았다. 이베리아와 폐하를 위해 눈앞에 있는 레이디를 설득해야 하는데 말이 잘 나오지 않았다.

"그, 그것이 고민인가요?"

"네. 직업을 잃는 게 첫 번째 고민이고, 또 다른 직업도 간당간당 하다는 게 두 번째 고민이에요. 잘하면요. 저 할 일 없이 성에서 빈둥거리게 될지도 몰라요."

"니나는 저와 공부를 하잖아요."

베아토는 그녀가 빽빽하게 써서 제출한 숙제를 읽었다. 눈앞에 있는 스무 살 레이디는 희한하게 서술에 강했다. 그렇게 고급교육은 받지 못한 걸로 아는데, 문장에는 힘이 실려 있었다.

"그거야 폐하가 시켰으니까요."

"억지로 배우는 것 치고는 숙제도 잘하시고요."

"이건 성의죠. 베아토 강의가 쏙쏙 잘 들어오기도 하고요. 저는 성에 살면서 기미 시녀 일을 했지만, 사실 이베리아의 역사와 문화, 행정과 사회경제 다 몰랐거든요."

그녀는 다시 바느질을 시작했다. 베아토는 그런 니나를 보고 피식 웃었다.

"보통은 모릅니다."

"그런가요. 하지만 기회가 됐을 때 배우고 싶긴 했어요. 여태익힌 건 집을 어떻게 사는가와 저축 방법밖에 없지만요. 역시 투자는 분산 투자가 제일 좋은 것 같아요."

베아토는 솔직히 조금 놀랐다. 눈앞에 있는 예비 왕비는 갓 스무 살이 된 소녀였다. 사회나 역사 부분에서는 조금 뒤처졌지만, 경제 부분에서는 월등히 나아간 시선을 가지고 있었다. 솔직히 배우는 속도도 빨라서, 예비 왕비만 아니면 대학을 추천하고 싶었다.

"니나. 실례가 되는 질문인지 모르지만요. 물을게요."

"네. 물어보세요. 선생님."

"니나는 뭔가 배운 적 있나요? 물론 약초에 관해서 배운 것은 알아요. 하지만 가끔 이런 문장들을 보면 세련되게 다듬어진 게 보이거든요."

바느질하던 손이 멈췄다.

"설득을 위해 증거를 대는 방식이나, 논리적인 수사 방식은 제가 놀랄 정도예요."

그녀는 대답하지 못했다. 베아토는 고개를 갸웃거렸다.

'분명히 성당 고아원 출신이라 들었는데?'

처음 만났을 때도 퍽 영리하다고 생각했지만, 이 정도인지 몰랐다.

"제가 디오 님보다 보는 눈이 없었네요. 니나는 대학에서 공부해도 좋겠어요. 주장도 참신하고 진보적이에요."

"가, 감사합니다. 좋게 받아들일게요."

"칭찬이 아니라 사실이에요."

그녀는 뺨을 살짝 붉혔다. 베아토는 씩 웃었다. 아무래도 이유는 얘기하기 어려운 모양이었다.

'뭐든 좋지.'

어디로 가든 좋은 방향으로만 가면 되었다. 눈앞에 있는 그녀는 지금 이베리아에서 제일 소중한 존재였다.

'본인은 알까.'

그녀가 알려 준 성녀와 반려의 관계는 이베리아의 고대학을 발칵 뒤집어 놨다. 부정하려고 각자 고문서를 들고 왔지만, 파면 팔수록 해석에 따라 맞다는 결론이 나왔다. 그 결과 고어 연구도 다른 의미로 불이 붙어 버렸다.

'아직까지는 우리가 따라가지 못하지만요.'

반려의 능력에 관해서 증명할 것도, 실험할 것도 산더미처럼 쌓여 있었다. 그래서인지 대학에서는 반려를 만날 수 있는 자신을 부러워하는 이가 많았다.

'하루에도 몇 번씩 질문을 받습니다.'

니나 케이지는 어떤 이냐는 물음을 한두 번 받은 게 아니었다. 성당 고아원 출신에, 기미 시녀지만 약초 연구원이라는 대답을 하면 다들 이색적이라며 팔짱을 꼈다. 그러고는 꼭 자신도 만날 수 없냐고 덧붙여 물었다.

'폐하를 핑계 대니 다들 물러나긴 했습니다.'

베아토는 입을 가리고 웃었다. 학자 나부랭이들도 알 정도로 왕은 반려에 대한 사랑이 지극했다. 모든 것에 철두철미하신 폐하께서 이 조그만 반려에 약하다는 건, 이미 너무나 유명한 이야기였다.

"당신은 이베리아의 보물입니다, 니나."

실제로도 그렇게 불렸다. 하지만 당사자는 그 말을 듣는 순간 미간을 확 구겼다.

"반려이고 아니고의 차이가 크네요."

"그건 당연합니다."

"아이고, 내 신세야."

자신의 마음을 아는지 모르는지, 그녀는 바느질감을 한쪽에 두고 책상에 엎드렸다. 베아토는 웃으면서 니나를 바라보았다. 백금발 머리카락이 참 부드러워 보였다.

"니나. 왜 이렇게 열심히 공부해요?"

붉은 눈이 빼꼼 드러났다. 베아토는 웃으면서 물었다.

"처음에는 예비 왕비에게 지식을 가르치라는 폐하의 명령 때문에, 썩 내켜하지 않으셨잖아요."

"지금도 내키지 않아요!"

"다시 한번 말하지만, 그런 것 치고는 숙제도 잘하고 예습도 하잖아요."

니나는 고개를 푹 숙였다. 아, 얼굴 빨개지셨구나. 베아토는 침착하게 그녀의 대답을 기다렸다.

"저, 높은 확률로 남의 위에 서게 되겠죠?"

그는 고개를 끄덕였다.

"그러면 멍청하면 실례잖아요. 왕비도 할 일이 있을 거 아니에요. 아무것도 몰라 봐, 나라꼴이 뭐가 돼요."

왠지 웃음이 나왔다. 이러니저러니 해도 앞을 내다보는 레이디였다.

"사실 왕비는 아무것도 몰라도 됩니다."

"권력자가 그러면 안 되죠."

"왕비가 없어도 잘 돌아갔던 카스텔리움성입니다. 아무 부담 없이 왕비가 되셔도 됩니다. 하지만 니나는 그럴 것 같지 않아요. 니나는 성을 운영하는 데 있어서 제일 중요한 게 뭐라고 생각하시나요?"

반려는 바로 대답했다.

"투명한 감사죠. 예산 편성도 중요하긴 하지만, 그건 이미 자료가 있을 테니까요. 카스텔리움성은 감사가 그럭저럭 되는 것 같긴 해요. 제가 식자재를 볼 때마다 놀랐거든요. 음식의 질이 좋아요."

베아토는 입을 가리고 웃었다.

"니나다운 대답이네요."

"전 여기서 일해 봤잖아요. 다 먹고 살자고 하는 일인데요. 그 원천은 식사에서 나온다고 장담해요."

학자는 다시 입을 막았다. 정말인지 니나랑 얘기하고 있으면 시도 때도 없이 웃음이 나와서 큰일이었다.

"니나는 디오를 따라가겠다고 한 것 치고는 착실하게 준비하고 있네요."

예비 왕비는 고개를 푹 숙였다. 베아토는 또 얼굴이 붉어진 그녀를 보며 고개를 아예 돌려 버렸다.

니나가 마른세수를 하며 중얼거렸다.

"사실 어깨가 무거워요."

그녀가 주먹을 꽉 쥐었다.

"왕국의 왕비는 높은 자리잖아요. 게다가 저는 성당 고아원 출신이에요. 예전 직업은 시녀고요. 이런데 과연 제대로 왕비 취급을 받을 수 있을까요? 직함 다신 높으신 분들에 이상한 짓 당하면 어떡하죠?"

베아토는 눈을 깜박였다. 굉장히 현실적인 고민이었다.

"니나는 이베리아의 보물입니다."

"보물이라고 쳐도, 멍청한 보물은 쓰레기 되는 거 순식간이에요. 세상 어디를 가더라도 제가 서 있는 곳은 똑똑히 알아야 돼요. 베아토."

학자는 고개를 갸웃거렸다.

"니나는 좀 비관적이에요. 니나를 지탱하는 것은 반려의 기적인데요. 그게 아니더라도요."

"아니더라도요?"

"폐하가 계시지 않습니까. 그분은 적으로 돌리면 무섭고 성가시며 짜증나서 죽고 싶지만, 아군일 때는 더없이 든든합니다."

그녀는 자신의 뒷목을 매만졌다.

"그건 맞아요. 더럽게 철두철미하시죠."

"그런 폐하께서 모든 걸 다 내버리더라도 구하고 싶던 게 니나예요."

예비 왕비의 얼굴이 더 붉어졌다. 베아토는 다시 그녀의 숙제를 바라보았다. 주장과 논거가 꽤 훌륭했다.

그때였다. 문밖에서 노크 소리가 들렸다.

"들어오세요."

익숙한 이가 문을 열었다. 좀 의외였지만, 그녀는 활짝 웃으면서 말했다.

"레오!"

덩치가 커다란 기사는 씩 웃으면서 안으로 들어섰다. 그리핀 제1 기사단장은 베아토에게 눈인사를 하고 예비 왕비의 옆자리에 앉았다.

"잘 지냈니? 꼬맹아?"

"그럭저럭요. 고민이 좀 있긴 하지만 잠 못 잘 정도는 아니에요."

"디오 소식은 들었어. 여행 간다며?"

"네. 야생초 연구를 해 보고 싶다 하셔서, 말릴 수도 없어요."

베아토는 고개를 들어 기사를 바라보았다. 서글서글한 기사단장은 자신을 보며 한쪽 눈을 감았다가 떴다.

'아하!'

디오에 관한 걸 얘기하지 말아 달라는 신호에, 베아토는 살짝 고개를 끄덕였다. 하긴 니나가 알아 봤자 좋을 건 없었다.

'실연 여행이긴 하군요.'

디오는 그만큼 자신의 제자를 좋아했다. 베아토는 작게 한숨을 내쉬었다. 사실 그건 눈앞에 있는 기사단장도 마찬가지였다.

"레오 님, 너무 오랜만이에요."

예비 왕비님의 눈이 반짝였다. 크고 예쁜 눈이 보석처럼 빛나는 걸 보며 베아토는 기사단장의 마음을 가늠해 보았다.

'성벽을 부술 정도로 좋아했으니, 상심이 크겠군요.'

아무리 레오 경이라도 힘들겠다 싶었다. 그래서일까. 커다란 산 같은 남자가 야윈 게 보였다.

"나도 빨리 오고 싶었어."

"빨리 오시지 그러셨어요."

"아. 누가 막아서 말이야."

"누가요? 폐하요? 아니, 이 사람이!"

니나가 주먹을 꼭 쥐었다. 아직 작고 귀여운 주먹을 보며 눈앞에 있는 남자는 고개를 돌리고 웃었다.

'웃고 있지만 울고 계시군요.'

베아토는 예비 왕비의 숙제에서 눈을 떼고 두 사람을 바라보았다. 기사단장의 눈빛은 다정하기 짝이 없었다.

"꼬맹아. 아니, 니나 양."

"니나 양이라니. 왜 그러세요. 레오 님. 그냥 니나라고 하세요."

"그럼, 니나야."

기사단장은 쓰게 웃으면서 말했다.

"너 내 가족 할래?"

순간 베아토는 깜짝 놀랐다. 청혼? 왕의 반려에게? 그 철두철미한 폐하가 세상 모든 것처럼 아끼는 상대에게?

"레, 레오 님?"

니나도 당황했는지 예쁜 눈을 깜박였다. 순식간에 정적이 내려앉았다. 베아토는 상황을 말려야 할지, 가만히 있어야 할지 감이 잡히지 않았다.

조마조마한 순간이 계속 이어졌다. 레오는 니나의 표정을 보며 씩 웃었다.

고요함은 기사단장 때문에 깨졌다.

"아, 그런 뜻 아니야."

"네?"

"말 그대로야. 너 내 여동생이 되는 게 어때?"

"아, 아니, 왜요?"

왕의 반려는 당황했는지 그 큰 눈이 더 댕그래졌다. 기사단장은 먼 곳을 보며 말했다.

"이제 왕비가 될 거잖아. 고아로는 힘들지 않아? 반셀 가문으로 들어와. 내가 받쳐 줄게."

베아토는 눈을 가늘게 떴다. 정치적인 수 싸움으로는 꽤 호수였다.

'하지만, 레오 경도 니나를 마음에 두셨잖아요.'

사랑하는 아이가 여동생이 되는 걸 어떻게 참으시려고요. 디오처럼 여행을 떠날 수도 없는데 말이죠.

베아토는 걱정스러운 눈으로 그를 바라보았다. 반셀 가문으로서는 굉장히 좋은 것이지만, 레오 자신에게는 너무나 아픈 선택이었다.

그때, 니나가 속삭였다.

"레오 님은 정말……."

니나의 크고 동그란 눈에 눈물이 방울방울 맺혔다. 보석 같은 눈물들이 볼을 타고 흘러내리자, 덩치가 큰 기사단장은 허둥

지등 예비 왕비를 달랬다.

"시, 싫어?"

"왜 이렇게 손해만 보세요! 속상하게!"

저런.

베아토는 고개를 절레절레 저었다.

"제가 뭐라고 그런 손해를 감수하세요!"

"꼬맹아……."

"하지 마세요! 뒷배 되겠다고 나서는 가문 많으니까 레오는 하지 마세요."

"그중에 우리 가문이 제일 나을 텐데?"

기사단장은 아이의 볼을 타고 흘러내리는 눈물을 손으로 닦아 줬다.

"우리 쪽도 의논을 거듭해서 나온 결론이야."

"레오 님 마음은 어찌하고요!"

"내 마음이 한결같지. 내 꼬맹이가……."

그는 손바닥으로 흐른 눈물을 보고 중얼거렸다.

"행복해지는 거지."

예비 왕비님은 자리에서 뛰쳐나가 기사단장을 껴안았다. 베아토는 슬쩍 자리에서 일어나 밖으로 나갔다. 자리를 피해 주는 게 나을 거 같았다.

니나의 웅얼거리는 목소리가 들렸다. 레오의 낮은 목소리가 아이를 달랬다.

지나치게 사적인 대화여서 베아토는 문을 닫고 한숨을 쉬었다. 그리고 그제야 알았다.

"뭡니까?"

문밖에서 병사들이 문에 귀를 대고 있었다. 병사는 바로 창을 곧추세우며 속삭였다.

"폐하께서 지시하신 일입니다."

베아토는 이마를 짚었다.

'제가 당신을 그렇게 가르쳤습니까?'

병사들은 문에 귀를 댄 채, 부지런히 무슨 대화가 오갔는지 쪽지를 적었다. 그 모습을 보자니, 10년은 늙는 기분이었다. 베아토는 어깨를 펴고 복도 벽에 등을 기댔다.

이제야 숙제를 제대로 볼 수 있었다.

니나 케이지의 숙제는 여전히 흥미로웠다. 베아토는 길게 한숨을 내쉬었다.

'일단 폐하를 만나면 한소리 해야겠군요.'

작작하셔야지. 그러다 저분께서 뒤도 돌아보지 않은 채 뛰쳐나가면 어쩌시려고.

이런 스게르토의 마음을 아는지 모르는지 햇살은 황금빛으로 반짝였다. 베아토는 햇살을 보며 작게 웃었다.

걱정스럽지만 그렇게 나쁜 기분은 아니었다.

에필로그 2

사랑하는 니나에게.

잘 지냈니? 내가 누구인지 알겠어? 그 두 사람이 전서구를 보내면 된다고 해서, 이렇게 편지를 보내. 그런데 나는 이게 잘 도착할지 모르겠어. 그래서 걱정스러워. 받으면 꼭 답장을 해 주렴. 그래야 내가 걱정을 덜할 거 같아.

니나야. 우리 니나 잘 지내지?

나는 그럭저럭 잘 지내고 있어. 솔직히 그 뒤에 어떻게 됐는지 모르겠어. 너를 죽이고 살기 싫어서 끊임없이 힘을 거부했던 거 같아. 마지막에는 내 힘이 분산되는 게 느껴졌고, 그게 끝이었어. 두 사람은 달란트가 어쩌고저쩌고하더라. 반감되는 힘이 저항하지 않으니까 신기한 기적을 일으켰다고 하는데, 이게 무슨 소리일까.

그러니까, 나는. 음 성력을 사용할 수는 없어. 하지만 몸은 건

강해. 문장과 회로를 잃었는데도 이런 건 기적이라고 하더라. 너는 어떠니? 이곳까지 이베리아의 반려 얘기가 무성하던데, 그 반려가 니나 너 맞지?

네가 어떻게 지내는지 걱정이야. 또 평판이 안 좋니? 그가 잘해 줘? 그 사람은 지척에 두고 보면 다 티 나는데. 본인만 모르는 거 같아. 좀 솔직해지면 좋을 텐데 말이야. 주위의 사람은 징글징글하게 여기는데, 무슨 생각일까.

아, 내 얘기를 해야지.

나는 잘 지내고 있어. 정말이야. 나는 그 두 사람과 이곳저곳을 떠돌아다니고 있어. 지금 이 편지를 쓰는 곳도 배 위야. 나는 괜찮은데 두 사람은 뱃멀미가 심해. 아마 갑판 위에서 끊임없이 괴로워하고 있을 거야.

그 두 사람 말이야. 너한테 몹쓸 짓을 했는데 같이 지내서 미안해. 나도 깨어나고 나서 싫다고, 꼴 보기 싫다고 저리 가라고 어지간히 소리 질렀는데 말이야. 그 뒤에 자기들이 막 자해를 하고 그래서 말리느라 혼났어.

솔직히 무서워. 이 사람들은 내가 죽으라고 하면 진짜 죽을 거 같아. 이런 사람이 진짜 교황일까. 전대 교황님은 평범한 노인이었는데 말이야.

그 사람한테 교단은 어떻게 됐는지 물어봤는데, 대답을 안 하더라. 교황인데 교단에는 관심이 없나 봐. 오히려 아주 싫어해. 뭐, 나도 싫어하니까 그건 상관없지만 말이야.

나한테 울면서 말했어. 내가 원하는 것은 다 이루어 주겠대.

솔직히 반신반의로 여행을 가고 싶다고 했어. 그러더니 금세 여행 짐을 꾸려오더라. 반쯤 속는 기분으로 출발했는데 벌써 몇 달째야. 내가 너무 태평한 걸까? 이런 나를 알면 니나는 나를 걱정하겠지? 의외로 할 만해.

나는 여행을 다니면서 몸을 단련하고 있어. 같이 다니는 여자 분은 체술을 정말 잘하시더라. 내가 몸을 단련하고 싶다고 하자, 기초 체력부터 다져야 한다면서 달리기를 시키셨어. 그거 효과가 좋더라. 니나야. 나 이제 굉장히 튼튼한 팔다리를 가지게 됐어. 좀 더 질 좋은 근육을 만드는 게 단기 목표야.

하도 운동을 하다 보니, 치마가 정말 불편하더라. 그래서 지금 나는 바지를 입고 있어. 이왕 이렇게 된 김에 머리도 자르고 싶었지만, 그건…… 수상한 교황이 눈물을 흘리며 반대하더라. 그런데 이게 울어야 하는 일인가? 어쨌든 하도 만류해서 그냥 땋아서 뒤로 넘겼어. 네가 나를 보면 깜짝 놀랄 테지만, 난 마음에 들어. 여자 분은 날 보더니 해적 같대.

사실 지금은 체술을 익히지만, 무기 다루는 법도 배우고 싶어. 뭐부터 해 볼까. 제일 무난한 검부터 해 볼까? 아니면 채찍? 뭐든 좋아. 좀 더 탄탄하고 유연한 근육을 만드는 게 목표야.

언제가 될지 모르지만, 꼭 니나한테도 보여 주고 싶어. 니나는 놀라겠지만, 난 내가 이룬 것들이 자랑스러워. 아직은 햇병아리 같지만 말이야. 제법 괜찮아.

아. 니나야. 좋은 근육을 만들기 위해서는 영양 섭취가 중요하더라.

그래서 고기를 많이 먹고 있어. 하지만 음식만큼은 이베리아가 그리워. 아니, 이베리아라기보다는, 니나가 주는 약초 쌈이 먹고 싶어. 새콤하기도 하고, 향이 진해서 고기와 정말 잘 어울렸는데 말이야. 그때 나한테 준 약초가 어떤 종류니? 혹시 답장을 쓰게 된다면 꼭 알려 줘.

아, 약초 쌈을 얘기하니까 또 출출해진다. 뭐 좀 먹고 올까. 근육을 만드는 중이어서 그런가. 온종일 운동하고 먹는 게 일이야. 좀 짐승 같은 삶이지? 그런데 너무너무 재미있어.

사실 너무 몸만 쓰는 거 같아서 이것저것 배우고 있어. 배움은 말이야, 배신하지 않는 것 같아. 나 여행 중에 이베리아에서 배운 것을 이것저것 다 써먹고 있어.

특히, 선생님께 배운 각 지역 특산물이 도움되는 거 같아. 지금은 배 안이라서 훈제 고기만 먹고 있지만, 프로방 지방으로 가면 그 지역 특산물인 치즈를 먹을 거야. 그렇게 풍미가 좋다던데. 그리고 역시 치즈에는 와인이지.

어쨌든 나는 잘 지내고 있어, 니나야. 그리운 건 네가 준 약초 쌈밖에 없을 정도로.

그런데 하나 가지고 싶은 게 있어.

니나야.

그때 네가 주기로 한 작은 천 인형 기억해? 혹시 이 편지가 네게 무사히 도착한다면, 그거랑 비슷한 천 인형 만들어 줄 수 있니? 항상 니나라고 생각하면서 소중히 간직할게.

네가 잘 지내기를 간절히 빌며.

세라피가.

"아니. 죄다 먹는 거밖에 없으면 어떡해요."

나는 편지지를 잡고 나오려는 웃음을 애써 참았다. 참 따듯한 내용이었지만 삼 분의 이가 근육으로 채워져 있었다.

"진짜 헬스 마니아였나 봐."

그 여리여리한 성녀님은 어디로 가시고, 강하고 아름다운 성녀님이 오신 걸까.

"건강하셔서 다행이네요."

하긴 사람은 강한 게 좋지. 여리여리해 봤자 스트레스 받으면 쓰러지기밖에 더해?

전서구가 예쁜 소리로 지저귀었다. 나는 새의 노란색 머리를 손가락으로 살살 쓰다듬으며 밝게 웃었다. 그녀의 맑은 목소리가 떠올랐다.

"보고 싶어요. 성녀님."

다행이야. 잘 살고 있는 거 같아.

'그 사람들 좀 이상해 보였는데…….'

그래도 세라피를 끔찍이 여긴 건 맞구나. 다행인지 아닌지 모르겠다, 정말.

'되게 섬뜩한 사람들이던데, 괜찮으려나.'

숨기려면 끝까지 숨겼으면. 제발 그 이상한 마음을 들키지 말아 주세요. 교황놈아.

"그나저나, 그때 내가 순순히 넘긴 인장을 거부하다니, 세라 피답다."

나는 의자에 앉아서 다리를 흔들었다. 흐트러지는 치마 사이로 바람이 솔솔 들었다.

'우리 둘 다 같은 마음이었나 봐.'

피식 웃음이 나왔다. 굉장히 뿌듯했다. 세라피도 나를 희생시키고 살고 싶진 않았구나. 아이고, 얼굴뿐만 아니라 마음도 예쁘시네요. 성녀님.

"둘 다 거부해서 우리가 함께 산 걸까요."

그 뒤로 나는 기미 능력은 완전히 잃었다. 하지만 폐하의 마력 회복에 따른 고통은 금방 없앨 수 있었다. 게다가 왕을 회복시키는 능력도 갖추게 되었다.

"솔직히 나만의 능력에서, 폐하의 힐러가 된 거 같아서 기분은 별로예요."

덕분에 직업도 간당간당하잖아요. 나만의 유니크했던 능력이여, 돌아와라. 조금 서럽다!

'만나가 달아지고, 그리핀이 무릎 꿇으면 뭐해!'

내 능력이 사라졌는데!

아, 생각하니까 열받는다. 나는 손으로 부채질해서 얼굴을 식혔다. 정말 생각만 하면 열이 받았다.

'덕분에 폐하가 무적이긴 해요.'

심지어 그 사람은 내 옆에서는 잠도 잘 수 있었다. 성녀님 옆에서 살포시 드는 잠과는 다르게, 완전히 깊이 잘 수 있어서 폐하 스스로가 놀랐다.

"솔직히요. 반려는 왕 없이도 살 수는 있는데, 왕은 아닌 것 같아요."

나는 작게 숨을 내쉬었다. 완연한 여름이어서 그런가. 시원한 곳에 있어도 조금 더웠다.

'그러고 보니 떨리지 않네?'

그러고 보면 그 일 이후에는 완전히 사라졌다. 도대체 그때는 왜 이렇게 시도 때도 없이 오한이 났던 걸까.

'초여름인데도 바들바들 떨었어.'

스트레스 때문인 줄 알았는데 이것도 왕의 힘과 관련이 있었나. 그러고 보면 폐하의 피부에 닿으면 뜨근뜨근하고 좋았다.

"왕의 문장이랑 반려의 힘은 아직 수수께끼인 거 같아."

연구할 것이 한가득이었다. 나는 웃으면서 세라피의 편지를 쓸었다. 온기가 느껴지지 않은 종이일 뿐인데, 왠지 가슴이 따듯했다.

"행복해지는 거예요. 성녀님."

나는 편지지에 대고 속삭였다.

"『묶인 새』보다 더."

착하고 선량하면 복 받는다는 거 잘 안 믿었어요. 하지만 성녀님을 보면 그게 맞는 거 같아요. 그래서 저도 조금은 닮아 가는가 봐요.

"저도 사랑해요."

머리가 노란 새가 예쁘게 울었다. 나는 다시 새를 쓰다듬으며 활짝 웃었다. 왠지 가슴이 너무나 따뜻했다.

[본편 완결]

번외 1

누가 니나를 죽였나

"죽여야 합니다."

베아토가 서쪽 탑에 있는 니나 케이지에게 관심을 가지게 된 건, 한 통의 서신 때문이었다. 그것을 받는 순간 학자는 그날부터 죽는 날까지 꽉 뭉쳐진 응어리 하나를 가지게 되었다. 그 검고 어두운 것은 작았지만, 결코 가슴 안에서 사라지지 않았다.

누가 니나를 죽였나

바람이 불었다.
시원하지도 뜨겁지도 않은 미지근한 바람이었다. 그는 바람결에 흔들리는 촛불을 보며 속으로 중얼거렸다.
'그래, 이런 날에 아이가 죽었지.'

학자는 손바닥으로 가슴을 툭툭 쳤다.

이런 날에는 가슴 안에 응어리가 존재를 드러냈다. 그것은 아주 작았지만, 가슴에 계속 고통을 주었다. 그는 계속 가슴을 쳤지만, 그 응어리는 사라질 줄 알았냐며 약 올리듯 불어나기만 했다.

'이제는 아무도 기억 못 하려나.'

아니, 직접 형을 집행한 마음씨 좋은 기사단장은 기억하려나.

그는 조금 웃었다.

그날의 기억은 아직도 생생했다. 시간 속에 무뎌지는 게 감정이라지만, 응어리는 때때로 존재를 드러내며 그를 비웃었다.

학자는 눈을 감았다.

'벗어날 생각 없습니다.'

잊을 수 없으니까요.

니나, 착한 당신은 나를 잊으라고 했지만요.

그는 바람을 헤치며 걸어가 옛 기억을 꺼냈다. 드러난 기억들은 그의 생각보다 추하고 더러웠다.

그래서 베아토는 다시 웃었다. 가슴 속에 통증은 여전했다.

그날은 안타깝게도 정말 평범한 날이었다. 성에서는 향신료가 든 양고기가 나왔고, 야채수프가 맛있었었다. 제자들의 숙제에 밑줄을 치는 특별할 것 없는 너무나 일상적인 날이었다.

그래. 그날 오후였을 것이다.

평소처럼 폐하께 학자로서의 '조언'을 하는 그날 저녁.

이베리아의 왕은 한 통의 낯선 편지를 내밀었다. 스게레토인 학자는 그 편지를 보는 순간, 아무 말도 할 수 없었다.

왕의 늙은 목소리가 귓가에 울렸다.

"어떻게 하면 좋겠습니까?"

편지의 내용은 간단했다. 서쪽답게 가둬 놓은 열여덟 살짜리 시녀를 죽이라는 얘기였다. 간단한 서신에는 그 이유가 간략하게 적혀 있었다.

그는 침착하게 생각했다. 일단은 편지에서 죽이라는 니나 케이지가 어떤 사람인지가 중요했다.

"니나 케이지라면 성녀님을 탈출시켜서, 서쪽 탑에 갇힌 아이를 말하는 겁니까?"

왕이 고개를 끄덕였다. 학자는 곰곰이 니나 케이지에 대해 생각했다.

아는 시녀였다. 아니, 아는 아이였다.

'어떤 사이냐 묻느냐면, 아무것도 없지만요.'

소란을 피해 발견한 대기실을 빌리면서, 통성명한 사이였다. 워낙 조용한 곳을 찾아 돌아다니는 탓에 얼굴을 익힌 시녀가 많았지만, 그 아이는 유독 불쌍했었다.

'텃세에 시달리는 거 같던데?'

대기실에서 울고 있어서 몇 번 달래 준 적이 있긴 했다. 하지만 그 외에는 평이하기 그지없었다. 성 구석구석에서 우는 시녀는 의외로 흔하기 짝이 없었다.

"몇 년이 지나면 성에서 먼 곳으로 놓아주려고 했습니다."

"저도 들었습니다. 폐하. 좀 아는 아이라서 자세히 봤거든요. 그런데 탈출시킨 건 성당의 세뇌에 당해서였다고 들었는데요."

"그렇습니다. 그랬는데 왕비의 목숨과 관련이 있어서요."

베아토는 턱을 괴고 고민에 빠졌다. 편지에 있는 내용은 척 보기에도 심각했다.

'폐하는 왕비에 관해서는 물불을 안 가리시지.'

철옹성 같은 이베리아 왕께서 사랑에 빠진 건 3년 전이었다. 그는 성녀를 납치했고, 왕비로 삼았다. 다른 사람은 모르지만, 베아토는 알았다. 처음에는 다분히 개략적이었지만, 이 남자는 정말 사랑에 빠져 버렸다.

'성녀는 또 있어서 구하러 가지 않아도 되는데…….'

그런데도 굳이 성지로 가서 성녀를 구했다. 그렇게 돌아온 왕은 그렇게 성녀를 왕비로 만들었다.

"이게 사실이라면 니나 케이지는 성녀의 대용품이란 거군요. 게다가 심장이 고쳐졌기 때문에 성녀님의 인장이 빠져나갈 위험이 있는 거고요."

"그렇습니다. 그래서 저는 서쪽 탑에 갇힌 니나 케이지를 없애려고 합니다."

베아토는 눈살을 찌푸렸다. 그 이유가 죄 없는 아이를 죽이려는 왕이 잔인해서는 아니었다. 이상하게 성국에 있는 성경이 떠올랐다.

한 사람을 희생시키면, 당신이 사랑하는 사람을 지킬 수 있습니다.

그 사람을 죽이시겠습니까?

왜 이 구절이 떠오르는지 도통 알 수 없었다. 그래서일까. 기억 속에 작게 남은 아이의 얼굴이 떠올랐다 사라졌다.

'백금발이었나?'

성녀님, 아니 왕비님과 같은 머리카락 색과, 동그란 붉은 눈을 가진 소녀.

솔직히 처음 보는 순간, 귀엽다고 생각했었다.

'이상하군.'

묘하게 마음에 걸렸다. 베아토는 뭔가 이상해서 가슴을 내리눌렀다.

그래서일까. 바로 죽여야 한다고 조언해야 하지만, 엉뚱한 말이 튀어나왔다.

"사람을 죽이는 일은 신중해야 합니다."

자신의 말에 왕은 고개를 끄덕였다.

"디오와 상의해 보겠습니다."

흡족한 대답이었다. 스게르토인 베아토는 충분히 만족했지만, 이상하게도 인간인 베아토는 묘한 충동이 들었다.

"폐하. 한 가지 청이 있습니다."

"뭐지?"

"서쪽 탑을 올라갈 수 있게 해 주세요."

왕의 얼굴에 의아함이 가득했다. 폐하의 의문에 충분히 설명하고 싶었지만, 베아토는 잘 설명할 수 없었다.

'왜, 갑자기?'

혹시 그 아이가 불쌍하다 생각하나?

베아토는 고개를 갸웃거렸다. 세상에는 불쌍한 사람이 참 많았다. 굳이 니나 케이지를 동정할 이유는 없었다. 가련한 고아도, 딱한 시녀도 둘 다 흔하기 짝이 없었다.

"절차를 밟아 드리겠습니다."

"부탁드립니다."

그런데도 베아토는 이 충동을 막을 수 없었다. 학자는 그 뒤에도 몇 번이나 자신이 왜 그랬는지 생각해 봤다.

하지만 안타깝게도 답은 나오지 않았다.

서쪽 탑을 오르기는 쉽지 않았다. 계단은 가팔랐고, 햇빛이 들지 않아 여기저기 거미줄이 쳐져 있었다. 애초에 그곳은 죄인이 말라 죽기를 기다리는 곳이었다.

'이곳에서 죽은 왕족은 몇 명일까.'

핏자국은 없지만, 흔적이 아예 없지는 않았다. 그는 먼지를 헤치면서 천천히 계단을 올라갔다.

얼마나 그렇게 걸었을까. 옥상에 다다랐을 때, 베아토는 그 아이를 보았다.

'아......'

니나 케이지의 상태는 그렇게 나빠 보이지 않았다. 3년을 이 탑에서 살아간 사람치고는 그럭저럭 건강해 보였다. 하지만 핏기가 하나도 없는 얼굴과 너무 마른 팔다리가 눈에 띄게 도드라졌다.

아이는 입을 가리고 물었다.

"누, 누구세요?"

"베아토라고 합니다. 저 기억하시죠?"

아이는 가까이 다가와 자신을 바라보았다. 그러고는 고개를 세게 끄덕였다.

"기, 기억해요! 학자님!"

어찌나 고개를 세게 끄덕이는지 가느다란 목이 걱정될 정도였다.

"니나는 잘 지냈나요?"

묻고 나서야 아차 싶었다. 서쪽 탑에 갇힌 사람에게 묻는 말치고는 너무나 생각 없는 질문이었다.

하지만 그때 아이는 웃었다. 핏기 하나 없는 얼굴에 약간의 혈색이 돌 정도로, 니나 케이지는 밝게 미소 지으며 대답했다.

"그럭저럭요. 학자님은요?"

맑은 목소리가 귓가에 엉겨 붙었다. 베아토는 그것을 떼려고 무심코 귓가를 막아 봤지만, 소용없었다. 학자는 그때 깨달았다.

'큰일이네.'

3년을 서쪽 탑에서 나가지 못했던 아이가 하는 인사는 마음

속에 깊이 남아 버렸다.

'아직도 잊지 못합니다.'

그때 서쪽 탑에 불었던 미지근한 바람과 니나의 목소리를요.

왜 그 뒤로 니나 케이지를 보러 갔을까.

죄책감과 동정이라면 맞기도 했고 아니기도 했다. 베아토는
왕의 스승이 된 순간부터 사람의 양심을 내려놓았다. 학자란 책
만 보는 이들이기도 했지만, 때로는 엄청난 제도를 만들어서 사
람들을 핍박할 수 있었다. 베아토는 학자가 되어 높이 올라갈수
록 그 지위가 무겁다는 생각을 했었다.

그런 남자는 스게르토가 되었다.

스게르토는 철저하게, 아주 철저하게 이베리아를 위해서 말
을 하는 존재였다. 왕에게도 신하들에게도 나라를 위해 희생하
라고 말하는 이여야 했다.

"아무 죄 없지만 죽어야 하는 존재."

잔혹하다는 평을 듣지만, 이베리아의 왕도 무고한 사람을
죽이는 이는 아니었다. 생명을 살리는 의사인 디오도, 전투에서
앞장서는 기사단장 레오도 마찬가지였다.

하지만 니나 케이지를 죽여야 한다는 결론은 꽤 일찍 나왔다.

"죽여야 합니다."

의사인 디오가 말했다.

성녀의 회로가 니나 케이지에게 건너가면, 왕비가 위험해진
다는 이유였다.

"허락한다."

왕인 리카르도가 말했다.

그는 왕비인 성녀가 세상에서 가장 소중했다. 왕은 그녀를 위해 어린 여자아이를 죽이는 건 감수할 만한 일이라 생각했다.

"제가 집행하겠습니다."

그리핀 제1 기사단장인 레오가 말했다.

처형인을 시키면 되는 일이었다. 하지만 그는 이베리아의 수뇌부로서 책임을 진 기사였다. 죄 없는 어린아이를 죽이는 건 굉장히 찝찝한 일이지만, 기사는 그 소임을 기꺼이 맡았다.

"누가 니나를 죽였을까."

편지는 교황에게서 왔다. 성녀를 사랑한 교황은 이베리아 왕에게 니나 케이지를 죽이라는 서신을 보냈다.

왕은 기꺼이 그것은 받아들였다.

그 아이만 죽으면 모든 것이 해결되었다.

남은 건 아무것도 없었다. 베아토는 스케르토였지만 말릴 수도 없었다. 만약 자신의 욕심으로 아이를 살리자고 하면, 그가 했던 숱한 충고들은 다 수포가 되었다.

이러지도 저러지도 못하는 주제에 갖는 죄책감은 마음속에 응어리를 남겼다. 갈팡질팡하는 학자에게 아이는 말했다.

"저는요. 바보라서요."

맑은 목소리가 바람 곁에 흩어졌다.

"아무도 미워하고 싶지 않아요. 왜 이런 생각을 하는 걸까요."

여윈 뺨에 눈물이 뚝뚝 떨어졌다. 아이는 울먹이며 말했다.

"간절히 빌면 이루어질까요? 그토록 기도했는데, 신이 제 기도를 들어줄까요?"

베아토 자신도, 그때는 기적을 간절히 바랐었다.

기사는 칼을 놓고 숨을 몰아쉬었다. 전투에 나서는 기사단장에게 어린아이 목을 베는 것쯤은 아무것도 아니란 걸 베아토는 알았다. 그가 숨을 헐떡이는 이유가 죄책감이란 것 때문이라는 게 생생하게 느껴졌다.

미지근한 바람이 불었다. 습기를 머금은 공기 속에서 베아토는 작게 중얼거렸다.

"당신은 아무 죄가 없었습니다, 니나."

단지 이 세상을 살아가는 우리에게 희생당한 것뿐이죠.

기사의 숨소리가 줄어들지 않았다. 병사들은 잔재들을 황급히 치웠다.

"한 사람은 권유했습니다."

조그마한 응어리가 목소리에 걸렸다.

"한 사람은 허락했습니다."

조그마한 응어리가 숨결을 눌렀다.

"한 사람은 명령 그대로 이행했습니다."

조그마한 응어리가 점점 시큼하게 느껴졌다.

"저는 말리지도 못하고 눈을 감았어요."

왕비인 성녀조차 니나 케이지의 죽음과 무관하지 않았다. 그녀는 아무것도 몰랐지만, 무지가 핑계가 될 수는 없는 법이었다.

니나 케이지가 죽고 난 후, 아무것도 변하지 않았다. 왕은 훌륭하게 이베리아를 통치했고, 왕비는 그의 곁에서 행복했다.

기사는 전과 다름없었고, 그것은 의사도 마찬가지였다.

오직 베아토만 가끔 가슴을 쥘 뿐이었다.

아무도 불러 주지 않는 이름은 쉽게 잊히는 법이었다. 니나 케이지란 존재는 곧 사라졌다.

그러던 어느 날.

비밀리에 이베리아에 교황이 왔다. 세상의 모든 권력을 쥔 남자는 잊힌 사람과 같은 백금발에 빨간 눈을 가지고 있었다. 그는 정신없이 서쪽 탑으로 기어 올라가 오열했다.

간간이 여동생이라고 외치는 소리가 들렸다.

대충 예상할 수 있었지만, 베아토는 그 이유를 묻지 않았다.

왕도, 왕비도, 권유한 의사도, 집행한 기사도 차마 물어볼 수 없었다.

"니나. 만약 신이 있다면 그의 멱살을 붙잡고 비세요. 당신의 페이지가 다시 쓰이길요."

베아토는 가슴을 툭툭 쳤다. 가슴속에 응어리는 당연히 대답하지 않았다. 그래서 베아토는 조용히 눈을 감았다.

모든 것이 평화로웠지만, 응어리는 영원히 없어지지 않았다.

번외 2

니나는 폐하가 많이 참았다는 걸 알았다

'아무래도 올 게 올 거 같다.'

폐하가 많이 참긴 했지.

'그 양반이 그래도 TL 소설 남자 주인공이었단 말이죠.'

내용은 잘 기억이 안 나지만요. 아, 야릇한 장면이 아주 길고 자세하게 나왔다는 건 압니다.

"기억할걸……. 아니, 적어둘걸!"

그럼 피가 되고 살이 될 텐데! 니나가 된 후로 씬부터 광속으로 잊었는데, 지금 생각해 보면 그게 제일 중요했던 거 같네요. 첩자로 오해받을 거 같아서 적어놓지 않았는데, 이렇게 후회가 될 줄이야!

'아찔하다, 진짜!'

나는 바닥에 쪼그리고 앉아서 마른세수를 했다. 팔을 움직일 때마다 퍽 고급스러운 잠옷이 팔 끝을 스쳤다. 이미 익숙해진 감촉이었다.

'시녀복은 매끄럽진 않았지.'

튼튼하고 세탁이 편하긴 했지만, 고급스러운 감은 아니었다.

'이베리아로 돌아온 지 벌써 2주인가.'

그 후로 쭉 이런 옷만 입었다.

'권력이 좋긴 좋아.'

다들 금이야 옥이야 아껴줬다. 스승님은 눈을 부릅뜨고 건강 상태 체크를 했고, 시녀들은 매일 밤 지극 정성으로 챙겨줬다.

좋은 곳에서 잘 먹고 잘 쉬어서 그런가요. 아니면 할 일 없이 떵까떵까 놀아서일까요.

나는 볼을 톡톡 튕겼다. 거울을 보지 않아도 알았다. 아주 발 그스름하고 탱탱하겠지.

'몸 상태 한번 끝내준다.'

살아생전 제일 건강한 거 같네요. 반려가 좋긴 좋아요. 권력 만세! 권력 최고!

'아, 벌써 이러면 안 되지.'

권력에 익숙해지지 말자. 내 존재여.

나는 한숨을 폭 내쉬었다. 누울 자리 보고 다리 뻗어야지.

'권력이 퐁퐁 샘솟는 건 반려여서야.'

나는 무릎을 감쌌다. 그래. 원인과 결과를 좀 짚어 보자.

'내가 반려가 된 건, 그 친애하는 폐하를 사랑해서지?'

갑자기 얼굴이 달아올랐다.

'내가 이, 이런 사랑을 하다니!'

새삼 참 부끄러웠다. 모든 이성은 폐하는 안 된다고 다리를 붙잡는데, 마음은 나풀나풀 날아갔다. 그 결과 산전수전 공중전에 지하전까지 다 겪고, 이렇게 이 자리에 있게 되었다.

"사랑이란 뭘까."

나는 바닥을 바라보았다. 그래. 사랑이란 말이야.

"바보 같아지는 거 아닐까."

한숨이 또 나왔다.

그러니까. 벌써 2주였다. 나는 그 사람이 어떤 사람인지 알았다. TL 소설 속에서 참 절륜하시던데요.

'나한테도 그, 그렇게 되나?'

볼이 후끈거렸다. 어떤 짓을 할 건데요. 아니, 그보다 말입니다.

'폐하치고는 오래 참으셨지?'

솔직히 참은 이유도 알았다.

'아마 그 일 때문이겠지.'

양심에 털 난 사람인데, 그 일이 목에 걸리긴 하나 보네.

'뭐, 그러는 척일 수도 있지만.'

또 연기할 줄 어떻게 알아.

미치겠다. 진짜.

'왜 그런 사람을 사랑해 버린 걸까.'

나는 한참을 바닥만 내려다보았다. 얼마나 그렇게 있었을까.

멀리서 문이 열리는 소리가 들렸다. 나는 일어서지 않고 고개만 돌렸다.

긴 머리카락이 찰랑거리는 폐하가 그림처럼 들어왔다. 나는 그런 남자를 아래위로 훑어보았다. 얼굴부터 목선, 넓은 가슴과 잘 빠진 허리. 쭉 뻗은 다리까지.

여전히 파괴적인 미모이시군요. 폐하.

'잘생겨서야. 진짜.'

그게 다는 아닐 거 같지만. 아니 그런데 진지하게 이거 외에
폐하에게 장점이 있나?

내가 진지하게 고심하는 사이, 친애하는 폐하가 가까이 다
가왔다.

"토끼? 왜 그러고 있지?"

아, 나 쪼그리고 앉아 있구나.

"생각을 좀 하고 있었어요. 그런데 폐하, 야심한 밤에 어떤
일로 오셨어요?"

"용무가 있어야, 짐이 토끼를 볼 수 있는 건가?"

그, 그건 아니죠. 어라? 왜 갑자기 뾰족해졌지. 정무가 힘들
었나?

그녀는 바로 고개를 저었다.

"아니요. 음, 폐하!"

나는 손을 쭉 뻗었다.

"저도 보고 싶었어요!"

수려한 폐하의 얼굴에 미소가 살짝 스쳤다. 아, 정답이었군
요. 단순하시네.

나는 배시시 웃었다.

은근히 놀리는 재미가 있다니까.

뒤에 있던 사비나 님이 조용히 뒷걸음질치는 게 보였다. 문

이 닫히자, 폐하는 나를 바로 안아서 들었다.

나는 익숙한 품에서 체향을 한껏 느끼며 그의 목에 손을 둘렀다.

"불편하게 곳에 있지 마라."

아, 쪼그리고 앉아 있던 거 신경 쓰이셨나.

'뭐, 알 거 같다.'

나는 뺨을 긁으며 주위를 둘러보았다. 화려한 방에는 앉을 곳이 잔뜩이었다.

"음, 다음부터는 화려한 소파에 앉아서 고민할게요. 별거 아닌걸, 막 철학적으로 고심하면 말이죠. 음, 품위 있어 보이지 않을까요?"

폐하는 다시 웃었다. 낮은 목소리가 귓가에 스쳤다.

"토끼. 무슨 생각을 했지?"

아이고.

나는 순간, 입을 꽉 다물었다. 차마 말할 수 없었다.

'TL 소설 속 씬 생각이요.'

당신이 어땠는지 떠올리려고 노력했습니다.

"벼, 별거 아니에요."

"그런 거 같지 않군."

"원래 사람은 쓸데없는 걱정 많이 하잖아요. 그런 것 중 하나예요."

부드러운 손길이 뺨에 닿았다. 세상에서 제일 잘생긴 남자는 나를 조심스럽게 쓸었다.

"걱정하지 마라. 차라리 짐에게 말해라. 뭐든 해 주마."

이 양반 보게. 또 이러네.

"그, 폐하께서 들어줄 수 없는 고민이란 생각은 안 하시나요?"

그의 미간이 찌푸려졌다.

"또 짐이 들어줄 수 없는 소원인가?"

또 삐지겠네. 나는 그의 등을 톡톡 두들겼다.

"반반이긴 해요. 하지만 폐하 걱정하지 마세요. 저 이제는 당신 믿어요."

나는 그의 탄탄한 가슴에 얼굴을 비볐다.

"정 안 되면 말할 테니까, 폐하야말로 쓸데없는 걱정하지 마세요. 알았죠?"

나는 그의 얼굴을 잡고 눈을 마주쳤다.

"저 믿죠?"

누나 믿지? 이화윤 시절까지 합치면, 너 나보다 나이 어리다?

그는 조용히 고개를 끄덕였다. 이럴 때는 착하다니까. 가끔 이어서 그렇지.

폐하는 나를 안고 조심스럽게 걸어갔다. 몇 걸음 뒤에 도착한 곳은 커다란 침대였다.

그는 나를 침대에 내려놨다.

순간, 숨이 살짝 힘겨웠다. 잠옷 아래 드러난 맨살에 시트 자락이 스쳤다.

어라?

'올 게 온 건가?'

그게 지금인가요?

심장이 두근거렸다. 나는 침을 꼴깍 삼켰다.

솔직해지자. 이화윤.

'기, 기대했잖아.'

세상에서 제일 잘생기고 몸까지 좋은 남자와 섹스라니. 내가 그거 싫어할 리 없잖아.

나는 떨리는 눈으로 폐하를 바라보았다. 그는 부드럽게 내 이마에 입맞춤했다.

'시작이다!'

나는 필사적으로 아무렇지 않은 척했다. 그는 내 얼굴을 조심스럽게 쓸었다.

'무슨 말을 할까.'

조마조마한 눈으로 그를 바라보았다. 그러자 오늘따라 더 잘생긴 남자가 나직하게 말했다.

"이만 가보겠다."

엥? 저기요?

"밤이 늦었군."

네? 아니 이 양반이?

'안 하고 싶어? 나랑? 진짜?'

나만 김칫국 사발째 마신 거야?

순간 부끄러움이 해일처럼 밀려왔다. 와, 진짜. 이 사람 보게.

"토끼?"

"저, 폐하. 아니요. 그러니까. 아!"

나는 살짝 숨을 길게 뱉으며 폐하를 바라보았다. 일부러 이러는 걸까 싶었는데, 그건 아닌 거 같았다. 이 양반은 진짜 그냥 갈 생각이었다.

'당신 눈치 빨랐잖아!'

왜 이 신호는 모르냐? 응?

'아, 김샌다.'

그냥 하자고 할까. 그런데 그건 또 싫네. 아이고. 나무아미타불이다. 진짜. 불은 질렀는데 꺼줄 사람이 없네. 아니, 사람은 있는데 꺼주질 않아.

'별수 있나. 천천히 생각하자.'

오늘은 그냥 보내자. 대놓고 말할지, 말지 고민 좀 하고 결정해야지.

나는 폐하를 다시 아래위로 훑어보았다. 이대로 저렇게 잘생긴 남자를 그냥 보내는 게 아깝긴 했다.

"토끼? 무슨 일이지?"

"폐하."

나는 손을 뻗어, 그의 목을 안았다. 어깨가 넓은 남자는 저항하지 않았다. 그는 순순히 내 힘에 이끌렸다.

나는 조용히 리카르도를 바라보았다. 그리고 살짝 입맞췄다. 입술만 닿는 가벼운 키스였다. 하지만 감촉은 여전히 좋았다.

'아쉽네요.'

나는 그의 눈을 바라보았다. 붉은색 눈동자는 여전히 예뻤다.

그때였다.

그의 눈이 살짝 가늘어졌다. 순간, 나는 숨을 들이켰다. 눈 깜짝할 새였다.

등이 침대 위에 닿았다. 긴 머리카락이 팔 위로 흩어졌다. 그 순간 내가 느낀 건, 내 입을 파고드는 혀였다.

숨이 조금 막혔다. 폐하의 혀가 잡아먹을 듯이 움직였다. 덕분에 숨이 막혔다. 신음이 나왔지만, 그것마저 이 남자가 먹어 버렸다.

입술은 한참 뒤에 물러났다. 나는 숨을 헐떡이며 그를 바라 보았다. 남자는 내 위에서 조용히 의장을 풀었다.

천천히 그의 맨몸이 드러났다. 나는 내가 안았던 어깨와 팔 을 보았다. 그리고 시선을 아래로 내렸다.

쇄골, 가슴. 그리고 허리.

'탄탄하다.'

감촉으로 알고 있던 몸은 그 이상이었다. 그는 거칠게 옷을 다 바닥으로 집어 던졌다. 굉장히 급해 보였다.

'항상 여유 있는 사람이었지.'

이 사람의 이런 모습은 처음이었다.

"니나 케이지."

낮은 목소리가 벽에 부딪혔다.

"싫으면 지금 말해라. 지금이 아니면, 도저히 자제할 수 없다."

나는 조용히 그를 바라보았다. 역시, 신경 쓰고 있긴 했구나.

대답은 필요 없었다.

나는 일어나서 바로 잠옷 끈을 내렸다. 하늘 하늘거리는 옷은 순식간에 몸에서 벗어났다.

티끌 하나 없이 깨끗한 니나의 몸이 드러났다. 그동안 내가 아껴온 몸이었다.

폐하는 미동이 없었다. 마치 움직이지 못하는 마법에 걸린 거 같았다.

나는 그런 남자에게 손을 뻗었다. 침대 위에서 상반신을 드러낸 남자는 천천히 내 손을 감쌌다.

체온이 닿았다. 커다란 손이 조심스럽게 깍지를 꼈다.

순간 다시, 등이 허리에 닿았다. 거대한 몸이 내 팔을 붙잡고 내려다보았다.

붉은 눈이 타올랐다.

'아……'

이건 뭘까.

나는 그와 눈이 마주쳤다.

'커다란 짐승 같아.'

폐하의 시선이 드러난 몸에 닿았다. 나는 그의 시선을 따라갔다. 그가 닿는 곳이 가슴 쪽인 걸 알았을 때, 갑자기 얼굴이 확 달아올랐다.

"이렇게 작은 몸인데, 이곳은……."

손가락이 어깨선을 따라 움직였다. 별거 아닌 거 같은데, 온몸이 오싹했다. 부드러운 손길이 가슴에 닿은 순간, 몸이 움찔 떨렸다.

"도톰하구나. 토끼야."

손가락이 유실을 살짝 스쳤다. 다시 몸이 떨렸다.

'이, 이상해.'

기다렸다는 듯 그가 몸의 곳곳을 매만졌다. 맞아. 정말 이상해. 나는 입술을 깨물었다.

'왜 이렇게 잘 느껴?'

몸이 내 생각대로 움직이지 않았다. 그가 만지는 대로 기다렸다는 듯 반응했다. 마침내 그가 내 가슴을 혀로 살짝 깨물자, 나도 모르게 시트를 꽉 쥐었다.

아래가 젖는 게 느껴졌다.

"예민한 몸이야."

너무 느껴서 눈물이 날 거 같았다.

"그, 그래서 싫어요?"

"그럴 리가."

그가 씩 웃었다.

"침대 위에 연인이 잘 느끼는 걸 싫어할 남자가 있느냐? 니나. 지금 짐은……."

그는 내 허벅지에 살짝 입맞춤했다. 다리를 모으려고 했지만, 가볍게 잡히자 바로 막혔다.

"여러 가지 의미로 미칠 거 같구나."

이미 미쳤잖아. 당신은!

손가락은 다시 가슴을 매만졌다. 그것만으로도 벅찬데, 그의 손길이 허벅지를 밀었다. 덕분에 이미 젖은 곳이 그대로 드러났다.

다리가 더 젖혀졌다. 부끄러워서 밀어내려고 했지만, 발목마저 한 손에 쥐어졌다.

시선이 느껴졌다.

"너무 보, 보지 마세요!"

"미안하다. 니나. 시선을 뗄 수 없구나."

손가락 하나가 천천히 허벅지를 쓸었다. 예민해진 살결은
그것이 어디로 움직이는지, 적나라하게 느껴졌다. 이윽고 제일
예민한 곳에 닿았다.

"읏⋯⋯."

그의 혀가, 음핵을 문질렀다. 눈물이 볼을 타고 흘러내렸다.
신음이 저절로 나왔다.

"읏⋯⋯ 앗⋯⋯."

예민한 몸은 너무했다. 쾌락이 얇게 쌓여 갔다. 혀가 제일 예
민한 곳을 조금 깊게 문지르자 울음이 점점 심해졌다.

'부끄러워.'

정말 왜 이렇게 잘 느끼는 건데!

손으로 입을 막고 싶었다. 하지만 그것도 남자의 팔에 막혔
다.

"앗⋯⋯ 아!"

감각이 발끝부터 서서히 올라왔다. 피하고 싶어도, 쾌락에서
벗어날 수 없었다. 그리고 마침내, 절정에 닿았다.

"아⋯⋯."

눈물 때문에 세상이 흐렸다. 몸이 파르르 떨리고 숨이 가빴
다. 음부가 떨리는 게 적나라하게 느껴졌다.

그가 얼굴을 들었다. 입술에 어떤 것이 묻어 있는지는 내가 더 잘았다.

폐하는 만족스럽게 씩 웃었다. 준비된 만찬을 한입 맛본 짐 승 같았다.

나는 눈을 깜박였다. 부드러운 키스가 다시 시작되었다. 하 지만 귓가에는 천이 스치는 소리가 들렸다.

무슨 소리지?

낮은 목소리가 귓가에 스쳤다.

"충분히 적셔졌지만, 좁구나. 니나."

"네?"

나는 시선을 아래로 내렸다. 그러고는 깜짝 놀라 크게 움찔 떨었다.

"폐, 폐하? 왜, 왜 이렇게 커요?"

저거 사람이 가진 크기 맞아?

너무 크고 굵었다. 그런 와중에도 거기마저 잘생겨서 기가 막혔다.

"다른 걸 본 적이 있나 보군."

"저, 디오님 제자인데요. 병동에서 근무도 했으니까요. 아니 그 게 중요한 게 아니라요. 사, 사람이 그렇게 크면 안 되지 않아요?"

무슨 짐승도 아니고!

내 말에 그는 한쪽 뺨으로 웃었다. 그러고는 달래듯 속삭였다.

"미안하다. 토끼야."

미안할 짓은 하지 마. 아니, 안 돼.

"미안하다."

묵직한 곳에 그 큰 것이 살짝 문질러졌다. 고개를 저었지만 도망갈 곳도 없었다.

거대한 것이 천천히 밀고 들어왔다. 순간 너무 아파서 눈물이 났다.

"너무……. 커요."

"미안하다."

한번 들어온 것은 절대 빠져나가지 않았다. 그는 조금씩 더 깊게 들어왔다. 나는 겨우 숨을 골랐다.

"윽……."

다시 눈물이 나왔다. 그는 혀로 눈물을 훔쳤다. 나는 원망하듯 주먹으로 그의 몸을 툭툭 쳤다.

"미안하다. 미안하다. 니나."

하지만 그의 표정은 그 어느 때보다 적나라했다. 겨우 진미를 맛본 사람처럼, 숨을 내쉬었다.

숨결이 피부에 닿았다. 나는 꽉 찬 것을 느끼며 몸을 살짝 떨었다.

아직 한참이 남았지만, 더 밀고 들어오지 않았다. 하지만 내 안은 그의 성기가 모조리 차지한 느낌이었다.

참 이상했다.

'아픔이 없어졌어.'

하지만 그와 동시에, 안이 살짝 뜨거웠다.

"폐, 폐하."

나는 그의 팔을 잡았다.

"느껴져요? 뭔가 이상해."

불을 한 조각 안에 넣은 거 같았다. 하지만 화상처럼 쓰라리진 않았다. 단지, 이상하게 달아오를 뿐이었다.

이상해. 이거. 정상이 아니야. 이런 거 나는 몰라.

"그렇군. 미칠 거 같다. 토끼야."

꿈틀거리며 그의 것이 살짝 움직였다.

"네가 다 느껴지는군. 손에만 닿았어도 느껴지던 청량감이, 지금은 지나칠 정도로 기분이 좋다."

다시 눈물이 났다. 나는 입술을 깨물었다. 그 큰 것을 밀어넣고 기분이 좋냐고? 뭐라고 하고 싶은데 말이 나오지 않았다.

'어, 어떡하지.'

그가 움직이자, 쾌락이 콱콱 밀고 들어왔다.

좋은 곳에 남김없이 부딪혔다.

'어째서 기분이 좋은 거야? 이상해.'

다시 눈물이 나왔다. 그는 손가락을 살짝 밀어넣고 내가 입술을 깨무는 걸 막았다.

"소리를 들려줘라. 토끼야."

거대한 게 움직일 때마다 허리가 떨렸다. 벌어진 입에서는 이상한 소리가 났다.

"웃…… 앗…… 힝……."

왜 애처럼 울어야 하는지 알 수 없었다. 하지만 쾌락은 무자비하게 다가왔다. 그가 찌르는 모든 곳이 기분 좋았다. 나는 결국 다리로 그의 허리를 감고, 정신없이 신음을 뱉었다.

"으앙, 웃…… 폐, 폐하."

"니나, 이름을……."

아까보다 더한 열락이 밀려왔다. 나는 울면서 중얼거렸다.

"리카, 리카르도."

"그래."

커다란 손이 내 손을 잡았다. 깍지를 끼고 단단하게 잡았을 때였다. 중첩되었던 쾌락이 기다렸다는 듯이 터졌다.

"니나."

머릿속에서 하얀 곳으로 부유했다. 아래는 계속 벌름거렸다. 나는 조용히 숨을 들이켰다. 입맞춤이 느껴졌다.

거대한 것이 천천히 빠져나갔다. 엄청난 것들이 주르륵 흐르는 걸 보고 나는 울상을 지었다.

얼마나 큰 게 나갔는지, 몸에 구멍이 뚫린 거 같았다. 나는 다시 원망스러운 듯 그를 바라보았다. 친애하는 폐하께서는 드디어 배가 부른지 나른하게 웃었다.

"미칠 거 같군."

커다란 팔이 나를 감싸 안았다. 나는 머리로 그의 가슴을 툭툭 쳤다.

"미안하다. 니나. 용서를 빌고 싶지만, 그럴 수도 없군."

이건 또 무슨 소리지?

고개를 들어 눈을 깜박였다. 맺혀 있던 눈물이 다시 볼을 타고 내려갔다. 폐하는 그런 내 눈물을 남김없이 혀로 쓸어 갔다.

"굶주린 미친놈이, 황홀한 걸 알아 버렸어. 그거 아느냐. 니나, 네 몸은……."

낮은 목소리가 숨결에 섞였다.

"죽어도 좋을 만큼 기분 좋더군."

나는 조용히 그를 노려보았다. 하지만 눈에 힘은 금방 풀렸다.

'그 거대한 게 밀고 들어왔는데 좋다니…….'

움직이자 기다렸다는 쾌감만 밀려왔었다. 나는 조용히 팔을 들어 니나의 손을 바라보았다.

주먹을 쥐었다가 폈다.

'뭔가 있는 건가.'

영 알 수가 없네.

거대한 게 밀어붙여서일까. 허리가 좀 아팠다. 나는 몸을 일으키려고 했다. 하지만 그는 나를 다시 끌어당겼다.

"폐하?"

"미안하다."

왜 또 미안한데? 서, 설마?

"아, 안 돼요."

"미안하다. 니나."

"미쳤어요? 전 더 못해요."

"한 번만, 아니 두 번만……."

나는 침대에서 도망가려고 어깨를 주먹으로 쳤다. 하지만 폐하의 몸은 무슨 철옹성처럼 끄떡도 안 했다.

아니, 이 양반은 지치지도 않나.

그때였다. 순간 잊고 있던 TL 소설이 떠올랐다.

'맞아. 키워드가 있었어.'

그는 내 손을 잡고 다시 깍지를 꼈다.

'절륜······.'

왜 이제 생각난 걸까. 알았더라면, 알았더라면······.

그는 기분 좋게 웃으며, 내 목덜미를 혀로 쓸었다. 예민한 몸은 그 와중에도 움찔 떨었다.

'체력 키우고 판을 벌였을 텐데!'

버스는 이미 떠나갔다. 손이 가슴을 쓸자, 다시 감각이 올라왔다.

"미안하다."

미안하면 다야?

탄탄한 허벅지가 아래를 다시 벌렸다. 나는 꿈쩍도 안 하는 폐하의 몸을 느끼며, 고개를 저었다.

'자, 잘못 건드렸어.'

나는 조용히 촛불을 바라보았다. 안타깝게도 밤은 아직도 길었다.

미리 언질을 받은 사비나가 조심스럽게 노크했다.

똑똑-

문 안에서는 들어와도 괜찮다는 목소리가 들렸다. 능력 있는 시녀장은 애써 표정을 관리했다. 하지만 그런데도, 자꾸 얼굴에 감정이 드러났다.

'드디어 하셨구나.'

이 방에서 나가는 리카르도 폐하는 더없이 행복해 보였다. 사비나는 대강 예상이 가능했다.

'그 강철 같은 몸으로 밀어붙였겠지.'

니나야. 살아 있니?

그녀는 입을 꽉 깨물고 방 안을 가로질렀다. 반려가 쓰는 침대 위에는 머리끝까지 시트를 뒤집어쓴 니나가 있었다.

"반려 님?"

뭉쳐 있던 시트가 살짝 떨렸다. 니나가 중간에서 꼬물꼬물 빠져나왔다. 사비나는 소매를 걷고, 그녀가 시트 밖으로 나오는 걸 도와줬다.

나는 시녀장이다. 리카르도 폐하의 심복이다. 그러니까 놀라지 말아야지.

안타깝게도 그녀의 바람은 바로 어그러졌다. 니나의 모습을 본 순간, 사비나는 입을 가리고 작은 비명을 질렀다.

"어, 어머?"

"아하하."

니나는 어색하게 웃으며 사비나를 바라보았다. 대강 예상했지만 역시나였다.

"바, 반려 님? 괜찮으세요?"

"아니요. 전혀 안 괜찮아요."

니나는 고개를 저었다. 그리고 기운 없게 속삭였다.

"밤이 참 길었어요."

"며, 몇 번이나 하신 건가요?"

니나는 손가락으로 세다가 관뒀다. 나중에는 뭐가 뭔지 아무것도 알 수 없었다.

"중간에 씻은 건 기억나네요."

거기서 한 판 더 뛴 것도 동시에 떠올랐다.

니나는 조용히 눈을 감았다. 사실 움직일 수가 없었다. 몸도 지쳤지만, 마음이 더 지쳤다.

"허리가 아파요. 사비나 님."

"디, 디오를 부를까요?"

"아니요. 안 돼요. 이런 거로 스승님을 어떻게 불러요. 제가 알아요. 이건 마사지하면 나을 거예요. 잘하시는 시녀님을 불러 주세요."

"네. 당장 부를게요."

니나는 아련하게 사비나를 바라보았다.

"저, 그리고 폐하께 전하고 싶은 말이 있어요."

"폐하를 불러들일까요?"

"아니요. 이건 편지면 돼요. 아니, 편지여야 해요. 저 사비나 님. 손에 힘이 없어서 편지도 못 쓸 거 같은데, 대필 부탁드려도 되나요?"

시녀장은 재빨리 고개를 끄덕였다. 이베리아의 하나뿐인 반려는 기운 없이 웃었다.

"제가 말하는 대로 써주세요. 짧아요."

사비나는 종이와 펜을 준비했다. 그리고 반려가 말하는 대로 받아서 적었다.

리카르도의 오늘 하루는 이루 말할 수 없이 좋았다. 그는 정무 회의에서 신하들을 상큼하게 결딴냈다. 하지만 그래도 평소보다는 매우 너그러웠다.

눈치 빠른 신하들은 대강 알았지만, 결코 입 밖에 내뱉지 않았다. 오늘따라 기분이 좋은 폐하의 심기에 감사하며 빛보다 빨리 회의에서 벗어났다.

사비나는 그런 신하들을 보며 쟁반에 차를 들고 천천히 걸어갔다. 익숙한 문 너머에 폐하의 목소리가 들렸다.

병사에게 눈짓을 주니, 무거운 문이 천천히 열렸다.

"폐하와 접촉하면 니나는 어느 정도 몸을 회복합니다."

디오의 목소리였다. 생소한 정보를 가진 대화였다. 사비나는 잠시 멈췄다.

"짐의 반려가 원래 가지고 있던 회복력 말하는 건가?"

"네. 반려가 생김으로써 폐하의 고통이 씻은 듯이 없어진 것과 비슷한 효과입니다. 하지만 상처가 순식간에 나을 정도는 아니죠."

"동의하지 못하겠군."

사비나는 다시 걸음을 옮겼다. 대화를 나누는 두 사람은 사비나에게 눈길을 주지 않았다. 그녀는 찻잔을 폐하에게 건네고 조용히 물러섰다. 평소 같으면 집무실에서 나갈 테지만, 그녀에게는 할 일이 있었다.

리카르도는 차를 한 모금 머금었다.

"나랑 접촉하면 니나의 몸이 회복한다니, 지금 반려는 일어나지도 못한다."

디오는 눈을 가늘게 뜨며 말했다.

"어느 정도라고 말했습니다. 폐하."

사비나는 고개를 끄덕였다. 저건 의사의 말이 맞았다.

'어느 정도가 아니었잖아.'

몸을 아주 썹어 놓으셨더군요. 하얀 피부를 얼마나 물었는지, 얼룩덜룩해서 피부병인 줄 알았습니다.

사람 머리 꼭대기에 있는 폐하는 의사의 말을 바로 알아들었다. 그리고 여유롭게 차를 마시며 싱긋 웃었다. 집무실에 있는 부하 둘은 알았다. 친애하는 폐하는 지금 진심으로 기분이 좋았다.

사비나는 한 걸음 앞으로 갔다.

'어쩔 수 없네.'

도저히 그냥 두고 볼 수 없었다.

그녀는 조심스럽게 가까이 가서, 서신을 건넸다.

왕이 물었다.

"이게 뭐지?"

"반려님의 편지입니다."

"볼 필요 없다. 짐이 가겠다."

사비나는 방긋 웃으며 고개를 저었다.

"꼭 서신으로 봐달라고 하더군요. 아, 제가 대필했습니다. 깃 펜 들 힘도 없으세요."

왕은 조용히 편지를 열었다. 디오는 조용히 다가와서, 글자 를 읽었다.

"당분간 오지 마세요."

쨍그랑-

고급스러운 찻잔이 바닥으로 떨어졌다.

사비나는 웃음을 참으며 뒤로 물러섰다. 애석하게도 디오도 마찬가지였다. 두 사람은 고개를 돌리고 입을 막았다. 얼마나 웃기는지, 눈물이 다 나왔다.

"양심이 없어, 양심이."

나는 고급스러운 소파에 앉아서 이를 갈았다. 아니, 진짜 그 사람 미친 거 아니야?

'어떻게 하루에 다섯 번도 더 하냐고!'

기억하는 게 다섯 번이었다. 뭔가 그 뒤부터는 정신이 날아 가버려서 도대체 뭐가 뭔지 알 수 없었다.

'아니, 뭐. 좋긴 했어.'

충분히 느끼고 흐느꼈었다. 하지만 그렇게 심한 쾌락은 뭐랄까…….

'두 번만 더 겪으면 늙는 기분이랄까…….'

도대체 그 사람 뭐지. 체력과 절륜이 합쳐지면 그런 게 탄생하나?

나는 고개를 저으며 소파에 누웠다. 잠옷이 밀려 올라가서 다리가 다 드러났다. 나는 발목을 움직이며 소파에서 뒹굴었다.

'그러고 보니 익숙해졌네.'

처음에는 뭐 이리 화려한 소파가 있나 싶었다. 하지만 벌써 한 달째였다. 이 방에 모든 것이 이제 눈에 익었다.

뭐, 이게 중요한 게 아니지.

'2주째 안 봤지.'

그 얼굴이 꼴 보기 싫어서 문을 열어 주지 않았다. 문 앞에서 기다리는 거 같지만, 절대 아랑곳하지 않았다.

'사람이 양심이 있어야지!'

나는 한숨을 폭 내쉬었다.

'2주가 아니라 콱 2년을 해버릴라.'

나는 다리를 들어서 발목을 아래위로 돌렸다. 몸은 충실히 잘 움직였다.

나는 쿠션을 꽉 껴안았다.

"아악! 욕이 나온다."

진짜 왜 보고 싶지? 미쳤나? 화내서 내가 걸어 잠갔는데, 가끔 참을 수 없이 그 잘생긴 얼굴을 보고 싶었다.

'미쳤어! 미쳤어! 바보야! 호구야!'

솔직히 몸은 좋았어. 아니 몸도 좋았지. 그 얼굴이랑, 그 몸이랑…….

'거기도 잘생겼고 말이야.'

그렇게 크고 예쁜 건 처음이었다. 색도 그렇고 아주 대대손손 박제해서 가져다 놓으면, 박물관에 입장료가 오만 원이라도 찾아갈 거 같았다.

"빛깔이 아주 환상……."

나는 쿠션을 안고, 몇 번 박치기했다. 정신 차립시다. 이화윤! 그 몸이 아무리 요망하더라도, 절대 이대로 넘어가면 안 돼!

막 소파에서 버둥거릴 때였다. 문이 열리는 소리가 들렸다.

'사비나 님인가?'

나는 쿠션을 안고 고개를 들었다. 그리곤 바로 미간을 찌푸렸다.

화려한 방에, 더 화사한 남자가 천천히 걸어 들어왔다. 등불 사이로 비치는 모습은 여전히 환상적이어서 환장할 거 같았다.

"저기요? 폐하? 들어오란 말 안 했는데요."

"미안하다."

"사과는 필요 없고 나가 주셨으면 좋겠는데요?"

"보고 싶었다."

나는 다리를 꼬고 고개를 저었다.

"얼굴 지금 봤잖아요. 됐죠? 나가는 문은 뒤에 있습니다."

"제발. 니나. 용서해 주길. 네 화가 풀린다면, 뭐든 하겠다."

나는 눈을 가늘게 떴다.

"뭐든지요?"

"그렇다."

나는 고개를 들었다. 폐하의 눈동자가 유난히 촉촉했다.

'저런 표정도 지을 줄 아네.'

신기하긴 하다. 뭐, 거짓말은 아닌가 보네.

'하지만 여기서 물러설 수는 없지.'

나는 폐하를 아래위로 훑어보았다.

"하나만 들어주실 건가요?"

"몇 개라도 괜찮다."

"언제까지요?"

"그것도 네가 정해라."

너무나 유리한 협상이었다. 나는 어깨를 으쓱했다. 뭐, 손해 보는 건 없겠군요.

"기간을 정할게요. 오늘밤까지예요."

나는 턱을 괴고 씩 웃었다.

"대신 오늘밤, 폐하의 몸은 제 것이에요."

그의 눈동자가 흔들렸다. 나는 배시시 웃었다.

"제가 이것저것 시킬 건데, 거부하면 그걸로 끝이에요. 약속?"

"약속……. 하마."

오, 착하다. 잘 받아들였네. 우리 폐하. 나는 다리를 흔들며 속삭였다.

"그럼, 일단 옷 벗고 춤춰 봐요."

감상 좀 해 보게.

나는 쿠션에 기대어 나른하게 미소 지었다. 폐하는 설마 내가 이런 말을 할지 몰랐는지, 그 자리에서 굳어 버렸다.

"짐은 춤을 못 춘다."

나는 고개를 갸웃거렸다.

"이베리아에 무도회 열리지 않나요?"

"그 춤만 겨우 안다. 힘들게 익혔지."

생각지도 못한 약점이었다. 몸을 잘 쓰던데, 리듬감은 영 아닌가?

'뭐, 나는 관대하지.'

나는 기꺼이 민원을 받아들였다.

"그럼 옷 하나하나 벗으면서 천천히 걸어와 봐요."

좀 좋은 걸 봅시다.

다행히 이번 건 할 수 있는 모양이었다. 폐하는 천천히 옷을 벗으며 걸어 들어왔다. 나는 턱을 괴고 그 모습을 뚫어지라 바라보았다.

이미 가벼운 옷을 입고 있었다. 겉옷은 쉽게 바닥으로 떨어졌다. 하얀 셔츠가 드러났다. 그것조차 단추를 풀면 모든 저항이 사라졌다.

셔츠가 힘을 잃었다. 세상에서 제일 잘생긴 남자의 상반신이 그대로 드러났다.

'어깨선 좋다.'

목에서 이어온 선이 어깨에 닿았다가 팔목으로 떨어졌다.

탄탄하다는 느낌이 저절로 들었다. 군살 하나 보이지 않았다.

'허리는 의외로 잘 들어가셨네.'

이걸 역삼각형 몸이라고 하나?

큰 신장과 합쳐져서인지 조각 같았다. 나는 그의 쇄골을 보고 침을 꼴깍 삼켰다. 표정 관리하기가 힘들었다.

'가슴 근육이 참 좋네요.'

상반신에 정신 팔린 사이, 그는 부지런히 의장을 벗었다. 나는 그의 치골을 바라보았다. 그 긴 다리와 허벅지의 조화가 정신없었다.

'인정하자.'

좋아 죽겠다. 진짜!

걸어 들어오는 미남을 거부할 여자가 어디 있을까. 그는 실오라기 하나 걸치지 않고 내 앞에 섰다.

나는 소파에서 일어났다. 그리고 방긋 웃었다.

"잠깐만요!"

나는 서랍으로 달려가서 부드러운 비단 리본 하나를 꺼냈다. 그러고는 돌아서서 말했다.

"침대로 가죠. 폐하."

그는 천천히 고개를 끄덕였다. 나는 그의 손을 잡고 커다란 침대로 끌었다. 착하게도 그는 잘 따라왔다.

나는 침대에 온 남자를 눕혔다. 그러고는 그의 단단한 팔을 위로 올려서 비단 리본으로 묶었다.

"무슨 짓이지?"

"이런 짓이요. 폐하께서 힘주면 이건 리본 따위 쉽게 찢는다는 거 알아요. 그래도 뭐, 지금은 얌전히 계세요?"

나는 묶은 부분에 입을 맞추고 씩 웃었다. 그리고 조용히 폐하의 배 위에 앉았다.

"눈이 부시네요."

붉은 시트 위에 긴 검은 머리카락을 가진 남자가 누워 있었다. 가끔 그는 섬세하게 만든 조각상 같았다. 나는 두 손으로 그의 뺨을 잡고, 키스했다. 새삼스럽지만, 참 잘생긴 남자였다.

"폐하, 이 말 좀 해 주세요. 안 됩니다. 멈추세요."

그의 눈이 가늘어졌다.

"싫으면 말고요. 어쩔 수 없죠. 계속 보지 않는 수밖에."

"안 됩니다. 멈추세요."

무슨 국어책 읽는 거 같았다. 나는 관대하니 이걸로 만족하기로 했다.

'오히려 어색한 것도 묘하게 구미가 당기네.'

내가 이렇게 넓은 취향에 소유자였나.

미소가 절로 지어졌다. 아니, 그가 옷을 벗은 후로 광대가 내려가지 않았다. 그래서일까 좀 아팠다.

'그럼, 본론으로 갑시다.'

나는 일단 제일 만지고 싶은 곳에 손을 얹었다. 그리고 조용히 조물조물했다.

'좋다.'

단단한 가슴의 감촉이 참 좋았다. 지방과 근육의 오묘한 조화가 매우 바람직했다. 내가 만지는 것에 당황했는지, 근육이 점점 딱딱해졌다.

"힘주지 마세요. 폐하."

그의 한쪽 미간이 찌푸려졌다.

"피할 수 없으면, 즐겨 보시죠. 폐하. 제가 당신을 만지고 있잖아요."

음, 삐지려나. 나는 폐하의 이마에 살짝 키스했다.

"사랑하잖아요. 저."

원래 사랑하면 지는 거예요. 제가 여태 당신에게 진 이유가 바로 그거입니다. 친애하는 폐하.

'물론 사랑하는 것과 묶여 있는 건 매우 다르긴 하지.'

지금은 내 알 바가 아니지만.

나는 그의 가슴에 얼굴을 묻고 히죽 웃었다. 정말 아름다운 몸이었다.

"언제까지 이럴 셈이지?"

"밤이 기니까요. 폐하."

나는 뒤돌아서 자세를 고쳐 앉았다. 단단한 허리 위로 우뚝 솟은 그의 것이 매우 마음에 들었다.

'아, 느끼셨구나.'

나는 찬사를 멈추지 않았다.

"폐하 거요. 진짜 멋져요. 어쩜 이렇게 색도 예쁘고 커요."

"네가 힘들지 않으냐."

"그건 그렇지만 저도 알아요. 이렇게 잘생긴 건 드물죠."

경시대회 나가도 1등 할 거예요.

'더럽게 크지만, 막상 이걸 내가 독점한다고 하니, 나쁜 기분은 아니네요.'

살짝 움직여서 허벅지에 끼었다. 얼마나 크고 긴지 허벅지에 껴도 매우 많이 남았다.

그의 배 위에 앉아서 허벅지를 문질렀다. 나는 첫날밤을 생각하며 조금 웃었다.

'당신도 날 먼저 한번 가게 했으니, 저도 그래야죠.'

암, 그것이 예의지. 예의는 지켜야지. 그래야 살기 좋은 세상이지.

그의 억눌린 신음이 느껴졌다.

나는 고개를 살짝 돌려서 배시시 웃었다. 마치 물장구를 치는 기분이었다.

'쾌락에 약한 자여, 그 이름은 인간이로다.'

그러니까, 아무리 강해도 어쩔 수 없는 건 어쩔 수 없는 거야.

열심히 다리를 비볐는데도, 그는 도통 갈 생각을 하지 않았다.

"폐하. 고집이 세시네요."

"그렇게 가고 싶진 않다."

"왜요?"

"그건 이제 네 안에서 갈 거야."

순간, 웃음을 참을 수 없었다. 그래. 진짜 독점이긴 하구나.

'생각지도 못한 부분에서 귀엽네.'

나는 허벅지를 떼고 냉큼 돌아섰다. 그러고는 그 거대한 것에 끝을 맞췄다.

'내가 이걸 하게 될 줄 상상도 못 했는데 말이야.'

폐하의 것이 너무 커서 꽤 높이 일어나야 했다. 나는 천천히 힘을 뺐다. 폐하의 귀여운 모습이 좋았는지, 이미 안은 미끈거렸다.

"웃……."

그래도 이건 컸다. 어느 순간, 너무 꽉 차서 더는 넣을 수가 없었다.

'이대로 움직일까?'

그런 고민을 할 때였다. 갑자기 천이 찢기는 소리가 났다.

"폐하?"

그는 이를 갈면서 바로 나를 침대에 눕혔다. 나는 말리려고 그의 팔을 잡았지만, 힘에는 어쩔 수 없었다.

짐승이 으르렁거리듯 낮은 목소리가 귓가에 울렸다.

"미치겠군."

폐하의 눈빛이 이상했다. 나는 침을 꼴깍 삼켰다. 그제야 내가 무슨 짓을 했는지 깨달았다.

몸이 밀려 올라갔다.

"폐, 폐하 천천히."

"이 상황에서 그런 걸 바라면 안 된다. 토끼야."

그의 것이 안에서 움직였다. 그는 기다렸다는 듯 허리를 움직였다.

"읏……."

질척한 소리가 났다. 그는 내 뺨을 매만지며 말했다.

"다 넣지 못한다, 토끼야. 그리고……."

격렬한 움직임에 눈물이 났다. 폐하는 웃으면서 멈추지 않았다.

"이미 어느 정도 들어가야 하는지, 첫날밤에 숙지했다."

아니, 그, 그걸 무슨 정무처럼 숙지를 해!

나는 그의 팔을 붙잡았다. 충실히 다가온 쾌락 때문에 머릿속이 하얗게 변했다. 그의 숨소리와 내 숨결이 섞였다 흩어졌다.

"그래. 토끼야. 밤은 길지."

"폐, 폐하."

"미안하지만, 참을 수가 없군."

몸은 다시 한번 뒤집혔다. 말리려고 했지만, 그의 입술이 내 입을 막았다.

'이 사기꾼!'

오늘은 내가 바라는 대로 다 해 준다며!

소리 없는 비명은 신음으로 뱉어졌다.

나는 눈을 깜박였다. 등불이 어른거리고, 또다시 그가 움직였다. 나는 눈을 감았다. 뭔가 엄청나게 후회되는데, 더는 생각조차 할 수 없었다.

사비나는 찻잔을 들고 문 앞에 섰다. 병사들은 조용히 집무실 문을 열었다. 그녀는 천천히 안쪽으로 들어갔다.

이베리아의 왕은 오늘도 정무에 집중하고 있었다. 사비나는 찻잔을 건넸다. 하지만 평소처럼 물러서지는 않았다.

왕은 서류에서 눈을 떼지 않고 말했다.

"또 할 말이 있나 보군."

"네. 반려님의 전언입니다."

"니나에게 가서 듣겠다."

"아니요."

사비나는 웃으면서 말했다.

"앞으로 2년 동안 방 안으로 들어오지 말래요."

리카르도의 눈동자가 흔들렸다. 사비나는 뒷짐을 지고 한 발자국 물러섰다.

"이건 저도 걱정됩니다. 폐하. 후계자 문제도 있으니까요."

"간곡한 사과를 해야겠군."

"그러게 좀 참으시지 그랬습니까."

"도저히 참을 수가 없었다. 가끔 생각하지만 토끼는……."

사비나는 다음 말을 대강 예상했다.

'착하다, 귀엽다. 뭐 그렇겠지.'

자신이 아는 니나는 항상 그랬다.

하지만 그가 한 말은 의외였다.

"악마 같다. 짐을 구렁텅이로 빠트린다."

"네?"

"춤을 익혀야겠군."

무, 무슨 소리지?

사비나는 눈을 깜박였다.

"벗는 것도 연습해야겠군. 그러면 화가 좀 풀리는 거 같더군. 사비나. 춤을 가르치는 사람을 불러오도록."

폐하가 드디어 미쳤나?

하지만 사비나는 우수한 시녀장이었다. 그녀는 습관처럼 고개를 숙이고 물러났다. 물론 한 걸음 한 걸음 나아갈 때마다 의문은 더해졌다.

'니나야. 무슨 짓을 한 거니?'

물어보면 대답해 줄까?

그녀는 계속 고개를 갸웃거렸다. 도무지 알 수 없었다.

외전 1

그리핀 기사와 시녀

변경의 태양은 짧았다. 레오는 금세 어두워진 하늘을 바라보았다. 붉은 노을빛이 산 너머로 길게 이어졌다.

모든 것이 붉게 물들었다. 강도, 나무도, 흙도 지는 태양 앞에서는 다 비슷해졌다.

바람은 그의 머리카락을 흐트러뜨렸다. 그리핀을 탄 남자는 공중에서 조용히 세상을 내려다보았다.

"밤이 이르다."

태양이 조금 더 떠 있으면 좋을 텐데.

차가운 공기가 숨결 사이로 흩어졌다. 레오의 말에 그리핀은 대답하듯 작게 울었다. 마치 애교를 부리는 듯한 울음에, 사람 좋은 기사는 웃으면서 털을 쓰다듬었다.

"오, 릴리. 너도 그렇게 생각하니?"

그리핀은 이번에는 대답하지 않았다. 대신 거대한 날개를 한 번 펄럭일 뿐이었다. 오랫동안 친구라서 알았다. 생사고락을 함께했던 전우는 지금 부끄러워하고 있었다.

'반쯤은 사람이라니까.'

모른 척해 줘야지. 여기서 놀리면 토라지니까.

레오는 그리핀을 계속 쓰다듬었다. 뻣뻣한 털의 감촉이 기분 좋아서 조금 웃자, 그리핀은 새침하게 꼬리를 흔들었다.

하늘 아래 릴리와 함께 하는 비행은 여전히 기분이 좋았다. 레오는 다시 지는 태양을 바라보았다.

왜 이렇게 빨리 저무는 걸까.

태양을 붙잡고 싶었다. 세상을 지배한 거대한 빛이 사라지는 게 아쉬웠다.

"꼬맹이는 추위를 많이 타는데……."

타오르는 태양이 조금 더 떠 있으면 안 되는 걸까.

레오의 말에, 그리핀의 꼬리가 신경질적으로 움직였다. 레오는 순간 아차 싶었다. 오랫동안 함께한 충실한 전우는 꼬맹이를 어지간히 마음에 안 들어했다.

"좀 좋게 봐줘라."

꼬맹이는 그런 그리핀을 보며 고개를 갸웃거렸다. 새침한 그리핀의 태도에, 니나는 레오의 팔을 붙잡고 자신이 뭘 잘못했냐고 묻기까지 했다. 그는 진실을 적당히 얼버무리며, 고개를 돌려 웃었다.

"내가 좋아하는 여자다. 응?"

그리핀의 꼬리가 위로 솟았다가 바닥으로 가라앉더니, 바로 신경질적으로 몸을 털었다. 덕분에 레오는 황급히 균형을 잡아야 했다.

기사는 고삐를 잡으며 투덜거렸다.

"어째 집안사람들보다 너를 설득하는 게 더 힘드냐. 응?"

레오는 그때를 떠올리며 씩 웃었다.

작은 손을 붙잡고 간 저택에서는, 올게 왔다는 듯 한숨만 푹
푹 내쉬었다. 집사부터 가솔까지 그럴 줄 알았다는 눈빛이었다.

'내가 어지간히 빠졌나 봐.'

그리고 그게 다 티가 났나 봐.

레오는 백금발의 붉은 눈을 가진 꼬맹이를 떠올리며 씩 웃
었다. 하긴 당연하지. 예쁘고 사랑스럽잖아. 그걸 어떻게 안 좋
아할까.

"말을 하면 더 귀엽지."

말투와 어조, 손길과 웃음까지. 한참 바라보다 정신 차리면,
두근거림만 남았다.

"세상에서 제일 사랑스러운 것 같아."

레오의 말에 그리핀의 꼬리가 푹 수그러들었다.

'아니, 넌 왜 침울해 하냐. 진짜.'

그는 릴리를 달래려고 목덜미를 쓰다듬었다. 그리핀은 기운
없이 끼욱- 하고 울며 천천히 허공을 가로 질렀다.

그래, 그날도 이랬다.

그는 꼬맹이가 저택에 들어왔던 날을 떠올렸다. 사랑스러운
아이는 들어서자마자 고개를 숙여 사과했다.

"죄송합니다. 어떻게든 벤셀 가문에 피해가 안 되도록 노력하겠습니다."

하지만 가솔들과 자신은 알았다.

"피해가 아예 없을 수는 없지."

무려 왕이 사랑하는 여인을 자신이 낚아챈 셈이니까.

오랫동안 벤셀 집안을 보좌하던 집사는 저 소녀가 도대체 어디가 그렇게 좋은 거냐며 신경질을 냈다. 하지만 시녀복 그대로 난처하게 웃던 니나를 본 순간, 헛기침했다.

그리고 재미있는 말을 했다. 바짝 얼굴을 붙인 집사는 작게 소곤거렸다.

"얼굴에 반하신 겁니까?"

그때 자신이 한 대답이 뭐였더라. 레오는 피식 웃었다.

"얼굴만 반한 거면 다행이지."

그게 다가 아니니까 문제지.

"모든 면이 다 좋다고 하니까. 집사가 기가 막혀 하더라."

하지만 어떻게 사랑하지 않을 수 있을까. 그 존재를 말이야.

"둔한 것도 귀여워."

꼬맹이는 남에게 자신이 어떻게 보이는지 몰랐다. 자신을 원하는 남자가 한두 명이 아닐 텐데도 자각도 없었다.

그런 귀한 꼬맹이를 자신이 잡았다.

"나는 세상에서 제일 운이 좋은 기사일지도?"

냉랭했던 저택 사람들이 꼬맹이에게 빠지는 건 시간문제였다. 제일 먼저 풀어진 건 집사였다.

"제 관절염을 알아차린 건 저 시녀가 처음입니다!"

약초에 해박한 꼬맹이가 처방약까지 주자, 집사의 깐깐함은 다 풀려서 없어져 버렸다. 결국은 헛기침을 하며 말했다.

"흠. 뭐, 그럭저럭 괜찮으신 분이시군요. 벤셀 가문을 통째로 가져다 바칠 정도는 아니지만요. 황제와의 관계만 없다면 참 좋았을 텐데 말이죠."

레오는 긴 한숨을 내쉬었다.
"그러게나 말이야."
아이의 사랑스러움을 먼저 발견한 건 폐하였다. 그는 자신의 왕을 생각하고 고개를 저었다.
그는 자신에게 명령했다.

"경의 모습을 보기 싫으니 변경에 10년쯤 박혀 있어라."

황제는 돌아서며 자신을 바라보았다. 오랫동안 보아 왔지만, 감정을 읽을 수 없는 복잡한 눈빛이었다.

"10년 뒤에는 결혼을 허락해 주지."

그때 자신은 씩 웃었다. 10년만 기다리면 된다니, 너무나 남는 장사였다.

"우리가 시간이 지나면 사그라들 줄 아나 봐."

그럴 거면 아예 시작도 안 했을 것입니다. 폐하.

그 소식을 전해 주자 꼬맹이는 기가 막힌다는 듯 한숨을 내쉬었다. 10년간 변경으로 가 있어야 한다고 하자, 니나는 상큼하게 말했다.

"따라갈게요."

폐하의 어쭙잖은 심술보다 여기에 더 놀랐다. 순간 자신은 할 말을 잃었다.

"폐하가 따라가지 말라고는 안 했죠? 가도 되잖아요."

그야, 그랬지. 그럴 줄 몰랐을 테니까. 아마 그 생각은 아예 못 했을 거야. 변경은 험하니까. 솔직히 꼬맹이가 변경에 가는 건, 자신도 반대였다.

하지만 꼬맹이는 완강했다.

"갈 거예요. 원래 연인들은 떨어져 있는 거 아니에요! 아, 레오를 믿는 것과는 별개예요."

그때를 생각하니 얼굴이 화끈거렸다.

서늘한 바람이 피부를 스쳤지만 달아오른 얼굴을 식히지는 못했다. 레오는 웃으면서 입을 가렸다. 그때만 생각하면 좋아 죽을 거 같았다. 그때도 지금처럼 빨개진 얼굴로 고개를 푹 숙이자, 그제야 자신이 한 말을 깨달은 꼬맹이는 빙글 뒤돌아섰다.

머리카락을 잡아당기며 부끄러워하는 그녀가, 사랑스러워서 그래서…….

"입맞춤을……."

레오는 고개를 저으며 감정을 털어 냈다.

사랑스럽고 사랑스러워서 죽을 거 같았다. 모습만 보아도 이 감정이 샘솟았다.

"니나. 내 꼬맹이."

더는 참을 수 없는지, 릴리가 다시 몸을 흔들었다. 레오는 능숙하게 고삐를 잡으면서 투덜거렸다.

"너, 좀 너무한다?"

그리핀은 반응이 없었다. 그저 목적지를 향해 천천히 내려갈 뿐이었다.

"너도 그렇게 싫어하진 않잖아."

그리핀의 꼬리가 신경질적으로 흔들렸다. 레오는 한숨을 푹 내쉬며 그리핀을 토닥였다.

'말 꺼내는 게 무섭네.'

처음보다 많이 나아졌지만, 어지간히 질투쟁이었다.

"꼬맹이는 힘들게 내 옆으로 왔어. 너도 좀 이해해 주라."

그때를 생각하면 아찔했다. 레오는 자신의 손을 내려다보았다. 단단한 손바닥이 주먹을 쥐었다가 풀어졌다.

솔직히 운이 좋았다.

"뭐, 과정은 별로 안 중요해."

내 옆에 있다는 게 중요해.

"그녀는 날 선택했어."

레오는 씩 웃으며 다시 앞을 바라보았다. 조금 자란 머리카락이 눈앞에서 흔들렸다. 곧 자신이 주둔하는 막사가 보였다.

릴리는 천천히 바닥으로 내려왔다. 목덜미를 한번 쓸어 주고 바닥으로 내려오자, 그리핀을 관리하는 병사들이 우르르 다가왔다.

"단장님 오셨습니까?"

"이제 단장 아니야. 그냥 레오 경이면 돼."

"입에 붙어서요. 그냥 계속 단장하세요. 그나저나 하늘은 어때요?"

레오는 어깨를 가볍게 손을 털면서 말했다.

"괜찮아. 괴조도 안 보여. 단지……."

그는 하늘을 바라보았다. 아까까지만 해도 붉었던 세상은 순식간에 어둠이 내려앉았다.

"날이 짧군."

"오늘은 특히 더 하잖아요."

"아, 그런 날이지."

레오는 저벅저벅 막사 쪽으로 걸어갔다. 그런 레오를 보면서 병사는 음흉하게 웃었다.

"아따, 화끈하십니다."

레오는 걸음을 멈추고 병사를 돌아보았다. 병사는 서둘러 고개를 푹 숙였다.

"좋아 보여서요. 죄송합니다."

"좋아 보여?"

레오는 병사의 어깨를 툭툭 쳤다. 남들이 보면 별거 아닌 것처럼 보였지만, 힘이 들어가 있어서인지 병사는 해초처럼 흔들렸다.

"다, 단장님!"

"좋아 보이는 게 아니라, 당연히 좋지."

레오는 싱긋 웃으며 기사의 어깨를 계속 쳤다.

"다시 말해 봐."

"죄, 죄송합니다. 부인께서는 아름답고 성격도 좋으시고, 미소도 예쁘시고 친절하시고……."

레오의 입가에 웃음이 사라졌다. 병사는 식은땀을 흘리고 필사적으로 변명했다.

"약초에 대해서 잘 아시기도 하고……. 처음에는 폐하가 반한 여자라고 해서 긴가민가했는데 얼굴 보니까 살짝 알겠는게……."

레오의 표정은 더 굳어졌다.

"계속해 봐."

어디까지 가나 보자.

"부, 부럽습니다!"

기사는 빨개진 얼굴로 고개를 푹 숙였다. 레오는 고개를 절레절레 저었다. 수도에도 이런 놈들이 참 많았는데, 왜 변경에서도 이런 걸까.

"부러워?"

"매우 부럽습니다. 부러워 죽겠습니다!"

레오는 병사의 어깨를 놔줬다. 병사는 휘청거리다 겨우 균형을 잡았다.

"그럼 계속 부러워해라."

"옙?"

"날 부러워하는 사람이 많아서 말이야. 너 하나 추가된다고 해도 뭐……."

레오는 다시 저벅저벅 걸어갔다.

"잘 버텨야겠어."

레오는 자신의 손을 내려다보았다. 단련할 만큼 단련했다고 생각했지만, 왠지 부족해 보였다.

"훈련 좀 해 볼까."

초심의 자세로 돌아가야겠어.

인상 좋은 남자는 계속 손을 내려다보며 막사로 들어갔다. 천막을 열자마자 더운 공기가 느껴졌다.

'역시.'

우리 꼬맹이, 벌써 추워하는구나.

화로 중간에 조그마한 인영이 쪼그리고 앉아 있었다. 레오는 피식 웃으면서 외투를 벗어서 그녀에게 덮었다.

풀썩- 하는 소리가 들리자, 백금발을 가진 그녀가 고개를 빼꼼 내밀었다. 그 모습이 사랑스러워서, 레오는 주먹을 쥐었다가 폈다.

그녀를 보면 마음이 한없이 조마조마했다.

"왔어요?"

"응. 몸은 괜찮아?"

"괜찮아요. 아. 해가 빨리 져서 깜짝 놀랐어요."

"오늘이 제일 밤이 긴 날이야. 내가 없는 동안 잘 지냈어?"

니나는 밝게 웃었다. 화롯불에 비친 붉은 눈동자가 반짝여서, 마치 보석 같았다.

"네. 잘 지냈어요. 레오 진짜. 나간 지 두 시간도 안 된 거 아세요?"

"꼬맹이를 보지 않으면, 순간이 영원 같아서 말이야."

아이는 못 말리겠다는 듯 밝게 웃었다.

"못 살아. 진짜. 레오가 나간 후에는 약초 좀 말렸어요. 비상시에 지혈제 없으면 안 되잖아요."

쪼그리고 앉아 있던 그녀가 자리에서 일어났다. 순간, 레오는 입을 가리고 웃었다. 자신의 외투가 천막 바닥에 질질 끌렸다.

니나는 고개를 푹 숙이고 중얼거렸다.

"끌리네요. 키 크고 싶다."

더는 참을 수 없었다. 레오는 아예 소리 내어 웃어 버렸다. 니나는 그런 기사의 외투를 잘 여미고 가까이 다가갔다.

"레오는 키가 커서 좋겠어요."

"우리 꼬맹이, 아니⋯⋯."

그는 니나를 들어올린 채 의자로 저벅저벅 걸어갔다.

"이젠 내 꼬맹이지."

"꼬맹이라고 하지 말라고 하고 싶은데요…….."

그녀는 능숙하게 기사의 어깨에 팔을 둘렀다.

"당신에 비하면 정말 작아서 할 말이 없네요."

레오는 위로하듯 그녀의 등을 살짝 두들겼다. 그러다가 또
다시 깨달았다.

자신의 큰 손에 잡힌 니나의 등과 허리는 너무 가늘었다.

"키보다는 살이 쪘으면 좋겠어. 요즘 좀 말랐어."

"아, 괜찮아요. 밥은 잘 먹어요."

"왜 자꾸 여위어 가는 거 같지. 그리고…….."

아이의 몸이 부르르 떨렸다. 레오는 그 떨림을 채워 주고 싶
어서 꽉 껴안았다.

"너무 떨어."

니나는 애써 웃었다. 사실 그녀도 이유를 알지 못했다. 성에
서부터 떨렸던 몸은 변경으로 오면서 더 심해졌다.

"그러게요. 추위를 너무 타요."

그녀는 자신의 뺨을 남자의 옷에 살짝 비볐다.

"왜 몸이 떨릴까요. 이렇게 따뜻하고 든든한데 말이죠."

"디오도 이유를 모른다고 했지?"

니나는 고개를 끄덕였다. 품안에서 백금발이 흐트러지는 걸
보며 레오는 작게 숨을 내쉬었다.

디오가 모를 정도면, 이베리아의 다른 의사를 찾아도 소용
없었다.

"성력이랑 관련 있는 걸까?"

"모르겠어요."

레오는 그녀의 뺨을 살짝 매만졌다. 체온이 떨어진 것 같지는 않았다. 열이 나는 것도 아니었다. 하지만 니나는 계속 몸을 떨었다.

손끝에 닿은 피부는 너무나 부드러웠다. 이렇게 연약하고 보드라운 존재가 몸을 떤다는 게 너무나 안타까웠다.

"걱정된다."

"레오……."

"어떻게 하면 우리 꼬맹이가 따듯해질까."

니나는 그의 손에 얼굴을 대고 눈을 감았다.

"마음은 이렇게 따듯한데……."

왜 몸은 떨리는 걸까요.

변경에 온 지 한 달째. 니나가 된 지 6년 만에 찾은 안정이었다. 그 어느 때보다 걱정 없이 사는데, 몸은 그렇지 않았다.

기사의 손이 살짝 떨렸다.

"미안해."

니나는 눈을 뜨고 고개를 갸웃거렸다.

"왜 사과해요?"

"내가……."

기사는 작게 한숨을 내쉬었다. 왜 행복하게 해 주고 싶은 여자에게 이토록 아무것도 줄 수 없는 걸까.

'무력해져.'

어떤 아픔도 없이, 웃게만 해 주고 싶었다. 그러려고 손을 붙잡고 끌었는데, 결과는 이런 험한 변경이었다.

"설마, 레오……."

니나는 눈을 가늘게 뜨고 말했다.

"내 몸이 떨리는 거, 자기 탓이라고 생각하는 거 아니죠?"

덩치가 커다란 기사는 정곡을 찔려서 눈을 깜박거렸다.

"진짜 그렇게 생각했나 보네?"

"아니, 나는……."

"이건 제 몸이 복잡해서예요. 레오 탓이 아니에요. 아니 왜 쓸데없는 것에 죄책감을 느끼세요."

"쓸데없는 것이라니……."

기사는 조심스럽게 다시 그녀를 안았다.

"네 일이잖아."

그는 그녀의 손가락에 하나하나 입을 맞췄다. 씁쓸한 약초 냄새가 나는 게 니나다워서 더 가슴이 아팠다.

"아, 정말……."

니나는 고개를 저었다.

"이상한 것에 죄책감 느끼지 마세요. 마음은 이해하지만요. 레오."

그녀는 한쪽 팔을 기사의 어깨에 둘렀다.

"선택은 제가 했어요!"

니나는 레오의 몸을 안심하라는 듯 툭툭 쳤다.

레오는 순간, 나오려는 웃음을 참았다. 이걸 뭐라고 봐야 할까.

'병아리가 대형견을 위로하는 거 같은데……'

사랑스러워 죽을 거 같았다. 정말인지, 몽실몽실한 솜털 같은 이였다.

'이런……'

동시에 이런 아이를 걱정시켰다는 죄책감에 가슴 한구석이 따끔거렸다.

이런 레오의 마음을 아는지 모르는지 아이는 어깨를 펴고 활짝 웃었다.

"아니, 그보다 제 몸은 그냥 제 몸이에요. 떨리는 게 좀 이상하지만 뭐 이러다 말겠죠. 사실 방법도 없잖아요."

그녀는 안심하라는 듯 계속 속삭였다.

"자꾸 쓸데없는 죄책감 느끼면 화낼 거예요. 이건 제 선택에 대한 모독이에요."

일부러 눈을 날카롭게 흘기며 말하는 게 귀여웠다. 레오는 작게 숨을 내쉬며 따끔거리는 가슴을 내리눌렀다.

레오는 일부러 물었다.

"무슨 선택을 얘기하는 겁니까, 레이디."

니나는 배시시 웃으며 말했다.

"제가 잘생긴 남자에게 빠져서 몸만 가지고 저택으로 들어온 선택이요."

두 사람은 서로를 마주 보았다. 왠지 부끄러워서 레오가 시선을 피하자, 니나는 남자의 눈가에 살짝 입을 맞췄다.

"몸과 마음 다 퐁당퐁당 빠져 버렸는데요."

니나는 그의 붉어진 귓가를 바라보았다.

"어째, 기사님은 굉장히……."

레오가 작게 중얼거렸다.

"굉장히?"

"인내심이 좋으셔서요."

니나는 살짝 다리를 흔들었다. 무거운 외투 사이로 작은 발이 모습을 드러냈다가 사라졌다.

"거기에 문제 있는 건 아니시죠?"

거기? 거기가 뭔데?

'설마…….'

레오는 고개를 저었다. 얼굴이 너무나 뜨거웠다. 아니, 꼬맹아. 왜 거기로 튀는 거야.

"니나."

"아니, 뭐. 빌어먹을 폐하께서 10년 뒤에 결혼하라고 명령했다 쳐요."

니나는 음흉하게 레오의 갑옷 안으로 손가락을 넣었다.

"그런데 연애하지 말란 말은 없잖아요. 왜 기사님의 소식은 이렇게 늦을까요?"

아껴 주고 소중하게 여기는 건 니나도 알았다. 하지만 변경까지 왔는데도, 조신함이 도를 넘어갔다.

니나는 속으로 중얼거렸다.

'알아.'

욕먹어도 싼 폐하에게 당할 뻔했다. 그 사실을 이 기사는 아주 잘 알아서. 그래서 천천히 다가왔다.

하지만, 그건 그거고 이건 이거지!

'하도 소식이 없으니까 별생각이 다 난다 말이야!'

원하는 여자를 얻었는데, 이렇게 목석일 수 있나? 애써 이 사람 곁에 왔는데 키스조차 조심스러웠다.

이상하다. 내 경험으로는 이게 아닌데.

그래서일까. 살짝 불안했다.

"레오. 이런 의심 안 하려고 했는데요."

니나는 기사의 얼굴을 억지로 돌려서 눈을 맞췄다.

"저를 정말 여동생이라고 생각하는 건 아니죠?"

순간, 레오의 눈이 휘둥그레졌다. 떨리는 눈동자를 보면서 니나는 말을 이었다.

"진짜 저를 엘레나 양이랑 헷갈리시는 거 아니죠? 아니면 거 기에 문제가 있다거나, 차오르고 넘치는 충심에 10년을 기다릴 예정이라든가……."

"니, 니나야!"

"전자는 매우 문제고, 중간은 치료해야 해요. 설마 마지막이 라면……."

레오는 빨갛다 못해 파란 얼굴로 되물었다.

"마지막이라면?"

"벌받아야죠."

"무슨 벌? 누구한테?"

니나는 씩 웃으며 상기된 볼에 입을 맞췄다.

"저한테, 아주 혹독하게! 벌을 받을 거예요."

기사의 근육이 뻣뻣하게 굳는 게 느껴졌다. 니나는 웃으면서 기사에게 생각할 시간을 주었다. 당황한 남자는 우물쭈물하다가 말 한마디를 겨우 내뱉었다.

"나, 나는 니나야."

"네. 레오."

"그, 그게……."

"저를 생각해서 그러는 거 알아요. 준비되길 기다렸다는 것도 알아요. 그런데요 레오, 제가 준비됐다고 체조하면서 소리를 지르는데 얼굴을 돌리잖아요."

"그, 그렇게 무리하게 하지 않아도……."

"아, 진짜!"

이런 답답한 양반을 봤나. 니나는 그의 품에서 내려와서 성큼성큼 걸어갔다.

화딱지가 나. 몸은 떨리는데 머리에는 열이 샘솟는다! 진짜 뭐하는 거야!

그때, 기사는 니나의 팔을 붙잡으며 말했다.

"바, 밖은 추워!"

"알아요!"

"해도 졌어."

"그래요? 빨리 졌네. 그건 몰랐네."

"오늘이 제일 빨리 지는 날이야. 아무튼, 나가지 마. 위험해."

니나는 빙글 돌아서서 빤히 기사를 바라보았다. 레오는 안

절부절못하며 길게 한숨을 내쉬었다.

"제가 매력이 없나 자괴감 들고 괴로운데요."

"그럴 리가……."

"그럼 왜 그러는 건데요?"

기사는 마른세수를 했다.

"부서질까 봐."

니나는 미간을 찌푸렸다.

"그게 무슨 말이에요?"

"네가 부서질까 봐."

아니, 사람 몸이 어떻게 부서져?

"내가 좀……. 커서……."

네?

'자, 잠깐…….'

하얗게 변한 머릿속에 레오의 말이 빙빙 맴돌았다. 귀로는
들었는데 잘 와닿지 않았다. 니나는 조용히 레오가 한 말을 되
짚었다.

그리고 어느 순간, 깨달았다.

"아!"

얼굴이 화끈 달아올랐다. 차마 얼굴을 볼 수 없어서, 그녀는
조용히 뒤돌아섰다.

'어, 얼마나 크길래?'

잘 상상이 되질 않았다. 도대체 어떻길래? 아니 그보다 벌써
거기까지 생각해 본 거야?

부끄러움에 화끈거림이 더해졌다.

'아, 아니. 나만 춘향이 옷고름 풀려는 줄 알았지…….'

춘향이가 좀 크고 거대하지만.

레오는 심호흡하며 저벅저벅 니나에게 다가갔다.

"꼬맹아. 넌 가끔 참 너무해."

그는 니나를 바라보았다. 자신의 외투를 질질 끌고 있는 그녀는 아직 너무나 작았다. 가끔 자기도 모르게 '아이'라고 느껴질 정도였다.

'참, 이상하지. 스무 살이면 그렇게 어린 건 아닐 텐데 말이야.'

그는 그런 아이의 허리를 잡고 가볍게 들어올렸다.

손에 잡히는 허리도 느껴지는 무게도 너무나 가늘었다. 이제 엄연한 성인이어도 어렸을 때부터 봐서 그런가. 항상 작은 짐승처럼 느껴졌다.

"참는 나는 생각 안 하니?"

그는 조용히 그녀를 작은 침대 위에 올려놓았다. 아이는 보석 같은 붉은 눈으로 자신을 바라보았다.

"내가 얼마나……."

기사는 한숨을 폭 내쉬었다.

니나는 살짝 고민하다, 단호하게 물었다.

"얼마나 뭐요."

지금 밀리면 또 독수공방이다. 니나야. 지금은 잡아당겨야 한다.

그녀는 타오르는 눈으로 기사를 바라보았다.

"꼬맹아."

또 미적거리네.

아이는 침을 꼴깍 삼키고, 그가 덮어 준 외투를 벗었다. 무거운 외투가 침대 위로 떨어지는 소리가 생생하게 울려 퍼졌다.

"알게 뭐예요."

아이는 칼라의 단추부터 하나하나 풀었다. 레오는 그 자리에서 굳어서 어떤 행동도 할 수 없었다.

"왜 제가 알아야 해요."

새하얀 목덜미가 그의 눈앞에 드러났다. 가느다랗고 하얀 목이, 어떤 감촉을 지니고 있는지 레오는 아주 잘 알았다.

그는 떨리는 손으로 하얀 목에 손끝을 가져갔다. 곧 형용할 수 없는 감촉이 느껴졌다.

항상 만지고 싶었다.

기사는 더는 참을 수 없었다. 그는 침대 위에 앉아 있던 그녀를 손을 꽉 잡았다. 그러고는 갑옷을 하나하나 벗어 던졌다.

쇠가 부딪치는 소리가 들렸다. 니나는 조용히 기사가 무장을 푸는 걸 바라보았다. 딱딱한 철 갑옷 속에서 감추어진 몸이 조금씩 드러났다.

곧 무장에 가려졌던 근육들이 하나하나 보였다. 무거운 갑옷을 아무렇지도 않게 입고 다닌 남자는, 그에 걸맞은 몸을 지니고 있었다.

레오는 얇은 옷마저 벗어 던졌다. 탄탄한 상체가 드러나자, 니나는 고개를 숙였다.

좋을 거라 생각했지만, 정말 좋았다. 촘촘하게 짜인 저 근육은 보기 좋은 만큼 효능도 괜찮을까.

"니나."

남자가 자신의 이름을 불렀다.

"니나 케이지."

니나는 침을 꼴깍 삼키고 고개를 들었다.

"레오."

기사는 그녀의 손등에 작게 키스했다.

"돌이킬 수 없을 텐데 괜찮아?"

아니, 이게 무슨 소리지.

니나는 눈을 가늘게 떴다.

'이 양반이 아직도 쓸데없는 생각하네?'

인제 와서? 나 지금 굉장히 기대하는데요?

그녀는 더는 참을 수 없었다. 그녀는 힘을 줘서 단추를 벗겨냈다. 동그란 단추들이 시트 위로 떨어졌다.

"레오. 딱 한 번만 물을게요."

붉은 눈동자가 반짝였다. 그녀는 작게 심호흡을 하며 단어 하나에 또박또박 힘을 주었다.

"레오는 후회해요?"

기사의 눈동자가 흔들렸다. 니나는 배시시 웃었다.

"전 안 해요. 평생 안 할 거 같은데, 레오는 그렇게……."

말을 다 이을 수가 없었다. 갑자기 커다란 손이 손목을 감싸고, 온기가 겹쳐졌다.

입술이 닿는 순간, 숨결이 섞였다. 니나는 조용히 눈을 감았다. 떨려 왔던 몸이 순식간에 뜨거워졌다.

혀가 얽히고 감각이 점점 퍼져 나갔다. 니나는 자신의 맨살에 닿는 레오의 손길을 느끼며 감았던 눈을 떴다.

'이상해.'

단지 키스일 뿐인데, 왜일까. 달콤하게 느껴져.

그녀는 희미하게 웃었다. 눈앞에 있는 이가 자신의 기사라는 게 이루 말할 수 없이 행복했다.

리카르도는 눈을 떴다. 그는 미간을 찌푸리고 주위를 둘러보았다. 겹겹이 처진 캐노피 사이로 어슴푸레한 새벽녘이 보였다.

'이곳의 태양은 길군.'

그는 작게 한숨을 내쉬었다. 조용히 몸을 일으키니, 그의 긴 검은 머리카락이 시트 위로 흘러졌다.

꿈을 꿨다.

"악몽이군."

그는 그렇게 중얼거리며 이마를 짚었다.

반려가 생긴 후에 리카르도는 진정한 잠을 즐길 수 있었다. 문장으로 받은 이후로 잠들지 못했던 몸은 기다렸다는 듯 편안히 수면의 세계로 인도했다.

더할 나위 없이 좋았고 상쾌했다. 그러나……

갑자기 불안한 마음이 들었다. 그는 황급히 주위를 둘러보았다. 리카르도의 불안이 무색하게 니나는 침대 한구석에서 색색 자고 있었다.

그는 이마를 짚고 한숨을 내쉬었다.

"진짜 악몽이군."

참 소름 끼치고 현실성 있는 악몽이었다. 왕의 되고 나서 꿈을 꾸지 않아서 그런지, 이러한 꿈에는 무방비하기 그지없었다.

그는 조용히 자신의 토끼를 내려다보았다. 백금발의 털을 가지고 있는 하얗고 뽀얀 토끼는 자신의 곁에서 새근새근 잠든 채였다.

꿈에서 레오가 만졌던 살결이 언뜻 드러났다. 어젯밤 끈질기게 사랑했던 몸이었다.

"아무리 꿈이라도……."

용서할 수 없었다. 그는 생각조차 하기 싫었다. 내 토끼가, 다른 남자랑? 그렇게 애틋하게?

순간 평정을 잃은 리카르도는 주먹을 꽉 쥐었다.

얼마나 그렇게 있었을까.

그는 고개를 푹 숙였다. 왠지 자신이 굉장히 바보처럼 느껴졌다.

"한심하군."

꿈은 꿈일 뿐이었다. 그것을 모를 정도로 멍청하지는 않았다. 하지만 마음은 더없이 불안으로 흔들렸다.

그는 그 이유를 알았다. 답은 간단했다.

"있을 법한 미래여서 그런가."

그랬겠지. 그렇게 도망갈 수도 있었겠지. 자신의 토끼는 탐하는 이는 참 많았고, 그중 토끼와 가족이 된 레오가 가장 위협적이었다.

냉철한 이성은 그저 악몽이라고 말했다. 하지만 마음은 그렇지 않은지 리카르도란 남자는 화가 나서 견딜 수 없었다.

솔직히 우스웠다.

'그렇게 도망가도록 내버려두지 않는다.'

10년 후에 결혼? 그건 너무나 약한 심술이었다. 자신은 그렇게 녹록지 않았다.

리카르도는 자기도 모르게 다시 주먹을 쥐었다가 폈다. 있지도 않은 일인데 너무 생생해서 견딜 수 없었다.

속이 계속 부글부글 끓었다. 리카르도는 왕이 되고 나서 잊었던 쌍욕을 찾을 때였다. 그때, 옆자리에서 작은 신음이 들렸다.

"음-."

토끼가 귀엽게도 뒤척였다. 리카르도는 니나의 머리카락을 살짝 쓰다듬었다. 토끼의 발그레한 뺨과 투명한 피부가 귀엽기 그지없었다.

한참을 뒤척이던 니나는 일어나 있는 리카르도를 보며 눈을 비볐다.

"벌써 아침이에요?"

왕은 고개를 저었다.

"아직 새벽이다. 더 자라."

"그렇구나."

니나는 고개를 끄덕이면서 리카르도 쪽으로 돌아누웠다. 조심스러운 움직임이 사랑스러워서 리카르도는 자기도 모르게 미소를 지었다.

니나가 눈을 감은 채 중얼거렸다.

"더 자죠. 왜 일어났어요."

"아……."

그는 니나에게 팔베개를 해 주며 자신의 품으로 끌어당겼다. 매끄러운 살결은 여전히 청량했다.

다시 한번 화가 치솟았다.

'이걸 뺏긴다고?'

상상하기 힘들었다. 아니, 상상조차 하기 싫었다.

"꿈을 꿨다."

가정만 해도 화를 참을 수 없었다. 그는 이성으로 꿈을 꾹꾹 내리누르며 품안에 들어온 토끼를 쓰다듬었다.

니나는 귀엽게도 웅얼거렸다.

"무슨 꿈이요?"

"악몽이다."

그러자 니나는 살짝 눈을 떴다.

"폐하가요?"

리카르도는 그녀의 눈가를 쓰다듬으며 고개를 끄덕였다.

"농담이죠? 아니면 재미없는 개그던가……."

리카르도의 손길이 순간 멈칫했다. 어디서부터 무슨 말을 해야 할지 순간 멍해졌다.

"재미가 없다?"

"폐하의 농담이랑 개그는 항상 재미없어요."

그, 그랬나?

리카르도는 자신의 농담을 들었던 신하들을 떠올렸다. 어쩐지 웃었던 것보다는 뒷걸음을 치며 두려워했던 것만 생각났다.

'일부러 그렇게 말하긴 했지.'

농담 안에 위협을 실으면 효과가 좋았다.

리카르도는 품안에 토끼를 바라보았다. 하지만 자신은 토끼에게 그런 위협을 한 적은 없었다. 그런 걸 하기에는 이 토끼는 너무 작고 약했다.

"아……."

그러고 보면 작고 약해서 위협을 안 한 것도 처음이긴 했다.

토끼는 눈을 비비며 빤히 리카르도를 바라보았다. 확실히 조금 이상하긴 했다.

"설마, 처음 안 거예요?"

"아무도 얘기하지 않았다."

"그거야 당연하죠."

왕은 진지하게 고민하다 고개를 저었다. 뭐, 자신이 알 바 아니었다. 그는 토끼의 가슴 가를 아이 재우듯이 톡톡 치면서 속삭였다.

"더 자라. 아직 새벽이다."

"폐하는요."

"짐은 생각할 것이 있다."

"고민 있으세요?"

동그란 붉은 눈이 깜박였다. 리카르도는 순순히 고개를 끄덕였다. 니나는 폐하의 팔에 얼굴을 비비며 중얼거렸다.

"폐하도 고민을 하는군요."

순간, 리카르도는 이마를 짚었다. 도대체 토끼에게 자신의 이미지가 어떤 걸까.

"짐도 고민은 한다."

"그런 거 안 할 거 같아서요."

"토끼야. 짐도 사람이다."

니나는 행동을 멈추고 그를 바라보았다. 시선이 마주치자, 그녀는 배시시 웃었다.

"그렇네요. 가끔 잊어요."

말 한 마디 한 마디가 비수가 되어 꽂혔다. 리카르도는 순간 할 말을 잃었다. 하지도 않은 전쟁에서 잿더미가 된 기분이었다.

"너무하는군."

"진짜 너무한 건 항상 폐하시죠."

잠결에 웅얼거리는 말치고는 한마디도 물러서지 않았다. 리카르도는 토끼의 뺨을 매만졌다. 이렇게 보드랍고 청명하면서, 살짝 야속했다.

"항상 패자는 짐이지."

첫 만남부터 지금까지 쭉 토끼에게는 항상 졌었다.

"알면 잘해요."

그렇게 하면 안 됐다는 걸, 그때 알았으면 어땠을까. 리카르도는 자신의 선택을 되짚어 보았다. 참 어리석은 순간이 많았다.

"잘하겠다."

잘할 기회를 줘서 고맙다.

그도 알았다. 이 토끼는 정에 약하고 선량했지만 돌아서면 절대 뒤돌아보지 않았다. 그러면서 이상하게 냉정했다.

자신이 꿨던 악몽도, 터무니없다면 이렇게 동요할 리 없었다.

토끼가 품안에서 다시 웃었다. 그 모습이 예뻐서 리카르도는 니나의 뺨에 부드럽게 입을 맞췄다.

"착하네요. 말도 잘 듣고."

"죄인은 변명을 삼가야 하는 법이다."

"참 잘하셨어요. 머리가 좋아서 그런가. 폐하는 참 배우는 게 빠르세요."

"내 수많은 장점 중에 하나지."

토끼가 고개를 오른쪽으로 살짝 기울였다.

"방금 농담이었죠? 이건 조금 재미있어요."

순간 리카르도는 할 말이 없어졌다. 결코 농담이 아니었다. 그냥 사실을 말한 것뿐이었다.

"그래도 많이 늘었어요. 아까 악몽도 농담이었죠?"

그것도 농담이 아니었다. 리카르도는 어디서부터 설명을 해야 할지 영감이 잡히지 않았다.

"왜 짐이 악몽을 꾸지 않을 거로 생각하지?"

도대체 토끼에게 자신은 어떤 존재인 걸까?

"그거야······."

니나는 폐하의 품에서 작게 웅얼거렸다.

"그렇게 섬세하신 분이 아니잖아요."

순간 리카르도는 머릿속에 번개가 친 것 같았다. 알 수 없는 감정들이 휘몰아쳤다가 다시 폭발했다.

아무 말도 할 수 없었다. 단어조차 떠오르지 않았다.

"폐하?"

그런 리카르도의 마음을 아는지 모르는지, 토끼는 귀엽게 웃으며 말했다.

"팔에 힘 좀 빼세요. 아파요."

패자는 변명을 할 수 없었다. 리카르도는 팔에 힘을 풀었다. 토끼는 엉금엉금 기어가서 조금 떨어져서 다시 눈을 감았다.

'악몽을 꾸는 이유는 너다. 토끼야.'

고민도 대부분은 너 때문이었다. 니나 케이지.

전혀 느끼지 못했던 감정들이 둥실둥실 떠올랐다. 리카르도는 헛웃음을 지으며 멍하니 하늘을 바라보았다.

태양이 떠오르는지 세상은 온통 붉었다. 이베리아의 왕은 고개를 절레절레 저었다. 그 모습마저 꿈에서 본 그 장면 같아서 다시 악몽이 되새김질 되었다.

그는 탄식하듯 한마디를 뱉었다.

"너무하는군."

이미 잿더미가 된 자리에 찬물을 끼얹은 것 같았다. 리카르도는 한숨만 푹푹 내쉬었다.

죄인은 말이 없었다. 그는 이마를 짚었다가 그제야 자신의
감정을 알았다.

"야속하군."

감정의 정체를 알아도, 해결되지는 않았다. 리카르도는 자리
에서 일어났다. 차라리 일하는 게 나았다.

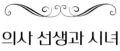

외전 2

의사 선생과 시녀

정원의 끝에서 아이들이 재잘거렸다. 디오는 약초를 매만지고 잠시 고개를 들었다. 옅은 바람이 목덜미를 흐트러뜨렸다.

'시간을 너무 많이 보냈군.'

태양을 보니 점심때가 훌쩍 지난 것 같았다.

'이런……'

자신이야 식사를 하지 않아도 상관없지만, 그 아이는 달랐다.

혹시 또 자신을 기다리느라 먹지 않는 건 아닐까. 디오는 서둘러 약초를 들었다. 부지런히 걸어도 이 정원은 매우 길었다.

그때, 또다시 아이들의 목소리가 들렸다.

"야, 세상에서 제일 예쁜 누나는 새로 들어온 약초사 누나야!"

"야! 너 전에는 빵집 누나라며!"

"그전에는 그랬지. 하지만 약초사 누나가 이제는 제일 예뻐!"

듣고 싶지 않았지만, 귓가에 들렸다. 디오는 빠르게 걸어가면서 아이들의 목소리에 귀를 기울였다.

'새로 들어온 약초사 누나라면······.'

니나로군.

그는 자신의 제자를 떠올리며 조금 웃었다. 아이는 약초를 돌보느라 허름한 바지에 이상한 모자를 쓰고 있었다. 하지만 그 외모는 가릴 수 없는 모양이었다.

"그 누나는 항상 이상한 옷 입고 있잖아!"

"그게 무슨 상관이야! 그 누나는 세상에서 제일 예뻐!"

눈썰미가 좋은 애로군. 하긴 자신의 제자는 정말 아름다웠다.

디오가 무심코 수긍하며 계속 걸어갈 때였다. 그다음에 들린 말이 매우 의외였다.

"난 그 누나한테 청혼할 거야!"

저절로 걸음이 멈춰졌다.

"아빠가 말했어! 용기 있는 자가 미인을 차지한댔어!"

"와우. 한스 너 대단한데?"

"누나 몇 살인데?"

"앞뒤로 15년은 사랑으로 극복할 수 있는 거야!"

"야, 하지만 그 누나 이미 남편이 있다던데?"

다리가 움직이지 않았다. 그는 주위를 둘러보며 키 높은 갈대 속으로 들어가 모습을 숨겼다. 평소 같으면 지나쳤겠지만, 지금 그는 저 아이들의 말을 꼭 들어야 했다.

"누구?"

"그, 같이 온 약제사."

"잘생겼다고 하던데?"

"알게 뭐야! 내가 더 젊어!"

점점 더 가관이었다.

"내가 더 젊으니까 오래 버틸 거야. 기다릴 거야. 남편 죽을 때까지!"

"와, 한스 대단하다!"

"그런데 남편은 맞아? 스승님이라고 하던데?"

디오는 조용히 이마를 짚었다. 이루 말할 수 없는 감정이 휘몰아쳤다. 그는 자기도 모르게 중얼거렸다.

"성이 문제가 아니었군."

이런 일은 한두 번이 아니었다. 심지어 익숙했다.

니나의 외모에 반해서 쫓아오던 이들이 떠올랐다. 그리고 제일 강력했던 이가 머릿속에 스쳐 지나갔다.

그는 자기도 모르게 어깨에 매어 둔 화살을 만지작거렸다. 그래서일까. 어디를 가도 무기들을 빼놓을 수가 없었다.

"스승이든, 남편이든 난 누나랑 결혼할 거야!"

"진짜?"

"응! 그 누나는 잡아야 해! 평생을 걸어서라도!"

디오는 작게 한숨을 내쉬며 고개를 저었다. 그는 갈대숲에서 나와서 조용히 걸어갔다. 발걸음은 예전이랑 다름없지만, 사실은 살짝 기운이 빠졌다.

'평생을 건다……'

순간, 웃음이 조금 나왔다.

니나에게 평생을 걸고 싶은 사람은 참 많았다. 병사부터 기사까지 아주 두루두루 존재했다.

그는 조용히 유리 정원으로 들어갔다. 약초 냄새가 자욱한 곳에는 그가 사랑하는 제자가 있었다.

"니나."

자신의 목소리에 백금발을 가진 아이가 고개를 들었다. 두꺼운 숄을 걸친 제자는 커다란 모자를 젖히면서 밝게 웃었다.

"스승님!"

"미안하다. 좀 늦었어."

니나는 웃으면서 한쪽을 가리켰다. 디오는 작게 한숨을 내쉬었다. 자신의 추측이 맞았다. 제자도 여태 식사를 하지 않고 있었다.

"먼저 먹으라고 했었는데……."

"혼자 먹으면 맛없어요."

디오는 고개를 저으며 니나의 어깨를 잡았다. 그는 아이의 뺨을 손가락으로 살짝 쓸면서 말했다.

"내가 준비하마. 손을 씻고 와라."

백금발이 아름다운 제자는 활짝 웃으며 손을 씻으러 달려갔다. 디오는 그 뒷모습을 보면서 작게 한숨을 내쉬었다. 하나로 묶인 머리카락 사이로 목덜미가 눈이 부셨다.

자신의 눈에만 아름답게 보이면 좋을 텐데.

디오는 그녀의 손을 잡고 성을 떠났던 날을 떠올렸다. 안개가 자욱하게 낀 날이었다. 급하게 떠나게 되어서 짐이랄 것도 없었다.

제자는 그래도 돈은 제대로 챙겼다며 배시시 웃었다. 디오
는 그런 제자의 볼을 손가락으로 쓸었다. 말랑말랑한 감촉과 체
온은 여전했다.

그렇게 왕의 것을 채어 왔다. 우습게도 그 이후에는 추적이
없었다. 그는 자신의 제자를 데리고 먼 곳으로 떠났다.

'정착은 힘들겠지.'

그는 주위를 둘러보았다. 유리온실에는 약탕기가 가득했다.

이곳은 잠시 머무는 곳이었다. 이 저택의 주인인 백작부인
은 두통을 치료하느라 안 해 본 일이 없다고 들었다.

'약초의 재배까지 시간이 걸리니까……'

약초뿐만 아니라 약의 배합도 자신과 니나가 아니면 할 수
없는 일이었다. 백작부인은 흔쾌히 저택의 한구석을 내주었다.
유쾌한 분이신지 이것저것 캐묻지도 않았다. 오히려 식사를 챙
겨 주었다.

그는 작은 테이블에 백작부인이 챙겨 준 샌드위치를 풀었
다. 들어 있는 재료를 봐도 제법 괜찮았다.

그때 온실로 제자가 들어왔다. 디오는 조용히 니나를 바라
보았다. 뭔가 나갈 때와는 조금, 아니 많이 달랐다.

자신의 눈빛을 읽은 니나는 밝게 웃으며 말했다.

"아, 이거요?"

아이는 디라룬이란 꽃을 한 아름 안고 있었다.

"나가니까 어떤 애가 줬어요. 예쁘죠?"

니나는 꽃의 향기를 맡았다. 꽃의 향기가 퍼져 가는 곳에서

디오는 작게 한숨을 쉬었다. 이걸 줬다는 애의 정체를 안타깝게
도 잘 알았다.

"꽃보다는……."

디오는 제자의 의자를 빼며 중얼거렸다.

"네가 더 예쁘다."

꽃 따위를 비교할 수 없을 정도로, 니나가 눈부시게 아름다
웠다.

"네?"

제자의 붉은 눈이 동그래졌다. 디오는 계속 그녀가 안고 있
는 꽃을 바라보았다. 별생각 없었는데 이제부터 제일 싫어하는
꽃은 디라룬이었다.

"꽃을 좋아하는지 처음 알았군."

"아, 좋아해요."

"하긴. 대공에게도 꽃을 받았지. 앞으로 세상의 모든 꽃을 가
져다 주마. 그러니까……."

디오는 힘없이 중얼거렸다.

"그건 버려라."

"네? 아, 아니, 왜요?"

"꽃에 흑심이 가득하다."

조그마한 소년이 가소롭기 짝이 없었다. 그와 동시에 소년
이 한 말도 어느 정도는 일리가 있었다.

"이거 디라룬 아닌가요?"

"꽃 자체야 흔히 나는 야생초다. 효능도 괜찮아서 많이 심지."

"그런데 흑심이라니요."

"그 애가 널 좋아한다."

자신의 말에, 제자는 소리 내어 웃었다.

"알고 있는 모양이군."

"네. 한스가 아주 빨개진 얼굴로 줬거든요. 귀여웠어요."

자주 뛰어 노는지 얼굴이 잘 그을린 소년이었다. 딱 그 나잇대 아이 같아서, 니나는 그 소년들이 귀여웠다.

"버려라."

"스승님. 그냥 아이예요."

"나를 생각해서 버려라."

빨간 눈이 깜박이다, 곧 예쁜 호선을 그렸다. 니나는 소리 내어서 크게 웃었다. 이걸 뭐라고 하면 좋을까.

'질투가 귀여워.'

처음 만났을 때는 이런 분이신지 생각도 못 했는데 말이야.

스승의 눈초리가 점점 날카로워졌다. 니나는 계속 웃으면서 꽃을 흩었다.

"약에 쓰려고 받은 거예요."

디라룬은 마음을 안정시키는 효과가 있었다.

"백작부인에게 효과가 있긴 하겠군."

"백작부인은 아무래도……."

니나는 스승이 내어 준 의자에 냉큼 앉았다.

"두통의 원인은 따로 있는 거 같아요."

디오는 눈을 찌푸렸다.

"중압감과 외로움인가?"

"네. 역시 스승님이세요. 아시네요."

원래는 쾌활한 분이셨던 듯했다. 하지만 부군이 돌아가신
후에 가문을 이끄는 게 퍽 부담스러우셨을 것이다. 하지만 백작
부인은 낯선 이방인을 사심 없이 받아 줬다.

"가끔 찾아오더군."

"네. 약초 냄새가 좋으시대요."

마음씨 좋은 제자는 백작부인과 얘기를 많이 했다. 처음에
는 거리를 뒀던 백작부인은, 이제는 차와 스콘을 들고 매일같이
이곳에 들렀다.

"너와 보내는 시간이 점점 길어지더군."

"마음 둘 곳이 없나 봐요."

"그래서 그걸 받아 준 거니? 니나?"

아이는 샌드위치를 베어 물며 고개를 저었다.

"받아 줄 게 있나요. 그냥 얘기를 들어 줬어요. 백작가 욕을
하시길래 같이 욕해 드리고요. 제가 시녀 생활을 해서 들은 얘
기들이 많잖아요. 적당하고 재미있는 거 풀어 드리니까 시원하
게 웃으시더라고요."

그건 디오도 알았다. 웃음소리가 온실 너머까지 들렸다.

"저랑 얘기하는 게 좋으신가 봐요."

"당연히 좋겠지."

"사람은 빵으로만 사는 게 아니거든요. 혼자 있는 걸 좋아하
는 사람도 가끔은 수다를 떨어야 해요."

제자는 식은 차를 디오에게 건넸다. 엄한 스승님은 고개를 끄덕였다. 이건 니나의 말이 맞았다.

제자는 작게 속삭였다.

"두통은 아마……."

"이미 나았겠지."

니나는 웃으면서 다시 샌드위치를 베어 먹었다. 디오는 한숨을 내쉬었다. 하지만 백작부인은 약을 계속 만들라고 할 뿐이었다.

그 이유는 아마도…….

"너랑 계속 얘기하고 싶은가 보군."

"말할 수 있는 또래가 주위에 별로 없나 봐요."

"백작부인은 너보다 열 살은 많다."

"제가 좀 언니들을 좋아해요. 언니들도 절 좋아하고요."

디오는 기가 막혔다. 하긴 성안에 거의 모든 이들이 자신의 제자를 좋아하긴 했다.

'남자들뿐만이 아니었지.'

간호사와 시녀도 니나를 아꼈다.

"백작부인께서는 굉장히 귀여우세요. 좋은 분이에요. 말은 안 하시지만 제가 오래 머물렀으면 좋겠대요."

"그러시겠지."

"막 결혼도 하시라던데……."

"뭐?"

디오는 깜짝 놀라서 찻잔을 헛짚었다. 챙- 하는 소리가 온실 벽에 부딪혔다.

제자는 태연하게 빵을 베어 물며 말했다.

"영지 내에서 마음에 드는 남자 없냐고 하던데요. 소개도 해 준다고 했어요."

"그, 그래서 뭐라고 했지?"

"뭐라고 했을 거 같아요?"

니나는 예쁘게도 웃었다. 디오는 순간 할 말을 잃었다. 이곳으로 온 지 일주일이었다. 왜 일이 벌써 이렇게 되는지 도통 알 수 없었다.

"짐을 싸는 게 좋을 거 같군."

디오가 사색이 된 채 말하니까, 앞에 앉은 니나는 배를 잡고 웃었다. 제자의 맑은 웃음소리를 들으며 디오는 한숨을 내쉬었다.

"웃을 일이 아니다."

"스승님은 정말……."

니나는 눈물을 닦으며 말했다.

"저를 못 믿으시네요."

니나는 작은 테이블에 빵을 내려놓고, 스승의 손을 잡았다. 성을 떠난 후부터 장갑을 끼지 않은 스승님의 손은 매우 거칠어져 버렸다.

"저는 이 손을 잡고 나왔어요."

디오는 아이의 작은 손을 내려다보았다. 온기를 가진 손가락은 작고 가늘었다.

"스승님은 저를 어떻게 생각해요?"

모든 것을 버리고 나왔다. 성과도 지위도 다 성에 두고 돌아섰다.

"니나 케이지……."

"저는 제가 선택을 잘했다고 생각해요. 스승님도 그렇게 생각하시나요?"

"몇 번, 아니 수백 번을 돌아간다고 해도……."

디오는 그녀와 시선을 맞췄다. 붉은 눈동자는 여전히 보석처럼 반짝였다.

"같은 선택을 할 거다. 네 손을 붙잡고 나오겠지."

돌아볼 이유가 없었다. 지위도 성과도 이 아름다운 제자에 비하면 다 돌덩이나 다름없었다.

"저도 그래요. 스승님. 그리고 대답 안 해 주셨어요."

제자는 손을 내밀어 디오의 뺨을 쓸었다.

"저를 어떻게 생각하세요?"

"소중한 제자다."

"그게 다예요?"

디오는 눈을 깜박였다. 이상하게 순간이 느려졌다. 니나의 손길과 목소리가 머릿속에서 끊임없이 맴돌았다.

당황스러웠다.

"그게 다일 리가 없지."

언제부터 여자로 봤을까?

분명히 처음에는 아니었다. 기미 시녀로서 처음 왔을 때는 그저 백금발의 작은 아이였을 뿐이었다. 하지만 어느 순간 점점 더없이 소중한 것으로 변했다.

순간 아까 들었던 소년의 말이 생각났다. 뭐라 그랬더라. 아래위로 15년이었나?

'내가 그 청혼하겠다는 애송이랑 뭐가 다르지?'

디오는 당혹감에 제자의 눈을 피했다. 그 어린것을 보고 그렇게 느꼈다면 자신은 쓰레기인 셈이었다.

"스승님?"

"미안하다."

"뭐가요?"

"어린 너를 보고, 그러니까……."

말이 헛돌았다. 니나는 도대체 디오가 무슨 말을 하는지 알 수 없었다.

'이상하다. 왜 저 방향으로 가지?'

그녀는 미간을 찌푸렸다. 뭐가 뭔지 모르겠지만 제대로 돌려놔야 했다.

"스승님. 저와 키스하고 싶지 않으세요?"

순간 눈앞에 있는 남자가 소스라치게 놀랐다. 니나는 눈을 깜박였다. 상대가 너무 놀라서, 자신도 놀라 버렸다.

"아니, 나는……."

"제가 여태 잘못 생각한 건가요?"

스승님은 그런 생각이 전혀 없었나? 나 여태 헛발질한 거야?

이번에는 니나 쪽에서 얼굴이 붉어졌다.

'좋아하는 줄 알았는데 아니었어?'

그럼 뭐야. 난 뭐 한 건데!

니나는 작게 심호흡을 했다. 재빨리 디오의 얼굴에서 손을 떼고 뒷짐을 지었다.

"죄송합니다."

"니나!"

"정말 죄송해요. 스승님도 말 좀 하시지 그러셨어요. 안 돼요. 싫어요. 하지 마세요. 이런 거요. 이런다고 상대가 멈추지는 않겠지만, 거부 의사를 밝히시면 저도 알아들었을 거예요. 죄송해요. 함부로 만졌어요. 이거 완전히 직장 내에서 성희롱한 셈이네. 아, 진짜. 내가 무슨 말을 하는 거야."

니나는 뒷걸음질을 쳤다. 디오는 순간 그녀의 손을 붙잡아서 자신의 뺨에 가져갔다.

순간, 두 사람 다 숨을 몰아쉬었다. 아무것도 한 게 없는데, 둘은 달리기를 한 것처럼 호흡이 가빴다.

"만져도 된다."

"아, 아니…… 저는……."

디오는 손을 뻗어서 니나의 어깨를 잡았다. 잡히는 모든 것이 작고 가냘파서, 세게 쥐면 부서질 거 같았다.

"너는 뭐든 만져도 돼."

디오의 말에, 니나는 울상이 되었다.

"아니, 그런 생각이 아니라면서요."

"그런 생각 맞다."

디오는 붉어진 얼굴로 시선을 마주치지 못했다.

"아마 네 생각보다 더 그런 생각을 했을 거야."

니나는 필사적으로 마음을 가라앉히고 눈앞에 있는 남자를 바라보았다. 붉은 머리가 잘 어울리는 늘씬한 청년이 매우 안절부절못했다.

'와…….'

이거 좀 좋다.

'그러고 보면 한 발짝 다가가면 항상 이랬었지. 부끄러워하는 게 참 좋았어.'

니나는 활짝 웃으며 속삭였다.

"그런 생각이 어떤 생각인가요?"

디오는 차마 대답하질 못했다.

"전 말할 수 있어요."

니나는 한 발짝 더 다가갔다. 그리고 팔을 벌려 디오를 껴안았다.

약초 냄새와 꽃향기가 흩어졌다. 너무나 익숙했다. 둘만이 있던 연구실에는 이 냄새가 아예 배어 있었다. 그러고 보면 니나가 된 이후로는 옆에 제일 많이 있던 사람은 디오였다.

'의지하면 안 된다고 생각했는데…….'

손을 잡고 같이 나와 버렸다.

등에 그의 손이 부드럽게 감쌌다.

"스승님."

"으, 응?"

"오늘밤 스승님 방으로 가도 돼요?"

니나가 고개를 살짝 들었다. 스승의 얼굴은 이제 머리카락 생과 똑같을 정도로 달아올라 있었다.

귀엽지만, 더는 물러설 수 없었다. 니나는 조용히 쐐기를 박았다.

"스승님이 생각한 그거 맞아요."

순간 품에 있는 남자가 작게 요동쳤다. 니나는 소리 내 웃으며 고개를 들었다. 그리고 까치발을 들고 두 손으로 스승의 얼굴을 잡아서 억지로 눈을 마주쳤다.

"날이면 날마다 오는 기회가 아닌데요."

스승님의 예쁜 눈이 사정없이 흔들렸다.

"지금 가면 안 오는데요."

니나는 부끄러워하는 남자를 계속 감상했다.

"놓치실 건가요?"

그러자 디오는 잡은 손에 더 힘을 주었다. 니나는 악력이 강해지는 것을 느끼며 또 웃어 버리고 말았다.

"니나."

"예. 스승님."

"오늘밤에 오지 않아도 된다."

니나는 고개를 갸웃거렸다. 뭐지. 나 차인 건가.

"지금 내가 네 손을 잡고 방으로 갈 거니까, 그러니까……."

디오는 니나의 머리카락을 손에 쥐고 말했다.

"싫으면 지금 말해라."

니나는 고개를 저었다. 디오는 니나의 어깨에서 손을 내렸다. 그러고는 바로 그녀의 손을 잡았다.

니나는 배시시 웃었다.

"같이 있어 줘서 고마워요."

옆에 같이 걸어가는 디오의 얼굴은 여전히 붉었다.

"나야말로, 나를 선택해 줘서 고맙다."

"평생 옆에 있어 주세요."

디오는 니나의 손등에 살짝 입맞춤했다.

"영원히 옆에 있을 거야. 니나."

손등에 닿은 입술은 부드러웠다. 그녀는 천천히 디오와 함께 걸어갔다.

바람이 등을 밀었다. 그러고 보면 스승님과 떠날 때도 이런 바람이 불었다.

'도와주는 거 같아.'

마음이 행복했다. 걱정이 아예 없는 건 아니었지만, 이제 됐다는 생각이 들었다.

'몸에 떨림은 어떻게든 되겠지.'

백작부인은 아예 성에서 살라고 했다. 의원을 꾸린다면 이것저것 도와주겠다고, 대신 말 상대를 해 달라고 간곡히 부탁했다.

도와주지 않아도 말 상대쯤은 언제든지 괜찮다고 하니까, 백작부인의 볼이 살짝 붉어졌다.

'어떡하지.'

행복해.

바람은 계속 불었다. 온실에서 나와 정원을 지나는 길은 은근히 길었다.

그녀는 돌아보지 않았다. 이제야 모든 것이 정리되는 기분이었다.

그때, 몸이 살짝 떨렸다. 니나의 떨림은 고스란히 디오에게 전해졌다.

"계속 이렇군."

"그냥 체질인가 봐요. 별거 아니에요."

디오는 그녀의 잡은 손에 더 힘을 주었다.

"멎게 해 주마."

니나는 맞잡은 손을 살랑 흔들었다.

"믿어요. 스승님이시잖아요. 이베리아에 제일 가는 의사를 믿지 않으면 누구를 믿어요."

그녀의 말에, 디오는 희미하게 웃었다. 두 사람은 저택으로 들어갔다. 니나는 작게 심호흡을 했다.

열어 둔 창문 사이로 불어온 바람은 여전히 기분 좋았다.

조금, 아니 많이 행복했다.

리카르도는 벌떡 자리에서 일어났다. 그는 정신없이 숨을 헐떡였다. 그저 꿈을 꿨을 뿐인데 달리기를 한 거처럼 숨이 가빴다.

한참이 지나서야 자신의 본 것이 꿈이란 걸 깨달았다. 그만큼 정신이 없었다.

'욕이 나올 정도로 생생하군.'

그는 서둘러 주위를 둘러보았다. 다행스럽게도 자신의 토끼는 옆자리에서 색색 자고 있었다.

정말 현실이 아니었다. 단순한 꿈이었다.

리카르도는 미간을 찌푸렸다. 무슨 저주라도 걸린 걸까. 한 번도 아니고 두 번이나 이런 꿈을 꿔 버렸다.

그는 작게 속삭였다.

"꿈에서라도 싫다. 토끼야."

뭐? 추적을 안 해? 자신이?

그럴 리 없었다. 만약 토끼가 디오랑 손 붙잡고 도망갔으면 세상 끝까지 추적했을 것이다. 어디 있는지, 찾아서, 그래서……

그는 조용히 옆자리에 있는 니나를 내려다보았다.

'옆에 두었겠지.'

백금발을 흐트러트리며 색색 자는 토끼는 사랑스럽기 그지 없었다. 어느 하나 귀엽지 않은 곳이 없었다. 목덜미도, 어깨도, 움푹 들어간 발목도 그들에게는 단 하나도 줄 수 없었다.

반쯤 벗겨진 얇은 옷이 눈부셨다.

그는 깊게 한숨을 내쉬었다. 참으로 한심했다.

그때였다. 토끼가 작게 웅얼거렸다.

"왜 또 일어났어요?"

리카르도는 니나의 볼을 살짝 쓸면서 대답했다.

"더 자도 된다. 아직 새벽이다."

"옆에 커다란 게 숨을 푹푹 내쉬는데 어떻게 다시 자요."

취급 한번 굉장했다. 리카르도는 불만스러운 눈으로 사랑스러운 토끼를 바라보았다. 니나는 눈을 비비며 웅얼거렸다.

"또 악몽이에요?"

왕은 이번에는 대답하지 않았다.

'안 믿더니…….'

뭐라고 했더라. 섬세하지 않다고 했던가.

리카르도는 고개를 저었다. 덕분에 길게 늘어트린 긴 검은 머리카락이 시트 위로 흩어졌다.

"왜 당신답지 않게 악몽을 계속 꾸고 그래요."

"짐도 모르겠다."

"무슨 꿈인데요?"

리카르도는 한숨을 쉬며 토끼에게 팔베개를 해 줬다. 작고 사랑스러운 토끼는 곧 자신의 팔에 얼굴을 비볐다.

왕은 꽉 껴안고 싶다는 충동을 애써 눌렀다. 토끼는 갑갑한 것을 싫어했다.

"네가 다른 남자랑 있는 꿈이다."

니나의 붉은 눈이 동그래졌다.

"괜히 악몽이 아니다."

그녀는 커다란 눈을 한두 번 깜박이다, 곧 입을 가리고 웃었다. 리카르도는 천장을 보며 한숨을 쉬었다. 한심하기 그지없었다.

토끼는 얼마나 웃었는지 눈물을 훔쳤다.

"생각지도 못한 면이 인간적이시네요."

도대체 자신을 어떻게 보는 걸까. 리카르도는 한번 물어볼까 하다 조용히 입을 다물었다. 저번처럼 충격 속에서 헤매고 싶지 않았다.

"토끼. 짐은 네 생각보다 더……."

"더?"

"약하고 여리다."

니나는 도저히 참을 수 없었다. 이번에는 입도 가리지 않고 대놓고 웃었다. 개그도 이런 개그가 없었다.

"폐하. 성공하셨어요."

"개그가?"

토끼는 침대에서 한 바퀴 뒹굴다 다시 제자리로 돌아와서 고개를 끄덕였다.

참담한 심정이었다.

'개그 아니다.'

진짜야. 좀 믿어라.

왠지 외롭고 쓸쓸했다. 리카르도는 한숨을 푹푹 내쉬며 토끼의 뺨을 쓸었다. 익숙한 체온이 손끝에 닿았다.

꿈은, 그저 꿈일 뿐이었다.

'이건 내 거야.'

아무에게도 줄 수 없었다. 꿈에서라도 싫었다.

그때였다. 토끼가 엉금엉금 기어서 자신의 위로 올라왔다. 리카르도는 익숙하게 토끼의 몸을 받쳤다. 니나는 잠에 취한 얼

478

굴로 배시시 웃으며 말했다.

"폐하가 누를 때는 답답한데요, 제가 올라오니까 좋네요."

토끼는 턱을 괴고 친애하는 폐하를 내려다보았다.

"토끼?"

"바보."

이건 또 무슨 말일까.

"바보. 진짜 바보."

토끼는 까르륵 웃으며 결국 그 말을 했다.

"제가 다른 남자에게 가는 게 그렇게 싫으면요, 앞으로 잘해요."

리카르도는 쓰게 웃으며 고개를 끄덕였다. 니나는 그의 귓가에 작게 속삭였다.

"지금 제가 이렇게 옆에 있잖아요. 뭐가 그렇게 불안해요?"

왕의 마음에 다시 폭탄을 던진 백금색 토끼는 다시 눈을 감았다. 리카르도는 눈을 깜박였다.

이걸 뭐라고 하면 좋을까.

마음에 황금빛 햇살이 내리 쬐는 거 같았다. 뭔가가 벅차올랐다. 리카르도는 이 감정의 정체를 알았다.

"기쁘다?"

순간 어이없는 웃음이 나왔다. 정말인지 토끼는 자신을 지옥 끝에서 천국까지 자유자재로 밀었다가 다시 당겼다.

그는 자신의 몸 위에서 자는 토끼를 조금 끌어당겨서 편히 기대게 했다. 토끼는 맨살 위에서 뒤척이다 곧 잠들었다.

왕은 눈을 감았다. 다행히도 이번에는 꿈을 꿀 것 같지 않았다.

대공과 시녀

"화려하다."

남쪽의 꽃들은 하나같이 강렬한 색을 뽐냈다. 더운 지방이어서 그런 걸까. 니나는 방금 물을 줘서 촉촉해진 꽃잎을 손가락으로 튕겼다. 차가운 물방울이 손톱을 타고 흘러내렸다.

꽃들은 물을 기다렸다는 듯 물을 한껏 머금었다.

"예뻐."

짙은 향기가 물씬 느껴지는 곳에서 그녀는 마음껏 숨을 들이켰다.

이걸 어떻게 표현하면 좋을까.

햇살과 꽃, 흘러넘치는 물방울.

아름답다? 황홀하다?

뭔지 모르지만, 너무 좋았다.

니나는 눈을 감고, 순간을 즐겼다. 온실은 숨이 막힐 듯이 더웠지만, 이 순간만큼은 천국처럼 느껴졌다.

'이대로 죽어도 좋을 만큼 예뻐.'

색이 넘쳐흐르는 화원에서 마음껏 거닐었다. 숨쉬는 순간순간이 환한 빛으로 넘실거렸다.

'만약 죽는다면 이런 곳이었으면 좋겠어.'

니나는 어깨를 으쓱하며 고개를 저었다. 왜 이런 생각을 한 걸까.

'재수 없게 죽는 걸 왜 생각해.'

아직 살아갈 날들이 창창한데 말이야.

불길하게시리.

그녀가 약간 상한 이파리를 신경 쓰며 무심코 한 발짝 내디딜 때였다. 튀어나온 뿌리에 걸려 넘어졌다.

툭-.

"에구구……."

쓸데없는 생각을 한 대가인 걸까, 이거.

신음이 저절로 나왔다. 니나는 바로 자신의 몸을 확인했다. 엉덩이에 통증이 제일 먼저 느껴졌다. 하지만 손도 괜찮고, 발목도 잘 움직였다. 크게 다친 거 같지는 않았다.

다 괜찮았다.

'옷만 빼고…….'

막 물을 줬기 때문에 밑은 진흙투성이였다. 니나는 자신의 옷을 보고 울상을 지었다. 여름 원피스에 죄다 진흙이 물들어 버렸다.

'이거 하녀한테 건네주면…….'

가뜩이나 바늘방석인데, 송곳방석으로 변하겠지. 왜 일을 늘리냐며 한소리할지도 몰라. 아주 눈초리가 장난 아니던데, 어쩌지.

'뭐, 심정이야 이해하지만……'

갑자기 굴러 들어온 돌 때문에, 대공이 곤란해졌으니 당연하겠지.

'그냥 내가 세탁할까.'

시간이 되려나. 연구할 게 은근히 많던데……

'책 보면서 발로 밟을까.'

니나는 이런저런 생각을 하면서 일어나려고 발목에 힘을 줬다. 하지만 이미 질퍽한 곳에 있어서인지, 다시 균형을 잃었다.

"으악!"

이번에는 엉덩이가 아니었다. 무릎 쪽이 진흙에 제대로 잠겨 버렸다.

가지가지 한다, 진짜.

니나는 완전히 엉망이 된 원피스를 보며 중얼거렸다.

"뭐지, 오늘 무슨 날인가……"

이렇게 재수가 한없이 없을 수가 있나.

니나는 한숨을 폭 내쉬었다. 이 정도면 전신 진흙팩 수준이었다.

한탄 섞인 신음이 꽃 사이를 헤집었다.

"아니, 왜 균형을 잃고 그래."

땅을 짚고 있던 손이 파르르 떨렸다. 순간, 쓴웃음이 올라왔다. 또였다.

'몸이 이상해.'

이렇게 따듯한 곳에 왔는데도, 가끔 기다렸다는 듯 떨렸다. 성에서는 감기인가 싶었지만, 이쯤 되면 체질 같았다.

니나는 아예 땅에 주저앉았다. 사실 지금도 기운이 나질 않았다. 아까처럼 억지로 일어서려고 하면, 또 힘이 빠질 것 같았다.

바람이 불지 않은 온실에서 니나가 중얼거렸다.

"그래도 성에 있을 때는 기운이 빠지진 않았는데……."

뭔가 더 심해지는 걸까. 그것도 안 좋은 쪽으로 말이다.

한숨이 저절로 나왔다. 니나는 고개를 저으며 생각을 털어냈다. 고민해 봤자 답이 나올 거 같지 않았다.

"그냥 빨래만 생각하자."

이대로 옷을 내놓으면 하녀들이 사정없이 흘겨보겠지.

'눈초리가 곱지 않을 뿐이지 딱히 나쁜 짓은 안 해.'

그냥 눈 딱 감고 건네줄까.

'그래도 이제 평생 얼굴 볼 사람들인데, 그건 아닌가.'

나름 살갑게 대했는데도 반응이 차갑기 그지없었다.

'성에서 느꼈던 텃세를 이곳에서 다시 느낄 줄이야……'

입안이 씁쓸했다. 당연하다고 생각했지만, 몸이 아파서일까. 마음마저 약해진 것 같았다.

'생각하지 말자.'

생각한다고 해결될 일이 아니잖아.

니나는 고개를 저으며 생각을 털어냈다. 아무리 봐도 고민하는 게 손해였다. 이렇게 예쁜 곳에서 편하게 살고 있는데 이건 아니지.

그녀는 꽃을 담뿍 피운 나무들을 바라보았다. 눈부시게 아름다워서, 억지로 지은 미소가 진심이 되었다.

그때였다. 낮은 목소리가 들렸다.

"그렇게 꽃이 좋아요?"

니나는 고개를 숙이고 조금 웃었다. 자박거리며 다가오는 발걸음은 고양이처럼 가벼워 보이는 게, 참 알렉다웠다.

"바닥에 앉아서 구경할 정도로?"

눈부신 금발이 햇살에 부서졌다. 해사한 얼굴에 머금은 미소가 반짝거려서, 마치 색색으로 빛나는 보석 같았다.

"니나, 대답해 주세요. 그래요?"

금발의 대공은 여전히 동화 속 왕자님처럼 아름다웠다. 니나는 고개를 저으며 말했다.

"넘어졌어요."

니나는 손을 내밀었다. 당연히 부축해 줄 거라 생각했다.

알렉은 진흙투성이 그녀의 손을 물끄러미 바라보았다.

"부축 안 해 주세요?"

왜 쳐다만 보는 걸까.

대공은 고개를 끄덕였다. 나풀거리는 금발을 보며 니나는 눈을 동그랗게 떴다.

"정말 안 해 주실 거예요?"

진짜?

니나는 시선을 밑으로 내려 자신의 옷차림을 바라보았다.

순간, 손을 내민 자신이 부끄러워졌다. 앞뒤로 잔뜩 묻은 황톳빛 때문에, 이건 마치 진흙에서 태어난 다른 생물체 같았다.

'나 좀 봐.'

알렉이 너무 햇살처럼 받아 주니까, 아무렇지도 않게 익숙해졌잖아.

니나는 자리에서 스스로 일어나려고 했다. 하지만 이미 내려 버린 손에 온기가 느껴졌다.

'아…….'

단단한 남자의 손이 깍지를 껴 왔다. 알렉은 생긋 웃으면서 니나의 옆에 주저앉았다.

"알렉!"

아니, 옷 버리게 왜 이래요!

니나가 한껏 만류했지만, 알렉은 스스럼없이 그녀의 옆에 앉았다.

알렉은 깍지를 낀 손을 살짝 흔들었다.

"같이 점심 먹으려고 기다렸는데 아무리 기다려도 안 와서 와 봤더니……."

니나는 웃음을 참을 수 없었다. 살짝 토라진 듯한 말투가 상큼하기 그지없었다.

"꽃 보다가 넘어진 거죠? 넋 놓고 볼 정도로 꽃이 예뻐요?"

니나는 조금 웃었다. 꽃다발 같은 남자가 옆에 있어서일까. 온실에서 피어난 꽃은 아름다웠지만, 정신이 팔릴 정도는 아니었다.

'제가 넋 놓고 보는 건 꽃다발 같은 당신이에요.'

그렇게 말하면 알렉은 어떤 대답을 할까.

"그럼, 왜 넘어진 거예요?"

단단한 어깨가 그녀의 몸을 감쌌다.

"글쎄요. 알아맞혀 보세요."

"니나, 저 수수께끼 강한데요. 저 첩자 노릇 하면서 눈치 정말 빨라졌어요."

"와, 기대되네요. 좋아요. 그럼 맞혀 보세요."

니나는 그의 어깨에 자연스럽게 기댔다. 기운이 없어서일까. 든든한 받침대가 참 기분 좋게 느껴졌다.

"음, 니나. 상품 있나요?"

"네, 있어요. 맞추면 알렉이 원하는 건 뭐든지 해 드리죠."

갑자기 흔들었던 손이 멈췄다. 마음껏 기댄 남자가 좀 이상한 거 같아서, 니나는 시선을 그에게 옮겼다.

'어라.'

알렉은 잔뜩 붉어진 얼굴로 어쩔 줄 몰라 했다.

'왜? 아……'

니나는 자신이 한 말을 되짚었다. 순간, 자신의 얼굴도 발갛게 달아올랐다.

'그, 그게 그렇게 되나?'

니나의 머릿속에 온갖 생각이 맴돌았다.

저기, 알렉. 당신이 원하는 게 그렇고 그런 건가요? 음, 알렉은 어느 정도를 원하는 건가요? 난 이왕 하자면 화끈하게 진도를 뺍시다 주의인데……. 알렉은 뭐랄까 스킨십부터 천천히 가는 느낌이라서 오히려 내가 기다리고 있는…….

니나는 화끈거림 속에서도 조심스레 알렉을 아래위로 훑었다. 금발의 초록색 눈이 예쁜 대공은 정말 머리끝부터 발끝까지 진흙이 묻어도 반짝반짝 예뻤다.

그래서일까.

'그냥 내가 확 해 버려?'

이런 생각이 절로 들었다.

'그, 그래도 상대방 의사는 생각해야겠지?'

니나는 침을 꿀꺽 삼키며, 다시 알렉을 바라보았다. 좋겠지? 좋을 거야. 좋아야만 해.

이런 니나의 생각을 아는지 모르는지 요정보다 예쁜 왕자님, 아니 대공님은 여전히 시선을 마주치지 못했다.

'지금이다. 니나, 아니 이화윤.'

저 순진해 보이는 왕자님과 진도를 나가는 거야! 하얀 도화지를 내가 마구마구 물들여 버리자!

막 니나가 다른 손을 들 때였다. 알렉은 그녀의 귓가에 작게 속삭였다.

"시선이 달라진 것만으로도 꽃이 다르게 보여요."

순간 니나는 몸을 움찔했다.

아니, 이건 무슨 말인가요?

"예쁘네요."

뭐예요. 꽃? 그야 당연히 예쁘겠죠.

니나는 순간 고개를 푹 숙였다. 왠지 혼자 타오르다가 방전된 기분이었다.

'저긴 자연을 찬양하고 있는데, 나는 욕망에 사로잡혀 있었네.'

하하하. 아하하. 뭐야, 나. 떡 줄 사람은 생각도 않는데 제가 김칫국을 퍼먹었네요.

"니나, 보세요."

알렉은 예쁘게 웃으며 손가락으로 꽃들을 가리켰다. 니나는 조용히 치밀어 오르는 감정을 삼켰다.

왠지 눈물이 날 것 같았다.

그러십니까. 아름다우십니까. 저는 지금 꽃은 꽃이요, 욕망은 욕망인 심정인데요. 대공이여. 이런 제 마음을 아십니까.

니나는 시린 눈물을 삼키며 알렉이 가리킨 곳으로 시선을 돌렸다. 그 순간, 조금 놀라 버렸다.

알렉의 말이 맞았다. 내려다볼 때와 아래에서 볼 때는 굉장히 달랐다.

"꽃들이 하늘에서 내려오는 것 같아요."

알렉은 멀어서 닿지 않는 꽃에 손을 뻗었다.

"옛날 생각이 나요. 니나. 그때도 이랬어요."

"그때라니요?"

알렉은 생긋 웃으며 속삭였다.

"변경에 가던 길목에서 그리핀을 탄 기사가 마른 꽃잎을 뿌렸어요. 하늘에서 떨어지는 꽃잎들은 아름답다는 말로도 부족했어요."

알렉은 니나의 백금발에 입을 맞췄다. 입술에 보들보들한 감촉이 느껴졌다.

낮은 목소리가 귓가에 울렸다.

"그때 결심했어요."

그는 작게 속삭였다.

"만약 나에게 그녀를 행복하게 해 줄 힘이 생긴다면……."

알렉의 초록색 눈이 예쁘게 반짝였다.

"모든 것을 걸고, 최선을 다해서 노력하겠다고 말이에요."

대공은 과거를 떠올렸다.

돌이켜보면 참 풋내 나는 첫사랑이었다. 자신은 세상 물정 몰랐던 순진하고 어리석은 왕족이었다. 자신의 상황도, 미래도 아무것도 모르면서 어떻게 땅을 디뎠던 걸까.

"니나."

알렉은 소중한 이름을 말했다. 변경에 가서도, 첩자를 하면서도 수없이 되뇌었던 이름이었다.

"조금은 행복해요?"

알렉은 항상 걱정이었다. 그의 질문에, 니나는 고개를 저었다.

"조금이라니요."

이 왕자님은 왜 이렇게 자신이 없는 걸까.

"행복해 죽을 것 같은데요."

니나는 그의 어깨에 살짝 얼굴을 비볐다. 악몽 같았던 순간들이 스쳐 지나갔다. 아슬아슬하게 버티던 것은 무너졌고, 모든 것이 절망에 빠져 있었을 그때.

알렉은 깍지를 낀 손을 바라보았다. 이렇게 자신이 잡았고, 놓치지 않았다.

"니나의 손을 잡고 이곳으로 온 게 저에게는 기적 같아요."

부디, 당신에게도 위안과 행복이기를.

"소중한 니나에게 해 줄 것이 이것밖에 없다는 게 아쉽네요."

그녀의 손을 잡고, 자신의 영지로 왔다. 물론 추격이 없던 건 아니었다. 거대한 산처럼 단단하고 매서운 형님을 피해서 이곳에 도착했다.

'각오했었어.'

형님이 무슨 짓을 벌일지 몰랐다. 하지만 그의 마음과는 다르게, 막상 영지에 도착하자 추격은 끊어졌다.

'내버려두고 있어.'

혹시나 다른 의도가 있을까 싶어서 직접 첩자를 보냈지만 폐하는 조용하기만 했다.

'그럴 리가 없을 텐데…….'

형님이 니나를 어떻게 생각하는지, 다른 이는 몰라도 자신은 알았다. 이베리아의 모든 것을 손에 쥔 남자가 왜 미동도 하지 않는 걸까.

경우의 수를 손으로 세어 보아도, 상황은 쭉 이대로였다.

'뺏기지 않아.'

이제 절대 그녀를 내어 줄 수 없었다.

알렉은 그녀의 손등에 살짝 입맞췄다.

"니나. 정말 제 옆에서 행복한가요?"

상황이 좋지 않았다. 이런 조마조마함 속에서 그녀가 안정을 얻는지는 항상 의문이었다.

"왜 자꾸 그런 걸 물어요."

니나는 알렉을 바라보았다. 금발의 초록색 눈이 아름다운 대공은, 늘 화사한 꽃 같았다.

"제가 당신의 손을 잡았어요."

절망에 빠져서 어찌할 줄 몰랐을 때, 마법처럼 해사한 왕자님이 나타났다. 요정처럼 예쁜 알렉은 첩자용 와이어를 허리에 두른 채, 갇혀 있던 시녀를 안고 그 성에서 나왔다.

'지금 생각하면 조금 재미있었어.'

가발을 쓰고, 난생처음 보는 옷을 입었다. 알렉은 그때 아무렇지도 않게 여성용 드레스를 입었다.

'잘 어울렸었지?'

금발이었던 탓일까. 이베리아 어디를 가도 자매로 봤다. 덕분에 한방을 쓰는 사태도 일어났지만, 지금 생각하면 다 해프닝으로 느껴졌다.

그렇게 이 영지에 도착했다.

'솔직히 조금 놀랐어.'

알렉이 시골이라고 말한 영지는, 남쪽 끝이었다. 해변과 맞닿아 있는 대지는 확실히 자신이 알던 이베리아와는 달랐다.

"전 이곳이 좋아요, 알렉."

바다 냄새가 나는 바람도, 화려한 꽃들도 회색 성에서는 볼 수 없던 곳이었다.

'뭐, 텃세는 조금 있지만.'

알렉은 사랑받는 영주님이었다.

첩자 생활 때문에 자리를 비웠던 이지만, 굉장한 칭송을 받았다. 이유를 물어보니 대공님은 자신의 외모가 예뻐서라고 대답했다.

'거짓말일 줄 알았는데…….'

완벽한 거짓말이 아니란 게 조금 재미있었다.

막 변경 생활을 끝내고 영지에 도착한 대공은, 이곳 영지민들의 생활을 풍족하게 만들기 위해 여러 가지를 했다고 들었다. 충성스럽고 신뢰가 가는 사람을 등용하고, 항구를 손보았다. 그리고 이 지역 특산물인 코코아의 재배를 크게 늘렸다.

'덕분에 영지는 풍족해.'

가뭄에 대비하고, 저수지를 만들었다. 해수 담수를 위해 노력하기도 했다. 이런 영주님을 누가 싫어할까.

"다행이네요. 니나. 영지를 꾸린 보람이 있어요."

알렉은 아무렇지도 않게 말했지만, 모든 것이 치열했을 거란 걸 니나는 알았다.

"처음 왔을 때는 아무것도 없어서 싫기만 했어요. 막막해서 현실을 부정했죠. 하지만 두 번째 왔을 때는 가능성을 봤죠. 아마, 그건…….."

알렉은 다시 그녀의 손등에 입맞췄다.

"니나로 인해 제가 변했기 때문이겠죠."

먹을 것도 입을 것도 다 힘겨운 변경 생활을 끝내니, 영지의 삶은 천국이나 다름없었다.

"왕자 시절 배웠던 게 쓸모 있을지는 저도 해 보고 알았어요."

억지로 쑤셔넣었던 지식을 여기 와서 제대로 써먹었다.

"운이 좋았어요. 이 작은 영지에 괜찮은 사람이 많았거든요."

쓸 수 있는 인력도 은근히 풍족했다. 알렉은 그렇게 시골 영지를 조금씩 변화시켰다.

니나는 살짝 고개를 저었다.

"괜찮은 사람을 알렉이 잘 알아본 거 같은데요."

"이런."

알렉은 햇살처럼 웃었다.

"들켰네요. 니나 앞에서 겸손한 척하고 싶었는데 말이죠. 니나 말이 맞아요. 제가 좀 보는 눈이 좋잖아요."

두 사람은 서로를 보고 미소 지었다. 환하고 부드러운 시간 속에서, 니나는 알렉의 잡은 손을 바라보았다.

쭉 묻고 싶었던 것이 있었다.

"알렉이야말로 괜찮아요?"

그의 몸이 살짝 굳었다. 니나는 용기를 내어 속삭였다.

"정말 괜찮겠어요?"

추적은 끊겼지만, 폐하가 자신이 여기 있는 것을 모를 리 없었다. 무슨 이유인지 그대로 내버려두는 듯했지만, 금방이라도 수도에서 기사단이 올지도 모르는 일이었다.

'무엇보다 이베리아는 그리핀이 있으니까……'

이렇게 행복해도, 어느 날 눈을 뜨면 사라질지도 모르는 순간이었다. 니나는 그것이 제일 무섭고 불안했다.

'지금이라도, 어쩌면……'

이 예쁜 대공님을 떠나는 게 나을 수도 있었다.

"제발, 니나."

알렉은 간절히 애원했다.

"나쁜 생각은 하지 마세요."

"하지만 알렉, 폐하는 당신 형이에요."

"저는 당신을 뺏기지 않아요. 형이라도요."

알렉은 다른 쪽 손에 주먹을 꽉 쥐었다.

"형 옆에서 불행했잖아요, 니나."

니나는 쓰게 웃었다. 그의 옆에서 힘들었던 나날이 스쳤다가 사라졌다.

"이젠 과거니까요."

단지, 마음에 걸리는 건……

"저 때문에 알렉이 오들오들 떨면서 사는 게 너무 싫어요."

조금 더 당당하게 살아도 됐다. 그럴 자격이 있는 사람이었다. 이토록 훌륭하게 영지를 가꾸고 수익을 올렸는데, 굴러 들어온 자신 때문에 당당하지 못했다.

"누가 오들오들 떨고 있나요. 제가요?"

니나는 고개를 끄덕였지만, 알렉은 바로 머리를 저었다.

"니나, 저는 행복에 겨워서 부들부들 떨며 살고 있는데요."

알렉은 그녀의 손을 꽉 쥐었다. 그때 이파리 사이로 물방울이 흔들렸다. 투명한 물방울이 반짝이며 흘러내렸다.

"당신이 제 옆에 있어요. 니나."

자신의 모든 것을 변하게 한 그녀가 기적처럼 다가왔다.

"하루하루가 행복해 죽을 것 같아요."

니나는 진흙 묻은 원피스를 꽉 쥐었다. 조금 놀랐다.

'나랑 같은 마음이었구나.'

뭐야, 이거.

니나는 자기도 모르게 속삭였다.

"기적?"

"네?"

순간, 니나는 웃음을 참을 수 없었다. 마음껏 소리 내 웃으며 다시 반짝거리는 대공을 바라보았다.

"알렉. 마음과 마음이 통하는 건, 참 기적 같은 일이네요."

전생을 합쳐서 지금까지, 전혀 몰랐던 것이었다.

니나는 조용히 위를 바라보았다. 남극의 꽃들이 차양처럼 햇살을 가려줬다. 작은 그늘 안에서 지금 자신은 사랑하는 사람과 함께 있었다.

"저야말로 행복해서 몸이 떨려요."

알렉과 옆에 있었다.

'그걸로 됐어.'

왕이 무슨 짓을 할지 몰라서 불안했지만, 그보다 더 행복했다. 이 사람과 함께라면, 어떤 불행이 닥쳐도 행복하지 않을까.
그런 생각이 들었다.

이런저런 생각을 하며, 니나는 알렉에게 다시 시선을 돌렸
다. 화사한 금발에 초록색 눈을 가진 남자는 갑자기 대답하지
않았다.

'어라?'

알렉은 얼굴을 빨개진 채, 어쩔 줄 몰랐다.

'왜?'

설마, 고백 때문에?

니나는 도저히 웃음을 참을 수 없었다. 정말 이 대공님은 순
진한 게 매력이었다.

'하지만 영원히 순수할 수는 없지.'

자신이 마음껏 그 하얀 도화지에 점을 찍을 생각이었다.

이런 니나의 마음을 아는지 모르는지, 반짝거리는 보석은
수줍게 고개를 숙였다.

"기, 기쁘네요."

대공은 그녀를 바라보질 못했다.

"저와 같은 마음이라니. 아, 정말……."

그는 고개를 푹 숙였다.

"니나한테는 항상 믿음직한 모습만 보이고 싶은데, 왜 이럴
까요."

귀여워라. 귀여워서 죽을 것 같아.

'세상에. 어떻게 이런 생물이 있지.'

그녀는 고개를 돌렸다. 건드리고 껴안고 싶었다. 이게 흑심일까, 애정일까. 도무지 갈피를 내릴 수 없었다.

"저, 저 니나……."

대공이 작게 속삭였다.

"넘어진 이유가 뭔가요?"

"수수께끼니까, 알렉이 맞춰야죠."

"상품은 아까와 똑같죠?"

니나는 고개를 끄덕였다. 알렉은 얼굴을 들지 못했다. 숙인 고개 사이로 하늘거리는 금발이 흩어졌다.

니나는 주먹을 불끈 쥐었다.

'그거 아나요, 알렉?'

그녀는 숨을 길게 내쉬었다.

'당신이 말한 답이 틀리더라도 말이에요. 저는 맞다고 할 거예요.'

왜냐하면, 알렉이 나에게 원하는 게 뭔지 알고 싶으니까요.

"뭐, 뭘까요."

해사한 청년은 대답하질 못했다. 니나는 눈을 깜박이며 그 모습을 바라보았다. 정말 후끈 달아올랐다. 아니, 이 총각은 왜 우물쭈물한 것조차 귀여울까.

"그러게요. 알렉. 뭘까요."

"꼬, 꽃이 예뻐서?"

니나는 어깨를 으쓱했다. 사실 이제 자신이 왜 넘어졌는지 기억도 나지 않았다. 그 정도로 별거 아닌 일이었다.

'하지만 이건 별거 아닌 게 아니지.'

아주 큰일이야.

웃음이 저절로 나왔다.

"정답이네요, 알렉."

니나는 다시 알렉의 몸에 기댔다.

"맞혔어요."

"그, 그런가요?"

"꽃이 너무 예뻤거든요."

물론 그중에 제일 예쁜 건, 지금 제가 기대고 있는 꽃이지만요.

"그럼, 니나."

알렉이 작게 속삭였다.

"제가 원하는 거 뭐든지 들어주실 건가요?"

니나는 바로 고개를 끄덕였다.

"기꺼이 들어줄게요, 알렉."

손을 잡은 힘이 풀어졌다. 알렉은 꼭 잡은 리나의 손을 놓고
는 단단하지만 부드러운 손길로 어깨를 잡았다. 니나는 살짝 고
개를 들었다가, 다가오는 그를 바라보았다.

초록색 눈동자가 가까워졌다. 호흡이 느껴졌다. 곧 입술이
닿았다.

숨결이 섞이고, 체온이 이어졌다. 니나는 조용히 눈을 감았
다. 그와 연결된 건 입술뿐인데, 이상하게 온몸이 이어진 기분
이었다.

어디선가 꽃향기가 났다. 숨이 흐트러질 정도로 짙은 향기

였다.

입술이 살며시 멀어졌다. 알렉은 붉어진 얼굴로 속삭였다.

"제가 원하는 건, 니나뿐이에요."

알렉은 눈을 마주치지 못했다.

"니나. 제가 당신을……."

목소리는 점점 작아졌다.

"만져도 될까요."

아아, 정말인지. 이 사람은…….

니나는 숨을 들이켰다. 알렉은 정말, 왜 이렇게 사랑스러운 걸까.

그녀는 알렉 귓가에 속삭였다.

"만져도 돼요."

닿은 피부 사이로 느껴졌다. 알렉은 순간 몸을 떨었다.

"온몸, 구석구석 다요."

그는 어쩔 줄 몰랐다. 정말 이 남자를 어떡하면 좋을까.

"알렉이 원하면 어디든 만지세요."

니나는 생글생글 웃으며 알렉을 바라보았다. 꽃처럼 예쁜 대공님은 새빨개진 얼굴로 눈을 마주치지 못했다.

'이걸 어떻게 표현하면 좋을까.'

햇살과 미청년, 흘러넘치는 감정. 아름답다? 황홀하다?

그녀는 살짝 고개를 저었다. 아니, 그걸로 부족했다. 하지만 이제 답을 알았다.

"사랑해요, 알렉."

어쩔 줄 모르던 몸이 멈췄다. 니나는 다시 한번 말했다.

"사랑해요."

이번에는 알렉도 물러서지 않았다.

"저, 저도요! 니나!"

대공은 급히 외쳤다.

"예전에도, 지금도, 앞으로도 계속! 당신을 사랑해요."

순간, 작게 웃음이 나왔다.

"영원이란 얘기네요."

"네! 영원히! 그거 맞아요. 저, 알렉시온 셀렉 이베리아, 영원히 당신을 사랑합니다."

달콤하기 그지없었다. 니나는 더는 참을 수 없었다. 그래서 옆에 있는 남자를 품에 안아 버렸다.

'예뻐서 죽을 것 같아.'

어쩌면 이렇게 사랑스러운 남자가 다 있을까. 이건, 사람이 아니야. 커다란 꽃일 거야. 아니, 세상에서 제일 귀여운 것일지도 몰라.

꽃향기가 났다. 니나는 얼굴을 비비며 체향을 한껏 들이켰다. 이건 행복하단 말로도 부족했다. 머리가 저릿저릿할 정도로 좋아서 죽을 거 같았다.

알렉이 그녀의 등에 팔을 두르며 말했다.

"저, 니나."

"네. 알렉."

"하녀들에게 제가 한마디할까요?"

아, 알고 있었구나. 니나는 작게 숨을 내쉬었다.

"알렉을 위해서 그러는 거예요. 솔직히 저도 그녀들의 심정은 이해하고도 남아요."

이렇게 소중한 대공님이, 수도에서 온 이상한 시녀랑 사랑에 빠진 건 탐탁지 않겠지.

"딱히 위해를 가한 것도 없고요."

"하지만 니나, 당신은 제게 가장 소중한 사람이에요."

니나는 고개를 들어 그를 바라보았다. 초록색 보석이 반짝였다.

미모의 힘일까. 순간, 좋은 생각이 떠올랐다.

"저기요. 알렉. 있잖아요."

"네, 니나."

"우리, 엉망이에요."

니나의 말에 알렉은 급히 자신을 돌아보았다. 그러고 보면, 확실히 진흙이 묻은 채였다.

"진흙투성이네요."

순간 알렉의 얼굴은 다시 달아올랐다. 이런 모습으로 그녀에게 입맞춤한 건가!

"죄, 죄송합니다."

니나는 붉은 눈을 깜박였다.

"뭐가요?"

"이, 이런 꼴로 제가……."

니나는 고개를 저었다. 신경 쓰지 않았다. 아니, 신경 쓸 새도 없었다.

"아니요. 제가 이 말을 한 이유는요. 그게 아니에요."

그녀는 알렉의 진흙투성이 옷을 살피며 말했다.

"우리 씻어야 할 것 같아요."

"그, 그렇죠."

때가 왔다. 니나는 알렉의 옷자락을 잡고, 숨겨 왔던 자신의 마음을 살짝 드러냈다.

"같이 씻어요."

닿아 있던 남자가 순간 움찔했다. 귀엽기는. 니나는 조용히 심호흡했다.

'그래, 지금이야.'

제대로 당기자. 이화윤.

알렉은 고개를 푹 숙였지만, 싫은 기색은 아니었다. 니나는 보채듯이 그에게 속삭였다.

"싫어요?"

알렉은 말을 하지 못했다.

"싫으면, 안 해도 괜찮아요."

그때였다. 해사한 청년은 붉어진 얼굴로 고개를 번쩍 들었다.

"싫을 리가요. 그럴 리 있습니까, 니나!"

알렉은 자리에서 벌떡 일어나, 니나에게 손을 내밀었다. 그녀는 배시시 웃으며 순순히 부축을 받았다.

이 사람은 알까.

'하녀들한테 이게 제일 좋은 방법이란 걸.'

찐한 러브씬으로 보답하면, 그들 쪽에서 굽힐 수밖에 없겠지. 여태 눈칫밥 먹은 건, 우리 둘의 관계가 뜨뜻미지근한 탓도 있었다.

진흙 묻은 것을 점검하며 몇 걸음 갈 때였다. 해사한 청년은 갑자기 획 돌아서서 니나의 몸을 번쩍 들어올렸다.

"아, 알렉?"

"급해졌어요."

뭐, 뭐가?

알렉은 니나를 들자마자 날듯이 뛰어갔다. 흔들리는 시야 사이로, 니나는 웃음을 애써 참았다. 뭘까, 이건…….

'나만 참은 게 아니었구나.'

알렉도 기대했구나.

니나는 편하게 알렉에게 기댄 채, 눈을 감았다. 그의 숨소리가 기분 좋았다.

어디선가 꽃향기가 났다. 그 꽃은 너무나 예뻐서, 평생을 함께하고 싶었다.

숨이 거칠었다.

리카르도는 침대에서 벌떡 일어났다. 가쁜 숨을 열심히 토해 내도 꿈인지 생시인지 영 알 수 없었다. 왕은 탁자를 더듬어서 겨우 물을 목 뒤로 넘겼다. 잔에 든 물은 바닥을 보였지만,

그래도 거친 숨은 가라앉지 않았다.

'지금, 뭐였지?'

남쪽 지방 꽃이 즐비한 온실과 그 안에 금발 연인이 떠오르는 순간 리카르도의 숨이 다시 헐떡였다.

그러니까, 화가 났다.

"미치겠군."

화가 나서 미칠 것 같은 꿈이었다. 도대체 이 악몽은 뭘까. 꿈속에서는 자신의 의도를 하나도 관철할 수 없었다. 오로지 볼 수밖에 없어서 더 끔찍했다.

"같이 씻는다고?"

그 뒤에 상황은 안 봐도 뻔했다.

리카르도는 이마를 짚고, 다시 숨을 내쉬었다. 내 토끼와 알렉이? 생각한 순간 피가 거꾸로 솟는 거 같았다. 정말인지 뭐든 부수고 싶었다.

"꿈이다. 그건 꿈이야."

악몽이다. 무의식이 만들어 낸 시답지 않은 꿈이야.

아무리 되뇌어도, 심장이 두근거렸다. 리카르도는 자신의 감정을 가라앉힐 것을 찾았다. 다행히 그것은 바로 옆자리에서 색색 잠든 채였다.

"니나."

자신의 토끼는 귀엽게도 아직 꿈나라에 있었다. 그녀를 본 순간 리카르도의 평정심은 신속하게 돌아왔다. 그는 진정한 채, 자신의 왕비를 바라보았다.

하얀 잠옷을 입고 잠든 그녀는 어디를 봐도 예뻤다.

"니나 케이지."

내 아내.

갑작스럽게 충만함이 가득 찼다. 리카르도의 숨소리는 어느덧 편안해졌다.

"내 토끼."

그는 조용히 팔을 뻗어, 그녀를 안았다. 피부에 닿는 체온은 여전히 청량했다.

리카르도는 몇 번이나 했던 생각을 다시 했다.

'짐이 니나를 뺏긴다고?'

그들한테?

'게다가 한결같이 가만있어?'

그것이 가능한가?

돌아 버리지 않고서야 불가능했다. 이베리아를 샅샅이 뒤져서라도 그녀를 찾았을 것이다. 꿈은 역시 꿈이었다. 만약 자신이 그 상황이라면, 니나와 알렉은 그런 달콤한 시간을 보낼 새도 없을 것이다.

'당장 군사를 이끌고 쳐들어갔을 거야.'

그것도 그리핀을 타고 말이다. 아무리 알렉이 대비를 잘해 놓는다 해도, 이베리아 안에서 그리핀 기사단을 이길 병력이 있던가.

품안에서 니나가 살짝 움직였다. 리카르도는 고개를 저었다. 당치도 않은 가정이었다. 정말인지 쓸데없는 생각이었다.

그는 팔에 힘을 줘서, 니나를 더욱 단단히 안았다. 청량함이 느껴질수록 애가 탔다.

사랑스러운 이 존재는 모를 것이다. 이렇게 닿아 있어도 한없이 부족했다. 이 토끼는 항상 사람을 갈구하게 만들었다.

그때였다. 토끼가 품속에서 바르작거렸다.

"폐하?"

웅얼거리는 것도 사랑스럽기 짝이 없었다.

"아직 새벽이다."

"폐하……."

토끼가 자신의 팔 안에서 귀엽게 속삭였다.

"놔요."

리카르도는 재빨리 팔에 힘을 풀었다.

"답답해요."

"미, 미안하다."

"미안한 일은 애초에 하지 않는 게 어떨까요. 폐하."

토끼는 매정하게 옆으로 돌아누웠다. 그녀의 뒷모습도 사랑스럽지만, 리카르도는 묵묵히 가슴에 손을 얹었다.

'꿈속에서는 그렇게 웃었으면서……'

깊은 한숨이 저절로 나왔다. 다 자신이 저지른 일 탓이어서 하소연할 수도 없었다.

순간, 웃음이 나왔다.

'하소연이라니……'

자신이 그런 걸 하는 이였나.

뭔가 이상해서 고개를 갸웃거릴 때였다. 토끼가 다시 방향을 돌렸다. 니나는 눈을 비비며 웅얼거렸다.

"또 무슨 일이에요."

리카르도는 그녀의 뺨을 쓸면서 속삭였다.

"별거 아니다."

"별게 아닌 게 아닌 거 같은데요. 이제 와서 정무가 힘들 리는 없고…… . 혹시 또 악몽이에요?"

자신의 토끼는 눈치도 빨랐다. 리카르도는 힘없이 고개를 끄덕였다.

"아이고! 그거 다 죄가 많아서 그래요, 죄가!"

토끼의 말은 매섭기 짝이 없었다. 죄인은 말이 없는 법이어서, 리카르도는 조용히 입을 다물었다.

"희한하네."

토끼는 잠기운을 몰아내고, 그와 시선을 맞췄다.

"아니, 왜 자꾸 악몽을 꿔요?"

"죄가 많아서 그런 거 같군."

"그새 삐지셨어요?"

"네 말이 맞다."

"삐졌네. 삐졌어."

니나는 고개를 저으며 팔에 힘을 주고 리카르도에게 다가갔다. 시녀일 때는 상상도 못 했지만, 지금은 알았다.

'은근히 소심해.'

그녀는 왕의 팔을 움직여서 자신의 머리를 받치게 했다. 삐진 주제에, 또 이런 건 빼지 않는다니까. 그런 점이 은근히 귀여웠다.

니나는 왕의 몸에 매미처럼 찰싹 붙었다. 리카르도는 다시 니나의 뺨을 쓸었다.

"무슨 꿈이에요?"

"네가 다른 남자랑 있는 꿈이다."

"또 그런 꿈을 꿨어요?"

"상대만 계속 바뀌더군."

와우. 장난 아니네.

'꿈에서지만 내가 잘못한 것 같은데, 미안하다고 할까?'

니나는 조금 고민했다.

'열 받을 거야. 입장 바꿔서 만약 내가 폐하와 성녀님이 바람 피우는 꿈을 꿨다면……'

갑자기 혈압이 치솟았다. 니나는 심호흡하며 순순히 인정했다.

"미안해요."

사과하자. 돈 드는 것도 아니니까.

"네가 사과할 일은 아니다."

"그래도요. 제가 잘못했어요. 폐하."

니나는 배시시 웃으며 그의 맨살에 얼굴을 비볐다. 그 모습을 보며 리카르도는 깊은 한숨을 내쉬었다.

정말 큰일이었다.

"갈피를 못 잡겠군."

"뭐가요?"

"매정하다 싶어도, 한순간 이리도 달콤하니. 짐은 토끼가 이럴 때마다 제정신을 유지하기 힘들다."

알아듣기 힘들었지만, 해석은 가능했다.

'나한테 빠져서 정신없다는 말인가?'

니나는 피식 웃었다. 뭐, 나쁘지 않았다. 오히려 제법 기분이 좋았다.

"꿈에서 제가 뭘 했어요?"

"상대방에게 같이 씻자고 하더군."

와. 장난 아니다.

"사과 한 번 더 할게요. 미안해요."

"토끼가 사과할 일은 아니다. 그저 짐이 심란할 뿐이다."

니나는 꼬물꼬물 움직여, 왕의 몸에 올라탔다. 리카르도는 능숙하게 그녀의 행동을 도왔다.

천 자락이 움직이는 소리가 제법 크게 들렸다. 니나는 그의 머리카락을 손에 감고, 입맞췄다.

"그걸 보고만 있었어요? 제가 아는 폐하시라면 가만히 있을 리 없는데요."

"꿈에서 짐은 무력하다."

니나는 그의 어깨를 안았다. 리카르도는 그녀의 어깨에 얼굴을 묻으며 속삭였다.

"아무것도 할 수가 없어."

"정말 악몽이네요."

"심란하다. 토끼야."

에구구. 이런.

니나는 왕의 가슴을 토닥였다. 근육질 상체의 탄탄한 감촉이 참 마음에 들었다.

"어디 묶여 있기라도 했어요? 왜 보고만 있어요."

"짐도 의문이다. 그곳에서도 짐은 분명히 존재함에도, 다른 이와 함께 있는 토끼에게 털끝 하나 건드리지 못하더군."

니나는 그의 가슴근육을 톡톡 건드렸다.

"이유가 뭘까요?"

"짐도 모르겠다."

"음, 평범하게 생각하면요. 악몽은 사람에게 가장 치명적인 약점을 보여 주잖아요. 그래서 그런 거 아닐까요?"

리카르도는 생각에 잠겼다가 고개를 저었다.

"치명적인 거라면, 더 가혹한 상황을 보여 줬겠지."

아니, 이건 또 무슨 말일까.

"아니, 악몽이라면서요."

"악몽이지만, 최악은 아니란 얘기다. 오히려……."

리카르도는 토끼의 어깨를 쓰다듬으며 속삭였다.

"그 꿈은 있을 법한 상황인 것 같군."

점점 더 알 수 없었다.

"잠깐만요. 폐하. 정리 좀 할게요. 그러니까 악몽은 악몽인데, 최악의 상황을 보여 주는 건 아니란 얘기죠?"

"그렇다. 짐은 왕이어서, 더 가혹한 상황을 수없이 가정한다. 그런 끔찍한 가정이 꿈에 나타나는 건 아니다."

"그럼, 악몽이 아니잖아요."

"아니. 악몽이다."

니나는 리카르도를 바라보았다. 나직한 목소리는 기운이 없어 보였다.

"네가 다른 남자한테 가는 건, 충분히 악몽이야. 토끼야."

니나는 어색하게 웃었다. 뭐가 뭔지 모르겠지만, 자신이 또 사과해야 될 거 같았다.

"미안해요."

니나는 그의 등을 토닥였다.

"제가 잘못했네요. 이렇게 잘생기고 몸 좋은 폐하를 두고 다른 이한테 가다니요! 미안해요!"

뭔가 좀 이상한 사과였다.

"가지 마라."

"안 갈게요."

"토끼. 네가 없으면 짐은…… 살 수는 있을 것이다."

이건 또 무슨 말이야.

"식사하고 숨을 쉬는 정도라면 할 수 있겠지. 하지만 그건 이베리아를 위해 잠시 붙여 놓은 숨일 것이다."

'어, 어렵다.'

이거 엄청나게 사랑한단 말로 해석하면 되려나.

"그리고 만약 후계가 정해진다면, 바로 목숨을 끊겠지."

니나는 눈을 가늘게 떴다.

"살아갈 이유가 없다."

"제, 제가 그 정도예요?"

"그 꿈에서 짐은 왜 그렇게 버텼는지 모르겠군. 왕의 문장이 알렉에게 가도 이베리아는 괜찮을 텐데, 그때처럼 단번에 목숨을 끊으면 되는 것을……."

니나는 왕의 품에서 작게 숨을 내쉬었다.

'그러고 보면 날 구하러 모든 걸 포기하고 달려왔지.'

야망도 목표도 큰 사람인데 말이야.

'결과적으로는 잃었던 반려를 찾은 셈이 되었지만 말이야.'

이 사람은 운이 좋은 걸까, 나쁜 걸까.

'아이러니하네.'

니나는 왕의 머리카락을 손에 감았다. 매끄러운 감촉은 한결같았다.

"조금 속상하네요."

반려를 찾았는데, 왜 이러시나요.

"폐하가 저 때문에 달콤한 숙면을 취할 줄 알았는데, 악몽이라니……."

잠이 많아져서 그런가. 운동이라도 하라고 해야 하나. 아니, 움직임이 없는 사람도 아니잖아. 훈련 시간도 꼬박꼬박 있고 무엇보다…….

'그, 그것도 아주 내가 두 손 두 발 다 들 정도야!'

체력이 모자란 건 이쪽이었다.

"어떻게 하면 폐하가 깊이 주무실까……."

뭐, 음식이라도 따로 드려야 하나.

니나는 한참 생각하다 고개를 들었다. 그러고는 조금 놀랐다.

'어, 어라, 왜 붉어지셨지.'

수려한 얼굴이 드물게 당황했는지 눈을 마주치지 못했다.

"토끼. 너는……."

나, 나는 뭐!

"짐을 당혹스럽게 만드는군."

"제가 뭘 했다고요!"

"미칠 것 같다. 네가 사랑스러워."

왜 거기로 튀는 거지? 니나가 이유를 물으려고 입을 달싹일 때였다. 세상에서 제일 잘생긴 남자는 그녀의 손가락에 입을 맞췄다.

"사랑한다, 니나 케이지."

도무지 영문을 알 수 없었다.

'대답은 해야겠지?'

니나는 고개를 저었다. 정말인지, 철옹성 같았는데 왜 이렇게 빈틈이 많아진 걸까.

"저도 사랑합니다. 폐하. 그런 의미에서……."

니나는 왕의 머리카락을 살짝 잡아당겼다.

"같이 씻을래요?"

막상 말하고 나니 화끈거림이 몰려왔다. 볼 거 다 본 사이인데도 부끄럽네. 니나는 고개를 푹 숙였다. 얼굴이 서서히 달아오르는 게 느껴졌다.

그때였다. 그녀의 온몸을 지탱하고 있던, 리카르도의 신체가 떨렸다.

"폐, 폐하?"

리카르도는 고개를 돌리며 웃었다. 니나가 그의 가슴을 콩콩 두들겼지만, 그는 웃음을 멈추지 않았다.

"그렇군."

뭐, 뭐가?

"그건 꿈이군. 실제로는 이렇게 되는 거군."

"왜 혼자만 아는 말을 해요! 설명해요!"

"설명은 나중에 하겠다. 지금은 이게 더 급해."

리카르도는 침대 머리맡에 있는 줄을 잡아당겼다. 곧 시녀들이 들어오자, 그가 말했다.

"물을 가져와라. 왕비와 같이 씻겠다."

시녀들은 재빨리 사라졌다. 리카르도는 느긋하게 니나의 목덜미를 쓰다듬었다.

"욕조에서 충분히 설명하겠다."

"그건 지금 해도 될 것 같아요. 이따 욕, 욕조에서는……."

니나는 고개를 푹 숙인 채 중얼거렸다.

"다른 걸 하게 될 거 같은데……."

아, 아무래도 그렇지 않을까요?

하필이면 그의 몸에 올라타서인지, 신체 변화가 적나라하게 느껴졌다. 그는 니나의 뺨에 살짝 입맞추며 속삭였다.

"네 말이 맞다. 니나 케이지."

"그, 그런가요."

"그런데 지금도 설명은 못할 것 같군."

왕은 시트를 걷어올리며, 니나를 품에 가두었다. 니나는 달아오른 얼굴로 그와 눈을 마주쳤다. 붉은색 눈동자 속에 자신의 모습이 보였다.

"이유는 나중에 말하겠다."

니나는 손을 내밀어 그의 어깨를 잡았다. 곧 목선을 타고 입맞춤이 느껴졌다. 닿은 체온이 뜨거워서, 그녀는 작게 숨을 헐떡였다.

결국, 두 사람의 목욕은 한참 뒤에 이루어졌다.

백금발 아이

벤셀 가문의 가주와 부인이 돌아왔다. 고용인들은 기뻐하며 주인 부부를 맞이했다. 식구들만 참석한 연회는 밤늦게까지 소란스러웠지만 즐거웠고, 집사는 드디어 마님께서 안락한 공간에서 쉴 수 있다며 눈물을 훔쳤다.

먼 변경에서 고생한 탓일까. 레오는 니나의 곁을 떠나지 않았다. 아니, 벤셀 가문의 가주는 언제나 전전긍긍이었다.

"니나, 조심해."

"저기요. 레오. 의자까지 가는데 다섯 걸음이거든요?"

"안 되겠다. 위험한 거 같아. 내가 들어서 옮길게."

"레오!"

핀잔을 들어도 벤셀 가문의 주인은 싱글싱글 웃기만 했다. 참 사이좋은 부부 아닌가. 집사는 향긋한 차를 따르며 다시 돌아서서 감격에 겨워서 숨을 죽였다.

"집사님. 이것 봐요. 그이 좀 뭐라고 하세요. 어, 어머나."

백금발을 가진 벤셀 가문의 마님은 손으로 입을 가린 채 눈을 동그랗게 떴다. 집사는 손수건으로 눈물을 닦으면서 말했다.

"감사합니다, 마님."

"아, 아니. 집사님."

왜 갑자기 뜬금없이 감사인사세요. 니나는 의자에 고쳐 앉으며 어색하게 웃었다.

"집사님이 아닙니다. 하인리히라고 불러 주십시오."

"집, 아니 하인리히. 괜찮으세요? 어제부터 계속 이렇게 우시는데요. 저 볼 때마다 눈물을 흘리시는 거 같아요."

팽-.

집사는 아무렇지도 않은 얼굴로 손수건에 코를 풀었다.

"감격스럽습니다. 이 심정을 어떻게 표현해야 할지 모르겠습니다. 가주님, 마님. 정말 축하드립니다."

니나는 영 갈피를 잡을 수 없었다. 이걸 어떻게 받아들여야 하나.

"벤셀 가문에 이런 선물을 주시다니요. 저는 꿈에도 생각 못 했습니다. 가주님께서 결혼하지 않고 늙어 죽는 줄 알았는데, 후계자가 탄생할 줄이야!"

니나를 의자로 옮긴 레오는 할 말을 잃었다. 부부는 서로를 바라보며 속삭였다.

"저, 레오. 편지에 임신했다고 안 썼어요?"

"그럴 리가. 좋은 소식인데 당연히 전했지."

"그런데 집사님이 왜 이러세요."

대답한 건 레오가 아니라 집사 하인리히였다.

"감격스러워서 그렇습니다. 세상에! 우리 가문에 후계자가 생기다니!"

집사는 코를 다시 풀었다.

니나는 다시 어색하게 웃었다.

"마님, 아가씨여도 좋고, 도련님이라도 좋습니다. 건강하게만 낳아 주십시오!"

"예? 예, 노력할게요."

"저는 쿠키를 가지러 가겠습니다. 마님께서 단것보다는 향이 짙은 쿠키를 좋아하시더군요. 가주님, 제가 올 때까지, 마님을 잘 보필해 주십시오."

집사는 절도 있게 돌아섰다. 니나는 순간 할 말이 사라졌다. 뭐랄까, 이건…….

"저, 레오."

니나는 남편의 손을 꽉 잡았다.

"제가 임신한 뒤, 레오가 절 엄청나게 과보호한다고 생각했거든요."

뭐 변경이니 그러려니 했다. 그래서 저택으로 가면 좀 덜해질 줄 알았다.

"그런데 아니네요. 저택이 더 심해요."

"그, 그러게. 우리 집 가풍인가?"

솔직히 집사뿐만이 아니었다. 정원사부터 하녀까지 자신의 부른 배를 보면 울먹였다.

"언제까지 이러실까요."

"글쎄, 신경 쓰이면 울지 말라고 할까?"

"좋아서 저러시는 거잖아요."

니나는 자신의 부른 배를 쓰다듬으며 조금 웃었다.

"레오의 후계자를 반쯤은 포기하고 있었나 봐요. 이 아이가 생긴 게 얼마나 의외이시면 저래요."

레오는 자신의 부인 머리카락을 살짝 매만지며 고개를 끄덕였다.

"그래. 뭐, 내 탓이지."

레오는 씩 웃으며 무릎을 꿇고 그녀와 눈을 맞췄다.

"마님, 실컷 부리십시오."

니나는 활짝 웃으며 기사의 어깨를 매만졌다. 갑옷을 입지 않은 맨살의 감촉이 기분 좋았다.

'그렇구나.'

여기 변경이 아니구나. 나는 이제 돌아왔구나.

니나는 레오의 어깨에 이마를 댔다.

"니나?"

"레오. 새삼스럽지만요. 폐하가 왜 우리 결혼을 허락한 걸까요."

그때 10년 뒤에 허락해 준다는 개소리를 분명 했었다. 그 사람이라면 정말 10년 뒤에 해 줄 거로 생각했는데, 3년 만에 허락한다는 편지가 날아왔다.

"글쎄. 우리의 사랑에 무릎 꿇으신 거 아닐까?"

"그분이 그럴 리가 없잖아요."

"왜, 사랑의 힘은 위대한 거야."

니나는 싱긋 웃는 레오를 흘겨보았다. 나는 진지한데 이 사람은 왜 농담일까.

"좋은 게 좋은 거로 생각하자, 꼬맹아."

"또 꼬맹이래."

"미안. 습관이 돼서."

니나는 배시시 웃으며 말했다.

"'부인' 하고 다정하게 불러 봐요."

"음, 부인?"

니나는 소리 내 웃으면서 다리를 흔들었다. 확실히 몸이 편해서일까. 걱정도 덜 되고 좀 나았다.

'변경에서 하는 출산은 아무래도 좀 그렇긴 하지.'

애초에 그곳에는 산파가 없었다. 용감하게 잘 낳을 거라고 믿으라고 했지만, 사실 걱정이 한가득했었다.

'이론과 실제는 다르니까.'

이화윤일 때도 출산은 해 본 적 없었다. 니나는 배를 살짝 쓰다듬었다. 배 속의 아이는 건강해 보였다.

"레오. 우리 애 말이에요. 여자애인지 남자애인지는 알 수 없지만요."

기사는 피식 웃으며 배를 쓰다듬는 그녀의 손을 감쌌다.

"힘이 세요."

"우리 가문이 근력이 좀 강하지."

"아주 기삿감이에요. 아가야. 너도 그 길로 갈 거니?"

배 속의 아이는 대답하듯 또 다리를 움직였다. 니나는 웃으면서 속삭였다.

"좋아. 좋아. 엄마가 응원할게."

그러니까 건강하게만 태어나 주렴.

한참 속삭일 때였다. 집사가 눈물을 훔치며 레오를 불렀다. 기사는 니나의 머리를 넘기며 말했다.

"나가 볼게. 조심히 있으세요, 부인님."

"네. 아니 진짜 변경도 아니고 모든 것이 푹신거리는 이 방에서 위험할 일이 뭐가 있다고요!"

"그래도 걱정돼."

정말 왜 사서 염려인지. 니나는 마지못해 고개를 끄덕였다. 레오는 씩 웃으며 방 밖으로 나갔다.

탁-.

방문을 닫을 때까지만 해도 웃었던 남자의 표정이 지워졌다. 집사는 그런 주인을 물끄러미 바라보았다.

"레오 님……."

"디오에게 서신이 왔지?"

집사는 고개를 꾸벅 숙이며 서신을 건네줬다. 인장을 풀고 황급히 편지를 펼쳐 본 레오는 깊은 한숨을 내쉬었다.

"내용이 어떤가요?"

"똑같아."

집사는 고개를 더 푹 숙였다.

"그렇군요."

"기적은 오지 않나 봐."

그는 잠긴 목으로 마른세수를 했다.

"어떡하지, 우리 꼬맹이."

가슴이 저며지는 거 같았다. 도대체 왜 이런 일이 생기는 걸까.

"여전히 고칠 수 없는 건가요."

"성국의 자료까지 뒤져 봤지만……."

레오는 주먹을 꽉 쥐었다. 아직도 실감이 나지 않았다.

그러니까, 자신의 소중한 꼬맹이가. 니나가.

'죽는다니…….'

변경으로 와서 그녀는 자주 주저앉았다. 가끔 몸이 떨린다며 니나는 별거 아니라 치부했지만 이유는 생각보다 심각했다.

'성력과 마력의 조화가 맞지 않다니.'

불균형 때문에 생기는 떨림은 점점 강해졌다. 그녀가 주저앉는 빈도는 날로 더해 갔다.

"단지 그뿐이면 얼마나 다행일까."

심해지면 결국 몸이 무너진다는 결과만이 돌아왔다. 방법을 찾았지만 나오지 않았다.

집사는 다시 눈물을 훔쳤다.

"울지 마. 하인리히."

"아직 젊으신데……."

"니나는 아직 몰라."

자신의 꼬맹이는 평소와 다름없이 씩씩하게 웃고 있을 뿐이었다. 그녀는 그저 태어날 아이를 기다리고 있었다.

"마님께 언제 알리실 겁니까?"

레오는 쓰게 웃었다.

"목소리가 나오지 않아."

꽉 쥔 주먹이 부들부들 떨렸다.

"이런 걸 두려워할 줄이야. 하인리히, 난 겁쟁이였나 봐."

"레오 님……."

레오는 깊게 숨을 내쉬었다. 이럴 시간이 없었다. 만약 니나의 시간이 한정되었다면, 한시도 낭비할 수 없었다.

'조금이라도 더 곁에 있어야겠지, 꼬맹아?'

상상이 가질 않았다.

나는 그래야겠지?

레오는 표정을 정리하고 다시 방으로 들어갔다. 언제나 웃고 있을 아내를 그리는 순간, 레오는 깜짝 놀라 바로 소리쳤다.

"집사!"

하인리히는 바로 따라 들어왔다. 그러고는 재빨리 외쳤다.

"산파를 불러라!"

"예정일이 아직 남았는데……."

레오는 바로 그녀의 손을 잡았다.

"니나."

"괜찮아요. 이게 진통인가 보네. 젠장. 더럽게 아프네요. 레오, 빨리 산파 불러 주세요."

진통에 땀에 젖은 그녀는 자신의 남편을 바라보았다. 덩치큰 기사인 주제에, 몸을 하염없이 떨고 있었다.

"걱정하지 마세요."

니나는 작게 속삭였다.

"애 낳다가는 안 죽어."

"니나!"

"집사님 레오 좀 밖으로 끌어내세요. 이 사람 있으면 애도 못 낳을 거야."

끔찍한 통증이 다시 닥쳤다. 산파와 하녀들이 서둘러 들어왔다. 집사는 레오의 소매를 잡아당겼다.

"나가야 합니다, 레오 님."

"나, 나는……."

"마님이 원하신 겁니다."

레오는 마지못해 고개를 끄덕였다. 그는 니나의 신음을 뒤로 한 채 밖으로 나갔다.

'꼬맹아…….'

미칠 것 같았다.

"레오 님."

"초조해서 죽을 것 같아. 집사."

우리 꼬맹이, 잘못되면 어떡하지?

"레오 님, 어쩌면 마님께서 낳는 아이가 벤셀의 유일한 후계자일지 모릅니다."

"집사. 나는 니나와 아이의 목숨 한 가지를 선택해야 한다면, 당연히 니나야."

"레오 님!"

"그렇게 알아. 설사 태어난 아이가 벤셀의 유일한 후계자라도 말이야."

니나의 신음이 문밖으로 새어 나왔다. 레오는 주먹을 폈다가 다시 쥐었다. 자신의 꼬맹이가 저렇게 고통스러운데 아무것도 할 수 없었다.

하녀들 몇몇이 다시 방문을 열고 달려갔다. 레오는 하녀와 산파에게 가려진 그녀를 바라보았다. 비명과 피 냄새가 맴돌았다.

다시 집사가 그의 어깨를 잡았다.

"들어가지 마십시오."

"내 아내가 저렇게 아파하는데?"

"레오 님이 계시면, 마님께서는 신경 쓰이실 겁니다."

집사는 한숨을 토해 냈다.

"지금 마님은 진통도 벅차십니다."

피 묻은 대야를 들고 시녀들이 우르르 달려 나갔다. 다른 시녀는 새 대야와 미지근한 물을 가지고 들어갔다.

"하인리히. 나는 참 무력해."

어쩌면 이렇게 능력 없는 남자일까. 레오는 벽에 몸을 기댔다.

"내 아내가 죽어 가."

그녀의 비명이 들렸다.

"그런 아내가 아이를 낳고 있어."

집사는 그의 손을 잡았다.

"폐하가 우리의 결혼을 허락한 건 그 이유겠지. 디오가 폐하에게 니나의 상태를 전하지 않을 리가 없어."

"레오 님……."

"성력과 마력의 불균형이라니. 선천적이라서 어쩔 수 없다니. 성국에서도 비슷한 사례들은 죄다 단명했다니, 그게 믿어져?"

어떻게 하면 니나가 더 오래 숨쉴 수 있을까.

"하인리히. 니나가 바로 잘못되진 않겠지?"

그녀 없는 세상에서 살 수 있나?

레오는 쓰게 웃었다. 엘레나 때와는 또 달랐다. 아버지도 자신도 여동생이 없어도 그럭저럭 살아갔던 거 같은데…….

"마님께서 말씀하지 않으셨습니까."

레오는 방금 그녀가 했던 말을 떠올렸다.

"애 낳다가는 안 죽어."

하지만, 꼬맹아. 그러지 않아도 너는…….

가슴이 저며지는 거 같았다. 칼로 난도질해도 이렇게 아프지는 않을 거야. 꼬맹아.

"레오 님. 마님께서는 강하신 분입니다."

"우리 꼬맹이가 강하지."

"레오 님을 따라 변경까지 가신 분입니다. 그러니까……."

집사의 다음 말을 알고 있었다. 레오는 힘없이 속삭였다.

"말을 하라?"

"네. 출산이 끝나면, 말해 주십시오."

"하인리히……."

"강하신 분이니, 준비하실 겁니다."

"죽음을?"

집사는 고개를 숙였다. 레오는 고개를 젖혔다. 익숙한 복도의 천장이 눈앞에 펼쳐졌다.

'말해야겠지.'

그래야 되는 건 레오도 알았다.

그녀의 비명이 다시 들렸다.

"출산이란 건 원래 이렇게 더뎌?"

"하룻밤 꼬박 새울 때도 있습니다."

"미칠 것 같다."

"원래 그런 겁니다. 게다가 마님께서는 초산이시니까요. 저는 잠시 들어가서 하녀에게 몇 가지 물어보겠습니다."

하인리히는 방 안으로 들어갔다. 레오는 쓰게 웃었다. 어째서 집사는 들어가도 되는데, 자신은 안 되는 걸까.

집사는 다시 나와서 출산은 순조롭다고 했다. 저렇게 비명을 지르는데 어떻게 순조롭다는 건지 레오는 이해할 수 없었다.

시간은 초조하게 지나갔다. 그렇게 해가 완전히 졌을 때였다.

응애-. 응애-.

그토록 기다렸던 아기 울음소리가 들렸다.

레오는 재빨리 방문을 열고 뛰어 들어갔다. 산파는 그에게 아이를 보여 주며 웃었다.

"건강한 아가씨입니다."

작은 대야에서 씻고 있는 아기는 백금발이었다. 먼저 수고

한 엄마에게 우는 아이를 보여 준 산파는 천천히 레오에게 건네주었다. 그는 조심스럽게 아이를 안았다.

조그마한 게 꼼지락거렸다. 이렇게 작은데 손과 발이 다 있었다.

레오는 부지런히 움직이는 아이를 바라보았다.

낯선 세상에서 울고 있는 작은 아이의 눈동자는 붉은색이었다. 레오는 순간 눈물을 참을 수 없었다.

산파는 그런 레오를 보며 생긋 웃었다.

"어머, 레오 님."

"그렇구나. 이 아이가……."

나와, 꼬맹이의 보물이구나.

아이는 열심히 팔다리를 움직였다. 산파는 유모에게 데려간다며 아이를 품에 안았다. 레오는 눈물을 훔치며 니나에게 다가갔다.

니나의 안색은 파리했다. 레오는 그녀의 머리카락을 뒤로 넘겼다. 별거 아닌 걸 하는데도 손이 떨렸다.

니나는 그런 레오와 시선을 맞췄다. 잔뜩 붉어진 눈이 귀여워서, 왠지 웃음이 나왔다.

"우리 아이 봤어요?"

레오는 눈물을 흘리며 고개를 끄덕였다.

"저도 봤어요."

니나는 옅게 웃었다.

"예뻐요. 정말. 날 많이 닮은 거 같아."

"머리카락 색과 눈동자가 우리 꼬맹이랑 똑같더라."

"저, 레오."

그는 니나의 손을 잡았다.

"꼬맹이는 이제 아이에게 넘겨주면 안 될까요?"

"니나……."

"선포합니다. 오늘부터 꼬맹이는 제가 아닙니다. 우리 아이 예요."

레오는 흐르는 눈물을 훔치며 고개를 끄덕였다. 한껏 우는 모습을 보며 니나는 조금 웃어 버렸다.

"왜 울어요. 기뻐서 그래요?"

"응."

"기쁘면 웃어야죠. 울지 마요. 이 남자, 두 번만 기쁘면 큰일 나겠네."

레오는 눈물을 닦으며 말했다.

"아이는 한 명으로 됐어."

"그게 마음대로 돼요?"

"왜 못 해."

"어, 할 수 있어요?"

니나의 붉은 눈동자가 반짝였다.

"난 못 할 거 같은데……."

레오는 얼굴이 살짝 달아올라서 고개를 돌렸다. 은근히 놀리는 재미가 있는 남자였다. 니나는 그가 잡은 자신의 손을 바라보았다.

"레오. 다행이죠?"

그는 대답하지 못했다.

"우리 아이 건강해요."

"걱정 돼서 미치는 줄 알았어."

"안 죽을 거라고 했잖아요."

레오는 잡은 손에 힘을 줬다. 니나는 조금 웃었다.

"안 죽을 것 같았어요. 나중은 몰라도 지금은 아닐 거야. 그냥 그런 생각이 들었어요."

레오의 손이 파르르 떨렸다. 그는 믿을 수 없는 눈으로 자신의 아내를 바라보았다. 언제나 사랑스러운 그녀는 계속 웃기만 했다.

"저 이래 봬도 의학에 한 다리 걸쳐 놨었어요."

"니나……."

"이 몸 이상한 거 맞죠?"

니나는 작게 속삭였다.

"저 나름대로 방법을 찾았지만 없더라고요. 음, 추측이지만 이거 성력이랑 마력 때문 아닐까 싶어요."

그녀는 정확하게 알고 있었다.

"방법이 없는 거죠?"

아니라고 하고 싶었다.

그 말을 하기 위해서 레오도 열심히 찾았었다. 하지만 여전히 방법은 나오지 않았다.

"그렇구나."

니나는 천천히 말을 이었다.

"이 삶은 정말 많이 남지 않았구나."

"니나!"

"이렇게 행복한데……."

니나는 손을 들어 레오의 얼굴을 손가락으로 쓸어내렸다.

"멋진 남편이 있는데……."

손가락을 타고 눈물이 흘러내렸다.

"이젠 예쁜 딸도 있는데……."

죽는 것보다 이 사람이 아파하는 게 더 괴로웠다.

"부잣집 저택에 마님으로 마냥 행복한데, 이럴 수가."

팔자 한번 거세네. 그녀는 애써 웃었다.

"끝이 제 생각보다 빠르게 오네요."

"니나, 내가 찾아볼게. 무슨 수를 써서라도……."

"괜찮아요."

아니, 괜찮지 않았다. 어떻게 괜찮을까. 사실은 아쉬워 죽을 것 같았다. 하지만 니나는 그에게 다시 한번 말했다.

"저 정말 괜찮아요."

그래야만 이 사람의 마음이 좀 가벼워지지 않을까.

"변경으로 당신을 따라갈 때 이미 각오했었어요. 저는 어디 괴조 발톱에 상처를 입어 죽는 것만 생각했는데, 역시 삶은 알 수 없네요."

니나는 배시시 웃었다.

"이런 거로 죽게 될 줄이야."

"니나!"

"은근히 다행이라 생각해요."

이건 거짓말이 아니었다.

"갑작스러운 죽음이랑, 나름 준비할 수 있는 죽음이랑 둘 중에 하나 선택하라 그러면 전 후자거든요."

이화윤일 때 친한 사람들과 작별인사도 못 해 보고 죽어서 그런가.

'정말 이게 낫네.'

좀 빠르긴 하지만 말이야.

니나는 젖은 손으로 그의 눈물을 닦았다.

"울지 마요. 레오."

"니나, 나는……."

"전 행복해요."

정말 이루 말할 수 없을 정도로 행복했다.

"당신을 만나서 얼마나 행복한지 레오는 몰라요."

"방법을 찾을 거야. 포기하지 않아."

"뭐, 두 길로 가는 것도 좋죠. 굳이 희망을 포기할 생각은 저도 없어요. 하지만 레오. 전 정말 괜찮아요."

이렇게 좋은 남자를 두고 가는 건 좀 아쉽지만 말이야.

"물론 늦게 죽고 싶어요. 하고 싶은 것도 많고, 그리고 무엇보다……."

니나는 아까 봤던 아기를 생각했다. 열 달 품에서 자랐던 예쁜 아이는 어떻게 자랄까.

"우리 딸이 너무 예뻐요. 봤죠? 어떻게 그렇게 예쁠 수 있죠. 저 정말 놀랐잖아요."

레오는 고개를 끄덕였다. 아이는 정말 너무나 예뻤다.

"아, 우리 공주님 말이에요."

니나는 조금 웃었다.

"이름 정했어요."

"벌써?"

"네. 아주 오래전에 정했어요."

레오는 니나와 친했던 이들의 이름을 하나하나 떠올렸다. 어떤 이름이라도 그는 좋았다. 니나는 레오의 얼굴을 매만지며 속삭였다.

"엘레나예요."

덩치 커다란 기사의 눈동자가 흔들렸다.

"예쁜 이름이죠?"

"니나……."

"아주 오래전에 여자애라면 엘레나라고 정했어요. 아이도 좋아할 거예요. 강하고 예쁘고 착했던, 고모의 이름이잖아요."

멈췄던 눈물이 다시 흘렀다. 레오는 말을 잇지 못했다.

"왜 울어요."

눈물이 멈추지 않았다.

"엘레나가 강하고 착하게 자랐으면 좋겠어요. 뭐, 그렇게 걱정하지 않아도 될 거 같아요. 나와 당신의 아이니까요."

니나는 조금 웃었다.

"좀 이상하네요. 우리의 피를 받았지만 아이는 온전히 다른 존재인데, 괜찮을 거란 생각만 들어요."

손등으로 레오의 눈물이 뚝뚝 떨어졌다.

"제 감은 잘 맞으니까요."

레오는 눈물을 거칠게 닦았다. 내 남자가 이렇게 눈물이 많았나. 나름 무서운 그리핀 제1 기사단장님이셨는데 말이야.

"네 말이 맞아. 니나. 우리 엘레나는 강하고 아름답게 자랄 거야."

"그렇죠?"

"니나. 부탁이야."

레오는 울먹이며 말했다.

"조금이라도 좋아. 내 옆에서 오래 머물러 줘."

니나는 활짝 웃었다.

"그럴게요."

"가면 안 돼. 가지 마."

니나도 가기 싫었다. 하지만 죽음은 항상 의지대로 되지 않았다.

"힘낼게요. 울지 마요, 나의 기사님."

"니나……."

"내 기사님이 울보가 됐네. 잘생겨서 그런가. 그것마저 멋지긴 하네요."

니나는 계속 웃었지만, 레오는 쉼 없이 울었다. 니나는 조용히 눈을 감았다.

"저 좀 잘게요."

잡은 손의 힘이 살짝 강해졌다.

"걱정 마요. 조금만 자고 일어날 거예요. 바로 죽진 않아요."

손에 힘이 점점 강해졌다. 지쳤는지, 눈을 감자마자 몸이 노곤해졌다.

'얼마 못 산다라……'

그럼 뭘 해야 할까.

'편지를 써야겠다.'

이화윤일 때는 친구들에게 마지막 말을 하지 못해서 내내 후회했는데, 다행히 준비할 시간이 있구나.

'엘레나 생일마다 줄 편지를 꼭 써 놔야지.'

엄마가 사랑한다고 꼭 전하고 싶어.

참 새삼스러웠다.

'죽고 싶지 않다.'

레오 옆에서 오랫동안 있고 싶은데 말이야. 아이도 몇 명 더 낳고, 노인이 될 때까지 같이 있으면 안 되는 걸까.

'왜 빌어먹을 놈이 우리 결혼을 허락했나 싶더니……'

이거였구나.

이제 수마를 이길 수 없었다. 니나는 작게 숨을 내쉬었다. 순식간에 달콤한 잠이 내려왔다. 니나는 저항하지 않고, 조용히 받아들였다.

"이베리아력~ 223년! 빌어먹을~ 교황의 침입!"

백금발을 하나로 묶은 아이는 초록빛 잔디밭에서 뛰어다녔다. 아이는 한 발짝 내디딜 때마다 노래를 불렀다.

"교황은 침입에 실패함~ 꼴좋다!"

아이는 잘도 달렸다. 레오는 피식 웃으며 고개를 저었다. 저넘치는 체력은 어디에서 온 걸까. 니나는 연약했으니, 역시 벤셀 가문 쪽일까?

아버지의 생각을 모르는 엘레나는 다시 뛰어다니며 노래를 불렀다.

"이베리아력 225년! 홍수!"

아이의 노랫소리를 들으며 레오는 비석을 한번 쓰다듬었다. 매끄러운 감촉이 손끝을 타고 올라왔다.

그녀의 모습이 떠올랐다. 눈에 선한 자신의 아내는, 아직도 자신의 옆에 있는 것 같았다.

그때였다. 아이가 맑은 목소리로 외쳤다.

"엄마!"

엘레나는 비석에게 빠르게 말했다.

"엄마가 가르쳐 준 방법 진짜 좋아요! 저 역사 시험 만점 받았어요! 정말 노래하면서 외우면 잊어먹지 않네요! 엄마 최고!"

레오는 못 말리겠다는 듯 고개를 저었다. 아이는 나풀거리는 원피스가 무색하게, 벌써 구두는 흙투성이였다.

"엘레나. 잠시 서 봐라."

아이는 아빠 앞에서 방긋 웃었다. 레오는 잠시 쪼그리고 앉아서 치마에 묻은 흙을 털었다. 엘레나는 그런 아빠의 머리를 꽉 안았다.

"엘레나, 답답해."

"털지 마요. 아빠. 어차피 더러워질 거예요."

"조심스럽게 다니는 선택지는 없니?"

"체력이 넘쳐서 도저히 걸을 수가 없는 걸요."

니나야. 우리 애, 너무 건강해. 게다가 말도 잘해.

"아빠. 엄마 앞에서 목검 휘두르는 훈련하면 안 돼요? 여기 시원해서 훈련하기 좋을 것 같아요."

"해도 상관없다만, 또 하게?"

"전 이베리아에서 제일 강한 기사가 될 거예요! 그러려면 부지런히 훈련해야죠! 스승님이 천재라고 했지만, 게으르면 다 수포가 되잖아요."

니나야. 우리 애 천재래. 게다가 부지런해.

"좋은 자세다, 엘레나. 자만하면 안 돼."

"자만 안 해요! 엄마가 잘난 척은 하는 즉시 실패로 가는 지름길이랬어요!"

니나가 그런 것도 편지로 썼니.

"그리고 지위 높다고 거드름 피우는 것 중에 제대로 된 것은 하나도 없대요."

"그건 맞다만……."

"전 이베리아에서 제일 강하고 똑똑한 기사가 될 거예요!"

엘레나는 레오의 볼을 쓰다듬으며 외쳤다. 레오는 기가 막혔다. 저 작은 손에는 이미 굳은살이 잔뜩이었다.

"그래. 엘레나. 네가 맞는 말만 해서 아빠는 할 말이 없구나."

"아빠, 저 그럼 목검 가져올게요."

엘레나는 순식간에 가족 묘지를 가로 지르며 달려갔다. 나풀거리는 하얀 원피스 치마를 보며 레오는 한숨을 내쉬었다.

"니나. 엘레나는 체력과 키는 나인데, 겉모습은 너랑 똑같아."

그런데 성격은 뭐랄까……

'그건 누구도 안 닮은 거 같은데?'

체력도 좋고, 건강했으며, 머리는 비상했고 검술은 천재였다. 엘레나를 가르치는 사람마다 경탄했으며 집사는 후계 걱정은 없다며 눈물을 흘렸다.

"든든해서 좋긴 한데, 그래도 아빠라서 그런가. 걱정된다."

너무 뛰어나서 다치지 않을까.

레오는 비석을 다시 매만졌다. 기다렸다는 듯 시원한 바람이 목덜미를 스쳤다. 그는 잠시 눈을 감았다.

지저귀는 새소리와, 따뜻한 햇살이 느껴졌다. 레오는 조금 웃었다.

"기다리고 있습니까, 부인?"

그는 낮게 속삭였다.

"저는 그대와 다시 만날 날을 기다리고 있습니다. 괜찮아. 네가 보고 싶지만 그렇게 빨리 가진 않을 거야, 니나."

비석의 감촉은 여전히 매끄러웠다.

"다행히 우리 아이는 잘 커."

아주 과하게 잘 커.

"엘레나를 보고 있으면, 우리 꼬맹이가 보고 싶어."

너무나 닮은 모녀였다. 그 폐하가 엘레나를 보고서는 한참을 미동도 못 했다.

"걱정하지 마. 이상한 생각은 안 하니까."

하지만 그리움은 어쩔 수 없는 거 같아, 니나.

"너는 나에게 잊으라고 했지?"

쓴웃음이 나왔다. 그게 가능하다고 생각하니? 꼬맹아?

"내가 어떻게 너를 잊어."

눈을 감으면 아직도 선했다.

니나는 죽음의 여정에서 용감했다. 그녀는 마치 해 본 사람처럼 주변을 정리하고 척척 걸어 나갔다.

"저는 다시 만날 날을 기대하고 있습니다, 부인."

레오는 눈을 떴다. 환한 햇살이 눈이 부셔서 눈물이 나올 것 같았다.

"다시 만나도, 같이 있자."

엘레나의 인기척이 들렸다. 레오는 웃으면서 일어나, 딸을 향해 팔을 벌렸다. 엘레나는 주위를 둘러보다 목검을 얌전히 바닥에 내려놓고, 아빠에게 달려갔다.

햇살은 밝고, 어디선가 그녀의 향기가 났다. 레오는 사랑스러운 딸을 안으며 웃었다.

정말, 기대하고 있었다.

'나는 왜 눈치를 봐야 하는 걸까.'

따듯한 물이 온몸을 감쌌다. 물의 온도는 딱 좋아서, 근육이 노곤하게 풀어졌다.

니나는 눈을 깜박였다. 평소 같으면 느긋하게 목욕만 즐길 텐데, 지금 신경 쓰는 게 하나 있었다.

올라오는 김 속에서 검은 머리카락을 늘어트린 남자가 보였다.

니나는 손을 움직여 일부러 물이 출렁거리게 했다. 하지만 폐하는 여전히 미동도 없었다.

'왜 이렇게 심각해.'

정무가 힘들었나.

'그럴 리가.'

이베리아의 현 상황은 매우 좋았다. 가뭄도 일어나지 않았고, 무역은 연일 흑자였다. 성국이 무너진 탓에 이런저런 일이 생겼지만, 능력 있는 왕은 그걸 죄다 기회로 치환하는 중이었다.

'잘나가고 있잖아.'

정무적인 게 아니라면 뭐지.

니나는 다시 힐끔 왕을 바라보았다. 넓은 욕조에서 눈을 감은 남자는 이리 보고 저리 보아도 깎은 조각 같았다.

'얼굴이 예술이야.'

게다가 몸도 좋았다. 어깨부터 팔까지 내려오는 선이 끝내

줘서 여자라면 다 한 번쯤은 쓸어내리고 싶지 않을까.

'아니, 도대체 무슨 일이지.'

니나는 욕조에서 둥둥 떠서 그에게 다가갔다. 왕은 그녀가 다가오자, 물끄러미 바라보기만 했다.

"걱정 있으세요?"

리카르도는 고개를 저었다. 그가 움직일 때마다 물방울이 튀었다.

"어디 아파요?"

그는 다시 고개를 저었다. 아니, 걱정도 없고 아프지도 않은데 왜 말이 없어.

'모르겠네.'

아이고. 뭐 심각한 일 아니면 나중에 얘기하겠지. 니나는 살짝 고개를 저으며 왕의 어깨와 팔을 매만지며 사심을 채웠다. 아까부터 만지고 싶었는데 참느라 힘들었다.

막 그의 목을 더듬거릴 때였다. 리카르도가 말했다.

"꿈을 꿨다."

"또요?"

니나는 눈을 가늘게 떴다. 이거 진지하게 불면증 아닐까?

"또 제가 무슨 일을 했어요? 이번에는 다른 남자와 벗고 춤이라도 췄어요?"

리카르도는 침울하게 고개를 저었다.

"죽었다."

어머나.

"다른 이의 아이를 낳더군."

니나는 서둘러 사과했다. 왠지 그래야 할 거 같았다.

"미안해요!"

"아이는 토끼를 닮았더군."

아니, 뭘 그렇게 자세하게 꾸고 난리야.

"네가 할 법할 일을 하더군."

이 사람 진지하게 상담받아야 하지 않을까. 아니, 그보다 이 베리아에 정신의학이 있긴 한가.

"니나. 솔직하게 대답해 줬으면 좋겠다."

"예. 뭐든 물어보세요."

"몸이 떨리는 증상은 어떻게 됐지?"

굉장히 뜬금없었다. 니나는 곰곰이 기억을 뒤져 보았다.

"예전에는 종종 그랬는데, 폐하의 반려가 된 뒤로는 사라졌어요."

왕은 그녀의 손을 잡았다.

"정말 사라진 게 확실한가?"

"네. 그러고 보니 뭐였을까요. 계속 심해지다가 반려가 된 후로 딱 끊겼어요."

니나는 고개를 갸웃거리며 왕의 피부를 만지작거렸다.

"뭔가 이 체질이 문제였을까요? 성력이랑 마력이 부딪쳤나?"

왕은 다시 생각에 잠겼다. 니나는 물속에서 이동하면서 왕의 어깨를 주물럭거렸다.

"은근히 신경 쓰였는데, 나아서 다행인 것 같아요."

"좀 더 연구해 봐야겠군."

"이제 괜찮은데요, 뭐."

"네 몸은 아직 수수께끼다. 알고 싶어도, 애초에 반려에 관한 자료가 별로 없더군."

니나는 이번에는 왕의 가슴근육을 뚫어지라 바라보았다.

"베아토가 그래서 연구하고 싶다고 하더라고요. 하라 그랬어요. 후대를 위해서라도 그게 나을 거 같아서요."

"그렇군. 보고를 받은 적 있다."

니나는 손가락으로 리카르도의 가슴 근육을 살짝 찔렀다. 언제나 느꼈지만, 감촉이 참 좋았다.

왕은 사심을 채우는 니나의 손을 맞잡았다.

"니나 케이지."

좋은 걸 잔뜩 만진 니나는 활짝 웃었다.

"네, 폐하."

"짐은 이제 이유를 알았다."

굉장히 뜬금없었다. 니나는 눈을 동그랗게 떴다.

"무슨 이유요?"

"만약 토끼가 다른 남자한테 갔다면……."

생각만 해도 괴로운지 왕은 다른 손에 주먹을 꽉 쥐었다.

니나는 고개를 갸웃거렸다.

'정말 쓸데없는 가정이다.'

왜 이런 생각을 하는 거지. 뭐 잘못 드셨나?

"짐이 어떻게 할 거라 생각하지?"

니나는 시큰둥하게 대답했다.

"강제로 옆으로 끌고 오지 않았을까요?"

"짐도 그렇게 생각했지만, 아닌 것 같더군."

어머나, 이게 무슨 말이야.

"네?"

"꿈이 이해가 가지 않았는데, 지금은 알 거 같다. 만약 그대가 다른 남자에게 간다면……."

왕은 고통스러운 듯 눈을 질끈 감았다.

"괴롭지만, 그냥 두고 보기만 했을 거 같군."

니나는 고개를 갸웃거렸다. 뭔가 좀 이상한데요. 폐하.

"음, 그러기에는 전적이 좀 걸리는데요."

"믿지 않는군."

"믿을 수 있는 말을 하셔야죠!"

"니나 케이지. 짐은 두렵다."

무서운 게 있는 양반이셨나? 니나는 조용히 왕의 이마에 손을 얹었다. 다행히 열은 없는 것 같았다.

"두 가지가 두렵다. 네가 나를 떠나는 것과 네가 죽는 것. 두 가지 모두 가정만 해도 가슴이 답답해진다."

순간, 니나는 할 말이 없어졌다.

'뭐야, 이거 진지한 거잖아.'

니나는 침을 꼴깍 삼켰다.

심각한데, 뭐랄까…….

'쓸데없어.'

왜 이런 영양가 없는 생각을 하는 거지?

"만약 두 가지 중 선택하라고 하면……."

아니, 뭘 또 선택지에 넣어. 최악과 더 최악을 뭐하러 가정하고 뽑기까지 하세요!

"후자다."

니나는 고개를 푹 숙였다. 아, 정말. 우리 비싼 밥 먹고 이런 생각하지 맙시다.

"도대체 무슨 꿈을 꾸신 거예요!"

사람이 이상해졌잖아!

"네가 다른 이의 아이를 낳고 죽었다."

미치겠네!

"저, 폐하. 우리 운동할래요?"

체력을 빼야 저런 꿈을 안 꿀 것 같아.

"니나 케이지, 짐은 심각하다."

"알아요! 하지만 정말 쓸모없는 가정이잖아요. 폐하, 저 지금 왕비예요!"

니나는 왕의 목을 확 끌어안았다. 물방울이 사방으로 튀었지만 아랑곳하지 않았다.

"당신이 제 것이듯, 저도 당신 거예요. 뜬금없다니까요. 이번 생에서 불가능한 얘기를 왜 하시는 거예요! 왜 당치도 않는 걸 가정해요!"

진짜 이상한 거 먹고 탈났나. 식단 점검해 볼까. 누가 우리 폐하한테 이상한 거 먹였어!

왕은 말이 없었다. 니나는 한숨을 폭 내쉬며 말했다.

"저 안 죽어요."

왕은 고개를 살짝 끄덕였다.

"다른 사람 애도 안 낳아요. 낳는다면 폐하의 아이겠죠. 아니, 꿈에서 누구 애를 낳은 거야, 진짜."

리카르도는 대답하려다가 말았다.

"그리고 전 당신 거예요. 물론 당신도 내 것이지만요."

니나는 고개를 끄덕였다. 저 잘생긴 얼굴과 탄탄한 몸이 다 내 것이지, 암. 아주 밤마다 몸으로 확인하고 있었다.

'내가 얼마나 고생하며 저걸 가졌는데!'

감옥에 갇히고, 납치도 되고 아주 난리도 아니었다.

"그렇군."

왕은 조심스레 니나의 뺨을 쓸었다.

"내 것이군."

리카르도는 희미하게 웃었다.

"죽지 마라, 니나."

"안 죽어요. 저 건강해요!"

"네가 죽으면 짐은……."

니나는 한숨을 내쉬고, 왕의 등을 토닥였다. 도대체 우리 폐하 누가 이렇게 불안하게 만든 거야, 진짜.

"다 포기할 것이다."

"큰일날 소리를 하시네요."

"정말 다 포기할 것 같다. 이 자리도, 목숨도 다. 짐은 레오가 아니야."

왜 뜬금없이 레오가 나오는 거지.

"네가 내 옆에 있는 기쁨을 이미 알아 버렸다. 인제 와서 너를 잃는다면 짐은 버틸 수 없어."

왕은 작게 속삭였다.

"반려를 잃고 어떻게 살아갈지, 상상만 해도 괴롭다."

니나는 조용히 주먹을 쥐었다.

'아니, 그걸 왜 생각하냐고요.'

우리 폐하 누가 풀죽였어! 자신감이 하늘처럼 높은 양반이, 왜 이러는 거야 진짜!

"저는요! 폐하! 당신이 저보다 먼저 죽으면요!"

니나는 그의 머리카락을 손에 쥐었다.

"잘 먹고 잘살 거예요. 어쩌면 폐하를 금방 잊을지도 몰라요."

왕의 눈동자가 사정없이 흔들렸다.

"뭐?"

"그러니까, 저보다 먼저 떠날 생각 마세요."

니나는 숨을 크게 내쉬었다.

"어디서 비명횡사하기만 해 봐요. 진짜. 나를 과부로 만들다니, 가만 안 둬."

"니나, 짐은 강하다."

"알아요. 아니, 왜 이런 쓸데없는 생각을 하게 만드는 거예요. 그래도 이왕 이렇게 된 김에 말할게요."

왜 내가 신혼 생활 중에 이런 말을 해야 할까.

"만약 제가 먼저 죽으면요. 폐하도 저랑 똑같이 하세요."

니나는 그의 어깨에 이마를 댔다.

"적당히 새장가 가세요. 저도 그럴 테니까요. 바로 죽지 마시고요. 왜 그래요. 진짜. 산 사람은 남은 생을 마저 살아야죠."

"니나. 짐은 너를⋯⋯."

"알아요! 사랑한다는 거! 하지만 죽진 말라는 거예요. 폐하의 감정을 의심하는 건 아니에요. 하지만 시간이란 건 강력해요."

이화윤일 시절 가족을 잃어 봐서 알았다. 그래서 말할 수 있었다.

"적당히 다른 사람과 사랑에 빠져도 돼요. 저도 그럴 테니까요. 그러니까⋯⋯."

니나는 고개를 들었다.

"죽지 않을 테니, 폐하도 죽지 마세요."

올려다본 남자는 여전히 수려했다. 문제가 많은 사람이었지만, 이렇게 잘생긴 것을 두고 빨리 갈 생각은 눈곱만큼도 없었다.

리카르도는 잠시 생각에 잠겼다. 그러고는 결국 조금 웃어 버렸다.

"정말이지⋯⋯."

그는 니나의 어깨를 잡고 끌어당겼다.

"토끼에게 짐은 항상 패자군."

"그걸 이제 알았나요?"

"항상 느꼈지만, 조금 전에도 절실하게 깨달았다."

리카르도는 팔을 둘러 자신의 토끼를 꽉 껴안았다.

"당해낼 수 없어."

니나는 한숨을 폭 내쉬었다. 진짜, 영양가 없는 소모전이었다.

"죽지 않겠다. 억울해서라도 죽지 못하겠군."

리카르도는 자신의 니나의 살결을 매만졌다.

"짐은 꿈에서라도 네가 다른 이에게 가는 게 싫어서 말이야."

그야 그렇겠지.

"하지만 니나. 너도 짐을 모르는 것 같군."

이건 또 무슨 말일까.

"어떻게 짐이 너를 잊을 수 있을 거라고 생각하지? 그건 불가능하다."

"아니, 단숨에 싹 잊으라는 말은 아닌데요."

"짐은 너를 잃으면 모든 것을 놓을 거다. 나의 모든 게 가치가 없어질 테니까 말이야."

니나는 이마를 짚었다. 아니, 왜 도돌이표지. 여태 내가 한 말을 뭐로 들은 거야.

"만약 짐이 먼저 죽는다면, 니나."

낮은 목소리가 귓가에 울렸다.

"너는 나를 잊어도 된다."

어, 어머나?

니나는 순간 당황했다.

"하지만 짐은 너를 결코 잊지 못할 거야."

니나의 붉은 눈이 깜박였다. 왕은 만족스러운 듯 웃었다.

"사랑한다, 니나."

"예?"

아니, 뭐랄까.

'다, 당황스러워.'

뭔가 좋은데 복잡했다. 뜬금없고, 쓸데없기도 했다.

'이 남자가 정말 나를 사랑하긴 하네.'

잘 모르겠지만 그건 확실하게 느껴졌다.

도대체 왜 이러는지, 영문을 알 수 없었다. 니나는 작게 숨을 내쉬며 고개를 다시 들었다. 여전히 수려한 얼굴이 보였다.

'모르겠다.'

하지만 지금 자신이 뭘 해야 할지는 알았다.

니나는 그의 어깨를 잡고 조심스럽게 일어났다. 따듯한 물이 피부를 타고 내려왔다. 그러고는 조용히 입술을 가까이 가져갔다.

단단한 팔이 어깨를 잡았다. 그녀는 좀 더 그를 끌어당겼다.

입맞춤은 달콤했다. 그의 입술이 목선을 타고 내려가는 걸 느끼며, 니나는 결심했다.

'앞으로 쓸데없는 말 하면……'

그녀는 왕의 머리카락을 한 줌 쥐고 키스했다.

'그냥 입으로 막아 버리자.'

정말 그게 나을 것 같아.

결론은 상큼하기 그지없었다. 니나는 조용히 몸을 맡기며 씩 웃었다.

뭐, 기분은 좋았다.

외전 5

반가운 편지

금방 갈게.

-메어리-

나는 편지를 보고 고개를 갸웃거렸다. 아니, 왜 이리 간단해? 급하게 휘갈긴 필체는 항상 정갈했던 메어리 님답지 않았다.

"뭐지?"

나는 편지를 다시 한번 살펴봤다. 다른 말은 없었다. 오직 저 것뿐이었다.

그때 세 시녀님 중 한 분이 물었다.

"무슨 일이에요?"

"아, 메어리 님께 편지를 보냈는데요. 아니 보냈는데, 답장이 왔어요. 아니, 왔어."

익숙지 않은 하대에 나는 한숨을 내쉬었다. 항상 목욕물을 가져다주셨던 시녀님은 그런 나를 보며 웃었다.

"빨리 익숙해지셔야죠."

"입에 잘 안 붙네요. 아니, 붙네."

지위란 뭘까. 나는 팔을 앞으로 쭉 내밀었다. 굳었던 어깨가 풀리자 조금 시원했다.

"예비 왕비의 일이 뭔지는 잘 모르겠지만, 공부가 많긴 하네요. 아니, 하네."

세 시녀님은 까르륵 웃었다. 나는 고개를 저었다. 진짜 못 해 먹겠네. 나는 헛기침을 했다. 정신 차리자, 니나 케이지.

'왕비가 시녀한테 존대란 건 말도 안 돼.'

그런데 계속 헷갈렸다. 아무리 그래도 몇 년간 매일같이 얼굴을 본 이들이었다. 갑자기 손바닥 뒤집듯 말이 달라지는 건 상당히 힘들었다.

"그렇게 힘들어요?"

"우리는 쉬운데요."

시녀님 두 분은 내 머리카락에 약초를 치덕치덕 발랐다. 나는 항복하듯 두 손을 조금 들었다.

"힘들어."

세 시녀님은 다시 까르륵 웃었다.

'이분들은 아무렇지 않나.'

나는 같이 놀던 애가 갑자기 높은 자리로 가면 싱숭생숭할 거 같은데. 은근히 적응이 빠르시네.

"우린 어느 정도 예상했거든요."

"같이 노는 꼬맹이, 아니 예쁜 시녀가 언젠가 우리 위로 올라가겠다 싶었어요."

"그 애는 똑똑했으니까요."

"뭐, 그래도 이렇게 높은 자리로 올라갈 줄은 몰랐지만요."

아, 그러셨습니까.

"하대가 힘들다니, 제가 알던 예비 왕비님 맞네요."

"아뢰옵기 황송하오나, 여전히 귀여우시네요."

아이고! 나는 한숨을 폭 내쉬었다. 그러자 세 분은 다시 까르륵 웃으셨다.

"그래도 내 전담 시녀라니, 좀 그렇지 않아?"

"안 그렇습니다, 반려님."

"승진했고, 돈도 더 나와요."

"더 재미있기도 해요."

그들은 서로를 바라보며 눈을 깜박였다.

"자극적이에요!"

"맞아요!"

"하루하루가 아주 격정적이에요!"

"볼거리도 많고, 들을 거리도 많고!"

"후회하지 않아요! 오히려 왕비님 곁에 오래오래 있고 싶어요!"

무슨 말이야, 진짜. 저거 좋은 거야, 나쁜 거야.

'묻지 말자.'

왠지 그래야 할 것 같아.

나는 고개를 저었다. 약초 냄새가 은은하게 올라왔다.

"그런데 이거 효과 있어?"

"반려님은, 폐하의 머릿결 근원이 어디서 온다고 생각하시나요?"

"다 이 약초 때문입니다."

"귀해서 왕실 전용이긴 하지만요. 기다려 보세요. 왕비님. 머릿결을 아주 반짝반짝하게 해 드릴게요."

나는 폐하의 트리트먼트에 돈 백은 뿌린 것 같은 머릿결을 떠올렸다.

"그거 관리의 힘이었구나."

어쩐지 피곤한 양반치고는 반짝반짝하더라.

"약초 바르는 거 끝내면 치수 재셔야죠."

아, 맞다. 그게 또 있었지.

"이미 쟀잖아."

"왕실은 원래 한 달에 한 번 치수를 재요."

"뭐하러 또 옷을 맞추지. 이미 많은데?"

"왕비용으로 빠진 예산이에요. 누리세요, 반려님!"

"맞아요. 안 그래도 예산 너무 안 빠졌다고 사비나 님이 그러셨잖아요. 이제 절약하며 사시지 않아도 된답니다, 예비 왕비님!"

나는 턱을 괴고 고개를 저었다.

"배부른 소리지만요, 아니지만, 돈 쓰는 데 별로 관심이 없어졌어."

"시녀일 때는 많았잖아요?"

"그건 부동산이었지."

나는 한숨을 폭 내쉬었다. 그러고 보면 은퇴 뒤를 생각했었다.

'이제 은퇴는 불가능이겠지?'

세 시녀님은 내 어깨를 톡톡 두들겼다.

아, 그거구나. 나는 자리에서 일어나서 도자기 세면대가 있는 곳으로 걸어갔다. 앞에 있는 의자에 앉아 허리를 젖히니, 미온수가 약초 묻은 머리에 부어졌다.

"좀 더 반려로서 건실한 걸 하고 싶어."

"그게 뭔데요?"

"좀 통이 큰 거? 예를 들어 이 귀한 약초를 개량시켜 양산한다거나, 이베리아의 교육 체계를 바꾼다든가……."

나는 고개를 저었다. 왜 내가 일을 늘리는 걸까.

'하지만 이왕 이렇게 된 거 하고 싶긴 해.'

애들은 학교에서 가서 배워야지 일을 하면 안 돼.

곧 부드러운 수건이 머리카락을 매만졌다. 허리를 잡다 당기자, 물기가 바닥으로 뚝뚝 떨어졌다.

"뭐든 어려워 보이네요."

"결국, 또 공부예요, 아니 공부야."

이놈에 하대는 언제 익숙해지려나. 나는 고개를 저으며 물기를 털어냈다.

"그렇군요. 자, 다음은 장신구를 고르세요."

나는 미간을 찌푸렸다. 시녀님이 가져온 건 보석 바구니였다.

"대강하면 안 돼?"

"안 됩니다. 마음껏 팍팍 쓰세요. 닳는 것도 아니고, 이건 이베리아 왕가 대대로 내려오는 거니까요."

"무겁던데······."

나는 한숨을 폭 내쉬었다. 교육도 좋았지만, 일단 의복부터 바꿔야 할 판이었다.

'신분이 높으면 장신구를 다는 게 예의라니······.'

그래서 폐하의 의복에 보석이 많았던 거구나.

나는 아무거나 하나 고르고 책상 위에 편지를 바라보았다. 그러고 보면, 이들에게 말해야 할 게 있었다.

"메어리 님이 올 것 같아."

"아, 바로 병사들에게 말해 놓을게요."

"카스텔리움 성에 도착하면 내가 있는 곳으로 모셔와 줘."

"네."

막 붉은 보석을 달고 있을 때였다. 방 밖에서 인기척이 들렸다. 시녀님들은 재빨리 물러났다. 돌아보지 않아도 괜찮았다. 곧 익숙한 손길이 뺨을 매만졌다.

"좀 젖었군."

"방금 머리카락에 약초를 발랐어요."

낮은 목소리가 귓가에 울렸다.

"아, 그것인가 보군."

허리가 들렸다. 나는 웃으면서 편하게 등을 기댔다. 폐하는 내 엉덩이를 받친 채, 푹신한 의자에 앉았다. 나는 그의 무릎에 앉으며, 다리를 조금 흔들었다.

"바쁘다고 들었는데요."

"바쁘다."

"한가해 보이시는데요?"

그는 미간을 찌푸리며 나를 꽉 껴안았다. 왜 이러시지.

"무슨 일 있어요?"

"이베리아가 여유로워지긴 한 것 같군."

폐하는 이를 뿌드득 갈며 말했다.

"만나를 보내 달라 그래서 보내 줬다."

"아, 만나 맛이 달라졌죠."

"달라진 건 누구나 맛보고 싶겠지. 그건 짐도 이해한다. 하지만 그 결과……."

폐하는 미간이 사정없이 일그러졌다.

"살이 쪘다고 하더군."

순간, 깜짝 놀랐다.

"네? 그게 무슨 말이에요?"

"지방마다 만나 먹고 살쪘다고 아우성이다. 짐이 왜 그런 것까지 알아야 하는지, 도무지 모르겠군."

나는 살짝 뺨을 긁었다. 어떻게 된 건지 대강 알 것 같았다.

'달콤해져서, 막 먹었구나.'

하지만 만나는 원래 생존용이었다.

'소량을 먹어도 버틴다는 건, 열량이 장난 아니라는 거겠지?'

예전에는 맛이 끔찍하게 없었으니까, 일부러 찾아 먹지는 않았겠지. 그런데 지금은 달콤해졌으니 막 먹다가…….

저런.

"소소하지만 비극이긴 하네요."

"도대체 짐에게 어떻게 하라는 건지 모르겠더군."

나는 웃으면서 왕의 어깨를 토닥였다. 뭐, 윗자리는 윗자리 대로 고충이 있는 법이죠.

그러고 보니 조금 궁금했다.

"저, 폐하. 그리핀도 살쪘나요?"

"그리핀은 변화 없다고 들었다."

"다행이네요. 날름이 통통해진 건 보고 싶긴 하지만요."

왕은 고개를 절레절레 저었다.

"거기서 육중해지기까지 하면 말을 더 안 듣겠지."

"그건 폐하 탓도 커요. 날름이가 뭐예요! 날름이가! 이름 좀 바꿔 줘요!"

"그놈한테 제일 잘 어울리는 이름이다."

진짜 사이가 좋은 건지, 나쁜 건지. 막 다시 바꾸라고 속삭일 때였다. 갑자기 문 쪽에서 인기척이 들렸다.

나는 폐하의 무릎 위에 앉아 고개를 돌아보았다.

"어머!"

반가움에 저절로 웃음이 나왔다. 가방을 질질 끌고 온 메어리 님은 낙엽이 붙은 모자를 쓴 채, 나를 보자마자 성큼성큼 다가왔다.

"메어리 님!"

햇볕에 잘 그을린 메어리 님은 나와 폐하 앞에 섰다. 나는 그녀가 시녀일 때처럼 우아하게 인사할 줄 알았다.

하지만 메어리 님은 당당하게 손가락으로 폐하를 가리켰다.

'어, 어라?'

이거 삿대질 아닌가? 이베리아 안에서도 실례인 행위인데?

그때였다. 엄청난 고성이 울려 퍼졌다.

"저는! 반대입니다!"

단전으로부터 나온 엄청난 울림이 화려한 벽에 부딪쳤다. 까, 깜짝이야. 나는 예상치 못한 상황에 눈만 깜박였다.

메어리 님은 다시 한번 소리쳤다.

"이 결혼! 반대입니다!"

저, 저기요. 메어리 님?

당혹스러워서 말이 나오지 않았다. 그녀는 굳은 살 박힌 손으로 내 손목을 콱 잡았다.

"어딜 감히! 폐하께서 양심이 있으십니까?"

그는 당황했는지 말이 없었다.

"나이 차이가 몇입니까! 게다가 니나한테 한 짓은 잊으셨습니까? 아니 그런 식으로 굴어 놓고 어떻게 제 귀한 조카딸을 건드릴 수 있습니까!"

나는 조심스럽게 눈치를 봤다. 그의 눈동자가 살짝 떨렸다.

'뭐가 뭔지 모르지만······.'

먹혔네. 저거. 제대로 들어갔어.

"염치가 있다면 니나를 놔줘야죠!"

그의 눈동자는 여전히 떨렸다. 오랫동안 봐 와서 알았다.

'무슨 말을 할지 고민 중이구나.'

하지만 상대는 생각할 시간을 주지 않았다. 메어리 님은 다시 말로 폐하를 두들겨 팼다.

"부끄럽지도 않으십니까!"

부끄러워할 사람은 아니지. 오히려 뻔뻔한 쪽 같은데요.

"얼른 그 손을 놓으십시오. 니나, 짐을 싸렴! 이 더러운 성에서 나가자! 다들 미쳤어!"

어머나, 세상에.

그때였다. 폐하는 내 허리를 두 손으로 잡았다.

"웃기는군. 네가 뭔데 토끼를 데려가려는 거지?"

"저는 니나 케이지의 이모입니다!"

"토끼는 고아다. 언제 이모가 생겼지?"

"피가 이어진 친지는 아니지만, 가슴으로 이어진 제 조카입니다!"

메, 메어리 님. 강하다.

"참 쓸모없는 관계군. 우기면 다 된다고 생각하나?"

"알 게 뭡니까!"

한마디도 안 지셨다.

'무논리로 반박하면, 논리적인 쪽이 지는데…….'

아니다 다를까 폐하의 동공이 흔들렸다. 나는 고개를 저었다. 이러다 큰일나겠네.

하지만 내 예상과 다르게 흘러갔다.

"못 보낸다!"

폐하의 목소리가 쩌렁쩌렁하게 울렸다.

'아니, 왜 당신도 이래!'

왜 진지하게 싸우는데!

"저는 제 조카딸 폐하에게 못 보냅니다!"

"토끼는 내 것이다! 늙은 시녀가 상관할 바 아니야!"

"애초에 호칭이 토끼인 것도 문제입니다! 니나는 귀 큰 털 짐승으로 보나 본데, 니나는 똑똑한 아이입니다! 니나를 좋아하는 남자가 얼마나 많은지 아십니까?"

"그게 무슨 상관이지? 니나 케이지는 이미 내 반려다!"

둘 다 한 치도 물러서지 않았다.

'둘 다 지금 무슨 말 하는지 알까?'

이성이 아주 날아가신 거 같은데요?

허리를 잡은 손은 더 단단히 깍지를 꼈다.

"니나야! 가자!"

"못 간다! 내 반려다!"

"반려인 게 무슨 상관입니까! 폐하! 솔직히 니나는 당신만 아니면 행복할 거야! 어디서든! 뭘 하든!"

아니, 그건 아닌데요. 저도 가리는 거 많습니다.

그때였다. 시녀님 한 분이 아까 들고 왔던 보석 바구니를 떨어뜨렸다.

쫘르륵-. 보석들이 바닥으로 흩어졌다. 나는 조용히 사고 친 시녀님을 바라보았다. 그녀는 고개를 묵례하며 허겁지겁 보석들을 주워 담았다.

안 봐도 뻔했다.

'구경하다 손에 힘이 빠지셨구나.'

자극적이라는 게 이런 건가.

내 방에 계시던 세 시녀님 다 엎드려서 보석을 주웠다. 그들의 모습을 보며 나는 작게 한숨을 내쉬었다.

"일단, 다들 그 정도만 하세요."

나는 그의 어깨를 툭툭 쳤다.

"폐하는 일단 놓으시고요."

하지만 깍지의 힘은 더 세졌다. 아니, 이 양반 보게.

"저, 어디 안 가요."

그제야 허리를 잡은 힘이 살살 풀렸다. 착하네. 우리 폐하. 내 말도 잘 듣고.

나는 자리에서 일어났다.

"일단, 조금 뒤에 뵙겠습니다. 메어리 님, 저와 이야기 좀 하죠."

건강하게 그을린 메어리 님은 폐하를 노려보며 고개를 끄덕였다. 나는 그녀의 주름진 손을 잡고 복도를 나갔다. 병사들은 그런 우리 둘을 따라왔다.

"조용한 곳으로 가요."

어디로 갈까 고민할 필요 없었다. 나는 익숙한 장소를 떠올리고 씩 웃었다.

"여기 되게 오랜만이네요."

내 말에 메어리 님은 고개를 끄덕였다. 나는 웃으면서 그녀의 모자에 묻은 낙엽을 뗐다.

"그렇구나."

나는 주위를 둘로 보았다.

'정말 여전하네.'

우리 둘이 간 곳은 작은 준비실이었다. 익숙한 찬장에 식기들이 보였다. 하지만 이제는 주인이 없는 곳이었다.

"안쪽 방은 여전하니?"

"이제 쓰는 사람이 없어요."

나는 웃으면서 메어리 님 앞에 섰다.

왜 그러셨냐고 물어야 할 때였다.

'그런데 굳이 물을 필요 없을 거 같아.'

왜냐하면, 이유를 아니까.

"감사합니다."

내 뜬금없는 인사에, 메어리 님의 눈동자가 조금 커졌다.

"절 위해서 그러신 거죠?"

내가 아는 메어리 님은 이성적이셨다. 그런 분이 성에 오자마자 절대 권력자 앞에서 삿대질하며 소리를 질렀다.

이유를 묻지 않아도 알았다.

'나 때문이지.'

순간, 웃음을 참을 수 없었다. 나는 소리 내어 웃어 버렸다. 아, 정말. 메어리 님. 이러시기예요?

"아, 아는구나."

"모를 리가요."

메어리 님은 땅이 꺼져라 한숨을 쉬셨다.

"정말이지 다들 염치가 없어. 이 성에 있는 사람들은, 도대체 너한테 뭘 바라는 거니."

"어쩌다 보니 전설 속에 나오는 반려가 돼서요. 다들 귀한 보석처럼 잘해 줘요."

"그 전에 있던 과정은 생각 안 한다니? 널 감금시켰던 걸 어쩌면 이렇게 싹 잊을 수 있니!"

아, 그런 일도 있었지.

"벌써 5년 전 일이긴 하네요."

새삼스럽긴 했다. 나는 뺨을 살짝 긁었다.

"니나야. 이 성에서 나가자. 넌 너무 물러. 왕비라니!"

"별로 안 물러요."

나는 메어리 님 손을 잡았다.

"윗자리가 어떤 건지는 조금 알아서요."

"니나야!"

"능력 있는 사람 잔뜩 깔아 놓고 관리하는 일이잖아요."

"그런 일을 하기에는 넌 너무 착해!"

"알아요."

나는 먼 곳을 보며 어색하게 웃었다.

"아까 보석 바구니 엎으신 분이요. 저랑 친한 시녀님이지만, 만약 보석이 없어졌거나 흠집이 나면, 경질해야겠죠."

메어리 님의 눈동자가 흔들렸다.

"니나야!"

"저 의외로 단호한 면도 있는 것도 아시잖아요."

지위란 뭘까.

메어리 님은 한숨을 내쉬며, 의자에 털썩 주저앉으셨다. 나는 멀리서 의자를 끌어와서 맞은편에 자리를 잡았다.

"내가 얼마나 놀랐는지 아니? 왕비라니⋯⋯."

"어쩌다 보니 이렇게 됐어요."

"걱정돼서 잠도 안 온단다. 이 어리고 착한 게 잘 버틸까."

"그래서요. 메어리 님, 부탁이 있어요."

나는 배시시 웃으며 말했다.

"성에서 제 편이 한 명이라도 더 필요해요."

준비실은 여전했다. 좁지만 조용했다. 초록색 벽지를 바라보며 나는 말을 이었다.

"경험 많은 시녀님이 절실하게 필요해요."

나는 그녀를 잡은 손에 힘을 줬다.

"이모 한 분이 제 곁에 있으면 참 좋을 거 같은데 말이죠."

메어리 님의 입술이 떨렸다.

"제 곁에서 머물러 주세요."

"니나야!"

"아까 일도 그래요. 제가 직접 경질해야 할 일이 아니어서 고민이었어요. 세 시녀님은 좋으신 분들이지만, 저랑 너무 가까워요. 적당히 거리를 벌려 줄 이가 필요해요."

지금은 버티지만 아마 이대로는 안 되겠지. 이런 관계는 몇 년 후에는 문제가 생길 게 뻔했다.

'직장 생활이 이런 데 도움이 된다니.'

이래서 사람은 경험을 해 봐야 하는 건가.

"저만을 위해 행동하는 사람이 꼭 필요해요."

나는 그녀의 손을 살며시 놓았다.

"메어리 님밖에 없어요."

폐하 앞에서 삿대질할 정도로 용기 있는 분이요.

메어리 님은 겨우 한마디하셨다.

"새, 생각할 시간을 주렴."

"네."

나는 자리에서 일어났다. 그러고는 조용히 준비실 밖으로 향했다. 메어리 님은 이마에 손을 얹은 채 끙끙거리고 계셨다.

'조금 죄송한걸.'

편히 은퇴하신 분을, 내가 억지로 성으로 끌고 온 셈이잖아.

'안타깝네.'

내뱉은 말을 주워 담을 순 없었다. 사실 취소할 생각도 없었다. 뻔뻔해진 걸 느끼며 나는 조용히 복도로 나갔다.

"어머?"

복도에는 익숙한 인영이 있었다. 그녀는 벽에 기댄 채, 메어리 님과 내가 한 말을 듣고 있었다.

'생각보다 벽이 얇긴 하지.'

다 들었으려나.

그녀는 예의에 맞게 치맛자락을 잡고 다리를 굽혔다가 폈다. 나는 생글생글 웃으며 그 사람에게 다가갔다.

"사비나 님."

"반려님을 뵙습니다."

"오랜만에 뵙네요."

그녀는 나를 보며 어색하게 웃었다.

"얘기는 들었습니다."

순간, 나오는 웃음을 참을 수 없었다.

"폐하의 표정이 장난 아니셨어요. 사비나 님도 보셨으면 좋았을 텐데."

"그 정도였나요?"

나는 크게 고개를 끄덕였다. 시녀장은 작게 한숨을 내쉬었다.

"저, 반려님."

"네. 얘기하세요."

"감사합니다."

아니, 갑자기 웬 감사인사?

'그런 일은 한 적이 없는데?'

고개를 갸웃거리자, 사비나 님이 말했다.

"반려님이 메어리 님께 하신 말이요. 실은 제가 하려고 했어요."

아, 헤드헌팅?

"앗, 그런가요?"

"생각해 보면 반려님이 하시는 게 더 효과적일 거 같아요."

"음, 혹시 메어리 님이 제 부탁 거절하시면, 사비나 님이 한 번 더 해 보세요."

"도망갈 곳을 다 막아 놓으시네요. 꼼짝도 못 하시겠네요."

사비나 님은 작게 웃으면서 말했다.

"반려님. 폐하는 집무실에 계십니다."

"가 봐야겠네요."

그쪽도 달래야지.

'삐졌겠지.'

지금에서야 깨달은 거지만, 은근히 잘 삐진단 말이야.

내가 정원을 향해 걸어가자, 사비나 님이 따라왔다. 살짝 걸음을 늦추며 옆에 서자, 그녀가 다시 웃었다.

"옛날 생각이 나네요. 반려님, 참 작으셨죠."

내가 여기 언제 왔더라.

"저 타국 출신에 배운 것도 없었죠."

니나야. 이제 와서 말하지만, 진짜 힘들었어. 의심하는 사람은 잔뜩인데 텃세까지 겹쳐서 신경쇠약 안 온 게 다행이야.

'시간이 약이라고 그것도 추억이 되긴 하지만.'

위대하신 시간님이여. 당신은 역시 신보다 대단하세요.

"처음 본 순간……."

사비나 님의 발걸음이 잠시 멈췄다. 나는 같이 멈춰서 그녀에게 시선을 돌렸다.

"참 귀엽구나 싶었어요."

그건 당연했다.

"제가 좀 귀엽죠."

"좀 더 신경 쓸걸……."

어머나. 나는 눈을 동그랗게 뜨고 그녀를 바라보았다. 사비나 님은 고개를 저으며 말했다.

"이상한 소리를 했네요."

"아니요. 그런데요, 사비나 님."

나는 그녀에게 다가가 손을 잡았다.

"잘해 주셨어요. 저한테."

이 사람이 신경 써 주지 않았으면, 진짜 낙동강 오리알 신세였을 거야.

"반려님은 참……."

사비나 님은 웃으며 말했다.

"변한 듯 변하지 않으셨네요."

나는 잡은 손을 살짝 흔들었다.

"칭찬이죠?"

"물론, 칭찬입니다."

우리는 서로를 마주보며 미소 지었다.

'생각해 보면 이분이야말로 복잡하시겠네.'

마차에서 데려왔던 조그만 시녀가 몇 년 후에 왕비가 됐다니. 세상에 이런 일이 하고 외치고 싶을 거야.

'하긴 나도…….'

발걸음은 가벼웠다. 사비나 님의 손을 잡고 걸으니, 처음 이 성으로 들어왔을 때가 생각났다.

'상상도 못 했지.'

익숙한 성의 복도를 가로지르며, 나는 숨을 들이켰다. 새삼스럽기도 하고, 좀 부끄럽기도 했다.

사비나 님과 이런 저런 얘기를 하다 보니 벌써 도착이었다. 나는 병사들에게 눈인사하며 가볍게 안으로 들어갔다.

산더미 같은 서류 사이에, 지극히 수려한 남자가 있었다.

나는 조심스럽게 걸어가, 그의 앞에 섰다. 그는 익숙하게 의자와 책상 사이에 틈을 벌렸다.

'앉으라는 거네.'

커다란 손이 내 팔을 잡았다. 나는 순순히 그의 다리에 앉았다. 따듯한 체온이 온몸을 감쌌다.

"참 잘했어요."

나는 그의 머리카락을 쥐며 말했다.

"무슨 말이지?"

"칭찬이에요. 불길도 안 날리시고 참 잘했어요."

그는 기가 막힌다는 듯 내 볼을 쓰다듬었다.

"짐은 사람을 쉽게 처단하지 않는다."

"그래도, 화나셨을 텐데요."

"화는 났지만, 그녀는……"

폐하는 내 귓가에 속삭였다.

"네게 소중한 사람이지 않으냐."

역시 눈치가 빠르시네요.

"그 나이 든 시녀를 법대로 처리하면, 네가 슬퍼하겠지."

역시. 법대로 처리할 생각을 하긴 했구나.

'왕 모독죄인가.'

가벼운 거면 며칠 갇혔다가 풀려나긴 하던데.

"폐하. 저는요."

나는 그의 품속에서 속삭였다.

"기틀을 세워야겠다 싶어요."

그는 내 손에 입을 맞췄다.

"이베리아의 반려는, 전설 속에나 나오는 존재잖아요. 여태 없어서 아무것도 정해진 게 없어요. 제가 왜 반려가 되었는지 모르지만, 최소한의 기틀은 만들어 두고 싶어요."

모든 권력이 있는 왕에게, 가장 중요한 존재.

'이거 생각보다 힘들어.'

그에 따른 역할을 어느 정도 선까지 만들어 놓는 게 좋을까.

"물론 학자들과 의논할 생각이에요."

오래 걸리겠지. 하지만 누군가는 해야 할 일이었다.

"틈틈이 다른 것도 좀 하고 싶어요."

특히, 학교는 꼭 세우고 싶네요. 이베리아는 교육기관이 필요합니다. 아이들은 학교에 가야 해요.

"스게르토에게 들었다."

그는 내 허리를 잡아끌었다.

"베아토는 그대의 학식이 범상치 않다고 하더군."

나는 피식 웃었다. 저 사실 대학까지 나왔는데요.

'여기가 아닌 어딘가에서 열심히 공부했다고 하면……'

이 사람은 그걸 어떻게 받아들일까.

"어딘가에서 수준 높은 교육을 받은 게 아닌가, 추측하더군."

"폐하께서는 어떻게 생각하세요?"

낮은 목소리가 귓가에 속삭였다.

"궁금하지만 뭐든 상관없다."

순간 웃음이 나왔다.

'언젠가 말할 수 있을까.'

이세계에서 왔다고 하면 깜짝 놀라겠지?

'아니야.'

폐하라면 어쩌면 넌지시 알고 있을 거 같기도 해. 눈치가 귀신같은 양반이잖아.

"짐이 신경 쓰이는 건……."

그는 내 어깨에 얼굴을 묻었다. 새삼스럽지만 이 사람이 이럴 때는 커다란 강아지 같았다.

"늙은 시녀 말이 맞다."

엥? 갑자기 무슨 말입니까, 폐하?

"그대는 어디서든 행복하겠지."

"제, 제가요?"

"내가 아닌 다른 이라도 말이야."

아닌데요. 저도 나름대로 따지는 거 많은데요.

"항상 짐만 애가 타는군."

뭐라 한마디하려다, 나는 조용히 그만뒀다. 왠지 이상한 생각이 들었다.

'그간 당해 온 게 있으니…….'

나중에 달래 드리겠습니다. 폐하.

순간, 웃음이 나왔다. 와 많이 컸다. 이화윤. 이 사람과 밀고 당기기라니!

"왜 웃지?"

나는 그의 머리를 쓰다듬으며 말했다.

"비밀이에요, 폐하."

그는 내 손을 단단히 잡고 깍지를 꼈다. 나는 돌아서서 그의 뺨에 입맞추며 속삭였다.

"알아맞혀 보세요."

못 맞힐 거 같긴 하지만요.

그의 눈초리가 가늘어졌다. 나는 방긋 웃으며, 입을 다물었다.

'이 사람은 알까.'

내가 지금 행복하단 걸.

기틀을 세우는 것, 배워야 할 것, 사비나 님과 메어리 님의 일. 머릿속에 모든 게 빙글빙글 돌았다. 하나하나 쉽지 않았다. 하지만 잘생긴 남자의 애교를 매일 감상한다면 피로가 풀리지 않을까.

'이제 더는 파란이 없을 거니까 말이야.'

나는 폐하의 품안에서 눈을 감았다. 모든 것이 다 좋았다.

곧 갈게.

-전 교황-

나는 편지를 보며 고개를 갸웃거렸다.

"이건 뭔가요?"

편지를 건네준 사비나 님 눈이 가늘어졌다.

"성녀 쪽에서 보낸 편지예요. 안 그래도 검수해서 들어왔는데, 내용이 이렇네요."

"뭐, 다른 의미라도 있는 건가요? 왜 교황이 온다는 거예요? 무슨 일 있어요?"

사비나 님은 고개를 저었다. 나는 한숨을 폭 내쉬며 부탁했다.

"폐하께 보고는 이미 들어갔죠?"

"네."

나는 편지를 흘겨보았다. 아무리 봐도 의도를 알 수 없었다. 한숨이 저절로 나왔다. 감이 알려 줬다.

'뭔가 큰일이 생길 거 같은데······.'

메어리 님 일이 별거 아닐 정도로, 거대한 사건이 폭탄처럼 터질 거 같은 느낌이 들었다.

'이런 건 잘 맞던데.'

아무리 생각해도, 불길한데요.

"아니, 그보다 적군 아닌가?"

여기가 온다고 막 올 수 있는 곳인가? 그래도 이베리아의 카스텔리움성인데?

"아, 성녀님도 같이 오시나?"

세라피는 보고 싶긴 하지만.

"뭐가 뭔지 원."

나는 다시 한번 편지를 뚫어지라 바라보았다. 글자는 대답을 해 주지 않았다. 하얀 편지에는 오로지 '곧 갈게'뿐이었다.

외전 6

죄는 대가를 받는다

* 이 이야기는 픽션입니다. 실제 종교의 이야기가 아닙니다.

죄는 대가를 받는다.

'오우.'

교황이었던 남자는 의자에 앉아서 다리를 아래위로 흔들었다. 그는 계속 앞을 바라보았다. 짭조름한 바닷바람에 하나로 대강 묶은 머리카락이 흐트러졌다.

그는 흘러내린 머리카락 사이로, 간판에 쓰인 글을 다시 한 번 읽었다.

죄는 대가를 받는다.

"그럴 리가."

교황이었던 남자는 작게 중얼거리며 조금 웃었다.

바람이 좋았다. 목덜미가 시원해서일까. 세상은 너무나 아름다웠다.

텁텁한 신전 너머에 이런 곳이 있구나.

'사람은 역시 여행을 다녀야 해.'

교황이었던 남자는 숨을 들이켜며 조용히 지평선 너머를 바라보았다.

바다는 하늘과 맞닿아 있었다. 시린 파란색이 한없이 펼쳐진 세상에서 그는 흐트러진 머리카락을 다시 내리눌렀다.

바닷물 냄새가 기분 좋게 맴돌았다. 순간, 이 시간이 너무나 꿈같았다.

'기쁘네.'

왜 이렇게 기분이 좋은 걸까.

교황이었던 남자는 이유를 조용히 손가락으로 꼽아 보았다.

파라솔의 그림자가 손등에 어른거려서?

사랑하는 이와 끝나지 않는 밀월여행 중이라?

충성스러운 부하와 화목하고 안락한 노후를 보내서?

결론은 상큼했다.

"다네."

모든 것이 순조로웠다. 평화와 평온이 모두 그의 곁에 있었다.

'뭐, 한쪽에서는 난리겠지만 말이야. 성전은 아주 전쟁터겠지.'

알 바 아니지만.

그는 숨을 들이쉬며 의자에 등을 기댔다. 가슴속까지 시원하기 그지없었다.

'꼴좋다, 새끼들아.'

그 집단이 망하기를 바라며 얼마나 저주했던가.

그는 갑판에 있는 글귀를 다시 읽었다.

죄는 대가를 받는다.

그는 단언했다.

"아니야."

그럴 리가 없다니까. 오히려 아닌 경우가 너무 많아. 그들은 사람을 착취하고 속였다. 살인을 교사하고, 이익을 챙기며 성욕에 날뛴 짐승 새끼들이 어디 한둘인가.

"내가 아는데, 신은 한 분일지도 모르지만 말이야."

교황이었던 남자는 하늘을 보며 중얼거렸다.

"신을 이용하는 건 이 순간에도 수십만이야."

친애하는 로오드시여, 이게 정말 당신이 원한 것입니까.

"신은 없다니까. 신에 의한 착취만 있을 뿐이야."

있다면 왜 두고 보냐고. 자기 이름으로 사기 치고 다니는데 말이야.

"게다가 내가 교황이 된 걸 보면 없는 게 맞아."

그는 살짝 뺨을 긁으며 다시 다리를 흔들었다. 죄책감은 없었지만 새삼스럽긴 했다.

그때였다. 익숙한 목소리가 들렸다.

"성, 아니 도련님."

단 한 명 남은 충성스러운 부하였다. 교황이었던 남자는 그녀를 보고 활짝 웃었다.

"도련님이라니, 아무리 들어도 익숙해지지 않는 것 같아."

"다른 호칭으로 불러 드릴까요?"

그녀는 가볍게 다가왔다. 체중이라고는 느껴지지 않는 걸음걸이였다. 충성스러운 부하는 아직 첩자처럼 걸었다.

'아직 못 고쳤네.'

그는 피식 웃었다. 아무리 평화로운 곳에 와도, 습관은 어쩔 수 없었다.

'맞고 굶어 가며 배운 거니까.'

구정물 속에서 죽어 갔던 사람들이 떠올랐다. 교황이었던 남자는 입가에 걸려 있던 웃음을 지웠다.

"무슨 생각을 하시나요?"

"피피, 네리, 로이스, 카몬, 라디아, 실렌, 리카, 메슬렌, 리이너, 유리아나, 라이센, 트로렌, 카메론, 이리나, 니글레스, 바이칸……."

그가 잃은 사람들이었다. 쥬시였던 여자는 쓰게 웃었다.

"다들 보고 싶네요."

"그러게."

"여행 다니고 싶어했는데……. 아니다. 여행은 무슨. 제발 이곳에서 나가게 해 달라고 순진하게 신에게 얼마나 빌었는지……."

물론 들어주지 않았다. 아니, 딱 둘만 건져서 들어줬다.

"우리는 시궁창 속에 갇혀서 꿈을 꿨었지. 햇살이 비치는 거리, 아름답고 온화한 사람들, 맛있는 음식, 편한 잠자리."

다들 그걸 못 누리고 죽어 버렸다.

왜 우리 둘만 살아남았을까.

교황이었던 남자가 쓰게 웃었다.

"우리는 피둥피둥 살찐 것들이 착취하며 버린 쓰레기들만 주워 먹고 살았지."

"성, 아니 도련님……."

"행복해서 그런가, 옛날 생각이 난다."

쥬시였던 여자는 그의 어깨에 손을 올렸다. 그는 고양이처럼 그 손에 볼을 문질렀다.

"그녀는?"

"세라피 님은 지금 발차기를 연습하세요."

"나날이 강해지네."

"소질 있으세요."

"그동안 쓸데없이 청빈하느라 재능만 낭비했네."

"성녀의 식단이 부실하긴 하죠."

교황이었던 남자는 쓰게 웃었다.

"음식 같지도 않은 걸 먹였잖아. 성녀 이용해서 돈을 포대로 담는 주제에 말이야."

"식사하는 즐거움을 모르게 하다니, 교단답네요."

"그러게나 말이야. 자기들은 매번 기름진 거나 처먹었는데 말이야."

교황이었던 남자는 다시 숨을 들이켰다. 옛날 생각을 해서 그런가. 바다 냄새가 안으로 들어와도, 시원하지 않았다.

"왜 옛날 생각이 나는 걸까?"

"글쎄요. 행복해서?"

"지금 내가 행복한가?"

쥬시였던 여자는 어깨를 으쓱했다. 교황은 턱을 괴고 다시 바다를 보았다. 편한 잠자리와 맛있는 걸 먹고 있긴 했다.

"행복하긴 해."

좋긴 했다.

"근데 뭔가 묘하게 걸린단 말이야."

쥬시였던 여자는 교황의 옆자리에 앉았다.

"뭐가 걸려요? 성, 아니 도련님답지 않아요."

"뭔가, 내가 돌이킬 수 없는 짓을 한 것 같아."

"어머나! 무섭네요. 도련님 감은 잘 맞잖아요."

교황이었던 남자는 과거를 돌아보았다. 이리 보고 저리 보아도 후회할 일이 뭔지 영 집히지 않았다.

"다 할 만해서 했던 일이라……."

"미안한 사람이라도 있어요?"

교황은 미간을 찌푸렸다. 그러고 보면 딱 하나 걸리는 게 있었다.

"니나 케이지?"

그의 말이 의외인지, 쥬시였던 여자는 눈동자가 커졌다. 교황은 작게 숨을 내쉬며 말했다.

"나는 그 애가 정말 세라피에게 양보할지 몰랐어."

정말 착한 아이였다. 너무 선량해서 신기할 지경이었다.

"선행이 기적을 부를 줄이야. 솔직히 깜짝 놀랐거든."

"굉장히 드문 경우이긴 하죠."

"어떻게 둘 다 살아 있을 수 있지?"

쥬시였던 여자는 다리를 꼬며 말했다.

"니나 쪽에서는 건네줬고, 세라피 님은 거부했죠."

"그 결과 둘 다 살아남았다?"

"희한하긴 하네요. 우리 상식으로는 둘 다 죽는 거잖아요. 그런데 둘 다 살았어요."

"끝까지 이상한 애야."

교황이었던 남자는 니나 케이지를 떠올렸다. 기억 속에 있는 그녀는 매우 귀여웠다. 나풀거리는 백금발에 동그란 붉은 눈이 잘 어울렸다. 하지만 외모와 다르게 조곤조곤 말하는 입술은, 생각보다 매서웠다.

'그런 주제에 착했단 말이야.'

뭐랄까, 악의를 잘 모르는 아이였다.

"그래서 이베리아 왕이 반한 걸까."

"도련님! 저, 정말 놀랐잖아요. 리카르도는 뭐랄까, 피도 눈물도 없는 사람이거든요."

"그 애 하나 구하겠다고 모든 걸 던져서 달려오다니."

"사랑이 무엇보다 강하긴 하네요."

"그냥 미친 거 아니야?"

"그럼 니나가 리카르도를 미치게 한 걸까요?"

교황이었던 남자의 머릿속에서 니나 케이지의 붉은 눈을 깜박였다. 확실히 귀엽고 예뻤지만 한 사람을 미치게 할 정도로 관능적이진 않았다.

"내가 모르는 매력이 있나."

뭐랄까, 니나 케이지는…….

'신기한 매력이긴 했지.'

착하고 선량하고 주위를 잘 봤다. 아무렇지도 않게 사람들 챙겼지만, 그런 주제에 묘하게 어설펐다.

"마치 다른 세상에서 온 사람 같았어."

"니나가 좀 그랬죠. 험하게 자란 고아답지 않았어요."

"세뇌라도 당했나. 그러지 않고서야 어떻게 그렇게 바보처럼 착해."

교황이었던 남자는 미간을 찌푸렸다. 그러고 보면 의미 있는 추측이었다.

"머리를 건드려서 착하게 만든 거 아니야? 니나 케이지는 성녀의 스페어였잖아."

"가능성 있네요. 솔직히 니나라는 이름도 대충 만든 거 같아요."

"원래 이름이 뭐였을까."

"모르죠. 우리는 실험용 쥐잖아요. 게다가 시네리필 사람들이 일을 안 한 것 같더라고요. 기록이 이상했어요."

교황이었던 남자는 한숨을 푹 내쉬었다. 아마 그쪽은 지금
도 그 실험을 계속하고 있을 것이다.

"나는 그 접붙이기 속에서 태어났지."

과거를 떠올리니 참 새삼스러웠다. 교황이었던 남자는 작게
숨을 내쉬었다.

그때, 충성스러운 부하가 의외의 질문을 했다.

"도련님 부모님은 어떤 분이셨어요?"

그는 바로 대답했다.

"기록상으로는 친척이었어."

쥬시였던 여자는 깜짝 놀랐다.

"네?"

"그런데 서로의 정체를 몰랐어. 기억을 의도적으로 없앴으
니까. 그들은 평범하게 만나서 사랑하고 나와 동생을 낳았지."

"너, 너무하네요."

"더럽지. 둘 다 신력과 마력을 보유하고 있었는데, 발현하진
않았거든. 없앨까 하다 접붙이기를 실험한 거뿐이야."

그렇게 남매가 태어났다.

"우리가 좀 나이를 먹자, 그들을 부모님을 죽이고 억지로 고
아로 만들어서 신전으로 끌고 왔지."

"부모님은 사이가 좋으셨나요?"

"응. 이런 말 하면 웃기지만, 우리 남매는 행복했어. 중간에
사람들이 와서 아이들이 예쁘장하다며 노예로 팔라고 했지만,
그런 일이 있을 때면 부모님은 화를 냈으니까."

가난했지만 행복했다. 돈은 없었지만, 배를 곯지는 않았다. 어머니는 훌륭한 사냥꾼이었고, 자신도 부지런히 덫을 놔서 작은 동물을 잡았다.

그때를 생각하자, 교황이었던 남자는 조금 웃었다.

"동생은 토끼를 좋아했어."

하지만 자신에게는 토끼란 고기와 모피였을 뿐이었다.

"그런데 순진하게도 자신이 입고 있는 겨울 모자가 토끼털인 건 몰랐어."

"나중엔 눈치챘죠?"

"응."

자신은 동생이 엄청나게 울 거라고 생각했다. 하지만 뭐랄까 동생은 예상 외의 행동을 보여 줬다.

"동생이 말하더군. 나는 토끼를 좋아해. 하지만 이건 이거고, 저건 저거야!"

쥬시였던 여자는 입을 가리고 웃었다.

"와! 재미있네요."

"동생은 좀 황당한 구석이 있었어. 아마 알았겠지. 우리 집 스튜에 든 고기가 토끼라는 걸 말이야."

충격을 받았지만, 자신을 위해서 둘러댔을 수도 있었다. 동생은 그래도 여전히 토끼를 좋아했다. 하지만 자신에게 덫을 놓는 법도 배웠다.

"죽은 토끼를 안고 이번에는 엄마에게 토끼털가죽 장갑을 줄 거라고 씩 웃는 동생은 뭐랄까……."

의외로 믿음직하다 싶었다.

교황이었던 남자는 고개를 저었다. 하지만 알다시피 그 아이는 살지 못했다.

"하지만 그 성격이어도 살아남았을지는 의문이야. 순진하고 밝았거든."

"실험은 고통스러우니까요. 결국 죽었죠? 니나 케이지가 있었으니까요."

"뭐, 교단 쪽에서는 성녀 스페어를 두 개나 두는 건 낭비였던 거지."

니나 케이지를 원망했었다. 하지만 이 점에 관해서는 니나 케이지의 말이 맞았다.

"글쎄. 일단, 진짜 내가 죽였니? 진짜 나 맞아?"

의외로 그녀는 정확히 짚었다.

"머릿속을 탈탈 털어도 누구 죽인 기억이 없어서 그래. 백번 양보해서, 그럼 내가 직접 한 게 아니란 얘기 맞지? 그럼 나도 타의로 연루된 셈이고 직접 죽인 사람은 따로 있는 거 아니야?"

맞았다.

"그럼 그 사람한테 뭐라 그래. 나한테 화풀이하지 말고. 너 내가 되게 만만한가 보다. 약해 보여서 화풀이하는 거 맞지?"

정말 정확했다. 뭐, 동생 일이 없더라도 세라피 때문에 죽여
야 했지만 그건 정말 니나 케이지의 말이 맞았다.

"동생에 관해서는 니나 케이지의 말이 맞았어. 내가 그 애를
원망할 이유는 없지."

그저 휘말린 것뿐이었다.

"순순히 인정하시네요."

"맞는 말이니까. 나 의외로 인정은 빨라."

"네, 네. 도련님. 그러시군요."

"비꼬지 마."

쥬시였던 여자는 웃으면서 주머니 속에 넣어 뒀던 작은 인
형을 꺼냈다. 그녀가 자신을 죽이려는 사람한테 순진하게 선물
한 작은 천 인형이었다.

쥬시였던 여자는 조금 웃었다.

"저는 다행이라고 생각해요."

"니나 케이지가 살아서?"

"네. 죽이려고 한 주제에 이런 생각이라니 좀 웃기긴 하지만요."

생각해 보면 그 작은 시녀는 왕과 친분이 있었다. 그렇게 강
력한 인맥을 지니고 있었지만, 아이는 도통 써먹질 않았다.

"쓸데없이 나한테까지 잘하다니……."

처음에 성안 여론은 싸늘했지만, 점점 더 니나 케이지 자체
는 문제가 없는 것 아니냔 소리가 여기저기서 들렸다.

솔직히 그때 제법이라 생각했다.

"결과적으로는 이베리아 왕만 좋은 거네요. 반려를 찾았으
니까요."

"그러게. 솔직히 그것도 웃겨. 리카르도 왕은 이베리아 외에
아무것도 없는 사람이잖아. 그런 놈이 사랑에 모든 걸 걸다니."

"그 결과가 반려라니. 대단하긴 하네요."

"운이 좋아."

마력에 따른 고통을 견딘 대가일까. 쥬시였던 여자는 오랜
만에 이베리아를 떠올렸다.

"이베리아 성이 그립네요."

"진짜?"

"네. 식사가 맛있었거든요."

눈을 감으면 선했다. 지금쯤이면 정원을 청소할 시간이겠지.

순간 쥬시였던 여자는 가슴을 내리눌렀다.

희생시켰던 동료가 생각났다.

'이런…….'

왜 이래. 나답지 않게.

가슴이 사정없이 따끔거렸다. 쥬시였던 여자는 고개를 저었
다. 빨리 털어내서 잊어야 했다.

그녀는 급히 자신의 주인을 바라보았다. 교황이었던 남자는
조용히 앞을 바라보고 있었다.

그의 시선 끝에는 작은 여자아이가 있었다.

'어라?'

옷차림이 고급스러운 아이였다. 옅은 갈색 머리카락을 땋아 내린 아이는 갈매기가 신기한지 갑판에서 폴짝거렸다.

그때, 교황이었던 남자가 말했다.

"사람이 날 때부터 선하다고 생각해?"

"뭐 잘못 드셨어요?"

"예전에 책에서 읽었는데 말이야."

교황이었던 남자는 계속 여자아이를 바라보았다. 아이가 작아서 그럴까. 저절로 여동생이 겹쳐졌다.

"사람의 본모습은 원래 선하대. 그 이유가 뭔지 알아?"

"당연히 몰라요, 도련님."

그는 여자아이를 손으로 가리켰다.

"저렇게 조그마한 아이가 위험한 물가에 있으면, 어떠한 악인이라도 손을 잡고 안전한 곳으로 끌고 간다고 하던데?"

쥬시였던 여자는 고개를 갸웃거렸다.

"그렇군요."

"그게 사람이 본래부터 선한 이유래. 잘 모르겠지만 말이야."

아이는 갑판에서 부지런히 뛰어다녔다. 교황이었던 남자는 주위를 둘러보았다. 이쯤 되면 유모가 나타날 법한데도, 아이는 여전히 혼자였다.

그때, 갈매기 한 마리가 난간에 앉았다. 아이는 조심스럽게 새를 향해 나아갔다.

"성하, 위험해질까요?"

"글쎄."

"성, 아니. 도련님."

"왜?"

"우린 저 아이가 위험해지면 구할까요?"

그는 고개를 저었다.

"안 할 것 같은데. 그거야 저 애가 죽든 말든 상관없잖아?"

쥬시였던 여자는 곰곰이 생각에 잠겼다.

"소란스러운 거 싫어하시잖아요. 저 애가 죽으면 난리 날 거예요."

"아, 그런가. 그럼 도와줘야 하나?"

그런 이유라면 도와줄 수 있었다.

쥬시였던 여자가 자리에서 일어났을 때였다. 갑자기 한 여자가 아이의 어깨를 잡아당겼다.

"어라?"

아이를 난간에서 물러서게 한 사람은, 위험하다며 잔소리를 했다.

"세라피?"

그는 피식 웃었다. 정말인지…….

'선량하네.'

세라피는 위험하니까 난간에 올라가면 큰일이라고 으름장을 놨다. 아이는 울상을 지으며 고개를 끄덕였다.

"다행이네요."

"다행이네."

두 사람은 물끄러미 아이와 세라피를 바라보았다. 세라피는 한숨을 폭 내쉬며 아이를 꽉 안아 줬다. 아이는 언제 울 뻔했냐는 듯 배시시 웃었다.

백금발의 미인과 귀여운 아이는 한 폭의 그림 같았다. 교황은 쓰게 웃으며 고개를 저었다.

"정말인지 사랑할 수밖에 없는 사람이야."

"그렇네요."

세라피는 아이를 들어올리더니 주위를 둘러보았다. 갑판에 자신의 일행밖에 없다는 걸 확인하자, 그녀는 결심했다는 듯 아이를 허공에 던졌다가 받았다.

"어라?"

아이의 웃음소리가 들렸다. 굉장히 좋아하는 듯했다.

세라피는 안정적으로 아이를 던졌다가 받았다. 두 사람은 서로를 바라보고 고개를 저었다.

"아주 몸으로 놀아 주네."

"정말 힘이 세지셨네요."

저 사람이 연약했던 성녀님이라고 누가 상상이나 할까.

두 사람은 한참을 그렇게 바라보기만 했다.

"성하. 그거 아시나요? 저도 책을 읽었었어요."

"뭔데?"

"한 죄인이 있었는데요. 그 사람은 살던 나라를 떠나 다른 곳으로 가서는 거짓말처럼 죄를 저지르지 않았대요."

"그래?"

"오히려 선량한 일만 했대요."

"왜지? 환경이 바뀌어서 그런가?"

쥬시였던 여자는 고개를 끄덕였다.

"네. 그래서였대요. 사람은 그렇게 환경적인 동물이라고 하더군요."

"음, 그렇구나."

이미 모든 것에 둔해져서 아무렇지도 않았다. 인제 와서 양심의 가책이라면 말도 안 됐다.

"성하께서는 우리가 시궁창이 아니라 햇살 아래 있으면 달라질 것 같나요?"

교황이었던 남자는 쉽게 대답할 수 없었다.

"모르겠어. 너는?"

"저도 모르겠어요."

"그러기에는 너무 멀리 왔단 생각이 드는걸."

바닷바람은 여전히 기분 좋았다. 저 멀리서 세라피와 아이가 노는 소리가 들렸다.

"사실 몰라. 사람을 아끼는 것도, 사랑하는 것도 다……."

"그러게요, 성하. 저도 몰라요. 알고 싶으세요?"

교황이었던 남자는 고개를 저었다.

"알면 후회할 거 같은데."

"저도요."

"어쩔 수 없네. 계속 몰라야겠어."

"그런데 계속 모를 수가 있을까요?"

충성스러운 부하의 의외에 말에, 그는 눈을 깜박였다.

"그게 무슨 말이야."

"억지로 알게 될 상황이 오면 어떡하죠?"

쥬시였던 여자의 목소리가 살짝 떨렸다. 그는 피식 웃었다가 고개를 조금 숙였다.

"설마. 넌 너무 걱정이 많아. 그런 건 오지 않아."

"그렇죠?"

"응. 쓸데없는 염려하지 말자. 즐겨야지."

교황은 애써 하늘을 바라보았다.

"봐. 바람이 좋잖아. 햇살도 예쁘고, 바다는 반짝이고, 세라피는 아름다워."

아이와 세라피는 빙글빙글 돌면서 놀았다. 맑은 웃음소리가 울려 퍼졌다. 하지만 쥬시였던 여자는 왠지 서글펐다.

'왜 마음이 저런 걸까.'

그녀는 가슴 한구석을 손가락을 콕콕 찔렀다.

그때였다. 세라피의 손수건이 갑판 위로 떨어졌다.

"어머?"

세라피는 허리를 굽혀 주우려고 했지만, 아이가 더 먼저였다. 하나로 땋아 내린 머리가 잘 어울리는 소녀는 작은 손으로 더듬더듬 손수건을 주었다.

"고마워, 애니."

손수건을 들어올린 애니의 눈동자가 반짝였다. 세라피는 밝게 웃으며 말했다.

"뭐가 달렸지?"

손수건 끝에는 토끼 인형이 대롱대롱했다.

"토끼?"

"응. 토끼. 내가 정말 좋아하는 여동생이 만들어 준 거야."

"귀여워!"

"맞아. 우리 니나는 솜씨가 좋거든."

세라피는 토끼 인형을 부드럽게 쓸었다.

"동생 이름이 니나야?"

"응."

"어디 살아?"

"지금은 멀리서 살아."

"보고 싶겠다."

세라피는 고개를 끄덕였다. 애니가 얘기하니 정말 보고 싶어졌다.

'우리 니나, 행복하겠지?'

남색 시녀복을 입은 소녀가 떠올랐다 사라졌다. 세라피는 인형을 꽉 쥐었다.

'그 사람이 잘해 주니?'

잘해 주지 않으면 말하렴, 니나. 내가 가서 막 때려 줄게.

"우리 엄마도 멀리 살아!"

세라피는 밝게 웃었다.

"그러니? 애니도 보고 싶겠네?"

"응. 하지만 괜찮아! 보러 가고 있으니까!"

"그래서 이 배에 탄 거구나."

"응!"

애니는 고개를 크게 끄덕이며 손을 내밀었다. 세라피는 작은 손에 토끼 인형을 살며시 얹어 줬다.

"아끼는 거라서 주진 못해."

"갖고 싶지 않아! 보기만 할 거야!"

"어머나? 착하구나, 애니는."

아이는 토끼 인형을 요리조리 살폈다.

"이 토끼 이름 있어."

"뭔데?"

세라피는 환하게 웃었다. 바람결에 흐트러진 치맛자락을 잡으며, 그녀가 말했다.

"비비안이야. 애칭은 비비야."

그때였다. 어디선가 넘어지는 소리가 들렸다. 세라피는 소리가 난 곳으로 고개를 돌렸다. 시선의 끝에 이제 조금 익숙해진 남자가 보였다.

"서, 성하? 발목이!"

"잠깐만. 잠깐만. 저기 세라피."

남자는 비틀거리며 달려와, 성녀였던 여자의 손을 잡았다. 세라피는 눈을 깜박였다. 잘은 모르지만 이 사람이 당황한 모습은 처음이었다.

"지금 뭐라고 했어?"

"토끼 인형 이름이요?"

교황이었던 남자는 그녀의 손을 움켜잡았다. 그는 지금 들은 걸 믿을 수가 없었다.

"비비안이요. 애칭은 비비예요."

"그거 당신이 붙인 거야?"

세라피는 고개를 저었다.

"이거 만들어 준 사람이 지어 준 거예요. 당신도 알잖아요. 이 인형은……."

교황의 손이 파르르 떨렸다. 그는 시선을 마주치지 못했다. 시야가 잡히지 않았다. 세상이 뭉그러졌다. 흐트러진 초점 사이로 바다가 보였다.

바람이 불었다. 윙윙거리는 소리에 귀가 따가웠다.

세라피의 목소리가 가느다랗게 울려 퍼졌다.

"니나가 만들었어요."

알았다.

이미 아는 사실이었다. 하지만 교황은 다시 한번 물었다.

"니나 케이지가 그랬어?"

목소리가 떨렸다.

설마. 아니겠지. 아니어야 해.

"토끼 인형 이름이 비비안이고, 애칭이 비비라고?"

"네……."

세라피는 이 남자가 왜 이러는 알 수 없었다. 심상치 않았는지 그의 부하가 달려왔다. 교황은 큰 충격을 받은 듯 비틀거렸다.

그는 자기도 모르게 중얼거렸다.

"비비, 비비안."

그는 조용히 아이를 내려다보았다. 작은 아이의 모습이 자신이 사랑했던 동생이랑 겹쳤다.

"비비, 비비안."

어떻게 잊을 수 있을까.

기억이 흘러 내렸다.

"오빠, 얘는 비비야. 인사해."

"안녕, 비비."

"앗! 오빠 비비라고 하지 마. 비비안이라고 해! 비비는 나만 부를 수 있는 이름이야!"

그는 바로 부정했다. 참 초라한 저항이었다.

"아니야. 그럴 리 없어."

하지만 비슷해. 설마. 아니야. 아니어야 해.

그런데 말이야.

'여동생의 머리카락 색이 어땠지?'

교황은 자기 머리카락을 잡았다.

'백금발이었어.'

있잖아. 여동생의 눈동자가 어땠더라?

그는 자신의 눈가를 꾹꾹 눌렀다.

'붉은색······.'

웃음이 나왔다.

그는 조용히 니나 케이지를 떠올렸다. 남색 시녀복을 입고,

자신의 등에 업혀 있던 소녀.

'아, 내가 그 애를 왜 업었더라.'

교황은 세라피에게 고개를 돌렸다.

'성녀를 구하려고, 회로를 빼서 죽이려고……'

순간 속이 좋지 않았다. 그는 손으로 입을 막고, 난간을 잡고 비틀거리며 걸어갔다. 하지만 균형을 잡을 수 없어서 무릎을 꿇고 앉아 버렸다.

"내가……."

죽이려고 했다.

어쩌면 내 동생일지도 모르는 애를.

바람이 느껴졌다. 소금기를 가진 바람은 잠시도 머물지 않았다. 손가락 사이로 죄다 빠져나갔다.

"백금발, 붉은 눈……."

그러니까, 어떤 애였지?

기억 속에 있던 니나 케이지가 웃었다. 자신을 보고 웃진 않았지만, 돌아보면 항상 웃고 있었다. 특히 성녀랑 있을 때, 그 아이는 자주 웃었다.

정체가 뭐였더라?

"성녀의 스페어."

그래. 여동생이랑 같았다.

'어째서 몰랐지?'

왜 한 번도 생각해 본 적 없지? 지금 생각하니 어이없었다. 한 번쯤은 의심해 볼 수도 있었잖아.

"하하. 아하하하하."

왜 웃음이 나는 걸까.

문득 그날이 떠올랐다. 신전이 무너지는 곳에서 하반신을
못 쓰는 아이를 버렸다.

뭐라고 말했더라. 그는 그때 말했던 것을 따라 했다.

"'수고했어. 니나 케이지.'"

순간 토기가 올라왔다. 그는 숨을 헐떡였다. 뜨거운 것이 마
구잡이로 속을 할퀴었다.

"성하!"

"날 내버려둬!"

난간을 잡은 손이 부들부들 떨렸다.

바닥으로 물방울이 뚝뚝 떨어졌다. 그게 눈물이란 걸, 조금
뒤에 알았다. 교황은 갑판 위에 엎드려서 자기도 모르게 중얼거
렸다.

"신이여……."

신을 왜 찾아. 신 따위 없는데.

거대한 죄책감이 내리눌렀다. 죄악은 무거워서, 그는 허리를
펼 수 없었다.

그때였다. 아까까지 봤던 갑판 위의 글자가 보였다.

그는 떨리는 목소리로 글자를 읽었다.

죄는 대가를 받는다.

숨소리는 점점 거칠어졌다. 그는 울면서 웃었다. 정말인지, 빌어먹을 신이었다. 신의 넘치는 은혜에 감격해서, 그는 결국 속에 있는 것을 게워 냈다.

햇살은 여전히 밝았다. 바람은 좋고, 모든 것이 정갈하고 깨끗했다. 하지만 죄인은 모든 것을 토해 내며 구더기처럼 꿈틀거렸다. 왠지 그것이 자신과 잘 어울린다고, 교황이었던 남자는 생각했다.

니나의 반려 대관식

"사, 살려주세요."

팔을 휘저으며 애처롭게 외쳤지만, 메어리 님은 냉정하기만 했다.

"참으세요! 반려님!"

"윽!"

메어리 님은 코르셋 끈을 잡아당겼다. 나는 숨을 헐떡이다가 벽을 잡았다. 사과 농사하느라 힘이 장사가 되셨나. 메어리 님! 왜 이렇게 강한가요.

"여기가 한계군요. 좋아요. 반려님. 이제 끝났어요."

메어리 님은 바로 끈을 느슨하게 했다. 나는 겨우 숨을 쉬면서 중얼거렸다.

"이거 정말 싫어요."

"알아요. 그래서 대강할 거예요. 그래도 치수는 알아야 하잖아요."

"이러다 죽어요. 진짜. 숨이 턱까지 막혔어요. 이거 죽으라고 만든 거 맞죠?"

"코르셋은 이베리아에서도 오래전에 사라진 문화예요. 뭐, 금지했다는 편이 맞겠네요. 실제로도 누군가 죽어서요."

누군지 모르지만 감사합니다. 복 받으세요. 그런데 꼭 죽어야 금지가 되나요. 죽기 전에 미리 금지하면 안 되나.

나는 숨을 헐떡이며 한숨을 내쉬었다. 코르셋 조이기는 끝났지만, 눈앞에는 엄청나게 화려한 드레스가 반짝거렸다.

"아……."

막 싫다고 말하려던 차였다. 메어리 님은 시녀들과 눈짓을 하고, 바로 드레스를 덮어씌웠다.

'나, 나를 너무 잘 아서.'

확실히 전문가들은 달랐다. 그들은 능숙하게 주름을 잡고 핀을 꽂았다.

"아아. 반려님."

메어리 님은 발그레해진 볼을 문지르며 속삭였다.

"아름다우시네요."

나는 어색하게 웃었다. 뭐, 거울 속에 비친 니나는 확실히 예쁘긴 했다.

'백금발에, 붉은 눈. 여린 체구와 하얀 피부.'

드레스는 그런 니나의 이미지에 맞춰서 제작된 거 같았다. 덕분에 거울 속에 나는 가녀리고 깜찍한 매력을 한껏 뿜었다.

'확실히 이 얼굴은 요염한 쪽은 아니지.'

나는 금빛 드레스를 보며 한숨을 쉬었다. 대관식용이어서 그런가. 보석들이 잔뜩 달려 있었다.

"평소에는 죽었다가 깨어나도 이렇게 안 입을 거예요."

"반려님 마음대로 하세요. 하지만 의식 때는 어쩔 수 없으세요."

"때마다 계속 이래야 한다니. 슬프네요."

"공식 행사는 1년에 두 번이에요. 그나마 이것도 폐하께서 줄인 거죠."

아마 예산 때문이겠지만, 리카르도 폐하 감사합니다.

나는 금빛 찬란한 드레스를 다시 한번 바라보았다. 금빛과 은빛이 섞인 드레스는 더럽게 불편한 만큼 예쁘기는 했다.

메어리 님이 나를 아래위로 훑어보며 말했다.

"은색도 좋지만 붉은색도 좋을 거 같아요."

시녀들은 바로 고개를 끄덕였다.

"반려님 눈 색은 예쁜 붉은색이니까요."

"그건 폐하도 마찬가지니까요. 마침 좋은 원단이 있는데요!"

시녀 한 분이 붉은 천을 들고 다가왔다. 메어리 님은 그 천을 내 몸에 댔다.

"괜찮네요. 하얀 피부가 더 돋보여요."

"폐하와도 잘 어울리실 거 같아요."

그런가.

나는 조용히 거울을 바라보았다. 확실히 니나의 피부색과 잘 어우러졌다.

"그럼 이걸로도 한 벌 할까요?"

"그럴까요?"

시녀의 손에 붉은 천이 팔랑 흔들렸다. 금빛 드레스는 찬란하게 빛났다.

'어라?'

금색과 붉은색이 눈앞에서 휘날렸다. 그걸 인지한 순간, 갑자기 눈이 깜깜해졌다.

"바, 반려님?"

시녀들의 웅성거리는 소리가 들렸다. 하지만 갑자기 숨이 조금 막혔다.

'왜?'

나는 그대로 바닥으로 추락했다.

'아. 다치려나.'

하지만 누군가가 강하게 등을 받쳤다.

메어리 님 목소리가 들렸다.

"니나야!"

급하니까 예전처럼 부르시네.

그 생각이 끝이었다. 다시 눈을 떴을 때는, 침대 위였다.

폐하의 목소리가 들렸다.

"드레스를 보다가 그랬다라……. 이걸 어떻게 해석해야 할까."

저런. 날이 잔뜩 서 있으시네. 화나셨군.

"그전까지는 멀쩡하셨습니다. 코르셋이 싫다고 하셨지만요. 그건 별로 조이지 않았습니다. 이번 일은 정말 이유를 알 수 없습니다. 폐하."

"이유를 알아야 하는 사람들이 이리 모른다고 하니, 짐이 무슨 말을 해야 할까."

시녀들이 입을 꽉 다물었는지, 조용하기만 했다. 저러다 사람 잡지. 말려야겠다.

하지만 도무지 일어날 수 없었다. 나는 온몸에 힘을 줬다. 깨어나자. 이화윤.

그때 메어리 님 목소리가 들렸다.

"붉은 천입니다."

"그게 무슨 말이지?"

"붉은 천을 보시다가 갑자기 쓰러지셨습니다. 혹시 반려님께서 붉은색에 안 좋은 기억을 가지고 있으십니까?"

침실 안에 침묵이 내려왔다. 그제야 손가락이 하나가 겨우 움직였다.

'아, 됐다!'

나는 자리에서 벌떡 일어났다. 너무 갑자기 의식을 차렸는지, 주위에서 놀랐지만, 나는 머리를 뒤로 넘기며 배시시 웃었다.

"아, 폐하! 그거 메어리 님 말 맞아요. 붉은 천 보니까 쓰러졌어요!"

"대답이 참 빠르군."

급하게 숨을 들이켜다가 사례가 걸렸다. 정신없이 콜록거리니, 폐하께서 물을 건네줬다. 나는 조심스럽게 물을 다 마시고, 숨을 몰아쉬었다.

새로 온 의사가 물었다.

"괜찮으십니까? 반려님?"

"괜찮아요. 좀 오래 잔 느낌이긴 하네요. 그런데 이상하네요. 붉은 천이 뭐라고 쓰러졌을까요?"

"막 일어난 사람이 빠르게도 본론으로 들어가는군."

그러게요. 좀 급했네.

나는 배시시 웃으며 폐하의 손을 잡았다. 그의 찌푸린 미간이 알려 줬다. 이 남자 엄청나게 걱정했구나.

"저 괜찮아요. 폐하."

그는 긴 한숨을 내쉬었다.

"아직 아무것도 모른다. 안심할 때가 아니야."

"봐요. 정말 괜찮아요. 아, 바로 쓰러졌을 때의 상황을 다시 구현해 보죠. 메어리 님, 드레스 가져다주세요!"

폐하는 바로 막았다.

"안 된다!"

"빨리 끝내죠. 그래야 저도 조심하잖아요."

"나나."

낮은 목소리가 무겁게 가라앉았다.

"일단, 반려와 의논할 것이 있다."

폐하는 의사와 시녀들에게 눈짓했다. 다들 베테랑들이셔서 그런 걸까. 죄다 눈치채고 조심스럽게 방 밖으로 나갔다.

조심스러운 발걸음은 문 닫는 소리와 함께 끝났다. 그는 바로 내 침대에 올라왔다. 그리고 바로 내 손을 잡고 끌어당겼다.

익숙한 품이 눈앞에 펼쳐졌다. 나는 그의 가슴에 얼굴을 비비며 숨을 몰아쉬었다.

"걱정하셨군요."

"초조해서 미치는 줄 알았다."

"걱정하지 마세요. 저는 왠지 별거 아닐 거 같아요."

"왜 그렇게 생각하지?"

"그냥, 감이에요."

폐하의 잘생긴 미간이 찌푸려졌다.

"정말 그 이유인가?"

"이제 아내가 될 사람한테, 폐하께서는 신뢰가 없네요. 나름 대로 의학서 많이 본 약제사의 의견이에요. 이거 색에 관련된 거 같아요."

'그때 붉은 천이 흔들렸었지.'

그럼, 붉은색 때문일까?

가까운 곳에 빨간색이 있었다. 나는 고개를 들어 그의 눈동자를 바라보았다. 예쁜 붉은 눈동자가 루비처럼 반짝였다.

'아까 같지 않아.'

숨이 막히거나 눈이 깜깜해지지 않았다. 폐하의 눈동자 색이 너무 예뻐서, 키스를 좀 불렀을 뿐이었다. 나는 무릎에 힘을 주고 일어나서 그의 눈가에 입을 맞췄다.

그는 깊게 한숨을 내쉬었다.

"나나."

"시, 싫어요?"

"그 반대다. 짐을 흥분시키지 마라."

앗, 그쪽을 버튼을 누른 게 아닌데! 순간 바로 뒤로 물러섰다. 나는 손바람으로 그의 얼굴을 식혔다.

"폐하, 아직 낮이에요! 밤은 멀었어요!"

"해가 지긴 했다."

"아니, 그거 좀 했다고!"

계속 물러서다 보니 등에 침대 헤드가 닿았다. 도망갈 곳이 없어서 눈만 굴리고 있는데, 왕은 갑자기 고개를 돌리고 입을 가렸다.

그의 어깨가 미미하게 떨렸다.

'장난이었구나.'

나는 턱을 괴고, 고개를 저었다.

"너무하시네요, 폐하."

"너무한 건 짐이 아니라, 토끼 너다."

"제가 뭘요!"

"짐에게 네가 쓰러지는 걸 보고만 있으라고 하다니."

"아니 뭐, 그래야 원인을 알 테니까요."

"나나. 짐은 네 앞에서는 한없이 무력하다."

커다란 손이 내 뺨을 쓸었다.

"그래서 두려워."

"아니, 뭐 이런 거로……."

나는 그의 손을 잡았다.

"이런 게 아니다. 그러니까. 니나. 그 일은 조금 미루자."

이런.

나는 바로 고개를 저었다.

"안 돼요! 저 성녀님 보고 싶어요!"

"교황은 위험하다."

"그 사람 위험하다는 데는 매우 동의해요. 하지만 교황답지 않게, 미리 예고했잖아요. 이미 일정까지 다 조정한 일이에요."

나는 내가 받았던 편지를 떠올렸다.

곧 갈게.

-전 교황

교황은 나를 보고 싶다고 했다.

'솔직히 모르겠어.'

이유는 알 수 없었다. 나는 그 신전에서 사라지던 소년을 떠올렸다. 백금발과 붉은 눈을 가진 소년은 겉모습은 천사 같았지만, 속은 악마였다.

순간, 숨이 조금 거칠어졌다.

그가 나를 더 끌어당기며 말했다.

"미루자. 토끼야."

나는 바로 고개를 저었다.

"안 돼요."

안 되는 이유는 꽤 여러 개였다.

"폐하. 사실 저는, 성녀님이 보고 싶긴 해요. 하지만 가장 중요한 이유는 따로 있어요. 그 사람을 이베리아에 오래 두고 싶지 않아요. 무슨 일을 벌일지 어떻게 알아요. 솔직히 말할게요."

나는 그의 등에 손을 둘렀다.

"빨리 치워버리고 싶어요."

교황을 생각하면 무섭고 숨이 막혔다. 솔직히 시한폭탄 같은 사람이었다.

"짐이 교황을 처리할 수 있으면 했을 것이다."

"알아요."

교황의 승계는 그의 의지라고 들었다. 교황이 힘을 보낼 의지가 있다면, 즉시 교황은 바뀐다.

'보통은 힘이 넘어가는 걸 원하지 않아.'

그래서 선대 교황은 끝까지 버티다가, 결국 새 교황의 세뇌에 함락된 것이다.

"지금 교황이 자리에 없어서 성국은 혼란스럽죠."

그것이 이베리아에는 훨씬 유리했다. 그리고 이 기간이 길면 길수록 좋았다.

"교황은 성전으로 돌아갈 생각이 없다고 하더군."

"그 사람 평생 떠돌아다닐 건가?"

"성녀가 머물고자 하는 곳에 정착하겠지."

나는 고개를 끄덕였다.

"영원히 떠돌다 자연스럽게 죽는다면, 계승되어 오던 교황의 힘은 소멸한다."

나는 잔인했던 소년을 떠올렸다. 변수가 많지만, 그가 교단을 증오하는 건 확실했다.

교황은 절대로 돌아가지 않을 것이다.

"그러니까 일정 미루지 말아요. 그런 교황이 절 보고 싶다는 건, 진짜 뭔가 있다는 거잖아요. 인제 와서 저를 죽일 거 같진 않아요. 이유가 없으니까요."

나는 잘생긴 폐하의 어깨를 토닥였다.

"괜찮아요. 저 혼자 나가는 것도 아니잖아요."

그는 여전히 내키지 않아 보였다. 나는 폐하의 품에 어깨를 기댔다.

"성녀님 때문이라도, 교황은 저 어떻게 하지 못해요."

나는 조금 웃었다.

'아마 경우의 수는 이 사람이 나보다 더 잘 알겠지.'

그런데도 걱정하는 걸까.

나는 그의 품에서 숨을 들이켰다. 익숙한 향기에 몸이 노곤하게 풀렸다.

"교황 볼 때 제 옆에 같이 있을 거죠?"

"당연한 걸 묻는군."

나는 환하게 웃었다.

"이베리아에서 제일 강한 사람이 옆에서 지켜 줘서 그런가. 저는 겁이 안 나네요."

그가 내 얼굴을 매만지며, 쓰게 웃었다. 나는 그의 머리카락을 손에 감았다.

"괜찮을 거 같아요. 제 감이에요."

"못 믿겠군."

"저 감 좋아요. 얼마나 잘 맞는데요. 이런, 못 믿으시네."

나는 그의 머리카락을 한 꼬집 싶어서 볼을 살짝 쓸었다. 매
끈매끈한 생머리가 피부에 닿았다.

'그런데 진짜 괜찮을 거 같다.'

왜일까.

이유는 알 수 없었다. 굉장히 끔찍하고 무서운 살인자를 보
게 되는데, 뭐 이리 배짱이지.

'그냥, 왠지 만나야 할 거 같기도 해.'

마치 정해져 있는 책처럼 말이야.

이건 또 무슨 조화일까.

나는 그의 머리카락을 놓으며 후 불었다. 정말인지, 내 생각
을 내가 알 수 없었다.

'호위가 어마어마하다.'

교황과 만나기로 한 건, 성의 정원이었다. 나는 살짝 주위를 둘
러보았다. 어딜 둘러봐도 엄청난 인원이 눈을 부릅뜨고 있었다.

'시선이 따끔따끔해.'

저 멀리서 교황이 천천히 걸어왔다. 내가 알고 있었던 시녀

와 여전히 함께였다.

그러고 보면 그녀도 참 오랜만이었다. 잊고 있던 추억이 몽실거리며 떠올랐다. 그때, 저 시녀의 표정이 어땠더라.

날 속이면서도, 웃었지?

'싫다.'

이상하게 호흡이 힘들었다. 나는 깊게 숨을 몰아쉬며, 폐하의 뒤에 조금 숨었다. 그리고 얼굴만 조금 뺐다.

'든든하네 우리 폐하.'

그는 기다렸다는 듯 나를 더욱더 뒤에 숨겼다. 왠지 조금 웃겨서, 그의 허리에 팔을 감을 때였다.

교황이 갑자기 뛰었다.

'뭐야.'

우리를 보더니 정신없이 달렸다. 마치 이산가족이라고 찾은 것처럼 필사적이었다. 심지어 중간에 한 번 넘어졌지만, 달리는 걸 멈추지 않았다.

그렇게 교황이 앞에 섰다. 그리고 헉헉거리며 바로 외쳤다.

"내가! 컥! 콜록콜록! 켁!"

"성하!"

"콜록콜록!"

사례가 걸린 모양이었다.

뭐야, 이거.

'개그?'

기침이 심한지, 생리적인 눈물을 흘렸다. 나는 폐하의 등뒤에서 고개를 갸웃거렸다.

'갑자기 교황에서 광대로 직업을 변경한 걸까.'

상대가 기침하고 있으니, 딱히 할 일이 없었다. 쥬시였던 사람은 교황의 등을 치면서 말했다.

"어머, 성하 혀까지 씹으면 어떡해요!"

"컥! 콜록! 내가!"

그래, 네가 뭐.

이상한 상황에 폐하마저 아무 말 없었다. 그때였다.

"내가 콜록! 네! 콜록! 오빠다!"

나는 눈을 깜박였다. 폐하의 가려진 망토 사이로, 소년은 여전히 기침 중이었다.

'내가 지금 뭘 들은 거지?'

의미가 잘 와닿지 않았다.

오빠? 오빠라는 단어는 남매라는 거지?

'나는 동생밖에 없는데……. 아, 내가 아니라 니나지.'

엥? 니나 오빠?

나는 서둘러 폐하의 망토 뒤에서 나왔다.

"오빠? 당신이? 니나는 고아인데?"

"내가, 콜록! 네! 오빠야! 콜록! 고아! 맞는데, 원래 내 동생! 콜록콜록! 켁!"

교황은 기침은 진화해서, 이제는 토할 거 같았다.

'진짜 오빠라고?'

나는 니나의 머리카락을 끝을 잡고, 눈앞으로 가져갔다. 이제는 익숙한 백금발이었다. 이번에는 교황을 바라보았다.

밝은 백금발을 가진 청년이 눈물을 훔치며 나를 주시했다.

나는 침을 꼴깍 삼켰다. 그의 붉은 눈동자에서, 눈물이 주르
륵 흘렀다.

'붉은색······.'

순간 숨이 막혔다.

코끝에 시원한 바람이 불었다. 니나의 백금발이 나풀나풀
휘날렸다.

'금색······.'

기다렸다는 듯 빛이 점점 사라졌다. 순간 기다렸다는 듯 몸
이 떨렸다. 숨이 막히고, 세상이 어두워졌다.

귓가가 윙윙거렸다. 이명이 시끄러웠다. 그러다 결국, 적막
이 내려앉았다.

나는 이 증상을 알았다.

'공황장애······.'

이베리아 오기 전에 책에서 읽은 적 있었지, 아마. 내가 겪을
줄은 몰랐지만.

커다란 손이 내 어깨를 잡았다. 이건 폐하겠지. 어떡하지.

'걱정할 텐데······.'

그것이 내가 한 마지막 생각이었다. 나는 그대로 의식을 잃
었다.

왜 공황장애가 온 걸까?

'무서워서?'

생각해 보면 교황은 날 죽이려는 사람이었다. 겁나고 두려운 것이 당연했다.

'붉은색이 아니었구나.'

백금색 포함이었어.

나는 소년을 떠올렸다. 백금발과 붉은 눈을 가진 미소년이었다. 아니, 이제 미청년이었다. 외모만큼은 성화에 나오는 천사 같았다.

'생각해 보면 닮긴 했네.'

니나랑 외모가 비슷했다. 그러고 보면 니나도 좀 천사 같지.

'그런데 동생이라고?'

믿기 힘들지만, 영 신빙성 없는 이야기는 아니었다. 고아지만 충분히 형제가 있을 수도 있지.

'그게 교황이라고?'

니나야. 너 출생의 비밀이 있었니?

'왜 갑자기 막장 드라마가 튀어나오지?'

복잡해라.

나는 생각에 잠겼다.

'자 이러면 어떻게 해야 할까?'

알고 보니 니나가 교황의 동생이래요. 그런데 교황은 니나를 죽이려고 했죠. 세라피 때문이에요!

'이런! 순간, 욕이 나왔어.'

꼬였네, 진짜.

보통은 이럴 때 어떻게 할까?

의외로 결론은 빨리 나왔다.

'니나라면 용서했을 거 같긴 하다.'

그런데 나는 니나가 아니잖아. 나는 이화윤이라고.

나는 그들을 떠올렸다.

나는 교황 옆에 있던 쥬시였던 여자가 먼저 기억났다. 교황
을 위해서는 뭐든지 하는 사람이었다.

'그건 교황도 마찬가지지.'

세라피를 위해서라면 뭐든지 하지.

'그래서 내가 죽을 뻔한 거고.'

나는 입술을 살짝 깨물었다.

'용서는 개뿔!'

아무리 그래도 그렇게 희생시켜도 돼?

부드러운 손길이 입술을 쓸었다. 순간, 나는 그제야 촉각이
돌아왔다는 걸 알았다.

'폐하인가?'

그 사람을 생각한 순간, 의식이 확 밝아졌다. 나는 눈을 떴
다. 가물가물한 시야 사이로, 검은 머리카락이 보였다.

"폐하?"

돌아오는 대답은 상냥했다.

"니나."

나는 그의 머리카락을 한 움큼 잡으며 말했다.

"걱정했죠? 미안해요."

곧 익숙한 체향이 나를 가뒀다. 나는 그의 어깨에 얼굴을 비볐다. 그제야 내가 어디 있는지 깨달았다.

'침실이네.'

폐하와 같이 누워 있었다.

나는 그에게 속삭였다.

"저 붉은색과 금색을 보면, 바로 쓰러지나 봐요."

"교황 때문인가?"

"네. 웃긴 건 제 얼굴을 보면 아무 생각도 안 드는데 말이에요. 그건 그냥 니나의 모습이어서 그런가……."

나는 긴 한숨을 내쉬었다.

"폐하. 제가 교황의 동생이래요."

"거짓말 같지는 않더군."

"그래서 성력이 강했던 거구나. 성력도 핏줄로 내려오는 거 맞죠?"

"그렇더군. 마력이랑 똑같아."

이걸 어쩌나.

"교황은 어디 있어요?"

"아직 성에 있다. 성녀도 안쪽으로 미리 옮겨 놨다."

피식 웃음이 나왔다.

"절 위해 위험을 감수하셨네요."

"네 가족이지 않으냐."

나는 바로 고개를 저었다.

"아니요. 가족은 무슨."

나는 내 손을 내려다봤다. 새삼스럽지만 나는 이화윤이었다.

니나가 살았던 흔적은, 내 머릿속 기억이 다였다. 안타깝게
도 교황에 관한 기억은 남아 있지 않았다.

'나는 몸만 니나지. 영혼은 아니야.'

그렇다면 결론도 간단해졌다.

나는 바로 침대에서 일어났다.

"다시 한번 만날게요. 교황님 빨리 카스텔리움에서 내보내
죠. 폐하."

"오늘은 안 된다. 쉬어야 해."

"아니요. 이런 것은 좀 급하게 끝내도 될 거 같아요. 결론이
바뀔 거 같지도 않고요."

나는 침대에서 내려오려고 했다. 하지만 허리를 잡은 건, 그
였다.

"무리하지 않아도 된다."

"아니요. 이건 무리하는 게 아니에요. 그리고 날 위해서이기
도 하고요."

나는 숨을 크게 들이켰다. 조금 시원한 밤공기가, 안으로 가
득 들어왔다.

"아, 그런데 좀 무섭긴 하네요."

조금 웃음이 나왔다. 나는 돌아서서 배시시 웃었다.

"그러니까, 같이 가 주세요. 폐하."

그는 내키지 않는지, 미간을 찌푸렸다. 하지만 다시 만류하진 않았다. 그저 일어나서, 나를 안아 올릴 뿐이었다.

"그래. 같이 가자."

나는 그의 어깨에 팔을 올렸다. 새삼스럽지만, 폐하는 참 힘이 좋았다.

그의 머리카락을 매만지며 속삭였다.

"괜찮아요. 잘 해결될 거예요."

"그것도 네 감인가?"

역시 폐하는 학습능력이 좋았다.

"네. 어떻게 알았어요?"

그의 잘생긴 미간이 묘하게 일그러졌다. 나는 활짝 웃으며, 그의 가슴에 얼굴을 댔다.

익숙한 체취가 참 기분 좋았다.

교황이 있는 곳은 제법 구색을 갖춘 곳이었다. 방 안쪽으로 들어오자, 나는 눈부터 감았다.

소년의 목소리가 들렸다.

"니나!"

맑은 미성에, 무심코 눈을 뜨려다가 다시 질끈 감았다.

"저, 폐하. 소파에 내려 주세요."

"짐이 계속 안고 있어도 된다."

"좀 길어질 거 같아서요. 내려 주세요. 아, 눈 가릴 거 있나요?"

폐하는 나를 소파에 조심스럽게 놓았다. 나는 어깨를 풀면서, 어색하게 웃었다.

"그러니까, 교황님?"

"교황 소리는 토 나와. 오빠라고 불러줘."

"음, 성국에 높으신 분이라고 할게요."

부드러운 검은 천이 내 눈가에 닿았다. 폐하는 꼼꼼하게 눈을 가려줬다.

"제가 이러는 이유는, 알고 계시죠? 영민하신 분이니까요."

"몰라. 니나가 설명해 줘."

"저는 지금 성국에 높으신 분을 보면 기절을 해요."

"왜?"

"무섭고 더럽게 짜증이 나서요."

나는 조용히 팔짱을 꼈다.

"저 죽어 갈 때 밝게 웃으면서 나가신 분을 다시 뵙게 될 줄 상상이나 했겠어요? 그것도 니나랑 피가 이어지셨다면서요? 어머나, 세상에! 별꼴이야!"

보지 않아도 알았다. 깽판을 치기에 지금 분위기는 딱 좋았다.

"그렇게 가 놓고 오빠다~! 하면 어머나 오빠구나! 모든 걸 용서할게요! 우리 잘 지내봐요! 라고 할 줄 알았나요?"

현실은 트라우마의 재림과 공황장애 출몰이었다.

'덕분에 평생 붉은색과 금색을 함께 보진 못할 거야.'

아, 욕 나와.

"아, 아니."

침울한 목소리가 울려 퍼졌다.

"그건 아니었어."

"그럼 왜 찾아왔는데요. 아시다시피 저 지금 왕비가 되어서 잘 먹고 잘살 예정인데요."

"왕이 잘해 줘?"

"잘해 주죠?"

"잘해 주지 않으면 내가 처리해 줄 거라고……. 말하러 왔어."

어머나, 세상에.

"폐하. 잘 들으셨죠? 저한테 잘해 주지 않으면 처리당합니다."

"무섭군."

"진짜, 그 말 하려고 온 거예요?"

아닐 텐데?

눈이 가려져서 표정을 볼 수 없는 게 한이었다. 나는 입술을 꽉 깨물었다.

"솔직히 용서해달라고 왔죠?"

상대는 말이 없었다.

"제가 좀 착한데요. 그렇게 착하진 않아요. 그리고……."

나는 심호흡을 했다.

'솔직히 고민된다.'

이걸 말할까, 말까.

'말하는 순간 후회할 거 같아.'

하지만 안 하면 더 후회하겠지.

나는 폐하의 옷자락을 잡아당겼다.

"폐하, 사람 좀 물러 주세요."

"위험하다."

"이 사람들 공격하려면 더 일찍 했겠죠. 좀 비밀스러운 얘기라서 그래요. 주위 사람 좀 물러 주세요."

그때 익숙한 여자의 목소리가 들렸다.

"비밀스러운 얘기라면 이베리아 왕도 나가야지."

내 얼굴에 드러났던 표정이 사라졌다.

'쥬시였던 분은 대단하네.'

나한테 뭐라 말할 염치가 있구나.

입술이 파르르 떨렸다. 나는 애써 호흡을 조절했다. 그러고는 다시 폐하의 손을 잡았다.

"아니요. 폐하는 계세요. 오히려 그쪽이 나가셔야죠. 전 앞에 있는 이분께만 말하고 싶습니다."

사실 저 여자가 알든 말든 상관없었다. 어차피 전해 듣겠지. 하지만 내가 싫었다.

"성하!"

"나가 있어. 이베리아 왕이 나를 헤치려면 더 일찍 했을 거야."

어라, 이거 아까 내가 한 말인데.

곧 발걸음 소리가 들렸다. 생각보다 많은 사람이 이 방에 있었구나. 나는 조금 웃었다.

문이 닫혔다. 나는 조심스럽게 말을 꺼냈다.

"어디서부터 말해야 할지 모르겠네요."

"뭔데?"

"일단, 저는 니나가 아니에요."

다시 침묵이 내려앉았다. 나는 가려서 어두운 세상을 보며 계속 말을 이었다.

"니나의 몸을 차지했다는 것에 가까워요. 원래는 전혀 다른 존재입니다."

"자, 잠깐! 하지만!"

"니나의 기억은 있어요. 그래서 고아원에서 어떻게 살았는지 대강은 알아요. 저도 제가 왜 이 몸으로 들어왔는지 몰랐어요. 성지에서의 일로 몇 가지는 추측하지만요."

숨소리가 거칠었다. 아무것도 보이지 않았지만 피부 위로 느껴졌다. 지금 교황의 감정은 격양되어 있었다.

"그러니까, 너는 다른 영혼이라고?"

"네. 제가 이 몸으로 올 때는 마치 덮어씌운 거 같았어요. 니나의 기억을 가진 채, 영혼만 바뀌었어요."

"코페이스트……."

교황은 그 말을 중얼거렸다. 나는 검은 천에 가린 눈을 가늘게 떴다.

"성지로 갈 때 당신이 얘기했죠. 다른 사람 몸에 들어가는 것이 코페이스트라고."

"기억하다니 머리 좋구나. 너."

그러고 보면 성지에서 니나가 말했다.

-사실 코페이스트한 몸에 원래 인격은 사라지는 게 맞아요.

아, 그런 거구나.

"니나가 교황의 능력을 발휘한 거였네요."

"성력을 쓴 거군."

"니나도 성력이 정말 강했군요."

교황은 다시 침묵했다. 나는 방긋 웃었다.

"그러니까 저에게 신경 쓰지 마세요. 눈앞에 있는 건 당신의 여동생이 아니라, 코페이스트한 다른 존재입니다."

"하지만 그 몸은 내 여동생이야."

"아, 그렇군요. 그래서요? 니나의 영혼을 꺼내서 다시 이 몸에 덮어씌우게요?"

"코페이스트하면 원래 영혼은 사라져. 아무리 교황이라도 그건 불가능해."

나는 입술을 꽉 깨물었다.

"그래요. 코페이스트 전문가는 당신이네요. 그럼 더 잘 알겠네! 당신이 가졌던 원래 육체의 주인들은 죄다 죽었잖아! 그러고 보니까, 이베리아 성에서 당신 코페이스트했죠? 그때 당신 시녀였잖아."

입술에서 피맛이 났다.

"해 봐서 알겠네. 육체만 움직이는 게 무슨 의미가 있어. 니나는 죽었어."

폐하가 내 손을 잡았다. 불안해 보인 걸까. 나는 온기 속에서 조용히 심호흡했다.

"그러니까 그만 카스텔리움에서 꺼져. 내 앞에 영원히 나타나지 마!"

"야! 너 너무해! 난 동생의 움직이는 모습이라도 보고 싶어!"

아, 진짜! 이 새끼 보게. 뻔뻔함이 아주 철판을 깔았어!

"나는 당신이 싫어."

"왜! 나 네가 쓰는 육체의 오빠라니까!"

"당신, 사람 목숨 아무렇지도 않죠?"

나는 폐하의 손을 꽉 쥐었다.

"당신, 세라피 때문에 시녀 몸에 들어왔어요. 그리고 아무렇지도 않게 나갔죠. 그 시녀 죽었죠?"

보지 않아도 알았다. 교황은 그런 시녀가 있었는지 기억도 못 할 것이다.

"그 시녀가 니나랑 뭐가 달라요? 죽여도 상관없는 존재였잖아요. 솔직히 니나도 당신 동생으로 밝혀져서 아쉽고 보고 싶은 거지? 아, 핏줄 좋네. 너 죄책감은 있니?"

나는 자리에서 벌떡 일어났다.

"세상 모두가 당신에게 입을 다물 테지만, 저는 해야겠어요. 야! 고개 들고 살지 마! 그럴 자격 없어! 네 옆에 있는 여자도 마찬가지야! 사람 죽이는 게 자랑이냐! 나 두고 갈 때 너 웃었던 거 평생 못 잊거든? 아주 악몽이야!"

폐하가 다시 내 몸을 안아 들었다. 나는 입술을 꽉 깨물며 그의 어깨에 팔을 얹었다.

"다신 오지 마! 재수 없어!"

폐하는 묵묵히 나를 안아 들고 나갔다. 문을 열자마자 사람들이 우르르 들어갔다. 나는 씩씩거리다가 그의 품에 얼굴을 비볐다.

안대가 스르륵 풀렸다. 나는 그제야 내가 울고 있다는 걸 깨달았다.

"저 새끼 나빠요."

폐하가 내 등을 부드럽게 쓸었다.

"알려면 일찍 좀 알 것이지."

그러면 원작의 니나는 죽지 않았을 거잖아. 게다가 그 니나라면 저런 오빠라도 반가워하고 용서할 거야. 니나는 그런 애니까.

'나는 아니지만.'

쏟은 물을 주워 담을 수 없었다. 교황과 내 관계가 그랬다. 아니, 애초에 나는 니나의 육체만 가진 사람이었다. 교황이 아끼는 상대는 내가 아니었다.

'니나랑 시녀가 불쌍해!'

눈물이 멈추지 않았다. 나는 폐하의 품에서 한참을 울었다. 그는 계속 내 어깨를 토닥였다.

그래도 감정이 가시지 않았다. 나는 눈을 감았다. 달래 주는 사람이 있어서일까. 마음껏 울 수 있었다.

바람이 불었다.

코끝을 스치는 시원함이 기분 좋았다. 나는 테라스 의자에 앉아, 하늘을 바라보았다. 별이 총총히 박힌 밤하늘에, 달이 유독 빛났다.

나는 바람에 몸을 맡겼다. 백금발 머리카락이 흔들리다가 가라앉았다.

등뒤에서 인기척이 들렸다. 돌아보지 않아도 누구인지 알았다.

"잠을 도통 못 자는군."

나는 조금 웃었다.

교황을 본 지 벌써 2주가 지났다.

"그러게요. 할 일도 많은데 말이에요."

나는 여전히 대관식을 준비 중이었다. 시간은 충실히 나아갔다.

벌써 내일이었다. 그 큰 행사를 해야 했다.

"그래도 오늘은 좀 잤어요. 폐하는 더 주무세요."

"네가 없는 곳에서, 짐이 잘 수 있을 리가."

피식 웃음이 나왔다. 여태 없이 잘 산 거 압니다. 폐하.

다시 바람이 불었다. 나는 흔들리는 머리카락을 누르며 말했다.

"아무것도 묻지 않으시네요."

그는 그 일에 대해서 말을 꺼내지 않았다. 그냥 일상적인 얘기만 했다.

"사실 어느 정도는 예상하셨죠?"

"뭔가 비밀이 있을 거라곤 생각했다. 하지만 다른 세계의 존재는 의외군."

"믿으세요?"

"당연히 믿는다. 왜 짐이 믿지 못할 거라 여기지?"

"황당하고 뜬금없잖아요."

나는 손을 들어 달을 가렸다. 여기서도 달은 참 예뻤다.

"어떤 세상이었지? 평화로웠나?"

"제가 사는 곳은 그럭저럭요. 하지만 다 그렇진 않았어요. 같은 시간이라도 누군가는 굶고, 어떤 이는 전쟁 속에 있었어요."

사실 전쟁이라면 현대의 무기가 더 참혹하지 않을까.

"그냥 제가 있는 곳이 많이 나은 곳이었죠."

"그렇군. 그럼겠군."

나는 고개를 끄덕였다.

"네. 하지만 전 거기서 죽었어요."

"이유가 뭐지?"

"병이요. 사실 낫는 병이었는데, 운이 좋지 않았어요."

새삼 두고 온 재산이 아까웠다. 그거 누가 가졌으려나. 노후를 위해 열심히 모았는데, 조금 허무했다.

"가족은?"

나는 천천히 고개를 저었다.

"제 가족은요."

일어나서 그에게 다가갔다. 나는 손을 뻗어서, 그를 안았다.

"이제 여기 한 분밖에 없어요."

커다란 손이 내 등을 끌어안았다. 나는 조용히 눈을 감았다.

"그렇군."

"정신없어서 몰랐는데요. 내일이면 우리 가족이 되네요."

이베리아에서는 대관식이 결혼식이었다. 내가 왕비라고 널리 공표하는 것이기도 했다.

"너를 위해서라면 뭐든 하겠다."

와우.

"든든하네요."

"하나만 묻지."

"여러 개 물어도 되는데요."

그는 내 얼굴을 조심스럽게 쓸어내렸다.

"이름이 뭐지? 그곳 이름을 알고 싶다."

나는 그의 손을 잡고 속삭였다.

"이화윤이요."

오랜만에 입 밖으로 내뱉는 부모님이 지어 주신 이름이었다. 낯선 단어를 그는 조금씩 연습하며 속삭였다.

"사랑한다. 이화윤."

바람이 그와 나 사이에 살짝 파고들었다. 나는 그 틈을 메우려 가까이 다가갔다. 마침내 틈이 사라졌을 때, 나는 속삭였다.

조금 울음이 섞여 있었다.

"저도 사랑합니다. 폐하."

눈물이 흘렀다. 그는 내 눈물을 입가로 가져갔다. 나는 작게 숨을 내쉬었다. 생명 같은 숨이었다.

달은 여전히 밝았다. 그래서일까. 눈물은 금방 멈추지 않았다.

～～◦～～

이베리아의 대관식은 화려했다. 수많은 사람이 모여서 왕이 반려를 찾은 걸 축하했다. 모든 사람은 알았다.

이제 이 나라는 걱정 없어. 성국 따위는 금방 제치겠지. 우린 다른 삶을 살 거야.

이베리아의 모든 사람은 그만큼 왕을 믿었다.

수많은 함성이 들렸다. 그곳에서 백금발의 청년은 망연히 서 있었다. 곧 그녀가 지나간다는 얘기를 들었다.

"성하……."

부하가 속삭였지만, 그는 돌아보지 않았다.

"다시는 찾아오지 말라고 했어. 하지만 보지 말란 말은 안 했어."

"다른 영혼이라면서요. 폐하의 여동생은 이미……."

"하지만 육체는 내 동생이야."

억지란 걸 알아도 어쩔 수 없었다. 교황은 쓰게 웃었다.

"죄책감 같은 건 이제 느껴지지 않아. 하지만 이상하지. 그녀의 힐난은 좀 아팠어."

"성하……."

"이상하지. 너와 세라피 외에도 이런 존재가 생겼다는 게 말이야."

교황은 시선을 떨구었다.

"평생 없을 거라고 생각했어."

사람들의 함성이 들렸다. 화려한 마차 위에 여동생의 육체가 보였다.

"예쁘다."

그는 물끄러미 바라보았다. 잘 어울리는 드레스를 입은, 백금발의 여동생은 눈부시게 아름다웠다.

그녀의 곁에는 이베리아 왕이 있었다. 얄미울 정도로 잘생긴 놈은, 시도 때도 없이 니나를 바라보았다.

사랑하고 있다는 게 저렇게 티가 났다.

"환상처럼 아름답네."

이건 신이 주신 상일까, 벌일까.

마차는 곧 지나갔다. 하지만 그는 한참을 그곳에 있었다. 교황은 결국 입을 가리고 웃었다. 엉망인데, 이상하게 웃음을 멈출 수 없었다.

심장은 예전에 망가져서 아무것도 느낄 수 없었다. 하지만 이 감정은 뭘까.

교황은 순순히 인정했다.

정체를 알 수 없었다. 영원히 모르겠지.

그는 고개를 떨구었다. 어깨가 무거워서, 조금 비틀거렸다.

레오는 천천히 안으로 걸어갔다. 무거운 갑옷이 오늘따라

유난히 덜컹거렸다. 그는 어깨를 풀면서 한숨을 내쉬었다.

'왕비의 오빠는 의외로 할 일이 많군.'

다들 자신을 보며 수군거렸다. 아마 그들 눈에는 자신이 권력의 차석쯤으로 보이겠지.

'무겁군.'

각오했지만 왕비의 친정이란 게 은근히 번거로웠다. 레오는 어깨를 풀면서 앞으로 나아갔다.

병사들이 문을 열었다. 그는 걸어가며 투덜거렸다.

"왜 불렀습니까. 이만 왕비님이 계신 침실로 들어가십시오."

이미 선객이 있었다. 레오는 디오의 옆에 앉았다.

"아, 오늘 왕비의 침실의 주인은 내가 아니다."

"네?"

"다른 이가 있어."

탁자에는 술이 있었다. 레오는 다짜고짜 한 모금 머금었다.

"아하. 성녀님이시군요."

"처남이 눈치가 빨라서 좋군."

디오가 안경을 매만지며 말했다.

"대관식 밤에 침실을 뺏기시다니, 폐하다우시군요."

리카르도는 피식 웃으며, 술을 따라줬다. 레오는 꿀꺽꿀꺽 잘도 마셨다.

"뭐, 하룻밤 정도야 괜찮아. 이제 왕비의 밤은 항상 짐과 함께할 테니까."

레오는 토하는 시늉을 했다. 디오는 일그러진 얼굴로 고개를 저었다.

"꼭 그게 아니더라도 충신들과 술 한잔하고 싶었다."

기사는 어깨를 으쓱했고, 디오는 쓴 걸 먹은 얼굴을 했다. 그들을 보며 리카르도는 환하게 웃었다.

밤은 점점 깊어졌다. 술은 점점 비워졌지만, 자리를 떠나는 이들은 없었다.

"봐봐!"

"와!"

나는 그녀의 팔을 꾹꾹 눌러 보았다. 그러다가 제대로 매만졌다.

"성녀님, 대단해요!"

"니나야. 근육은 배신하지 않더라."

밀도와 감촉이 장난이 아니었다. 성녀님은 잠옷을 해치며 복근마저 보여줬다. 덕분에 속옷도 보였지만, 나도 세라피도 신경을 쓰지 않았다.

"와, 진짜 11자 복근이에요!"

"강해지는 건 좋더라. 니나야, 니나도 운동하자!"

"음, 일이 바빠서요. 그래도 운동은 해야죠. 건강은 모든 것의 기본이니까요."

세라피는 까르륵 웃으며 나를 껴안았다. 나는 푹신한 침대에서 그녀에게 폭 안겼다. 확실히 감촉이 조금 딱딱했다.

"건강해 보이셔서 안심이에요."

"내 걱정은 하지 마."

"어떻게 안 해요. 성녀님이신데요. 그리고 같이 가신 분들이, 음……."

세라피는 내 머리카락을 귀 뒤로 넘겼다.

"그 사람들은 내가 하고 싶은 대로 다 해 줘."

"그래 보이긴 해요."

"내 걱정은 정말 하지 마. 나 하고 싶은 거 다 하면서 잘 지내. 이제 많이 강해졌고 말이야."

나는 고개를 끄덕였다. 세라피는 그런 나를 꽉 껴안았다.

"나야말로 걱정이야. 니니야, 그 사람이 괴롭히면 말해."

피식 웃음이 나왔다. 성녀님이 교황이랑 비슷한 말을 하시네요.

나는 그녀의 품에서 빠져나와, 바로 누웠다. 등불을 끄지 않아서 커다란 침대가 어슴푸레 보였다.

나는 세라피의 손을 잡았다.

"성녀님."

"이제 성녀 아니니까. 세라피라고 불러."

"그럼 세라피 님."

따뜻한 온기가 기분 좋았다.

"그때 힘을 거부해 주셔서 감사합니다. 덕분에 제가 살았어요."

그녀가 힘을 받아들였다면, 나는 그때 확실히 죽었을 거야.

'좀 희한하다.'

생각해 보면 세라피는 항상 나를 구해 줬었다. 그녀가 아니라면 나는 진작에 세상을 떠났겠지.

"니나는 희한해."

그녀는 나를 끌어당겨 다시 안았다.

"애초에 니나가 날 구해 준 게 몇 번인지 알아? 먼저 나를 돕지 않았으면 위험에 빠지지도 않았어."

아, 그건 맞나?

"나는 니나한테 항상 미안했어. 그건 지금도 마찬가지야. 미안해. 니나야. 항상 널 다치게 했어."

"에이, 아니에요."

"나야말로 고마워. 너는 바보 같은 나를 항상 구해 줬지."

그녀는 내 얼굴을 매만지며 속삭였다.

"아무 힘도 없는 작은 시녀가 말이야."

"성녀님……."

"좋아해. 니나야. 세상 누구보다 널 좋아해."

달콤한 고백이었다. 나는 그녀에게 파묻혀서 속삭였다.

"저도요. 세라피. 두 번째로 좋아해요."

"첫 번째는 그 사람이지?"

"아……."

들켰네.

우리는 서로 눈을 맞추고 까르륵 웃었다.

"행복해지렴, 우리 니나."

"세라피도요."

"어머, 나는 이미 행복해."

어라? 그렇구나!

나는 그녀를 바라보았다. 이상하게 조금 안심이 되었다.

'소설 속 주인공이 불행하며 어쩌나, 걱정이었는데……'

천사 같은 세라피가 나 때문에 자리를 잃은 게 아닐까. 이 생각을 하면 마음속 한구석이 욱신거렸다.

그녀의 마음을 모르지 않았다. 이 사람도 폐하를 사랑했다.

"고마워요. 세라피."

성녀는 밝게 웃었다. 그녀의 미소 때문일까, 왠지 눈물이 났다.

"우리 니나 울보구나. 이렇게 기쁜 날 웃어야지. 왜 울어."

그녀는 조심스럽게 손가락으로 내 눈물을 훔쳤다.

"세상 사람들이 다 불행해져도, 너만은 행복했으면 좋겠어. 니나야."

성녀님은 나를 안으며 중얼거렸다.

"그만큼 네가 소중해."

나는 그녀의 등에 팔을 둘렀다. 나도 세라피가 소중했다.

울음 섞인 목소리로 속삭였다.

"그럼 같이 행복해져요."

그녀의 맑은 웃음소리가 들렸다. 우리는 그렇게 눈을 감았다. 피곤했는지, 슬슬 졸렸다.

알고 있었다.

'이제 세라피를 만나기 힘들겠지.'

편지는 여전히 주고받겠지만, 얼굴을 보는 건 어려울 것이다.

하지만 왜일까.

'그래도 우리는 멀어지지 않을 거 같아.'

마음속에 환한 빛이 비쳤다. 그녀의 향기 속에서 나는 숨을 쉬었다.

사실 나도 그녀와 똑같았다.

이미 행복했다.

[끝]

니나와 만날 때 항상 듣던 노래가 있습니다. 항상 그 노래를 들으며, 니나의 가는 길을 좇아왔습니다. 끝이라는 글자를 쓰니, 저도 모르게 흥얼거리게 되네요.

고생했다, 니나야.

감사한 분들이 너무 많습니다. 부모님, 친구들. 작가님들.
특히 항상 계기가 되어준 친구 A님!
그리고 책이 나오는 여정 동안 너무나 애써주신 조윤희 과장님께 감사 인사를 드립니다.
무엇보다 연재처에서 따라와 주신 수많은 님들. 너무나 고왔던 댓글들이 없었다면, 진작 포기했을지도 몰라요. 정말 감사합니다.

폐허에서, 왕을 보며 다른 곳으로 가라고 하는 시녀.

노래를 들으며 처음 상상했던 장면을 떠올리며, 이만 마침표를 찍으려고 합니다.

만나는 동안, 너무나 즐겁고 감사했습니다.

여름이 오는 길목에서,

다나리 올림.

TL 소설 속 시녀가 되었습니다 3

초판 1쇄 인쇄 2020년 7월 2일 **초판 1쇄 발행** 2020년 7월 9일

지은이 다나리
펴낸이 연준혁

웹소설본부 본부장 이진영
책임편집 조윤희 오가진
디자인 함지현

펴낸곳 ㈜위즈덤하우스 **출판등록** 2000년 5월 23일 제13-1071호
주소 경기도 고양시 일산동구 정발산로 43-20 센트럴프라자 6층
전화 031)936-4000 **팩스** 031)903-3893 **홈페이지** www.wisdomhouse.co.kr

ⓒ 다나리, 2020

ISBN 979-11-90786-94-2 04810
ISBN 979-11-90786-91-1 (세트)

• 이 책의 전부 또는 일부 내용을 재사용하려면 반드시 사전에 저작권자와
  ㈜위즈덤하우스의 동의를 받아야 합니다.
• 인쇄·제작 및 유통상의 파본 도서는 구입하신 서점에서 바꿔드립니다.
• 책값은 뒤표지에 있습니다.

이 도서의 국립중앙도서관 출판예정도서목록(CIP)은 서지정보유통지원시스템
홈페이지(http://seoji.nl.go.kr)와 국가자료종합목록시스템(http://www.nl.go.kr/
kolisnet)에서 이용하실 수 있습니다. (CIP제어번호: CIP2020023497)